下

尤利西斯

詹姆斯·喬伊斯 James Joyce 著　金隄 譯

愛爾蘭總統瑪麗・魯賓遜來信

金隄教授：

感謝您四月二十二日來信及隨同寄來您譯成中文的詹姆斯・喬伊斯《尤利西斯》。

我收到本書非常高興，對您的工作十分讚賞。我訪問蘇黎世的喬伊斯中心時能見到您是一快事。

本月後期我將主持都柏林喬伊斯的開館儀式，準備在講話中提到您「專心致志十六年，將世人公認代表二十世紀最偉大的英語文學成就的一部傑作，送到十多億中文使用者的前面。」……

我希望向您和所有有關人士表示親切的祝願，祝你們七月在北京召開的詹姆斯・橋伊斯學術研討會成功。順敬
親切熱烈的問候

愛爾蘭總統　瑪麗・魯賓遜

一九九六年五月八日

（金隄　譯）

《尤利西斯》目錄

第二部

第三部

13

夏日的黃昏已經展開她神祕的懷抱，要將世界摟在其中。在那遙遠的西方，太陽已開始向天際落下，一個去得匆匆的白晝，只留下了最後的紅暈，戀戀不捨地流連在海面上、在岸灘上、在那一如既往地傲然守衛灣內波濤的親愛的老豪斯山岬上、在沙丘海灘那些野草叢生的岩石上，最後但並非最差的紅光還落在那寧靜的教堂上，那裡時時有祈禱的聲音穿過靜寂的空間，投向光輝純潔如燈塔的她，海洋之星瑪利亞[1]，是她的光永遠地給暴風雨中顛簸的人心指引著方向。

三位姑娘正坐在岩石上欣賞黃昏美景，享受那清新而並不太涼的空氣。她們常常結伴來到這裡，在這心愛的僻靜去處，在泛亮閃光的波浪旁邊談點知心話，議論一些女性的事情，凱弗里妹子，伊棣．博德曼帶著坐小推車的嬰孩，還有凱弗里家的兩個鬈髮小男孩湯米和杰基，穿水手服，戴配套的帽子，兩頂帽子上都印著**皇家海軍美島號**艦名。湯米和杰基是孿生子，還不到四歲，一對寵壞了的小傢伙，有時吵鬧得很，但又是令人心愛的小傢伙，一對明朗高興的臉龐，常有一些逗人喜歡的舉動。他們正在沙灘上玩他們的小鏟子、小桶，一忽兒建造兒童都愛造的沙中

1　「海洋之星」是聖母的稱號之一，海灘附近天主教教堂即名「海洋之星瑪利亞教堂」。

堡壘，一忽兒玩他們的彩色大球，盡情享受著長晝的快樂。伊棣．博德曼在來回搖晃那小推車，把車內那胖嘟嘟的小人兒逗得格格格笑個不停。他的年齡只有十一個月零九天，雖然只是個不大會走的小不點兒，卻已經開始咿咿呀呀地說一些嬰兒話。凱弗里妹子在他車前彎著腰，逗弄著他的小胖臉蛋兒和下巴上可愛的小酒窩兒。

——聽著，娃娃，凱弗里妹子說。大、大地說：我要喝水。

娃娃學著她呀呀地說：

——娃娃哈蘇。

凱弗里妹子親親熱熱地摟著小不點兒，因為她特別愛兒童，對小受苦人最有耐心，湯米．凱弗里喝蓖麻油，非得要凱弗里妹子捏著他的鼻子，答應給他烤得發脆的麵包頭，或是澆上金色糖漿的棕色麵包才行。這姑娘是多麼會哄孩子呀！但是說實在的，娃娃真是金子一般的可愛，圍著他那新的花圍嘴兒，真是一個人人疼愛的小寶寶。凱弗里妹子，她可不是弗洛拉．馬克弗林賽那號嬌生慣養的美女[2]。心地比她善良的少女人間難找，她那吉普賽風韻的眼睛裡常帶著笑，熟透了的櫻桃般的紅嘴唇間，常有逗人開心的話，這是一個極端可愛的姑娘。伊棣．博德曼聽了小弟弟的古怪話，也笑了起來。

但是這時，湯米小朋友和杰基小朋友之間發生了一點小小爭執。男孩子終究是男孩子，我們這兩個孿生兒弟也不例外。引起爭端的金蘋果，是杰基小朋友造成了一座沙堡，湯米小朋友卻死乞白賴，硬說要加一個馬泰樓式的前門才好。可是湯米小朋友固然不由分說，杰基小朋友也任性固執，因此正如格言說的，每個小愛爾蘭人的家就是他的堡壘，他以滅此朝食之勢撲向對方，於是意圖侵略者立即遭難，而受其覬覦的堡壘（說來可惜之至！）也成為池魚了。毋庸贅言，湯米小朋友受挫的哭聲，引起了姑娘們的注意。

——過來，湯米，他姊姊對他命令道。馬上！你呢，杰基，你把可憐的湯米推倒在髒沙堆裡，可恥！你等著我來教訓你。

湯米小朋友聽到她的喊聲，淚汪汪地走過來了，因為在這兩位孿生兄弟眼裡，大姊姊的話就是法律。這位小朋友的劫後模樣可是狼狽不堪的了。他的小小軍艦制服上衣和不可明言物[3]，都已沾滿沙子。但是妹子對於生活中各種小麻煩，向來應付自如，駕輕就熟，轉眼之間，他那套漂亮的小軍服上已經一塵不染。不過小朋友的藍眼睛裡仍舊閃著淚花，熱淚似乎隨時可以奪眶而出，所以妹子親他一親，消消他心裡的委屈，而對未決犯杰基小朋友揚眉瞪眼，搖著手警告說她離他不遠，他要小心點兒。

——大膽的壞蛋杰基！她喊道。

她伸出一隻手臂摟著小水手，甜甜地哄著他：

——你叫什麼名字？叫黃油，叫奶油？

——告訴我們，你的心上人是誰？伊棣・博德曼說。妹子是你的心上人吧？

---

2 美國諷刺詩〈沒有可穿的〉（一八五七）中描寫的美國紐約小姐，講究打扮，挑剔衣著。

3 維多利亞時期尚「雅」，認為褲子及內衣等為不雅之物，不可明言。

——不啊，眼淚汪汪的湯米說。

——伊棣・博德曼是你的心上人吧?妹子問他。

——不啊，湯米說。

——我知道了，伊棣・博德曼的近視眼流露出狡黠的眼色，用並不與人為善的神氣說。我知道誰是湯米的心上人了。格蒂是湯米的心上人。

——不啊，湯米說著已經要哭出來了。

妹子天資靈敏，猜到了是怎麼一回事，悄悄地叫伊棣・博德曼領他到小推車後面人看不見的地方，還要她小心他別弄溼了新皮鞋。

可是，誰是格蒂呢？

坐在離女伴們不遠處獨自凝眸望著遠處出神的格蒂・麥克道爾，絲毫不差是迷人的愛爾蘭妙齡女郎中最美好的典型，比她更美的無處可覓。凡是認識她的人，沒有不誇她是美女的，不過有些人常說她不完全像是麥克道爾家的人，倒是吉爾特拉普家的成分更多。她的身段纖巧苗條，甚至有一些近於纖弱，然而她近來服用的鐵質膠丸，對她起了其好無比的作用，比韋爾奇寡婦的婦女藥片效果強得多，過去常流的東西現在就好得多了，那種疲乏感也輕得多了。她的臉龐白淨如蠟，透出象牙般的純潔，產生一種幾乎是超越塵世的神態，然而她的玫瑰花苞般的小嘴，卻又是地道的愛神之弓，是完美的希臘式嘴脣。她的纖細紋理的雪花石膏似的手，十指尖尖，用檸檬汁和油膏女王擦得白而又白，不過說她戴著小山羊皮的手套睡覺或是用牛奶浴腳都不符合事實。那是貝瑟・薩普爾有一次告訴伊棣・博德曼的，那時節她和格蒂鬧翻，勢不兩立（女友們當然也和其他凡夫俗子一樣，免不了口角生氣），完全是憑空捏造，她還告訴她無論如何不能洩漏是她告訴她的，否則她永遠不再和她說話。沒有的事。榮譽攸關，不能馬虎。格蒂身上，有那麼一種天生的高雅氣質，有那麼一種無精打采、高貴如女王的風采，從她那雙嬌小的手和高高弓起的腳背上可以明確無誤地看出。如果仁慈的命運另作安排，讓她出生就自有大家閨秀身分，使她能受上等教育之益，格蒂・麥克道爾輕而易舉地能和國內的任何一位女士相比而毫不遜色，身穿精美衣袍，頭戴珍珠寶石，腳邊是顯貴的求婚者爭先恐後地向她獻殷勤。也許，正是這種本來有可能出現的愛情，使她那眉目嬌柔的臉上，有時露出一種凝重而有所壓抑的表情，在那雙明媚眼睛中平添了一種奇妙的有所嚮往的神色，見到的人很少不為之傾倒。女人的眼睛，為什麼能有這樣的魅力？格蒂的眼睛，是愛爾蘭藍中最藍的顏色，配著亮晶晶的睫毛和富有表情的深色眉毛。以前這一對眉毛並沒有發出這麼誘惑人的絲光，這是《公主小說周刊》美容頁主編薇拉・維里蒂夫人最先給她出的主意，教她試用眉筆，這樣她的眼睛就會有一種時髦女郎特有的令人難忘的神采，她對此從未感到後悔。還有臉紅的科學治法，如何長高，增加身量，你的臉好看，但是鼻子如何？這一條狄格南太太適用，因為她是個蒜頭鼻。但是格蒂最足以自傲的，是她那一頭好極了的秀髮。顏色深棕而有天然的波紋。因為今天是新月，她早上剛剪了剪，一簇簇地圍在她那秀麗的頭上顯得特別濃密好看，她還修了指甲，星期四財氣好。剛才她聽見伊棣的話，她的面頰上泛起了一片紅暈，鮮豔如同一朵最淡雅的玫瑰花，她那天真無邪的少女羞澀真是可愛極了，完全可以肯定，在天主的愛爾蘭這整片美好國土上，沒有一個人能比得上她。

一時之間，她低垂著略顯憂鬱的眼睛沉默不語。她原想反脣相稽，但是話到嘴邊沒有說出來。她的本性是要開口，她的尊嚴卻要她閉口。那對嬌美的嘴脣噘了片刻，但是她抬頭看了一眼之後，卻發出了一聲清新如五月的早晨的歡笑。她非常清楚，沒有人知道得更清楚，伊隸為什麼說那話，都是因為他對她冷淡了一些，其實不過是情人的口角而已。有人看到那個有自行車的少年在她的窗前騎來騎去，照例就會把鼻子氣歪了的。現在不過是他父親晚上把他關在家裡用功，準備參加快要到來的中級考試得獎，他打算高中畢業之後上三一學院學醫當大夫，和他哥哥W・E・懷利一樣，他哥哥還參加了三一學院的大學自行車賽哩。他也許並不十分注意她的心情，她心裡有時有一種沉重痛苦的空虛感，一直刺到最深處。然而他年紀還輕，也許到時候他就會懂得愛她了。他家裡人是新教徒，格蒂可當然知道誰是第一個，在他之後才是聖母瑪利亞，然後才是聖約瑟夫[4]。可是他實在是無可否認地英俊，鼻子那麼端正，從頭到腳不折不扣的青年紳士，頭形也是，他不戴帽子的時候她從後面一看就知道不論在哪裡都顯得不尋常還有他騎自行車雙脫手繞過電燈杆那勁兒還有那些上等香菸味道多好聞而且他們倆正好個子也一樣所以所以伊隸・博德曼認為她特別特別聰明因為他就不到她家那小小的花園前去來回騎車。

格蒂的穿著並不花俏，但是有一種時尚追隨者憑直覺而來的風度，因為她意識到他可能出來，有那麼一點可能性。一件整潔的襯衫，她自己用摩登染料染成銅青色的（因為《女士畫報》上預計銅青色要流行），漂亮的尖領口一直開到胸前凹處，帶一只小手帕口袋（她在口袋裡總是放一塊棉花，灑上她喜愛的那種香水，因為裝手帕不挺括），下身是一條海軍藍的開衩半長裙，把她苗條娉婷的身材襯托得恰到妙處。她戴一頂俏皮可人意的寬葉黑人草帽，帽簷下面鑲蛋青色的雪尼爾繩絨紗，邊上配著一個色調相襯的蝴蝶結。上星期二，她花了一整個下午要找一個和那雪尼爾配上顏色的，終於在克列利公司夏季廉價部找到，更合適沒有，稍稍有一些陳列中沾髒的地方，根本看不出的，七指寬兩先令一便士。她自己把它縫上試戴一下，看著鏡子裡那個笑咪咪的可愛模樣，喜歡得簡直不用提了。為了帽子形狀不走樣，她把它扣在水壺上面，同時心想這回可要叫她認識的某些人黯然失色了。她的皮鞋又是鞋類中的最新式樣（伊棣・博德曼自誇小巧，其實她從來就沒有格蒂・麥克道爾這樣的腳，五號的，而且永遠永遠也不會的），鞋頭是漆皮的，一根漂亮的單廼咔猪觥啅啅兒搭在她高高弓起的腳背上。她的裙子下面，露出了模樣非常周正的腳踝，也把她那線條優美的肢體露出了恰如其分的一段，不多不少正到好處，蒙著織工精緻、後跟接茬很高、上邊吊帶很寬的長統襪子。關於內衣，那是格蒂最上心的，凡是理解甜蜜的十七歲時期（雖然格蒂已經永遠不會再有十七歲）那種撲動著希望而又忐忑不安的心理的人，誰會忍心去責備她？她有四套，都很考究，針線特別細密，每套三件外加睡衣，那些內衣每套都串不同顏色的緞帶，淡粉紅的、淡藍的、紫紅的、嫩綠的。洗過之後，她總是自己晾，自己加洗滌藍，自己熨，她有一塊專門放烙鐵的磚頭，因為她對那些洗衣女人就是親眼看著也不放心，怕她

4 天主教徒習慣於為家庭幸福祈禱或賭咒時連呼「耶穌、瑪利亞、約瑟夫」。

們熨壞東西。今天她抱一線希望穿藍的，這是她的顏色，也是吉祥色，新娘身上的衣服總要配一點藍色，上星期那一天就是因為她穿綠的就倒了楣因為他爸爸把他關在家裡準備中級考試了因為她想也許他今天會出來因為她早上穿衣服的時候差點把那條舊的反著穿上了那是吉利的穿反了情人會面只要不是星期五。[5]

然而——然而！她臉上有心情壓抑的神色！煩惱一直在嚙咬著她的心。從她的眼睛裡可以看到她的靈魂，她願付出任何代價，只要能回到自己那間熟悉的房間內，沒有別人打攪，再也不用忍住眼淚，痛痛快快地哭一場，發洩一下憋在胸內的感情，不過也不能過分，因為她知道對著鏡子該怎麼哭才好看。你可愛，格蒂，鏡子說。蒼茫暮色中的臉龐，現出了無窮的悲傷和嚮往。格蒂・麥克道爾的熱烈願望落空了。是的，她從一開始就明白，她那白日夢——婚事辦成了，教堂裡為都柏林三一學院雷吉・懷利太太敲響了婚鐘（因為嫁給大哥的才能稱懷利太太），社交新聞中報導格特魯德・懷利太太穿一襲鑲有貴重藍狐狸皮的特製豪華灰色禮服——是不會成為事實的。他還太年輕，還不理解。他對愛情沒有信念，而愛情是女人與生俱來的權利。很久以前在斯托爾家的晚會上（那時候他還穿著短褲呢），有一個機會他們倆單獨在一起，他偷偷地伸手摟住了她的腰，她一下子連嘴唇都發白了。他用一種古怪的沙啞聲音叫她小人兒，搶著接了半個吻（初吻！），但是實際上只碰到了她的鼻子尖，然後匆匆忙忙說著吃點兒什麼的話走出房間去了。莽撞的傢伙！意志堅強從來就不是雷吉・懷利的長處，而追求並且贏得格蒂・麥克道爾的，必須是男人中的男人。但是，等待，永遠是等待人來求，今年是閏年[6]，但是也快過去了。她的最美好的理想，並不是一個迷人的王子拜倒在她的腳下，獻上一份希罕奇妙的愛情，而是一個有男子漢氣概的男子，臉上鎮靜而有力量，也許頭髮已略見花白，但是還沒有找到理想中的心上人，他會理解她，將她摟在他的懷抱之中庇護她，以出自他那深沉熱情的性格的全部力度摟緊了她，用一個長長的熱吻安慰她。那就是天堂一樣了。在這和煦的夏夜，她熱切盼望的就是這樣的一個人。她的全部心願，就是要被他占有，歸他獨占，成為他的訂了婚約的新娘，或富或貧，或病或健，相守至死，從今以後，直至今後[7]。

她在伊棣・博德曼陪小湯米去小推車後面期間，就正是在想不知究竟有沒有那麼一天，她可以自稱是他未來的小妻子。到了那一天，就讓她們去談她吧，談得臉都發青吧，包括貝瑟・薩普爾在內，還有伊棣這張快嘴，因為她到十一月就二十二了。她也會照料他的生活享受，因為格蒂有女性的智慧，懂得一個真正的男人喜歡那種家庭感。她的烙餅，烙得焦黃焦黃的，她做的安妮王后布丁，妙極了的柔軟勻和，都是人人讚不絕口的，都是因為她手巧，點火點得好，撒下自行發酵的細麵粉，總是往一個方向攪，然後把牛奶和糖攪成乳油狀，把蛋白打勻，不過她做完之後不喜歡陪人一起吃，她不好意思，她常尋思人們為什麼不能吃一些有詩意的東西，譬如紫羅蘭或是玫瑰花之類多好，他們的客廳裡要擺得很美，有畫，有雕刻，還有外公吉爾特拉普那條可愛的

---

5 西俗迷信，認為無意穿反衣服會有好運，又認為星期五是最不吉利的日子。

6 西俗逢閏年女方可向男方求婚。

7 天主教婚禮誓詞為：「從今以後，或好或壞，或富或貧，或病或健，相守至死。」

狗的照片，那條幾乎像人一樣會說話的加里歐文，椅子上都套著印花布的套子，還有克利列公司夏季大廉價雜貨堆中那個銀的烤麵包架子，那是闊綽人家才有的東西。他將是肩膀寬闊、個子高大的（她一直羨慕個子高大的丈夫），牙齒白得閃光，兩邊垂下修得整整齊齊的八字鬍，他們將去大陸度蜜月（奇妙的三星期！），然後在一棟小巧玲瓏、舒適溫暖的家庭住宅裡安居下來，每天早晨兩人一起吃早餐，簡簡單單的，可是十分周到，就他們兩人自己享受，然後他就出去辦他的事務，走以前先給他的小妻子一個親親熱熱的擁抱，還要對著她的眼睛，深深地往裡面凝視一會。

伊棣・博德曼問湯米・凱弗里完事了沒有，他說完了，於是她幫著把他小小的短燈籠褲扣上扣子，叫他跑過去和杰基玩，這會要乖乖的，別打架。可是湯米說他要皮球，伊棣告訴他不行，娃娃正在玩球，他要是拿，就會打架，可是湯米說球是他的，他要自己的球，並且馬上跳著腳撒起野來。可不客氣。這脾氣！嘿，他可已經是個男子漢了，湯米・凱弗里這小傢伙，一脫下圍嘴兒就是個人了。伊棣對他說不行，不行，快走他的，她還告訴凱弗里妹子不要對他讓步。

——你不是我的姊姊，淘氣的湯米說。是我的球。

可是凱弗里妹子逗博德曼娃娃抬頭，她把手指舉在高處讓他看，同時一把搶過球往沙灘上扔了過去，湯米馬上緊追著奔了過去，他勝利了。

——只要能眼前清靜，怎麼都行，妹子笑著說。

然後她輕輕地逗著小不點兒的兩個小臉蛋兒讓他忘掉，和他玩這兒是市長大人，這兒是他的兩匹馬，這兒是他的華麗大馬車，這兒是他走進來，下巴咬，下巴咬，下巴咬下巴。可是伊棣可氣壞了，他這樣要怎麼就是怎麼，人人寵著他，怎麼行呢。

——我真想給他點兒什麼，她說。我真想，可是給在哪兒我可不說。

——屁屁上唄，妹子嘻嘻哈哈笑著說。

格蒂・麥克道爾聽到妹子大聲說這麼一句不成體統的話，她可是要她的命也不好意思說出口的，馬上低下頭脹紅了臉，比玫瑰還紅，伊棣・博德曼也說肯定對面那位先生聽到了她的話。可是妹子滿不在乎。

——讓他聽去！她傲慢地把頭一甩，淘氣地翹著鼻子說。等我瞧他一眼，馬上給他也來一下子，也在那地方。

瘋丫頭妹子，一頭高力華格式的鬈髮。有時候簡直沒法不笑她。譬如說，她會問你要不要再來一點中國茶和醬子莓，再譬如她用紅墨水在自己的指甲上畫乳房和男人的臉，引得你笑破肚皮，再譬如她要到那個你知道的地方去吧，她偏說她得跑去見見白小姐。凱妹子就是這德行！哎，還有那晚上誰忘得了，她穿上她父親的套服，戴上她父親的帽子，裝上燒焦軟木的八字鬍子，抽著菸卷在踹屯威爾路上大搖大擺。誰也比不上她好玩。但是她又是絕對真誠的人，上天造下的最勇敢、最忠實的姑娘之一，絕不是那種油頭滑腦，甜言蜜語靠不住的角色。

這時空中傳來了歌詠聲和響亮的風琴聖曲聲。這是耶穌會教區傳教士長可敬的約翰・休斯主持的男人節酒靜思會，念玫瑰經、講道和舉行最神聖的聖體降福。他們在經受了這個令人疲倦的世界中的狂風暴雨之後，來到那波濤之畔的簡樸殿堂內，不分階級地相聚一堂（這是最能給人啟迪的景象），跪在純潔無瑕者的腳下，吟誦洛雷托聖母禱文，祈請她為他們說項，那些熟悉的老詞，神聖的瑪利亞，神聖的童貞女中之童貞女。在可憐的格蒂聽來，這是何等地可悲！如果她父親也能用起誓的辦法躲開酒魔的毒爪，或是服用《佩爾遜周刊》上的包治酒癮的藥粉，她現在可能就已經有了自己的馬車，比誰也差不了。一回又一回的，當她不點燈坐在爐火餘燼前（因為她討厭有兩個亮光）出神的時候，或是整小時整小時地望著窗外雨打鏽桶茫茫然沉思的時候，她反覆對自己說過這話。但是，那毀了多少家庭的可憎飲料，從她的童年就已經給生活蒙上了陰影。可不是嗎，她甚至在家庭的小圈子內，就親眼見到了酗酒引起的狂暴行為，見到自己的父親成了酒精麻醉的奴隸，完全失去了自制，如果說格蒂有一件事情是知道得比什麼都清楚的話，那就是一個男人居然能向一個女人舉起手而並非表示友好，這個男人就應該被列為卑劣者中最卑劣的人。

教堂內的歌聲，仍在繼續向法力無邊的童貞女、向救苦救難的童貞女祈求庇護。陷入沉思的格蒂，幾乎視而不見，聽而不聞，既沒有留心兩位女伴和那一對嬉戲中的孿生兄弟，也沒有注意從沙丘草地上下來沿海灘散步的那位先生，凱弗里妹子卻在說這是個誰也不像的特別人。看來他是從來不會醉醺醺的，但儘管如此，她也不願意要這一個人當爸爸，因為他太老了還是怎麼的緣故，也許是因為他的臉相（這是一個明顯的費爾博士型的角色[8]），也許是因為他那盡是疙瘩的長癰的鼻子，鼻子底下那撮沙土色的八字鬍已經有一點發白了。可憐的爸爸！儘管他有缺點，她仍是愛他，聽他唱著瑪麗呀，你教我怎麼才能求得你的愛，或是我在羅謝爾附近的愛人和小屋，他們吃飯的時候還吃焖蛤蜊，吃用拉僧貝的沙拉佐料拌的生菜，他還和狄格南先生一起唱月亮升起來了，就是那位突然中風去世埋葬了的，天主慈悲他吧。

那天是她母親的生日，查利也放假在家，湯姆，還有狄格南先生和太太、派齊和弗雷迪・狄格南，他們還打算一起照一張相片呢。誰也沒有想到，原來馬上就要完了。現在，他已經安息了。她母親對他說，他應該把這件事當作下半輩子的教訓才好，他因為痛風連葬禮都不能參加，她不得不為他進城到他的辦公室去取他的信件和凱茨比公司軟木地毯樣品，設計標準，藝術美觀，王宮適用，經久耐磨，室內增輝，給人快感，永不減色。

格蒂是個實實在在的好女兒，在家裡就像是第二個母親，一位主事的天使，一顆金子般的心。每當她的母親頭痛發作，腦袋疼得像要開裂的時候，是誰幫她在前額上搽薄荷冰呢，就是格蒂。不過她不喜歡她母親一撮一撮地吸鼻煙，那是娘兒倆之間唯一有過言語的一件事，吸鼻煙。人人都對她的為人溫柔體貼讚不絕口。每天晚上關掉煤氣總管道的是格蒂，每隔兩個星期都忘不了在那地方撒石灰消毒水的，也是格蒂；她還在那裡頭的牆上貼了一張滕尼食品公司的聖誕節年曆，上面是一幅翠鳥時日圖，畫的是一位青年紳士，穿著過去人們穿的那種服裝，戴一頂三角帽子，正在用老派的騎士風度，向格子窗裡的意中人獻一束花。可以看得出來，畫的後面是有一段

8　費爾博士為十七世紀牛津大學主教，因思想保守、多次迫害自由派思想家而遭人憎恨。

故事的。顏色配得相當好看。她穿一身柔軟貼身的白色衣服，擺著一種精心設計好的姿勢，紳士穿巧克力色衣服，顯然是一個地道的貴族。她到那地方去做某一件事情的時候，常常作夢似地望著他們，捲起袖子撫摸著和她一樣白嫩的臂膀，幻想著那時期的情形，因為她已經從外祖父吉爾特拉普的那本沃克發音字典裡，查出了翠鳥時日是什麼意思了[9]。

那一對雙生子現在倒是用最受讚許的兄弟和睦方式在玩了，可是最後杰基小朋友他真是天不怕地不怕誰都不能否認故意使出吃奶的力氣踢了一腳，把球踢向了蓋滿海草的岩石那邊。吃虧的湯米自不待言，毫不遲疑地立即大聲表示不滿，幸好獨自坐在那邊的黑衣紳士殷勤相助，把球截住了。我們的兩位鬥士都大喊大叫自稱球主，凱弗里妹子為了避免麻煩，喊著請紳士將球扔給她。紳士握球瞄了一兩次之後，從海灘底下向凱弗里妹子擲了上來，但球落在坡上，滾到岩石邊小水坑附近，在格蒂的裙子底下停住了。兩兄弟又爭著要球，妹子就叫她把它踢開，隨他們去搶，於是格蒂縮回一隻腳，心裡恨這笨球滾到她這裡，踢了一腳，可是偏沒有踢著，引得伊楨和妹子都笑了。

——再接再厲呀，伊楨‧博德曼說。

格蒂微微一笑以示接受，同時咬住了嘴唇。她的漂亮臉蛋上淡淡地泛起了一片嬌豔的紅色，但是她決心要踢給她們看一看，於是把裙子撩起了一點，將將夠的那麼一點點，看準了球，狠狠地一腳，把球踢得好遠好遠，兩個小傢伙也跟著球往卵石灘那邊衝了過去。完全是忌妒，當然，沒有別的，因為對面那位紳士在看著，就要引他注意。她感到了一股熱流湧上臉部，這在格蒂‧

麥克道爾總是一個危險信號，兩頰一下子就脹得通紅了。在這以前，他們兩人還只是交換過最不經意的眼光，但是現在，她從自己那頂新帽子的帽簷底下，向他投去了試探性的視線，而她所見到的神情，在蒼茫暮色中是那樣的倦怠，那樣的憔悴，她覺得從來沒有見過這麼悲哀的面容。

從教堂的敞著的窗戶中，飄出了焚香的芬芳氣味，也帶來了未受原罪玷汙而受孕的她的各種芬芳名稱，神靈的載體，為我們祈禱吧，光榮的載體，為我們祈禱吧，專心奉獻的載體，為我們祈禱吧，玄妙的玫瑰。那裡有憂心忡忡的人們，有胼手胝足掙麵包餬口的人們，還有許多誤入歧途、漂泊流浪的人，他們的眼中都湧上了悔過的淚水，然而儘管如此，現在都閃爍著希望的光芒，因為可敬的休斯神父告訴他們，大聖徒伯納德在他那篇著名的祈禱文裡，歌頌了最虔誠的童貞瑪利亞為人祈求的法力，說向她請求保護而被她拋棄是從來沒有的事，任何歷史時期都沒有這樣的記載。

兩個雙生子現在又玩得非常高興了，因為童年的煩惱像夏天的陣雨，轉眼就放晴了。妹子在逗博德曼娃娃玩，直逗得他格格格地笑，伸出兩隻小手在空中拍著。她躲藏在車兜後面喊一聲悶兒，伊椂問他妹子哪裡去了，然後妹子伸出頭來啊的一聲，嘿，小傢伙可喜歡咧！然後她教他喊爸爸。

——娃娃，喊爸爸。說爸、爸、爸、爸、爸、爸，爸。

9 西方傳說翠鳥在海浪中築巢產卵，其時海上風平浪靜，因而「翠鳥時日」指平靜幸福時期。

娃娃使出了全身解數來說，因為他非常聰明，才十一個月，人人都誇，個子也不小，標準的健康嬰兒，真是愛煞人的小寶貝，將來肯定會出人頭地，人人都說。

——哈哇、哇、哇、哈哇啊。

妹子用他的口水兜擦一擦他的小嘴，想要他坐直了再喊爸爸，可是她剛解開帶子就喊了起來，神聖的聖丹尼斯呀，他已經溼透了，墊在他底下的小毯子得疊起來翻個面了。嬰兒寶座上的人物當然不能容忍這些煩瑣的換裝手續，大喊大叫地當眾宣布：

——哈帕、帕、哈帕、帕。

同時，兩顆晶瑩可愛的大淚珠，沿著他的小臉蛋兒淌下來了。哄他別哭別哭娃娃別哭，跟他說馬馬，問他哪裡有轟隆隆隆車，都不起作用，但是妹子的主意永遠來得快，把奶瓶嘴子往他嘴裡一塞，小異教徒很快就安靜下去了。

格蒂恨不得她們把這個吱呀亂叫的嬰兒送回家去，別在這裡鬧得她心煩，本來就不是在外邊玩的時候了，還有那一對雙胞胎小鬼也是一樣。她凝眸遠眺海面。多麼像從前那人在人行道上用各種顏色的粉筆畫的，留在地上被人踩掉實在可惜，那黃昏、天上飄起來的那些雲彩、豪斯山上的貝利燈塔，還有那音樂聲傳到耳邊，還有教堂裡焚香飄來的一陣陣芬芳。而她在凝視之中，心卻開始怦怦地跳了。真的，他是在看她，而他的眼神之中是有含義的。他的眼光一直往她的深處射來，彷彿要把她的心底穿透，要把她的靈魂看清。這一對眼睛奇妙得很，極富表情，但是這是可以信賴的表情嗎？人是多麼奇特呀。她一眼就能看出，從他這深色的眼睛，他這蒼白的讀書人的臉，就知道他是一個外國人，和她那幅話劇明星馬丁·哈維的照片一模一樣，不過有八字鬍，她更喜歡，因為她不是溫妮·里平漢那樣的舞臺迷，看了一齣戲就要兩人永遠穿一樣的衣服，可是她從他坐的地方，看不清他究竟是鷹鉤鼻還是有一點兒翹鼻子。他穿著重孝，這是她看得清的，他的面容上有一部憂傷在心纏繞不去的故事。她非常非常願意知道故事的內容。他抬頭凝視著這邊的神情，是那麼的目不轉睛，那麼的文風不動，他也看到了她踢球，或許她有意識地像這樣腳尖向下晃動兩隻腳，他能看見她鞋上那亮晶晶的鋼扣。她高興自己今天有一種預感，穿上了透明長襪，原是以為雷吉·懷利有可能出來，但現在那是遙遠的事了。她多少次夢想的事出現了。他才是最關緊要的人，她的臉上漾開了喜悅，因為她願意要他，因為她直覺地感到他是獨一無二的人。她的女兒婦人心向著他飛去了，他就是她夢想中的丈夫，因為她頓時明白了，他才是她的人。假定他曾經受過折磨，受人的傷害超過了對人的傷害，或者甚至於，哪怕他是一個罪人，一個壞人，她也不在乎。哪怕他是一個新教徒，或是一個衛理公會的，她也容易辦到讓他改教，只要他真心愛她。有一些創傷，是需要用心藥去治的。她是一個女性的女人，不像他過去認識的那些輕狂而缺乏女性的姑娘，那些騎著自行車炫耀自己並沒有的東西的人；她渴望著能了解一切，原諒一切，只要她能使他愛上她，使他忘掉過去所留下的記憶。到那時，他興許就會以一個真正的男子漢本色來溫柔地擁抱她，將她的柔軟的身體緊緊地摟住，把他的愛情獻給她，只獻給她一個人，她是最最屬他個人所有的小姑娘。

罪人們的庇護者。受苦人的知心人。Ora pro nobis[10]說得不錯：不論是誰，只要心誠而又有恆，向她作祈禱絕不會迷失方向或是被拋棄，而說她是受苦人的避難處，也恰如其分，因為她自己的心也曾七次被憂傷穿透[11]。格蒂可以想像教堂裡的全部情景，裝著彩色玻璃的窗子都已經照亮，有蠟燭，有花朵，有聖母兄弟會的藍色旗幟，康羅伊神父正在祭壇邊協助奧漢隆牧師，低垂著眼睛進進出出拿東西。他的神情簡直像一個聖徒，他的告解室是那麼安靜，那麼清潔，那麼幽暗，他的手像是白蠟似的，如果她有朝一日成為一個多明我會修女，穿上白色的修女服，也許他會到修女院來參加聖多明我九日祈禱會的。那一回，她在懺悔中把那件事告訴了他，滿臉脹得通紅只怕他看見，他囑咐她不用擔心，因為那不過是自然之聲，他說我們在人世間都受自然規律的支配，他說那不算罪孽，因為那是在天主制定的女人天性之中的，他說，我們的聖母自己就對大天使加百利說，我願主的旨意在我身上實現。他是那麼和藹，那麼聖潔，她曾多少次多少次想了又想，是否可以做一個繡花的褶襉飾邊茶壺保暖套送給他，要不然送一只鐘，可是那天她到他們那裡去問四十小時禮拜用什麼花，她看見他們的壁爐臺上有一個座鐘，白色描金的，鐘內還有一隻金絲雀從一間小房子出來報時，真不知道送什麼禮物好，也許可以送一冊裝飾精美的畫片，都柏林還是什麼地方的風景畫片冊。

那兩個令人心煩的雙胞胎小鬼又吵起架來了，杰基把球往海水那邊一扔，兩人都跟著奔了過去。討厭得像陰溝水似的小猴子。該有個人來教訓教訓他們，給他們一頓好揍，叫他們老老實實的才行，兩個小傢伙。妹子和伊棣大聲地喊他們回來，怕潮水漲上來把他們淹死。

——杰基！湯米！

他們可不！他們多有主意！於是妹子說，以後她可再也不帶他們來了。她跳起身，喊著他們跑過他身邊往下衝去，頭髮在她腦後甩著，她頭髮的顏色是夠好的，可惜不多，可是不論她擦上多少什麼撈什子，總是不見長長一些，她就是沒有這福分，只好白摔帽子生氣。她跨著公鵝似的大長步跑著，居然不把她那裹緊身上的裙子從側面撕開真是奇蹟，凱弗里妹子是有不少假小子性格的，衝勁很足，一有機會就要表現自己，因為她會跑，她這樣跑著，就把她的襯裙邊緣都飄出來讓他看見了，還有她細細的小腿也露出了一大截兒，能露的都露出來了。要是她不小心絆著點什麼，穿著她那雙有意拔高自己的法國式彎底高跟鞋，摔個大跟頭才活該呢。Tableau[12]！那倒是一個很妙的亮相，可以供這樣一位紳士觀賞的。

天使們的女王，大主教們的女王，先知們的女王，一切聖徒們的女王，他們在祈禱著，最神聖的念珠禮拜的女王，然後康羅伊神父將香爐遞給奧漢隆牧師，他放進香去，將聖體薰了香，凱弗里妹子也捉住了兩個孿生子，她恨不得狠狠地給他們來一記響亮的耳光，但是她沒有打，因為她想著他可能在看著，可是她是大錯而特錯了，因為格蒂不用看就知道他的眼光從沒有離開過她，這時奧漢隆牧師把香爐遞回給康羅伊神父，跪下仰望著聖體，唱詩班開始唱Tantum ergo[13]，

10 拉丁文：「為我們祈禱吧。」為上文所提教堂內頌讀的「洛雷托聖母禱文」一部分。
11 基督教藝術常以利劍刺心表現瑪利亞為耶穌釘十字架殉難等七件大事悲傷。
12 法語：「造型！」客廳遊戲用語，表演者以此宣告姿勢完成，以供他人欣賞或猜其含義。
13 拉丁文Tantum ergo sacramentum「聖體是如此偉大」，為降福儀式之後讚美天主的頌歌首句，以下各拉丁詞為此句按唱法分讀。

她的腳隨著tantumer gosa cramen tum的音樂起伏而前後擺動。這雙襪子是她在復活節以前的星期二，不對是星期一，在喬治街的斯帕羅公司花三先令十一買的，一點兒跳絲的地方也沒有，他現在看的就是它，透明的，而不是看她的那一雙沒模沒樣的（她就是厚臉皮！），因為他長眼睛，識貨。

妹子帶著兩個孿生小兄弟拿著球上岸來了，她頭上的帽子跑得歪在一邊，拽著那兩個小傢伙的模樣兒活像街上的邋遢女人，那件才買了兩星期的輕薄襯衫溼在背上像破爛似的，襯裙也拖出了一段，像漫畫一樣。格蒂脫下帽子整理一下頭髮，誰家姑娘的肩頭上，也沒有見過比這更漂亮、更嬌美的一頭栗色鬈髮——她這副叫人眼花撩亂的小模樣兒，說真格的，可愛得幾乎令人發狂。這樣的一個秀髮，你走上多少里路也難以再找到一個的。她幾乎能看到他眼睛裡迅速產生反應，閃出了愛慕的光芒，使她的每一根神經都受到震顫。她又戴上帽子，以便從帽簷底下用眼角瞅著他；她的帶鋼扣的皮鞋晃動得更快了，因為她接受了他眼中的表情，呼吸緊張起來了。他盯住她看的那種神情，活像是一條蛇在端詳牠的獵物。她的女人的本能告訴她，她已經使他的心裡大亂，她這麼一想，不由得一片紅暈從喉嚨直升到前額，直把她那嬌美的臉龐燒成了一大朵大紅的玫瑰花。

伊棣•博德曼也覺察到了，因為她乜斜著眼，瞅著格蒂，似笑非笑的，戴著她那副老處女似的眼鏡，還假裝在餵娃娃。這隻神經過敏的小蟲豸，她是永遠也改不了的了，所以誰也和她合不來，好管閒事。這時她對格蒂說：

——你心裡在想什麼事？

——什麼？格蒂露出了白而又白的皓齒笑著說。我不過是在納悶，天是不是晚了。

因為她恨不得她們把那一對拖鼻涕雙胞胎和她們那娃娃快送走拉倒，所以她才婉婉轉轉地暗示天晚了。於是妹子上來的時候，伊棣就問她是幾點鐘了，而那位妹子小姐呢，油嘴滑舌無比，順口就說接吻鐘點已經過了半小時，又該接吻了。但是伊棣還要問，因為家裡是叫她們早回去的。

——等著，妹子說。我去問問那邊的彼得叔叔，看他的大謎語有幾點了。

於是她逕自走了過去，她見他一看到她走近，就把手從口袋裡抽出來，有一點緊張，擺弄了一下他的錶鏈，望了望教堂。格蒂看得出，儘管他是個感情強烈的人，他的自我控制力量也是非常大的。一剎那之前，他在那裡看一個可愛的形象看得神魂顛倒，眼睛發直，轉眼之間他又是安靜而神情嚴肅的紳士了，他那氣度不凡的儀態中一舉一動都表現出自制力。

妹子說請原諒是不是可以請他告訴她正確的時間，格蒂見他掏出懷錶，聽了一聽，抬起頭來清了清嗓子說很對不起他的錶停了但是他估計一定有八點多了因為太陽已經下山了。他說話的聲音帶著一種有教養的腔調，可是雖然有板有眼，語氣老成，聽來卻使人懷疑似乎有一些顫抖。妹子說謝謝您，然後伸著舌頭走了回來，說叔叔說他的排水系統出了毛病。

這時他們唱Tantum ergo的第二節詩了，奧漢隆牧師又站起來，用香薰了聖體，跪下，對康羅伊神父說有一根蠟燭快燒著花了，康羅伊神父站起來把蠟燭弄好，她可以看到那位紳士在擰錶，聽機器聲音，她更起勁地合著拍子前後晃動小腿。天更暗了，可是他還能看見，而他也一直還在盯著，不論是擰錶還是幹什麼的，然後他把錶放回錶袋，雙手又插進了口袋。她覺得有一種感覺湧上來布滿了全身，她從自己頭皮上的一種膚覺和緊身胸衣下的不舒適感，知道一定是那事情來了，因為上回她剪頭髮那次也是那樣的，因為有月亮。他的深色的眼睛又定定地盯住了她，如醉如痴地欣賞著她的每一根線條，確確實實是拜倒在她的神座前了。世界上如果有一個男人毫不掩飾地用熱情凝視的眼光表現愛慕心情的話，那就是這個男人了，從他的臉上可以看得清清楚楚的。這是對你的愛慕，格特魯德・麥克道爾，你是知道的。

伊棣開始準備走了，早該走了，格蒂看出來剛才給她的小小暗示起了作用，因為要在海灘上走好一段路才能到可以把小車推上去的地方；妹子給兩個孿生兄弟脫掉帽子整理他們的頭髮，這當然是為了增加她自己的吸引力，奧漢隆牧師站起來了，法衣在頸子後面頂起了一塊，康羅伊神父遞給他該念的卡片，於是他念Panem de coelo praestitisti eis[14]，伊棣和妹子一直都在談鐘點，還問她，可是格蒂能學著她們的腔調應付自如，後來伊棣問她，她最好的男友把她扔了，她是不是心碎，她也能用冷冰冰的禮貌對付她。格蒂的心頭不由得一陣緊縮。她眼中冒出一股冷火，狠狠地射出無限的鄙視。她受到了刺傷——真的，深深地受了刺傷，因為伊棣自有一套手法，能若無其事地說出一些明知可以刺傷人的話來，她就是這樣該死的小長舌頭。格蒂很快地張開嘴唇，形成了說話的口形，但是她把已經升上來的抽噎控制住了，沒有讓它逸出喉嚨，那麼纖細、那麼周正、造形那麼秀美的喉嚨，簡直是藝術家夢境中的東西。她對他的愛，不是他能理解的。沒有良心的小騙子，跟所有的男人一樣容易變心，他永遠也理解不了她心裡給他多大分量，一瞬間她的藍眼睛裡感到了眼淚突然而至的叮螫。她們的眼睛正在無情地探察她，但是她勇敢地強忍住淚水，向她新征服的對象投去會意響應的眼光，讓她們看著。

——嘿，格蒂敏捷如閃電地笑著回答，還把驕傲的腦袋猛的一抬。我的帽子願扔給誰就扔給誰，因為這是閏年。

她的話音清朗如水晶，比斑鳩的咕咕聲還要悅耳，但是又乾脆利索，毫不含糊。她那嬌嫩的嗓音中有一種含義，讓你明白她是不容隨意戲弄的。至於那位裝模作樣有一點臭錢的雷吉先生，她可以把他像糞土一樣扔掉，以後再也沒有半點想他的念頭，還要把他愚蠢的明信片撕個粉碎。從今以後，他要是敢認為她還會看他一眼，她的眼光準會射給他足量的鄙視，夠叫他當場就縮成一團的。小心眼小姐伊棣的臉色變了不少，格蒂從她那陰沉沉的模樣看出來她是冒火了，不過她還掩飾著，這條小母狗，那一箭是射中了她的小肚雞腸的忌妒心，她們兩人都明白了她是曲高和寡、與眾不同的，她和她們不是一路，永遠不，另外有一個人也明白了這一點，所以她們可以用用她們的腦筋，認真琢磨琢磨。

伊棣把博德曼娃娃扶正了準備走，妹子也把球、小鏟子、小桶都收好，早該走了，因為小博德曼小朋友已經快到撐不開眼睛的時候了。妹子也告訴他，眨眼睛的比利快到了，娃娃該睡覺

14　拉丁祈禱文：「您從天上給了他們麵包。」

覺了，娃娃聽著咪咪笑，樣子實在逗人極了，妹子捅著他胖嘟嘟的小肚肚逗他玩，娃娃卻毫不客氣，連一聲對不起都不說，一下子就往他那嶄新的圍嘴兒上吐了一大堆恭維全場的東西。

——啊喲喲！布丁加餡餅！妹子叫了起來。他可把他的圍嘴兒毀了。

這場小小的contretemps[15]吸引了她的注意力，可是她三下五除二就把這小事兒辦妥了。

格蒂忍住了已到嘴邊的悶聲驚叫，只是侷促不安地咳了一下，伊榫問怎麼回事，她本想叫她自己去捉摸，但是她的舉止永遠是閨秀派頭的，所以她隨機應變，說是降福了，因為這時寧靜的海灘上正好傳來了教堂尖塔的鐘聲，奧漢隆牧師披著康羅伊神父給他罩上的肩衣，手執神佑的聖餐，登上祭壇施行降福了。

這暮色漸濃的風景是何等動人呀，這是愛琳的最後一瞥，那些晚鐘發出了動聽的諧音，同時從常春藤覆蓋的鐘樓內飛出了一隻蝙蝠，牠來回往返地翻飛著，發出小小的迷失方向的叫聲。她可以看到遠處燈塔的燈光，那風光是何等旖旎，她要是帶著一盒顏料多好呀，因為那比男人容易，不久之後點街燈的人就要來了，轉過長老會教堂，走上林蔭濃密、情侶雙雙的踹屯威爾大路，就要點亮她窗前不遠處的街燈，雷吉·懷利常愛在那裡騎在車上滑行，她在卡明斯女士那部《點燈人》中就看到過同樣的場面，卡明斯女士還寫過《梅貝爾·沃恩》和另一些小說。因為格蒂是有一些無人知道的夢的。她愛讀詩，貝瑟·薩普爾送給她一本淺珊瑚紅面的精緻懺悔簿作為紀念品，給她作隨感錄，她就收藏在她那雖不失於過分奢華但卻收拾得極其整潔的梳妝臺的抽屜裡了。這是她存她少女寶藏的地方，她那些玳瑁梳子、她那瑪利亞兒童紀念章、白玫瑰香水、眉筆、她那雪花石膏製的香匣子、等衣服洗完送回來換上去的緞帶。那裡頭寫著一些頂美的思想，用她在貴婦街希利公司買的紫墨水寫的，因為她感到自己也能寫詩，有一天晚上她在花盆邊找到一張報紙，上面有一首詩使她深受感動，她抄了下來，叫作〈我理想中的人，你是真有其人嗎？〉，只要她也能那樣達自己的情意，那就行了。是馬蓋拉費爾特的路易斯・J・沃爾什寫的，後來還有夕陽呀，你什麼時候。詩的美，在虛無縹緲之中是那樣可愛，那樣悲哀，常常使她被默默湧上的淚水模糊了雙眼，想那歲月已在她身旁悄悄溜過，一年又一年，想自己要不是有那一個缺陷，自信絕不害怕競爭，那是一次從道爾蓋山下來時的意外事故，她總是設法掩蓋的。但是，總要到頭的，她心裡有這感覺。她已經在他眼中看到那種有神奇吸引力的光芒，她已經是阻擋不住的了。愛情是鎖不住的[16]她要作出那重大的犧牲。她要想方設法作到和他心曲相通。她對於他，將比整個世界更為寶貴，她將使他的生活放射幸福的金光。一個最最重要的問題，她渴望知道的問題，是他是不是已婚，或者是喪妻鰥居，或者是有一個什麼悲劇，就像歌詠之邦那位名字帶外國味的貴族那樣，不能不把她送進瘋人院，殘酷只是為她好。但是，即使——又怎麼樣呢？會有很大的區別嗎？她性情很嬌嫩，不論遇到什麼，只要有一點點粗俗，她都不由自主地要退避三舍。她憎惡那一類人，那些在道鐸河畔的招待街上陪大兵的墮落女人，那些不尊重姑娘的

15 法文：「意外事件」。

16 《鎖不住的愛情》（一八〇二）為喬治・科爾曼所著戲劇。

榮譽、侮辱女性、被送到公安局去的粗男人。不，不：那可不能要。他們只要做一對好朋友，像大哥哥小妹妹那樣，完全不要另外那一種關係，不管所謂的上流社會有什麼樣的慣例。說不定他穿喪服是為一個老情人，老早老早以前的。她認為自己能理解。她會努力去理解他的，因為男人是那麼不同。老情人還在等著，伸出小小的白手，睜著令人動心的藍眼睛等著。我的心！她要追隨自己的愛情之夢，服從自己的心的命令，而她的心告訴她，他就是她一切的一切，全世界獨一無二的男人，因為愛情就是最可靠的嚮導。其他一切都是無關重要的。不管有什麼情況，她要放任自己、不受羈絆、自由自在。

奧漢隆牧師將聖餐放回聖體盒，唱詩班唱起了Laudate Dominum omnes gentes[17]然後他鎖上了聖體盒，因為降福儀式已經結束，康羅伊神父將他的帽子遞給他戴上，快舌頭伊棣問她到底走不走，可是杰基・凱弗里大叫起來：

——唷，看，妹子！

是片狀閃電，可是湯米也看見了，在教堂旁邊的樹叢上，藍的，然後是綠的和紫的。

——放煙火了，凱弗里妹子說。

於是她們都亂烘烘地衝下海灘，以便越過房屋和教堂看煙火，伊棣推著博德曼娃娃坐的小車，妹子拉著湯米和杰基的手，以防他們跑著摔倒。

——來吧，格蒂，妹子喊她。是義市的煙火。

但是格蒂不為所動。她沒有聽隨她們擺布的意思。她們盡可以像不要臉的女人那麼狂奔，她可坐得住，所以她說她這裡看得見。那一雙盯住了她不放的眼睛，使她的脈搏加快，突突地刺激著她。她看了他一眼，視線相遇時，一下子一道光射進了她的心裡。那一張臉盤上，有白熾的強烈感情在燃燒，墳墓般默不作聲的強烈感情，它已經使她成了他的人。現在他們終於單獨相處，沒有旁人來探頭探腦七嘴八舌的了，她知道他是可以信賴至死不渝的，一個品格高尚、直到指尖都絕無半點含糊的人。他的雙手，他的面部都在動，她也感到全身一陣震顫。她向後仰起身子去看高處的煙火，雙手抱住了膝蓋以免仰天摔倒，周圍沒有人看見，只有他和她，她的姿勢使她露出了腿，優美好看的腿，柔軟溜圓的腿，她彷彿聽到了他心跳的聲音，聽到了他的粗聲呼吸，因為她知道男人的這種強烈感情，特別衝動的，因為貝瑟•薩普爾有一次告訴她，絕對祕密的，還要她起誓保密，說是她們家住的一個男房客是從人口過密地區委員會來的，他有報紙上剪下來的長裙舞和踢腿舞照片，她說那人有時候在床上做一件不大好的事情你可想像的。但是現在這事和那樣一件事是完全不同的，因為是大不相同的，因為她幾乎可以感到他在把她的臉拉過去湊近他的臉，幾乎可以感到他那俊美的嘴脣的第一下迅速而熾熱的吻。並且，只要你在結婚以前不做那件事，罪孽就是可以赦免的，應當有女的教士才好，不用你說出來她就會理解，凱弗里妹子眼睛裡有時候也有那種作夢似的恍恍惚惚的神色，所以她也那樣的，親愛的，還有那麼喜歡演員照片的溫妮•里平漢，並且也是因為另外那事兒來的時候總是那樣的。

17　拉丁文讚美詩首句：「列國呵，你們都要讚美上主。」

這時杰基・凱弗里大喊看呀又來了，她又向後仰，吊襪帶是藍色的，為和透明的配色，他們都看見了都喊看呀看呀在那兒哪，她盡量盡量地將身子向後仰好看煙火，有一樣怪東西在空中來回飛，一樣軟軟的東西，飛去又飛來，黑黑的。她看到一根長長的羅馬蠟燭式的煙火從樹叢後面升向天空，越升越高，人們都緊張屏息地看它越升越高，都興奮得不敢喘氣，高得幾乎看不見了，她由於使勁後仰而滿臉脹得通紅，一片神仙般令人傾倒的紅暈，他還能看到她別的東西，輕柔布的褲衩，這種布能緊貼在皮膚上，比另外那種綠色小輻布的好，四先令十一，因為是白色的，她聽任他看，她看到他看到了，這時升得很高很高，有一時都看不見了，她因為向後仰得那麼遠，四肢都顫抖起來了，他清清楚楚地看到了她膝蓋以上很高的地方，那地方從來沒有任何人，甚至在盪秋千或是涉水的時候也沒有過，而她並不害羞，他也不害羞，這麼肆無忌憚地盯住了看，因為他實在無法抗拒這樣赫然袒露的奇妙眼福，差不多接近那些在紳士們面前那麼不要臉皮的跳長裙舞的女人了，而他就這樣死死地盯著，盯著。她真想對他發出哽在喉內的呼聲，伸出雪白苗條的胳臂迎他過來，嘗到他的嘴唇壓在她的白皙額角上的感覺，那是一個少女的愛情的呼聲，一種受到壓抑而發自內心的細小呼聲，一種古今歷代都曾發出的呼聲。這時一支火箭突然凌空而起，砰然一聲空彈爆炸，然後喔！羅馬蠟燭煙火筒開花了，像是喔的一聲驚嘆，人人都興奮若狂地喔喔大叫，然後它噴出一股金髮雨絲四散而下，啊，下來的是金絲中夾著露珠般的綠色星星，喔，多麼美妙，喔，多麼溫柔、可愛、溫柔啊！

然後，一切都露珠一般融化在灰暗的天空中：萬籟俱寂了。啊！她在迅速坐直身子的當兒向他投去一瞥，眼光中有令人憐憫的可憐巴巴的抗議，還流露出羞澀的譴責，使他像姑娘般地紅了臉。他是背靠岩石站著的。利奧波爾德．布盧姆（原來是他）默默地站著，在那年輕無邪的眼光前低下了頭。他簡直是野獸！又來那一套了？一個美好無瑕的靈魂向他發出了呼喚，而他，可鄙的人，是怎樣回答她的呢？無恥之尤！偏偏是他，竟是如此卑鄙！但是，那眼光中蘊藏著無窮的慈悲，其中也包含一分對他的寬恕，即使他這樣有錯誤、有罪孽、曾經流浪的人。姑娘是不是應該說出去？不，一千個不。這是他們的祕密，只有他們知道，隱藏在暮色中的兩個人，沒有人能知道，沒有人能透露出去，除非是那隻在晚空中溫柔地來回飛翔的小蝙蝠，而小蝙蝠們是不會說出去的。

凱弗里妹子吹了一聲口哨，學著足球場上那些男孩子的樣子，為的是表現她是何等了不起的人物，然後她大聲喊道：

——格蒂！格蒂！我們要走了。來吧。咱們再往上走還能看見的。

格蒂想了一個主意，一個情場小手法。她伸手到手帕口袋裡，取出那團棉花晃了一晃作為回答，當然不是對她，然後又塞了進去。不知道他那地方是不是太遠。她站起了。這是分手了嗎？不，她不能不走了，但是他們還會重逢的，在這裡，她在那時以前，在明天以前，她會夢見重逢的，她會在夢中重溫這消失了的夜晚的夢。她將身子站直了。他們的心靈，在臨別對視戀戀不捨的眼波中匯合了，而那對一直向她心上射去的眼睛，放出了一種奇異的光芒，如痴如醉地不願離開她那鮮花一般可愛的臉龐。她給他一個黯然的微笑，一個溫柔而表示寬恕的微笑，一個近於流淚的微笑，然後他們就分別了。

緩緩地，頭也不回的，她沿著不平坦的海灘向下走去，向妹子、伊棣、杰基和湯米・凱弗里、博德曼小娃娃那邊走去。夜色更濃了，海灘上有石子木塊，還有很滑的海草。她走路的姿勢文靜而有尊嚴，很符合她的性格，但是走得很小心很慢，因為——因為格蒂・麥克道爾是。

靴子太緊嗎？不對。她是個瘸子！啊喲！

布盧姆先生望著她跛行而去。可憐的姑娘！怪不得別人都奔跑走了，她卻留下不動。我看她的神氣，就覺得有一些不對頭的地方。失戀的美人。一個缺陷落在女人身上，更要嚴重十倍。可是能使她們對人客氣。剛才她展覽的時候我還不知道，倒好。不管怎麼說，是個感情熱烈的小東西。我不會拒絕的。新鮮，跟修女、女黑人、戴眼鏡的姑娘差不多。斜眼的那一位挺嬌弱。接近經期了，我估計，她們這時特別敏感。我今天腦袋疼得很。我把信放在哪兒了？對了，沒有問題。什麼古怪的追求都有。舔便士。特蘭奎拉修道院裡一個姑娘喜歡聞石油味，那位修女告訴我的。處女最後會發瘋，我想。修女呢？都柏林今天有多少婦女遇上？瑪莎，她。空氣中有些特別。是月亮的作用。可是那麼所有的婦女為什麼不同時來經呢，我是說月亮不都是同一個月亮嗎？我想是根據她們出生的時候。要不然，都是從底線起跑，然後拉開了距離。有時候莫莉和米莉同時。不管怎麼說，我是得了好處。幸好，今天上午接到她那封無聊的我要罰你的信之後，我在洗澡盆裡沒有幹。彌補了上午那電車司機。騙子麥考伊攔住我說廢話。他老婆下鄉演出聘約旅行包，丁字鎬的嗓子。得些小便宜，領情了。代價也不高。只要你開口就成。因為她們自己需要。她們有自然的欲望。每天晚上，她們成群結隊地從辦公樓出來。拘謹一點好。你不要，她們還會扔給你呢。接住，活的啊。可惜她們看不見自己的模樣。夢見繃著長統襪的大腿。在哪兒來著？啊，對了。卡佩爾大街的連續景片館：只許男人入內。鑰匙孔眼偷看。威利的帽子，姑娘們拿它幹了什麼。是偷拍下那些姑娘的動作，還是全部作假？Lingerie[18]的效果。去摸那睡衣裡面的曲線。她們那時自己也感到激動。我全身潔淨了，來弄髒我吧。她們還喜歡彼此幫著打扮，為犧牲作準備。米莉特別喜歡莫莉的新襯衫。起初。一件件穿上，為的是一件件都脫掉。莫莉。我給她買那副紫色的吊襪帶，就是這意思。我們也一樣：他用的領帶、他的好看的襪子、翻邊的褲腿。我們初見面的那一晚，他腳上還有鞋罩。他那烏黑的什麼底下的襯衫，鮮豔奪目好看得很。人說女人每取下一顆別針就少一分風姿。都是用別針別起來的。啊呀呀，瑪伊利丟了她那個的別針呀。打扮得漂漂亮亮，為了某一個人。時裝是她們風姿的一部分。你剛摸到一點門道，就已經變了。除了東方：瑪莉、瑪莎：現在和過去一樣。只要出價合理，一概都不拒絕。她倒是不慌不忙的。她們要是匆匆忙忙，準是去會男人。她們是從來不會忘掉約會的。大概總是想碰巧。她們相信碰運氣，因為她們自己就是那樣的。另外那兩位是有和她搗亂的意思。在修道院花園裡，女同學們互相勾肩搭背的，十指交叉地拉著手，彼此親吻，說些悄悄話，交換一些毫無內容的祕密。粉刷面孔的修女們，戴著涼快的修女帽，念珠上上下下的，她們也因為得不到某些東西而懷

18 法文：「女用貼身內衣」。

恨別人。帶刺鐵絲網。記著，一定給我寫信。我也會給你寫信的。可是你寫不寫呢？莫莉和宙細•鮑威爾。直到如意郎君來到，那以後就是十年九不遇了。**Tableau!**啊唷，天主呀，瞧是誰來了？你還好嗎？你這些日子都幹什麼去啦？吻一吻，真高興，吻一吻，見到你。彼此打量容貌外相找窟窿。你的氣色好極了。親如姊妹。彼此露出了牙齒。你還剩下多少？彼此借一撮鹽也不幹。

啊！

她們來那事兒的時候糟糕得很。模樣陰森可怕。莫莉告訴我，感到東西有一噸重似的。抓抓我的腳底板兒。哎，靠那一邊！噢！好極了！我自己也有那種感覺。隔一個時期休息一下有好處。不知道那時候和她們相處有沒有害處。從一個方面來說，倒是安全的。會使牛奶變酸，提琴斷弦。還有什麼會使花園裡的花卉枯萎，我在書裡看到過。人們還說，如果女人佩戴的花蔫了，她就是打情罵俏的。全都是。我敢說，她感到了我那個。你在有那種感覺的時候，常常真會遇上。是喜歡我，還是怎麼的？她們看的是衣著。一個男人在追女人，總是看得出的：領子、袖口。這個麼，雄雞、獅子，都是那樣的，還有公鹿。可同時也許更喜歡領帶散開還是什麼的。褲子？假定我那時我？不會。動作輕柔。不喜歡粗暴亂動。黑暗處親個嘴，永不說出去。在我身上看到了一些什麼。納悶究竟是什麼。情願要我這本色不加修飾的，而不要什麼頭髮上抹熊脂做髮型、右眼掛眼鏡、額角上披一綹捲髮的吟詩弄詞人物。協助紳士從事文學。我這年紀，應該注意一點外相了。沒有讓她看我的側影。儘管如此，事情也難說。漂亮姑娘也有嫁醜漢的。美女與醜八怪。而且，既有莫莉，我也不可能太。她脫下了帽子顯示頭髮。寬帽簷。買它是為了擋臉，遇到可能認識她的人，低一低頭，或是捧一束花聞一聞。發情期間頭髮壯。我們住霍利斯街景況很窘那陣子，我賣莫莉梳下來的頭髮還得了十先令。有什麼不好？假定他給她錢呢。有什麼不好？都是偏見。她值十、十五、更多，一鎊。怎麼樣？我認為如此。完全白送。粗壯的筆跡：瑪莉恩太太。我那封信是不是忘了寫地址，和寄給弗林那張明信片一樣？那天我去德里密公司也忘了打領帶。是和莫莉鬧彆扭把我弄糊塗了。沒有，我想起來了。里奇・古爾丁，他也是這樣。心裡有事。怪，我的錶在四點半鐘停了。油泥。他們用沙魚肝油擦洗。我自己也能擦。省點錢。那時刻是不是正好他，她？

哎，他進去了。她的。她。她受了。完了事了。

啊！

布盧姆先生小心地用手整理了溼襯衫。天主啊，瘸腿的小鬼！開始有冷兮兮黏糊糊的感覺了。後效不是愉快的。然而你終究不能不把它排泄掉呀。她們是不在乎的。說不定還感到受了讚美呢。回家吃鮮美麵包加牛奶，和小孩子們一起作晚禱。怎麼，難道她們不那樣嗎？看到她的本來樣子就壞了。必須有布景、胭脂口紅、裝束、姿勢、音樂。名氣也有關係。女演員豔情。內爾・格溫、布雷斯格德爾夫人、萊德・布蘭斯科姆。幕起。月光的銀輝。月下有女郎，女郎有沉思的胸膛。小愛人，來吻我吧。然而，終究我感到了。它能使男人從中獲得力量。這是它的祕密所在。幸好我從狄格南家出來後在牆後排放了。是蘋果酒鬧的。要不然我不可能。事後使你想要唱歌。Lacaus esant taratara[19]。假定我和她說話呢。說什麼呢？你要是不知道怎樣結束談話，那就不是個好主意。你問她們一個問題，她們會問你另一個問題。一時不知說什麼的時候，那是個好辦法。拖時間。可那是沒有辦法的辦法。當然，如果你說晚上好，你看她也有意，晚上好，那是最妙。嘿，那晚上太黑，我在阿品路上差點兒招呼克林契太太，嘿，把她當作。真險！米斯街那一夜的姑娘。我讓她說了多少髒話。當然都是亂說。她把它叫作我的半股。要找到一個那樣的可不容易啊喃！你不理睬她們的招引，對她們可一定是難堪得很，除非是已經麻木了。我多給她兩先令，她還吻我的手。鸚鵡。按一個按鈕，鳥就會叫一下。她要不叫我先生還好些。喔，她在黑暗中湊過來的嘴巴！你是一個結了婚的男人，現在找一個單身女人了！她們就是喜歡這個。從另一個女人手中搶過一個男人來。甚至聽聽這事也好。我就不這樣。願意躲開別人的妻子。吃他吃剩的菜盤子。伯頓飯店那傢伙，把嚼過的軟骨吐回盤子裡去了。保險套還在我皮夾裡呢。問題有一半出在那裡。可是會發生嗎，我想不見得。進來吧，一切都準備好了。我作的夢。怎樣？最難是開頭。話不投機，她們就會轉變話頭。問你喜歡不喜歡蘑菇，因為她曾經認識一位紳士他。要不然，問你要是有人半路改變主意要停，會說什麼話。然而如果我不撒手，說我就想要，諸如此類的話。因為我真要。她也。得罪她一下。然後彌補。假裝非常想要某件事，然後為了她打退堂鼓。這樣的話，她們聽著受用。她準是一直在想著另一個人。有什麼害處呢？準是自從她開始會思維以來就是這樣的了：他，他和他。初吻起的作用。吉利的一瞬間。她們的身體內部有什麼東西突然迸開了。多愁善感的樣子，你從她們的眼睛裡看得出的，不言不語的。初次的思緒是最好的。至死都記在心間。莫莉，在花園旁邊的摩爾城牆下吻她的馬爾維中尉。十五歲，她告訴我的。但是她的胸脯已經發育了。然後睡著了。那是格倫克里宴會之後乘馬車從羽床山回家那次。睡著了還磨牙。市長的眼睛也跟著她轉。瓦爾•狄龍。中風了。

她和他們一起在下邊，等著看煙火呢。我的煙火。上升如火箭，下落像根棍。那兩個孩子準是雙生子吧，在等著看熱鬧呢。願意當大人。穿媽媽的衣服。有的是時間，會了解一切人情世故的。還有那個皮膚黑一點、頭髮蓬鬆、嘴巴像黑人的。我就知道她會吹口哨。嘴巴長相適合。像莫莉。賈米特飯店那個高級妓女，就是因為這個才把面紗只掛到鼻子那兒。是不是可以請你告訴我正確的時間？到一條黑胡同裡，我就可以告訴你正確的時間了。每天早上把prunes和prisms這兩個詞說上四十遍，就能治好肥嘴唇。還親那個小男孩呢。旁觀者看得清這把戲。當然，她們能理解小鳥、動物、嬰兒。她們的特長。

她走下海灘去的時候沒有回頭。不願讓人多得點享受。那些女郎們，女郎們，那些可愛的海濱女郎們。她的眼睛好看，很清亮。主要是眼白顯得亮。瞳仁關係不大。她是不是知道我在那個？當然，像一隻貓，坐在狗撲不著的地方。女人見不著高中那個威爾金那樣的人，畫維納斯的時候一身的玩意兒都讓人看得清清楚楚的。那還算得了無邪嗎？可憐的白痴！他老婆可是有得忙的了。你絕不可能看到她們坐到寫著**油漆未乾**的長凳上去。全身都長著眼睛。床底下也要望望，

19 意文歌詞「這事業是神聖的，嗒啦嗒啦」變體，參見第八章注44三三七頁。

要看有沒有不在那裡的東西。一心找可以嚇一大跳的事情。靈敏得不得了。我對莫莉說卡夫街角上那個男人不難看，以為她會喜歡，她馬上發現他有一隻胳臂是假的。果然如此。這本領她們是從哪裡得來的？羅杰・格林事務所的女打字員上樓時一步跨兩磴，為的是顯示她的腿腳。父傳，我的意思是母傳女。生來就在骨子裡的。米莉，譬如說吧，就會在鏡子上晾手帕，省了熨。廣告要吸引女人的眼睛，最好的地方是鏡子上。那次我派她去普雷斯科特洗染廠取莫莉的配斯利渦旋紋花呢披肩，對了那個廣告不能忘，她就會把找頭捲在襪筒裡帶回家！小機靈鬼！我從來沒有教過她。她拿包的樣子也顯得靈巧。吸引男人的，這類小事。手紅的時候把手抬高搖晃，叫血液流回去。你這是從誰那裡學來的？誰也沒有。保母教我的。喔，她們有什麼不知道的！她才三歲，就站到莫莉的梳妝臺前了，我們快離開隆巴德西街那時。我的臉蛋兒亮亮。馬林加。誰知道？世道常情。青年學生。至少站著是筆直的，不像那一位。然而，她還是挺有勁兒的。主啊，我可溼了，你可夠折磨人的。她那腿肚鼓鼓的。透明的絲襪，繃得快裂了。不像今天那位邋遢女士。A・E。長襪籠籠鬆鬆的。還有格拉夫頓街那一位。白色的。喔唷！肉長到腳後跟了。

一支猴謎樹形火箭炸開了，劈里啪啦地噴出許多火星向四面八方射去。嘶啦茲、又是嘶啦茲、嘶啦茲、嘶啦茲。妹子領著湯米和杰基跑出去看，伊棣推著小推車跟在後面，格蒂也從岩石背後出現了。她會嗎？注意看！注意看！瞧！回頭望了。她聞到蔥味了。親愛的，我看到了，你的。我都看到了。

主啊！

不管怎麼說，對我是有好處的。經過了基爾南酒店、狄格南家兩處，正是沒精打彩。你讓我輕鬆了，多謝。《哈姆雷特》裡的，這話[20]。許多事情湊在一起了。激動。她向後仰的時候，我舌根上有一種疼痛的感覺。你的腦袋直打旋兒。他說的對。可是，我不那樣可能更會出醜。要是不說此廢話。那時我就會把一切都告訴你了。然而，我們之間是有一種語言似的東西的。不可能嗎？不，她們叫她格蒂。可是也可能是假名字，像我的，那海豚倉的地址也是個掩蓋。

她婚前的姓名是吉米瑪・布朗
愛爾蘭鎮是她跟娘住的地方。

是這個地點使我想起了這歌詞的，我想。都是同樣的貨色。襪子上擦鋼筆。但是，那球好像懂事似的，直向她那裡滾過去。每顆子彈，都有其歸宿。當然，我本來在學校裡就是扔什麼都扔不直的。彎彎曲曲像公羊角。可悲的是只有幾年工夫，就要圍著鍋臺轉，爸爸的褲子很快就可以威利穿，把著娃娃讓他啊啊的時候用漂土了。不是輕鬆的活兒。救了她們。省得她們出事。天性。洗孩子，洗屍體。狄格南。身邊總離不開孩子的手。椰子似的腦袋，猴子似的，起初還是沒有封住的，襁褓裡有發酸的奶和腐壞的凝乳。剛才不應該把空奶頭塞給孩子吮。吸一肚子的空

20 前句係《哈》劇臺詞，為站崗者感謝人來接班時所說。

氣。波福依，皮尤福依太太。一定得上醫院探望一下。不知道卡倫護士還在不在那裡。莫莉在咖啡宮那陣子，她有時候晚上來照顧。那位年輕的奧黑爾大夫，我看她還幫他刷外衣。布林太太和狄格南太太原來也是那樣的，待嫁的時候。最糟是晚上，城標飯店的達根太太告訴我。丈夫爛醉如泥，跌跌撞撞回家來，臭鼬般的一身酒肆臭味。黑暗中聞得清清楚楚，一股餿酒味兒。然後，早上還問：昨天晚上我醉了嗎？不過，指責丈夫不是好辦法。雞到晚上都要回窩。牠們總是擠在一起，像有膠似的。可能女的也有責任。這是莫莉與眾不同的地方。南方的血統。摩爾人。外形也是，體態。伸手去摸那豐滿的。譬如說，就和另外那一些人比一比吧。老婆鎖在家裡，藏在櫥櫃裡的骸骨。請允許我介紹我的。然後他們領出來給你看的，是一位難於形容的，簡直不知道該說是什麼的女人。男人的弱點，總是表現在他妻子身上。然而，其中還是有個緣分的，才會有戀愛。兩人之間，自有一些外人不知道的東西。有一些傢伙，要是沒有女人管住就會不可收拾的。然而有一些毛丫頭，只有一先令銅板那麼高的，已經嫁了小男人。天主造了他們，又把他們配了對。有時候孩子倒還出落得挺不錯的。兩個零，加起來得一。也有七十歲的老頭子娶嬌滴滴的新娘。五月成婚十二月悔。這溼漉漉的很不舒服。黏住了。哎，包皮沒有回去。最好拉開一點。

喔唷！

另一方面，六英尺高的漢子和只有他的錶袋那麼高的老婆。長的短的都有了。大個子配小媳婦。我的錶很奇怪。手錶總是走不準的。不知道和人是不是有磁性感應作用，因為那差不多正是他那個的時候。我想是有的，立刻。貓不到，老鼠鬧。我還記得在辟爾胡同看了一下。那也是磁性作用。一切東西，背後都有一個磁性作用。地球，譬如說吧，吸引著這個，又受到吸引。這就造成了運動。而時間呢，那就是運動所占的時間。所以，如果一件東西停住，整個場面都會一點一點地停下來的。因為一切都是安排好的。磁針可以告訴你太陽裡頭、星星裡頭在發生什麼事情。一根小小的鋼鐵。你伸出去一把叉子的時候。過來吧。過來吧。尖兒。女人和男人，說的是。叉子和鋼鐵。莫莉，他。打扮好，看，暗示，讓你見到，再多見到些，試試你見到後有沒有男子漢氣，然後，和要打噴嚏的勁頭一樣，大腿，看，看，就瞧你有沒有膽量。尖兒。不能不被吸住。

不知道她那個部位是什麼樣的感覺。羞恥全是在第三者面前才有的。發現自己的長襪上有窟窿，她還更要惱火一些。莫莉在馬展會上瞧見那個穿馬靴、戴馬刺的農人，就仰著腦袋抬起了下巴。還有，那些油漆匠到隆巴德西街的時候。那人嗓子不錯。鳩格里尼就是那麼唱起來的[21]。我可以聞到味兒。像花。本來也就是。紫羅蘭。大概是油漆中的松節油。不論什麼東西，她們都能利用上。一邊幹，一邊將拖鞋在地板上擦，叫他們聽不見。可是她們有許多人就是蹦不上去，我想。將那事拖上幾個小時都完不了。弄得我好像全身蒙上了什麼，背上也蓋了一半。

等一下。哈。哈。對。這是她的香水。她招手就是為了這個。我給你留下這個，讓你在我走後還在枕頭上想我。是什麼？纈草？不對。風信子？哈。玫瑰，我想是。她應該是喜歡那一類

21 鳩格里尼（一八二七—六五）為意大利著名歌劇演員，出身貧窮，曾到都柏林演唱，大受歡迎。

香水的。芳香而便宜：很快就發酸味。所以莫莉喜歡奧帕草。適合她，稍稍摻一點茉莉。她的高音符和她的低音符。她遇見他那一晚的舞會上，時辰之舞。溫度高，香味更明顯。她穿的是那件黑的，還帶著上次的香味。良好導體，是不是？還是不良導體？光也是。想是有些聯繫的。譬如說，你走進一個黑黝黝的地下室吧。也是神祕的東西。我為什麼到現在才聞到香味呢？要花一點時間才能走到的，像她本人一樣，慢，但準到。我想它是千百萬顆微小顆粒，被風帶過來的。對，是這麼回事。因為那些香料島，今天上午的錫蘭，多少里以外都能聞到。告訴你是什麼吧。就像一層很細很細的面紗或是蛛網，她們全身皮膚上都蒙著，細得像那叫什麼的游絲似的，她們不知不覺地吐出這種絲來，比什麼都細，七彩繽紛的。她身上脫下什麼都沾著。長筒襪外面的套襪。帶著熱氣的鞋子。緊身的胸衣。褲衩：脫下來的時候還踢一腳。下次再見。貓還喜歡到床上去嗅她的內衣。在一千個人中也能辨認出她氣味。洗澡水也是。使我想到草莓和奶油。不知道究竟是什麼地方。那地方，或是腋窩，或是脖子下面。因為只要是窟窿和角落就會有。風信子香水，用油或是乙醚或是什麼的配製的。麝鼠。尾下有袋。一粒就能發幾年的香味。狗互相叮後部。晚上好。好。你聞來怎麼樣？哈。哈。很好，謝謝你。動物就是憑那個。可不是嗎？就得那麼看。我們也一樣。譬如說，有些女人經期中不讓你靠近。走近去。就會聞到一股濃得能掛帽子的味道。像什麼？罐頭鯡魚放陳了，或是。嘿！請勿踩草地。

說不定，她們聞到我們有男人氣味。可那是什麼氣味呢？長約翰那天辦公桌上的手套有雪茄味兒。呼吸呢？那是吃喝的東西造成的。不是。我說的是男人氣味。一定跟那個有聯繫，因為教士按理說是這個的就不一樣。婦女圍繞著嗡嗡地轉，像蒼蠅圍著糖漿一樣。祭壇用欄杆隔開，還要千方百計上去。禁果樹[22]。神父啊，你肯嗎？讓我頭一個來吧。全身都散發，到處瀰漫著。生命的泉源。氣味非常奇特。芹菜沙司。讓我來吧。

布盧姆先生將鼻子。唔。伸進。唔。坎肩。唔。領口裡。是杏仁味嗎。不對。是檸檬。不對，是香皂。

唷，別忘了美容劑。我就知道有點什麼事情等著辦呢。一直沒有回去，香皂錢也沒有付。不喜歡拿瓶子，像今天上午那老婆子那樣。哈因斯怎麼不還我那三先令呢。我可以提一提梅爾酒店，提醒他一下。然而，如果他能弄好那一小段呢。兩先令九。他會對我有壞印象的。明天去吧。我該你多少？三先令九？兩先令九，先生。噢。也許下回他就不願賒帳了。那可是會丟掉主顧的。酒館就是那樣。有些人在記事板上掛了帳，就從後街溜到別家去了。

剛才走過去的那位貴族又來了。海灣的風颳回來的。走一點就轉回來了。用餐時間準在家。看樣子是撐足了，剛吃了一頓好飯。現在是享受大自然了。餐後謝恩。晚飯後，一里走。肯定的，他在某處有一小筆銀行存款，政府公職。現在跟在他後面走，就會使他感到狼狽，和今天那些報童捉弄我差不多。然而，你也學到點東西。用別人的眼光觀察自己。只要沒有女人在嘲笑，有什麼關係？這正是發現問題的途徑。現在你捉摸一下他是什麼人吧。〈沙灘上的神祕人物〉，

22　《聖經・創世紀》云上帝允許亞當夏娃食用樂園中各種果實，唯有一棵善惡知識之樹上果子絕對不能吃，因此稱為「禁果樹」。

利奧波爾德・布盧姆先生獲獎小品。稿酬每欄一畿尼。還有，今天墓地上穿棕色雨褂的那傢伙。可是腳上長雞眼。也許健康的能吸收所有的。汽笛叫，據說能引來雨。一定是什麼地方下了一點吧。奧蒙德飯店的鹽有點發潮。身體能感到大氣的變化。老貝蒂周身的關節疼得鑽心。希普頓老媽媽的預言[23]船繞地球，眨眼飛到。不對。說的是雨兆。皇家讀物[24]遠山看來好似靠近了。

豪斯山。貝利燈塔。二、四、六、八、九。必須變動才行，否則人們會把它當作住家燈光了。毀船的。格雷絲・達林[25]人們怕黑暗。還有螢火蟲、騎自行車的人：點燈時刻到了。寶石、金剛鑽的光芒更好看。亮光有一種使人安心的作用。不會傷害你。現在當然比老早以前強了。鄉村道路。無端的就可以把你的小肚子捅個窟窿。然而，你也可以撞見兩種類型。怒目而視，或是微笑。請你原諒！沒有事兒。黃昏之後沒有陽光了，給花草澆水也是最好的時間。還有一點亮。紅色的光波最長。七色萬斯教我們的：紅、橙、黃、綠、藍、靛、紫。我看到了一顆星。金星嗎？現在還說不準。兩顆。有三顆，就是夜晚了。那些晚雲是一直都在那兒的嗎？形狀像一艘幽靈船。不對。等一下。是樹林吧？視覺上的幻象。海市蜃樓。這是落日的國土。自治的太陽，是在東南方落山的。我的祖國，晚安吧。

露水下來了。坐在那岩石上對你不好，親愛的。會引起白帶的。那時就不會有小寶寶了，除非他又大又壯，有力量突破過去。我自己也可能得痔瘡。並且也像夏天的感冒一樣拖得很長，嘴上的瘡。草或紙拉傷最糟。那位置受摩擦。我願作她坐的岩石。可愛的小妮子啊，你不知道你那樣子多動人。我開始喜歡她們這年齡的人了。青蘋果。不論有什麼機會都要抓的。估計這是我們架起大腿坐的唯一時間了。今天在圖書館裡也是，那些女研究生。她們坐的椅子有福氣。但是，是黃昏的作用。她們都感覺到的。像花朵一樣開出來了，有一定時辰的，向日葵、菊芋，在舞會上，在枝形吊燈下，在點起了路燈的林蔭道上。紫花南芥，在馬特•狄龍家花園裡，我吻她肩膀的地方。我要是有一張她那時的全身油畫像，那才好呢。我求婚的那時，也正是六月。歲月到頭又回來。歷史會重複出現。巉岩高峰啊，我又回到你們中間來了[26]。生活，戀愛，都是繞著你自己的小小世界航行。現在呢？為她的瘸腿感到悲哀，當然，但是也要小心，同情不能過了頭。她們會利用的。

豪斯山上現在萬籟皆靜了。遠遠看去山丘似乎。我們那地方。杜鵑花叢。我也許是個傻瓜。他吃李子，我得李核。我在其中的作用。古老的山頭，目睹了一切。換了名字，如此而已。戀人們：美啊，美啊。

我疲倦了。是不是站起來？等一等吧。把我的元氣都抽光了，小東西。她吻了我。我的青春。永不再來了。只來一次。她的也是。明天搭火車到那兒去吧。不。回去就不一樣了。小孩子

---

23 希普頓老媽媽為十五、六世紀間英國半傳聞式預言家，據說曾預言若干重要人物命運，十九世紀又有人借用其名發表更多詩篇，其中預言了電報、汽輪、火車以至航空等當時認為是神奇的現象。

24 《皇家讀物》為十九世紀英國出版的著名科普讀物。

25 格雷絲·達林（一八一五—四二）為英國沿岸島上燈塔守望員之女，因一八三八年隨父搶救沉船人員而成為著名女英雄，去世時詩人華茲華斯曾寫詩悼念。

26 愛爾蘭劇作家諾爾斯所著悲劇《威廉·退爾》（一八二五）中退爾回家鄉時的感嘆。

第二次到一所房子。我要的是那新的。太陽底下無新事。海豚倉郵局轉。你在家裡不快樂嗎？淘氣寶貝兒。海豚倉，盧克・多伊爾家裡的猜字遊戲。馬特・狄龍和他那一大群女兒：小不點兒、阿蒂、芙洛伊、梅米、露伊、黑蒂。莫莉也在。那是八七年。我們之前那一年。還有離不開他那杯燒酒的老少校。巧，她是獨生，我也是獨生。所以還是回來了。你以為你逃脫了，可又碰見了你自己。繞最遠的路，偏是回家最近的路。正巧那時他和她。馬戲團的馬，走圓圈。我們擺了瑞普・凡・溫克爾。瑞普：亨尼・多伊爾大衣上一個裂口。凡：麵包車送麵包。溫克爾：蛤蜊和海螺。最後我扮演瑞普・凡・溫克爾回家[27]。她倚在餐具櫃上看。摩爾人的眼睛。睡谷中沉睡二十年。一切全變了。全忘了。年輕人都老了。他的槍已經被露水鏽壞了[28]。

身魂[29]。什麼東西在來回飛？燕子嗎？大概是蝙蝠。把我當作一棵樹了，眼睛那麼瞎。鳥是沒有嗅覺的嗎？輪迴轉世。他們相信你可以由於悲傷而轉變成一棵樹。眼淚汪汪的垂楊柳。身魂。又飛過來了。好玩的小傢伙。納悶牠住在什麼地方。那上邊的鐘樓吧。很有可能。用爪子攀懸著，享受聖潔之氣。鐘聲把牠驚出來了，我想。彌撒似乎結束了。剛才能聽到他們齊聲作禮拜的聲音。為我們祈禱吧。為我們祈禱吧。為我們祈禱吧。重複是一個好主意。廣告也是如此。歡迎光顧。歡迎光顧。是的，牧師房子裡有燈光了。吃他們的粗淡飯了。還記得我在湯姆公司那次估錯了房租。是二十八。他們有兩所房子。蓋布里埃爾・康羅伊的哥哥是助理牧師。身魂。又來了。納悶牠們為什麼夜間出來，像老鼠一樣。蝙蝠是一種混合種。鳥，像跳跳蹦蹦的老鼠。牠們怕什麼，光還是音響？最好坐著不動。全仗本能，比方乾渴的鳥會銜小石子扔進水罐，結果從罐口取到了水。牠像一個披披風的小人兒，兩隻小小的手。細細的骨頭。幾乎能看骨頭微微的閃光了，有一點白中泛藍的顏色。顏色是決定於你所見到的光線的。譬如說，你要是像鷹那樣盯住太陽看一回，再看一隻鞋子，你會看到一攤黃兮兮的東西。要在一切東西上都打上他的標記。例如，今天早上樓梯上的貓。褐色泥炭的顏色。據說從來看不到三色的貓。不符事實。城標飯店那隻半白條紋的花斑貓，額頭上有一個M字形的。牠身上有五十種顏色。豪斯山剛才是紫晶石色。鏡子閃光。那位叫什麼名字的哲人，就是那樣用鏡子引燃的。於是石南就著火了。不可能是遊客的火柴。怎麼樣？也許是乾透了的草稈，風吹日照互相摩擦，要不然，也許是荊豆叢中有破瓶子，陽光一照起了引燃鏡的作用。阿基米德。我有了[30]！我的記憶力還不壞。

身魂。誰知道牠們為什麼老是飛來飛去。昆蟲？上星期那隻蜜蜂，飛進房間裡來和牠自己在天花板上的影子逗著玩。說不定就是原來叮我的那一隻，回來看看。鳥也是如此。總不明白牠們在說什麼。和我們的閒聊差不多吧。她說一句他說一句。牠們可是有膽量，敢飛越大洋又飛回

27 瑞普・凡・溫克爾為美國作家歐文《見聞札記》（一八二〇）中一篇同名小說主人公。猜字遊戲中一方擺出造型或作動作供對方猜測，如人名「瑞普」與「裂口」一詞在英語中同為**Rip**，「凡」與「箱式送貨車」均為**Van**，一方即可出示大衣裂口，以供對方猜「瑞普」等等。

28 溫克爾故事類似中國南柯故事，但「睡谷」並非溫克爾沉睡地點，而為同書中另一故事發生地點。

29 「身魂」為埃及神話中人的靈魂，人首鳥身。

30 西方傳說阿基米德曾以反光鏡引燃羅馬艦隊而挫其攻勢。「我有了」即本書第九章注同注釋四二七頁馬利根所引阿基米德發現金屬比重不同時所作驚嘆**Eureka**（我發現了）。

來。風暴起來的時候，一定有不少喪生的，電報線。水手的生活，可也夠可怕的。龐然大物的遠洋輪船，踉踉蹌蹌地在黑暗中顛簸，海牛似的哞哞叫著。**Faugh a ballagh!**[31]算了吧，你該死的！還有別人也駕船呢，風暴起來的時候，那小手帕似的船帆就像守靈夜的鼻煙那樣了，被拋來拋去的。還有結了婚的。有時候一離家就是多少年，天涯海角的。實際上沒有角，因為地球是圓的。每個港口裡都有一個老婆，人們說。她的話兒不錯，只要能守到約尼打仗回來[32]。那也得他回來才行呀。聞港口的屁股。他們怎麼會喜歡海的呢？然而他們就是喜歡。起錨了。他出發了，帶著教會肩布或是聖牌以求保護。這麼的。還有那個經文護符盒，不對，他們叫什麼來著，可憐的爸爸的父親放在門上摸的東西[33]。帶領我們出了埃及的國土，又進入奴役狀態。那一切迷信都還是有一點道理的，因為你一出門，就不知道有什麼危險了。抓住一塊船板，或是騎在一根梁木上求個死裡逃生，身上拴著救生帶，嘴裡吞著鹹水，那就是他老兄被鯊魚咬住以前的最後場面了。魚也有暈海的時候嗎？

那以後就是天下太平了，風平浪靜萬里無雲，全船人貨全已粉碎，存在戴維・瓊斯的庫裡[34]，月亮靜靜地俯視著。可不是我的過錯，自鳴得意的老傢伙。

一支失群的長蠟，從那場為默塞爾醫院尋找資金的邁勒斯義市游上了天空，接著迸裂四散，撒下一團紫色的星星，其中只有一顆白色的。星星在空中浮游、下墮，然後消失了。牧羊人的時刻：羊群入欄的時刻：約會的時刻。送九點鐘郵班的郵遞員，正在一家又一家地敲響他那永遠受人歡迎的雙叩聲，他腰帶上掛著的螢火蟲似的小燈不斷地在月桂樹籬之間忽隱忽現。在萊希高臺街上，一根火繩竿從五棵小樹之間升起，點燃了那裡的路燈。沿著那些放下了簾子亮起了燈光的窗戶前，沿著那些寧靜的花園前，一個尖銳的嗓音在邊走邊喊，在號叫：《電訊晚報》，最後消息版！**金杯賽結果！**從狄格南家門內跑出來一個男孩子，叫喚著。蝙蝠撲著翅膀飛過來，飛過去。在遠處的沙灘上，湧浪爬進來，灰撲撲的。豪斯山已經倦於長久的白晝，倦於美啊美啊的杜鵑花叢（他老了），準備安眠了，他喜歡讓晚風吹起他那一身野蕨的皮毛，輕輕地揉弄著。他躺下了，但是睜著一隻不睡的紅色眼睛，深沉而緩慢地呼吸著，已有睡意但並未成眠。在遠處的基什岸灘邊，錨定的燈船在一閃閃地放光，在向布盧姆先生眨眼。

那些地方的人們，過的是什麼生活呀，老是固定在一點上不能動。愛爾蘭燈塔管委會。贖罪的苦行。海岸警衛隊也是。煙火信號、褲形救生器、救生艇。我們坐愛琳之王號出游那天，扔給他們一麻袋的舊報紙。動物園裡的熊。骯髒的旅行。一些醉漢，是到海上去清理他們的肝臟。扶著船舷嘔吐，餵鯡魚。暈船。那些婦女，一臉都是對天主的畏懼。米莉可毫無怯色。散披著藍頭巾哈哈笑。在那個年齡，還不知道什麼叫死。而且他們的肚子裡是乾淨的。可是他們怕丟失。那回在克倫林，我們藏在一棵樹後面了。我不是有意的。媽媽！媽媽！樹林裡的嬰兒。戴假面具

31 愛爾蘭語：「讓路！」原為皇家愛爾蘭火槍團戰鬥口號。
32 〈守到約尼打仗回來〉是美國南北戰爭中一支歌曲。
33 猶太教置於門上柱上的羊皮紙經文，名為「經文楣銘」（mezuzah），進出門時摸或吻之以求祝福。
34 戴維・瓊斯為英國水手對海的擬人稱呼，其庫即指海底。

也使他們害怕。把他們扔到空中，再接住。我殺了你。僅僅是半開玩笑吧？或是兒童玩打仗。完全認真的。人們怎麼能彼此用槍瞄準呢？有時候槍會走火的。可憐的小傢伙們！唯一的麻煩是丹毒和蕁麻疹。我給她弄了干汞藥劑治療。治好一些之後，和莫莉睡在一起。她那口牙是一個模子脫出來的。她們愛什麼？另一個自己？可是那天上午她拿著雨傘追她。也許是為了避免傷她。我摸了她的脈搏。跳動著。那時是小小的手，現在大了。最親愛的阿爸。你摸著那手，它傳過來那麼多的話語。喜歡數我坎肩上的紐子。她第一次穿緊身胸衣我還記得。我看著那樣子忍不住笑了。本來就是小小的乳房嘛。左邊的更敏感，我想。我的也是。靠近心藏吧？在肥胖流行的時候還要墊高呢。發育期疼，晚上叫喚，吵醒了我。第一次來經的時候，她可嚇壞了。可憐的孩子！對於母親，那也是一個不尋常的時刻。使她回憶起自己的少女時代了。直布羅陀。布埃納維斯塔山頂上看風景[35]。奧哈拉高塔。海鳥尖聲叫著。一頭老的叟猴，把自己的一家都吞了。日落，人員過境的炮聲[36]。她眺望著海景告訴我的。也是這樣的一個夜晚，但是晴朗無雲。我總覺得我會嫁給一個貴族，或是一位有私人遊艇的闊老。**Buenas noches, señorita. El hombre ama la muc hacha hermosa.**[37]為什麼嫁給我呢？因為你這麼外國味，與眾不同。

別整夜長在這上頭了，像只帽貝。這天氣使你發呆。看天色恐怕快九點了。回家吧。看〈李婭〉是趕不上了。〈基拉尼的百合花〉。不。可能還沒有睡呢。到醫院去看看。希望她已經生了。我這一天夠長的。瑪莎、洗澡、送葬、鑰匙府、博物館那些女神、代達勒斯的歌唱，然後是巴尼・基爾南酒店那個大喊大叫的腳色。我在那個地方算是還了手。一些說胡話的醉鬼，我說他天主的話打中了他的要害。反擊是錯誤的。或者？不。該回家去笑他們自己去。總願意湊在一起灌酒。怕獨自一人，像兩歲的孩子。假定他打我呢。從另一方面來看吧。那就未必是壞事。也許他並不是故意傷人。以色列好、好、好。給他的姨妹子喊三聲好吧，她嘴裡有三顆狼牙。同一類型的美。請來一起喝一杯茶倒是滿不錯的客人。婆羅洲的野人的老婆的妹子進城來了[38]。設想一清早湊近了是什麼樣兒吧。正如莫里斯吻牛時候說的，各人心裡愛。但是狄格南來了個萬事罷休。有喪事的人家，氣氛是那麼令人沮喪，因為你沒法知道。不管怎麼說，她是需要那筆錢的。我得去蘇格蘭寡婦基金會，我答應了的。怪名字。拿準了我們一定會先走的。是星期一吧，在克雷默公司外邊望著我的那位寡婦。可憐的丈夫已經去世，可是靠保險金過得不錯。她的一文寡婦銅板[39]。怎麼樣？你還能指望她怎麼樣呢？她不能不花言巧語地對付下去呀。我不願見到鰥夫。樣子怪孤苦伶仃的。可憐蟲奧康納，老婆和五個孩子都吃這裡的貽貝中毒死了。汙水。沒有希望。一位戴餡餅式的帽子的好心的主婦式女人照料他。把他管上了，平板臉，大圍裙。一條灰色

35　「布埃納維斯塔」為直布羅陀最高峰。
36　直布羅陀英軍於日落時關閉該島與西班牙之間地峽，關前放炮為號。
37　西班牙語：「晚上好，小姐。男人愛美麗姑娘。」
38　「婆羅洲的野人」為一童謠，以逐漸增字為趣，如「婆羅洲的野人進城來了，婆羅洲的野人的老婆進城來了，婆羅洲的野人的老婆的妹子進城來了……」。
39　據《聖經．新約》，耶穌見到別人在聖殿捐很多錢，一位窮寡婦只捐兩枚小銅板，他教導門徒說，她捐的比別人都多。

的棉法蘭絨女式燈籠褲，三先令一條，驚人的便宜貨。相貌平常而被人疼愛，這疼愛是永久的，人們說。醜：可沒女人認為她醜。愛吧，躺著吧，大大方方的吧，因為明天我們就死了。有時候看見他到處亂走，想弄明白是誰搗的鬼。卜一：上。命中注定的。他，而不是我。還有，常注意到一家商店。彷彿遭到了不能擺脫的詛咒。昨夜的夢？等一下。有一些混淆不清。她穿一雙紅拖鞋。土耳其的。穿男人的褲子。假定她穿呢？我願意她穿睡衣嗎？真不好回答。南內蒂是走了。郵輪。現在都快到霍利黑德了。岳馳公司的那條廣告，務必敲定才好。得找哈因斯和克勞福德下工夫。給莫莉買襯裙。她是有東西裝進去的。那是什麼？說不定是鈔票。

布盧姆先生彎下腰去，翻轉了海灘上的一片紙。他拾起來湊近眼前細看了一下。信嗎？不是。看不清。最好走吧。最好。我疲倦了，不想動。從舊練習簿上下來的一頁。這麼多的窟窿，這麼多的卵石。誰數得清？永遠不知道會發現什麼東西。失事船舶上扔出來的一只瓶子，裡面藏著一批珍寶的線索。包裹郵遞。小孩子總喜歡往海裡扔東西。信任？扔在水面上的麵包[40]。這是什麼？一截木棍。

啊唷！把我累垮了，那雌兒。已經不那麼年輕了。她明天會不會來這裡？永遠等著她吧，在一個什麼地方。一定會回來的。殺人的人是會回來的。我呢？

布盧姆先生輕輕地用棍子劃著腳邊的厚沙。給她留言吧。也許能留下的。寫什麼呢？

我。

早上來個平足的，就把它踩了。沒有用的。海水沖掉。潮水能到這裡的。剛才她腳邊就看到有一汪水。彎下腰，往那裡頭看我自己的臉，一面黑黑的鏡子，吹它一口氣，會動。所有這些岩石，都有皺紋，有傷疤，有字母。啊，那些透明的！而且，她們不知道。另外那個司是什麼意思。我把你叫作淘氣孩子，是因為我不喜歡。

是。一。

沙不夠了。算了吧。

布盧姆先生用遲緩的腳擦掉了那幾個字。沒有希望的東西，沙子。裡頭什麼也不長。一切都消失。不用擔心大船到這裡。除了吉尼斯的駁船以外。八十天環繞基什一周[41]。一半是有意識的。

他把木筆扔了。木棍落到淤沙裡頭，戳進去立住了。這樣一手，你如果故意要去扔，連扔一星期也扔不成這樣的。巧。我們也不會見面了。但是這次真是美。別了，親愛的。謝謝。你使我感到那麼年輕。

假如我現在能睡一小覺的話。一定是快到九點了。去利物浦的船早開了。連它冒的煙都不見了。她可以去幹另外那件事。也已經幹了。貝爾法斯特。我不去。匆匆趕去，又匆匆趕回恩尼斯。讓他去吧。閉一忽兒眼。可是不入睡。似夢非夢境界。從不相同。蝙蝠又來了。不會傷人的。不過幾下子。

40　《聖經・舊約・傳道書》：「你將麵包捆在水上吧，因為日久你必能找到它。」

41　法國科學家幻想小說家凡爾納（Julesverne, 1828-1902）名著之一題為《八十天環繞地球一周》。

啊甜妞兒抬起你的少女白我看見髒束腰帶使我做愛黏的我倆淘氣格雷絲心肝她他四點半床轉回來世花飾為了拉烏爾香水你的妻子黑髮隆起下面豐盈señorita年輕的眼睛馬爾維豐滿乳房我麵包車溫克爾紅拖鞋她睡不安寧流浪年代夢境回來末尾Agendath[42]心蕩神馳寶貝兒讓我看她的明年穿褲衩回來下次穿她的下次她的下次。

一隻蝙蝠在飛翔。飛這兒。飛那兒。飛這兒。灰濛濛的遠處，傳來了一陣編鐘的鳴響。布盧姆先生張著嘴，左腳的靴子側著插在沙中，倚在岩石上喘著氣。只消有幾下

咕咕
咕咕
咕咕

咕咕叫聲來自教士住宅壁爐臺上的時鐘，奧漢隆牧師、康羅伊神父、可敬的耶穌會修士約翰·修斯正在用餐，有茶、奶油蘇打麵包、黃油、炸羊排加番茄醬，邊吃邊談啤

咕咕
咕咕
咕咕

因為報時的是小房子裡出來的一隻小鳥一隻小金絲雀這是格蒂・麥克道爾去那兒的時候注意到的因為她對這樣的事情比誰的眼睛都尖，格蒂・麥克道爾就有這本領，她立刻注意到坐在岩石上望著的那位外國紳士是

咕咕
咕咕
咕咕

42 希伯來文：「公司」，為布盧姆早晨所見廣告中名稱「移民墾殖公司」（Agendath Netaim）首詞，參見本書第四章一四九頁。

14

Deshil Holles Eamus.[1] Deshil Holles Eamus. Deshil Holles Eamus.

燦燦哉，明亮哉，霍霍恩[2]，賜予胎動乎，賜予子宮果實乎。燦燦哉，明亮哉，霍霍恩，賜予胎動乎，賜予子宮果實乎。燦燦哉，明亮哉，霍霍恩，賜予胎動乎，賜予子宮果實乎。

啊唷唷，男的呀男的啊唷唷！啊唷唷，男的呀男的啊唷唷！啊唷唷，男的呀男的啊唷唷！

民族如不能傳宗接代而逐代增值則為諸惡之源，幸而有之則為萬能之大自然所賜純福，而全民對此是否日益關注，在其他情況均為一致條件下，則較一切輝煌外表更足以表明民族之興盛，此實為所有學問最淵博因而其高深思想修養最受尊敬者一致公認而經常闡述之理，而不明此理之人，則普遍被視為缺乏見地，無法理解睿智者認為最有研究價值之任何事物矣。蓋因對任何稍有意義之事能有所理解之人無不明白，表面輝煌僅為外相，而內裡實際可能昏暗渾濁而日益破落；

---

1 Deshi（愛爾蘭語）意為「向左」或「向太陽」；Holles（地名）即產院所在的霍利斯街；Eamus（拉丁文）意為「咱們去」。重複三遍為第九章（本書上卷四一八頁）中提到的古羅馬「阿爾瓦爾」祭司祈禱格式。

2 霍恩（Horne）為產院院長姓氏，但第十一章所提「犄角」亦為Horn（參見第十一章五〇六頁）。

或自反面言之，大自然之恩賜，無一可與繁衍之福比擬，反覆繁殖原為所有凡人之崇高職責，神意對此已為不可更改之部署，既為旨令亦即許諾，既預言昌盛亦復指出衰滅之危險，一切正直公民，均以教誨同胞為己任，惟恐自祖先相傳之美德，由於醜惡習俗逐漸形成而失去其深邃影響，以致須有超人勇氣，方能起而伸張正義，譴責任何將神意置於湮沒遺忘境地之企圖，將使本民族原已造成良好開端之勢態無法取得良好後果，實為十惡不赦之罪，豈有顢頇極端以至不明此理之人？

因此之故，據最優秀史家記載，克爾特人向不重視任何並不真有內在價值而值得重視之事物，唯對醫藥之道極為尊重，實無足為怪矣。寄宿處、痲瘋院、發汗房、瘟疫墳等等均不必提，克爾特最著名良醫如奧希爾氏、奧希基氏、奧利氏等均曾制定周到治療方法，無論病人患何疾，或是戰慄，或是萎縮，或是康乃爾兒童稀瀉，均能治癒，復發者亦可使復健。大凡屬於公眾事務而具重要意義者，均須有相應之重大對策，因而渠等早已採取措施（究係經過預先思考而定，或係實際經驗自然成熟，尚難斷言，後世研究者持有不同意見，至今尚未取得明確共識），對處於一生最艱難時刻中之產婦，豪邁提供所需一切照顧，從而使生育能盡量排除意外事故之可能性，而且收費微不足道，故不僅能為富人服務，即令錢財無多甚或難以為生乃至無以為生之婦女，亦能享用。

產婦在此期間及此後期間均可不受任何阻撓，主要由於一切公民深知，除非有多產母親，繁榮絕無可能，而渠等既已受永恆神明一代凡人之囑照看產婦，俟情況已宜用車將產婦送去時，眾人無不熱烈希望產婦進入該院。如此民族是何等有見識，竟能預計某婦將成母親而去探視，使之深感突受愛護，此事不僅實際可見，而且人皆津津樂道，認為值得稱頌！

嬰兒出生之前即已有福。身居子宮而已受崇拜。一切與此有關之事均從豐辦理。床前有助產婆守護，食物營養豐富，襁褓極為乾淨舒適，彷彿分娩已在進行，一切早有預見，準備就緒：然並非即此而已，尚有一切需用藥品，分娩可能使用之手術器械，甚至包括全球各地所產形形色色引人注目觀賞之物，其中不乏神像人像，產婦臨近產期進入產院，於高爽而陽光充足之優秀房舍內待產時可欣賞審視，以助擴張而利生產。

夜晚已來臨，旅人立門畔。漢兮以色列，浪跡天一方。悲憫赤子心，獨來訪此院。

此院霍恩主，產床有七十。常有產婦至，臥床待喜訊，育兒健且壯，如神囑瑪利。守護有二姝，白衣無時眠。房內往返巡，止痛復除患：一年將幾許？論百需三番。霍恩好助手，精心守產房。

精心守產房，忽聞善人至，起立披頭巾，將門為渠開。突見島西天，閃電刺人眼。深恐人類罪，觸怒上天心，神將遣洪水，毀滅全人類。胸前畫十字，基督受難像，彼女引彼男，速速進伊房。彼男領盛情，步入霍恩院。

來者恐唐突，持帽廳中立。此人九年前，曾住姝家房，愛妻並嬌女，均在屋中居；海陸九年遊，港邊曾邂逅，彼女一鞠躬，彼男未脫帽。今日渠請罪，緣由敘分明，姝顏殊年輕，瞬間未及辨。此言多懇切，深獲彼女心，眼中閃光輝，雙頰飛紅霞。

伊眼往下垂，見其黑喪服，心中猛一驚，深恐有噩耗，噩耗非事實，伊心甚欣喜。客向伊探詢，彼岸奧大夫，有無新消息。彼女長嘆息，大夫已升天。來客聞此言，悲往腹中沉。女敬天道正，未願鳴不平，但云友年輕，早死實可悲。感謝天主恩，大夫得善終，臨死有神父，滌罪並聖餐，更依患病禮，四肢敷聖油。來客聞女言，尚欲明就裡，大夫辭世早，死因究為何？女云三年前，適逢悼嬰節[3]，大夫患腹癌，病死莫納島，祈求神慈悲，收容彼靈魂，可憐善良人，應入不死境。客聞悲憫言，默視手中帽。二人相對立，憂傷通其心。

因此，人人均應明鑑，汝至最終死時，惟有塵土附身，一切由女人所生之人，出娘胎時赤條條，最終去時亦必同樣赤條條也。

產院來客繼而向護理女人探問，現臥床待產之孕婦情況如何。護理女人答曰，該婦陣痛已足有三日，分娩必將痛苦難忍，然現已在望，片刻即可。又云曾目睹許多婦女臨盆，難產如此者得未曾有。此時伊為客計算，伊在此院已有幾多年數。來客靜聽女人言，深感婦女生兒育女苦楚非凡，而觀女面容，心詫此女容貌如此年輕，男人皆能見到，何以經歷多年而仍為侍女？十二次血潮已九番，伊仍忝在無子女之列。

二人說話間，城堡中堂大門已開，傳出堂內多人嘈雜用膳聲。此時一位實習騎士名狄克遜者自門內向二人立處走來。旅人利奧波爾德與之相識，因實習騎士曾在慈母之院，而旅人利奧波爾德曾因胸口遭可怖惡龍以矛螯傷去該院求治，實習騎士果然以碳酸銨調聖油為膏，其量足以敷治其傷。此時實習騎士邀旅人入大堂與眾人同樂一番。旅人利奧波爾德云須去別處。蓋彼乃謹慎而精細之人也。女士雖明知旅人精細，所言並非實情，仍贊同旅人而責備騎士。然實習騎士不容分說，對旅人之辯解與女士之責備均拒不理會，但言大堂之內如何美妙。俄而旅人利奧波爾德步入大堂，蓋其周遊列國而又曾縱慾，實已疲憊而須休憩矣。

中堂內設一大檯，係芬蘭國樺木製成，由來自該國四倭人頂起，倭人已受法術定身不敢移動。檯面上陳刀劍凶器，均由巨穴中服役神人以白火煆製，插入當地極為盛產之水牛、公鹿犄角而成。更有器皿，係按馬洪德法術[4]，由法師呼氣吹入如吹氣泡而成。檯上佳餚滿席，豐美絕倫無可比擬。其間有一銀槽，用巧妙方法橇開，槽中橫臥無首魚類，奇特之至，雖有疑者云除非親見絕無可能，然無首之魚赫然在焉，臥於來自葡萄牙國之油狀水中，由於該地肥沃，水質如橄欖壓榨之液。大堂之中另一奇觀為迦勒底茁壯小麥精髓以法術混合成團，摻入某種猛烈物質，借助其力能作神奇變化，漲大如山。該地人氏尚能令長蛇拔地而起，依附長竿懸於地面，人取蛇鱗釀製而得飲料如蜜酒。

實習騎士令人為利奧波爾德公子斟酒一觴勸飲，同時在場諸君人人舉杯共飲。利奧波爾德公子亦掀起面甲以示隨和，並略作飲酒狀以示友好，但公子對蜜酒素來不沾，隨即將觴擱置，並暗

3　「悼嬰節」為天主教節日（十二月二十八日），紀念《聖經》所載耶穌出生後猶太王希律為除耶穌而殺害的大批嬰兒。

4　馬洪德（Mahound）係中古英語，指神怪，亦指穆罕默德；按吹製玻璃方法源出東方，但早於穆罕默德時期約七個世紀。

將酒大半傾入鄰座杯中，鄰座毫無察覺。自此公子與堂中諸君同坐，略事休憩。感謝萬能天主。

　此際善良修女立於門邊，請求堂內諸位以人皆崇敬之主耶穌為念，勿再尋歡作樂，因樓上有人臨產，一位貴婦即將分娩。利奧波爾德爵士聽得樓上高叫，心中納悶，究為嬰兒哭，抑為產婦聲，便問是否已經來臨。余念時間延宕已過長。此時爵士見檯子對面有一鄉紳名喚萊納漢者，此人年歲較餘人均大，故二人實為一伙騎士中之長者，而此人尤為年長，故爵士出言十分恭順。爵士云，延宕時間雖長，所育為天主賞賜，等待奇長更為洪福。鄉紳已醉，但曰提心吊膽，只等時刻。鄉紳飲酒從來無須邀請更無須勸，即攫座前之杯，興致勃勃而曰：如今浮一大白，頃即暢飲一杯以祝二人健康，蓋此人痛暢淋漓，無出其右。而利奧波爾德爵士為學士廳內有史以來最為善良之來客，最溫順、最和藹、母雞下蛋能伸手接住之好人，全世界最能低聲下氣伺候貴婦之真正騎士，亦彬彬有禮舉杯祝酒。心中默念者，婦人何其苦也。

　且說堂內相聚諸君，均已立意在此痛飲一番。檯子兩邊各有一溜學士就座，計有聖瑪利亞慈母院實習生狄克遜、其同學醫科生林奇與馬登、名喚萊納漢之鄉紳、另一來自阿爾巴•龍伽[5]名喚克羅瑟斯者，以及席首貌似修道士之青年斯蒂汾，尚有科斯特洛，人因其某次出手不凡而稱之拳頭科斯特洛者（而在座諸君中，除青年斯蒂汾外，唯有此君最醉而仍頻頻索酒），再即溫良爵士利奧波爾德矣。在座諸君尚在等待青年瑪拉基，此君曾有言將來參加，然無意寬厚待人者已責其食言矣。利奧波爾德爵士廁身其間，則因對賽門爵士友誼甚厚而愛及其子青年斯蒂汾，再者是日浪跡遍地實已疲憊，正需休憩，而諸君饗以美食，待以至誠。悲憫在胸，愛心驅使，流浪雖成性，暫且不思動。

蓋彼等均為才氣橫溢之士。爵士聞其彼此爭論，涉及生育與道義之事。青年馬登堅持曰，在此類情況發生時，若令產婦死亡實為殘忍（約一年前，霍恩院內一名現已不在人世之愛勃蘭納婦女真有此事，伊死前全體醫師、藥劑師曾連夜會診）。眾人進而力主應保產婦，因生育之痛苦自始已是婦人分內之事[6]，有此想法者均認為青年馬登不同意婦死確有見地，言之有理。然懷疑者亦不乏其人，如青年林奇曰如今世道邪惡，縱有小人持有不同觀點，實情為法律無文、法官無權解決。天主自有辦法[7]。此言一出，眾人齊呼曰否，均以童貞聖母起誓，妻應活而嬰可捨。此事爭辯激烈，復加飲酒不斷，人均面紅耳赤，獨鄉紳萊納漢頻頻為各人添酒，惟恐歡樂稍減也。此時青年馬登為在座陳述事實經過，詳敘婦人如何死去，其夫君聽從游方僧與祈禱人勸告，為神聖宗教故，為本人對阿伯拉肯之聖烏爾坦[8]所作誓言故而不阻止其死亡，眾聞此言無不悲慟萬分。青年斯蒂汾當眾作以下言論：諸位，凡夫俗子，怨言甚多。如今嬰兒與母均已為其創造者增添榮耀矣，一在地獄邊境幽暗處而一在煉獄烈火之中[9]。然而天乎，吾儕每夜使天主賦予可能性之大

5 阿爾巴·龍伽為古羅馬建國以前城市，建國後已毀，但「阿爾巴」（Alba）在愛爾蘭語中亦指蘇格蘭。
6 《聖經·創世紀》第三章，上帝因夏娃偷吃蘋果而罰她生育時應受痛苦。
7 天主教規定如分娩時產婦與嬰兒不能雙活時，應首先保嬰兒。
8 聖烏爾坦為愛爾蘭奉為保護病兒孤兒之聖徒。
9 按基督教教義，未受洗禮之嬰兒死後入地獄邊境（Limbo），已受洗而有一般罪孽的死者入煉獄後方能進天堂。

量靈魂喪失其可能性，從而對聖靈、對天主本人、對賜予生命之主直接犯下罪孽，又將如何？彼復稱諸位而言：蓋吾儕性欲甚為短促。吾儕實為手段，體內所藏小小動物方為目的，大自然所圖不在吾儕而另有屬意也。此時實習生狄克遜問拳頭科斯特洛是否知悉目的何在。然彼已醺醺然如在雲霧之中，但聞彼云惟求性欲高漲時有幸一泄，有女即可，無論人婦、閨女、外室均願苟合。此時阿爾巴・龍伽之克羅瑟斯引述青年瑪拉基之獨角麒麟頌，云該獸長犄角，千年生一回，其餘諸人亦各有譏笑之詞加以奚落，人人憑聖傳丁納斯[10]其動力器作證而言，凡男人分內之事彼均有力辦到也。眾人於此莫不開懷大笑，惟青年斯蒂汾與利奧波爾德爵士例外，後者向不縱聲大笑，蓋自覺秉性奇特不願外露，加之對產婦深感悲憫，固不論其為何人何地也。嗣後青年斯蒂汾高談闊論，言及教會如母而擬將其斥在懷抱之外，言及教規法治，言及庇護墮胎之厲狸史[11]，言及風傳光種而致妊娠，言及吸血鬼嘴對嘴傳種，或如維吉里烏斯所述由西風傳種[12]，或由月花氣味[13]或女與婦同臥而婦甫與夫同臥，即effectu secuto[14]，或按阿威羅伊與摩西・邁蒙尼德意見，女沐浴時可湊巧受孕[15]。繼而議論，第二月末已注入人之靈魂，而所有人之靈魂均由神聖母親[16]擁於懷內，以增天主之榮耀，而凡俗之母僅為生產幼仔之母體，按教規應挺狗腿兒而死，此言出自掌漁夫印璽者之口，即神佑之彼得，神聖教會建立萬世大業之磐石[17]。於是眾單身漢問利奧波爾德爵士，如爵士遇此情況，是否願令婦人置身險境，犧牲性命以救性命。爵士頭腦清醒，明白答語應兩面見光，故以手托頰，以其慣用之掩飾方法曰，彼對醫道雖甚喜愛，無奈始終一知半解，以其有限經歷，認為此類事件甚為罕見，而生死二禮一併舉行，兩項獻金一齊收得，對教會母親或為好事也，言詞巧妙，得以躲過眾人追問。狄克遜曰此言甚是，竊以為含義甚深。青年斯蒂汾聞此喜形於色，當即斷然申明，偷竊窮人錢財者，無異於貸款予主也，蓋其醉態甚為狂野，而由此後不久之事態觀之，時已入此狂境矣。

然利奧波爾德爵士縱有此言論，心情仍極沉重，因彼仍念及婦女陣痛之可怖尖叫聲而悲憫不已，並憶及其賢夫人瑪莉恩為其生產獨子，不幸僅活十一日而氣數已盡，術者均無力挽救矣。夫人遭此厄運悲痛異常，特選上品羔羊毛線，製成精美罩衣為其安葬之用，以免其身臥地受寒毀壞（其時正是仲冬之際）。如今利奧波爾德自身既無子嗣，眼見友人之子，未免為失去之福分深感悲傷，既哀嘆無緣獲得如此傑出子嗣（蓋其才華出眾，確實有口皆碑也），亦為青年斯蒂汾痛心其與此輩浪蕩子胡鬧取樂，以至尋找娼妓而糟蹋其寶貴財富。

當是時也，小斯蒂汾，環顧全桌，殷勤斟酒，唯有慎者，隱匿其杯，酒方未罄；渠仍勤斟，

---

10 聖傳丁納斯原為法國里昂三世紀主教，被當地居民尊為保佑男性生殖力之聖徒。

11 「厲狸史」（Lilith）亦譯「夜妖」，為希伯來傳聞中女魔，忌恨孕婦與嬰兒。

12 維吉里烏斯即古羅馬詩人維吉爾（西元前七〇—一九），曾描述母馬春天發情時由西風受孕。

13 古羅馬作家普林尼（二三—七九）列舉婦女行經時的異常作用，其中之一為能治其他婦女不孕症。

14 拉丁文：「後續作用」。

15 十二世紀阿拉伯哲學家阿威羅伊曾記一女在河中沐浴時由附近男浴者所洩精蟲受孕。

16 「神聖母親」即教會。

17 創建羅馬教會之彼得為漁夫出身，耶穌認為他堅如磐石，可為建立教會之基礎，方命名「彼得」（意義為岩石），見《新約・馬太福音》第十六章。

且作禱告，祈求上蒼，保佑教皇，舉杯表忠，忠於何人，基督牧師，又稱此人，實屬布萊[18]。渠邀眾人，共飲此杯，杯中之酒，並非吾軀，而實體現，余之靈魂。麵餅碎片[19]，吾等不屑，賴餅而活，另有其人。餅令人餒，酒令人歡，且有佳釀，無慮饋乏。渠言至此，傾囊而示，金銀貢幣，閃閃放光，猶加銀券，二鎊十九，為其所獲，稱為稿酬，酬詩一首。睹此財富，人人稱羨，彼等囊中，均嘆闕如。渠復開言，滔滔如下：凡人在世，均須明白，時間廢墟，永世大廈[20]。此語何義？欲望之風，毀壞荊棘，曾幾何時，刺樹開花，時間流逝，十字架上，赫然玫瑰[21]。請察吾言。婦人腹內，道化為肉[22]，肉身雖促，無論何人，皆有靈魂，由造物主，聖靈影響，復化為道，永世不亡。此亦創造，唯係後效。Omnis caro ad te veniet.[23]聖母威力，無可置疑，基督真身，一舉而出，拯救苦難，放牧世人。強大女性，至尊之母，誠如前人，伯納德斯，稱頌聖母，omnipotentiam deiparae supplicem[24]，其義為何？伊作祈求，聖力無邊，蓋因聖母，夏娃第二，且能救我，與夏不同，奧古斯丁，亦曾論及，夏娃祖婆，雖與吾輩，網絡錯綜，臍帶相聯，竟將吾儕，祖祖代代，一齊葬送，所為何哉，蘋果一枚。然而此中，尚有疑問。試問此母，吾謂第二，究對其子，知抑不知？如其知之，則伊本人，淪為孫輩，vergine madre figlia di tuo figlio[25]；如其不知，則為拒認，或屬無知，類似彼得，漁夫住房，杰克所建[26]，亦似其夫，木匠約瑟，有職庇護，不歡婚姻，盡歡而終[27]，parceque M. Léo Taxil nous a dit que qui l’ avait mise dans cette fichue position c’était le sacré pigeon, ventre de Dieu![28]Entweder異體衍變，oder同體並存，絕無可能，體下有體[29]。眾人驚呼，此語可鄙。渠仍陳言，妊娠無歡，分娩無痛，軀體無瑕，肚皮無腫[30]。粗鄙之人，無妨禮拜，心誠情熱。吾儕意堅，拒之斥之。

拳頭科斯特洛聞此，以拳擊桌，聲稱欲唱，淫歌一首，〈司大卜烏・司大貝拉〉，德國姑娘，遭遇武夫，肚子變大，甫作此言，立即吼叫：司大卜烏，不適三月，歌聲乍起，護士奎利，

---

18 「基督牧師」為教皇，指其代表基督；布萊為愛爾蘭地名，該地十六世紀一牧師曾多次改教以適應不同國王之宗教信仰，因而「布萊牧師」往往指隨風使舵之人。

19 天主教聖餐儀式中掰碎麵餅分食，象徵基督聖體。

20 布萊克曾言：「每一嚴重損失，均可成為不朽的收穫。時間的廢墟，將建成永恆的大廈。」

21 十二世紀修道院長伯納德（即下文「伯納德斯」）曾將夏娃比作有毒刺之荊棘，而將瑪利亞比作玫瑰。

22 按《新約・約翰福音》第一章，基督為「道」所化成的肉身。

23 拉丁祈禱文〈安靈彌撒〉：「一切肉體都歸向您。」

24 拉丁文：「天主之母的萬能祈求力。」

25 意文：「童女母親啊，你兒子的女兒，」係但丁《神曲》中聖伯納德對聖母禱告用語，因耶穌為聖母瑪利亞之子，而耶穌又與上帝一體，天下眾生奉為在天之父。

26 據《聖經・新約》，耶穌大弟子彼得曾在耶穌被捕後拒認耶穌，於耶穌死後方創建羅馬教會。「杰克所建」為英國童謠繞口令中詞句，但杰克即約翰，而彼得之父名約翰，為耶穌施洗禮之先知亦名約翰。

27 瑪利亞之夫約瑟夫在天主教內被尊為聖，天主教百科全書列舉其庇護多種多樣人物及活動，包括家庭。

28 法文：「因為列奧・塔克西先生告訴我們，將她弄得這麼狼狽的是神鴿，天主肚腸呀！」塔克西為本書第三章（見上卷一三四頁）提及的法國《耶穌傳》的作者；「狼狽」等語為作品中描繪約瑟夫發現未婚妻瑪利亞懷孕而產生懷疑時責問瑪利亞情景。

29 Entweder……oder……為德文，義為「非……即……」二者擇一；同體異體為本書第一、三、九諸章中涉及教會中關於耶穌與上帝關係的爭議，但亦涉及宗教界關於聖餐中麵餅與酒和基督關係的爭論，主要辯論它們是否由基督的身體與血變成抑係同存；但「體下有體」一詞為斯蒂汾杜撰。

30 無歡、無暇、無痛、無腫等為宗教界加以神化渲染的瑪利亞受孕、生育基督過程。

奔來門邊，忿怒禁聲，並加斥責，汝輩如此，何等可恥，繼而申言，無妨講明，伊意所求，院長到時，秩序井然，無聊喧譁，難於容忍，本人職責，榮譽攸關。此係老嫗，護士之長，儀態穩重，舉步莊嚴，衣著灰暗，正符憂心，亦宜皺顏，而其告誡，並非無效，鄙夫拳頭，立遭圍攻，或曉以禮，然甚粗暴，或作奉承，唯帶威脅，七嘴八舌，各有其詞，渾人該死，鬼迷心竅，汝為村夫，汝為小人，鑽豆梗堆，汝為廢物，汝為豬腸，叛徒崽子，汝溝中生，汝流產兒。善良爵士，利奧波德，安靜溫順，墨角蘭花，是其紋章，睹此醉漢，如猿遭咒，囈語不絕，實須制止，因而指出，神聖時刻，此其為最，因其實質，確屬神聖。霍恩院內，安寧為要。

簡而言之，混亂甫定之際，埃克爾斯街瑪利亞之狄克遜君，莞爾一笑而問青年斯蒂汾，彼未受戒為僧[31]，緣由為何，彼答曰，子宮內之聽命、墳墓內之貞節、終身被迫貧窮也[32]。萊納漢君聞此對曰，彼已從傳聞中對其邪行有所知悉，傳言者曾詳述其所玷汙者為天真無邪之女，純潔如百合，實屬腐蝕幼女行為也，眾人聞此均哄笑而舉杯祝其即將為人之父。然渠斷然宣稱，實情與彼等設想全然相反，渠為永恆人子且永葆童身。眾人聞言更歡，繪聲繪色而敘其奇異婚禮中男女配偶卸衣破身之舉，如馬達加斯加島上祭司採用之法，女著純白、桔黃二色，其郎著白紅二色，二人同登新床，周圍點燃甘松與蠟燭，執事人齊頌天主並讚Ut novetur sexus omnis corporis mysterium[33]，直至新娘當場失其童貞。渠復當眾朗誦一極為纖巧可喜之婚禮小曲，出自雅士約翰・弗萊徹君與弗朗西斯・鮑蒙特君所著之《少女悲劇》[34]，所頌亦為類似之有情人終相交股一事，頌歌疊句為上床乎上床，須用古處女琴和音伴奏。少年男女，相戀相愛，正需此曲，優美悅耳，動人心弦，仙女舉炬，薰香護送，登上四足臺而成其好事。狄克遜君大喜曰，二人合夥甚妙，然少君且聽吾言，其名如能易為鴇蒙頭與婦來氣，豈非更妙，我信二者共處必大有可觀也。青年斯蒂汾對曰，此語不謬，就其所憶而言，此二人確共一女，而該女出自青樓，二人輪番與之交歡，蓋其時生活紅火，為國內風俗所許可也。渠言男子最大之愛，莫過於為朋友放倒其妻。汝亦應仿效而行之也[35]。前牛尾大學欽定法國文字講座教授瑣羅亞斯德亦曾作此說，或作大同小異之說，對人類貢獻之大無出其右者。引路人入樓為難於忍受之事，然汝可占次好之床。**Orate, fratres, pro memetipso**[36]。而眾人皆應答阿門。愛琳乎，請記住汝歷代人民與昔日業績[37]，請記住汝對吾何其輕視，對吾言論何其輕視，而將一外人引至吾門，任其當吾之面橫行非禮，發胖而

---

31 斯蒂汾在天主教學校就學時期，該校主任曾邀其入耶穌會修士會，斯未接受，事載《藝術家青年時期寫照》（下略：《寫照》）第四章。

32 天主教入修道院前須發三願：神貧願、貞節願、聽命願。

33 拉丁文：「願男女間性關係之全部祕密真相大白。」按此「讚語」查無出處。

34 弗萊徹（John Fletcher）與鮑蒙特（Francis Beaumont）為十七世紀初英國著名詩人與劇作家，曾合寫劇本十餘種，《少女悲劇》（一六一一）為其中之一。

35 據《聖經・新約》，耶穌教導其門徒曰：「最大的愛，莫過於為朋友而放倒其生命。」（〈約翰福音〉第十五章。）又在講撒瑪利亞人熱心助人故事後對聽者說：「你也去仿效而行吧。」（〈路加福音〉第十章。）

36 拉丁文：「弟兄們，請為我本人祈禱吧。」

37 愛爾蘭詩人穆爾曾寫愛國詩〈愛琳應記住昔日業績〉，詩中緬懷古代愛爾蘭抗擊侵略而如今「西方世界的翠綠寶石，已鑲入外人王冠之中。」

桀驁如耶庶如姆[38]。因此汝之罪孽為觸犯光明，而將汝之主人即余降為僕役之奴。歸來乎歸來，米利族：請勿忘吾，米利希人[39]。汝因何故如此辱吾，捨吾而取賈拉普瀉藥商人，棄吾而任汝女與羅馬人，與語言昏暗之印度人共享華衾？如今吾民且放眼觀看神授之土地，登霍瑞勃山，登尼波山，登比斯迦山，登亥屯山角[40]，瞭望此片奶水暢流、金錢豐富之土地。然汝餵吾以苦奶，並已將吾之日月永遠澆灰。汝棄吾一身永陷於孤苦黑暗之中，而以灰燼之脣吻吾之嘴。渠繼又訴曰：此內部之陰霾，至今未獲七十子聖經智慧之照耀[41]，而自天而降擊破地獄之門察訪其無邊昏暗者，甚至未向東方提及此陰霾[42]。殘暴行為，見慣便不以為暴（正如塔利談及其心愛之斯多葛學派所言[43]），而哈姆雷特其父並未向王子展示燒傷之燎泡[44]。生命正午之渾濁，猶如埃及之瘟疫，於誕生前與死亡後長夜之中，方為其最恰當之ubi與quomodo[45]。天下事物，其終極無不與其始發起源具有某種程度之一致性，萬物生而後長，無不順此多方協調之規律而進行，而此同一規律，亦以逆變之勢，日益縮小磨蝕而趨於符合自然規律之終局，吾儕存在於天地之間亦不能例外。老嫗將吾儕拽入人世：吾儕號哭、爭食、遊戲、奔波、擁抱、分離、萎縮、死亡：老嫗復俯身收拾吾儕死身。始也，救自古老尼羅河蒲草叢間，枝條編織綁以布帶之床：終也，山中洞穴為陵，隱匿於山貓與鴟鳥同鳴之野[46]。因而無人知悉其墓之所在，亦不知吾儕至該地區後將有何遭遇，不知將被領往托非特抑或伊甸[47]，同樣，吾儕如欲回顧吾人究竟來自何處遙遠地域，吾等稟性究竟出自何種根源，亦將一無所見也。

對此，拳頭科斯特洛吼曰Etienne chanson[48]，然彼高呼眾人而曰，妙哉，智慧女神已自建大廈，巨大穹頂何等富麗堂皇，造物主之水晶宮殿也，一切井然有序，尋得豆子者賞錢一枚。

巧匠杰克建大廈
許多麻袋裝麥芽

---

38 「耶庶如姆」為以色列別名，摩西在率領以色列人出埃及後曾譴責其「發胖而桀驁」，事見《聖經・申命記》。

39 「米利族」為愛爾蘭古代傳説中王族，即第十二章提及之米利希斯之後人，被認為是愛爾蘭王族祖先。

40 霍瑞勃山，尼波山，比斯迦山，亥屯山角等均為《聖經》中地名，摩西率領以色列人民出埃及後曾登山見上帝並瞭望上帝所賜土地。

41 《七十子聖經》為耶穌誕生前二、三世紀間從希伯來文譯為希臘文之《舊約》，據云由七十二位譯者各自單獨譯出全文後對比，結果完全相同，可見確有神助；但此文本中包括一些現在西方教會《聖經》中不收的內容。

42 據公元五世紀出現之福音外傳（未收入《聖經》），耶穌曾入地獄破門救人；而「東方」係智者從星象獲得耶穌出生消息之地。

43 塔利即西塞羅（Marcus Tullius Cicero, 106-43B.C.）為古羅馬著名政治家、學者。

44 《哈姆雷特》劇中哈父陰魂見哈時自稱現在煉獄，但不能透露其中可怖情景。

45 拉丁文：「何處」與「狀態」。

46 據《聖經・舊約》，摩西出生三月後，其母為躲避埃及國王殺戮以色列男嬰命令，以蒲草編舟置於河畔，被埃及公主拾去；摩西率領以色列人民出埃及後去世，其墳墓隱藏山中，至今不知何處。

47 托非特為耶路撒冷以南山谷中古代焚燒人體處，因而傳統以此代表地獄；伊甸為通向天堂之樂園。

48 法語：「斯蒂汾，唱歌。」

杰克約翰營盤內
巍然圓頂穹隆下[49]。

近處街上忽應聲而作巨響，嗚呼，其聲猶如猛烈爆炸。左側擲棰者托爾突然大發雷霆[50]。使之心悸之雷暴到矣。林奇君囑之曰，譏嘲與耍弄才智須加小心，因天神已怒其邪魔外道之論調矣。眾人均能察覺，原先高唱反調如斯氣壯之人，竟已臉色蒼白而縮成一團，如此高昂之語調竟已突然垮下，其心臟隨同隆隆雷聲而在胸腔之內震悚不已。於是人們嘲笑與奚落交加，而拳頭科斯特洛則再次奮力吼叫，萊納漢君斷言彼隨後必將如此，蓋此人實屬一觸即發之類也。然而誇口說大話者大聲宣稱，一位非人老爹酒醉而已，實屬無關緊要，渠將仿效而行，不致落後也。然而此言僅為掩飾其極端惶恐之真情，渠已畏縮在霍恩大堂之內不敢抬頭矣。渠確乎浮一大白，聊以壯膽而已，因此時長雷滾滾而來，震天撼地，馬登君始終胸有成竹儼然如神，聞浩劫之霹靂時竟敲擊其肋部，而布盧姆君則在誇口者之側以好言撫慰其驚恐，宣稱所聞僅為喧鬧之聲而已，須知此係雷暴雲砧釋放流質，一切均屬自然現象也。

然而，青年吹牛家之恐懼，因撫慰者之言而消失乎？未也，蓋其胸中有一巨刺名曰怨恨，非言詞所能消除者也。然則彼既非鎮定如一人，復非儼然如神似另一人乎？曰，彼固願如其中之一也，唯力不從心，未能如願耳。然則彼幼時曾依聖潔之瓶而活，如今胡不設法復獲此聖瓶？曰，此道不通也，天不其寵無以獲瓶也。然則於此霹靂之中，所聞係上天生育者之神意，抑係撫慰者所言之自然喧鬧現象而已？曰，聞乎？豈能不聞乎？除非堵塞理解之通道也（彼未堵塞）。彼已自該通道獲悉，彼所在為現象之域，彼終有一日將死，蓋因彼與眾人同為過眼雲煙也。然則彼不願隨眾死去而煙消雲散乎？曰，斷非所願，不能不死耳，彼亦不願再學男人與妻室所作之表演，彼等固因現象規定而按經書權威辦事也[51]。然另有一國土，其名為信我者，神所許諾之地也，適於如意王統治，永遠無死無生，既無所謂夫妻亦無所謂母子，凡信之者均能到此國土，多多益善，彼對此國土竟一無所知乎？知之也，虔誠者曾與之語及此國土，而貞潔者曾為之指引方向，然而其中另有緣故，因其在途中與一娼妓相遇，該女外貌悅目而自稱名為一鳥在握[52]，以媚詞將其引出正道而入斜途，詞曰：喃，汝乃俊美男子，何不轉入此處，妾將為子展示美妙場所，於是女依偎其旁而臥，且極其媚態，從而將之納入其洞窟，名曰二鳥在叢，或如若干博學者所言名曰淫欲。

相聚於母性之院食堂內諸君所欲者，莫過於此物矣：彼等如遇此一鳥在握之妓（此物內部為疫癘叢生，魔怪與一名惡鬼聚居之處），彼等均將不遺餘力追逐之並與之同房。至於信我者國土，彼等稱之無非概念而已，且彼等無從構想，蓋其一，女勾引彼等前往之二鳥在叢，實為美輪

49 出自打油詩〈杰克所建房舍〉（一八五七），該詩模仿童謠「杰克所建」而將其簡單樸素詞語轉換為堂皇複雜字樣。

50 托爾為北歐神話中雷電之神，手中握槌，扔出即為閃電。

51 《聖經．舊約》中多處記載上帝囑其子民多生子女繁殖後代。

52 諺曰：「一鳥在握，勝於二鳥在叢。」

美奐之洞窟，內有枕頭四具，枕上有四片印就以下字樣之標誌：騎背式、顛倒式、羞答答、臉貼臉；其二，彼等對惡瘟梅毒與各種魔怪所憂慮，因保健者已授予一牢靠牛腸盾牌；其三，彼等亦無須顧慮子嗣即惡鬼，亦藉該盾之力也，盾名即殺嬰也。如是，彼等均沉湎於胡思亂想矣，挑剔先生與時或儼然先生、猿猴灌黃腸先生、假鄉紳先生、文雅狄克遜先生、青年吹牛家，以及審慎撫慰者先生。嗚呼，在座各位何其可憫也，諸君不知該聲響實為神口吐真言，神已震怒，即將揮臂毀滅彼等之靈魂，皆因彼等竟敢違背其火熱囑咐生育之旨，胡言亂語而又糟蹋生靈也。

是日六月十六，星期四，派—克・狄格南因患中風而入土。久旱之後天主開恩降雨，一駁船經五十哩左右水道運來泥炭，船夫云種子皆不發芽，田地極乾，其狀甚慘而發惡臭，沼澤小丘亦然。呼吸困難，幼苗均已枯死，無人憶得曾有如此長久之點滴無雨。鮮紅花苞均成褐色，終而萎謝成為烏黑一團，丘陵之上，惟遺乾蒲枯柴，見火即燃。人皆斷言，去歲二月大風全島損失慘重，然與此次旱災相比，實為小事一樁。然今晚終於來到，日落之後風向坐西，夜色漸濃時出現大塊彤雲，氣象行家均仰首注視，初為片狀閃電，而於十時之後，一聲巨響，隨之長雷隆隆，頃刻間冒煙大雨傾盆而至，人人慌忙急奔戶內，男人均以手帕或方巾蒙其草帽，婦女則撩起裙袍跳躍而去。自伊萊街、百各特路、公爵草坪、後經梅里恩草地直至霍利斯街，原來全部乾透，現已成為流水沖道，不見一輛輕便車輛或大、小出租馬車，然霹靂第一次後未再炸響。菲茨吉本法官先生閣下（即將與律師希利先生同任學院地產委員）宅門對面，紳士之紳士[53]瑪—基・馬利根適自作家穆爾先生（原為天主教徒，據云現已成好威廉黨人[54]）家出，不期而遇亞歷・班農，留短髮（現與肯達爾綠呢舞蹈斗篷一齊流行），甫乘驛車自馬林加來城，其堂兄與瑪一基・馬之弟在馬市再住一月，至聖斯威辛節方歸。問來此有何事，一云正欲返家，一云擬赴安德魯・霍恩處，人邀多飲一杯而滯留耳，是為彼言也，然欲與之講述一歡快小尤物，年歲未足而人已可觀，肉多及踵，時雨仍傾瀉不止，於是二人齊赴霍恩處。克勞福德報紙之利奧・布盧姆適在該處，與一伙說笑之人閒坐也，似均為搖唇鼓舌、擅生是非之輩，有慈母醫院學者小狄克遜、蘇格蘭後生文・林奇、威・馬登、T・萊納漢（此人正因屬意一參賽馬匹而甚悲哀）、斯蒂汾・代。利奧・布盧姆原感倦怠而滯此處，然現已好轉，彼今晚曾夢及一奇特景象，見其妻莫夫人趿紅拖鞋而穿土耳其短褲，知之者曰此象主變，而皮尤福依太太因腹中之累來此，架腳臨盆已二日，狀甚可憐，助產婦費盡心計而無力催生，產婦胃部不適，願食稀粥一碗，有吸乾內部之妙，其呼吸甚為沉重，難於承受，人云如此撞擊必是小子，唯求天主速賜其分娩。余聞此將為第九成活兒，其前一兒於聖母領報節咬斷指甲已一年，另有三嬰均於哺母乳時死去，以端正字跡書於國王聖經內[55]。其夫已五十餘，屬衛理公會，然接受聖事，安息日晴朗時常攜二子往閣牛港外港灣垂釣，用重型釣絲輪盤或用平底船拖網捕鮮魚與青鱈，余聞所獲甚豐。總之大雨滂沱，萬物滋潤，大有助於豐收，然知者曰，大風大雨之後必有大火，方符瑪拉基曆書（余聞拉塞爾先生亦已從印度斯坦為其農民

53 即專門伺候紳士之男僕。

54 「威廉」即英王威廉三世（參見第二章注44九十九頁），因而「威廉黨人」指親英之新教徒。

55 英國新教通用國王詹姆斯一世期間所編《聖經》，家庭中常以其空頁記錄重要事項。

報紙獲得大意相同之讖語）事必有三之預言，然此僅為危言聳聽，於理無據，蒙騙婦孺之談，但此等怪誕不經言論居然亦有猜中之時，不知如何解釋。

此話一提起，萊納漢便走向桌端，說此信登在今晚報上，並作勢欲在身上尋找（他賭咒發誓，說曾特別注意此事），但經斯蒂汾一勸，他便放棄搜索，欣然遵命在近處坐下。此君混跡賽馬界，以插科打諢或荒唐逗趣為樂，對女人、馬匹、謠言、醜聞之類津津樂道。他的家道實甚寒酸，日常徜徉咖啡館與下等酒館，結交以誘騙水手為業之徒、馬夫、賽馬賭博經紀人、游手好閒者、走私販子、學徒、娼妓、妓院老闆娘，以及操此賤業的其他醜類，偶與法警庭丁為伍，常通宵達旦喝生蛋酒，杯盞之間拾人牙慧。他常在一家廉價飯鋪吃客飯，如錢包內有一枚六便士硬幣，吃上一份碎肉或一盤牛肚，他便能搖唇鼓舌，搬弄他從窯姊兒之類口中聽來的淫言穢語，說得人人笑破肚皮。另一人即科斯特洛聞言，問他是詩抑是故事。他說非也，弗蘭克（此係其人名字），說的是凱里郡母牛將因瘟疫而遭屠殺。然而管牠們呢，他眨眼說，讓牠們隨公牛肉見鬼去吧，不與我相干。這罐頭中的魚倒確是不賴，他以至為好友態度表示願吃此處所置小鹹鯡魚，他早已饞眼瞟魚，垂涎欲滴，找來此處正是為此主要目標也。Mort aux vaches[56]，弗蘭克用法語說，因他曾學徒於白蘭地酒商，該商於波爾多設有酒庫，他學得一口文雅法語。此弗蘭克自幼不求上進，其父為一警吏，無法管住他在學校讀文學與天文地理，便為他在大學註冊學機械，但他如野馬上嚼子，桀驁不馴，見司法官員與教區執事比見書本更勤。他一度想當演員，然後想當隨軍小商販，或是賽馬賭注騙子，然後一心只戀逗熊坑和鬥雞場，然後打算漂洋過海，或隨同吉普賽人到處流浪，藉月光綁架鄉紳繼承人，或是竊取女僕所晾衣物，或是偷竊籬後家禽。他離家已不下貓命之數[57]，每次均口袋空空而回家找其父警吏，警吏每次見他照例都流淚一品脫。怎麼，利奧波爾德先生認真關心此事究竟，交叉雙手而問，他們要統統宰割嗎？我申明，今日上午我還見到牛群去上利物浦船舶哩，他說。我難於相信事態已如此嚴重，他說。他有經驗，數年前為約瑟夫・卡夫先生當職員時曾經手此類畜群，以及懷犢母牛、多脂育成羊、去勢公羊等等，卡夫在普魯士街的加文・樓氏院內經營牲畜買賣與牧場拍賣，是一位毫不含糊的生意人。我向那一位請教，他說。看來多半是線蟲病或是木舌頭。斯蒂汾先生略為所動，然即彬彬有禮而告之，實情並非如此，他已收到皇帝陛下首席牛尾刺痒官來文感謝他的盛情，並即將派來牛瘟大夫，是全莫斯科評價最高的逮牛手，將帶來一二種牛藥片，可以抓住牛角。算了，算了，文森特先生說，明白說吧。他要是敢來招惹愛爾蘭公牛，他短不了鑽進牛角尖裡出不來，他說。愛爾蘭的名字，愛爾蘭的性子，斯蒂汾先生一面潺潺流水似地傳麥芽酒一面說，愛爾蘭的公牛闖進了英國的瓷器店[58]。我明白你的意思，狄克遜先生說。正是牧主尼可拉，那位最出色的飼牛家，送到我們島上來的那匹公牛，鼻上還掛有一只翡翠環呢[59]。你這話不錯，文森特先生在桌子對面說，還有牛眼

---

56 法語：「處死母牛！」

57 諺云：「貓有九條命。」

58 「愛爾蘭公牛」（Irishbull）在英語中可指表面通順而實際荒謬可笑之語言，類似吳語方言中「死話」，如本書第三章中「坐下來散散步」（見一一三頁）；而「公牛闖入瓷器店」為常用比喻，指魯莽闖禍行為。

59 教皇詔書在英語中稱為bull，與「公牛」同字。十二世紀英王亨利二世入侵愛爾蘭時獲得教皇詔書認可（該教皇原為英國人，名尼可拉），並獲教皇授予金戒指一枚，上鑲象徵愛爾蘭的翡翠。

呢，他說，而在三葉草上拉屎的，還從未有過如此肥壯如此魁偉的公牛。這牛的犄角特盛，身披金皮毛，鼻孔冒香氣，所以我島婦女都撇下生麵團和擀麵杖，跟在牛屁股後面轉起來，還給牛身上掛雛菊花環[60]。那話容或不假，狄克遜先生說，但是在他來前，本是閹人的牧主尼可拉，已經派一批不比他本人強的博士為他去勢如儀。好，現在走吧，他說，一切按我親表弟哈利老爺所說的辦[61]，你獲得了牧主的祝福，說完用勁在他的屁股上拍了一下。但這一拍與這祝福對他很有好處，文森特先生說，因為他又補教他一個足以頂倆的訣竅，所以姑娘、老婆、女修道院長、寡婦等人至今宣稱，不論月內何日，她們情願在黝黑牛房內對他的耳朵說悄悄話，或是受他的長長聖舌在頸背上一舔，勝似和最出色的年輕勾魂壯漢在全愛爾蘭的四方田地上一起睡覺，這時另一人又插嘴道：他們給牠打扮，穿一條花邊襯衫和裙子，配上披肩、腰帶和褶襇袖口，剪短牠額前的毛髮，渾身抹上鯨腦油，每逢道路轉角處，都為牠修一牛舍，其中各置金食槽一具，滿盛市上最佳乾草，以便牠睡覺拉屎隨心所欲。這時，信徒之父（這是他們對牠的稱呼）已龐大臃腫，走往牧場很不方便。我島善於哄人的夫人少女設法彌補，用圍裙為牠兜來飼料，牠一吃飽肚皮，便屁股著地立起身來，將祕處展示在各位女士眼前，並用公牛語言大吼大叫，女士們也都隨後仿效。不錯，另一位說，牠已經嬌慣到家，全島土地上不容任何其他作物生長，只許為牠長綠草（因為那是牠認的唯一顏色），在島中央小山上立一木牌，上印通知曰：**哈利老爺令，地上長草，青綠其色**。狄克遜先生接著說，只要牠聞到一點氣味，得知羅斯康芒郡或是康尼馬拉荒野中有一名掠牛賊，或是斯萊戈郡一名農夫種下了一小把芥菜籽，或是一袋油菜籽，牠就要衝將出去，將島上的一半田地狂踩一遍，用牠的牛角將地上種的一切莊稼都連根拔起，而且一切都是根據哈利老爺的命令。他們之間起初是互有惡感的，文森特先生說，哈利老爺罵牧主尼古拉是集全世界老尼克之大成[62]，說他是妓院大老闆，家養七名娼妓，我要管管他的事情。他說。我得用我父親給我的牛鞭，他說，把那畜生弄臭，臭得像地獄！可是，狄克遜先生說，有一天晚上哈利老爺划船比賽獲勝（他自己用鏟形大槳，可是競賽規則第一項就是規定別人必須用草叉划），用膳以前洗他那至尊至貴之身軀，發現自己有酷肖公牛之處，翻開他藏在食品間的一本已經翻黑了邊的小冊子一看，果然不錯，牠是羅馬人一匹著名冠軍公牛之側出後代，該牛名為Bos Bovum[63]，這是上等沼地拉丁文說法，說的是場面主宰。此後，文森特先生說，哈利老爺當著全朝臣子，將腦袋伸進母牛飲水槽，從水中抬起頭來即向他們宣布了自己的新名稱。然後，他水淋淋地鑽進一套他祖母的舊衣裙，買來一本牛語語法學了起來[64]，無奈一個字也學不進去，只學到第一人稱代詞，他用大字抄寫出來，熟讀於心，若有外出散步之時，就在口袋中裝滿粉筆，隨其興之所至將它寫上，或

---

60 英語中「雛菊花環」可表示牽扯三人以上的淫亂關係。
61 「哈利」為「亨利」暱稱，同時英語中常以「老哈利」指魔鬼。「尼克」為「尼古拉（斯）」暱稱，但「老尼克」亦指魔鬼。
62 按英王亨利八世（一五〇九—四七在位）因教皇不許其離婚而與羅馬教會決裂，自任英國教會之首。
63 非正規拉丁文：「牛中之牛」。
64 教皇諭旨（公牛）均用教會拉丁文。

是岩石之壁，或是茶館桌面，或是棉花大包，或是軟木漂子。總而言之，他和愛爾蘭公牛不久之後就如膠如漆，可以合穿一條褲子矣。正是如此，斯蒂汾先生說，其結果是本島男人眼看無所指望，而忘恩忘義的婦女又都是一個心眼，於是 了一個淺水筏子，連人帶財產包裹裝上海船，豎起了所有的桅杆，參加了登上帆桁的典禮，啟動操縱器，頂風泊碇，迎風掛起三張帆，將船首轉到迎風方向起錨，向左轉舵，扯起骷髏旗，三次歡呼三聲，開動了牛引擎，架著小船離了岸，然後渡海去重新發現美洲大陸了。正是這一場合，文森特先生說，使一位水手長寫下了這樣一首熱鬧歌子：

——教皇彼得是個尿床葫蘆。
男人終歸是男人，那話就甭提啦。

正當大學生們將寓言說到最後，門口出現了我們的可尊敬的老朋友瑪拉基·馬利根先生。與他同來的是一位他剛遇到的朋友，一位名叫亞歷克·班農的青年紳士，是新近進城來的，意圖購買軍銜，進國防軍當步兵或騎兵掌旗官去打仗。馬利根先生本來就有禮貌，對這事自然表示欣賞，何況這和他本人的一項事業互為表裡，他那事業正是為對付適才議及的惡劣現象而提出的。說至此，他向在座各位傳送一套硬紙卡片，是他今日在奎乃爾印刷廠定製的，上印清秀斜體字樣：／授精家 培育家 瑪拉基·馬利根先生。地址：蘭貝島。接著他進而加以闡明，說他計畫從無聊享樂的都市生活中退出，那是紈褲府花花公子和口舌府造謠大爺之流的園地，而將專門從事我們人身肌體最崇高的任務。好吧，好朋友，狄克遜先生說，我們願聞其詳。我看這事無疑有玩弄女性之嫌。來吧，請坐下，兩位仁兄。坐下不比站著多花錢。馬利根先生接受邀請，隨即開始詳述其設想。他告訴在座各位，他之所以有此構思，起源在不育的原因，無論是由於抑制或是由於禁阻，亦無論抑制的起因為床第欠歡或是協調不足，更無論禁阻的根源在於先天缺陷或是後天癖性。他說，眼見夫妻之房事被奪去其最寶貴的結晶，他感到極度痛心；想到如此眾多可人意的婦人，她們擁有能使最邪惡的和尚垂涎的大筆寡婦指定產，竟自在不宜人居的修道院內銷聲匿跡，本可以成倍納入幸福而竟在某種無以名狀的三腳貓懷中消耗其女性的鮮花盛開期，明明有一百個健壯漢子近在身邊可以愛撫，而偏要荒廢其不可估價的女性之寶，這，他向他們強調表示，使他心裡不禁流淚。為了遏制這一不幸情況（他歸結其根源為潛在情欲受壓抑），他向某些值得尊敬的顧問徵詢意見並作研究後，已決定置購可自由處置的不動產蘭貝島作為永久產業，其原業主為塔爾博特・德・馬拉海德勛爵，一位十分支持我們上升派的保守黨紳士[65]。他計畫在島上建立一所全國受精園，名稱將定為**昂發樓斯**，園中將依照埃及方式鑿刻、豎立一座方尖塔[66]，他將在園中為一切婦女提供忠實可靠的造胎服務，不論屬何階層，凡願履行其天生職能而來找

65 「上升派」為愛爾蘭當時用語，指社會中信奉新教聖公會（即與英國國教一致）因而政治上占優勢的階層。

66 埃及方尖塔為男性生殖器象徵，以之拜太陽神而求繁殖。

他，來者不拒。金錢並非目標，他說，並且他本人的效勞不要一個便士的報酬。只要身體結構合適，性情也熱烈而能促成其中請者，即使是最貧窮的廚房下女，也能和豪華名媛一樣從他這裡獲得滿意的男性服務。關於他的營養，他表示將有一套專用飲食，包括美味塊莖、魚類以及當地所產蹄兔，這最後一種嚙齒目動物繁殖力特強，其肉配以肉豆蔻乾皮一片或是紅辣椒一二莢，或燒或烤，都特別有助於他的目的。馬利根先生以十分鄭重而熱烈的語氣發表完這一演說之後，即從帽上取下適才蓋在上面的圍巾。看來他們兩位剛才遇上暴雨，儘管加快腳步仍已淋溼，馬利根先生所穿的粗灰呢緊身齊膝褲子已成黑白斑駁。在這之間，他的計畫受到聽眾的歡迎，獲得所有人的熱烈讚揚，唯有瑪利亞醫院的狄克遜先生例外，以挑毛揀刺的態度問他是否也不怕往煤都運煤。然而馬利根先生作為向博學聽眾致意，引用古典妙文一段為答，此文他早已熟記於心，認為可以為其理論提供有力而高雅的佐證：Talis ac tanta depravatio hujus seculi, O quirites, ut matresfamiliarum nostrae lascivas cujuslibet semiviri libici titillationes testibus ponderosis atque excelsis erectionibus centurionum Romanorum magnopere anteponunt[67]，而對於趣味比較粗俗者，他又利用更適於他們口味的動物王國中類似情況證明其論點，如林中草地上的公鹿母鹿，農家場院內的公鴨母鴨等。

此饒舌家素來看重儀表，而其相貌也確實不凡，這時已忙於整理身上服裝，同時對詭譎多變的大氣變化加以相當氣憤的譴責，而在座各位則對他提出的事業紛紛加以讚揚。他的青年紳士朋友正為自身一段經歷而感興奮難忍，已在向鄰座述說其事。馬利根先生至此方注意桌面，便問麵包與魚招待何人，轉眼望見生客，便彬彬鞠躬而言，請問閣下，我園技術精湛，閣下是否需用？

生客表示敬謝不敏，然語言之間保持適當距離而答曰，彼來此看望一位在霍恩院內住院之女士，可憐因婦女之苦惱而處於某種特殊狀態（彼敘述至此不由深深嘆息），願聞女士是否已獲喜訊。狄克遜先生扭轉話頭，取笑馬利根先生，問他肚皮見大原因究係前列腺胞囊亦即男性子宮內卵胚孕育成胎，抑係如著名醫生奧斯丁・梅爾登先生所言，由於腹中有餓狼所致。馬利根先生聞此視其緊褲而大笑，猛擊其橫膈以下部位，並以模擬格羅根大娘（人為女中魁首，惜乎淪為娼妓）之憨態可掬狀高聲呼曰：此為絕不產私生子之肚皮也。語有新意，獨出心裁，再次引起陣陣歡娛，室內諸君人人哈哈大笑，樂不可支。此條活潑歡快之嚮尾蛇本將以同樣憨態繼續其模擬笑劇，然此時前廳有事發生。

這廂聽話人即蘇格蘭學生，一位頭髮淡如亞麻色的急性小伙子，以洋溢熱情祝賀了青年紳士，打斷正到精彩處的敘述，首先以恭敬手勢請對面座位中人施惠傳遞一瓶助興飲料，旋即將首略傾以示疑問（如此美妙姿勢，非一整個世紀之禮貌教養所能培養者），同時將酒瓶配以斜度相等而方向相反之一傾，向敘述者提出明白無誤如同言詞之問題，是否可以敬其一杯。Mais bien sûr，高貴的陌生人，他愉快說道，et mille compliments[68]。不僅可以，且正及時。我正需此杯以慶我洪福。然而仁天乎，我即便囊中僅有麵包皮一塊，手中僅有井水一杯，天主乎，我亦將受之而

67 拉丁文：「公民們，如今人心不古以至於此，我們的婦女竟寧要下流閹人的淫蕩挑逗，而不要羅馬百人長的沉重睪丸與巍然勃起。」按此文文體接近古羅馬政治家西塞羅，但據查並無出處。

68 法語「當然可以……多謝。」

心悅誠服，願下跪於地，感謝上蒼賞賜佳物者將此幸福賜我。言畢舉杯及唇，喜孜孜飲酒一口，將髮捋平，並即解開前襟，打開一只以絲帶懸於胸前之小盒，出示其珍藏之照片，上有玉照中人親手簽名。他以無限深情凝視照中面容而道，墨歇請聽我言，當時伊身披精緻羅紗抵肩，頭戴俏美新帽（伊告我係生日禮物），模樣如此樸實隨便，而神情如此令人心醉，你若如我一般見到，墨歇，平心而言你亦必受豪爽天性驅使，情願雙手將自己奉獻此敵，或是從此永離疆場。我宣布，我有生以來從未受過如此深刻之觸動。天主乎，我感謝您造我這一生！何人能獲如此可愛女性之青睞，實為三倍幸福之人矣。情意綿綿之一聲長嘆，更為其詞語增添分量，而將小盒納入懷中後又抹眼長嘆一聲。仁慈天主乎，您普降恩澤於您所創造之一切，您的專政之中最甜蜜的一項，是何等廣大，何等無所不包，它能使普天之下人人臣服，自由人與奴隸、村夫俗子與文雅公子、熱戀之中不顧一切之情人與進入成熟時期之丈夫，無一例外。然而先生，我忘其所以了。我們人間一切歡樂是何等難求周全。遭殃！天主乎，何不賜我先見之明，記得攜帶斗篷！思念及此，足以令我哭泣。如有此先見，即令傾七場暴雨，我二人均不致受絲毫損失。我該死，他以手擊額而呼，明日將為一新日，千雷萬電，我認識一位marchand de capotes, Monsieur Poyntz[69]，以里弗赫一枚之代[70]，購得最緊身之法國式斗篷一件，可保女士絕不淋溼。嘖嘖！Le Fécondateur[71]大聲插嘴說，我友墨歇摩爾為最有修養之旅行家（我適才avec lui[72]分酒半瓶，在座均為本市最佳才子），我由此權威獲悉，霍恩角有雨ventre biche[73]，可以溼透任何斗篷，最堅實者亦不例外。據此權威告我sans blague[74]，已有不止一位不幸人物，經此猛雨澆透之後即已匆匆奔赴另一世界，絕非兒戲。呸！墨歇林奇高聲啐之曰，里弗赫一枚！如此粗陋貨色，一蘇之價已過於昂貴矣。雨傘一柄[75]，即令大小僅如神話中之蘑菇，亦勝過此等頂替貨色十件。稍有頭腦之婦女，決計不願穿用。我親愛之基蒂今日告我，伊寧舞於暴雨中，亦不願餓斃於如此一艘救命方舟內，伊並提醒我其中緣故（臉色羞紅可愛而與我悄悄耳語，實際當時無人可竊聽其話語，僅有蝴蝶紛飛），大自然已根據神意在我們心中植下種子，家喻戶曉il y a deux choses[76]，其餘情況下應視為非禮之天真無邪人身原裝，至此反為最恰當以至唯一合適之服裝，其一，伊說（此時我正攙此美貌哲學家向其輕便馬車走去，伊以舌尖輕觸我外耳腔促我注意）其一為入浴——但恰在此時，廳中鈴聲叮叮，一場看來滔滔不絕本可使我們大長見識之言論就此打住。

這一伙人正是一片空虛無聊的嬉笑歡樂，忽聞一陣鈴聲，人們紛紛猜測有何事故，這時卡倫小姐進來，向青年狄克遜先生低聲片言隻語，便向在座諸位深鞠一躬而退。一伙浪蕩子中忽然出現一位端莊萬分之女士，容貌美麗而態度嚴肅，即便僅留片刻，已足以使最放肆之人不敢打趣，

69 法語：「斗篷商墨歇波盎茲」，但capote（斗篷）在俚語中亦指避孕套。
70 「里弗赫」為法國舊時銀幣，十八世紀後為法郎所取代。
71 法語：「使人懷孕者」。
72 法語：「和他一起」。
73 法語：「其勢甚旺」。
74 法語：「毫不含糊」。
75 「雨傘」在俚語中亦指避孕子宮帽。
76 法語：「有兩件事」。

然而女士一走，粗言穢語立即傾囊而出。將我嚇傻了，已經酩酊的鄙夫科斯特洛說。真是一塊特等上好母牛肉！我敢起誓她是和你約會。如何，你小子？你對她們有一套手腕呵？天老爺，正是這話，林奇先生說。他們在慈母收容所，用的正是床邊親切態度。該死，奧伽格爾大夫不就是摸那兒的修女們的下巴嗎。我是要天主保佑的，我這話從我基蒂那裡聽來，她這七個月來都在病房當女工。天主慈悲吧，大夫呀，穿淺黃色坎肩的青年紳士叫喊著，臉上作出婦人式的蠢笑，浪裡浪氣地扭動著身子說，您怎麼這般逗弄人呀！要命的傢伙！天主保佑我吧，我都軟成一團了。您哪，就跟親愛的小人兒蔻授教義神父一樣壞，您真是壞透了！我願這四分壺把我嗆個半死，科斯特洛喊道，要是她不是有肚子了的話。我的眼睛那麼一瞟，就能看出一個女的有沒有大白肚。可是青年外科醫生已經站起身來，請求在座各位原諒他告退，因為剛才護士已通知他，產房有事要他即去。仁慈的天主已經開恩，那位enceinte[77]中堅韌不拔值得讚揚的女士苦惱已告結束，她已生下一個健壯男嬰。我對某些人實在難於容忍，他們既沒有才智供人欣賞，又沒有學問給人知識，偏要汙衊一種崇高的職業，這種職業在地球上，除了我們所敬畏的神道以外，是為人類造福的最大力量。我確信，如果需要的話，我能找來雲彩一般的大批見證，他們都可以證明她的高貴行動是優秀事蹟，不僅完全不致流為笑柄，而且是足以鼓舞人類心胸的光輝成就。我不能接受。怎麼？誹謗一位和善如卡倫小姐的人嗎？她是女性的光輝，男性對之唯有驚嘆之分。而且正當一個來自泥土的幼弱嬰兒經歷其生命中最重大關頭的時刻？休作此想！一個民族，如果聽任如此惡毒的思想留下種子，如果對於霍恩院中的產婦和護士沒有理所當然的尊崇，這個民族的前途將是不可設想的。他發表這篇譴責之後，順勢向在座諸位致敬，即向門口走去。座中諸君人人發出一片贊同聲，有人進而主張不再多費口舌，馬上將這鄙俚酒徒驅逐出去。這一主張本來完全可以實現，也完全是他罪有應得，但是他立即發出駭人的誓言（他的賭咒本來就是順口就來的），表示絕不再犯，並說他死心塌地不作害群之馬，絕不比別人差。掏我心肺吧，他說，這是老實人弗蘭克•科斯特洛的真心話，我從小就有家教，特別孝敬父母，我媽做果醬卷布丁或牛奶麥片糊最拿手，我每想起都疼得慌。

回過頭來且說布盧姆先生，自其初入此處，便感某些嘲弄語言十分放肆，僅視之為年齡作怪而加以忍耐而已，蓋常人皆指責此年齡中人不知憐憫為何物。少年氣盛者確實常形跡荒唐如痴長個子之兒童：其議論喧鬧雜亂，用語令人費解而難免不雅；其氣焰囂張而打趣肆無忌憚，使他的頭腦難於接收；其行為未免常失檢點，唯有精神旺盛為其長處。然而科斯特洛先生出言使他更感噁心而難於下嚥，他看此可鄙之人必是畸形駝背佬與人私通而生下之剪耳怪物，墜地必是腳先出而牙已長成之羅鍋子，頭顱上有外科醫生用鉗所留凹痕為其增色，從而使他想及已故聰明人達爾文先生認為創造之鏈中尚缺之一環[78]。如今他已過我們分內壽命之中段，已經歷生存中之種種坎坷，性格日益謹慎小心，擁有難得的預見力，內心早已自囑克制一切怒氣上升趨勢，以最及時之手段防微杜漸，並在胸中培養寬宏度量，此度量為卑劣者所恥笑，魯莽者所不屑，而為一切人所

---

77 法語：「懷孕」。

78 達爾文曾論述，在從猿至人的進化過程中，應有一過渡物種尚未發現。

容忍，亦僅勉強容忍耳。對於以取笑纖弱女性表現其才智者（這一態度是他從來不能接受的），他既不能承認其有何教養，亦不能認為其有何傳統：大凡已失去一切寬容心腸因而已完全無寬容餘地之人，惟有依靠經驗加以強烈解毒一法可施，即迫使其蠻橫無理態度倉皇敗陣而作可恥退卻。他並非不能體會青年氣盛，見老朽者蹙額或遭嚴峻者之斥責均能無動於衷，而一味（按照聖書作者思想貞潔的說法）願嘗禁果，然無論如何不能猖狂以至見高貴婦女處於其應分狀態之中而公然背棄人道也。總之，原先他雖已從修女言中了解分娩在望，如今獲悉消息仍不能不承認寬慰不小，經歷如此苦難之後終於獲得如此吉祥生產之子嗣，再次證明至高無上者不僅寬厚，而且確實慈悲也。

因此之故，他向鄰座透露心中所思，說是如要表達他的看法，則他的意見（或許他不應表示意見）認為：如果聽到此次產婦臨盆成功喜訊而不歡欣鼓舞，必是鐵石心腸、冷血鬼怪，因為產婦為此所受痛苦並非由於其本人過錯。穿著講究之時髦青年答曰，過錯在其丈夫使之處於這一境地，至少按照常理應為其丈夫，除非此女人為又一以弗所主婦[79]。我須奉告，克羅瑟斯先生以掌擊桌面，藉其宏亮聲音加強語氣而曰，老榮耀哈利路尤姆[80]今日又曾來過，一位兩鬢飄長髯的老漢，哼著鼻音探問威廉米娜消息，稱之為我的生命。我請他作好準備，因為事件即將爆出。天，我與你們明言無諱吧。這條老牛居然還能和他女人撞出一個孩子來，我無法不讚揚他的陽氣充足。眾人各以其不同方式紛紛加以誇獎，然時髦青年仍堅持原說，認為一夫當關者並非其夫，必另有其人，或是教堂執事、或是打火把照明的（君子），或是串戶兜售住家所需雜物之小販。怪哉，客自思量，此等人何以能有如此與眾不同之輪迴轉世能力，身在臨產室中與階梯教室解剖臺前，竟敢如此七嘴八舌輕狂議論，而一旦獲得學位，如此肆意輕浮之徒搖身一變，即又成為兢兢業業施行仁術者，且是有識之士大多奉為最高尚之仁術。然而他又進而思忖，這一伙人或許是感受相同的壓抑，因而同來尋求發洩，我曾不止一次觀察，一丘之貉，往往一齊哈哈也。

然而，可以向庇護他的貴人請教，這一蒙仁主恩准而獲公民權之異邦人士，有何理由以我國內政總指導自居？若有忠誠之心，應知感恩戴德，如今感戴之情安在？在最近戰爭期間，每逢敵人憑其手榴彈暫獲優勢，這一敗類莫不抓住時機肆意攻擊收容他居住的帝國，然而同時又為其百分之四的安全可靠提心吊膽[81]。莫非他已忘卻此事，正如其忘卻所受一切恩典？或是他已由欺人而轉為欺己，正如他的娛己一致，蓋如傳聞屬實，如今他已是自己的唯一歡娛對象矣。對於一位可敬的女士，一位英勇少校之女，褻瀆其臥室絕非正道，即使對其貞操加以最含蓄的議論亦在所不容，然而他若執意要引人注意此事（實際上此事不提對他有利多矣），則亦可聽便。此婦何其不幸，在他對她橫加指責之時，她如何反應本是她的權利，然而這一合法權利竟被無端剝奪，而且剝奪如此之久，她僅能在無可奈何之中嗤之以鼻而已，實為無理之至。他說此話以道德夫子自居，虔誠有如鵜鶘真身[82]，然而正是此人，竟曾不顧自然規則，公然企圖與一來自社會最底層

79 以弗所為古希臘城市，據古羅馬作家佩特羅尼烏斯《薩蒂利孔》記載，該城一寡婦痛悼亡夫之同時即接受另一男人求愛。

80 「榮耀，哈利路亞」為新教某些派別作禮拜時常唱的讚美詩詞句，皮尤福依信奉新教。

81 「百分之四」為布盧姆所持九百鎊政府公債年利率（見第十七章），如英國戰敗將受影響。

82 鵜鶘翅寬並傳說以血哺乳其幼，因此紋章中常以之象徵耶穌。

之女傭私通！確實，該女如無擦地刷子為其監護天使，她也必遭殃如埃及女夏甲矣[83]！他對放牧地要求苛刻而脾氣乖張，因此而臭名遠揚，以致一位牧主憤而於卡夫先生能聞其聲處給予痛斥一通，用語既富牧民色彩而又直捷了當。他宜講這套福音，對他實不相宜。他在家中近處，豈非自有一方種子田，因缺犁頭而休閒未耕乎？青春期之惡習常成第二天性，至中年即為恥辱之源矣。他若定要將他的治世妙計與趣味未必高雅的格言警句作為基列乳香散布[84]，藉此而令一代羽毛未豐之登徒子恢復健康，他的行動何不與他目前念念不忘的原則稍稍取得一致？他的為人夫君的胸中，藏有識禮者不願引述的祕密。他容或能由姿色已退之美女獲得若干淫言穢語以為安慰，略減家室雖在而備受忽視以致淫亂之苦，然而這位新道德倡導者與治療者，至多不過是一株異邦樹木，如其根基未動而立於東方故土之上，尚能茁壯繁茂而多產乳香，然而移植至氣候較為溫和之地，其根即失其原有之活力，而所產僅為呆滯、酸性而了無作用之物矣。

第二位女護理人向下級住院醫官報告消息，醫官又據此向代表團宣告子嗣已生，其莊嚴慎重不禁令人憶及高門盛典儀式[85]。而醫官旋即去往婦女之室，以便陪同內務大臣及樞密院全體官員參與產後大典如儀，此時由於疲乏與讚賞而沉默無聲之諸位代表，早因肅穆守夜已久而焦躁不安，咸望大喜之事已經實現，放縱片刻已有依據，何況女使與官員均已離去，行動更為自由，於是眾口競開，立時喧鬧非凡。其中可以聽出，唯有布盧姆兜銷員先生力主平靜克制，然而無濟於事。吉辰已至，百家爭言正是其時，而個人秉性迥異，唯有爭言方是聯合之道。各家議論紛紛，前後已議及此事一切階段之一切情況：同母異父兄弟出生前即相嫌惡現象；剖腹手術；父死後出生與較罕見之母死後出生；兄弟殘殺事件，即人所共知的蔡爾茲謀殺案，幸有布希律師先生富有激情之辯護，方使無辜被告宣告無罪釋放而令此案成為名案；長嗣繼承權及國王對雙胞胎與三胞胎之獎賞；流產與殺嬰行為，佯裝的與掩飾的；缺心臟的foetus in foetu[86]；由於阻塞而造成之缺臉現象；某些無下巴支那佬之缺頷現象（馬利根候補先生提出），其原因為上頷骨骨節中線複合有缺陷，以致（據他說）一耳能聽另一耳所言；麻醉或朦朧入睡法之優點；妊娠後期因血管受壓而陣痛延長現象；羊水早破（實際病例即是如此）及其引發子宮膿毒症之危險性；注射器人工受精法；更年期子宮功能衰退現象；婦女由於受犯罪性強姦而懷孕引起的人種延續難題；勃蘭登堡人稱之為Sturzgeburt[87]的痛苦分娩方式；由於經期受孕或父母血緣相近而形成的有案可查的多雙胎、雙多胎、怪胎現象——總而言之，亞里斯多德傑作[88]中分類敘述並加彩色石印插圖的各種各樣人類出生情況。熱烈議論所及，不僅有產科學與法醫學中最嚴重的問題，且亦涉及有關妊娠狀態的最流行的觀念，例如禁止孕婦跨越農村的階梯柵欄，惟恐其動作致使臍帶窒息胎兒，又如責令孕婦於有強烈欲望而未能有效滿足時，應將手置於身上由長期習俗定為懲戒部位之處。有人舉出兔

83 夏甲為《聖經．創世紀》中女奴，因主婦不孕而成為主人亞伯蘭之妾，有孕後與主婦爭吵而出走。
84 基列為約旦以東地區，《聖經．耶利米書》中提及該地樹木所產乳香能治百病。
85 「高門」為十五世紀土耳其蘇丹對其首都君士坦丁堡的美稱，土耳其蘇丹宣告王位繼承的儀式特別隆重。
86 拉丁文：「胎兒在胎中」。
87 德文：「突然生產」。
88 參見第十章注50四六九頁。

脣、胸痣、六指或六趾、黑人纖帶胎記、莓狀痣、深紫胎痣等異常現象作為初步跡象，依此推理說明偶或發生的豬頭胎（人們不忘格里絲爾・斯蒂文斯夫人事[89]）或犬毛胎亦為自然現象。由喀里多尼亞使節提出原生質記憶假設[90]，不負他所代表的國土之玄學傳統盛譽，認為此類情況實為胚胎發育受阻於人類之前某一發展階段之表現。一位外國代表反對上述兩種見解，以幾乎使人不能不折服之熱烈情緒，提出一種婦女與雄性獸類交配之理論，並振振有詞，宣稱典雅拉丁詩人在其《變形記》天才篇章中傳下的彌諾陶洛斯之類傳說均屬事出有因[91]。這番言論立即引起反應，然甚為短促。甫起即落，原因在馬利根候補先生增補一語，口吻之俏皮有趣無人能望其脊背，主張最宜作為欲望對象者，莫過於乾淨可喜的老頭兒一名。與此同時，馬登代表先生與林奇候補先生間已展開熱烈討論，研究連體雙胞胎中如有一方先死，如何解決其中法學與神學難題，最後一致同意，交請布盧姆兜銷員先生立即轉交代達勒斯助理執事先生。此君前此一言未發，或是企圖用超乎自然的肅穆突出其服裝的奇特莊嚴性質，或是由於遵循內心的一種呼聲，現亦僅簡單傳達教會法令，有人認為實是敷衍了事，該法令但言天主已合而為一者，人不得分而為二。

然而這時瑪拉基亞斯敘述一事，令人莫不毛骨悚然。他用法術使人們目睹了一場怪事。煙囪邊祕密嵌板移開，壁凹中赫然出現了——海恩斯！我們誰不不寒而慄！他一手持裝滿凱爾特文學的卷宗一袋，一手握標有毒藥字樣小瓶一只。驚訝、恐怖、憎惡，這是人人臉上泛起的神色，而他則面帶獰笑環顧眾人。他先發一聲慘笑，然後說道，我已經預料會受到這樣的對待，看來這要怪歷史。是的，真是如此。我是殺死塞繆爾・蔡爾茲的凶手。而我是受到了何等的懲罰！地獄對我來說已無恐怖可言了。這就是我落得的下場。眼淚和傷口呀，他含糊不清地咕嚕咕嚕道，我這麼長的期間都得在都柏林揹著我收集的這些詩歌走呀走的，他還老跟著我，像是個soulth或是bullawurrus[92]，我要怎麼樣才能得到一點休息啊？我的地獄，愛爾蘭的地獄，都成了現世報應。我想方設法試圖抹掉自己的罪惡。排解心事的活動、打白嘴鴉、愛爾蘭蓋爾語（他背了幾句）、鴉片酊（他將小瓶舉至唇邊）、露營。無濟於事！他的幽靈緊追著我。麻醉品是我的唯一希望……啊！毀滅！黑豹呀！他大叫一聲，突然消失了，嵌板也就合上。轉瞬之間，他的腦袋在對面的門口出現並說道：十一點十分，在韋斯特蘭橫街車站見面。他走了。浪蕩主人的眼中湧出了淚水。高人舉手指天，喃喃而言：曼納南的世仇[93]。哲人重複道：Lex talionis[94]。感傷主義者，那是希望享受成果而不願承當其嚴重責任的人。瑪拉基亞斯情緒過激而語塞。謎團解開了。海恩斯就是第三個兄弟。他的真姓名是蔡爾茲。黑豹自己就是他親生父親的陰魂。他飲用毒品是為了要忘掉。你讓我輕鬆了，多謝。墓地邊上的孤立房屋已無人居住。再也沒有人會住進去了。蜘蛛在孤寂之

89 斯蒂文斯夫人（一六五三—一七四六）為都柏林慈善家，常戴面紗，謠傳其面容如豬。
90 喀里多尼亞即蘇格蘭；「原生質記憶」為通神學概念，靈魂輪迴轉化全過程均在此記憶中。
91 古羅馬詩人奧維德（西元前四三—西元一七）所著《變形記》中記述，克里特王彌諾斯之妻與牛交，生半人半牛怪物彌諾陶洛斯。
92 愛爾蘭語：「鬼魂」或是「噴火牛怪」。
93 拉塞爾詩劇中法師曾祈求曼納南降災（見第九章注51三七九頁）。
94 拉丁文：「報復性法律」，即以牙還牙的治罪原則。

中布網。夜間有老鼠從洞穴裡窺視。這所房子遭了詛咒。凶宅。凶殺之地。

人的靈魂如何計算年齡？她有變色蜥蜴的本領，每有新的境遇就會改變顏色，遇見高興的就會歡快，遇見沮喪的就會悲傷，而她的年齡也是隨著她的情緒而變化的。坐在這裡沉思默想回憶往事的利奧波爾德，已經不是那位莊重的廣告經紀人，為數不多的公債券的持有者。他在一種回顧性的安排中，在一面鏡中鏡裡頭（嘿，變！），看到自己又是少年利奧波爾德了。見到的是當年的年紀輕輕模樣，早熟的男人特徵已經出現，冒著刺骨的晨寒，走出克蘭勃拉西爾街那所老房子去上中學，身上像子彈帶似的斜背著書包，裡面有厚厚的一塊小麥麵包，那是慈母的心。要不，還是同一身影，又過了一年左右，戴著他的第一頂硬質帽子（啊，那可是一個日子！），已經上路了，家庭企業的正式推銷員了，攜帶著訂貨簿、一條灑了香水的手帕（不僅是為了裝樣子）、一箱色澤鮮亮的小裝飾品（唉，如今這些東西都已過時！），還有滿滿一箭袋的殷勤微笑，準備奉贈已經動心而仍在扳指頭算帳的主婦，或是含苞欲放的處女，羞答答接受（但是，心呢？告訴我！）他那訓練有素的招呼。那香水味，那微笑，但更重要的是那深色的眼睛和圓潤的態度，能在黃昏時分帶回家許多訂貨交給業主，業主也同樣辛苦了一天，坐在壁爐邊的家長角落裡抽著雅各式的菸斗（你可以肯定，火上已經有一鍋麵條在熱著了），戴著角質圓框的眼鏡，閱讀一月以前的歐洲報紙。然而嘿，又變了，鏡子上呵了一口氣，年輕的遊俠退後、收縮、變成霧濛濛的小小一點。現在他自己已是家長，周圍的人可能是他的兒子們。誰說得上？有智慧的父親能認出自己的孩子。他想到哈奇街的一個細雨霏霏的夜晚，在離保稅倉庫不遠處，第一回。他們倆（她是一個可憐的流浪女，恥辱的孩兒，你的、我的、所有人的，僅僅為了一個小小先令加她的一便士吉利錢），他們倆一起聽著巡夜人的沉重的腳步聲，看著兩個披雨披的身影走向皇家大學。布萊棣！布萊棣・凱利！他忘不了這個名字，永遠記得這一夜：第一夜，新婦夜。他們倆在底層的黑暗處互相摟抱，有意志的一方和順從意志的一方，一瞬之間（fiat![95]）光即將普照大地。是心心相印嗎？不是，親愛的讀者。轉眼就完了，但是——打住！回來！這樣不行！可憐的姑娘驚恐而奔，在幽暗中逃遁了。她是黑暗的新娘，黑夜的女兒。她不敢生育太陽一般金光閃閃的白晝嬰兒。不，利奧波爾德。名字和記憶不能使你獲得安慰。你的年輕力壯的幻象已被奪走——而且是徒勞無功。你沒有留下你生的兒子。魯道夫下面有利奧波爾德，而利奧波爾德下面是空白。

嘈雜的說話聲匯成一片，融入雲霧般的靜穆之中：這靜穆是無邊無際的，而靈魂是在迅速地、靜悄悄地飄越曾有許多代靈魂輪迴生活過的區域。在一個區域中，灰濛濛的暮色在不斷下降，卻從不降落到寬闊的灰綠色牧場上，而是將幽暗散去，撒下一片永恆的露珠般的星星。她步履拙笨地跟隨在她母親後面，帶領著親生小牝駒的母馬。她們是朦朧的幽靈，然而她們的形態呈現了預示未來的優美結構，有苗條勻稱的腰腿、柔韌多腱的頸部、溫順解人意的頭顱。她們消失了，悲哀的幽靈：全沒有了。Agendath是一片曠野，鳴角梟和半瞎的戴勝鳥的家鄉。Netaim[96]，

---

95 拉丁文FiatLux（「要有光」）為《聖經・創世紀》記載上帝開始創造世界所下命令。

96 希伯來文Agendath（公司），Netaim（移民墾殖者）參見第十三章注42七三二頁。

金黃色的，已經不復存在。在雲端的大道上，它們雷鳴似地哼著叛亂的威脅來了，獸群的鬼魂。啊！聽著！啊！視差在後昂首闊步轟著它們，他額頭上放射著蠍尾般刺人的閃電。駝鹿、犛牛、巴珊和巴比倫的牛、猛 象、乳齒象，牠們都成群結隊而來，直奔那沉陷的海，Lacus Mortis[97]。不祥的黃道帶十二宮獸群，蓄意報復！牠們嗚嗚地叫著從雲端經過，長尖角的和彎角的、帶喇叭的和長獠牙的、披獅鬣的、茸角高聳的、拱嘴的和爬行的、嚙齒的、反芻的和厚皮的，一群一群嗚嗚叫著全都來了，屠殺太陽的傢伙們。

蹄聲雜沓地，牠們奔向死海，奇渴難解地大口大口吞嚥那令人昏睡的浩蕩鹽水。馬的朕兆又大了，在空蕩蕩的天空中放大了許多倍，簡直和天同等高大，巍巍然懸於室女宮之上。瞧吧，輪迴轉世的奇蹟，是她，永恆的新娘，晝星的先行者，新娘，永恆的童貞女。是她，瑪莎，我失去的人兒呀，米莉森特，親愛的少女，光華照人的。多麼寧靜安詳啊，在這黎明將至未至的時刻，她升起來了，七姊妹星座中的女王，腳穿閃閃放光的金涼鞋，頭披那種叫什麼的輕薄紗。它輕輕浮起，圍著她的星辰所生的肉體飄動，然後飄了起來，飛揚在空中，翡翠色、寶石藍、木槿紫、纈草紅，被星辰之間的涼風氣流輕輕托起，轉動著，捲著圈，直打旋兒，在空中蜿蜒扭動著寫出了神祕的筆跡，經過了千萬種符幟變幻，終於現出了Alpha[98]，金牛星座額上的光彩奪目的三角形紅寶石符號。

弗朗西斯曾在康眉時期和斯蒂汾同窗，這時和他談起了那個年代的情景。他問到格勞孔、亞西比德、皮西斯特拉圖斯[99]。如今均在何處？二人均不了然。你談的是往事及其幽靈，斯蒂汾道。何必去想他們？如我隔忘川之水而呼喚他們起死回生，可憐的鬼魂豈非都將應聲群集而來？誰認為會如此？我，Bous Stephenoumenos[100]，閹牛之友派詩人，是他們的生命的主宰，是給他們生命的人。他向文森特一笑，用一圈藤葉編成的花冠圍住了自己頭上的蓬亂頭髮。你這個回答和這些藤葉，文森特對他說道，等你的天才生產了超過——遠超過一帽子小詩的作品，那時候才是你恰如其分的裝飾品。所有願你好的人，都希望你有這麼一天。大家都希望看到你正在思考的作品能出來。我衷心地希望你不要使人們失望。不會的，文特森，萊納漢將手搭在靠近他的人肩上說道。你放心。他不會讓他母親成為孤兒的。年輕人的臉色沉了下去。誰都看得出，提他的前途和他新近的喪事使他多麼難受。他幾乎想離開這宴樂場面了，幸虧嘈雜的談話聲沖淡了他的痛楚。馬登因為權杖騎者的名字而一時興起，押了他牠個德拉克馬輸了[101]：萊納漢更多輸一倍。他對他們講賽馬情形。旗子往下一揮，啊！那匹牝馬由奧馬登騎著精神抖擻地衝了出去。牠全場領先。人人都心跳了。甚至菲莉絲都沉不住氣了。她揮舞著頭巾喊叫：好哇！權杖要勝了！但是跑到終

---

97 拉丁文：「死池」。

98 金牛星座在黎明時出現在天邊，其頂端為一組三角形星群；Alpha為希臘文第一個字母，即Α，形似三角而象徵開端。

99 三者均為古希臘人名，英國散文家蘭多（Landor, 1775-1864）在其《幻想談話錄》中利用古代人物之口發表議論，即包括其中後二者。按蘭多該著作即本段文體模擬對象。

100 希臘文「斯蒂汾，牛靈魂」（見第九章注193四二一頁）。

101 權杖騎者姓奧馬登，其中「奧」字表示家族，因此實際與馬登同姓；「德拉克馬」為希臘小銀幣。

點以前的直道上，那時所有的馬都很靠攏，黑馬仍仍拉平、趕上、超過了牠。一切都完了。菲莉絲一言不發，她的眼睛成了悲哀的銀蓮花。朱諾呀，她叫道，我完了。但是她的情人安慰她，送她一只鮮亮的金盒子，裡面裝著一些卵形糖果，她吃了。一顆淚珠落下：僅此一顆。W・萊恩是一杆括括叫的好鞭子，萊納漢說道。昨天勝四場，今天三場。哪有像他這樣的騎手？把他放在駱駝背上，或是瞎胡鬧的水牛，倒騎著慢慢跑，勝利還是他的。但是，我們就按照古代的習慣，忍一忍吧。對運氣不佳的人，慈悲慈悲吧！可憐的權杖，他輕嘆一聲說，牠已經不是當年的小牝馬了。我憑這隻手起誓，我們再也見不到像那樣子的一匹馬了。天啊，先生，馬中女王呀。文森特，你還記得牠的樣子嗎？你今天要是能見到我的女王才好呢，文森特說。她穿著黃皮鞋，連衣裙是麥斯林紗的，我不知道究竟叫什麼紗，是多麼年輕，多麼容光煥發呀（朧朧琪在她身旁就算不上美女了）。我們在栗樹林裡，栗子樹已經開花，空氣中滿是誘人的清香，到處都飄著花粉。在樹蔭之間有太陽的地方，完全可以在石頭上烤一鍋佩里普利波米尼斯在橋頭小攤上賣的那種葡萄乾小麵包。但是她的牙齒沒有別的東西可咬，只有我摟著她的胳臂，我一摟緊，她就調皮地咬我。上周她病了，在榻上躺了四天，但是今天她自由自在、輕鬆愉快了，天不怕地不怕了。她這樣更迷人。還有她戴的花。好一個瘋丫頭，鬧夠了才一起躺下。我和你說句悄悄話，我的朋友，你想不到我們離開那片樹林的時候，是誰撞見了我們。康眉他自己！他正在樹籬旁邊走過，還在讀一本書，我想沒有問題是祈禱書，書裡當書籤夾著的，我相信是葛麗賽拉或是珂璐寫來的富有風趣的書信。甜妞兒心慌意亂，臉色變了又變，裝作整理衣裙中一點不整齊的地方：一片小樹枝纏住在那裡，因為樹木也愛慕她。康眉走過之後，她用隨身小鏡子照了照自己的可愛模樣。但是康眉是和善的。他走過我們旁邊的時候還祝福了我們。天上神道也都總是和善的，萊納漢說。我押巴斯的馬不走運，他的麥牙酒會對我友好一些吧[102]。他伸出手去摸一個酒瓶：瑪拉基看見，擋住了他的手，指著那位生客和紅色瓶簽。小心些，瑪拉基悄聲說道，要保持德魯伊德式的肅穆。他是靈魂出竅了。被人從夢幻中驚醒，興許和從娘肚子出生一樣痛苦哩。任何事物，只要你對它集中注視，都可以成為通向天神們的不毀伊湧之門[103]。你是否認為如此，斯蒂汾？通神學大師是這麼告訴我的，斯蒂汾答道，他是前世由埃及祭司引入門而通曉因果報應的奧祕的。通神學大師告訴我，月亮的主子們，太陰圈中的第一星體上來的一船橙黃火焰色主子們不願承受那些虛靈體，因此它們已由第二星座上來的紅寶石色個體取得化身。

然而，以實際情況而言，認為他已陷入某種鬱悶心情或已中魔之說，僅是荒謬的推測而已，是最膚淺的誤會，完全不符合事實。在上述事態進行期間，他的視覺器官已開始顯露活動跡象，而此人的銳敏程度較之世上任何人有過之而無不及，凡作相反推測之人，必將迅速發現自己已誤入歧途。他在適才的四分鐘左右時間內，正在凝視對面許多酒瓶之中相當數量的巴斯一號麥芽酒，由特倫特河畔伯頓的巴斯公司裝瓶，其鮮紅裝潢無疑正是立意招人注目。事後知悉，由於他本人方清楚的原因（有這些原因，事情的性質就完全不同了），他在片刻以前關於童年和跑馬場

102 權杖馬主姓巴斯，英國著名麥芽酒釀造者巴斯為其本家。

103 「伊湧」為通神學概念，指神湧出之精神力量（參見第九章注26三七一頁）。

的談論之後，正在回憶二、三私事，其餘二人對此均一無所知，有如未出娘胎的嬰兒。然而他二人目光終於相遇，他一開始明白那人正在設法獲取該物，立即不由自主地決定鼎力相助，於是伸手取得裝有那人願得液體之中型玻璃容器，傾出一大杯子，其量甚豐，然而同時也適當注意，不讓其中的啤酒有一點灑出在外。

此後的辯論，其進展及範圍誠可謂整個人生的縮影。場所與議事人員均不乏尊嚴。參與辯論者為全國頭腦最銳敏的人物，所論為最崇高最緊要的議題。霍恩院內這間高大廳堂，從未目睹如此富有代表性而又如此各不相同的人群，而屋頂的古老椽木亦從未聽到如此百科全書式的語言。這是一個真正壯觀的場面。在場的有克羅瑟斯，他坐長桌下首，身穿引人注目的高原服裝，臉上放出加洛韋海角的鹹風吹成的紅光[104]。在場的還有林奇，坐在他對面，容貌中已經露出青年墮落的跡象和早熟的心計。坐在蘇格蘭人旁邊的是怪人科斯特洛，而在再過去的一個座位上，則是端坐著矮墩墩的馬登。壁爐前的住院醫生的椅子空著，但左右兩邊形成了鮮明的對比，一邊是班農，穿一套探險服，粗花呢短褲和鹽漬粗牛皮靴，另一邊是瑪拉基・羅蘭・聖約翰・馬利根，一身文雅的淺黃色，一派城裡人的儀表。最後，桌子上首坐的是青年詩人，他在這蘇格拉底式討論的宴樂氣氛中，找到了暫時擺脫教書勞動和玄學鑽研的休憩，而在他的兩側，右邊是剛從戰馬競賽場出來的那位油嘴滑舌的預測家，左邊是那位警覺的流浪人，一身沾滿旅行和戰鬥的塵埃，以及一項無法消除的醜行所留下的汙跡，但是他的心是忠貞不渝的，不論遇到什麼引誘、危險、威脅或是屈辱，都不能從他心上抹掉拉斐特[105]神來之筆傳世之作所描繪的姣媚可愛形象。

此時此地，不妨開宗明義，說明斯・代達勒斯先生（Div. Scep.[106]）所持論點，顯然證實他已沉湎於變態的先驗論而不能自拔，而這種歪理是完全和公認的科學方法背道而馳的。科學的對象是實際存在的現象，這是不怕重複的真理。科學家和街上的普通人一樣，需要面對無法變動、無可迴避的事實，需要盡其所能地加以解釋。誠然，有些問題——在目前——科學還不能回答，例如利・布盧姆先生（Pubb. Canv.[107]）所提有關預先確定性別的第一項問題。我們是否必須採取特立奈克里亞的恩培多克勒的意見[108]，認為右卵巢（另有人認定為經後時期）為生育男嬰的主要因素，抑或認為長時間受忽視的精子即線狀精子為決定性因素，抑或遵照大多數胚胎學家如卡爾佩珀、斯帕蘭扎尼、布魯門巴赫、勒斯克、赫特維希、萊奧波爾德、瓦倫蒂[109]等人意見，認為是二者兼而有之？這將無異於一種合作方式（這是大自然喜用的方式之一），即以線狀精子的**nisus formativus**[110]為一方，與被動體**succubitus felix**[111]選擇位置得宜為另一方的二者結合。同一提問者的另

104　「加洛韋海角」為蘇格蘭西岸一小島。
105　拉斐特為都柏林一攝影師。
106　仿拉丁文簡寫學銜：「神學懷疑派」。
107　仿拉丁文簡寫學銜：「公眾兜銷學」。
108　特立奈克里亞為意大利西西里島古名，恩培多克勒為該島西元前五世紀著名哲學家和生理學家。
109　七人均為歐美十七—二十世紀著名科學家。
110　拉丁文：「成形趨勢」。
111　拉丁文：「下臥受精體」。

一疑問，也絕非無關緊要：嬰兒死亡率。這一問題的有趣處，正如他作的貼切評語所說，我們的出生方式莫不相同，而我們的死亡方式卻各有一套。瑪・馬利根先生（Hyg. et Eug. Doc.[112]）認為問題在於我國衛生條件，肺部已成灰色的國人，由於吸收塵埃中隱藏的細菌而罹致腺樣增殖體腫脹、肺部疾病等等。這些因素，他聲稱，以及我國街道上的各種令人噁心的景象，如惡濁的廣告招貼、各派各宗的教會執事牧師、四肢不全的士兵水手、壞血病癬疽外露的馬車夫、臨空懸掛的牲畜屍體、患幻想狂的單身漢、以及不結果實的老姑娘——這一切，他說道，就是民族素質下降的全部禍根。他預言道，審美胎教不久即將普遍採用，生活中的一切美好事物、真正優美的音樂、令人賞心悅目的文學作品、輕鬆的哲學、有教育意義的圖片、古典雕像如維納斯、阿波羅等的石膏複製品、獲獎嬰兒的藝術彩照等，所有這一切微妙的影響，將使處於某種狀態的女士們能以最愉快的心情度過其間數月的時光。J・克羅瑟斯先生（Disc.Bacc.[113]）認為，這些死亡一部分是由於女工在車間的繁重勞動而致的腹部創傷，一部分是由於家中婚姻生活的要求，然而絕大多數是由於個人或是官方的疏忽，從而發展為棄嬰、罪惡性的墮胎、以至滅絕人性的殺戮嬰兒。雖然他所提及的前者（我們考慮的是疏忽）毫無疑問確有其事，然而他所舉出的護士忘記計算腹膜腔內海綿數目的事件過於罕見，不能視為常態。實際上，如將一切因素估量在內加以全面考慮，儘管人的差錯常常阻礙大自然意圖的實現，順利的妊娠和分娩仍如此之多，這才是一個奇蹟。文・林奇先生（Bacc. Arith.[114]）提出一項巧妙的設想，即出生與死亡二者，和宇宙演變的一切其他現象相同，如潮汐運動、月相轉換、血液溫度變化、各種疾病，總而言之，在大自然的巨大作坊中，從某個遙遠的太陽的隕滅，到點綴我們公園的那無數朵鮮花之一的盛開，一切都受一種至今尚未弄清的數字規律的支配。然而，有一個簡單明白的問題，卻不能不如詩人所言，令我們駐足深思：一個由正常健康的父母生下而本人看來也很健康的孩子，照料也很恰當，何以竟會在童年的早期無故夭折（而同一父母的其他孩子並不如此）？我們大可放心，大自然對其一切作為，都自有其正確有力的理由，這一類的死亡很可能是服從一種預防性的法則，凡是已有致病細菌存在的機體（現代科學已經確證，原生質是唯一可稱為不死的物質），都趨於在越來越早的發展階段消失，這一安排雖會使我們的某些感情（尤其是母性的感情）上受到痛苦，但我們中間有人相信，以長遠的觀點而言，是有益於種族的總體發展的，因為它實際上保證了適者生存。斯・代達勒斯先生（Div. Scep.）發表意見（或不如稱之為打岔更妥？）道，既為無所不食者，諸如由於分娩而生懷疽以致骨瘦如柴的婦女，或是肥碩可觀的從業紳士，以至患有黃疸病的政客或是萎黃病貧血的修女，這種種食物均能加以咀嚼、吞嚥、消化，而且顯然都能不動聲色泰然自若地送入正常的通道，則很可能認為來一頭腳軟站不穩的小牛犢是隨意小吃，開開胃口而已，這一論調更將上邊提及的傾向表現得無比清晰，聽來十分令人不快。這位頭腦病態的美學家兼尚未成形的哲學

112 仿拉丁文：「衛生學與優生學博士」。
113 仿拉丁文：「談話學學士」。
114 拉丁文：「算術學士」。

家，自以為科學知識甚廣而頗為自負，實際上酸鹼不分，但對市內屠宰場情況倒是相當清楚，並且引以為榮，然而對於並不如此熟悉屠宰場情況者而言，或許應當說明，所謂腳軟站不穩的牛犢，實是下等有照肉商鄙俗用語，指剛出母肚小牛可煮、可食的嫩肉。據在場目擊者報導，他最近在霍利斯街二十九、三十、三十一號的國立產科醫院——眾所周知，該院院長為能幹而深得人心的安．霍恩大夫（Lic. in Midw, F.K.Q.C.P.I.[115]）——與利．布盧姆先生（Pubb. Canv.）進行公開辯論時，曾聲言女人一旦容貓入囊（美學比喻，蓋指大自然各種過程中最複雜、最奇妙的過程之一——兩性相交行為），她就非得放貓出囊不可[116]，按他的說法即她必須給貓以生命方能保住自己的生命。可是她也冒著喪失生命的危險呢——這是對話者一針見血的反駁，儘管說話口氣溫和有節，其效果毫不減色。

卻說那時，由於醫生的技術與耐心，一次accouchement[117]已經大功告成。對於醫生和產婦，這都是疲勞而又疲勞的過程。一切外科技術中可用的辦法，全都已經用上，而勇敢的婦人也臨危不懼，出力配合。她確實做到了。她出力打了一場漂亮仗，現在她非常、非常快樂。那些已經走過的人，那些過來人，低頭看著這動人的景象也發出快樂的微笑。都肅然起敬地望著她躺在那裡，眼中放出母性的光輝，露出新生嬰兒的母親渴望摸到小手的神色（多可愛的景象呀），口中默默地向天上那一位，向那普世丈夫作著感恩的祈禱。而當她的慈愛的眼光落在嬰兒身上的時候，她只希望再獲得一項祝福，那就是希望她的多迪[118]也能在她身邊，和她同享她的歡樂，能將他倆的合法交歡所產生的這塊上帝的小小泥土送入他懷中。他現在是上了一點年紀（你我可以說這麼一句悄悄話吧），脊背也稍稍彎了一點，但是，厄爾斯特銀行學院草地分行的這位認真負責的副會計師，卻隨著歲月的轉移，現出了一種莊嚴尊貴的神態。啊，多迪，我的親愛的老人兒，我的忠實的人生伴侶啊，今後也許再也不會有了，那遙遠的玫瑰盛開的往昔時日呀！她搖著好看而已有老態的腦袋，回憶著從前的時光。上帝啊！現在隔著年月的霧靄看去，那一切是多麼美啊！但是在她的想像中，他們的孩子們，她的也就是他的孩子們都圍在床邊呢：查利、瑪麗・艾麗斯、弗雷德里克・艾伯特（假如他活著的話）、瑪米、布琪（維多利亞・弗朗茜絲）、湯姆、紫羅蘭・康斯坦絲・露易莎、小寶貝鮑勃賽（這名字是仿照我們的南非戰爭著名英雄，沃特福德和坎大哈的勛爵鮑勃斯而取的[119]）、以及現在這一個，他倆結合的最新信物，一位名副其實的皮尤福依，長著地道的皮尤福依家的鼻梁。這位前途無限的新人物將取名莫蒂默・愛德華，仿照皮尤福依先生那位在都柏林城堡中的財政部收債處任職的頗有聲望的遠房堂兄的名字。時間老人就是這樣搖搖晃晃地走過去了，可是他老人家路過這裡時的手腳是輕柔的。是的，你啊，親愛的溫柔的米娜，你並不需要長吁短嘆。還有你多迪，當那滅燈的鐘聲為你敲響的時候（願它還在遙遠的

115 簡寫頭銜「有照助產，前愛爾蘭皇家醫學會騎士」。
116 「放貓出囊」原為英語中成語，指洩漏祕密。
117 法文：「分娩」。
118 「多迪」為狄更斯名著《大衛・科波菲爾》（《塊肉餘生錄》）中大衛的第一個妻子對大衛的愛稱。按此段文體仿狄更斯。
119 即南非戰爭中英軍總司令。

將來），把你那使用多年而仍然心愛的歐石南根菸斗中的菸灰敲掉，把你誦讀聖書所用的燈火熄滅，因為燈油也已經耗去不少，然後，帶著寧靜的心情上床休息吧。他老人家是知道的，到時候自會來招呼你的。你也打了一場漂亮仗，忠實地盡了你作為男人應盡的義務。先生，我向你伸出我的手。你盡到了你的責任，你是忠心耿耿的好僕人！

有一些罪孽，或是（讓我們就用人世間通用的說法稱呼它們吧）虧心的事情，人把它們埋藏在心底最黑暗的去處，但是它們在那裡是繼續存在的，它們在等待。他可以讓它們在記憶中淡漠下去，將它們弄得似乎從未發生過的樣子，差不多把自己也說服了，相信這些事情並不存在，或至少不是那樣的。然而，一句無意間脫口而出的話語，就會把它們突然召喚回來，在各種意想不到的環境中突然出現，給他來一個措手不及的照面，在一個幻象或是夢境中，或是正當鈴鼓或是豎琴使他的心情舒坦下來的時光，或是在傍晚的清涼如銀的寧靜氣氛中，或是正當筵席之間，半夜酒酣耳熱之際。這幻象的出現，並非採取盛氣凌人姿態將他羞辱一番，並非蓄意報復而欲將其棄絕在生者圈外，而只是披著惹人憐憫的往事裝束，默然而至，帶來了遙遠的譴責。

生客審視面前的臉容，仍覺那臉上有一種虛假的鎮定神色正在緩緩消退，這一神色彷彿是習慣形成，或是一種蓄意培養的姿態，藉以掩飾其言詞中的怨怒之情，因為他這種怨怒情緒十分嚴重，可以使人感到此人心胸不甚健康，似對生活中的粗暴面有其特殊的敏感。這位旁觀者似乎是由於一句十分家常自然的話語的觸動，突然有一個場面從記憶中脫穎而出，宛如當年時日及其音容笑貌又在眼前重現一般。這是一個和煦的五月的傍晚，一片修剪整齊的草地，圓鎮那片得懷念的丁香叢，那些紫色的、白色的苗條而芳香的球賽觀眾，然而她們是真關心那些球，看它們緩緩地在草地上滾過，或是一球與另一球相撞，在短暫的驚嚇之後在其近處停住。同時，在另一邊，在一個有時為周全灌溉而運送水流的灰色龍頭周圍，你見到另一群同樣芳香的姊妹，芙洛伊、阿蒂、小不點兒，以及她們那位膚色較深的女友，她那舉止中有一種我說不清的動人之處，我們的櫻桃童貞女，一邊耳朵上就垂著一對精緻的櫻桃，以其涼爽而熱情的果實，巧妙地襯出了她那皮膚所散發的異國情調的溫暖。水龍頭上站著一個穿細絨線衣褲的四、五歲的小男孩（這是鮮花時節，然而不久木球收櫃之後，人們就將從溫暖的壁爐獲得快感了），周圍扶著他的是那一圈姑娘們的疼愛的手。他微微皺著眉頭，正和現在這位年輕人一樣，也許是正因為明知危險而內心喜悅，然而又時時情不自禁地拿眼瞟他的母親，而母親則在面臨花壇的陽臺上望著他，彷彿不甚關注，然而神色喜悅而又有譴責之意（alles Vergängliche[120]）。

請繼續注視並記住。結尾來得很突然。試走進專心關照的人們聚集的產房前廳，試看他們的面容。彷彿並沒有任何急躁或猛烈的跡象。相反的，有的是守護中的寧靜氣氛，正適合他們在這院內的職責，正如長久以前的牧羊人和天使們在猶太的伯利恆守護一只小床那樣兢兢業業[121]。但是，恰似閃電以前鋪天蓋地都是密密層層的烏雲，雲層內厚厚實實全是腫漲不堪形成大團的多餘水分，黑壓壓一大片地壓在乾裂的田地、瞌睡懵懂的牛群、枯萎受病的灌木叢和草地上空，直至

120 德文：「一切過眼雲煙。」係歌德《浮士德》詩句，詠嘆凡俗之事皆為幻象。

121 「猶太」（Juda）為耶路撒冷以南地區古名，耶穌在此區內伯利恆誕生。

突然之間一道閃電攔腰劈開雲層，頓時雷聲隆隆，大暴雨傾盆而下，現在也是如此，絲毫不差，一聲令下，頃刻之間就完全改觀了。

伯克酒店！吾主斯蒂汾振臂一呼，其餘的人都一大串尾隨而去：好鬥的公雞、自負的猴子、賭馬賴帳的、開方賣藥片的，跟在後面的還有謹小慎微的布盧姆，七手八腳地抓帽子，拾白蠟手杖，收寶劍，戴巴拿馬草帽，找劍鞘，拿瑞士登山杖，等等一切。鬧鬧轟轟，青年氣盛的一群，個個是好樣的。廳堂裡的護士卡倫嚇了一跳，沒有能攔住他們；醫生面帶笑容正下樓梯，他帶來了胎盤已下，整重一磅，一毫克也不缺的消息，也沒有擋住他們。他們招呼他也走。門呢！開著嗎？哈！亂成一團出了門，來一場一分鐘的競走，全都精神抖擻往前趕，終極目標是登齊爾街霍利街口的伯克酒店。狄克遜跟上來，狠狠地說了他們一頓，可是一邊大聲罵人，一邊也跟著走了。布盧姆停留片刻和護士說句話，請她傳話上去問候喜抱嬰兒的母親。飲食靜養二者就是大夫。現在她沒有什麼異樣吧？霍恩院內的看護值班，已經在那褪盡顏色的蒼白臉上留下痕跡。然後，在那一幫都走了之後，那母性之光一閃啟發了他，他臨走湊過去耳語一聲：您呢，什麼時候聽您的喜訊？

外邊的空氣中，飽含著雨露水分，那自天而降的生命要素，在布滿星斗的coelum[122]，在都柏林的石頭上閃閃放光。天主的空氣，眾生之父的空氣，亮晶晶的。無所不在、百依百順的空氣。深深地吸入你身中去吧。天啊，西奧多·皮尤福依，你的英勇行動取得了成就，毫不含糊！我起誓，在這部喋喋不休、扯天扯地、無所不包的紀事中，你是最出色的生殖者，比誰都強。驚人！

她身上蘊藏著一個由天主設造、天主賜予、早已成形的可能性，而你用你的一分男人活計使它結出了果實。守著她！服務吧！努力幹下去，像看家狗那樣忠心耿耿地幹吧，讓那些學者們和一切馬爾薩斯派理論家們統統見鬼去吧。你是他們所有人的老爹，西奧多。你是不堪重負，在家裡愁肉店帳單，在帳房裡折騰金錠銀錠（不是你的！）弄得滿身汗泥，直不起腰來嗎？昂起頭來吧！你的每一個新生兒，都將使你獲得一霍默成熟的麥子[123]。瞧，你的羊毛都溼透了[124]。你是羨慕那兒那位達比・遲鈍先生和他的瓊嗎[125]？他們兩人唯一的後代，是一隻碎嘴子松鴉和一頭見風流淚的雜種狗。啐，我告訴你吧！他是一頭騾子，一條死的軟體爬蟲，暮氣沉沉、蔫不唧唧，連一枚帶裂的十字幣都不值。只要交媾，不要添口!?不行，我說！稱之為希律屠殺無辜，還恰當一些。還素食呢，真是的，講什麼不事生育的房事!!讓她吃牛排吧，紅的、生的、血淋淋的肉！她毛髮已白，一身是病：腺體脹大、腮腺炎、扁桃體周膿腫、拇囊炎腫、枯草熱、褥瘡、癬菌病、浮游腎、德比郡大脖子、肉贅、膽汁病、膽結石、冷足病、靜脈曲張。休唱悲歌、悼歌、耶利米哀歌，以及諸如此類的生來就是死亡的音樂！已經二十年了，你沒有什麼可遺憾的。對於你，跟對許多想幹、願幹、老是等待而老是不幹的人不同——就是幹。你見到了你的亞美利加，見到了你

122 拉丁文：「天穹」。

123 「霍默」為古希伯來容量，約合十至十二蒲式耳。

124 按《舊約・士師記》，基甸求上帝顯示神意，將一團羊毛放在地上禱告說，如上帝確有意要他拯救以色列人，就讓水集中在羊毛團上，果然周圍均乾而羊毛全溼。

125 達比與瓊為英國十八世紀詩歌〈幸福的老夫婦〉中歌頌的一對孤獨老人。

的人生事業所在，你就挺身而上，像一頭陸橋彼岸的美洲野牛那樣，撲上去就幹。瑣羅亞斯德是怎麼說的？**Deine Kuh Trübsal melkest Du. Nun trinkst Du die süsse Milch des Euters.**[126]瞧！那乳房為你噴出豐盛的乳汁來了。喝吧，老兄，整個乳房的奶！母奶，皮尤福依，人類親情的乳汁，還有那些在雨後留下的水氣中初露光輝的星辰，也有牠們的奶水，還有潘趣奶，正是這批縱情歡樂者即將到他們那酒窟去開懷狂飲的，瘋狂的奶水，還有迦南聖地的蜜奶。你那母牛的奶頭發硬，是嗎？不錯，但是她的乳汁是熱的、甜的、能使你肥胖的。這可不是什麼亂七八糟的東西，而是濃濃的、養料豐富的稠奶。向著她，大老爹！啪！**Per deam Partulam et Pertundam nunc est bibendum!**[127]

鬧鬧烘烘上了街，胳臂相連一窩蜂，要痛喝一場。正牌兒的。昨兒個你睡哪兒[128]？砸扁酒杯的蒂莫西。好傢伙的！家裡有雨傘，有橡膠套鞋嗎？魔道鋼骨頭的和老估衣哪兒去了？鬼知道。喂，那兒的，狄克斯[129]！上來呀，賣緞帶的。拳頭呢？平安無事。耶，看產院出來了個喝醉酒的牧師！**Benedicat vos omnipotens Deus, Pater et Filius.**[130]來個半便士吧，先生？登齊爾胡同那一夥小子。見鬼，該死的！快走開吧。不錯，艾薩克斯[131]，把他們哄下臺就得了。你老先生也來嗎？嗎事兒也不礙。大大的好人兒。這一撥兒全不離兒。**En avant, mes enfants!**[132]一號開炮！伯克酒店！伯克酒店！他們推進了五個帕勒桑[133]。斯萊特里的騎馬步兵[134]。那名倒楣作家哪去了？斯蒂牧師爺，念你的叛道經吧！不要，不要，馬利根！後邊兒的！快著點兒！看住鐘點兒，別讓它溜了！關門時間到了。馬利！你是怎麼回事兒？**Ma mère m'a mariée**[135]。英國式的八福[136]！**Retamplan digidi boumboum**[137]。表決通過。由德魯伊德拉姆出版社兩位善於設計的女性印刷裝訂[138]。小牛皮封面，尿青色。藝術色調的頂峰。愛爾蘭當代所出的最美的一部書。Silentium![139]衝鋒吧。注意。目標最近處餐廳，入內占領酒庫。前進！進，進，進，弟兄們冒渴（求福！）前進。啤酒、牛肉、買賣、聖經、惡狗、戰艦、雞姦、主教[140]。不怕把絞架上。啤酒牛肉、踩倒《聖經》。為了親愛的

---

126 德文：「你擠奶的母牛是苦難。現在你喝其乳房的甜奶。」（據查尼采書中無此語）

127 拉丁文：「現在我們須憑女神帕透拉和珀通達的名義飲酒了」。二者均為羅馬女神，前者主持生育，後者主持婦女破身。

128 當時愛爾蘭法律規定酒店晚十一點關門，但「正牌的」（即真正的）旅客可不受此限制，因此酒店可要求客人說明來處。

129 「狄克斯」為「狄克遜」暱稱。

130 拉丁祈禱文（彌撒中祭司用語）：「願萬能天主，聖父聖子，祝福你」。

131 「艾薩克斯」為猶太人常用名字。

132 法語：「前進，我的孩子們！」

133 「帕勒桑」為古波斯和希臘長度單位，約合五公里半。希臘歷史家色諾芬曾多次以「五個帕勒桑」為希臘軍隊一日行軍進度。

134 〈「斯萊特里的騎馬步兵〉為一滑稽歌曲，敘述一群醉漢到處找酒店醜態。

135 法語：「我媽媽將我嫁了人。」為一淫穢歌曲。

136 《聖經・馬太福音》第五章敘述耶穌登山講道，指出溫順者等八種人受上帝保佑，即基督教所謂「八福」。

137 法語：「鼓聲滴奇滴噸噸。」為上述法語歌詞後加唱疊句。

138 「德魯伊德拉姆」一詞中結合三詞，即古愛爾蘭「德魯伊德」祭司（Druid）、葉慈姊妹出版葉慈書籍的鄧德拉姆村（Dundrum，見第一章注31、32五十九頁）以及鼓（drum）。

139 拉丁文：「肅靜！」

140 八項均為英國人喜愛或誇耀，而原文（bear, beef,business, bibles, bulldogs, battleships, buggery and bishops）首字母均為B，與「八福」（blessed或beatitudes）首字母同。

愛爾蘭。踩倒那些踩我們的傢伙。去他們的吧！咱們把倒楣窘人的步子踩齊了。把命喪[141]。主教們的酒櫃。站住！頂風停航。橄欖球。密集爭球。踢球不許碰人。唷！我的腳尖！踩痛了你？大大的抱歉！

問。這一場誰掏腰包？鄙人腰纏無貫。我宣告赤貧。區區賭馬倒楣。個人斷糧缺鹽。在下整星期赤骨精光。你們要什麼？Übermensch[142]要咱們祖先的蜜酒。我也照辦。一號的五杯。你呢，先生？薑汁甜酒。要命，馬車夫的雞蛋麥糊湯。增加熱量。在開他的嘀嗒呢。它再也不走了，爺爺那天[143]。我要苦艾酒，明白嗎？Caramba[144]！要個蛋奶酒或是醒酒生雞蛋吧。鐘點？大叔拿著我的錶哩。差十分。承情得慌。不客氣。是胸部創傷嗎，狄克斯？沒有錯。在他那小不點兒花園裡打盹兒，讓蜂子給螫了一下。窩兒在慈母附近。他是拴住了的。認識他女人嗎？認識，錯不了。肥實著呢。要看她沒穿整齊的模樣。脫光了準夠意思。美美的美人兒。可不是你們那種瘦母牛兒，沒那事兒。拉下窗簾吧，心愛的[145]。兩杯阿迪朗[146]。我也一樣。快當點兒。摔倒了也別耽誤。五、七、九。好！一雙眼睛滴溜溜，一點兒也不假。還有她胸前那一對和後臀那一堆。不是親眼見，誰也難相信。你的亮晶晶的眼睛和雪白的脖子呀，你攝走了我的魂，你這膠水罐頭呀。您哪？馬鈴薯管風溼嗎[147]？全是胡扯，對不起得很。騙老百姓的。我看你老兄是大冒傻氣了。怎麼樣，大夫？從裙下國回來啦？貴體可ＯＫ？婆娘們和小毛毛們怎麼樣？有女的要上草墊嗎？站住了交出來。口令。露出毛來了。我們的是白森森的死和紅通通的生[148]。喂，往你自己眼裡噴唾沫吧，老大！假面啞劇演員的電報。從梅瑞狄斯那裡抄來的。腳上套圈、睪丸炎腫、蟲子滿身的耶穌會修士！我姑媽要給啃奇老爹寫信了。壞了壞了的斯蒂汾，帶壞了頂好頂好的好孩子瑪拉基！

好哇！接皮的，小夥子。傳喝的。喏，高原好漢約克[149]，你的大麥釀。願你的煙囪常冒煙，肥皂鍋常開[150]！我的小酒盅。Merci[151]。祝咱們自己好。怎麼回事？腳擋球門。別把酒灑在我的嶄新褲子上了。那一位，把胡椒傳過來，咱灑一點。接住了。葉蒿籽，夜裡有好處。明白嗎？無聲的尖叫。每一條漢子，都找自己的貴婦人。Venus Pandemos.[152] Les petites femmes.[153] 馬林加市的膽大的

141 典出愛爾蘭愛國歌曲〈天主保佑愛爾蘭〉（見第八章注27三二九頁）。
142 德文：「超人」（見第一章注71七十七頁）。
143 典出美國歌曲〈我爺爺的鐘〉（一八七六），全句為「它再也不走了，爺爺去世那天。」
144 西班牙語表示驚訝。
145 典出自雜耍場表現男女相會歌曲。
146 阿迪朗勛爵（見第五章注11一八三頁）為吉尼斯啤酒廠老闆之一。
147 歐洲民間傳說馬鈴薯可辟邪。
148 典出斯溫伯恩詩（參見第十章注93四九五頁）。
149 典出蘇格蘭詩人彭斯詩〈快樂的乞丐們〉等。「約克」即蘇格蘭「約翰」或「杰克」，亦為蘇格蘭人男人通稱。
150 此語為蘇格蘭常用的祝詞。
151 法語：「謝謝。」
152 拉丁與希臘文：「眾人的維納斯」，神話中與純潔的維納斯相區別而象徵淫蕩女性。
153 法文：「小女人」。

壞姑娘[154]。告訴她我想她。摟著賽拉的腰肢[155]。在那去往馬拉海德的路上。說我嗎?如果引誘我的人,讓我知道她的名字就好了。九便士的貨,還能要什麼?Machree, macruiskeen[156]。要找淫蕩的莫爾跳一場床上快步舞。合著勁兒一齊動。乾!

等著嗎?老闆?那還用問嗎?你的靴子都可以押上。傻了,看著怎麼不見亮晶晶地掏出來。領悟了吧?他有銅鈿ad lib[157]。剛剛的我還瞅見,他身上差不離有三鎊,說都是他的。兄弟們就是你請了才來的,明白嗎?看你的啦,夥計。掏腰包吧。兩先加一便。你要學法國派頭的騙子們那套辦法開溜嗎?這兒可根本行不通,怎麼也不行。小把戲對不起你們。阿拉是這廂頭號好人。這話不假,喬利。我們沒醉。我們沒那麼醉。Au reservoir, mossoo.[158]希希你。

真是的,沒問題。你說什麼?在那好說話酒店裡。醉醺醺的了。我見你了,老兄。班塔姆,戒酒兩天。除了紅葡萄酒,嗎也不喝。去你的吧!瞅一眼吧,你。主啊,真沒想到。而且讓人剪過頭了。灌得話都說不出了。跟一個鐵路上的傢伙。你怎麼會這樣的?他喜歡歌劇嗎?卡斯蒂爾的玫瑰。一行行的鑄鋼。警察!有位先生暈倒,給他來一點H_2O。看班塔姆的花。好傢伙。他要吼了。美髮姑娘。我的美髮姑娘[159]。噯,得了吧!手不能軟,把他這一片模模糊糊的荷蘭爐子嘴巴閉上吧。今天他本來已經找到了贏家,可是我給了他一個內部消息。魔鬼砍腦袋的斯蒂汾・漢德,他給我的那匹蹩腳小馬。他截住了一名送電報的,大亨巴斯給兵站的一份馬場電報。塞給他一枚四便士,用蒸氣薰開。牝馬狀態極佳搶手。必勝。電報電報,瞎說瞎報。福音真理,絕對可靠。犯罪的把戲?我認為就是。沒有問題。巡捕探出他的勾當,他就要坐班房。馬登押馬登,馬馬虎虎瞎蹬蹬。貪欲啊，我們的庇護所和我們的力量[160]。撤營。你非走不可了嗎？回家找媽咪去。在我旁邊站一下。誰擋一擋我的紅臉。他要是瞅見我，那就手腳一齊上了。回家吧，我們的班塔姆呀。**Horryvar, mong vioo**[161]。勿要忘記太太的流星花。說說實情吧。誰透露給你那匹小公馬的？自家人講話。實在的。以及她的配偶約翰・托馬斯。[162]不作假，利奧老頭兒。老天救救我吧，說真格兒的。砸了我的船架也想不到的呀。那才是頂呱呱的大賢人呢。咋的你不給我透個信兒？嘿，我說，這要還不算猶太把戲，嘿，我不得好死。憑著我主基基，阿門[163]。

你要提個提案？斯蒂老弟，你是真上勁了。還要那醉人的玩意兒嗎？無限慷慨之至的施惠人，是否可以容許一名極其貧窮而又奇渴無當的受惠者首先結束已經開端的一杯貴重飲料呢？讓

---

154 典出美國歌曲〈亡命徒〉中的「膽大的壞男人」。
155 典出蘇格蘭詩人彭斯詩歌。
156 愛爾蘭語歌曲唱詞：「我的心，我的小酒罈。」
157 拉丁文：「隨意」或「無限」。
158 美國人戲說法語**Aurevoir,monsieur**（再見，先生）除將**monsieur**（先生）讀白外，並將**revoir**（再見）加一音節變成**reservoir**（水庫）。
159 歌詞，出於愛爾蘭話劇《美髮姑娘》（一八六〇）改編的歌劇《基拉尼的百合花》（一八六二）。
160 典出祈禱文（參見本書第五章二一二頁），但禱文中「天主」被改為「貪欲」。
161 法語**aurevoir,monvieux**（再見，老朋友）的訛變。
162 繼續上文（見本章注160）開始的祈禱文戲謔，祈禱文中聖母配偶「聖約瑟夫」被竄改為「約翰・托馬斯」，而此名在俚語中可指陰莖。
163 上述祈禱文（見本章注160、162）以此句為結尾，但原禱詞「我主基督」已被竄改。

人喘過氣來呀。老闆，老闆，你有好酒嗎，司大卜烏？嘿，老兄，嘗一小口。隨意請吧，多多益善。掌櫃的。統統上苦艾酒。Nos omnes biberimus viridum toxicum, diabolus capiat posteriora nostria.[164] 關門時間到了，先生們。嗯？給布盧姆大爺來杯羅馬酒。我聽你說什麼來著？布盧？兜攬廣告的。照相她老爹，啊唷唷。別張揚，夥計。溜。Bonsoir la compagnie.[165] 以及梅毒瘟神的詭計[166]。壯鹿和那婆婆媽媽的呢？臭鼬了？開跑了。算了吧，你走你的陽關道。將死了。王走碉堡。善心的基督徒啊[167]，年輕人的屋門鑰匙被朋友拿走了，你能幫他找個今晚放腦瓜子的地方嗎？格老子，我不離兒了。今兒個要不是頂好頂美的痛快日子，狗咬我腿吧。管事的，加上一項，給這小把戲來兩塊小麵包。什麼亂七八糟的玩意兒，嗎也沒有！連一口乾酪都沒有嗎？將梅毒投入地獄，並讓其餘有執照的精靈也跟著一起下地獄吧。時間到了！游蕩世間的[168]。大家健康！À la vôtre![169]

嘿，那邊那個穿雨褂的是什麼鬼傢伙呀？灰塵撲撲的羅茲[170]。瞧他穿的。天老爺呀！他身上還有肉嗎？大慶羊肉[171]。得要濃縮牛肉汁，詹姆斯哪。非得有那個才行呢。看見那雙破襪子了嗎？是里奇蒙德瘋人院那個襤褸怪物嗎？可不是嗎？認為他的陰莖中有鉛沉積。短暫性神經失常。我們管他叫巴特爾麵包。先生，他原來還是一個富足戶哩。破衣爛衫穿一身，娶個姑娘苦伶仃[172]。跑了，女的。這就成了眼前這樣失魂落魄了。身披雨褂走孤峽。灌足了睡大覺吧。規定時間到了。小心警察。對不起，你說什麼？今天在一個葬禮上見到他啦？你的一個老朋友交帳了？主發慈悲吧！可憐的小鬼頭們！真是你說的那樣嗎，波爾德吃素的！大人朋友派德尼讓人裝進黑袋子拖走，也哇啦哇啦哭鼻子嗎？黑人滿天下，就數派特先生頂頂好。我從呱呱落地，從沒有見過這麼好的人。Tiens, tiens[173]，但是真是傷心，那事，實在的，真是。嘿，去你的吧，在九分之一的坡度上加速。活軸驅動沒戲了。敢賭你個二比一，傑納齊能打他個落花流水[174]。日本佬嗎？高角度火力，是嗎？擊沉了，戰事特訊說的。他要倒楣的，他說，跟俄國佬一樣。時間到了。大夥兒。十一下了。都走吧。走吧，暈暈乎乎跌跌撞撞的！晚安了。晚安了。願傑出者安拉今晚保護你的靈魂無限美好。

大家注意！我們沒有那麼醉。利斯警士試了試[175]。利希雞希。他吐了，防著點兒鷹犬。他的

---

164 拉丁文：「我們都喝那綠色毒汁，落後的讓魔鬼抓。」

165 法語：「晚安，夥伴們。」亦為歌詞用語。

166 戲謔模仿另一祈禱文（即第五章・上卷一九二頁正文牧師所念），但禱文中「魔鬼」被改為「梅毒瘟神」。

167 「基督徒」為英國十七世紀宗教作家斑揚（John Bunyan）的寓言式小說《天路歷程》主人公，象徵追求天國的人。

168 繼續本段前部（見本章注166）戲謔，禱文中「撒旦」被改為「梅毒」，而「其餘游蕩世間……的魔鬼」中「魔鬼」被改為「有執照的精靈」，按「精靈」與「酒精」或「燒酒」在英文中均為spirits。

169 法文：「祝你（健康）！」

170 「灰塵撲撲的羅茲」為二十世紀初美國連環畫中流浪漢。

171 都柏林諺語，義為少得可憐。典出一八九七年慶祝維多利亞女王登基六十周年給都柏林窮人分發的羊肉。

172 出自童謠「杰克所建」。

173 法語語氣，表示驚訝、不完全同意等情緒。

174 傑納齊為汽車比賽選手，曾於一九〇三年在都柏林舉行的戈登・貝內特汽車賽中獲勝，因而一九〇四年六月七日德國再賽前獲勝呼聲最高（後被擊敗，情況類似「權杖」）。

175 典出英國繞口令。利斯為英國地名，英國警察命令檢查對象覆述此繞口令藉以測定是否酒醉。

豆子不大好。嘔咯。晚。莫娜，我的誠誠的愛人[176]。嘔咯。莫娜，我心上的愛人。嘔咯。

聽！收起你們的瞎吵吧。呼啦！呼啦！著火了。看，在那邊呢，救火車！倒轉航向。蒙特街方向。抄近路！呼啦！臺咧嗬！你不來？跑吧，快，衝吧。呼啦啦！

林奇！怎麼樣？參加我這兒吧。登齊爾胡同這邊。從這兒換車上窯子。我們倆，她說，要去找半開門的瑪利亞所在的那檔子地方[177]。沒有錯兒，隨時都行。Laetabuntur in cubilibus suis[178]。你也來麼？說句悄悄話，這個一身黑不溜湫的傢伙是什麼人呀？噓！戕害光的，現在他來用火審判世界的日子快到了。呼啦！Ut implerentur scripturae[179]。唱一支歌謠吧。隨後那醫科生狄克開了口哪，對他的夥伴醫科生戴維呀。基督不點兒，梅里恩會堂上這個大糞黃的福音師是誰呀？先知以利亞來了！用羊羔的血洗的。來吧，你們這些葡萄酒不離口、杜松子酒不鬆手、辣白酒灌個夠的芸芸眾生！來吧，你們這些該死的公牛脖子、甲蟲眉毛、豬仔嘴巴、花生腦子、鼬鼠眼睛的賭棍、騙子、贅物！來吧，你們這些三次提煉的純粹孬種！亞歷山大‧約‧基督‧道伊，這就是我的姓名，揚名將近半個地球，從舊金山海濱直到海參威。神可不是一毛錢一場的歌舞戲法。我告訴你們，他老人家可是實實在在的，毫不含糊的一筆好買賣。他老人家是最最了不起的貨色，你們可別忘了。要想獲解救，就得喊耶穌王。你，那頭的罪人哪，你想糊弄全能的上帝，可得趕大早爬起床才行吶！呼啦！可沒有那麼便宜的事兒。他老人家在後邊口袋藏著一瓶給你用的咳嗽藥水呢，特別有效的，朋友。你來吧，一試便知。

176 典出愛情歌曲〈莫娜，我心上的愛人〉，歌詞中有「我的真誠的愛人。」

177 典出英國詩人羅塞蒂（Dante Gabriel Rossetti, 1828-82）詩，但原詩句為「我們倆，她說，要去找瑪利亞夫人所在的樹叢。」詩中「她」為天上少女。

178 拉丁文：「願他們在床上高聲歌唱。」出自《聖經・舊約・詩篇第一四九》。

179 拉丁文：「以便應驗經上的話。」

15

（夜市區入口之一的邁堡特街，街前有一片未鋪石面的電車岔線場，上有骨骼似的軌道、紅綠鬼火和危險標誌。一排排滿是汙垢的房屋，門口黑洞洞的。偶或有幾盞燈，帶著模糊的扇形虹彩。一輛拉芭約蒂售冰船車停在路上，周圍圍著一些矮小的男女，吵吵嚷嚷的。他們抓了一些夾著珊瑚色、紫銅色的冰糕的餅乾，一面吮著一面緩緩地散開了，是一些兒童。天鵝冠頂似的前低後高的售冰車，又在朦朧夜色之中繼續前移，在受到燈塔照射時方顯出白藍顏色。口哨召喚聲和回答聲響了。）

召喚聲

等著我，心愛的，我就來找你。

回答聲

繞到馬廄後面去。

（一個又聾又啞的白痴，鼓著他的金魚眼，畸形的嘴邊流著口水，身子不斷地發出聖維特斯舞蹈病的抽搐，一撅一撅地走過。兒童們手拉手圍住了他。）

兒童們

左撇子！敬禮！

白痴

（舉起癱壞的左臂，含糊地）請乙！

兒童們

大亮光在哪邊？

白痴

（嘎嘎如火雞叫）奇奇奇契衣。

（他們放了他。他繼續抽搐著往前走。一個侏儒似的女人，吊住拴在兩道欄杆之間的一根繩子來回晃蕩，口中還數著數。一只垃圾箱旁，有一個人緊挨著它攤開四肢躺在那裡，一隻手臂和帽子蒙著臉，先是打鼾，接著是呻吟，又咕嚕咕嚕地哼著磨牙，然後又打起鼾來。一個在垃圾堆上撿破爛的小矮子，正站在一路臺階上彎下腰去，要把一麻袋破布和骨頭扛上肩去。一個提著冒煙的油燈站在旁邊的老婆子，把自己的最後一個瓶子塞進了他的麻袋口子裡。他用力扛起他的戰利品，把頭上的帶舌帽子拉歪，默默無聲地蹣跚而去，老婆子晃著油燈準備回窩。一個拿著紙羽球蹲在門前臺階上的羅圈腿孩子，一蹦一蹦地側爬著追了上去，抓住她的裙子站了起來。一個醉得站都站不穩的壯工，雙手抓住了一間地下室採光井的欄杆。街角上有兩名披雨披的巡夜，手扶著警棍套子，顯得身材很高大。有一張盤子打碎了，有女人尖叫、孩子號哭的聲音。一個男人大聲吼叫著罵了起來，又嘟噥一陣才停了。人影幢幢，影影綽綽地從兔窟似的房子內窺視著。有一間房內點著一枝插在瓶裡的蠟燭，一個邋遢女人正在給一個瘰癧病女孩梳她頭髮裡的糾結處。從一條胡同裡傳來了凱弗里妹子的尖尖的、仍是稚嫩的嗓音，她在唱歌。）

凱弗里妹子

我給了莫莉，
因為她笑嘻嘻，
那一條鴨子腿，
那一條鴨子腿。

（列兵卡爾和列兵康普頓，腋下緊夾著軍用短手杖，步履不穩地齊步向後轉，一齊從嘴裡放出一個響屁。胡同裡傳出男人們的笑聲。一個魁偉女人用粗啞的嗓音駁斥他們。）

魁偉女人

你們這些邋遢的毛屁股，卡文的姑娘才更有勁呢。

凱弗里妹子

我的運道更好。卡文、胡特希爾你和貝爾透貝特[1]。（她唱）

---

1 卡文為愛西北部一郡，胡特希爾等為郡內小城鎮。

我給了內莉，
　插進她的肚子裡，
　那一條鴨子腿，
　那一條鴨子腿。

（列兵卡爾和列兵康普頓轉身反駁，他們身上的紅軍裝上衣在燈光下鮮亮如血，頭上剪短了的金髮，扣著黑窩窩似的帽子。斯蒂汾．代達勒斯和林奇從兩個英國兵附近的人群中間穿過。）

　　列兵康普頓

（抖動指頭）給牧師讓路。

　　列兵卡爾

（轉身呼喚）幹麼來啦，牧師！

　　凱弗里妹子

（更揚高了歌聲）

　她受了，她拿了，
　不知往哪兒放了，
　那一條鴨子腿。

（斯蒂汾左手揮舞著白蠟手杖，用歡欣的音調吟誦復活節專用的進階經。林奇陪著他，頭上的賽馬帽低壓著腦門，臉上露出不滿意的冷笑。）

斯蒂汾

Vidi aquam egredientem de templo a latere dextro. Alleluia.[2]

（一個上了年紀的鴇母，從一個門洞裡伸出飢餓的長齙牙。）

鴇母

（嗓子沙啞地說悄悄話）噓！到這兒來，待我告訴你。裡面有黃花閨女。噓！

斯蒂汾

(altius aliquantulum) Et omnes ad quos pervenit aqua ista.[3]

鴇母

（照著他們的後影啐一口毒液）三一學院醫科生。輸卵管。只有小便，沒有便士。

（伊棣・博德曼吸著鼻子，和貝瑟・薩普爾蹲在一起，把披肩拉起來蒙住鼻子。）

伊棣・博德曼

（使性子）一個說：我見你上守信小街了[4]，陪著你那個鐵路上加油的浪蕩子，他還戴著他那頂沒正經的帽子。你見了是吧，我說。這話輪不著你說我說。你永遠也見不著我跟一個有老婆的高

2　拉丁經文：「我見聖殿右側湧出泉水。哈利路亞。」
3　拉丁文：「（提高一些）凡是那水所達到的人。」
4　「守信小街」在「夜市區」中心。

原男人在窯子裡鬼混，我說。像他這樣的貨色！是個不要臉的！固執得像一頭騾子！那回她還跟兩個男的一起走呢，一個是火車司機基爾勃萊德，一個是一等兵奧利芬特。

斯蒂汾

(triumphaliter) Salvi facti sunt.[5]

（他掄起白蠟手杖擊碎燈影，將光撒向全世界。一頭正在覓食的紅褐色和白色相間的西班牙長毛狗，喉間發出低沉的吼聲向他追來。林奇踢起一腳，把牠嚇走了。）

林奇

結論是什麼呢？

斯蒂汾

（回頭張望）結論是，可以成為世界通用語言的是手勢，不是音樂，不是氣味，它才是天賜的舌頭[6]，它並不顯示世俗的意義，而是顯露第一生命原理，即結構的韻律。

林奇

娼道神理哲學。梅克冷堡街的形而上學[7]！

斯蒂汾

我們有受悍婦折磨的莎士比亞，有怕老婆的蘇格拉底。就是最有智慧的司塔甲拉人[8]，也免不了被輕狂女人掛上嚼子、套上籠頭、當了坐騎。

林奇

去你的吧。

斯蒂汾

不管怎麼說，誰需要用兩個手勢來表示一條麵包和一把壺呢？這一個動作，就顯示了歐瑪爾的麵包或酒的一條一壺[9]。你拿著我的手杖。

林奇

滾你的黃色手杖吧。咱們去哪兒？

斯蒂汾

淫蕩的林中奇獸，去找la belle dame sans merci[10]，喬治娜・約翰遜，ad deam qui laetificat inventutem

---

5 拉丁文：「（勝利狀）全都獲救了。」

6 據《新約・使徒行傳》第二章，耶穌升天後的五旬節上，忽有形似火舌之物出現，耶穌的門徒們立即開始能用各種不同語言說話。

7 梅克冷堡街為「夜市區」中心，以妓院密集而聲名狼藉，在十九世紀末已改名蒂龍街，即斯蒂汾、林奇現去處（今已再改名鐵路街）。

8 即亞里斯多德，見第九章注144四〇九頁。

9 歐瑪爾・海亞姆（OmarKhayyam）為十一、二世紀波斯詩人，其詩接近中國絕句，由十九世紀英國詩人菲茨傑拉德譯為英文後風靡一時，其中最著名的詩句有：

樹蔭下放著一卷詩章，
一瓶葡萄美酒，一點乾糧，
有你在這荒原中傍我歡歌——
荒原呀，啊，便是天堂！（郭沫若譯文・一九五八年人民文學出版社）

10 法文「殘酷的美女」，英國詩人濟慈曾有一詩以此為題。

mean[11]。

（斯蒂汾將白蠟手杖塞給他，頭向後仰緩緩地伸出雙手，直至兩手與胸之間相距一咋，手掌向下，兩平面相交，手指作勢欲張，左手略高。）

林奇

哪一個是麵包瓶呀？看不出名堂。是那個，還是海關大樓。你顯示你的。拿著你這根拐棍，走路吧。

（他們走過去了。湯米・凱弗里奔向一個媒氣燈座，抱住燈杆，一聳一聳地攀登起來，他爬到最高處的橫檔之後才滑下來。傑基・凱弗里也抱住要爬。壯工踉踉蹌蹌向燈座撲過來。兩個孿生兄弟向黑暗處溜走。壯工晃了一回，伸出食指按住一個鼻翼，從另一鼻孔中射出一股長長的鼻涕。他扛起燈座，跌跌撞撞地穿過人群走了，燈上還照樣冒著火焰。

河面上緩緩地爬著霧氣的長蛇。排水溝中、裂縫裡、化糞池上、垃圾堆間，四面八方都冒著沉滯的煙霧。南邊，在河流入海處以南的遠處，有一片紅光在跳動。壯工跌跌撞撞地劈開人群，向電車岔線場蹣跚而去。從對面鐵路橋下那一邊來了布盧姆，他滿面通紅，氣喘吁吁地將麵包和巧克力塞進側面的口袋裡。吉倫美髮室的櫥窗裡，一張合成像在向他展示納爾遜的雄姿。旁邊的一面凹鏡中供他觀賞的，是失寵失歡、失魂落魄的布——盧——姆。在莊嚴的格萊斯頓的目光中，他並無異樣，布盧姆就是布盧姆。好鬥的惠靈頓狠狠地瞪著他，把他嚇得趕緊走過去，但是凸鏡裡的傻笑模樣，又叫大大剌剌瓜裡瓜氣的波爾迪的小豬崽子眼睛亮了，肥腮幫子臉頰子都放開了。

布盧姆在安東尼奧・拉巴約蒂飯館門口停頓了一下。明晃晃的弧光燈照得他冒汗。他進去了。過一下子又出來，匆匆朝前走去。）

布盧姆

魚和馬鈴薯。不行。啊！

（他從正在放下來的活動門板下邊，鑽進了奧爾豪森豬肉店內。片刻之後他又從活動門板下鑽了出來，噗噗喘氣的波爾迪，呼赤呼赤的布盧呼姆。他兩手各拿一個包，一包是一隻還有點熱的豬腳爪，另一包是一隻灑胡椒粒的冷羊蹄。他倒抽一口氣，站直了身子。然後他又向一邊彎下腰，用一個包壓著肋部呻吟起來。）

布盧姆

肋部疼。我為什麼要跑？

（他小心地呼吸著，緩緩地走向亮著燈的岔線場。紅光又跳躍。）

布盧姆

怎麼回事？閃光信號？探照燈。

（他站在科馬克酒店的街角瞭望。）

---

11 拉丁文：「走向使我的青春獲得歡樂的女神」，原係天主教彌撒中助祭用語，但有一字之差，即「神」被改為「女神」。

布盧姆

是北極光，還是煉鐵爐？對了，是救火隊，當然。倒是在南邊。大火。也許是他的房子。乞丐窩[12]。我們是安全的。（他愉快地哼起歌曲來）倫敦燒起來了，倫敦燒起來了！著火了，著火了！（他瞅見在塔爾博特街對面人群中踉蹌的壯工）我要追不上他了。跑吧。快。從這裡穿過去好些。

（他快步越過馬路。街頭頑童們大喊。）

街頭頑童們

小心，先生！

（兩個騎自行車的，搖晃著點燃的紙燈，急速地打著車鈴從他身邊擦過。）

車鈴

哈爾鐵牙爾鐵牙爾鐵牙爾。

布盧姆

（突然一陣劇痛而站直）啊喲！

（他四面看了一下，又突然往前猛衝。在正開始瀰漫的霧中，一輛謹慎行駛的龍頭灑沙車沉重地向他逼近，車頭的巨大紅燈一閃一閃的，車頂上的受電器在電線上發出嗤嗤的聲音。司機踩響腳鐘。）

腳鐘

嘭嘭布拉巴克布拉德葡格布盧。

（車閘發出開裂似的猛烈響聲。布盧姆舉起一隻警察式的戴白手套的手，腿腳僵硬地倉皇跨出路軌。扁鼻頭司機的身子被推向前，撲倒在導輪上，一面駕著車子從道岔鏈子銷子上滑行過去，一面大聲喊叫。）

司機

喂，屎蟲子，你是在玩扣帽子把戲嗎[13]？

（布盧姆玩的是躍上街沿石，然後又站住。他舉起一隻拿包的手，擦掉臉上一片泥。）

布盧姆

此路不通。真險，可是這一來肋部倒不疼了。一定得恢復桑多健身操。從雙手向下開始。還得保街道事故險。天佑保險公司。（他摸一下褲袋）可憐的媽媽的靈丹妙藥。腳後跟很容易卡在軌道裡，要不然就是靴帶絆在一個什麼輪齒上。那天在倫納德公司的街角上，那輛囚車的輪子把我的鞋都擠掉了。三回見靈驗。是鞋子把戲。無禮的司機。我應該去告他。他們工作緊張，所以神經緊張。說不定就是上午擋住玩馬女人的那個傢伙。一樣的派頭。倒是夠敏捷的，他的手腳。腿腳僵硬了。戲言有真情。賴德胡同裡那回抽筋可怕。我吃了什麼有毒的東西。運氣不好。是什麼原因呢？大概是壞牛肉。獸的印記[14]。（他閉一下眼。）頭有一點暈。月經。或是另外那事的後

12 都柏林西南郊區地名。
13 據傳有人以帽子扣在糞塊上，對警察説帽中有鳥，騙他看住帽子而自己溜走。
14 《聖經．啟示錄》第十三章，「戾龍」（魔鬼）遣來人間的「獸」，給人打上印記作為受其管轄的標誌。

果。腦子迷霧衰竭。那種疲乏之感。我這一次可是受夠了。啊唷！

（奧貝恩公司的牆上，倚著一個雙腿交織的可怖人形，一張古怪的臉，用黑水銀注射過的[15]。那人戴一頂西班牙闊邊帽子，從帽簷下用惡毒的眼光注視著他。）

布盧姆

Bueñas noches, señorita Blanca. Que calle es esta?[16]

人形

（漠然不為所動，舉起一隻標示信號的胳臂）口令。Sraid Mabbot[17]。

布盧姆

原來如此。Merci[18]。世界語。Slan leath[19]。（喃喃自語）蓋爾語協會的偵探，那個炮筒子派來的。

（他往前走。一個肩扛麻袋的收破爛人擋住他的路。他向左跨，收破爛人向左。）

布盧姆

對不起。

（他跳向右，收破爛人也向右。）

布盧姆

對不起。

（他躲閃開，側行，跨向一邊錯開，走過。）

布盧姆

靠右走，右，右，右。旅遊俱樂部在跨開鎮立了一塊路標，這是誰促成的公益？是我迷了路，向《愛爾蘭騎車人報》投了一封題為〈在黑透了的跨開鎮〉的讀者來信。靠，靠，靠右走。半夜撿破爛，收骨頭。買賣賊贓還差不多。殺人犯首先要找的地方。洗掉他在人世間的罪過。

布盧姆

（杰基・凱弗里被湯米・凱弗里追逐著奔跑過來，一頭撞在布盧姆身上。）

唷。

（他嚇了一跳，膝蓋後邊一軟，站住了。湯米和傑基躲這兒，躲那兒，沒影兒了。布盧姆用拿著紙包的手拍了拍自己的錶袋、票夾兒、錢包兒、偷情的樂趣、馬鈴薯香皂。）

布盧姆

小心扒手。小偷的老花招。碰撞。趁機掏錢包。

（尋物獵犬走過來了，鼻子貼近地面嗅著。一個躺在地上的人打了一個噴嚏。出現了一個弓腰長鬚的人影，身穿錫安長老的束腰長袍，戴一頂墜著品紅流蘇的吸菸帽。一副角質框

15 二十世紀初曾出現水銀製劑「黑藥水」，用以治療梅毒。
16 西班牙語：「晚上好，白小姐。這是什麼街？」
17 愛爾蘭語：「邁堡特街」。
18 法語：「謝謝」。
19 愛爾蘭語：「保重」（告別語）。

架的眼鏡，低低地架在鼻翼上。消瘦的臉上有一道道的黃色毒藥痕跡。）

魯道夫

今天第二次的半克朗浪費了。我告訴過你的，永遠不要和非猶太醉漢混在一起。那樣你攢不了錢。

布盧姆

（把豬爪羊蹄藏在背後，垂頭喪氣摸著熱、冷腳肉）**Ja, ich weiss, papachi.**[20]

魯道夫

你在這地方作什麼？你沒有靈魂嗎？（他伸出衰弱的兀鷲爪子，撫摸著布盧姆沉默的臉龐）你不是我的兒子利奧波爾德嗎？你不是利奧波爾德的孫子嗎？你不是離開了親生父親的家，離開了祖先亞伯拉罕和雅各的神的，我的親愛兒子利奧波爾德嗎？

布盧姆

（有所提防）可以說就是吧，莫森索爾[21]。不過已經所剩無幾了。

魯道夫

（嚴厲地）有天晚上，他們送你回家，醉得像死狗，好好的錢，白白花掉。那些賽跑的傢伙叫什麼？

布盧姆

（身穿青年的漂亮藍色牛津服，白色坎肩，肩膀窄窄的，頭戴棕色登山帽，佩戴男用純銀華特伯里無鑰匙袋錶，懸掛帶名章的艾伯特雙料錶鏈，身側沾滿已開始乾硬的泥漿）越野賽選手，父親。只有那一回。

魯道夫

一回！從頭到腳都是泥。手還摔破了。嘴都張不開了。他們把你搞垮了。利奧波爾德雷本。你小心著這些傢伙。

布盧姆

（軟弱地）他們要和我比賽短跑。地上很泥。我滑了一跤。

魯道夫

（蔑視地）Goim nachez![22] 讓你的可憐母親看見才好呢！

布盧姆

媽媽！

愛倫・布盧姆

（頭戴聖誕童話劇老太太的繫帶式室內女帽，身穿帶硬布襯墊加後撐架的特旺基寡婦裙、背

20　德語：「是，我知道，爸爸。」

21　莫森索爾為十九世紀劇作家，其劇本《黛波拉》即《李婭》中描繪猶太家庭中叛逆兒子情節，布盧姆父親特別欣賞此劇，參見第五章一七六頁。

22　意地緒語（猶太人國際通用語）：「非猶太人開心。」

後釦扣的羊腿袖女式襯衫，手上戴著灰色連指手套，胸口別著多彩浮雕寶石飾針，編成辮子的頭髮上罩著綢紗網子，她在樓梯上出出現了，一手斜拿著一個燭臺，扶著欄杆尖聲驚叫起來）啊唷，神聖的救世主啊，他們把他弄成什麼樣子了呵！我的嗅鹽呢!?（她掀起一層裙子，在裡面帶條紋的本色襯裙兜子裡摸索。兜子裡翻滾出一個小藥瓶、一枚「上帝的羊羔」神像、一枚乾癟皺縮的馬鈴薯、一個賽璐珞玩偶。）瑪利亞的聖心呀，你倒是在哪裡在哪裡呀？

（布盧姆低垂著眼睛含含糊糊地喃喃自語，開始將手中的紙包往已經裝滿東西的口袋裡塞，最後嘟噥著放棄。）

呼聲

（厲聲）波爾迪！

布盧姆

誰？（他笨拙地彎身躲過一掌）聽著您的吩咐呢。

（他抬頭望。他面前是一片棗椰樹幻景，景旁站一位穿土耳其服裝的俊女人。鑲有金色襯條的鮮紅衣褲隆起，顯出身上的豐滿曲線。腰上圍著一條黃色的寬腰帶。臉上蒙著一方在夜色中發紫的白面紗，只露出她那一雙深色的大眼睛和烏黑的頭髮。）

布盧姆

莫莉！

瑪莉恩

什麼莉？從今以後，我的好朋友，跟我說話得稱呼瑪莉恩太太，（譏笑地）可憐的小相公等了這麼久，腳冷了吧？

布盧姆

（不安地左右擺動）沒有，沒有。一丁點兒也沒有。

（他深感激動，大聲喘著氣，大口吞嚥著空氣——著迷了，問題、希望、給她晚餐用的豬爪子、要告訴她的事情、藉口、欲望。她的額角上有一枚錢幣在閃閃發光。她腳上有寶石趾環。她的兩踝之間，拴著一條纖細的腳鏈。她旁邊有一頭紮塔樓形頭巾的駱駝，在等待著。牠上下顛動的駝轎邊垂下一條有無數橫檔的絲編軟梯。牠擺動著不耐煩的臀部，慢慢地在近處溜達。她猛烈地拍打牠的屁股，手腕子上掛的金鏈金飾發出了憤怒的響聲，同時用摩爾語罵牠。）

瑪莉恩

Nebrakada! Femininum![23]

（駱駝抬起一隻前腿，用牠的分趾蹄從樹上摘下一個大芒果，眨著眼獻給女主人，垂下頭去，然後又哼哼一陣抬起頭來，笨拙地開始跪下。布盧姆彎下腰去作跳背準備。）

布盧姆

23 混合語言咒詞，意義可能為「上帝保佑」「女性」，參見第十章注79四八三頁。

我可以給你……我的意思是作為你的經理獸欄人……瑪莉恩太太……如果您……

瑪莉恩

這麼說，你明白已經有了變化？（她的雙手緩緩撫摸著自己掛有各種小飾物的肚兜，眼中慢慢流露出友好的揶揄神色）波爾迪，波爾迪呀，你是一個沒出息的老可憐蟲！出去見識一下生活吧。去閱歷一下廣大世界吧。

布盧姆

我都已經要折回去取那美容劑了，白蠟橙花水。星期四店鋪關門早。可是明天一早準是第一檔子事。（他拍幾個口袋）這隻到處跑的腰子。在了！

（他指指南方，又指向東方。一塊新的乾淨的檸檬香皂升了上來，放射著光和香氣。）

香皂

我和布盧姆是難兄難弟。

我擦天來他抹地。

（在香皂太陽的圓盤中，出現了藥房老闆斯威尼的滿是雀斑的臉。）

斯威尼

三先令一，請付吧。

布盧姆

好。是我太太要的。瑪莉恩太太。特殊配方。

瑪莉恩

（溫柔地）波爾迪！

布盧姆

喳，夫人？

瑪莉恩

Ti trema un poco il cuore?[24]

（她不屑一顧，哼著唐・吉凡尼的二重唱款款而去，胖鼓鼓的活像一隻餵得過飽的球胸鴿。）

布盧姆

你對那個Voglio弄清了嗎？我說的是發音……

（他跟在她後面走去，他後面是那頭到處嗅的猊犬。老鴇母抓住他的袖子。她下巴的痣上有幾根閃閃發亮的硬毛。）

鴇母

黃花閨女十個先令。鮮貨，從沒有人摸過。十五歲。裡面沒有人，只有她那爛醉的老父親。

（她伸手指著。在她那黑洞洞的窩裡站著的，是布萊棣・凱利，鬼鬼祟祟的，被雨淋得

24 意大利語：「你的心是不是跳得快了一點？」為莫莉將演唱的《唐・吉凡尼》歌劇詞句（見第六章注12二〇七頁），但已變為問句。

溼漉漉的。）

布萊棣

哈奇街。你的腦筋還管用嗎？

（她吱哈一聲，撲動身上的蝙蝠披肩跑了。一個粗魯漢子大步踩著大靴子尾隨而去。他在臺階上絆了一下，站穩了，投身進入黑影中。傳來了微弱的吱哈笑聲，更微弱了。）

鴇母

（她的狼眼閃著光）他是享樂了。你到花樓上，是找不到童女的。十個先令。你別拖上一整夜，讓便衣警察看見了咱們。六十七號是一條惡狗。

（面帶淫笑的格蒂・麥克道爾一瘸一拐地走上前來。她擠眉弄眼地從身後抽出沾了血的布片，扭捏作態地給他看。）

格蒂

我的全部塵世財富我你給你[25]。（她喃喃而語）是你幹的。我恨你。

布盧姆

我？什麼時候？你在作夢。我從來沒有見過你。

鴇母

你不要纏這位紳士，你這騙子。給這位紳士寫冒名信。街頭拉客，勾引男人。你這樣的賤貨，你媽該把你拴在床柱子上用皮帶抽一頓才對。

格蒂

（對布盧姆）你看到了我最下層抽屜裡的全部祕密。（她摸著他的衣袖，軟綿綿地說）有老婆的骯髒男人！我愛你，我喜歡你對我的所作所為。

（她歪歪斜斜地溜走了。布林太太身穿外縫風箱式口袋的起絨粗呢男大衣站在人行道上，一雙調皮的眼睛睜得老大，露出一口食草動物的齙牙笑著。）

布林太太

布盧……

布盧姆

（莊嚴地咳了一聲）夫人，我們近來有幸收悉本月十六日來信……

布林太太

布盧姆先生！你怎麼跑到這罪惡之窩來了！我可撞上你了！你壞！

布盧姆

（急急忙忙）別這麼大聲喊我的名字。你把我看成是什麼人啦？別亂說我。隔牆有耳。你好嗎？我好久好久沒有。你的神氣好極了。再好也沒有了。我們這陣子的天氣正合時宜。黑色能折射熱能。從這裡回家是抄近路。有意義的地區。拯救失足婦女。妓女收容所。我是幹事……

---

25 天主教婚禮中新郎贈戒指時應對新娘說：「我贈你這金銀，我將全部塵世財富授與你。」

布林太太

（豎起一根指頭）好了，別撒大謊了！我知道有一個人會不高興的。嘿，你就等著我見莫莉吧！

（狡黠地）立即交代，要不然你等著倒楣吧！

布盧姆

（回頭張望一下）她常說想來看看。見識一下貧民區。是獵奇，你明白吧。她要是有錢，還願意用穿號衣的黑人伺候她呢。奧賽羅黑畜生。尤金・斯特拉頓。甚至利弗莫爾演唱團的骨板伴唱人。波希弟兄們[26]。掃煙囪的也行。

（湯姆和薩姆・波希兄弟一對黑傢伙，身穿白帆布套服跳了出來，腳上是鮮紅的短襪，脖子上是漿得發硬的黑奴山伯式的領口，釦眼裡插著大朵的大紅紫菀花。肩上都掛著班卓琴。手也是黑的，但顏色淡一些也小一些，錚錚瑽瑽地撥弄著琴弦。他們閃示著他們的卡菲爾白眼睛和白牙齒，穿著笨重的木底舞蹈鞋，喀嗒喀嗒地跳了一場跳腳鄉村舞，彈著，唱著，背靠背，腳尖踢腳跟，腳跟撞腳尖，咧著厚厚的黑人嘴脣咂巴咂巴的。）

湯姆和薩姆

黛娜她屋子裡有一個人，

她屋子裡有人我知道，

黛娜她屋子裡有一個人，

用班卓彈起了老曲調。[27]

（他們掀掉黑面具，露出磨紅了的娃娃臉，然後格格笑著，呵呵笑著，彈著唱著，跳跳蹦蹦，蹦蹦跳跳，擺著步態舞姿走了。）

布盧姆

（臉上現出酸溜溜、軟綿綿的笑容）輕浮一下，咱們，怎麼樣，你願意的話？也許，讓我擁抱你那麼一小下子，你要嗎？

布林太太

（尖聲歡叫）啊唷，你這個壞包！你看看你自己的模樣！

布盧姆

舊情難忘嘛。我不過是想來個四方會，咱們的兩對各自生活的夫妻來一個混合婚姻聯歡。你知道，我心裡原來就有你。（沮喪地）那年是我給你送的那首親愛羚羊的情詩[28]。

布林太太

了不得的阿麗思，你的樣子可真夠瞧的！簡直叫人受不了。（她伸手表示疑問）你背後藏的是

---

26 利弗莫爾演唱團和波希弟兄均曾於十九世紀末年在都柏林演出，常有化裝黑人演唱美國南方黑人歌曲的節目。

27 典出美國十九世紀民歌〈我在鐵路上幹活〉。

28 典出穆爾一詩中姑娘自敘馴養而又失去一「親愛羚羊」的故事。

什麼東西？告訴咱們，好寶貝兒的。

布盧姆

（騰出一手捉住她的手腕子）當年的宙細・鮑威爾，都柏林最漂亮的待嫁閨女。真是時光飛逝呀！你是不是通過回顧性的安排，還記得那一年的主顯節前夕？喬治娜・辛普森慶祝遷入新居，人人玩歐文・畢曉普遊戲[29]，蒙著眼睛找別針和猜人的心思。題：這只鼻煙盒裡是什麼東西？

布林太太

那天晚上，你的表演既莊嚴又詼諧，出足了風頭，而且非常得體。你那時在女士群中一直都是個大紅人呀。

布盧姆

（善獲婦女歡心者，身穿波紋綢面的小禮服，襟前佩戴藍色共濟會徽章，繫黑色蝶形領結，袖口是珍珠母的飾鈕，手中斜舉著一只刻花玻璃的香檳杯）女士們，先生們，我建議：為了愛爾蘭、家園和美。

布林太太

可愛的往日已不可追[30]。愛情的古老頌歌。

布盧姆

（意味深長地降低了聲音）我承認，我的好奇心已經茶壺[31]，想知道某一個人的某物目前是不是有一點茶壺。

布林太太

（大動感情）茶壺得非常猛烈！倫敦茶壺了，我簡直全身都茶壺了！（她和他側面緊挨著身子）玩了客廳解謎遊戲，又從樹上摘了彩色爆竹之後，咱們坐在樓梯下軟座上。在槲寄生枝下[32]。兩人成伴[33]。

布盧姆

（頭戴綴有半月形琥珀色裝飾的紫紅色拿破崙帽，手緩緩順著她的手臂往下摸去，摸到她柔軟多肉而溼潤的手掌，她溫順地接受撫摸）狂巫活動的深更半夜。我給這隻手裡拔掉了刺，小心地，慢慢地。（將一隻紅寶石戒指套在她手指上，溫柔地）La ci darem la mano[34]。

布林太太

（身穿月光藍的連衣裙式晚禮服，額頭戴著金屬箔的仙女冠，她的舞會紀錄卡已墜落在她的月藍色緞鞋旁邊，她柔軟地彎起手掌，呼吸急促）Voglio e non……你發熱！你熱得燙人！左手離心最近。

---

29 畢曉普為十九世紀美國魔術家，以善於猜人心思聞名，曾到英國等地表演。
30 此句為〈愛情的古老頌歌〉中歌詞。
31 一種客廳猜字遊戲，用一不相干詞語代替另一詞語，供人根據上下文猜其意義。
32 英俗聖誕節日期間室內懸掛槲寄生枝，姑娘站枝下時，男可摘枝上果並吻她。
33 英諺：「兩人成伴，三人不歡。」或是「兩人成伴，三人成群。」
34 意大利語歌詞：「咱們那時將攜手同行」（見第四章注15一五五頁）。

布盧姆

當你作出現在的選擇的時候，人們都說是美女嫁野獸。你這一件事，是我永遠不能原諒的。（他握拳舉至額邊）想一想，造成多大的損失。你那時對我是多麼重要。（嘶啞地）女人，把我弄慘了！

（丹尼斯・布林頭戴白色高帽子，身上掛著威士敦・希利公司的夾心廣告板，趿拉著氈拖鞋窸窸嗦嗦從他們身邊走過。他伸著他那灰暗的大鬍子，左右擺著頭嘟噥著什麼。小個子阿爾夫・伯根披著黑桃A的大罩布，忽左忽右地追在他後面，笑得直不起腰來。）

阿爾夫・伯根

（指著廣告板嘲笑）卜一：上。

布林太太

（對布盧姆）樓梯底下耍把戲。（對他用眉目傳情）你為什麼不吻一吻那地方，好讓傷口合起來呀？你是想的。

布盧姆

（震驚）莫莉的最好朋友！你怎麼能？

布林太太

（從嘴脣之間伸出肉鼓鼓的舌頭，要給他一個鴿啄似的吻）哼哼。問得可笑。你那裡是藏著一樣給我的小小禮物嗎？

布盧姆

（不假思索）猶太教食品。晚餐用的小吃。家裡缺了罐頭肉就不像家。我剛才看「李婭」了，班德曼・帕爾默夫人。她演莎士比亞真傳神，是犀利的。可惜把節目單扔了。那裡附近有一家賣的豬爪子是頂瓜瓜的。你摸一摸。

（里奇・古爾丁頭上別著三頂女帽出現了，他挾一個黑色提包把他的身子墜得歪向了一邊，那是考立斯——沃德律師事務所公文包，上面用白色石灰水刷著一幅骷髏畫。他打開提包，顯示裡面是滿滿的波倫亞大紅腸、乾醒鯡魚、燻製黑斑鱈魚、包裝嚴實的藥片。）

里奇

都柏最划得來的地方。

（禿子派特，耳朵背的甲蟲，站在街沿石上一面疊他的餐巾，一面等候著伺候。）

派特

（斜端一碟肉滷走上前來，肉滷不斷地往外溢流）牛排和腰子。一瓶清啤酒。嘻嘻嘻。等候著我侍候。

里奇

好天主啊。我這一輩子從沒有吃到過……

（他低垂著頭，頑強地往前走。壯工跌跌撞撞地從他身邊走過，肩上扛的那根冒著火焰的大傢伙捅了他一下子。）

里奇

（痛得叫起來，手摸背後）啊唷！亮氏的！亮光！

布盧姆

（指著壯工）一個偵探。不要引人注意。我恨愚蠢的人群。我並非追求享樂。我處境嚴重。

布林太太

騙人、哄人，又是你那一套順口瞎編。

布盧姆

我要告訴你我是怎麼到這裡來的，這是一個小小的祕密。可是你一定不要說出去。連莫莉也不能說。我有一個非常特殊的理由。

布林太太

（大感興趣）行，絕對不說。

布盧姆

咱們往前走吧，好嗎？

布林太太

好。

（鴇母作一個手勢，未獲注意。布盧姆與布林太太往前走去。㹴犬嗚嗚地叫著，跟在後面搖尾乞憐。）

鴇母

猶太雜種！

布盧姆

（穿一套米灰色獵裝，前襟翻領上插一枝紫莖忍冬，裡面是時髦的米色襯衫，黑白格子的領巾打一個聖安德魯式斜十字架形的結，腳上是白色鞋罩，褐紅色的拷花皮鞋。臂上挽一件淺黃褐色風衣，胸前掛著雙筒望遠鏡，頭上戴一頂灰色的圓頂軟氈帽）你還記得嗎，很久很久，多少年以前，那時候米莉，我們把她叫作小木偶，剛剛斷了奶，咱們大夥兒一起到仙女房去看賽馬，對不對？

布林太太

（穿一身定做的灰光淺藍色漂亮女服，戴一頂白色絲絨帽子，蒙著蛛網面紗）豹子鎮。

布盧姆

我是想說豹子鎮。莫莉押一匹名叫「沒法說」的三齡馬，還贏了三先令；咱們坐那輛五個座的四輪遊覽馬車，那輛破舊的老爺車，走狐狸岩回來，那時你正當年，戴著那頂有一圈鼴鼠毛皮鑲邊的白絲絨新帽子，是海斯太太勸你買的，因為價格降到了十九先令十一，一塊破棉絨用鐵絲纏的，我跟你賭什麼都行，她準是故意的……

布林太太

她當然是故意的，那隻貓！不用說！她出的好主意！

布盧姆

因為這頂帽子一點也比不上你另外那頂迷人的蘇格蘭小絨帽，插著極樂鳥翅膀的，你戴那頂小帽子我最愛慕，你那模樣兒真正的是太逗人喜歡了，就是那小東西死得有點可憐，你這殘酷的淘氣鬼，那小可憐，心臟只有一個句號那麼大。

布林太太

（捏著他的臂膀傻笑）淘氣殘酷！我是！

布盧姆

（低聲地，神祕地，越說越快）莫莉在吃一個香味牛肉三明治，是的。蓋萊赫太太的午餐籃子裡帶的。坦白說吧，雖然她有那些給她出主意或是打她主意的人，我從來就不怎麼欣賞她的作風。她有一點……

布林太太

太……

布盧姆

對。後來咱們路過一家農舍，羅杰斯和馬格特．奧頓利正在學雞叫，引得莫莉哈哈大笑，又遇到茶商馬庫斯．特舍斯．摩西駕著一輛輕便二輪馬車，帶著他的女兒名字叫作丹瑟．摩西的，她懷裡的捲毛狗揚起了腦袋，於是你問我，我是不是聽人說過，或是書上看過，或是知道有過，或是碰巧見過……

布林太太

（熱烈地）真的，真的，真的，真的，真的，真的，真的。

（她從他身邊消失了。他繼續往地獄門走去[35]，背後跟著那條嗚嗚叫著的狗。在一處拱道內，有一個婦人彎腰站著，兩腳叉開在那裡溺尿，母牛式的。在一家上了門板的酒館外，一群遊蕩者，正在聽他們的破嘴鼻的工頭用他的粗嗓子說他的粗笑話。一對沒有手臂的人正在撲動著摔跤，嗥叫著，是一種失去肢體的溼漉漉的角力遊戲。）

工頭

（蹲伏下來，聲音通過他的嘴鼻扭曲起來）凱恩斯從比弗街的腳手架上下來，猜他要往哪裡？一堆刨花上面立著一桶黑啤酒，是給德旺的刷牆工準備的，他就往那裡頭幹了一泡。

遊蕩者們

（爆發一陣裂齶大笑）喔，耶哥們呀！

（他們的盡是油漆斑點的帽子晃搖著。他們一身濺滿工場上的灰漿膠料，在他的周圍作無肢體的嬉戲。）

布盧姆

無獨有偶。他們還以為是好玩兒。才不呢！青天白日的。走路都困難。幸好沒有女人。

35　「地獄門」為夜市區內廉價妓院集中地區。

遊蕩者們

耶哥們呀，真有趣。格勞貝爾瀉鹽。耶哥們呀，滲進了弟兄們的黑啤酒裡頭。

（布盧姆走過。下等妓女從胡同口、大門口、街角上招呼他。單個兒的、成雙的、披圍巾的、篷頭散髮的。）

妓女們

你要往遠處去嗎，怪人？

你中間那條腿怎麼樣？

你帶著火柴嗎？

喂，來吧，等我把你那玩意兒弄硬了。

（他淌水似地從她們這一片汙水坑中間穿過，走向那邊有燈亮的街頭。一樘窗戶中，隨風鼓起的窗簾下露出一臺留聲機，揚著砸壞了的黃銅喇叭筒。燈影下有一個私酒店老闆在應付那壯工和那兩個英國兵。）

壯工

（打著嗝。）那背時酒店在哪兒？

私酒店老闆

珀登街。一先令一瓶的烈性黑啤酒。正派的女人。

壯工

（抓住那兩個英國兵，跌跌撞撞地拽著他們往前走）來吧，你們英國陸軍！

列兵卡爾

（在他背後）他可一點兒也不傻！

列兵康普頓

（笑）幹麼呀！

列兵卡爾

（對壯工）波拖貝羅兵營內的士兵俱樂部。你找卡爾。提卡爾就行。

壯工

（大聲）

我們是韋克斯福德的孩兒們

列兵康普頓

你說！軍士長行嗎？

列兵卡爾

貝內特嗎？他和我有交情。我愛老貝內特。

壯工

（大聲）

磨傷皮膚的鐵鍊。

解放我們的祖國[36]。

（他拽著他們，踉踉蹌蹌往前走。布盧姆站住，他迷失了蹤跡。狗伸著舌頭喘著氣跟上來了。）

布盧姆

這可成了追大雁了。雜亂無章的一家家妓院！天知道他們到什麼地方去了。醉漢跑得快。好一場混亂。韋斯特蘭橫街那一場面。然後，拿著三等票跳上頭等。然後，坐過頭。車頭在後的列車。差點兒把我送到了馬拉海德，要不是送到岔線場過夜，要不也許撞了車。都是喝二道酒造成的。一道正合適。我跟蹤他是幹什麼？不過，在那一群人中他是最好的一個。我要不是聽到波福依、皮尤福依太太的事，也不會遇上的。命運。他會把他的現款都丟掉的。這兒有幫人解除負擔的地方。漫天要價假裝大折扣，放高利貸的，最喜歡在這兒做買賣。缺什麼嗎？來得容易去得快。還差點兒把命送給那司機腳鐘輪軌受電器強光龐然大物，幸好頭腦清楚。可也不是總能救命的。那天我路過特魯洛克的櫥窗前，只要晚兩分鐘就中彈了。身體就糊塗了。可是子彈只打穿我的衣服的話，倒可以得一點受驚賠償，五百鎊。他是幹什麼的？基爾代爾街的時髦紳士。願天主幫助他的獵場看守人吧！

（他凝視前方，看到牆上粉筆塗寫著「溼夢」二字，還有一個陰莖圖像。）怪！在國王鎮的馬車上，莫莉在起霜的玻璃上畫。是什麼樣兒的。（在亮著燈的門道裡，在窗洞裡，有豔俗的女人們懶洋洋地躺著，抽著鳥眼菸絲的香菸。甜膩的菸草菸氣，形成緩緩旋轉的橢圓形菸圈，向他飄來。）

菸圈

甜膩也是甜。偷情的樂趣。

布盧姆

我的脊梁有一點疲軟。是去還是回？還有這些吃的呢？吃，弄得到處都黏上豬肉。我真可笑。白扔錢。多付了一先令八便士。（尋物獵犬搖著尾巴，將流著鼻涕的冷嘴鼻湊近他的手。）奇怪，他們怎麼都對我感興趣。連今天那頭畜生也那樣。最好先和牠說說話。牠們和女人一樣，喜歡rencontres[37]。腥臭得像臭鼬。Chacun son goût[38]。有可能是一條狂犬。犬星時令[39]。牠的動作不大穩定。好樣兒的！費多！好樣兒的！加里歐文！（狼犬翻身仰天臥倒，伸出長長的黑舌頭，怪模怪樣地扭動著腳掌表示乞求。）受環境影響。給了牠就完了。只要沒有人。（他一面對牠說一些鼓勵的話，一面用一種偷獵潛行姿態，向一個發出陳舊臭味的角落退去，那頭獵犬緊跟著也過去了。他鬆開一個紙包，準備將豬爪子輕輕放下，但又縮回手去，捏了捏羊蹄。）三便士就不小了。不過我是用左手拿著的。需要多費一些力氣。為什麼？使用不勤就小。好吧，撒

36 「掙斷磨傷皮膚的鐵鍊。解放我們的祖國」典出愛爾蘭民歌〈我們是韋克斯福德的孩兒們〉歌詞。

37 法文：「會面，邂逅」。

38 法文：「各有其好」。

39 「犬星」即犬狼星，「犬星時令」大體上與中國夏季伏天相當，據信此期內狂犬多。

手吧。兩先令六。

（他遺憾地鬆開紙包，讓豬爪羊蹄落到地上。大馴犬將紙包胡亂撥弄開，嗚嗚叫著貪婪地吃起來，把骨頭嚼得嘎吱嘎吱的。兩個披著雨披的巡邏過來了，沉默而警惕。兩人小聲咕嚕起來。）

巡邏

布盧姆。布盧姆的。為了布盧姆。布盧姆。

（兩人各伸一手按住布盧姆一肩。）

巡邏甲

當場捉住。不許隨地小便。

布盧姆

（結結巴巴地）我是在做好事。

（一小群海鷗，如海燕一般從利菲河的汙水面上飢餓地飛起來，口中銜著班布里餅。）

海鷗們

嘎—給—甘古里—吭。

布盧姆

人類的朋友。用感情訓練的。

（他用手一指。鮑伯・竇冉從一只酒吧間高凳子上翻下，對著那條正在嚼骨頭的西班牙長毛狗來回晃動。）

鮑伯・竇冉

大狗狗。把爪子伸給咱們。伸伸爪子呀。

（鬥牛狗豎起頸背的毛，嗚嗚地咆哮著，白齒間還夾著一段豬趾節，滴著帶狂犬病的渣滓涎水。鮑伯・竇冉無聲地墜入一個地下室採光井。）

巡邏乙

防止虐待動物。

布盧姆

（熱心地）高尚的事業！我在哈德路十字橋上，看見一名有軌馬車車夫折磨那匹已經被馬具磨破皮的可憐牲口，我就責備他。他報答我的只有醜話。當然，那天是有霜凍，而且是末班車。各種各樣關於馬戲團生活的故事都是非常令人沮喪的。

（西尼奧馬菲身穿馴獅服，襯衫前胸佩戴著鑽石飾釦，臉色激動得煞白，手執一個馬戲團紙圈環跨上前來，還揮舞著一根彎曲的趕車鞭子和一支左輪手槍，用槍對準那頭正在大口大口吃東西的獵野豬大狗。）

西尼奧馬菲

（帶著一臉獰笑）女士們、紳士們，這是我的有教養的靈提狗。那一頭倔強的野馬埃阿斯[40]，也

---

40 古希臘史詩中有兩位名叫「埃阿斯」（Ajax）的英雄。

是我制伏的，用的是我獲專利的帶釘降獸鞍具。肚子下面用帶結子的皮條捆緊。用一套滑車，一根勒脖子的滑輪索套，就能叫你的獅子老實下來，多暴躁的也不怕，包括那邊那頭吃人的利比亞野獸利奧菲洛克斯。那一頭有思想的鬣狗，阿姆斯特丹的弗里茨，是用燒紅的橇棍，又在傷口搽一種塗料訓出來的。（眼放凶光）我擁有印度符咒。我的眼光加上胸口這些發亮的東西，就能把事辦了。（作迷人的微笑）我現在介紹馬戲場的明星紅寶小姐。

巡邏甲

說吧。姓名、住址。

布盧姆

我一下忘了。唷，對了！（他脫下高級禮帽致敬禮）布盧姆大夫，利奧波爾德，牙外科醫生。你們聽說過馮布魯姆・帕夏吧[41]。億萬富翁。Donnerwetter![42]半個奧地利都是他的。埃及。堂親。

巡邏甲

拿證據。

（一張卡片從布盧姆帽子裡的皮圈內掉下）

布盧姆

（戴紅色土耳其氈帽，穿伊斯蘭法官服，掛綠色寬飾帶，佩戴偽造的法國榮譽勛章，急忙拾起卡片交上）請允許我。我的俱樂部是陸海軍青年軍官俱樂部。律師是單紳道二十七號約翰・亨利・門頓事務所。

巡邏甲

（讀卡片）亨利・弗臘爾。無定居。非法窺伺攻擊。

巡邏乙

拿出不在現場證據來。警告你。

布盧姆

（從胸前口袋中取出一朵壓皺的黃花）弗臘爾就是這朵花。是一個我不知道名字的男人給我的。（有板有眼地）你們知道那個老笑話吧，卡斯蒂爾的玫瑰。布盧姆。改換姓名。費拉格。（他壓低聲音作祕密談心狀）我們是訂了婚的，明白嗎，警官。涉及一位女士。愛情糾紛。（他用肩膀輕碰巡邏乙）亂七八糟的。這是我們海軍風流人物的作風。軍裝起的作用。（他嚴肅地轉向巡邏甲）當然，也有吃敗仗的時候。哪天晚上有空，來喝一杯陳年的勃艮第酒吧。（對巡邏乙歡快地）我可以介紹你認識她，巡官。她很帶勁兒。方便得很。

（一張黑黑的水銀注射過的臉出現，領著一個蒙面紗的人影。）

黑水銀

城堡裡正在找他呢。他是被陸軍開除的。

---

41 「馮」為德國貴族姓氏標誌，「帕夏」為土耳其及北非軍政長官頭銜，「布魯姆」（Blum）為十九—二十世紀間名人，曾在埃及任高官。

42 德語：「雷暴」，「天哪」。

瑪莎

（蒙著厚面紗，脖子上圍著紫紅色的領圈，手上拿一份《愛爾蘭時報》，以譴責的口氣指著他說）亨利！利奧波爾德！萊昂內爾，我失去的人兒呀！你得恢復我的名譽！

巡邏甲

（嚴厲地）上派出所。

布盧姆

（害怕，戴上帽子，退後一步，然後摸心口並將右臂平舉胸前，作共濟會二級工匠記號並行禮）不，不，尊敬的大師，水性楊花。認錯了人。里昂郵車。勒壽爾克和杜鮑斯克[43]。你們還記得蔡爾茲殺兄案吧。我們醫學界的人。用短柄小斧砍死的。對我的指控是一個誤會。寧可錯放一個罪人，不可冤枉九十九個好人。

瑪莎

（蒙著面紗抽泣）背信棄義。我的真實姓名是佩克・格里芬。他寫信給我，說他很痛苦。我兄弟是貝格蒂符橄欖球隊的後衛，我要把你的事告訴他，你這個沒有心肝的玩弄感情的傢伙。

布盧姆

（用手捂著臉）她醉了。這女人是酒喝多了。（他含含糊糊地說以法蓮口令）示播羅列斯[44]。

巡邏乙

（眼中噙淚，對布盧姆說）你真應該感到無地容身的羞恥。

布盧姆　陪審團諸位紳士，請容許我說明情況。完全是張冠李戴。我是受了誤解。我是當了替罪羊。我是一個體面的有婦之夫，品德高尚，從無汙點。我住在埃克爾斯街。我的妻子，是一位極其卓越的指揮官的女兒，那是一位勇敢正直的紳士，他是怎麼稱呼的呢，布賴恩·忒迪少將，英國就是靠他這樣的軍人才能打勝仗的。在英勇的羅克渡口保衛戰獲得的少將銜。

巡邏甲　團隊番號。

布盧姆　（**轉向旁聽席**）皇家都柏林，好樣兒的，最精銳的，舉世聞名的。我想，旁聽席諸位之中，我看就有幾位老戰友在場。皇家都柏林火槍團，和我們家園的保衛者——我們自己的警察，都是我們君王麾下最有膽量的戰士，最精銳的隊伍。

一個人聲　變節的！支持布爾人！是誰給約·張伯倫喝倒彩的？

43　《里昂郵車》為一法國戲劇（一八五〇），寫杜鮑斯克搶劫郵車，勒壽爾克與之酷似被誤認為劫車犯而處死，後方發現錯誤並處決真犯。

44　據《聖經·士師記》第十二章，「示播羅列斯」為以色列戰爭中鑑別以法蓮人所用詞語，凡說此詞不能正確發音者即證明為以法蓮人而被殺。共濟會第二級入會儀式中以此詞象徵豐盛。

布盧姆

（一手搭在巡邏甲肩上）我老爹也是個治安法官。我支持英帝國，和您一樣忠誠，您哪。在那場心不在焉的戰爭中，我忠君報國上了戰場，是在公園裡的郭富將軍手下[45]，在斯匹翁考普山和布隆方丹戰役受了重傷，戰報上都提到了。我是盡到了力，凡是一個高尚的人能辦到的事我都辦了。（鎮靜而富有感情）吉姆・布勒佐。把住船頭，絕不離岸[46]。

巡邏甲

職業或行當。

布盧姆

這個，我做的是文字工作，作家兼新聞記者。實際上，我們正在出版一套獲獎小說選，是我的發明，完全是一條新的路子。我和英國和愛爾蘭新聞出版界都有聯繫。如果您打電話……

（邁爾斯・克勞福德牙齒咬著一枝鵝毛筆，跨著抽筋似的大步出來了。他的緋紅的尖鼻頭，像是他那草帽光環中間的一道火焰。他一手提一圈西班牙蔥頭，一手抓一只電話筒貼在耳朵上。）

邁爾斯・克勞福德

（晃著他那公雞似的頦下垂肉）喂，七七八四。喂，這是《自由人尿池和擦屁股周報》。把整個歐洲都嚇傻了。你什麼？藍褲子[47]？誰寫？是布盧姆嗎？

（臉色蒼白的菲利普・波福依先生站在證人席上，穿一套十分得體的常禮服，外衣前胸口袋裡露出手帕尖端，摺縫筆挺的淡紫色褲子，腳上是漆皮皮鞋。他拿著一個大公文包，上面標著「馬察姆的妙舉」。）

波福依

（慢條斯理地）不，你不是。據我所知，差得遠呢。我看不出，如此而已。凡是地道的紳士，甚至具有最起碼的紳士心態的人，都決計不齒於作出如此特別可憎的行動。大人，他就是那一類人。剽竊者。一個阿諛奉承的小偷，冒充littérateur[48]。非常明顯，他是使用了最卑劣下流的手段，抄襲了我的一些最受歡迎的作品，一些確實華麗的文字，簡直是十全十美的珍品，其中寫愛情的段落是無可懷疑的。波福依寫愛情、寫巨大財富的書籍，大人無疑很熟悉，在整個王國範圍內都是家喻戶曉的。

布盧姆

（卑躬屈膝，逆來順受）我不過是對於您寫的愛笑的妖女手拉手有一點意見，如果您允許……

---

45 「心不在焉的戰爭」即英國的南非殖民戰爭（一八九九—一九〇二，見第九章注37三七三頁），郭富（Hubertdela Poer Gough, 1870-1963）為英軍指揮官之一；另一郭富（Hugh Gough, 1779-1869），係拿破崙戰爭及侵華、侵印戰爭中英軍指揮官，鳳凰公園內有其雕像。

46 布勒佐為美國敘事歌曲中英勇船長，曾揚言萬一船隻失火，他一定把住船頭，保證船上人員統統上岸逃生，後果然實踐豪言，本人犧牲性命。

47 「藍褲子」即警察，為俚語。

48 法語：「文人」。

波福依

（**翹起嘴脣，對法庭作傲慢的微笑**）你這頭可笑的蠢驢，你！你太沒有人味、荒誕可笑，簡直無以名狀！我認為你在這方面不必過分費心勞神了。有我的出版事務代理人Ｊ・Ｂ・平克爾先生照料著呢。我設想，大人，我們可以獲得常規的出席作證費的，是不是？這名連大學都沒有上過的吃報紙飯的倒楣蛋，這隻里姆斯寒鴉，害得我們的腰包受了可觀的損失。

布盧姆

（**含含糊糊地**）生活的大學。粗劣的藝術。

波福依

（**大叫**）這是該死的惡毒謠言，表現了這人的道德敗壞！（**他打開公事包**）我們這裡頭有足以定罪的證據，**corpus delicti**[49]，大人，我的一件成熟期作品，被塗上了獸性的標幟。

旁聽席一人聲

摩西呀摩西，猶太人的王，

擦屁股擦在《每日新聞》上[50]。

布盧姆

（**勇敢地**）誇大。

波福依

你這個下流的東西！應該把你扔進洗馬池裡去，你這個壞蛋！（**對法庭**）這事情，請看這傢伙的私生活吧！他維持的是一種四重存在！在街上是天使，在家裡是魔鬼。有婦女在場的時候，連提都不能提的！當代最大的陰謀家！

布盧姆

（對法庭）他呢，一個單身漢，怎麼……

巡邏甲

國王對布盧姆起訴。傳女人德里斯科爾。

宣讀員

廚房女工瑪麗・德里斯科爾。

（廚房女工瑪麗・德里斯科爾上來，是一個衣衫不整的女傭。她臂彎上援一只桶，手上拿一把擦洗用的粗刷子。）

巡邏乙

又來一個！你是那種不幸的女人嗎？

瑪麗・德里斯科爾

（憤慨）我不是壞女人。我的名聲是清白的，在上一家人家待了四個月。我是正式受雇的，每年六鎊加補貼，星期五休息，是因為他的舉動而不能不走的。

49 拉丁文：「罪行實體」。
50 戲謔摹擬都柏林歌謠「神聖的摩西，猶太人的王，給他的老婆，鞋子賣一雙。」

巡邏甲

你告他什麼？

瑪麗・德里斯科爾

他提出了某種建議，但是我雖窮，還不至於落到那種地步。

布盧姆

（穿波紋呢家常上衣、法蘭絨褲子、便鞋，未刮臉，未梳頭；婉轉地）我對你是正派的。我給了你一些紀念品，遠遠超過你身分的漂亮翠色吊襪帶。在你被控偷竊的時候，我冒冒失失就為你說話。凡事都有個分寸。人要公正。

瑪麗・德里斯科爾

（激動）今晚天主低頭看著我呢，我從來也沒有碰過一下那些牡蠣！

巡邏甲

指控的罪狀呢？有沒有發生具體情況？

瑪麗・德里斯科爾

老爺，有一天上午太太上街買東西去了，我在後房，他突然到我那裡來找一顆別針。他拉住了我，結果我有四處皮膚發青。他還兩次弄我的衣服。

布盧姆

她反攻。

瑪麗・德里斯科爾

（輕蔑地）我還怕損壞那把擦洗刷子呢，一點也不假。我和他理論了，您大人，他只說：別聲張。

（眾笑）

喬治・福特雷爾

（都柏林法院書記官，聲音洪亮地）法庭秩序！現由被告發表假聲明。

（布盧姆聲稱無罪，手持一朵盛開的睡蓮，開始作模糊不清的長篇發言。他們將聽到，律師將對大陪審團發表一個激動人心的演說。他確已潦倒不堪，但是他儘管被人目為敗類，如果他可以那麼說的話，他還是有意洗心革面，以純粹的姊妹心情回憶往事，作為純粹的家庭動物回歸自然。他是娘胎七月出生的，堂上細心將他養育帶大，但已年邁而纏綿病榻。有可能身為人父而誤入歧途，出了些差錯，但是他已決心翻開新的一頁，現在終於到達鞭笞柱在望的地步，他決心要在家庭的溫暖懷抱中，在瀰漫著深情的環境中安度晚年。他是一個歸化英國的人，就在這一個夏日的夜晚，他還從環線鐵路公司的機車司機室踏板上看到，當時雨可以說沒有下來擋住都柏林市內和郊區充滿著愛的家庭真正的田園幸福景象美好國土多克瑞爾公司牆紙每打一先令九便士，英國出生的天真孩子們正在口齒不清地向聖嬰作禱告，年輕的學子正在為罰作功課費腦筋，或是模範的小姐們在彈鋼琴，要不片刻之後大家圍著啪啪作響的聖誕節原木同念家庭玫瑰經，而在小巷內和青翠的田園道路上，姑娘們和她們的小夥子們在溜達，那時風琴音質的美樂琴奏出的樂調包著不列顛合金的有四個起作用的音栓和十二褶層的風箱，大犧牲，空前便宜的價格……）

（笑聲又起。他語無倫次含糊其詞。記者們抱怨說聽不清。）

普通紀錄員與速記員

（眼盯紀錄本不抬頭）解開他的靴帶。

馬克休教授

（在記者席上，咳嗽，高聲說）咳出來，老兄。一點一點說出來。

（盤詰進行至布盧姆與桶子問題。一只大桶。布盧姆獨自一人。肚子不好。在比弗街上。腸絞痛，真的。很嚴重。粉刷匠的桶子。繃直了腿走過去的。難受極了。痛苦得要命。大約是正午時光。爰或是勃艮第。是的，一些菠菜。緊急關頭。他沒有看桶裡面。沒有人。相當糟糕。不完全。一份舊的《文萃》。）

（全場譁然，尖叫起鬨聲。布盧姆身穿撕破而沾有白塗料的禮服大衣，頭上歪戴壓癟一塊的絲質大禮帽，鼻子上橫貼一條橡皮膏，還在用聽不清的聲音說話。）

杰·J·奧莫洛伊

（頭戴灰色律師假髮，身穿毛料律師袍，以痛苦抗議的口氣發言）這裡不是可以對一位酒後失誤的普通人輕蔑無禮的場所。我們不是在鬥熊場，也不是在玩一場牛津大學捉弄新生的惡作劇，更不是演一場嘲弄法庭的滑稽戲。我所辯護的人是一名嬰兒，一名可憐的外國移民，他是從偷渡之後白手起家開始，現在是努力工作正正當當掙一點錢。人們編造的有失檢點處，實是一種遺傳性的短暫失常現象，由幻覺引起的，而類似現在被指控為犯罪的隨便行動，在被告的故鄉法老國土上是人們容許的。Prima facie[51]，我向諸位說明，並沒有性行為的企圖。兩性關係並未發生，而德里斯科爾所作的控訴，即對其貞操的勾引並未重複發生。我尤其願意談一談返祖現象。被告家族中曾經有過崩潰和夢遊現象。如果被告能說話，他可以講出一大套來——從來還沒有一部著作曾經敘述過這樣離奇的事蹟。大人，他本人就是深受鞋匠弱胸症戕害而身心受殘的人。他的申訴是他出身蒙古人種，對於自己的行動不能負責。實際上就是身心不健全。

布盧姆

（光腳，雞胸，穿東印度水手坎肩與褲子，腳趾向裡以示歉意，睜開小小的鼴鼠眼睛，一面昏頭昏腦地左顧右盼，一面伸手緩慢地摸自己的前額。然後，他以水手慣用的姿勢扯一下褲帶，以東方式的縮肩姿勢，伸出一個大拇指指向天上，向法庭敬了一個禮。）他老造的很好很好天氣晚上。（開始咿咿呀呀作天真無邪的吟唱）

小呀小呀可憐小娃娃

天天晚上賣豬腳

給他兩個先令吧……

51 拉丁文：「顯而易見」。

（人們用吼叫聲制止了他。）

杰・J・奧莫洛伊

（激憤地面對群眾）這是一場孤身作戰。我憑哈得斯起誓，我不允許我辯護的任何人這樣子受一群野狗和獰笑的鬣狗圍攻、堵嘴。摩西律已經取代了叢林法則。我宣布，鄭重地宣布──並且這絕不是企圖阻撓司法目標的實現──被告並非事前參與預謀，原告並未受到觸動。被告對待這位年輕婦女如對親生女兒。（布盧姆拉杰・J・奧莫洛伊的手，舉到脣邊吻它。）我將召喚反證，徹底揭穿那隱蔽的手又在玩弄老一套手法了。凡是有疑問的時候，就對布盧姆下手。我所辯護的人是一位天生靦腆的人，他比全世界的任何人都更不願採取任何與紳士身分不符的行動，或是有損貞潔而引起抗議，或是對誤入歧途的少女投擲石頭，而這誤入歧途是她受到某個卑鄙的人肆意玩弄的後果。他是要走正道的。我認為他是我所認識的人中最正派的人。目前他的運氣不佳，因為他在遙遠的小亞細亞Agendath Netaim的廣大產業已經抵押，該地幻燈片即將放映。（對布盧姆）我建議你採取漂亮行動。

布盧姆

每鎊一便士。

（牆上映出基內雷特湖畔景象[52]，銀色霧靄中有模糊的牛群在吃草。雪貂眼、白化病的摩西・德魯咖茲身穿粗藍布工作服，在旁聽席上站起來，一手持一只橙子香櫞，一手持一只豬腰。）

德魯咖茲

（嗓音嘶啞地）柏林西十三區真誠街。

（杰・J・奧莫洛伊跨上一座低平臺，莊嚴地拉住自己的外衣胸前翻領。他的臉龐變長，發白，長出了大鬍子，眼睛下陷，臉上露出約翰・F・泰勒的癆病斑塊和潮紅的臉頰骨。他用手帕擦嘴，審視湧潮似的淺玫瑰紅的血。）

杰・J・奧莫洛伊

（聲音幾乎已全啞）請原諒。我渾身發冷，剛從病床起來。幾個精當貼切的字眼。（他現出了西莫・布希的鳥首、狐狸唇髭及其大鼻子的雄辯）當那部天使書籍打開的時光到來，如果那沉思的胸膛所發端的靈魂超凡或能使靈魂超凡的任何東西是值得永生的話，我說就應該允許在押被告享受神聖的無證據不能定罪的權利。

（有人從法庭外送進來一張字條）

布盧姆

（穿宮廷禮服）可提供最可靠的證人。卡倫——科爾曼先生。治安法官威士敦・希利先生。我的老上級約・卡夫。前都柏林市長瓦・B・狄龍。我常在最高級、最嚴格挑選的社交場所活動……都柏林上流社會中的女王們。（漫不經心地）就在今天下午，在總督府的招待會上，我還和我

52 基內雷特湖即太巴列湖，廣告中的Agendath Netaim（移民墾殖公司）所在地，見第四章注6、9—四九頁。

的老夥伴們閒聊呢，就是皇家天文學家羅伯特・鮑爾爵士和夫人。鮑勃爵士呀，我說……

耶爾弗頓・巴里太太

（身穿乳白色低胸舞會禮服，手戴長及臂肘的象牙色手套，披一件黑貂皮鑲邊的磚紅色納縫披風式外衣，頭髮中插一把鑽石梳子和鷺羽頭飾）逮捕他，警士。他趁我丈夫為了芒斯特巡迴審判，到蒂珀雷里北區去了，用拙劣反手書法給我寫了一封匿名信，署名詹姆斯・洛夫伯奇[53]。他說，我在皇家劇院坐包廂看總督專場演出的La Cigale[54]，他從頂層高座看到了我的美妙無比的一對球體。我使他慾火上升，他說。他向我作了一個下流的建議，想要我在下星期四的鄧辛克時間下午四點半採取不端行動。他表示要郵寄給我一本小說，保羅・德・科克寫的《穿三套束胸衣的姑娘》。

貝林漢姆太太

（頭戴便帽，身上裹一件海豹兔皮斗篷，一直蒙到鼻子邊，她跨下她的布勞漢姆式馬車，從她巨大的負鼠手筒中取出一副帶柄玳瑁眼鏡，用眼鏡細看）對我也一樣。對的，我相信就是這一個討厭的人。因為九三年二月寒潮有一天雨夾雪連下水口格柵和我的浴水池內的球形塞都凍住了，他在桑萊・斯多喀爵士診所外面為我的馬車關了一次門。後來他就送來了一枝雪絨花，他說是專門為我從高山採來的。我交給一個植物專家鑑定才了解到真實情況，原來是從模範農場的暖房偷來的一株本地馬鈴薯花。

耶爾弗頓・巴里太太

這人可恥！

（一群邋遢女人和小癟三蜂擁而上。）

邋遢女人和小癟三們

（尖叫）抓小偷！好哇，藍鬍子[55]！艾基・摩西好、好、好[56]！

巡邏乙

（亮出手銬）這兒有銬子。

貝林漢姆太太

他用好幾種字體，給我寫了一些令人作嘔的恭維話，說我是一個穿裘皮大衣的維納斯[57]，還說什麼深刻同情我受凍的馬車夫帕爾默，可是與此同時，他又自稱羨慕他的保暖護耳和厚毛羊皮大衣，還羨慕他的運氣好，能穿上我家的僕人號衣，上面有黑色花飾金鹿頭像的貝林漢姆家族紋章，站在我的椅子後面，離我那麼近。他用幾乎是過分的語言，讚美我的下身肢體，我那肉鼓鼓繃緊了長絲襪的腿肚，甚至用熱情洋溢的詞句歌頌我身上那些貴重花邊衣料下隱藏的祕寶。他慫恿我（他公然申言，他的人生使命就在於慫恿我）褻瀆我的婚床，儘快找機會實現通姦。

53 此姓氏暗含受虐狂變態心理，見第十章注52四七一頁。

54 法文：「蟬」，法國十九世紀喜劇與輕歌劇。

55 「藍鬍子」為歐洲童話中連續殺死幾個妻子的惡人。

56 「艾基・摩西」為十九世紀倫敦一畫報中一喜劇性猶太人，被描畫為卑劣可笑的典型。

57 《穿裘皮大衣的維納斯》為扎赫爾—馬索赫（見第十章注51四六九頁）描寫受虐狂變態心理小說。

尊貴的默文・滔爾博伊斯夫人

（身穿女武士服，露出朱紅色的坎肩，頭戴圓頂高帽，腳上是帶馬刺的長統馬靴，手上是火槍手用的小鹿皮防護手套，上面有編織的圓片，身後拎著長拖裙，不斷用手中的獵鞭敲打著自己的靴面沿條。）對我也是。因為那次全愛爾蘭隊與愛爾蘭全國隊對抗賽，他在鳳凰公園的馬球場上看見了我。我自己知道，我特別欣賞音尼斯基令斯龍騎兵擊球手鄧尼希上尉，看他騎著他的寶貝兒矮腳馬肯陶洛斯贏那最後一局，看得我的眼睛都像神仙一般放光。這個下賤的唐璜[58]躲在一輛出租馬車後面看我，用雙層的信封寄給我一張淫穢的照片，就是天黑之後巴黎大道上賣的那種，對任何有身分的女士都是侮辱。現在還在我手裡呢。照片上是一個半裸體的Señorita，纖弱而可愛（他莊嚴地向我申明，那就是他的妻子，由他實地拍攝的），正在和一個肌肉發達的鬥牛士私通，那顯然是一名歹徒。他攛掇我也照那樣子做下賤事，和駐軍的軍官亂搞。他還求我把他的信件弄上說不出口的髒東西，算是他完全應該接受的懲罰，要我跨在他身上，騎著他，狠狠地用鞭子抽他一頓。

貝林漢姆太太

對我也一樣。

耶爾弗頓・巴里太太

對我也一樣。

（若干都柏林名門閨秀舉起布盧姆寫給她們的下流信件。）

尊貴的默文・滔爾博伊斯夫人

（一陣暴怒跳腳，把馬刺跳得叮咣亂響）我要，憑在上的天主的名義。我要狠狠地鞭打這條低三下四的野狗，一直打到我站不動為止。我要活剝他的皮。

布盧姆

（閉上眼睛，有所期待地縮成一團）這兒嗎？（蠕動身子）又來了！（他發出狗迎主人的喘息聲）我愛這危險。

尊貴的默文・滔爾博伊斯夫人

你愛得很！我給你狠狠地上。我讓你跳舞，跳個幾十里！

貝林漢姆太太

狠狠地抽他的屁股，這個野心勃勃的小子！給他畫上星條旗！

耶爾弗頓・巴里太太

不要臉！完全沒有道理可講！還是有婦之夫哩！

布盧姆

這麼多人。我的意思只是指打屁股這件事。給皮膚一點發熱的刺激，不流血的。斯斯文文地用樺樹條來幾下，促進血液流通。

58　「唐璜」為歐洲文學中著名風流貴族，見第十章注23四四七頁。

尊貴的默文・滔爾博伊斯夫人

（發出譏嘲的笑聲）哈，你是這樣想的嗎，好小子？好吧，憑著活天主的名義，你現在就會大吃一驚的，相信我吧，你將挨一頓從來沒有人求到過的痛打。你刺激了我天性中沉睡的老虎，把牠激怒了。

貝林漢姆太太

（凶狠地搖晃著手筒和帶柄眼鏡）叫他的皮肉真受點苦，好翰娜。給他塞點老薑。把這個雜種揍個半死不活的。用九尾鞭。把他閹割了。活活宰了他。

布盧姆

（戰慄，收縮，合起雙手，一副搖尾乞憐相）冷啊！發抖啊！是因為你的仙女般的美貌啊。忘了吧，原諒吧。命啊。放了我這一回吧。（他伸上他的另一邊臉頰。）

耶爾弗頓・巴里太太

（嚴厲地）千萬別放了他，滔爾博伊斯夫人！他應當受一頓痛打才行。

尊貴的默文・滔爾博伊斯夫人

（氣勢洶洶地解開她防護手套的鈕子）我才不呢。豬狗，而且從狗娘肚子出來就一直是豬狗！居然敢來對我求愛！我要在大街上用鞭子抽他，把他抽得黑一條紫一條的。我要把我的馬刺扎進他的肉裡頭，直扎到刺輪為止。誰都知道他是一隻王八。（她惡狠狠地把鞭子在空中抽得唰唰地響）馬上把他的褲子剝下。過來，先生！快！準備好了嗎？

布盧姆

（戰戰兢兢地開始照辦）天氣還是很暖和的。

（一頭鬈髮的戴維・斯蒂芬斯帶著一撥光腳報童走過。）

戴維・斯蒂芬斯

《聖心使者報》、《電訊晚報》附帶聖派特里克節增刊。報上有都柏林全體王八的新住址。

（十分可敬的奧汗隆牧師身穿金料子法衣，舉起並展示一只大理石時鐘，康羅伊神父和耶穌會的可敬的約翰・休斯在他面前低低地鞠躬。）

時鐘

（敞門）

咕咕

咕咕

咕咕[59]

（傳來一張床上的銅圈發出的叮噹聲。）

銅圈

唧夾。唧咯唧咯。唧夾。

59 關於杜鵑鳥叫聲與妻子不忠關係，參見第九章注214四二七頁。

（一扇霧門迅速拉開，迅速露出陪審席上的人臉，有戴絲質禮帽的首席馬丁・肯寧安，有杰克・帕爾、賽門・代達勒斯、湯姆・克南、內德・蘭伯特、約翰・亨利・門頓、邁爾斯・克勞福德、萊納漢、派迪・倫納德、長鼻頭弗林、麥考伊，以及沒有五官的無名氏的臉。）

無名氏

騎裸背馬。年齡載重量。老天，他可把她組織起來了。

陪審員們

（腦袋一齊循聲向他轉過去）真的嗎？

無名氏

（吼叫）屁股朝天頭朝地。一百先令對五。

陪審員們

（全體點頭以示同意）我們大多數人也這樣想。

巡邏甲

他是一個監視對象。又有一個姑娘被剪了辮子。通緝：殺手杰克60。懸賞一千鎊。

巡邏乙

（悚然耳語）還穿黑衣服呢。摩門教吧。無政府主義者吧。

公告宣讀員

（大聲）據利奧波爾德・布盧姆無固定地址，人所共知為炸藥犯、偽造文書犯、重婚犯、烏龜王八，對都柏林全市民形成公害，據此巡迴審判最尊貴的……

（都柏林紀錄官弗雷德里克・福基納爵士閣下，身穿灰色石頭法官服，胸前是石鬍子，從法官席上站了起來。他懷抱一個傘形權杖，額角上赫然長著一對摩西式的公羊角。）

紀錄官

我要制止這種誘人為娼的勾當，為都柏林剷除這可憎的害人精。駭人聽聞！（他戴上黑帽子）[61]副長官先生，派人把他從被告席帶走，送往蒙喬伊監獄，按陛下聖意期限羈押後，在獄內絞其頸部至死為止，切切勿誤，否則願主慈悲你的靈魂。把他帶走。

（一頂黑色小帽降落在他的頭上。副長官約翰・范寧出現，嘴裡叼著一支辛辣的巨大雪茄。）

長約翰・范寧

（怒容滿面，以洪亮回盪的嗓音大喊？）誰來絞死加略人猶大？

（剃頭師傅哈・郎博爾德跨上斷頭墩子，他穿一件血色的緊身上衣，圍一條鞣皮工圍裙，肩上搭著一條盤成圈的繩索。他的腰帶上插著一根護身棒和一根布滿釘頭的大頭棒。他陰森森地搓著兩隻抓鉤似的手，手上疙疙瘩瘩都是銅指節。）

60　「殺手杰克」為十九世紀八十年代倫敦對一未破案殺人凶手的稱呼，此人專殺妓女並毀其屍體。

61　按英國法庭慣例，法官宣布死刑時戴黑帽。

郎博爾德

（對紀錄官，口氣陰森而隨便）上絞刑的哈利，陛下，默西河凶神。每根喉管五個畿尼。不斷脖子不算數。

鐘群

（喬治教堂的鐘群緩慢地響了起來，響亮而陰沉的鐵音。）

嘿喲！嘿喲！

布盧姆

（著急）等一下。住手。海鷗。好心腸。我看見。沒有惡意。猴房裡的姑娘。動物園。淫蕩的黑猩猩。（呼吸急促地）骨盆。我看她那天真的紅臉，心裡難受。（情緒激動）我就離開了那地方。（轉向群眾中一人求助）哈因斯，我可以和你說句話嗎？你是認識我的。那三先令你可以存著。如果你還需要一點兒的話……

哈因斯

（冷冷地）我和你素不相識。

巡邏乙

（指角落）炸彈在這兒。

巡邏甲

裝有定時信管的詭雷。

布盧姆

不對。不對。豬腳。我參加了一個葬禮。

巡邏甲

（抽出警棍）你撒謊！

（小獵犬抬起頭來，顯出派迪・狄格南那張患壞血病的灰色臉盤。他已經全啃完了。他呼出一股子吞噬屍體的腐臭。他變大，大小和形狀都和人一樣了。他那一身獵獾狗皮毛，變成了棕色壽衣。他的綠色眼睛中閃著充血的光芒。半隻耳朵、整個鼻子和兩個拇指都已經被食屍鬼吃掉）

派迪・狄格南

（聲音沉滯）是真的。是我的葬禮。我由於自然原因而一病不起，菲紐肯大夫就宣布了生命終結。

（他抬起色如死灰、殘缺不全的面孔，對著月亮哀聲吠叫。）

布盧姆

（得意地）你們聽見了吧？

派迪・狄格南

布盧姆，我是派迪・狄格南的亡靈。聽，聽，聽喲！

布盧姆

這是伊掃的聲音。

巡邏乙

（在自己胸前畫十字）怎麼可能呢？

巡邏甲

教理問答小冊子裡沒有。

派迪・狄格南

這是輪迴轉世。鬼魂。

一個人的聲音

噯，去你的！

派迪・狄格南

（真誠地）我曾經受雇於單紳道二十七號的約・亨・門頓先生，律師，宣誓和作證經辦人。現在我已經因心壁肥大而去世，流年不利。可憐的妻子傷心已極。她現在怎麼應付這局面呢？叫她別碰那瓶雪利酒。（他環顧四周）我要一盞燈。我有一種動物本能的要求必須解決。那酪乳我喝了不舒服。

（身體魁梧的公墓管理員約翰・奧康內爾出現，手執一串用黑紗聯起的鑰匙站著。他旁邊站著公墓附屬教堂牧師關采神父，蛤蟆肚皮歪脖子，身穿白色法衣，頭蒙紮染印花睡帽，瞌瞌懵懂地拿著一根用罌粟花擰成的牧杖。）

闞采神父

（打哈欠，然後用沙啞如蛤蟆叫的聲吟頌）Namine。雅各布。號餅乾[62]。阿們。

約翰・奧康內爾

（用喇叭筒揚聲大喊）狄格南，派特里克・T，已故。

派迪・狄格南

（豎起耳朵，畏縮）泛音。（他蠕動向前，將一隻耳朵貼在地上）我主人的聲音[63]！

約翰・奧康內爾

入土單據卜一字八萬五千號。墓區十七。鑰匙府。墓地一百零一號。

派迪・狄格南

（派迪・狄格南尾巴筆直，耳朵豎起，顯然是在注意聽，用心想。）

為他的靈魂安息而祈禱。

（他蠕動著向一個煤炭投入口鑽下去，棕色衣服上連著的拴狗繩子，把小石子帶得喀啦喀啦地滾動。跟在他後面蹣跚而去的，是一隻肥胖的老鼠爺爺，腳是蘑菇式的甲魚爪子，背

---

62 Namine為拉丁文nomine訛變（見第六章注45二一五頁）；「號餅乾」原文Vobiscuits可能為拉丁文Dominus vobiscum「天主與你同在」（見第十二章六五三頁）訛變，但biscuits在英語中為「餅乾」，而雅各布為都柏林餅乾廠家。

63 「我主人的聲音」為一種著名留聲機商標，商標圖內繪一狗傾聽留聲機喇叭中傳出的聲音。

上是灰色的甲魚殼。從地下傳來了狄格南的悶聲號叫：「狄格南死了，到地下去了。」戴騎手帽子、穿馬褲的湯姆・羅奇福德，胸脯紅如知更鳥，從他的雙筒機器上跳了起來。）

湯姆・羅奇福德

（一手扶胸骨，彎腰）菇本・J。我給他找到一枚兩先令銀幣。（他以堅決神態盯住地溝口。）我的現演節目。隨我去卡洛[64]。

（他躍起在空中，一個麻哈魚翻身，跳進了煤炭投入口。雙筒上兩個圓片在搖晃，瞪著零的大眼。一切消退。布盧姆繼續在汙水坑中穿行。霧罅中有嘖嘖接吻聲。有彈鋼琴的聲音。他站在一所有燈亮的房屋前聽。樹蔭中飛起了許多吻，圍繞著他唧唧喳喳、柔聲囀鳴、咕咕啼叫。）吻們（柔聲囀鳴）利奧！（唧唧喳喳）甜兮兮舔兮兮綿兮兮黏兮兮，給利奧！（咕咕啼叫）咕！咕咕！好吃好吃，美呀美！（柔聲囀鳴）大呀，來得大呀！足尖立地旋轉！利奧波波爾德！（唧唧喳喳）利奧利！（柔聲囀鳴）喔，利奧呀！

（她們窸窸嗦嗦地在他的衣服上撲動，停落下來，亮晶晶、暈乎乎的光斑，銀色的閃光片。）

布盧姆

男人的指觸。哀傷的音樂。教堂音樂。也許在這裡。

（年輕的妓女佐伊・希金斯身上穿一條寶石藍的襯裙，用三個銅搭鈕扣住，脖子上圍著一條細細的黑絲絨帶子，向他點點頭，快步跑下臺階招呼他。）

佐伊

你是找一個人吧？他和一個朋友在裡面呢。

布盧姆

這是麥克太太家嗎？

佐伊

不是，八十一號。科恩太太的。你要是再往前走，可能還比不上這兒呢。趿拉鞋的老媽媽。（親熱地）今天晚上她親自出馬，接那個給他通風報信的獸醫，她賭賽馬贏錢全靠他的消息，還出錢供她兒子上牛津。超齡幹活呢，不過今天她的運氣已經轉了。（生疑）你該不是他父親吧？

布盧姆

我才不是呢。

佐伊

你們兩人都穿黑的。小耗子今晚發癮了嗎？

（他的皮膚警覺起來，感到她的指尖在接近過來。一隻手摸到他的左邊大腿上來了。）

佐伊

堅果怎麼樣？

64 卡洛為都柏林西南一郡。〈隨我去卡洛〉為一民歌，歌唱十六世紀愛爾蘭抗英起義武裝鬥爭。

布盧姆
錯了邊兒。怪得很，是在右邊。重一些，我想是。百樣人中才有一人，我的裁縫梅夏士說的。

佐伊
（突然警惕起來）你有一個硬性下疳。

布盧姆
沒有的事。

佐伊
我摸得出來。

（她把手伸進他的褲袋，摸出一個乾硬發黑的皺皮馬鈴薯。她望著馬鈴薯和布盧姆啞口無言，嘴脣溼漉漉的。）

布盧姆
這是辟邪的。祖傳的。

佐伊
給佐伊吧？歸我啦？我待人好就有好報，是吧？

（她貪婪地將馬鈴薯塞進一個口袋，挽住了他的胳臂，用軟而熱的身子偎著他。他露出了一絲勉強的笑容。東方音樂響起來了，一個音符又一個音符地緩緩地奏著。他凝視著她塗了眼圈的茶褐色水晶般的眼睛。他的笑容軟了下來。）

佐伊

下回你就認識我了。

布盧姆

（灰心喪氣）只要我喜歡了一隻親愛的羚羊，牠就準會……[65]

（一些羚羊在山上吃草，跳跳蹦蹦的。近處有湖泊，湖岸周圍是一層層雪松林濃蔭。這裡升起了一股芳香，彷彿長出了一片茂密的松脂毛髮。東方的天空燃燒了，寶石藍的天空，被一群古銅色的飛鷹劃成了兩半。底下臥著女人城[66]，赤裸裸的、雪白的、靜止的、清涼的、豪華的。在大馬士革薔薇叢中，一鼓泉水汩汩流出。巨大的薔薇花在悄悄議論著鮮紅的葡萄酒。一種羞恥、淫欲、血液之酒緩緩流出，發出一種奇特的私語聲。）

佐伊

（隨著音樂輕輕吟唱，她妖豔的嘴唇上濃濃地塗著豬油薔薇水油膏）Schorach ani wenowach, benoith Hierushaloim[67]。

布盧姆

（大感興趣）從你的口音聽來，我就思想你出身的家庭是好的。

---

65 典出穆爾詩（參見本章注62八五九頁）。

66 克萊克詩（The Four Zoas, 1797）中曾說耶路撒冷「自天而降，既是一座城市，又是一個女人」。

67 希伯來語：「我雖黑卻秀美，耶路撒冷的婦女們啊。」（《舊約．雅歌》第一章）

佐伊

你也知道思想有什麼用吧？

（她用鑲金的小牙齒輕輕地咬他的耳朵，送來一股陳腐難聞的大蒜味。薔薇花叢分開，露出一座陵墓，裡面埋著國王們的黃金和朽骨。）

布盧姆

（退縮，機械地用勉強伸出去的手撫摸她的右乳房）你是都柏林的姑娘嗎？

佐伊

（靈巧地捉住一根散下來的頭髮，繞在髮卷上）不用瞎操心。我是英國人。你有菸卷嗎？

布盧姆

（如前）很少吸菸，親愛的。偶然抽根雪茄。幼稚的玩意兒。（淫蕩地）嘴巴除了銜一卷臭菸草以外，還可以有更好的用途的。

佐伊

說吧。發表一通街頭演講吧。

布盧姆

（穿一身工人的條絨工作服、黑絨衣、隨風飄動的紅領帶、阿伯希帽）人類是無可救藥的。沃爾特・羅利爵士從新大陸帶來了馬鈴薯和菸草，一個是能吸收而消滅疫病的，另一個卻是毒品，毒害耳朵、眼睛、心臟、記憶力、意志力、理解力、一切。這就是說，他引進毒品，要比另一位我忘了姓名的人引進食品還早一百年。自殺。騙人的話。我們的一切習慣。不信的話，看看我們公眾的生活吧！

（從遠處的教堂尖塔，傳來了午夜的排鐘鐘聲。）

排鐘

回來吧，利奧波爾德！都柏林的市長大人！[68]

布盧姆

（穿戴市參議員的禮服和鏈條）阿倫碼頭、法學會碼頭區、圓房子區、蒙喬伊區和北船塢區的選民們，我建議修建一條電車路線，從牛市直達河邊。這是未來的時代樂曲。這就是我的施政綱領。Cui bono?[69]但是我們那些范得德肯式的冒險家們，駕駛著他們的幽靈財政[70]……

一選民

為我們未來的首席長官三番三次地歡呼！

（火炬遊行的北極光跳動了。）

火炬遊行隊伍

---

68 典出英國童話〈狄克・惠廷頓〉，惠廷頓往倫敦找出路失望而去，聽到鐘聲喊「回來吧，惠廷頓」後回倫敦即交好運。

69 拉丁文：「誰得益？」

70 范得德肯為歐洲傳說中的荷蘭船長，因遭遇風暴時隨口賭咒而受神罰，永駕幽靈船在海上漂泊。

呼啦！

（幾位市內知名人物、實業巨頭、榮譽市民和布盧姆握手致賀。曾三任都柏林市長大人的蒂莫西・哈林頓，威風凜凜地穿戴著市長的緋紅大袍、金鏈條和白色絲領帶，和市政委員洛肯・舍洛克Locum Tenens[71]商議了一下。兩人都使勁點頭表示意見一致。）

前市長大人哈林頓

（身穿緋紅袍，手持權杖，掛市長金鏈子，繫絲織大白領巾）建議印發市參議員利奧・布盧姆爵士的演說，費用由納稅人負擔。建議為他出生的房屋裝飾牌匾以為紀念，並將與科克街相聯而迄今被稱為母牛客廳的通衢，更名為布盧姆大道。

市政委員洛肯・舍洛克

一致通過。

布盧姆

（義憤填膺地）那些漂泊的荷蘭人[72]或是瞎白的胡來人們，躺在他們那舒適華麗的後船樓裡擲著骰子，他們在乎什麼？機器，那是他們的呼聲，他們夢寐以求的東西，他們的萬靈藥。節省勞力的設備、新產品、嚇唬人的玩意兒、互相殺戮用的新式恐怖武器，都是一幫資本主義的貪婪鬼製造出來鎮住受欺凌的勞工的魑魅魍魎。窮人在挨餓，而他們卻在山上狩獵，打他們的皇家大鹿，或是射擊山雞和山人，盲目炫耀他們的財勢。但是他們的海盜統治現在是永遠完了，永遠永遠……

長時間的鼓掌。一時間彩柱、五月杆、節慶牌樓拔地而起。一條橫幅懸在街道上空，上書Cead Mile Failte[73]和Mah Ttob Melek Israel[74]兩條標語。所有的窗口都擠滿了觀眾，主要是女士們。沿路全線有皇家都柏林火槍團、國王直屬蘇格蘭邊防隊、金馬倫高原兵團隊、威爾斯火槍團等部隊立正站崗，阻止群眾湧入。燈柱上、電杆木上、窗臺上、簷口上、簷槽上、煙囪上、欄杆上、排水口上，到處都是中學校的男生們，又吹口哨又喝彩的。雲柱出現了。遠遠地聽到一支橫笛銅鼓樂隊在奏Kol Nidre[75]。一支狩獵先驅隊伍逐漸走近，高舉著帝雕、打著旗幡、搖晃著東方的棕櫚葉。用黃金和象牙製成的教皇旗被高高舉起，周圍是許多燕尾形的市旗。遊行隊伍的前端出現了，由身穿象棋盤圖案官服外衣的市政典禮官約翰・霍華德・帕內爾、阿斯隆紋章員、厄爾斯特紋章長官三人領頭。隨後便是十分尊貴的都柏林市長大人約瑟夫・哈欽森、科克市長大人、利默里克、戈爾韋、斯萊戈、沃特福德等城市的市長閣下、愛爾蘭的二十八位貴族代表[76]、酋長們、披著標誌地位的華貴飾布的大公們和邦主們、都柏林首都救火隊、按財富次序排列的全體金融聖人、唐郡和康納主教、全愛爾蘭首主教兼阿爾馬郡大主教邁克爾・洛格紅衣主教大人、全愛爾蘭

71 拉丁文：「臨時代理」（市長）。
72 《漂泊的荷蘭人》為德國歌劇家瓦格納根據上述范得德肯傳說所編歌劇（一八四三）。
73 愛爾蘭語：「十萬個歡迎」。
74 希伯來文：「以色列王好」。
75 希伯來文：「我們的誓言」，猶太教贖罪祈禱經文。
76 一八〇一年英愛議會合併後，愛爾蘭貴族二十八人被選為英國上議院終身議員。

首主教兼阿爾馬郡大主教最可敬的威廉・亞力山大博士大人[77]、大拉比[78]、長老會總幹事，以及浸禮會、再洗禮派、衛理公會、摩拉維亞派等各教堂的主持人、公誼會的榮譽幹事。他們後面是各同業公會、各行會、各民兵團的隊伍，舉著五顏六色的旗幟：桶匠們、飛禽飼養手們、水車工匠們、報紙廣告兜銷員們、法律事務文書們、按摩師們、酒商們、衍架工匠們、掃煙囪的、煉豬油的、織波紋塔夫綢和府綢的、蹄鐵工們、開意大利貨棧的、裝飾教堂的、製造脫靴器的、開殯儀館的、綢緞商人們、寶石工匠們、拍賣主持人、軟木工匠們、火災損失估價員們、染色工和乾洗工們、出口裝瓶業主們、皮毛商們、商品標簽寫字工們、紋章刻製工們、馬匹存放處工人們、金銀塊經紀人們、板球射箭運動用品供應商們、粗篩製作者們、禽蛋馬鈴薯代購商們、製襪廠和手套廠主們、管道設備承包商們。在他們之後的隊伍是寢宮侍從們、黑杖侍衛、嘉德勛位主管、金杖官、弼馬長、宮廷大臣、王室典禮大臣，以及手捧御劍、聖斯蒂芬鐵冠、聖餐杯和聖經的大總管[79]。四名徒步喇叭手吹響了登場號音。禁衛軍儀仗隊吹起了歡迎的尖音小號作為回答。布盧姆從一座凱旋門下出來了，他沒有戴帽子，身披貂皮鑲邊的深紅天鵝絨斗篷，手執聖愛德華權杖、鴿球權杖以及無尖劍[80]。他騎一匹乳白色大馬，有流蘇般的深紅色長尾巴，披著華麗的馬衣，籠著金籠頭。群眾如痴如狂。陽臺上的女士們紛紛撒下玫瑰花瓣。空氣中芳香撲鼻。男人們一齊歡呼。布盧姆兒童們手執山楂枝和冬青樹枝，在觀禮的人群間穿來穿去。

布盧姆兒童們

鷦鷯，鷦鷯，

眾鳥之王，
聖斯蒂汾日到了，
荊豆叢中亡[81]。

一鐵匠

（喃喃而語）天主光榮！這就是布盧姆嗎？他這模樣簡直還不足三十一歲哩！

一鋪路石匠

這人現在是大名人布盧姆了，全世界最偉大的改革家。脫帽！

（全體脫帽。婦女們熱烈地交頭接耳。）

一闊太太

（闊綽地）他簡直是妙不可言，對吧？

一貴婦人

（高貴地）人所見到過的一切！

---

77 亞力山大為新教全愛爾蘭首主教，而洛格為天主教全愛爾蘭首主教。

78 「拉比」為猶太教主持人。

79 「大總管」（High-constable）為英國歷史上官名，輔助國王掌管海、陸軍，因而捧劍（代表武力）；聖斯蒂芬鐵冠為十九世紀末羅馬教皇賜給匈牙利國王斯蒂芬一世，象徵匈牙利王權；聖餐杯和聖經象徵英國國教。

80 這三件都是英國最高權力標誌。

81 愛爾蘭童謠。兒童於聖斯蒂汾日（十二月二十六日）持冬青枝懸鷦鷯唱此曲以索葬鳥金。

一女權運動者
（男子氣）以及所作所為的！
一懸鐘人
古典型的相貌！他的額角是思想家的額角。
（布盧姆天氣出現。太陽在西北方大放光芒。）
唐郡與康納主教
我在此向大家介紹你們的無可置疑的皇帝總統兼國王主席，我國最崇高、最強大、最有勢力的統治者。天主保佑利奧波爾德一世！
全體
天主保佑利奧波爾德一世！
布盧姆
（身穿加冕服，外披紫紅斗篷，對唐郡與康納主教，尊嚴地）謝謝你，你是一位尚屬出眾的人物。
阿爾馬大主教威廉
（圍紫紅領圈，戴鏟形寬邊帽）您是否願意盡您的全力，在愛爾蘭及所屬領土完全按您的判斷實現慈悲為懷的法治？
布盧姆

（右手按自己睪丸而宣言[82]）願造物主如此對我。我保證辦到這一切。

阿爾馬大主教邁克爾

（將一小壺頭髮油傾注在布盧姆頭上）Gaudium magnum annuntio vobis. Habemus carneficem[83]。利奧波爾德、派特里克、安德魯、大衛、喬治，你受天命了！

（布盧姆披上金袍，戴上紅寶石戒指。他登上命運之石而屹立。貴族代表們同時戴上其二十八頂冠冕。基督教堂、聖派特里克教堂、喬治教堂和歡樂的馬拉海德，都響起了喜慶的鐘聲。邁勒斯義市的煙火，從四面八方升上天空，展示了富有象徵意義的陰莖煙火圖形。貴族們逐個上前屈膝宣誓效忠。）

貴族們

我誓為陛下臣民，全身全心，竭盡人間忠誠。

（布盧姆舉起右手，手上戴著光芒四射的科——依——諾爾鑽石[84]。他的馴馬發出一聲嘶鳴。周遭立即一片肅靜。洲際、星際的無線電臺均整機靜候訊息。）

布盧姆

---

82 手按睪丸宣誓為《聖經・舊約》記載的宣誓方式，強調男性生殖能力的神聖性。

83 拉丁文：「我向你們宣布大喜事。我們有了劊子手。」

84 世界最大鑽石之一，重一百多克拉，十九世紀成為英王王冠御寶。

臣民們！朕現將朕之忠實坐騎Copula Felix[85]命名為世襲大維齊爾[86]，並宣布自即日起廢棄朕之原配，另擇夜晚明暉之塞勒涅公主為御妻[87]。

（布盧姆的前庶民配偶迅即裝上囚車拉走。塞勒涅公主身穿月光藍袍，頭戴新月形銀冠，由兩名巨人肩負的轎子上步下。全場一片歡呼。）

約翰・霍華德・帕內爾

（舉起御旗）輝煌的布盧姆！我的著名的兄長的繼承人！

布盧姆

（擁抱約翰・霍華德・帕內爾）約翰，翠綠的愛琳是神所許諾於咱們共同祖先的國土，你為朕來此作出如此確實符合王室尊嚴的歡迎，朕對你衷心感謝。

（人們獻上有正式證書為記的榮譽市民稱號，送上一對十字交叉釘在深紅墊子上的都柏林城門鑰匙。他對所有人顯示自己所穿綠色襪子。）

湯姆・克南

這是您應得的榮譽，大人。

布盧姆

二十年前的今天，咱們在萊迪史密斯戰勝了咱們的宿敵[88]。咱們的榴彈炮和駱駝迴旋炮把敵軍打得落花流水。半個里格的衝鋒[89]！他們真衝！現在全完了！咱們屈服嗎？不！咱們把他們追得直逃跑！瞧！咱們衝！咱們的輕騎兵向左展開，橫捲普列符納的高地[90]，喊叫著他們的戰鬥口號

Bonafide Sabaoth[91]，把撒拉森炮手砍得一個不剩。

　　自由人排字工工會

聽著！聽著！

　　約翰・懷斯・諾蘭

把詹姆斯・斯蒂芬斯弄走的就是他。

　　——藍衣學生[92]

好啊！

　　——老年居民

您為國增光，您哪，一點兒也不假。

---

85 拉丁文：「幸運之結合」。

86 「維齊爾」為土耳其帝國大臣。

87 「塞勒涅」為希臘神話中月亮女神。

88 萊迪史密斯為南非城市，一九〇〇年英殖民軍曾在此進行重要防禦戰，但「二十年前」即一八八四年，英國主要殖民戰爭發生在蘇丹的喀土穆城。

89 里格為舊長度單位，約合五公里。「半個里格的衝鋒」為丁尼生（見第三章注103—三七頁）歌頌英軍尚武精神詩〈輕騎兵旅衝鋒記〉句，但該戰鬥發生在英俄之間的克里米亞戰爭中（一八五四）。

90 普列符納為保加利亞北部城市，一八七七年俄土戰爭中土軍為防守此城曾進行長期戰鬥，英軍並未捲入，但布盧姆藏書之一《俄土戰爭史》（見第十七章）對普列符納之戰有重點敘述。

91 拉丁文與希伯來文：「真正的軍隊。」

92 藍衣學校是都柏林一所為英國統治階層子弟而設的學校。

一賣蘋果女人

愛爾蘭就是需要像他這樣的人。

布盧姆

我的親愛的臣民們，一個新的時代即將露出曙光。我布盧姆負責告訴你們，它已經近在眼前。真的，按照我布盧姆的諾言，你們在不久之後就要進入一個未來的黃金城市，未來世界的新海勃尼亞的新布盧姆撒冷。

（來自愛爾蘭全國各郡的三十二名戴紅花的工人，在營造商德旺的指導下動手建造新布盧姆撒冷。這是一座巨大的水晶屋頂建築物，形似巨型豬腰子，內有四萬房間。在擴建過程中，拆毀了數棟樓房和紀念性建築。一些政府機構被臨時遷入鐵路棚內。許多住宅被夷為平地。居民被安置在桶內、匣內，桶與匣上均標有紅色的列・布字樣。數名貧民從梯子上摔下。都柏林城牆有一處因熱心的觀光者過於擁擠而倒塌。）

觀光者們

（垂死）Morituri te salutant[93]。（死去）

（一穿棕色雨褂男人從一地板門內躍出，伸出長手指指布盧姆。）

穿雨褂男人

他的話你們一個字也不能相信。這人名叫利奧波爾德・于郭，臭名遠揚的縱火犯。他的真名字叫希金斯。

布盧姆

槍斃他！狗基督徒！這就是于郭的下場！

（一門加農炮發射。穿雨褂男人消失。布盧姆揮動權杖擊倒罌粟花株。立即有人報告大批強大政敵紛紛死亡的消息，其中有牧主們、國會議員們、常設委員會的委員們。布盧姆的衛士們散發濯足節銀幣[94]、紀念章、麵包和魚、節制飲酒徽章、高級大雪茄、免費的熬湯用的牛骨、用金線包紮密封的橡皮避孕用具、黃油球、椰子糖、三角帽形的情書、現成套服、淺碗盛的麵拖烤肉、瓶裝潔氏消毒水、購貨證、四十日赦罪符、偽造錢幣、奶品飼養豬肉香腸、戲院入場證、全市電車通行季票、匈牙利皇家特權彩票、特價一便士用餐證、「全球最劣十二書」的廉價版：《法國佬與德國大兵》（政治）、《嬰兒保育》（幼兒）、《七先令六吃五十餐》（烹飪）、《耶穌是否即太陽神？》（歷史）、《排除疼痛》（醫藥）、《兒童宇宙知識縱覽》（宇宙）、《人人大笑》（滑稽）、《兜銷員手冊》（報刊）、《修女院院長助理情書》（色情）、《宇宙空間名人錄》（星學）、《沁心歌曲選》（音樂）、《節儉致富之道》（儉學）。全場蜂蛹騷動。婦女們紛紛擠向前去摸布盧姆的袍邊。貴婦冠朵蓮・杜必達女士從人群中衝出來，躍上他的馬背，吻了他的雙頰，博得熱烈的歡呼。有人拍

93 拉丁文：「赴死者向你致敬」（古羅馬鬥士進入格鬥場地時向凱撒致敬用語）。

94 濯足節又稱「聖星期四」，紀念耶穌被捕前晚餐時為十二門徒洗腳，天主教等教會均有儀式，英國通常同時發放濟貧銀幣。

攝鎂粉閃光照片一張。人們舉起了嬰兒和乳兒。）

婦女們

小爸爸！小爸爸！[95]

嬰兒和乳兒們

拍手拍手只等波爾迪回家家
袋裡有糕只給利奧老人家。

（布盧姆彎下腰去，輕輕地探了一下博德曼娃娃的肚子。）

博德曼娃娃

（打嗝，凝塊的奶從嘴中溢出）哈哇哇哇。

布盧姆

（和一名青年盲人握手）你比我的兄弟還親！（伸出雙臂擁抱一對老年夫婦的肩膀）兩位親愛的老朋友！（他和一些衣衫襤褸的男女兒童玩小貓躲四角遊戲）找呀！快找呀！（他推一輛坐一對雙胞胎的嬰兒車）鐵克塔克娃，你願修鞋嗎？（他變戲法。從嘴裡抽出紅、橙、黃、綠、藍、靛、紫色的絲手帕）七色。每秒三十二呎。（他安慰一位寡婦）人不在，心不老。（他跳蘇格蘭高原舞，作滑稽古怪姿勢）跳呀，伙計們！（他吻一名癱瘓老兵的褥瘡）光榮的傷口！（他伸腳絆倒一名胖警察）卜一：上。卜一：上。（他湊近一名羞紅了臉的女侍者的耳朵說一句悄悄話，發出和善的笑聲）啊，淘氣，淘氣！（他吃農夫莫里斯·巴特利獻給他的生蘿蔔）

好吃！好吃極了！（他拒絕記者約瑟夫・哈因斯給他的三個先令）老朋友，根本用不著！（他將他的外衣送給一個乞丐）請你收下。（他和一些年長的男女跛子作肚子貼地賽跑）跑啊，弟兄們！扭啊，姊妹們！

公民

（情緒激動而語塞，用翠綠圍巾拭掉一滴眼淚）願善良的天主保佑他！

（羊角號吹響，號令全場肅靜。錫安旗幟升起。）

布盧姆

（莊嚴地解開斗篷，露出肥胖身子，展開一張文告，莊嚴宣讀）Aleph Beth Ghimel Daleth Hagadah Tephilim Kosher Yom Kippur Hanukah Roschaschana Beni Brith Bar Mitzvah Mazzoth Askenazim Meshuggah Talith[96]。

（市副祕書長吉米・亨利宣讀正式譯文。）

吉米・亨利

衡平法庭現在開庭。最符天意的皇上現在御駕親臨露天法庭執法。免費提供醫藥、法律諮詢，解決冒名頂替以及其他問題。竭誠歡迎人人參加。天堂紀元元年，於我忠心城市都柏林舉行。

---

95 「小爸爸」係俄國農民對沙皇所用尊稱。

96 希伯來文：「甲、乙、丙、丁、哈加達書（見第七章注5二五九頁）、經文護符匣、合禮、贖罪日、獻殿節、歲首節、聖約之子會、受誡禮、馬佐餅、德系猶太人、瘋狂、塔里思（猶太男人祈禱用披巾）」。

派迪・倫納德

我的各種捐稅怎麼辦？

布盧姆

照交，朋友。

派迪・倫納德

謝謝您。

長鼻頭弗林

我能不能用我的火災保險作抵押貸款？

布盧姆

（不管不顧地）諸位請注意，按照侵權行為法，由各位本人具結負責，金額五鎊，為期六個月。

杰・J・奧莫洛伊

我說，是一位丹尼爾吧？不！是一位彼得・奧布賴恩！[97]

長鼻頭弗林

我到什麼地方去支取那五鎊呢？

尿伯克

膀胱有病呢？

布盧姆

Acid. nit. bydrochlor. dil., 20 minims
Tinct. nux vom., 5 minims
Extr. taraxel. liq., 30 minims.
Aq. dis. ter in die.[98]

克里斯・卡利南

畢宿五的日下黃道視差是多少？

布盧姆

很高興聽到你的聲音，克里斯。基11。

約・哈因斯

你為什麼不穿制服？

布盧姆

我那位如今已列為聖徒而被人紀念的祖先，曾經身穿奧地利暴君的制服被關在陰溼的監獄裡，那時你的祖先何在？

本・多拉德

---

97 丹尼爾為《舊約》經外書中著名法官；奧布賴恩為十九—二十世紀間愛爾蘭著名法官。

98 拉丁文藥方：「稀釋硝酸鹽酸二十滴，混合催吐酊劑五滴，蒲公英精三十滴，蒸餾水，每日三次。」

三色堇呢[99]？

布盧姆

點綴（美化）郊區花園。

本・多拉德

雙胞胎來到時？

布盧姆

父親（爹、爸）動腦筋[100]。

拉里・奧魯爾克

我的新店需要一張八日執照[101]。利奧爵士，你記得我吧，你那時候住七號。我已經派人給太太送去一打烈性黑啤酒。

布盧姆

（冷冷地）你的記性比我強。布盧姆夫人不接受禮物。

克羅夫頓

這真是一場大喜事。

布盧姆

（莊嚴地）你們稱之為喜事。我稱之為聖事。

亞歷山大・岳馳

我們要到什麼時候才能有我們自己的鑰匙府呢？

布盧姆

我主張改革全市公共道德，推行明白實在的十誡。舊世界要改為新世界。團結一切人，猶太人、穆斯林、非猶太人。凡是大自然的子女，都有三英畝地一頭牛。沙籠式機動靈車。人人都有參加體力勞動的義務。一切公園都晝夜對公眾開放。電動洗碟機。結核病、瘋狂愚蠢、戰爭、行乞都必須從此絕跡。普遍實行大赦，每周一次戴上假面具縱情狂歡，人人都有獎金，世界通用世界語，世界大同。再也不許那些在酒店裡混酒喝的人和水腫的騙子滿口愛國。金錢要無限，房租要免交，戀愛要自由，宗教要自由開放，國家要自由無宗教。

奧馬登・伯克

雞籠要自由開放，狐狸要自由進籠。

戴維・伯恩

（打哈欠）咿咿咿啊啊啊哈！

布盧姆

異族共處，異族通婚。

---

99 三色堇在花卉語言中代表「思想」。
100 有人認為雙生子各有一父。
101 當時酒店執照載明每周允許售酒日數，當然最多七日。

萊納漢

異性共浴如何？

（布盧姆向近處人群解釋他的社會革新計畫。人人都贊成他。基爾代爾街博物館館長出場，他拖著一輛平臺車，車上顫顫悠悠地立著幾座裸體女神雕像，有美臀維納斯，有眾人的維納斯，有輪迴轉世的維那斯，還有一些石膏像，也是裸體的，代表九位新繆斯：商業、歌劇音樂、性愛、宣傳、工業製造、言論自由、多重投票制、美食學、個人衛生、海濱文藝表演、無痛分娩、大眾天文學。）

法利神父

他是一個主教派、不可知論者、亂七八糟論者，想要破壞咱們神聖的宗教事業。

賴爾登太太

（撕掉她的遺囑）我對你失望了！你是個壞人！

格羅根大娘

（脫下一隻靴子，準備擲布盧姆）你這個畜生！你這個可憎的傢伙！

長鼻頭弗林

給咱們來一支曲子，布盧姆。古老頌曲來一首就行。

布盧姆

（情緒歡快幽默）

我發誓絕不當負心郎，
沒曾想她心狠把我誆。
哼著我的土啦侖、土啦侖、土啦侖。

蹦噠漢霍洛漢

老布盧姆真帶勁兒！歸根到底，誰也比不上他。

派迪・倫納德

舞臺上的愛爾蘭人！

布盧姆

什麼鐵路歌劇像直布羅陀的電車線？卡斯蒂兒的幾道道。

（笑聲）

萊納漢

剽竊！打倒布盧姆！

蒙面紗的女預言家

（熱烈地）我是布盧姆分子，我以此為榮。不管怎麼說，我信仰他。我為了他願意犧牲我的性命。他是地球上最好玩兒的男人。

布盧姆

（對旁觀者眨眼睛）我敢說她準是個漂亮姑娘。

西奧多・皮尤福依

（戴捕魚帽，穿油布外衣）他用一種機械的辦法使大自然的神聖目標不能實現。

蒙面紗的女預言家

（用刀捅自己）我的英雄天神呀！（死去）

（許多特別可愛、特別熱烈的女人也即自殺，有用匕首的，有跳水的，有喝氰氫酸、烏頭鹼、砒霜的，有切開血管的，有絕食的，有投身在壓路機碾子下、吉尼斯啤酒廠大缸中的，有從納爾遜紀念塔頂跳下的，有將腦袋伸進煤氣灶內窒息的，有用時髦吊襪帶吊死的，有從各樓層的窗口跳樓的。）

亞歷山大・J・道伊

（激烈地）基督徒兄弟們，反布盧姆主義者們，這一個名叫布盧姆的人，是從地獄最底層鑽出來的，是一切基督徒的恥辱。這一頭門德斯的臭山羊[102]，從小就是一個惡魔似的登徒子，幼年就已經現出早熟的淫亂，和一個比他大兩輩的放蕩女人再現了平原城市的景象[103]。這個邪惡的偽君子怙惡不悛，正是〈啟示錄〉中的白公牛。他是大紅女人的崇拜者[104]。連鼻子呼出的氣都是陰謀詭計。對於他，最合適的去處是火刑柱、沸油鍋。卡里班！

群氓

幹掉他！燒死他！他和帕內爾一樣壞。福克斯先生！[105]

（格羅根大娘將靴子向布盧姆擲去。上、下多塞特街的幾個店主扔出各種很少或是沒有商業價值的東西，如火腿骨、煉乳罐頭、賣不掉的白菜、陳麵包、羊尾巴、碎肥肉。）

布盧姆

（激動）這是仲夏夜之瘋狂，又一個可怕的惡作劇。我對天起誓，我沒有絲毫罪過，純潔如未見太陽的白雪！實際上是我兄弟亨利幹的。他和我是一個模子脫的。他住在海豚倉二號。誹謗如蛇蠍，硬把罪過歸到了我身上。同胞們，sgeul i mbarr bata / coisde gan capall[106]。我請我的老朋友，性專家瑪拉基・馬利根大夫，為我提出醫學方面的證據。

馬利根大夫

（身穿緊身摩托馬甲，額架綠色摩托風鏡）布盧姆大夫屬於兩性畸形型。他是最近從尤斯塔斯大夫的私立男性神經病院逃出來的。他是床外生兒，具有遺傳性癲癇，是無節制縱欲的後果。在他的祖先中，發現有象皮病的痕跡。有顯著的積習性露陽癖症狀。兩手同利特徵也有潛伏因素。他由於自我糟蹋而過早謝頂，因而形成有悖常情的理想主義，浪子回頭，有金屬牙。他受一件家庭糾紛的影響，現在暫時失去記憶，我認為他的受害成分大於害人成分。我已經作了一項陰道檢查，對五千四百二十七根肛毛、腋毛、胸毛和陰毛進行了酸性試驗之後，宣布他屬於virgo

102 門德斯在埃及尼羅河流域，埃及神話中以該地一山羊為生殖之神，傳說須將美女獻上與其相交。
103 「平原城市」為《聖經・創世紀》十九章中因道德敗壞而被上帝毀滅的幾個城鎮。
104 「大紅女人」為《聖經・啟示錄》十七章中所說「世上一切淫婦與猥褻之母」。
105 「福克斯」為帕內爾與有夫之婦私通時所用假名之一。
106 愛爾蘭語：「杆頂的故事，無馬的車。」

intacta[107]。

（布盧姆用高級禮帽覆蓋生殖器。）

馬登大夫

生殖泌尿道殘缺現象也是明顯的。為了後代的利益，我建議將受影響的器官用酒精在國立畸形博物館保存起來。

克羅瑟斯大夫

我檢查了病人的尿。是含蛋白質的。唾液分泌不足，膝反射有間歇性。

拳頭科斯特洛大夫

Fetor judaicus[108]十分顯著。

狄克遜大夫

（宣讀一份健康檢查報告）布盧姆教授是一位新型女性男人的完整典型[109]。他的品德本質是純樸可愛的。許多人都感到他是一個可親的男人，一個可親的人。以其整體而言，他是一個相當古怪的人物，靦腆而並非醫學意義上的弱智。他曾經給歸正教士保護協會傳教庭寫過一封極為優美的信，簡直是一首詩，其中澄清了一些問題。他基本上滴酒不入，我還能證明他睡的是草墊，吃的是最斯巴達式的食物，冷的乾貨豌豆。他冬夏都穿一件純粹愛爾蘭製造的剛毛襯衣，每星期六都自我鞭笞。據我了解，他一度曾是格倫克里感化院的一等輕罪犯。另有一份報告說他是一個長久遺腹子。我以我們的發音器官所能表達的最神聖詞語的名義，呼籲對他寬大。他馬上要生孩子了。

（全場大騷動，紛紛表示同情。一些婦女暈倒。一位富有的美國人為布盧姆舉行街道募捐。迅速收集了許多金銀幣、空白支票、鈔票、珠寶、國庫券、到期匯票、借據、結婚戒指、錶鏈、紀念珍品盒、項圈、手鐲等物。）

布盧姆

我多麼想當母親呀。

桑頓太太

（身穿護理服）緊緊地摟著我，親愛的。你很快就好了。緊一些，親愛的。

（布盧姆緊緊地擁抱她，生下了八個黃皮膚和白皮膚的男孩。他們在一座鋪有紅地毯、裝飾著珍貴花草的樓梯上出現。這一胎八男，個個都有英俊的貴金屬面孔，身材勻稱，穿著講究而舉止恰當，精通五種現代語言，對各種藝術和科學都感興趣。每個人的名字，都用明白易認的字樣印在襯衫前襟上：Nasodoro, Goldfinger, Chrysostomos, Maindorée, Silversmile, Silberselber, Vifargent, Panargyros.[110]他們立即受到任命，擔任若干不同國家的公共事業高級負責職

107 拉丁文：「完整處女（處女膜未破）」。
108 拉丁文：「猶太臭味」。
109 「女性男人」為一九〇三年德國一學者在《性別與性》中提出的猶太男人的特點。
110 意文「金鼻子」、英文「金指頭」、希臘文「金口」、法文「金手」、英文「銀笑」、德文「銀人」、法文「水銀」、希臘文「全銀」。

位，如銀行總經理、鐵路運輸處處長、有限責任公司董事長、飯店辛迪加副董事長等。）

一個人聲

布盧姆，你是救世主本・約瑟夫還是本・大衛？[111]

布盧姆

（陰沉地）你說了。

嗡嗡修士

那就像查爾斯神父那樣行一個奇蹟吧。

班塔姆・萊昂斯

預言一下，聖萊杰賽將由哪一匹馬獲勝。

（布盧姆在網上行走、用左耳蒙住左眼、穿過幾道牆壁、爬上納爾遜紀念塔、用眼皮鉤住塔頂突出部懸在塔外、吃下十二打牡蠣（帶殼）、治癒幾名瘰癧患者、皺縮面部形成許多歷史人物面貌，有比肯斯菲爾德勛爵[112]、拜倫勛爵、沃特・泰勒[113]、埃及的摩西、摩西・邁蒙尼德、摩西・門德爾松[114]、亨利・歐文[115]、瑞普・凡・溫克爾[116]、科蘇特[117]、約翰——杰克・盧梭、利奧波爾德・羅斯柴爾德勛爵[118]、魯濱遜・克魯索、舍洛克・福爾摩斯、巴斯德[119]，將兩隻腳同時各自轉向幾個不同方向，喝令潮水倒流，伸出小指頭擋住太陽。）

教皇使節布林尼

（身穿教皇親兵制服，披掛鋼製胸甲、臂甲、股甲、腿甲，臉上蓄有不符教規的大八字鬍，頭戴棕色紙製主教冠）Leopoldi autem generatio[120]。摩西生諾亞，諾亞生泰監，泰監生奧海羅倫，奧海羅倫生古根海姆，古根海姆生Agendath, Agendaath生Netaim, Netaim生勒・希爾施，勒・希爾施生耶穌如姆，耶穌如姆生麥凱，麥凱生奧斯特羅洛普斯基，奧斯特羅洛普斯基生斯梅爾多士，斯梅爾多士生韋斯，韋斯生施瓦茨，施瓦茨生阿德里安堡里，阿德里安堡里生阿蘭胡埃斯，阿蘭胡埃斯生蘆伊・勞森，蘆伊・勞森生伊加勃多諾索，伊加勃多諾索生奧唐奈・馬格努斯，奧唐奈・馬格努斯生基督樹，基督樹生本・邁蒙，本・邁蒙生灰塵撲撲的羅茲，灰塵撲撲的羅茲生本阿摩，本阿摩生瓊斯—史密斯，瓊斯—史密斯生薩沃格南諾維奇，薩沃格南諾維奇生水蒼玉，水

111 「本」在希伯來名字中表示「兒子」，猶太教傳統認為救世主將出於大衛子孫，但某些典籍認為在此之前將先有約瑟夫子孫為救世主。

112 即英國著名政治家、小說家迪斯累里（Benjamin Disraeli, 1804-14）。

113 泰勒為十四世紀英國農民起義領袖。

114 門德爾松為十八世紀德國猶太人，哲學家。

115 歐文為十九世紀至二十世紀初英國著名戲劇家演員。

116 溫克爾為美國作家歐文小說人物，參見第十三章注28七四三頁。

117 科蘇特為十九世紀匈牙利著名革命家。

118 羅斯柴爾德為英國猶太裔貴族，其家族為著名銀行家家族。

119 巴斯德（Pasteur）為十九世紀法國著名化學家。

120 拉丁文：「利奧波爾德的出生是這樣的。」與〈馬太福音〉第一章敘述耶穌家譜所用詞句相同。

蒼玉生文特丟尼厄姆，文特丟尼厄姆生松博特海伊[121]，松博特海伊生費拉格，費拉格生布盧姆et vocabitur nomen eius Emmanuel[122]。

一死手[123]

（在牆上寫字）布盧姆是一條鱈魚[124]。

克拉布

（穿叢林逃犯服裝）你在基爾拜萊克後面的牛道口上幹了什麼？

一女嬰

（搖著一只博浪鼓）在包利巴烏橋下呢？

一冬青樹叢

在魔鬼幽谷呢？

布盧姆

（從前額到臀部脹得通紅，左眼掉下三滴眼淚）原諒我的過去吧。

被逐愛爾蘭房客們

（穿緊身衣、齊膝短褲，執唐尼布魯克趕集用的橡樹棍）用皮鞭抽他！

（長著驢耳朵的布盧姆坐入頸手枷內，兩臂交叉，兩腳伸出。他吹口哨奏Don Giovanni, a ceno teco[125]。亞坦救濟院的孤兒們手拉著手圍繞著他歡跳。獄門會的姑娘們手拉著手從相反方向歡跳[126]。）

亞坦孤兒們
你這畜生，豬，骯髒的狗！
你還想女士們對你有胃口！
　獄門會的姑娘們
你若見她
角邊有蟲
請你告她
屍下穴中。

121 家譜三十代中除第一、二代為《聖經》人名（但在《聖經・舊約》中，諾亞遠在摩西之前）外，有四人（第五、八、十二、十九）為歷史上互不相干的名人，其餘十九人無從查考，但其名字大多可讀出意義，如第六、七為布盧姆早晨所見廣告「移民墾殖公司」，第十三、四「韋斯」與「施瓦茨」為德文中的白（Weiss）與黑（Schwarz）。第二十二「灰塵撲撲的羅茲」為美國連環畫中流浪漢（見第十四章注170七九三頁）。另三個（第十五、十六、二十八）為地名，其中松博特海伊（Szombathely）為匈牙利小城鎮，布盧姆父親費拉格出生於此。

122 拉丁文：「將給他取名為以馬內亞」。《舊約・以賽亞書》第七章十四節先知預言耶穌出生時，云將「取名為以馬內亞」，按「以馬內亞」在希伯來文中意為「神與我們同在」。

123 「死手」（deadhand）一般譯為「永久管業」，即不可轉移的產業，但《聖經・舊約・但以理書》第五章中，巴比倫王宴會時有一手出現在牆上寫字，宣告其末日已到。

124 「鱈魚」（cod）在俚語中可指人，表示蔑視，有「騙子」、「傻子」之類含義。

125 意大利語：「唐・喬凡尼，和你晚餐」，參見第八章注65三五七頁。

126 「獄門會」為都柏林幫助出獄年輕婦女就業的宗教組織。

霍恩布洛爾

（穿古猶太祭司法衣，戴獵帽，大聲宣布）命他將人民的罪過載往曠野中的精靈阿撒瀉勒，載往夜妖厲狸史處[127]。由他們向他投擲石頭，汙穢他，是的，Agendath Netaim所有的人，含的國土麥西內所有的人[128]。

（所有人都向布盧姆投擲啞劇用的軟石塊。許多正牌旅客和無主野狗都走過來汙穢他。穿粗布長袍的馬司田斯基和項緣過來了，耳邊都垂著長長的鬈髮。他們都對布盧姆搖著大鬍子。）

馬司田斯基和項緣

惡鬼！伊斯特利亞的萊姆蘭，假救世主！阿波拉非亞[129]！悔過吧！

（布盧姆的裁縫喬治．羅．梅夏士腋下夾著一把鵝頸式熨斗出現，遞給他一張帳單。）

梅夏士

改褲子一條十一先令。

布盧姆

（愉快地搓著手）又和以前一樣了。可憐的布盧姆！

（黑鬍子的加略人，壞牧人茹本．J．島德肩上扛著他兒子溺死後的屍體，向頸手枷示眾處走來。）

茹本．J

（沙啞地耳語）叛徒完了。警察少了一個探子。見車就要。

救火隊

嗯啦！

嗡嗡修士

（給布盧姆穿上一件繡有火焰圖案的黃色衣服，戴上尖頂高帽。他在他脖子上掛了一袋火藥，將他交給民事當局並說）饒恕他的過錯吧。

（都柏林救火隊的邁爾斯中尉接受人們要求，點火燒著了布盧姆。哀悼聲。）

公民

感謝蒼天！

布盧姆

（穿標有I・H・S・字樣的無縫衣服[130]，在鳳凰火焰中挺立。）不要為我哭泣，愛琳的女兒們啊[131]。（他向都柏林記者們顯示火燒痕跡。）

127《聖經・舊約・利未記》十六章記載，贖罪祭內容之一為由祭司將眾人的罪過歸在公羊頭上，將羊放至曠野給「阿撒瀉勒」；「歷狸史」為希伯來傳聞中夜妖，見第十四章注11七四一頁。

128「含」為《聖經・創世紀》中諾亞三子之一，其國土麥西（Mizraim）即埃及。

129 萊姆蘭（十六世紀）和阿波拉非亞（十三世紀）均為自稱救世主的猶太人。

130 I・H・S・即「人類救星耶穌」或「我有罪」，參見第五章注21一八五頁。

131《新約・路加福音》二十三章記載耶穌赴刑場時對追隨他的婦女們說：「耶路撒冷的女兒們，不要為我哭泣，要為你們自己和你們的兒女們哭！」

（愛琳的女兒們身穿黑衣，捧著大本的祈禱書和點燃了的長蠟燭，跪下作祈禱。）

愛琳的女兒們

布盧姆的腰子啊，為我們祈禱吧[132]
澡盆裡的花朵啊，為我們祈禱吧
門頓的導師啊，為我們祈禱吧
自由人的兜鎖員啊，為我們祈禱吧
慈善的共濟會員啊，為我們祈禱吧
漂泊的香皂啊，為我們祈禱吧
偷情的樂趣啊，為我們祈禱吧
無字的音樂啊，為我們祈禱吧
公民的譴責者啊，為我們祈禱吧
一切花飾的愛好者啊，為我們祈禱吧
大慈大悲的接生婆啊，為我們祈禱吧
防瘟避災的保命馬鈴薯啊，為我們祈禱吧

（一支由六百人組成的唱詩班，由文森特·奧布賴恩指揮，由約瑟夫·格林用風琴伴奏，唱起了韓德爾「彌賽亞」中的合唱曲哈利路亞，因為全能的天主統治著一切。布盧姆變啞，縮小，碳化。）

佐伊

說吧，一直說到你臉上發黑才好呢。

布盧姆

（戴一頂舊帽子，帽圍裡插著一只陶瓷菸斗，腳上一雙灰塵撲撲的粗皮靴，手中一個移民用的紅手帕包，用一根草繩拉著一頭黑色的泥沼橡木豬，眼中帶一絲微笑）現在讓我走吧，女主人，因為，憑著康尼馬拉所有的山羊起誓，我挨揍可實在是挨夠了。（眼中帶一滴眼淚）全是丟失了理智的。愛國、哀悼死者、音樂、民族的未來。生存還是毀滅。人生之夢已經過去。但求結尾是安寧的。他們可以繼續生活下去。（他悲哀地凝望遠處）我是完了。幾顆烏頭鹼。窗簾都放下了。一封信。然後躺下，休息了。（他緩緩地呼吸）夠了。我已經生活過了。別。別了。

佐伊

（僵硬地，手指伸在自己的項圈內）老實話嗎？下次再見吧。（她發出一聲嗤笑）我想是你起床的時候下錯了邊兒，要不然是和你的女相好來得太快。哼，我可以看透你的心思！

布盧姆

（辛酸地）男女，性愛，是什麼呢？塞子和瓶子而已。我厭惡它。一切撒手吧。

132 天主教「聖心禱文」中有疊句「耶穌的心啊，為我們祈禱吧」。

佐伊
（突然繃下臉來）我恨這種沒有真話的壞傢伙。倒楣窯姐兒也得有條活路呀。

布盧姆
（心軟了）我確是很不隨和。你是一種無法避免的邪惡。你是從哪裡來的？倫敦嗎？

佐伊
（不假思索地）豬諾頓[133]，豬奏風琴的地方。我是約克郡生的人。（她握住他伸過去摸她乳房的手）我說，湯米小耗子[134]。別來這個，來個狠一點兒的吧。有錢玩個短的嗎？有十先令嗎？

布盧姆
（微笑，緩緩點頭）不止呢，天仙，不止呢。

佐依
不止更不止。（她順手用軟如天鵝絨的手掌拍他）你進來吧，到音樂室看看我們的新自動鋼琴好嗎？你進來我就剝掉。

布盧姆
（猶猶疑疑地摸著後腦殼，正如小販眼看她那一對剝掉皮的白梨，心裡受窘醜態百出）有人知道了會大吃其醋的。綠眼的妖魔[135]。（認真地）你知道有多難。你不用我說。

佐伊
（聽了感到受用）眼不見，心不煩。（她輕拍他）進來。

布盧姆

愛笑的妖女！搖搖籃的手[136]。

佐伊

小寶貝兒！

布盧姆

（身穿亞麻嬰兒衣褲、皮毛鑲邊的披風，大腦袋，一頭的深色胎毛，兩隻大眼盯住她流動的襯裙，伸出一根胖嘟嘟的指頭數襯裙上的銅搭釦，伸著溼漉漉的舌頭咿咿呀呀）一、阿、參、參、啊、義。

銅搭釦

愛我。不愛我。愛我[137]。

佐伊

沉默就是同意。（她張開小小的爪子，抓住了他的手，她的食指伸到他手心裡，給了他祕密傳遞的接觸信號，要將他誘入絕境。）手熱內臟冷。

---

133 豬諾頓為英國萊斯特郡一村落。據說該村曾有一風琴手姓Piggs（豬）。
134 典出英國童謠：「小湯米小耗子，／他住個小房子；／他逮個小魚蝦，／找人家的水溝子……」
135 典出莎劇《奧賽羅》，伊阿古說忌妒是綠眼妖魔，會毀掉人的幸福。
136 參見第十一章注61五六九頁。
137 英國的兒童數花瓣或其他物件，認為可以藉此斷定別人是否愛他。

（他在芳香、音樂、各種誘惑之前遲疑不前。她帶他向臺階走去，引著他的是她腋窩的氣味、描了眼圈的妖冶眼神，以及她那襯裙的竊竊嗦嗦聲，在那些波動的裙褶裡面，潛藏著所有曾經占有她的雄性野獸的獅腥。）

雄性野獸們

（在散放圈內張牙舞爪，都伸出中了藥性的獸頭左右搖晃著，散發出情欲和獸糞的硫磺氣味）好的！

（佐伊和布盧姆走近門道，那裡坐著兩名妓院姊妹。她們揚起畫過的眉毛，露出好奇的眼光，對他匆促的一鞠躬報以微微一笑。他笨拙地絆了一下。）

佐伊

（她的好運道的手立即救了他）啊唷！可別摔上樓呀。

布盧姆

正義的人摔七跤[138]。（在門檻邊站住）請你先走才合禮貌。

佐伊

女士在前，紳士在後。

（她跨進門檻。他遲疑不前。她轉身伸出雙手將他拉入。他單腳跳進。在前廳內鹿角掛衣架上，掛著一個男人的帽子和雨衣。布盧姆脫帽，看見這些時皺起了眉頭，然後又露出心事重重的笑容。廂房平臺上的一扇門突然打開。一個穿紫紅襯衫、灰褲子、棕襪子的男人跨著猿猴步子出來，仰著他的禿頂腦袋和山羊鬍子，懷裡抱著一只裝滿水的大壺，兩根尾巴似的黑背帶一直拖到腳後跟。布盧姆趕緊扭開面孔，彎下腰去細看廳堂桌面上一隻奔跑中的狐狸的獵犬眼睛；然後抬起頭來嗅了一嗅，跟佐伊進了音樂室。枝形吊燈上有一個淡紫色的紙燈罩，把燈光弄得朦朦朧朧的。有一隻飛蛾在不斷地繞圈子飛著、碰撞著，最後飛走了。地板上鋪一層淺綠、天藍和朱紅三色長菱形拼花的油性地毯。地毯上密密麻麻全是腳印，各種各樣的組合都有：腳跟對腳跟、腳跟對腳心、腳尖對腳尖、腳勾腳，一場光有腳在滑來滑去而不帶身影的摩利斯舞，群豬亂拱擠成一團。牆上裝飾著紫杉大葉和林間空地圖案的牆紙。壁爐柵內擺著一座孔雀羽毛的屏風。林奇倒戴著帽子，盤腿坐在壁爐前的結毛地毯上。他在緩緩揮動一根小棍打拍子。一個蒼白消瘦的妓女，基蒂・里基茨，穿一身海軍服，臂上的仿鹿皮手套翻捲著，露出腕上的珊瑚鐲子，手上還拿著一只帶鏈的手提包，她坐在桌子邊上晃著腿，用眼瞅著壁爐臺上的金邊鏡子端詳自己的模樣。她的上衣底下露出一根緊身胸衣帶子的頭。林奇嘲笑地指指鋼琴邊的一對。）

基蒂

（用手掩著口咳嗽）她是有一點蠢。（晃動一根食指示意）一鍋粥。（林奇用小棍撩起她的裙子和白襯裙，她立即將裙子整理好。）請你自重。（她打嗝，然後迅速地拉下自己的水手帽，

138《聖約・舊約・箴言》第二十四章十六節：「正義的人跌倒七次而仍能起來，惡人跌倒即為禍患。」

露出用指甲紅染得顏色鮮亮的頭髮）唷，對不起！

佐伊

把聚光燈弄亮些，查利。（她走向枝形吊燈，把煤氣擰足。）

基蒂

（瞅著煤氣燈火焰）今晚它出了什麼毛病？

林奇

（深沉地）進了一個幽靈和一些鬼怪。

佐伊

佐伊做了件好事。

（林奇手中的小棍一閃：一根黃銅撥火棍。斯蒂汾站在自動鋼琴邊，他的帽子和白蠟手杖隨便橫在琴上。他用兩根指頭，又彈了一次連續的空五度和音。金髮而肥鵝般的虛弱妓女弗洛麗・塔爾博特，身穿一件發黴的草莓顏色的破舊袍子，伸手伸腳地躺在大沙發一頭聽著，一隻前臂軟疲疲地搭在枕墊外面。她的瞌睡懵懂的眼皮上有一大塊麥粒腫。）

基蒂

（又打嗝，騎馬似的腳同時踢了一下）唷，對不起！

佐伊

（敏捷地）你的男朋友想你了。在你的內衣上打個結吧。

（基蒂・里基茨低下了頭。她毛茸茸的長圍巾鬆開滑下，從肩上滑到背上、臂上、椅子上，最後落到了地上。林奇用他的小棍挑起了那條扭曲的毛毛蟲似的長東西。她像蛇一般地扭動著脖子找依傍。斯蒂汾回頭望著倒戴帽子盤坐在地上的人影。）

斯蒂汾

事實上，本尼迪脫・馬爾切羅[139]究竟是找來的還是自己創造的，這並不重要。儀式是詩人的休息處。有可能是對得墨忒耳[140]的一首古老讚美詩，要不然是闡釋Coela enarrant gloriam Domini[141]。它能適應相距很遠的波節或調式，例如超弗里吉亞調式和混合利第亞調式，能適應完全不同的內容，不論是教士們繞著大衛的也就是喀耳刻的我說什麼了刻瑞斯[142]的祭壇打圈子呼呼跳，或是大衛發給他的主要巴松管手[143]歌頌全能者的全面正確性的馬廄內部消息。Mais nom de nom[144]，那是弄錯了一條褲子。Jetez la gourme. Faut que jeunesse se passe[145]。（他停住，指著林奇的帽子，先微笑後哈哈大笑）你的知識鼓包在哪一邊呀[146]？

---

139 馬爾切羅（一六八六—一七三九）意大利作曲家，曾為《舊約》中的〈詩篇〉譜曲。
140 得墨忒耳為希臘神話中穀物女神。
141 拉丁文：「諸天宣布上帝的榮耀」（〈詩篇〉第十九的首句）。
142 刻瑞斯為羅馬神話中穀物女神，即注140的得墨忒耳。
143 《舊約・詩篇》中有若干（包括上述第十九篇）篇首標明「大衛詩篇，致首席樂師」。
144 法文：「但是，以名字的名義」，相當於「以上帝的名義」。
145 法文：「荒唐胡鬧吧。青春一去不復返。」
146 顱相學認為腦形與功能有關。

帽子
（乖戾挖苦）算了吧！因為如此，所以如此，女人的邏輯。猶太希臘就是希臘猶太。物極必反。死是生的最高形式。算了吧！

斯蒂汾
我的差錯、大話、謬誤，你都記得相當準確。我還需要有多少時候對不忠行為視而不見呢？磨刀石！

帽子
算了吧！

斯蒂汾
還有一項可以奉告。（他皺眉）理由是，基音與第五音之間，有一個其大無比的間隔，這間隔……

帽子
這間隔怎麼樣哪？說完它呀。你說不了。

斯蒂汾
（費力思索）這間隔。是其大無比的省略。符合於。最終的回歸。八度。那八度。

帽子
八度什麼呀？

（外邊的留聲機開始大聲放「聖城」。）[147]

斯蒂汾

（突兀地）走遍天涯不擬通過自我的，天主、太陽、莎士比亞、旅行推銷員，實際上走完之後是通過自我變成了自我。等一下。等一秒鐘。街上那人的喊叫聲真討厭。自我，正是本來已經準備好條件，無可避免必然要形成的自我。Ecco![148]

林奇

（發出一串馬鳴似的譏笑聲，對布盧姆和佐伊·希金斯作怪樣）這演說夠有學問的，是吧！

佐伊

（快嘴快舌）天主幫助你的頭腦吧，他懂的比你忘的還多。

弗洛麗

（弗洛麗·塔爾博特以胖人特有的蠢模樣睡著斯蒂汾。）

人們說，世界末日今年夏天就到了。

基蒂

不！

佐伊

147 〈聖城〉為一首讚美耶路撒冷的英國歌曲。
148 拉丁文：「瞧」（論證結束用語）。

（爆發出一陣大笑）偉大的不公正的天主！

弗洛麗

（感到不快）這個麼，報上就登著偽基督的事[149]。唷，我的腳癢。

（衣衫襤褸的光腳報童們，拉著一只搖晃著尾巴的風箏啪嗒啪嗒地跑過，同時喊叫著。）

報童們

最後消息版。彈簧馬賽跑結果。皇家運河出現海蛇怪。偽基督安全到達。

（斯蒂汾回頭，看見布盧姆。）

斯蒂汾

一次，多次，半次[150]。

（漂泊的猶太人茹本・J・偽基督[151]張開一隻抓東西的手伸在自己背後脊梁上，腳步沉重地走上前來。他腰上纏一條朝聖者的腰包，包口露出許多期票和拒付票據。他肩上高高地扛著一根長船篙，篙頭鉤子上鉤著一團泡得稀溼的東西，是他那個被人從利菲河裡撈出來的獨生子，鉤住褲襠吊在那裡。在越來越濃的夜色中，一名鬼怪翻著跟頭出來了，模樣像拳頭科斯特洛，療腿、駝背、腦積水、凸頭縮額、阿賴・斯洛泊鼻子[152]。）

眾人

什麼？

鬼怪

（他來來回回地跳跳蹦蹦，兩顎不住地相磕，翻滾著眼珠子，尖聲嚎叫著，一邊伸出兩臂亂抓，一邊像袋鼠那邊蹦跳，然後突然將無唇面孔從胯下鑽出）Il vient! C'est moi! L'homme qui rit! L'homme primigène![153]（他不斷地旋轉著身子狂叫）Sieurs et dames, faites vos jeux![154]（他蹲下耍拋球戲法，手上飛起小小的輪盤賭滾珠。）Les jeux sont faits![155]（滾珠互相碰撞，發出劈啪開裂聲）Rien n'va plus![156]（滾珠成氣球，脹大上升飛走。他躍入太空而去。）

弗洛麗

（陷入遲鈍狀態，暗暗地在自己身上畫十字）世界末日！

（她身上漏出一股微溫的女性臭氣。一片烏暗的陰霾蒙住了空間。室外，在飄游的霧氣

---

149 「偽基督」或譯「敵基督」或「敵對基督」，為《新約・約翰一書》第二章中提及的魔鬼。

150 典出詹姆斯王欽定英譯《聖經》中〈新約・啟示錄〉第十二章十四節，這一似通非通詞語意義似為「多次」，但實為誤譯，現代英譯本中已改為「三年半」。

151 「漂泊的猶太人」為傳說中在耶穌背十字架赴刑場時欺凌耶穌之猶太人，因此被罰永遠漂泊直至世界末日。

152 阿賴・斯洛泊為十九世紀倫敦報刊連環漫畫人物，長一個特大的蒜頭鼻。

153 法文：「他來了！就是我！笑面人！原始人！」按《笑面人》為法國雨果小說（一八六九），描寫一面部受傷因而彷彿常在開口笑的男孩。

154 法語：「先生們，女士們，下注！」

155 法語：「注已下定。」

156 法語：「不得再下。」

中，留聲機的聲音蓋過咳嗽聲和人腳蹭地聲揚了起來。）

留聲機

耶路撒冷！

打開你的大門歌唱吧

和散那！[157]

（一支煙火拔地而起，在空中開了火花。火花中落下一顆白星，宣布萬事告終和以利亞第二次來臨。一根無限長而又隱形的鋼絲從天頂一直繃到天底，雙頭章魚形的世界末日在昏暗之中沿著那鋼絲翻滾而來，他穿的是蘇格蘭狩獵侍從的褶襯短裙、毛皮高頂帽和格子呢小裙，以馬恩島島徽三曲腿圖案形倒栽下來。）

世界末日

（操蘇格蘭口音）誰來跳蘇格蘭划船舞、划船舞、划船舞？

（以利亞的長腳秧雞般粗糙刺耳的聲音，蓋過湧霧急流和嗆氣咳嗽聲，從高處傳了下來。他穿一件漏斗形袖子的鬆寬細麻布法衣，教堂司儀式的臉上流著大汗站在講壇上，講壇周圍圍著老光榮旗[158]。他用拳頭捶擊欄杆。）

以利亞

咱這一攤可不許瞎嚷嚷，對不起。介克・克蘭、克里奧爾・蘇、達夫・坎貝爾，你們咳嗽得閉上嘴。我說，這條幹線是完全由我操縱的。弟兄們，現在就來吧。上帝的時間就是十二點二十五。

告訴你媽，你會去的[159]。定貨下手快，才能打一手漂亮牌。這裡就是你上車的地方了。買一張直通永恆站的，中途不停的直達車。我只再說一句話。你是神，還是狗屎堆？如果基督復臨在科尼島[160]，咱們準備好了嗎？弗洛麗基督、斯蒂汾基督、佐伊基督、布盧姆基督、基蒂基督、林奇基督，你們能不能感受那股宇宙力，完全在你們自己。咱們是不是想到宇宙就心驚膽怕？不。要站在天使們這一邊[161]。你們要作透亮的稜體。你們的內心都有那玩意兒，有更崇高的自我。你們可以和耶穌，和釋迦牟尼，和英格索爾[162]平起平坐。你們的心都能隨同震顫嗎？我說你們都能。教友們，你們只要抓住這一點，一塊錢上天堂的舒心包車就坐定了。你們有數了嗎？這是生命之光，沒有錯。這麼火熱的貨色，還從來沒有過。剛出爐的果餡烤餅，果餡一點兒也不缺的。這是最漂亮、最走俏的新貨。這是了不起的超級豪華享受。它能恢復你的元氣。它能震顫。我知道，我就是一個震顫源頭。不開玩笑，說最根本的，是亞．約．基督．道伊以及諧調論哲學，你們有數了嗎？ＯＫ。西六十九街七十七號。有數了嗎？這就對了。給我打太陽電話。什麼時候都行。

157 上述〈聖城〉歌詞。「和散那」為希伯來語對上帝讚語。
158 「老光榮」為美國國旗別名。
159 典出美國歌曲〈告訴我媽，我會去的〉（一八九〇），大意表示將在天堂相會。
160 科尼島為紐約郊區海濱遊樂地區。
161 英國政治家迪斯累里於一八六四年演說中反對達爾文進化論時說：「問題在於人究竟是猿猴還是天使？我是站在天使一邊的。」
162 英格索爾（一八三三—九九）為美國政治家，在宗教問題上持比較符合科學的不可知論。

酒鬼們，省省你們的郵票吧。（他大喊）現在唱咱們的榮耀歌吧。大家都來，放開嗓子唱。再來一回！（他唱）耶路……

留聲機

（蓋過他的歌聲）呼耶路撒冷在您高高高高高高……（唱片和唱針發刺耳摩擦聲）

三妓女

（掩耳大叫）啊啊嘿！

以利亞

（捲起襯衫袖子，臉色發黑，高舉雙臂，用最大的嗓門喊叫）上面的老大哥，大總統先生，你聽見了我剛才對你說的話了。肯定的，我算是對你有強烈信仰的，大總統先生。我肯定是認為希金斯小姐和里基茨小姐內心是有宗教的。肯定的我好像從來沒有見過女人像你那麼害怕的，弗洛麗小姐，從我剛才瞅你的那模樣兒。大總統先生，請你下來，幫我拯救咱們的親愛姊妹們吧。（他對聽眾眨眼）咱們的大總統先生他啥都明白，可啥也不說。

基蒂——凱特

我是忘其所以了。一時的意志動搖，我走上錯路，做了憲法山上那件事。我領堅振是由主教主持的，並且參加了褐服會[163]。我的姨還嫁給了蒙特莫倫西家的人。我本來是純潔的，一個幹活的管子工害了我。

佐伊——范妮

我是覺得好玩，讓他把那玩意兒捅進了我那裡頭去。

弗洛麗——特里薩

都怨已經喝了三星白蘭地又加波爾圖葡萄酒飲料。惠闌鑽上床來，我和他就犯了事。

斯蒂汾

太初有道，結尾如何，無窮無盡。八福有福了[164]。

（狄克遜、馬登、克羅瑟斯、科斯特洛、萊納漢、班農、馬利根、林奇等八福身穿白色醫科生手術服，四人一排跨著正步，急匆匆鬧烘烘地跳跳跳走過。）

八福

（語無倫次）啤酒、牛肉、戰狗、生精、商部、酒部、雞雞、主教。

利斯特

（穿貴格灰的齊膝短褲，戴寬簷帽子，措辭謹慎）他是我們的朋友。我無須提名字。你需要內心之光。

（他踩著宮廷舞步走了。貝斯特上，他的頭髮上纏著卷髮紙墊，身穿漿洗筆挺的理髮師服裝。他後面是約翰·埃格林頓，穿一身南京黃布繡有蜥蜴形字樣的中國官服，頭戴尖塔形

163 「褐服會」為天主教青年婦女組織，穿棕色修女服以示虔信聖母並護其童貞。

164 「太初有道」為〈約翰福音〉開卷語；「無窮無盡」為〈小榮耀頌〉末句（見本書第二章注32九十三頁）；「八福」見第十四章注136、140七八七頁。

高帽。）

貝斯特

（帶著笑容揭開高帽，露出一個周圍剃光的腦殼，頭頂挺立一根髮辮，辮上紮著一個橘紅色蝴蝶結）我不過是給他美化一下，你們不知道嗎。美的事物，你們不知道嗎，是葉慈說的，我的意思是，是濟慈說的[165]。

約翰・埃格林頓

（拿出一盞綠罩的暗燈籠，將燈光射向一個屋角[166]：用找岔口氣）美學和美容術是閨房的事。我要尋找真理。簡樸人的簡樸真理。坦德拉基需要事實[167]，也有決心要找到事實。

（煤桶後面，在聚光燈的圓錐體光柱中，一位眉目聖潔的奧拉夫，滿臉大鬍子的曼納南・麥克李爾下巴抵在膝蓋上沉思著[168]。他緩緩立起。一陣冷風從他的德魯伊德嘴裡吹了出來。他的頭上蠕動著大大小小的鰻魚，身上結滿了海草和貝類。他的右手握著一只自行車打氣筒，左手抓著一隻巨大螯蝦的兩個鉗子。）

曼納南・麥克李爾

（嗓音如波濤）Aum! Hek! Wal! Ak! Lub! Mor! Ma![169]神道們的白衣瑜伽修行者。赫耳墨斯・特利斯墨吉斯忒斯的奧祕帕曼德爾[170]。（聲如海風嘯叫）Punarjanam patsypunjaub![171]我不容許別人戲弄我。有人說過：小心左邊的沙克蒂崇拜。（發海燕預報風暴的叫聲）沙克蒂・溼婆[172]，暗處隱藏的父親！（他用右手的打氣筒猛擊左手的螯蝦。在他的合作錶面上閃閃發光的是黃道十二宮。他作出海洋氣勢的號叫。）Aum! Baum! Pyjaum! 我是家園之光！我是夢幻似的奶油般的白脫[173]。（一隻猶大之手的骨骼將光扼住。綠色的燈光暗淡下去，成了淡紫色。煤氣噴嘴尖聲哀訴著。）

煤氣噴嘴

普啊！普夫烏烏咿咿咿！

（佐伊奔向枝形吊燈，屈起一隻腿調整白熾燈罩。）

佐伊

---

165 英國詩人濟慈長詩〈恩底彌翁〉首句云：「一個美的事物，是一種永恆的歡樂……」

166 古希臘哲學家狄歐根尼（412-323B. C.）曾白日打燈籠以表示誠實人難找。

167 坦德拉基為都柏林以北集市。

168 海神曼納南·麥克李爾典出拉塞爾（ＡＥ）詩劇，參見第九章注51三七九頁。「奧拉夫」見第九章注7三六七頁。

169 拉塞爾著作（The Candle of Vision, 1918）中提出，某些聲音可以表達人生的基本內容（象徵人、神、死、熱、燒、刺、生、思等概念）。

170 赫耳墨斯為希臘神話中的天神使者（在羅馬神話中稱「墨丘利」），「特利斯墨吉斯忒斯」意為「三重最偉大」，用以表示該神與埃及神話中智慧之神透特（Thoth）合而為一，相傳著有各種奧祕書籍，其中之一即《帕曼德爾》。

171 通神學術語雜湊，可能意義：「新生派齊神性勝利！」

172 「沙克蒂」亦作「薩克蒂」，為印度教三派之一性力派所崇奉之女神，而其夫「溼婆」為另一派崇奉之主神，集種種神力於一身，既是生殖者又是毀滅之神。

173 拉塞爾既為奧祕哲學家與詩人，又主編《愛爾蘭家園報》，該報對農牧業特別重視。

趁著我在這兒，誰有菸卷兒？

林奇

（將一支香菸扔上桌子）給你。

佐伊

（將頭一偏裝傲慢）這是向女士獻殷勤的方式嗎？（她抬起手，緩慢地轉動著香菸湊在煤氣燈火焰上點菸，腋窩下露出了棕色的毛簇。林奇大膽地用撥火棍挑起她襯裙的一邊。她的身子露出來了，原來從吊襪帶以上都是光溜溜的，在寶石藍之下現出一種水妖的綠色。她滿不在意地吸著菸。）你看得見我屁股上的美人斑嗎？

林奇

我沒有看。

佐伊

（作媚眼）沒有？你不少看。你是想啃一只檸檬吧？

（她裝出害羞樣子，向布盧姆投去傳情的一眼，然後把襯裙從撥火棍上拉開，同時向他轉過身去。她的肉體上又流動著藍色的液體了。布盧姆站在那裡旋轉著兩根指頭，臉上露出了欲望的笑容。基蒂・里斯茨用唾液沾溼中指，對著鏡子抹平自己的兩道眉毛。宮殿文書利波迪・費拉格迅速地順著壁爐煙道滑下，踩著粗笨的粉色高蹺向左跨出兩步。他一層又一層地穿著幾件大衣，還披了一件棕色雨褂，雨褂下的手中拿著一卷羊皮紙文書。在他左眼上閃光的，是卡什爾・博伊爾・奧康納・菲茨莫里斯・蒂斯德爾・法雷爾的單眼鏡。他頭上戴著埃及的紅白雙重王冠。他的兩隻耳朵上伸出兩根翮羽。）

費拉格

（腳跟併攏，鞠躬）我是松博特海伊的費拉格・利波迪。（他發出一聲若有所思的乾咳）這地方，兩性雜處而赤身裸體的現象不少，嗯？她露出來的後身，無意之間顯示了一個事實，她裡面並沒有穿你特別傾心的那種內衣。大腿上有一個注射疤，我希望你注意到了吧？好。

布盧姆

爺爺呀。但是……

費拉格

另一方面，第二號呢，那個塗抹櫻桃紅，擦了美髮師的白粉的女人，頭髮上用了不少咱們部落的歌斐樹精髓，她倒是穿著走路服裝，從她的坐姿看來是緊緊地裹著束胸衣的，我判斷。背脊都貼到前胸了，可以說。說錯了你糾正，但我一直有這樣的了解，一些輕佻的人的身子動那麼一動，讓你瞥見一下貼身內衣，就能投合你的口味，這是因為涉及了一種裸露癖心理狀態現象。簡而言之。鷹首馬身怪物。我說得對嗎？

布盧姆

她瘦一點。

費拉格

（並非厭惡）絕對不錯！觀察正確，裙子上兩側的大口袋和略顯上寬下窄的形狀，是為了造成髖部隆起的印象。遇上大減價新買的，有個傻瓜被敲了竹槓。俗麗的衣飾，矇騙眼睛的東西。你看吧，連灰塵大的細節都留心了。今天能穿的，絕不留到明天。視差！（腦袋作一神經性抽搐）我的腦子開裂了，你聽見了嗎？鸚哥兒學舌差！

布盧姆

（一手托肘，一根食指支在面頰上）她似乎是悲哀的。

費拉格

（露出發黃的鼬鼠牙齒嘲笑，用一根指頭扒下左眼，嘶聲吼叫）騙局！你要提防輕佻的和假悲傷的。胡同裡的百合花。都有魯阿德斯・哥倫布發現的矢車菊[174]。和她打滾吧。哥倫布她吧。變色龍。（溫和了一些）好吧，現在請允許我提醒你注意第三號。這一位，一眼看去就一大堆。看看她頭頂上那一蓬氧化植物質。唷嗬，她會撞！[175]這是一群中的醜小鴨，腿長屁股大。

布盧姆

（遺憾地）偏偏出來的時候沒帶獵槍[176]。

費拉格

我們各種牌號齊全，溫和的、中等的、烈性的。只消付款，隨意選用。任擇其一，保君滿意……

布盧姆

哪一個……？

費拉格

（捲起舌頭）利奧姆！瞧。她的臀圍很寬。身上蒙著一層可觀的厚膘。從胸脯的重量，就可以看出是明顯的哺乳類，你觀察她的前部有兩處尺寸著實不賴的大鼓包，鼓得老遠的，可以落進午飯的湯盤裡，而在她的後邊靠下的地方，又有兩處隆起，說明直腸有力，並且圓腫宜觸，一切符合理想，只欠小巧。肢體如此肥足，都是著意營養的結果。圈在籠中育肥，她們的肝可以長得像大象那麼大。加了葫蘆巴和安息香的新鮮麵包，小塊小塊地浸了綠茶吞下去，能使她們在其短暫生存期間擁有自然針插似的厚實脂肪層。這合你的意吧，嗯？有埃及的火熱肉鍋可以追求了。到裡頭去翻滾吧。石松粉。（他的喉嚨抽搐一下）乒！又來了。

布盧姆

我不喜歡那麥粒腫。

費拉格

（拱起眉毛）用金戒指蹭一蹭，人們說的。Argumentum ad feminam[177]，這是我們在老羅馬和古希臘的梁龍魚龍聯合執政期的說法。除此之外，全靠夏娃的治病妙方了。不作出售。只供雇用。胡

174 Rualdus Columbus為十六世紀意大利解剖學家，認為自己第一個發現女人有陰核。

175 〈唷嗬，她會撞〉為一雜耍場歌曲。

176 獵人見鴨子表示遺憾的套語。

177 拉丁文：「按女人辨法立論」，套用邏輯學術語argumentum ad hominem，即「因人立論」的謬誤論證法。

格諾。（他抽搐一下）這聲音很怪。（他咳了一聲作為鼓勵）不過也許僅僅是一顆肉贅。我設想，你大概會記得我曾經教過你的辦法吧？小麥麵粉加蜂蜜和肉豆蔻。

布盧姆

（思索）小麥麵粉加石松粉加學舌差。這場尋找受的罪呵。這可真是一個不尋常的累人日子，意外事件不斷的一章。等一下。我是想說，肉贅的血會傳肉贅，你說的……

費拉格

（嚴厲地，鼻子隆起發硬，眨著一側的眼睛）你不要再轉動你的兩根拇指了，讓你的腦子好好兒動一動。瞧，你忘了。用用你的記憶術吧。La causa è santa[178]。塔啦。塔啦。（旁白）他肯定能想起來了。

布盧姆

迷迭香是不是你也說過，要不然是用意志力控制寄生組織。然後，不，不對，我有些想起來了。一隻死手的接觸有療效。記憶？

費拉格

（興奮地）我是這麼說的。我是這麼說的。真是的。記憶術。（他用力拍了拍手中的羊皮紙文書卷）這卷書會告訴你怎麼做，細節都有具體說明。查一查索引吧，找烏頭鹼恐慌症、鹽酸憂鬱症、陰莖異常勃起白頭翁。費拉格還要談談切除。咱們的老朋友腐蝕劑。必須斷絕它們的養料。然後在阻截頸口之下用馬鬃切斷。但是，將場地改到保加利亞人和巴斯克人那裡去吧[179]，你究竟有沒有下定決心，是喜歡還是不喜歡穿男裝的女人？（冷笑一聲）你曾經打算用一整年的時間研究宗教問題，用一八八六年的夏季幾個月的工夫解決化圓為方問題，獲得百萬大獎[180]。石榴！從崇高到荒謬，只是一步之差。比方說，睡衣睡褲嗎？還是鬆緊襯墊的女用短襯褲呢？要不然，這麼說吧，還是那種複雜的組合式的連褲緊身內衣呢？（他發出譏諷的笑聲）切——切——里——切！

（布盧姆心中無數地打量三個妓女，然後凝視著蒙紗的淡紫色燈光，聽著飛個不停的飛蛾。）

布盧姆

我那時想要把現在結束了。睡衣從來沒有。所以這樣。但明天是新的一天將來。過去那時是今天。現在情況到明天，正如昨日情況過去現在。

費拉格

（以豬噓般耳語聲提示）白晝的昆蟲，在牠們短促的生存中不斷地交配，是受劣等標緻雌性氣味吸引，雌性背部擁有擴張性性神經。漂亮的鸚鵡！**（他的黃色鸚鵡嘴急促地翕動，發出帶鼻**

---

178 意文歌詞「這事業是神聖的」，參見第八章注44三三七頁。

179 保加利亞人、巴斯克人傳統女裝穿長褲。

180 「化圓為方」為古代傳下的幾何難題，即要求用直尺加圓規將圓變成面積完全相同的方，德國科學家已於一八八二年以微積分方法證明不可能實現，但仍有人對此熱中並傳言解題者可獲大獎。

音的嘎嘎聲）在我們的紀元五千五百五十年左右[181]，喀爾巴阡山區有一條諺語。一湯勺的蜂蜜，要比六大桶的頭等麥芽醋更能吸引布倫老朋友[182]。熊瞎子噓噓地嚇著了雄蜂。但這事暫且放在一邊。以後有機會再提。我們都很高興，我們別的人。（他咳嗽一聲，低下頭，若有所思地用彎成匙形的手掌擦著鼻子）你會發現，這些夜晚昆蟲是追逐光亮的。這是一種錯覺，因為，記著，牠們的複眼不能調節[183]。關於這一切疑難問題，可查閱我的《性學原理》或《愛之激情》，利．布大夫稱之為整年最為轟動的書籍。另有一些，舉例說吧，其行動是不由自主的。觀察吧。這就是他心目中的太陽。夜鳥夜日夜市。追我來吧，查利！（他對布盧姆耳朵吹氣）噓噓！

布盧姆

蜜蜂或是綠頭蒼蠅那天也是撞牆上影子撞暈也把我亂鑽襯衫幸好我……

費拉格

（臉上毫無表情，發出圓潤而帶女性音調的笑聲）好極了！西班牙蠅子鑽他的褲子，芥末膏子抹他的小雞子。（他晃動著火雞肉垂，發出貪饞的咯咯聲）火雞咯咯！火雞咯咯！說到那兒啦？芝麻，開門吧！[184]出來了！（他迅速展開羊皮紙卷，用爪子指著上面的字，同時他的螢火蟲鼻子作逆向移動）打住，好朋友。你要的答案有了。紅岸牡蠣快上市了。我是最佳廚師。這些鮮美的雙殼海味可以給我們添勁，佩里戈爾的塊菌也是，由無所不吃的肥豬先生幫我們挖出來的地下塊莖，對於神經衰弱或是潑婦症都有奇效[185]。臭管臭，倒能揍。（他格格地笑著搖頭晃腦逗趣）好笑。眼睛戴眼鏡呱呱叫。（打噴嚏）阿們！

布盧姆

（心不在焉）用眼睛看，女人的雙殼子口不那麼嚴。總是開門芝麻。分成兩瓣的性特徵。所以她們怕蟲子，怕爬行的東西。然而夏娃和蛇倒並不如此。並非歷史事實。顯然和我的想法類似。蛇還貪吃女人的奶呢。蜿蜒爬行多少里路，穿過無所不收的森林，去把她的鮮美乳房吸乾。和人們在Elephantuliasis[186]中讀到的火雞咯咯叫的羅馬娘兒們一樣。

費拉格

（拱著嘴現出發硬的皺紋，雙眼緊閉，冷漠失望如石頭，用外國腔調吟誦）母牛乳房膨脹，因而這個這個已知……

布盧姆

我忍不住要叫喊了。請你原諒。啊？這樣。（他重複）自發地找到蜥形動物的窩，以便將其乳房供牠大吸一通。螞蟻會擠蚜蟲的奶。（深刻地）本能支配著世界。在生命中。在死亡中。

費拉格

181 猶太教紀元以《聖經》所述上帝創造世界為起點，有三種算法，其中之一比西元早三七六一年。
182 「布倫」為歐洲民間故事「列那狐傳奇」中的熊。
183 某些昆蟲視覺不能辨認弱光，在有強光出現時對其他一切均失去視力，因此逕自飛向強光。
184 「芝麻，開門吧」為《天方夜譚》中呼喚山洞開門的暗號。
185 西俗認為牡蠣和塊莖能壯陽；塊莖在地下生長，採集者常利用豬狗嗅覺尋找。
186 Elephantuliasis一詞在西方語言中不存在，但Elephantiasis為象皮病，Elephantis為古羅馬色情文學作家。

（歪著腦袋，彎著腰拱起翼肩，鼓著視覺模糊的眼珠子盯住飛蛾，伸出一根角質爪子指著叫喊）飛蛾飛蛾牠是誰？親愛的傑拉爾德他是誰？親愛的傑，是你嗎？啊呀，他是傑拉爾德。喔，我很擔心他要大大地燒壞了。是不是有人現在不可以煽動頭等餐情阻止這場災禍？（他作貓叫）貓咪貓咪貓咪貓咪！（他嘆一口氣，縮回身子，垂下下頜，側眼盯著）唉，唉。他總算快休息了。（他突然揚起腦袋，對空咬攏兩頷）

飛蛾

我是一隻小不點兒的小不點兒
飛呀飛的喜歡那春天兒
繞呀繞的一圈兒又一圈兒。
好久以前我是一個王
現在的我呀守在燈火旁
飛呀飛的沒完沒了的忙！
嘭！

（牠衝在淡紫色燈罩上，聲音嘈雜地撲擊翅膀）

花稍花稍花稍花稍花稍花稍的襯裙。

（從左上入口進來了亨利・弗臘爾，滑行兩步到達左前方中央。他身上披一件深色斗篷，頭戴闊邊下垂而綴有羽飾的西班牙帽子。他手裡是一只銀弦的嵌花揚琴，一支雅各式的竹管長菸斗，女人頭形的陶器菸鍋。他穿一條深色的天鵝絨緊身褲子，一雙銀搭釦的淺口舞鞋。他的面貌像浪漫蒂克的救世主，飄飄然的鬈髮，稀疏的長鬢和脣髭。細長的腿，麻雀腳，和干地亞王子男高音馬里奧一模一樣。他整理一下起褶的輪狀高領，伸出多情的舌頭潤了潤嘴脣。）

亨利

（輕觸吉他琴弦，用低柔悅耳的嗓音）鮮花盛開[187]。

（不饒人的費拉格緊閉嘴巴，盯住燈光。神色莊嚴的布盧姆望著佐伊的脖子。風流而頷下有垂肉的亨利轉向鋼琴。）

斯蒂汾

（自言自語）閉著眼彈吧。學爸。把我的肚子塞滿了餵豬的豆莢。這可是太過分了。我要起來，去找我的。估計這是。斯蒂，你走上了一條危險的道路。必須去看老戴汐，要不然打個電報。今天上午的談話給我留下了深刻的印象。雖然兩人年齡。明天寫信詳談。順便說一句，我是部分地醉了。（他又擊琴鍵）現在來的是小音階和音了。是的。可也並不太醉[188]。

187 〈鮮花盛開〉為十九世紀愛爾蘭歌劇《瑪麗塔娜》中歌曲，但「花」即「弗臘爾」（Flower），「盛開」即「布盧姆」（Bloom）。

188 《新約・路加福音》（十五章）「浪子回頭」故事中浪子將財產耗盡後曾希望有人給他餵豬的豆莢吃，並說「我要起來，去找我的父親……」

（阿爾米丹諾・阿蒂凡尼舉起指揮棒似的一卷樂譜，使勁地動著唇髭。）

阿蒂凡尼

Ci rifletta. Lei rovina tutto.[189]

弗洛麗

給我們唱點什麼吧。愛情的古老頌歌。

斯蒂汾

沒有嗓子。我是一名最完了的藝術家。林奇，我給你看那封關於詩琴的信了嗎？

弗洛麗

（傻笑）這鳥會唱偏不唱。

（窗洞中出現了連體孿生兄弟醉腓力和醒腓力[190]**。兩人都是牛津大學學監，都戴馬修・阿諾德的面具。）**

醒腓力

聽聽傻瓜的意見吧。並非萬事大吉。拿起一隻禿頭鉛筆算一算吧，像個聽話的小白痴。你領到了三鎊十二，是兩張鈔票、一枚元首、兩個克郎，少壯不曉事嘛。穆尼酒店**en ville**、穆尼酒店**sur mer**[191]、莫伊拉飯店、拉其特酒家、霍利斯街醫院、勃克酒店。嗯？我注意著你呢。

醉腓力

（不耐煩）唉，胡扯，老兄。滾蛋吧！我不該不欠。要是我能明白八度和音就好了。個性的重複再現。是誰告訴我他的名字來著？（他的修草機開始嗚嗚響動）啊哈，對了。Zoe mou sas agapo[192]。我彷彿來過這地方。是什麼時候不是阿特金森我有他的名片放在哪裡了。麥克什麼人。非麥克我倒是有的。他跟我談，等一下，斯溫博恩，對吧，不對嗎？

弗洛麗

你唱的歌呢？

斯蒂汾

心靈是願意的，肉體卻軟弱了[193]。

弗洛麗

你是從梅努斯[194]出來的嗎？你像我從前認識的一個人。

斯蒂汾

出來了，現在。（對自己說）聰明。

---

189 意大利語：「想一想吧，你毀了一切。」

190 馬其頓國王腓力二世（382-336B.C.）酒醉時審案判錯，被判刑者待其酒醒後申請重判即獲釋，因而「從酒醉的腓力到清醒的腓力」成為請求重新考慮用語。

191 法文：「在城裡的」、「在海上的」。

192 希臘文：「我的生命呵，我愛你」，拜倫抒情詩中對「雅典女郎」讚詞。

193 典出〈馬太福音〉第二十六章四十節。

194 梅努斯的皇家聖派特里克學院以培養天主教教士為宗旨。

醉腓力和醒腓力

（他們的修草機都嗚嗚響著，草莖紛飛作利戈頓舞）聰明而又聰明。出來了出來了。順便，你那書，那東西，那白蠟手杖在嗎？對，在那兒，對。聰明而又聰明，出來了現在。好好保持。學我們的樣兒。

佐伊

前夜來了一個教士，外衣扣得嚴嚴地來辦他的事。你用不著躲躲藏藏的。我對他說。我知道你是戴羅馬領圈的。

費拉格

以他的立場來說，完全合乎邏輯。人的墮落。（粗暴地，瞳孔擴大）教皇下地獄吧！日光之下無新事。我就是揭露〈修士與處女性生活祕史〉的費拉格。我為何脫離羅馬教會。閱讀一下《教士、婦女與告解室》[195]吧。彭羅斯。胡鬧的惡鬼。（他扭動一陣）女人羞答答地解開燈草編的腰帶，將她溼漉漉的約尼獻給男人的林伽[196]。略後男人送女人野肉數塊。女人喜歡，披上羽毛皮。男人用大林伽硬傢伙猛愛她的約尼。（他喊叫）Coactus volui[197]。然後孟浪女人到處奔跑。強壯的男人抓住女人的手腕子。女人尖叫，用嘴咬、啐他。男人這時大怒，打女人的肥胖的雅德甘那[198]。（他追逐自己的尾巴）劈啪！壞東西！（他停住，打噴嚏）普棄普！（咬自己臀部）普爾爾爾特！

林奇

我希望，你讓那位神父補贖了。射主教一次，唱gloria九遍[199]。

佐伊

（鼻孔裡冒出海象菸）他演不成戲。湊熱鬧而已，你知道。燈草乾蹭蹭。

布盧姆

可憐的人！

佐伊

（滿不在乎地）也只有那事他。

布盧姆

怎麼？

維拉格

（腦形扭曲，露出魔鬼發黑光的大口，伸長了細脖子。他抬起怪獸嘴巴，嗥叫起來。）

---

195 十九世紀加拿大牧師Chiniquy著作，批判天主教教士接受婦女懺悔有腐蝕作用，作者原為天主教教士，後曾發表小冊子《我為何脫離羅馬教會》。

196 「約尼」和「林伽」為印度教女性、男性生殖器象徵。

197 拉丁文：「我是被迫自願。」

198 「雅德甘那」為梵文「屁股」。

199 「射主教」在俚語中指女性在上之性交；gloria為「光榮頌」拉丁頌詞Gloriatibi,Domine（光榮歸於您，天主）首詞。

Verfluchte Goim![200]他有一個父親，有四十個父親。他根本就沒有存在過。豬上帝！他長兩隻左腳[201]。他是猶大・伊阿科斯[202]、利比亞閹人、教皇的私生子。（他歪扭著前爪子，肘子彎曲發僵，身子朝前探出，眼睛從扁平的腦袋脖中射出折磨人的光，朝沉默的世界狺狺狂吠。）婊子生的兒子。啟示錄[203]。

基蒂

住防治院的瑪麗亞・低尤高，她的楊梅瘡是從藍帽子火槍團的吉米・靈飛鴿得的，她跟他生下一個孩子嚥不下東西，悶在褥墊中抽風窒息死了，我們都為葬禮捐了錢。

醉腓力

（嚴肅地）Qui vous a mis dans cette fichue position, Philippe?

醒腓力

（歡快地）C'était le sacré pigeon, Philippe.[204]

（基蒂解開帽子，鎮靜地放下，輕拍自己染了指甲紅的頭髮。在哪一個妓女的肩頭上，也沒有見過比這更漂亮、更嬌美可愛的一頭鬈髮。林奇為她戴上帽子。她一把抓掉。）

林奇

（笑）梅奇尼科夫已經為人猿接種[205]，讓牠們也能享受這種樂趣了。

弗洛麗

（點頭）運動性共濟失調。

佐伊

（歡快地）唷，我的字典呢。

林奇

三位明智的處女。

費拉格

（瘧疾發作渾身發抖，羊癲瘋般抽搐的瘦嘴脣邊冒出大量黃色泡沫）她出售春藥、白蠟、橙花。羅馬百人長潘塞[206]用生殖器把病傳給了她。（他將手按在腿叉間，伸出一根閃閃發燐光的蠍子舌頭）救世主！他捅破了她的耳膜[207]。（他咕嚕咕嚕地發出狒狒叫聲，急驟地扭動髖部以示譏諷）唏！嘿！嗨！嘀！嚯！嗑！楛！

---

200 意地緒語：「遭詛咒的非猶太人！」

201 在愛爾蘭八世紀手抄〈福音〉（名《凱爾斯書》）中，一插圖將耶穌繪為兩足均為左腳，聖母兩足均為右腳。

202 紀元二世紀一種邪說將耶穌與猶大對換；「伊阿科斯」即酒神巴克斯。

203 《聖經．新約》末卷〈啟示錄〉列舉各種魔怪現象，包括「世上一切淫婦與猥褻之母」的「大紅女人」。參見本章注104．下卷八九一頁。

204 法文《耶穌傳》敘述瑪利亞懷耶穌時與其夫約瑟夫對話，瑪云其懷孕由「鴿子」即聖靈造成，與第三章注32．上卷一二三頁所引相同，僅「約瑟夫」名字改為「腓力」。

205 俄國科學家梅奇尼科夫（一八四五—一九一六）研究動物與人類生理類似處，一九〇四年曾用接種辦法將梅毒病植入類人猿取得重要數據，一九〇八年獲諾貝爾獎。

206 公元二世紀羅馬哲學家塞爾蘇斯作反基督教論述時，曾提出瑪利亞係由羅馬軍人受孕而生耶穌。

207 中世紀一種理論認為瑪利亞受孕係通過耳膜。

（本・強竇・多拉德站上前來了，膚色發紅、肌肉僵大、鼻孔多毛、鬍子滿臉、耳如白菜、胸毛粗厚、頭髮濃密、乳頭肥胖，自腰至胯緊緊地扣一條黑色水手游泳褲。）

本・多拉德

（他的巨大而有厚墊的爪子在敲著響板，興高采烈地用低音大桶唱真假嗓子相間的唱法）愛情吸住了我的熾熱的靈魂。

（護士卡倫和護士奎格利兩位處女衝過守臺的人，跳過圍繩，爭著張開臂膀擁抱他。）

兩位處女

（熱情奔放）大本！本啊，我的Chree啊！208

一個人聲

抓住這個穿蹩腳褲子的傢伙！

本・多拉德

（拍著大腿哈哈大笑）馬上就抓。

亨利

（撫摸著胸前一顆女人頭顱，喃喃而語）你的心，我的愛人呵。（他撥弄著自己的詩琴弦）當我初初見到……

費拉格

（蛻去外皮，多層羽毛脫落）耗子！（他打一個呵欠，露出了黑如煤炭的喉嚨，然後將手中的羊皮紙卷往上一捅，合上了自己的嘴巴）說完這話我就告別。保重了。你保重了。Dreck![209]

（亨利・弗臘爾用一把隨身帶的小梳子，迅速地梳一下脣髭和大鬍子，並在前額梳出一綹牛舔髮。他用長劍開道，向門口滑去，背上搬著自己的野豎琴。費拉格翹著尾巴，跨出怪模怪樣踩高蹺似的兩步就到了門口，熟練地順手將一張流膿似的黃色傳單拍在側面牆上，還用腦袋頂了一下。）

傳單

基十一。不准招貼。嚴守祕密。海・弗蘭克斯醫生。

亨利

一切全完了。

費拉格的頭

（費拉格轉眼間擰下自己的腦袋，夾在脅下。）

斯蒂汾

庸醫！

（分別下場）

---

208 愛爾蘭語：「心」。

209 意地緒語：「廢物！」

210 創建新教的馬丁・路德（一四八三—一五四六），曾與天主教羅馬教廷統治勢力作多年鬥爭。

（轉過臉去對佐伊說）建立了新教謬誤的那位好鬥牧師[210]，你還會喜歡一些的。但是要提防犬哲安提西尼[211]，還有異端頭子阿里烏的末日[212]。廁所裡的痛苦。

林奇

對於她，全都是同一個天主。

斯蒂汾

（虔誠地）而且是天下萬物的主宰。

弗洛麗

（對斯蒂汾）我認為你一定是一名變節神父。或是修士。

林奇

不錯。他是樞機主教的兒子。

斯蒂汾

輸急了的罪孽主角。擰螺絲修士會[213]。

（全愛爾蘭首主教賽門・斯蒂汾・代達勒斯樞機主教在門道中出現，身穿紅色教士服、草鞋、短襪。七名侏儒猿猴襄禮員，即七大罪孽，也穿著紅衣服，托著他的長袍後曳，還從下邊向外張望。他頭上歪戴一頂破壞了的絲質禮帽，兩手的大拇指伸入腋窩，手掌向外張開。他的脖子上掛一串軟木念珠，盡頭是一個十字形拔瓶塞鑽子墜在他胸前。他拔出拇指，用大波浪手勢向上天祈求降福，裝腔作勢地宣布：）

樞機主教
康塞爾維奧被逮了
地下深處坐地牢
手銬腳鐐加鏈條
重量何止三噸了。

（他右眼緊閉，左頰鼓出，盯住眾人看了一回，實在按捺不住心裡的高興，雙手插腰，來回晃著身子，用滑稽可笑的調子唱了起來：）

喔唷唷那可憐的小兒郎
他他他的腿兒可真是黃
他是又肥又胖有分量
卻又靈活得活像蛇一樣
可是有那麼一個可恨的蠻子
抓住耐兒・弗萊厄蒂的鴨子
就為了炒他的大白菜
殺死了愛母鴨的公鴨子。

211 安提西尼（參見第七章注66三〇三頁）被目為犬儒學派創始人。
212 反對三位一體的阿里烏死於廁所，參見第三章注12一一三頁。
213 「擰螺絲修士會」為十八世紀愛爾蘭一俱樂部性質組織，講究吃喝玩樂，而以模仿修士某些活動形式為樂。

（一大群小蠓子圍在他的袍子上，白濛濛的一片。他雙臂交叉，伸手在兩肋抓癢，同時臉上作著怪樣叫嚷：）

我受的罪和下地獄一樣。這可不是鬧著玩兒的，還得謝謝耶穌，這些有趣的小傢伙倒還不是眾口一致的。要不然，牠們就能把我從這背時地球面上哄走了。

（他歪著腦袋，馬馬虎虎用食指和中指畫個十字作了祝福，吻了一個復活節吻，左右搖晃著帽子，用滑稽的雙曳步舞步走去，同時身子很快縮成和那些為他托後曳的侏儒們一樣大小。那些襄禮的侏儒們格格笑著，從後曳下窺看著，互相捅著，作著眉眼，吻著復活節吻，走著之字形跟在他後面也去了。遠遠地，他的圓渾的嗓音還繼續傳來，具有寬宏悅耳的男性美：）

將把我的心帶來給你，
將把我的心帶來給你，
那和煦的晚風呀
將把我的心帶來給你！

（有毛病的門把兒轉動了一下。）

門把兒

你依依！

佐伊

這門裡頭有鬼。

（一個男人的身影踩著吱嗝作聲的樓梯下來，人們聽見他從衣架上取雨衣和帽子的聲音。布盧姆不由自主地往前一衝，順手把門半掩上，從口袋裡掏出巧克力，精神緊張地送給佐伊。）

佐伊

（輕快地嗅他的頭髮）嗨——！謝謝你媽媽送我兔子。我很愛我喜歡的東西。

布盧姆

（聽到有一個男人在門前臺階上和妓女們說話的聲音，豎起了耳朵）難道是他？完事了？還是因為沒有？還是來個雙場？

佐伊

（撕開銀紙）指頭比叉子發明得早。（她掰開糖，自己咬一塊，給基蒂・里基茨一塊，然後賣弄風情地轉向林奇）不反對法國糖果嗎？（他點點頭。她逗他。）現在吃，還是等弄到手再吃？（他昂起頭張開嘴巴。她繞著圈子把獎品轉到左邊。他的頭跟著轉了過去。她又繞回去轉到右邊。他端詳著她。）接住！

（她拋去一塊糖。他伶俐地一口咬住，喀的一聲咬斷。）

基蒂

（嚼著糖）陪我逛義市的工程師，他的巧克力可美咧。裡面有最高級的利口酒。總督也帶著夫人到場了。我們在托夫特的旋轉木馬上玩的那狂呀。我現在還頭暈呢。

布盧姆

（身穿斯旺加利的裘皮大衣[214]，雙臂交叉抱在胸前，額上一綹拿破崙式的鬈髮，皺著眉頭用腹語念咒，目光如鷹注視門口。然後，左腳僵直地往前跨著，將右臂從左肩放下，作一個迅速而強有力的手勢發出大師信號。）走，走，走，我祛逐你，不管你是誰！

（外邊傳來一聲男人咳嗽聲，並有腳步聲從霧中走去。布盧姆的臉色放鬆了，一手插在坎肩口袋裡作出輕鬆樣子。佐伊請他吃巧克力。）

布盧姆

（莊嚴地）謝謝。

佐伊

叫你幹什麼，你就幹什麼。接著！

（樓梯上傳來鞋後跟橐橐擊地的堅定腳步聲。）

布盧姆

（接巧克力）春藥？菊蒿和唇萼薄荷。但是是我買的。香草起鎮定作用？記憶。光線混亂，記憶就擾亂了。紅色對狼瘡起作用。顏色影響女人的性格，不管她們有多少性格吧。這黑色使我悲哀。吃吧，作樂吧，反正明天[215]。（他吃）也影響味覺，淡紫色。可是我已經好久沒有。好像從來沒有過一樣。春。那教士。非來不可。晚來也比不來強。試試安德魯斯公司的塊菌。

（門開了。人高馬大的妓院老闆娘貝拉・科恩進來。她穿一襲象牙色的中長裙服，沿邊鑲有流蘇織邊，學著米妮・霍克在「卡門」中的姿勢[216]，擺弄著一把黑色角質扇子給自己搧風。她的左手戴著結婚戒指和保護戒指。她的眼睛周圍塗著濃濃的黑圈，嘴上長一層唇髭。臉發橄欖色而顯得粗重，微微地冒著汗，鼻頭飽滿，露出橙色的鼻孔。她戴著綠柱石的大耳墜子。）

貝拉

哎呀！我可是一身臭汗了。

（她環顧室內成雙配對的男女。然後她的目光停留在布盧姆的身上，作了不容躲閃的審視。她的大扇子給自己發熱的臉頸和豐盈體態搧著風。她的鷹隼眼睛閃著光。）

扇子

（快速調情，隨即緩緩而言）有太太的，我看是。

布盧姆

是的。我有一部分是錯……

214 斯旺加利為英國小說《特麗寶貝》（Trilby, 1894）中奧地利猶太人，女主人公特麗爾貝受其催眠術控制而成為大歌星。

215 《舊約・以賽亞書》第二十二章中記敘，某些不服從上帝者在面臨災難時聲稱「反正明天要死了」而大肆吃喝作樂。

216 霍克為著名美國歌劇女高音，演出歌劇《卡門》時將女主角喜怒無常性格表現得淋漓盡致。

扇子

（半開之後收攏）女主人是當家的。裙釵政府。

布盧姆

（垂下腦袋窘笑）是這樣的。

扇子

（完全合攏，靠著左耳墜子）你忘了我嗎？

布盧姆

忘不忘的。

扇子

（雙手扠腰）我是你以前夢中的她嗎？你是那時認識她他我們的嗎？我是她他們都現在還是我嗎？

（貝拉走近，以扇子輕叩。）

布盧姆

（畏縮）強大的存在。在我的眼中，可以見到女人們喜愛的睡意[217]。

扇子

（輕叩）咱們見過。你是我的。這是命運。

布盧姆

（被鎮住）熱情奔放的女性。我渴求你的控制。我已筋疲力盡、被人拋棄、年紀已經不輕。我的樣子，可以說，是拿著一封付了特種寄費而沒有發出的信，站在人生的郵政總局的遲到郵筒前。門和窗開成直角，便會按照物體下落定律造成每秒三十二呎的過堂風。我的左臂肌這下子感到了坐骨神經的刺痛。這是我們家傳下來的。我的可憐的親愛的鰥夫爸爸，就是一個典型的坐骨神經氣壓表。他相信動物的溫暖。他冬天穿的坎肩是用斑貓皮襯裡的。臨到最後，他記得大衛王和書塊人的事[218]，就讓阿索斯陪他睡覺，死後仍是忠心耿耿的。狗的唾液，你大概……（抽痛）啊呀！

里奇・古爾丁

（拿著重包從門前經過）嘲弄別人，會傳上他的毛病。都城最划得來的地方。可供王侯的。肝和腰子。

扇子

（輕叩）一切都有個頭。歸我吧。現在。

布盧姆

（猶豫不定）一切現在？我不該撒手我的驅邪寶的。雨，下露時分在海邊岩石上受寒，我這樣

217「眼中有睡意」為上文（本章注57八四九頁）提到的小說《穿裘皮大衣的維納斯》中受虐狂男人常有的神態。

218據《舊約・列王記上》第一章，大衛王年邁時嫌冷，臣僕們找來書唸（舊譯「書念」）地方美女陪王睡覺取暖。

的年齡還鬧這樣的笑話。每一種現象都有自然的根源。

扇子

（緩緩地指向下面）你可以。

布盧姆

（眼光向下，看到她的靴帶散了）人家看著我們呢。

扇子

（迅速地指向下面）你必須。

布盧姆

（既有意，又猶疑）我會打結，準保不散。我在凱利特公司學徒和幹郵購業務的時候學的。熟手。每一個結子，都有段故事。我來吧。效勞。今天我已經跪過一次了。阿唷！

（貝拉微微將裙服提起一點，站穩了身子，抬起一隻穿著半高統靴子的胖墩墩的蹄子，擱在一張椅子的邊緣上，腿肚子上鼓鼓地蒙著絲襪。年齡不小、腿腳不靈的布盧姆彎腰就著她的蹄子，手指輕柔地將她的靴帶抽出來穿進去。）

布盧姆

（疼愛地喃喃）我青年時期的愛情夢，便是在曼菲爾德鞋莊當店員給人試鞋，把小釦子一個個鉤上有多舒心，緞子襯裡的漂亮小山羊皮靴子繫上靴帶，密密層層地交叉著，一直繫到膝蓋，克萊德路那些太太小姐買的，小巧而又小巧，簡直叫人沒法相信。連他們的蠟製模特兒雷夢德，我也天天去看，去欣賞她的蛛網長統襪，她的大黃根似的腳趾，巴黎式樣的。

蹄子

聞一聞我的發熱的山羊皮吧。掂一掂我的華貴重量吧。

布盧姆

（收緊靴帶）太緊吧？

蹄子

你要是笨手笨腳的話，巧手安迪[219]，我就把你的球踢掉。

布盧姆

可別穿錯了眼兒，像我在義市舞會那天晚上那樣。運氣不好。給她鉤錯了一個搭釦……你剛提到的那一位。就在那天晚上，她遇見了……好了！

（他繫好靴帶。貝拉將腳放在地板上。布盧姆抬頭。她的粗重的臉，她的眼睛頂到他額間。他的眼神滯重起來，顏色加深，眼下出現了垂包，鼻頭變粗。）

布盧姆

（含含糊糊地）敬候下一步吩咐，紳士們，在下……

貝洛

---

219 安迪為愛爾蘭小說《巧手安迪》（一八四二）主人公，笨拙可笑，最後發現為貴族。

（用蛇怪目光盯住了他，發男中音）追逐恥辱的狗！

布盧姆

（神魂顛倒）女皇！

貝洛

（他那粗重的腮幫子往下墜著）崇拜姦婦屁股的角色！

布盧姆

（哀怨地）巨大！

貝洛

啃糞便的角色！

布盧姆

（關節肌腱半屈）大大的了不起！

貝洛

趴下！（他用扇子擊她的肩膀）腳向前傾身！左腳退一步！你將倒下。你已經在倒下。雙手向下趴著！

布盧姆

（她往上翻起眼睛表示愛慕，又閉眼吠叫）塊菌！

（她發出一聲尖銳刺耳的癲癇性叫喊，四腳著地趴了下去，喉嚨裡呼嚕呼嚕，鼻子裡吭哧吭哧，在他的腳邊拱著；然後她躺了下去，緊閉著眼睛裝死，眼皮卻是抖動的，以最高級大師的姿態躬在地上。）

貝洛

（頭髮剪短，兩腮發紫，嘴唇周圍刮光了的皮膚上顯出一圈厚厚的鬚根，腿上是登山運動員的綁腿，身上是銀釦子的綠上衣、獵裝短裙、插著蘇格蘭雷鳥羽毛的阿爾卑斯帽。他的雙手深深地插在褲子口袋裡，將靴子後跟放在她的脖子上，使勁往肉裡擰）腳凳！嘗嘗我的全部重量吧。奴才，看看你主子的光榮的腳後跟傲然挺立，是多麼的輝煌，還不快向寶座鞠躬！

布盧姆

（被征服，發哈哈叫聲）我保證絕不違抗。

貝洛

（哈哈大笑）好傢伙！你還不知道有什麼好事在等著你呢。我就是來要掐你的小命根子、來收拾你的韃靼人！我願意賭請全體在座的肯塔基雞尾酒，我一定叫你羞愧難當，從此再也不敢，老小子！你有膽量的話，我讓你頂撞頂撞試試。你要是敢，想想回頭穿運動衣用靴子後跟給你什麼樣的懲罰，你發抖吧。

（布盧姆鑽到長沙發下面，隔著沙發罩邊緣向外窺視。）

佐伊

（撐開襯裙擋住她）她不在這兒。

布盧姆

（閉眼）她不在這兒。

弗洛麗

（用自己的袍裙遮住她）她不是有意的，貝洛先生。她以後聽話，先生。

基蒂

您對她別太厲害了，貝洛先生。你總不至於吧，太太先生。

貝洛

（甘言誘勸）出來吧，好心肝兒呀，我要和你說一句話，寶貝兒，不過是糾正一下罷了。不過是稍微談一下心吧，我的心尖兒。（布盧姆怯怯地探出頭來）這才是好閨女咯。（貝洛一把抓住她的頭髮，猛勁兒把她拽出）我不過是要為了你的好，找一塊又柔軟又安全的地方教育教育你。後邊那塊嫩肉怎麼樣？呃，輕而又輕的，小寶貝兒。開始準備吧。

布盧姆

（暈厥）別拉我的……

貝洛

（惡狠狠地）我要你聽著笛子的演奏，像昔日的努比亞奴隸一樣[220]，乖乖地接受鼻環、鉗子、棍棒、掛鉤、刑鞭。這回你可跑不了啦！我要教你這一輩子也忘不了我。（他前額的青筋鼓了起來，臉上充血）每天早晨，我吃完一頓麥特遜食品店的油煎肥火腿片的特美早餐，喝掉一瓶吉尼斯黑啤酒，我一定坐一坐你的軟墊鞍子。（他打一個嗝）我要一邊抽著我的上好交易所雪茄，一邊看《有照食品供應商報》。很可能我會叫人把你拖進馬廄宰了，用烤肉籤子插上，抹上油料像烤小豬那樣烤好，就著烤盤裡的脆渣兒，配上米飯加檸檬或是醋栗醬，美美地吃一片你的肉。那時你就知道疼了。（他擰她的胳臂。布盧姆尖叫著翻過身去。）

布盧姆

別這麼狠，護士！別！

貝洛

（又擰）再來一個！

布盧姆

（大叫）啊唷，簡直是下地獄了！我身上的每一根神經都疼得發瘋了！

貝洛

（吼叫）好，我的挨了屁股跳的將軍！這是我這六個星期來聽到的最佳新聞。好了，別叫我老等了，這你混蛋！（他摑她耳光）

布盧姆

（哀訴）你是有意打我。我要告訴……

---

220 努比亞為埃及與蘇丹之間地區，曾為奴隸販賣中心。

貝洛

姑娘們，把他按倒，我要坐在他身上。

佐伊

對，在他身上走！我來。

弗洛麗

我來。你別搶。

基蒂

不，讓我。把他借給我用用。

（妓院的廚娘基奧太太出現在門口。她滿臉皺紋，臉上有灰白鬍子，圍一條油汙的圍裙，穿男人的灰色、綠色的短襪和粗皮鞋，身上沾滿麵粉，皮膚紅通通的胳臂和手上抱著一根沾滿生麵的擀麵杖。）

基奧太太

（凶惡地）用得著我嗎？

（她們按住布盧姆，捆住他的手。）

貝洛

（噴著雪茄菸哼了一聲，一屁股坐在布盧姆朝天仰著的臉上，一面還撫摸著自己的胖腿）嗯，基廷·克萊當選了里奇蒙德瘋人院的副董事長，還有，吉尼斯的優先股價十六又四分之三。

我是個大傻瓜，沒有賣克雷格—加德納公司告訴我的那份地產。運氣壞透了，該詛咒的。還有那匹該死的冷門扔扔，爆了個一賠二十。（他恨恨地將雪茄塞在布盧姆的耳朵上掐滅）該死的挨咒的菸灰缸子哪兒去了。

布盧姆

（受戳，被屁股壓得喘不過氣來）啊唷！啊唷！惡魔！狠毒！

貝洛

每隔十分鐘要一次吧。求吧。拚你的命祈禱吧。（他伸出一個拇指探頭的拳頭，一枝臭雪茄）喏，你吻吧。兩樣。都吻吧。（他跨過一腿改為騎馬姿勢，兩膝用力一夾，厲聲喝道）駕！起！高頭大馬騎得好，班布里街逛一遭[221]。我要騎著他去參加日蝕有獎賽馬。（他側身彎腰，粗暴地擠壓他胯下坐椅的睾丸，同時吼叫）駕！快走！我會像像樣樣地照顧你的。（他顛著顛著騎馬馬，縱馬奔騰，奔騰）夫人騎馬一步又一步，車夫趕馬一跳又一跳，紳士騎馬蹦了又蹦，蹦了又蹦，蹦了又蹦[222]。

弗洛麗

（拉貝洛）該讓我騎他了。你騎夠啦。我說得比你還早呢。

佐伊

---

221 典出小兒騎大人膝頭或木馬所唱童謠。

222 典出與上類似童謠「夫人騎馬這麼騎」。

（拉住弗洛麗）我。我。你還沒有騎完嗎，吸血鬼？

布盧姆

（窒息）我不行了。

貝洛

哼，我還沒有完呢。等一下，（他憋住了呼吸）該咒的。這兒呢。後門快爆炸了。（他拔掉自己後面的塞子，然後臉上作出怪相，放了一個大屁）給你的！（他重新塞住自己）是呀，這傢伙，十六又四分之三。

布盧姆

（出了一身汗）不是男人。（他嗅）女人。

貝洛

（起立）再也不用反覆無常了。你的追求已經實現了。從今以後你已失去男性，而真正成了我的所有，已經套上了軛。現在穿上你的受罰裙衫吧。你得脫掉你的男服，紅寶・科恩，你懂了吧？穿上那身閃光絲綢，悉悉嗦嗦多闊氣，從頭上肩膀上套下去。快著！

布盧姆

（退縮）絲綢，太太說！唷，蹭在身上沙沙響的！我得用指甲尖刮它嗎？

貝洛

（指著他手下的妓女們）她們的現在，就是你的將來，戴上假髮，燎去寒毛，噴上香水，撲上米粉，刮乾淨腋窩。要用皮尺貼肉量你的尺寸。你身上要用帶子狠狠地束緊，好穿上老虎鉗一般的軟灰帆布緊身胸衣，用鯨骨片連在鑽石鑲邊的骨盆架上，那是絕對的外緣，你那個比不紮東西的時候謹慎豐滿的身材，就要受緊如網子的裙衫的羈束，配上漂亮的二兩重的襯裙，流蘇領邊等等，當然都印著我這院子的旗幟，專為阿麗思創造的可愛內衣，阿麗思用的好香水。這抽緊的勁兒是阿麗思會感覺的。瑪莎和瑪利穿這麼精緻的下身，開始會有一點涼，但是你露著膝蓋，周圍那些纖細的花邊飾帶會使你想起……

布盧姆

（專演俏皮女角的漂亮女演員，臉上花裡胡稍，頭髮是芥末色的，一雙男人的大手和大鼻子，嘴邊帶著淫笑。）我只有兩次試穿她的衣服，在霍利斯街的時候，開個小小的玩笑。我們手頭緊的時候我給她洗衣服，省洗衣費。我還翻自己的襯衫呢。完全是為了節約。

貝洛

（譏笑）幹點小活，討媽媽的歡心，嗯？你還放下窗簾，戴著你的化裝舞會面具，對著鏡子露出你的大腿和公山羊奶頭賣弄風情，作出各種委身的姿勢，嗯？呵？呵？我簡直忍不住要笑！謝爾本飯店那位米麗亞姆・丹德雷德太太賣給你的二手貨歌劇上衣黑襯裙，還有短褲腿的襯褲，全都是她最後一次強姦的時候炸了線的，嗯？

布盧姆

米麗亞姆。黑的。半開門的。

貝洛

（**縱聲大笑**）萬能的基督呀，太逗了，這事兒！你那樣子可真是一位標緻的米麗亞姆了，剪掉了後門的毛，穿著那玩意兒橫躺在床上暈死過去，就像丹德雷德太太遇到斯邁塞——斯邁塞中尉、國會議員菲科普、奧古斯塔斯・布洛克威先生、健壯的男高音西尼奥拉西・達萊莫、電梯工人藍眼睛伯特、戈登・貝內特大賽出了名的亨利・弗臘里、四分之一黑人血統的大富豪謝里登、老三一的大學八人划船隊隊員、她那頭壯極了的紐芬蘭狗龐托，以及漢密爾頓莊鮑勃斯公爵未亡人等等快受暴力的樣子。（**他又大笑**）基督呀，這還不會把暹邏貓都逗得發笑嗎？

布盧姆

（**指手劃腳，眼睛鼻子一起動**）都是杰拉爾德，他把我弄成一個緊身胸衣愛好者，我那時在高中演話劇「彼此彼此」，去了女角。都是親愛的杰拉爾德。他見到姊姊的束胸衣動了心，得了那種怪癖。現在，最親愛的杰拉爾德就擦粉紅色調的油彩，眼皮描成金色。美的崇拜。

貝洛

（**不懷好意地獰笑**）美！讓咱們喘口氣吧！，當你撩起你那些連片波浪似的裙邊，裝出女人的小心翼翼模樣，坐到那只已經磨光的寶座上去的時候。

布盧姆

科學，比較一下我們各人享受的種種不同快樂。（**認真地**）而且，那種坐法真是比較好……因為過去我常常弄溼……

貝洛

（嚴厲地）不許頂撞！屋角裡有一堆鋸末給你用。我給了你嚴格的指示沒有？要站著來，先生！我得教教你，怎麼樣才像個有水分的人！要是我發現你的包布上有一點痕跡的話。啊哈！憑著竇冉的驢子[223]，你會發現我是紀律嚴格的。你歷史上的罪孽，都站出來告你了。好多。好幾百。

歷史上的種種罪孽

（七嘴八舌）他至少有一次，在黑教堂後邊陰處，和一個女人偷偷摸摸發生了某種形式的婚姻關係。他在電話亭裡對著電話大作不堪入目的醜樣，給道里爾街的鄧恩小姐打假想電話，說了一些不堪入耳的話。他既有言，又有行，公然鼓勵一名夜娼到一所空房子外面的不衛生的茅房內排泄糞便及其他物質。他在五個公共方便處用鉛筆寫字，表示願將他的婚侶提供給一切陽壯的男性。他一夜又一夜地到那個氣味難聞的硫酸廠旁邊，走近正在幽會的情侶，想去看看能不能看到一些，看到什麼，看到多少，有沒有這事？一名骯髒的婊子在薑汁蛋糕和一張郵政匯票的影響下，給了他一張用完了的便紙，這頭粗野不堪的公豬就躺在床上欣賞那張令人噁心的東西，有沒有這事？

貝洛

（大聲吹口哨）你說！在你這罪惡的一生，最醜惡可憎的醜行是什麼？不要藏頭露尾了。全倒

223 「竇冉的驢子」為一愛爾蘭民謠，敘述一人酒醉後將驢當愛人。

出來。總算老實一回吧。

（一群啞口無言人模狗樣的怪臉擁上前來，邪笑著，忽隱忽現的，作著手勢，有布盧呼姆、波爾迪・科克、鞋帶一便士、卡西迪酒店老嫗、青年盲人、拉里犀牛、女孩、婦人、娼妓、另一個、胡同那。）

布盧姆

你別問我！咱們共同的信仰。愉悅路。我只想到一半……我起誓，神聖的誓言……

貝洛

（不容分辯）回答我。討人嫌的畜生！我一定要知道。說給我聽著開開心，色情的，或是來它個夠意思的鬼故事，或是來一行詩，快，快，快！什麼地方！什麼過程？什麼時間？多少人？我只給你三秒鐘。一！二！斯……

布盧姆

（順從，含糊地咕嚕）我討討討扁鼻頭的討討討討人嫌……

貝洛

（威嚴地）嗨，滾蛋，你這臭鼬！閉上你的嘴！等人問你再開口。

布盧姆

（鞠躬）主人！女主人！馴男手！

（他舉起雙臂。臂上鬆動的手鐲落下。）

貝洛

（譏諷）白天，你要把我們有臭味的內衣浸溼、捶打，我們女士們身體不舒服的時候也是要，還要刷洗我們的廁所，你要把裙子用別針別起來，尾巴上紮一塊洗碗布。那有多妙？（他將一枚**紅寶石戒指套在她的手指上**）這就行了！我給你這枚戒指，你就歸我所有了。說謝謝你，女主人。

布盧姆

謝謝你，女主人。

貝洛

你要整理所有的床，準備我的浴缸，把每間房裡的尿盆都倒乾淨，包括廚娘基奧太太那只沙土色的尿盆。對，還得把七個尿盆都沖洗得乾乾淨淨的，明白嗎？要不叫你用舌頭舔光，像舔香檳一樣。趁著滾燙，就勁兒喝下去。跳！你得跳舞般地一步不差地伺候，要不我得好好教訓你犯的錯，紅寶小姐，還得用頭髮刷子狠狠地揍你的光屁股，小姐。得給你上課，讓你懂得你是怎麼做錯的。到了晚上，你手上抹了香脂，戴上手鐲，還要套上四十三個紐釦的長手套，新灑了滑石粉，指尖上帶幽香的。為了得到這樣的垂青，古代的騎士們可以拋頭顱，灑熱血。（嘿嘿一笑）我的小夥子們看到你這樣華貴，尤其是上校，一定迷得不知天南地北了，他們總是在婚禮前夜到這裡來和我的穿鍍金高跟鞋的新星親熱的。我自己得先幹你一下。我認識一位賽馬場上的人，名字叫查爾斯・艾伯塔・馬什（剛才我還在和他睡覺呢，還有一位大法官祕書處來的紳士），他正想在拍賣場撿便宜，找一個雜活女僕。把胸脯挺出來。面帶微笑。肩膀放低。出什麼價？（他指著）這一件。由主人訓練好的，會銜著籃子送東西的。（他捋起袖子露出手臂，插進布盧姆的陰戶，一直沒到肘部）好深，夠用的！怎麼樣，小夥子們？來硬朗的了吧？（他把手臂伸到一個出價人的臉上）喏，弄溼臺子，全擦了！

一出價人

兩先令。

（狄龍拍賣行打雜工人搖手鈴。）

打雜工人

嘭啷！

一人聲

多付了一先令八便士。查爾斯・艾伯塔・馬什一定是處女。嘴裡的氣味好。乾淨。

貝洛

（輕叩小木棰）兩鎊。最低數字，這價錢可是太值了。十四手高[224]。摸一摸，檢查一下她他的尖端部位。試她他一試。這絨毛覆蓋的皮，這柔軟的肌腱，這嫩肉，我要是帶著我的金刺針就好了。而且很容易擠奶。每天三加侖新奶。多產的好牲口，一小時之內就要下仔了。他的父獸的產奶紀錄是四十個星期一千加侖全脂奶。哈，我的寶貝！抬起爪子來求！啊！（他用烙鐵在布盧姆的臀部上燒上自己的字號「科一」）好了！保證是正牌的科恩貨色！紳士們，兩鎊有添的嗎？

一面色黑黝男人
（用偽裝的口音）鴨百銀蚌。
眾人語聲
（壓低聲音）是為哈里發買的。哈侖・阿爾・拉希德[225]。
貝洛
（興高采烈）對。讓他們都來吧。小得出奇、短得大膽的裙子，在膝蓋邊翹起一點，露出那麼一點點白女褲，是一種強有力的武器。還有透明的長統襪子，配上翠色的吊襪帶，褲子後面筆直的一條長接縫，一直伸到膝部以上，最能觸動玩膩了社交場的男人的良好本能。要學會穿路易十五式的四吋高跟鞋，走細小而平穩的步子，那種突出臀部的希臘式曲身姿勢，那種大腿流亮兩膝相吻的樣子。用出你的全部魅力來對待他們吧。就要迎合他們的峨摩拉惡習[226]。
布盧姆
（垂下羞紅的臉，藏進自己的腋下，嘴含食指痴笑）唷，現在我知道你在暗示什麼了。
貝洛

224　「手」合四英寸，用於量馬高度。
225　「哈里發」為中古時期伊斯蘭教的政教合一領袖；拉希德（參見第三章注83—三一頁）為一著名哈里發，常微服私訪。
226　峨摩拉為《聖經・創世紀》所載被上帝毀滅的城市之一，聖經中僅說該地人民有罪，並未具體說明罪行內容，一般解釋為包括雞姦在內的不正常性行為。

你這麼一個不中用的傢伙，除此之外你還有什麼本事？（他彎下腰去察看，粗魯地用手中的扇子捅布盧姆胯下的肥肉褶子）起！起！馬恩島的無尾貓！這是什麼玩意兒呀！你的拳曲茶壺到哪兒去了？要不然是誰給你剪掉了頭嗎，你那小雞雞？唱呀，小鳥兒，唱呀。軟綿綿的，就和六歲大的小子躲在大車後面溺尿一樣。要不買一個桶，要不把你的泵賣了。（大聲）你辦得了男人的事兒嗎？

布盧姆

埃克爾斯街……

貝洛

（諷刺）我說什麼也不想刺傷你的感情，可是那兒現在當家的是一條壯漢。局勢已經變了，我的快樂的小夥子！他可不含糊，是一個長足了的野男人。你這個笨蛋，你要是也有那麼一根布滿癤瘤疙瘩和疣子的武器，那就不一樣了。他可是插上銷子了，我告訴你！腳對腳，膝對膝，肚皮對肚皮，乳房對胸脯！他可不是個閹人。他那後邊直挺挺地立著一大堆紅毛，像一棵荊豆樹！你等九個月看吧，我的小子，神聖的老薑呀，它已經在她腸子裡亂踢亂動，喘氣咳嗽了！你氣瘋了，是不是，觸到疼處了吧？（他鄙視地啐了一口）痰盂！

布盧姆

我受了欺凌，我……告警察。一百鎊。不堪入耳。我……

貝洛

你要是辦得到，你早就辦了，你這隻跛腳鴨子。我們要的是傾盆大雨，不是你的毛毛雨。

布盧姆

要逼得我發瘋！莫爾！我忘了！寬恕吧！莫爾……到底……

貝洛

（毫不留情）不，利奧波爾德・布盧姆，自從你在睡谷橫倒，一覺睡了二十年，一切都根據女人的意志改變了。你回去看吧。

（睡谷老人的呼聲從荒野傳來）

睡谷

瑞普・凡・溫克！瑞普・凡・溫克爾！

布盧姆

（腳穿破爛的印第安人鹿皮鞋，手持生鏽的獵槍，踮手踮腳地將憔悴消瘦鬍子拉渣的臉，湊近鑽石形的窗櫺子往裡窺視，失聲叫喊起來）我看見她了！是她！馬特・狄龍家的第一個晚上！但是那條連衣裙，綠的！而且她的頭髮是染了金色的，還有他……

貝洛

（發出嘲弄的笑聲）你這頭貓頭鷹，這是你的女兒，和她一起的是馬林加的大學生。

（金髮的米莉・布盧姆身穿綠色馬甲，腳蹬靈巧涼鞋，藍色的圍巾在海風中直打旋兒，她從情人懷抱中掙脫出來，睜大了驚訝的年輕的眼睛叫起來。）

米莉

我的天呀！是阿爸！可是，阿爸呀，你怎麼變得這麼老了？

貝洛

變了，嗯？咱們的雜物櫃、咱們的從不寫字的寫字臺、赫加蒂姨婆的扶手椅、咱們的那些古典名畫的高級複製品。現在是一個男的帶著他的男朋友們住在那裡過舒心日子了。杜鵑鳥窩！有什麼不好？你盯過多少女人，嗯，大平足，在瞎燈死火的街上跟在後面，一面還發出壓抑的哼哼聲去刺激她們，是不是，你這個男妓？清清白白的太太們，提著食品雜貨店採購的包裹。翻個個兒嘛。設身處地想一想，你就明白咯。

布盧姆

她們……我……

貝洛

（尖刻地）他們的鞋跟，將要踐踏你在雷恩拍賣行買的小布魯塞爾地毯。你冒雨為藝術而藝術帶回家的小雕像，在他們和莫爾打鬧的時候，在他們伸手到她的褲子裡頭亂翻亂摸找那雄跳蚤的時候，就會把它弄得不成樣子了。他們會侵犯你那底層抽屜裡頭的祕密。他們會從你的天文學筆記簿上撕下紙來，捻紙捻子捅他們的菸斗。他們還會隨地吐痰，吐在你花十先令從漢普頓・利德姆公司買來的黃銅爐擋上頭。

布盧姆

十先令六。一些下流壞蛋的行動。讓我走吧。我要回去。我要證明……

一人聲

起誓！

（布盧姆緊握雙拳，用牙咬著一把單刀獵刀匍匐前進。）

貝洛

是當一位交費的客人，還是當一個被人養的漢子？太晚了。你已經鋪好了你那張次好的床，別人必須睡進去了。你的墓誌銘已經寫好。你已經完蛋了，沒戲了，你別忘記，老豆子。

布盧姆

公道呢？全愛爾蘭對付一個人！難道沒有人……？（他咬大拇指）

貝洛

你要是還要一點點臉皮，還有一點點廉恥，你就去死，去下地獄吧。我可以給你喝一種稀罕的老陳酒，可以讓你輕輕鬆鬆下地獄走一趟來回的。寫遺囑吧，有多少現金就全留給我們！要是你沒有，你可絕不能含糊，你得設法去弄，去偷，去搶！我們會把你埋在我們的樹叢茅房裡，叫你死了還是一身髒，和我嫁的那個前房姪子老古克・科恩一起，那個周身痛風、脖子痛痙的背時老王八、老雞姦犯，還有我另外那十來個丈夫，管他們叫什麼名字的，全都悶死在同一隻糞坑裡。（他爆發出一陣帶痰的大笑）我們會把你漚成肥料的，弗臘爾先生！（他用尖細的嗓音譏笑）拜拜，波爾迪！拜拜，阿爸！

布盧姆

（捧住自己的腦袋）我的意志力呢？記憶力呢？我有罪！我有罪……（他作無淚的哭泣）

貝洛

（嗤笑）哭拉狗！鱷魚眼淚！

（筋疲力盡的布盧姆，臉上嚴嚴地蒙著獻祭用的面紗，趴在地上啜泣。喪鐘響了。哭牆旁邊[227]，站著一些身圍黑巾披麻撒灰的割禮過來人：邁・舒洛莫維茨、約瑟夫・戈德華特、摩西・赫佐格、哈里斯・羅森堡、M・莫伊塞爾、J・項緣、米尼・沃契曼、P・馬司田斯基、可敬的讀經師利奧波爾德・阿布拉莫維茨。他們搖擺著手臂，為走入歧途的布盧姆拖長聲音號哭。）

割禮過來人

（一邊往他身上扔死海果[228]，不扔花朵，一邊用深沉的喉音誦唱）Shema Israel Adonai Elohenu Adonai Echad.[229]

眾語聲

（嘆息）他就這樣走了。唉，是的。真的，真走了。布盧姆嗎？從沒有聽見過。沒有聽見過這人？一個怪人。那一位是他的遺孀。是嗎？是的，沒有錯。

（殉夫自焚柴堆上，生起了膠性樟腦樹木的火焰。香煙繚繞，形成一層覆蓋地面的氤氳而後散開。一位仙女從她的橡木鏡框裡下來，身穿輕柔的茶色藝術彩色衣服，披散著頭髮走出她的岩洞，穿過樹冠交錯的紫杉林，在臥地的布盧姆身前站住。）

紫杉林木

（樹葉切切私語）姊妹。咱們的姊妹。噓！

仙女

（柔聲）凡夫！（仁慈地）否，不須哭泣。

布盧姆

（膠凍似的在樹下往前爬行，身上覆蓋著一條條的陽光，莊嚴地）這地步。我感到這是符合人們對我的估計的。習慣勢力。

仙女

凡夫！你找到我的時候，我正受邪氣的包圍：跳踢腿舞的、上海濱享受野餐的、拳擊家、走紅的將軍們、衣褲緊貼皮肉敗壞道德的啞劇演員和標緻的扭擺舞女、本世紀最紅的音樂劇《曙光與卡里尼》。我被塞在帶石油氣味的廉價粉紅紙張中間。周圍盡是俱樂部男人們的陳舊的黃色新聞、一些刺激毛頭小夥子的故事、透明衣料廣告、精確整形骰子廣告、胸墊廣告、專利品廣告，以及

---

227 「哭牆」為耶撒冷古神殿遺跡，猶太教視為哀悼祈禱聖地，但二十世紀初年耶城仍屬土耳其統治，猶太人被禁止在此作宗教集會。

228 「死海果」為死海岸邊蘋果，色豔而味苦。

229 希伯來語（猶太教日常祈禱詞，亦作臨終祈禱用）：「聽著，以色列，主——我們的上帝——是唯一的主。」

為何使用托帶，由患疝氣紳士作證。已婚者有用知識點滴。

布盧姆

（甲魚抬頭，望她的裙襬）咱們見過面。在另一星球上。

仙女

（悲哀地）橡膠產品。永不開裂名牌，供應貴族使用。男用束胸衣。包治癲癇，不靈退款。沃爾德教授奇效碩胸法受益者自發致謝。葛斯・羅伯太太報告：我的胸圍三星期擴大四吋，有照片為證。

布盧姆

你說的是《攝影集錦》嗎？

仙女

正是。你把我揹走，鑲上橡木框金箔邊，掛在你們夫婦的床頭。有一個夏夜，你趁著沒人看見，吻了我的四個地方。你還用脈脈含情的鉛筆描黑了我的眼睛、我的胸脯和我的羞處。

布盧姆

（恭順地吻她的長髮）美麗的神仙，你有古典的曲線，我喜歡看你，讚美你是一個美的事物，幾乎要祈禱。

仙女

我在黑夜中聽到了你的讚美聲。

布盧姆

（迅速地）是的，是的。你是說我……睡眠可以暴露每一個人的最惡劣的一面，也許兒童是例外。我知道，我曾經從床上摔下來，或者實際上是被人推下來的。據說鋼花酒能治打鼾。除此之外，還有英國的那種發明，前些日子我才收到它的小冊子，地址寫錯了。它自稱找到一個沒有聲音，不討人嫌的排放途徑。（他嘆氣）總是這樣的。脆弱呵，你的名字叫婚姻。

仙女

（手指塞住雙耳）還有一些話。我的字典裡沒有的。

布盧姆

你聽懂了嗎？

紫杉林木

噓！

仙女

（雙手掩面）在那間臥室裡，我有什麼沒有見到呀？我的眼睛不能不看到的，是什麼樣的景象呀？

布盧姆

（抱歉地）我知道。弄髒了的床單，仔細翻過來用的。銅圈鬆了。從直布羅陀來的，很久以前，很遠的海路。

仙女

（低頭）更糟！更糟！

布盧姆

（有所戒備地回憶）那個古老的便盆架。不能怪她的體重。她只稱了十一斯通另九磅。斷奶之後她增加了九磅。有一個裂縫，並且缺膠。嗯？還有那只可笑的只有一個把的器皿，帶桔黃色圖案的。

（傳來了亮晶晶分層下降的瀑布聲）

瀑布

波拉伏卡，波拉伏卡

波拉伏卡，波拉伏卡。[230]

紫杉林木

（樹枝相交）聽著。悄悄地說。她說得對，咱們的姊妹。咱們是在波拉伏卡瀑布邊生長的。在懶洋洋的夏日，咱們供人樹蔭。

約翰・懷士・諾蘭

（在遠處，穿愛爾蘭全國護林協會制服，取下頭上那頂帶羽飾的帽子）茁壯生長吧！愛爾蘭的樹木呀，在懶洋洋的日子供人樹蔭吧。

紫杉林木

（喃喃而語）是誰在高中郊遊的時候到波拉伏卡來了？是誰離開了採集堅果的同學們，來找我們的樹蔭了？

布盧姆

（害怕了）波拉高中？記憶？官能不完全起作用。震盪。電車撞著了。

回音

瞎說了！

布盧姆

（雞胸，墊高了的瓶子肩，穿一套不像樣子的灰、黑色條紋少年服，已經太小不合身了，腳上是白網球鞋，鑲邊翻過來的長襪子，頭戴帶校徽的紅色學生帽）我那時才十幾歲，情竇初開。略略有一點什麼就足以起作用：顛簸的車子啦，女存衣間和廁所裡的混雜氣味啦，老皇家劇院樓上擠得緊緊的人群啦（因為人們喜歡擁擠，都有隨群的天性，那幽暗的充斥著男女混雜氣味的劇院正是邪念滋生之地），甚至是一張女襪的價格表。天氣也熱。那年的夏天有太陽黑子活動。學期末了。還有酒味蛋糕。翠鳥時日。

（翠鳥時日是一批穿藍白色足球衫和短褲的高中男生，有唐納德·特恩布爾君、亞伯拉罕·查特頓君、歐文·戈德堡君、杰克·梅瑞狄斯君、珀西·阿普瓊君，都站在林中一塊空

230 「波拉伏卡」為都柏林西南利菲河上一風景區瀑布名。

地，向利奧波爾德·布盧姆君叫喊。）

翠鳥時日

鯖魚！再來和我們生活一遍吧！萬歲！（他們歡呼）

布盧姆

（笨手笨腳，戴厚手套、媽媽的暖手筒，一身都是挨了雪球留下的星星點點，掙扎著爬起來）再來一遍！我感到自己是十六歲！多妙呀！咱們去把蒙塔古街上所有的鐘都敲響吧。（他作無力的歡呼）萬歲，高中啊！

回音

糊塗蟲呵！

紫杉林木

（窸窸嗦嗦地）她說得對，咱們的姊妹。悄悄的。（悄悄的吻聲在樹林中到處都聽到了。樹幹中、樹葉間露出了林木精靈們的臉，綻開了花朵。）是誰玷汙了我們的沉靜的林蔭？

仙女

（嬌羞地，隔著逐漸伸開的指縫）在那兒嗎？光天化日的？

紫杉林木

（向下擺動）妹妹，是的。而且是在咱們的處女草皮上。

瀑布

波拉伏卡，波拉伏卡
伏卡伏卡，伏卡伏卡。

仙女

（張開手指）啊唷，太不成話！

布盧姆

我早熟。青春。法烏娜[231]。我向森林之神作了祭獻。春天盛開的花朵。正是交配季節。毛細管引力是一種自然現象。洛蒂•克拉克，亞麻色頭髮的，我用可憐的爸爸的觀劇望遠鏡，透過沒有拉嚴的窗簾看見了她上廁所；心野就亂吃草。她在里亞爾托橋邊山坡上翻滾下來，用她的動物活力誘惑我。她爬上了他們的歪樹，我。就是聖徒也沒法抵擋這樣的誘惑。我著了魔。而且，有誰見著了？

（一頭站不穩的白腦袋小牛犢，從樹葉叢中伸出牠那正在反芻的頭部，鼻孔溼漉漉的。）

站不穩的小牛犢

（大眼睛中流著大滴的眼淚，抽著鼻子）我。我見著了。

布盧姆

231　法烏娜為羅馬神話中守護農林畜牧的女神。

單純是滿足一種需要，我……（流露真情）我去交女朋友，沒有姑娘願意。太醜。她們不願意和我……

（豪斯峰的高處，一頭母山羊從杜鵑叢中走過，乳房肥碩，尾巴粗短，一邊走一邊掉葡萄乾糞粒。）

母山羊

（咩咩叫）咩格蓋格蓋！男男男女！

布盧姆

（沒戴帽子，滿臉通紅，一身都是薊草冠毛和荊豆刺）正式訂婚的。事過境遷。（他往下盯住水面看）每秒倒栽蔥三十二。新聞界噩夢。暈頭轉向的以利亞。自懸崖摔下。政府印刷廠職員悲慘下場。

（在靜謐的銀色夏空中，布盧姆的模型捲成一個木乃伊，從獅子頭懸崖頂上掉下，翻滾墜入山下等待著他的紫色波浪中。）

模型木乃伊

布布布布布盧盧盧盧盧布盧布盧布盧布老布契！

（遠處，在海灣水面上，愛琳之王號正在貝利和基什兩個燈塔之間航行，煙筒中冒出一股下細上粗的煤煙向陸地飄來。）

市政委員南內蒂

（獨自立在甲板上，黃鳶臉，身穿深色羊駝絨，一隻手插在坎肩口袋中張著手掌，朗朗而言）等到我的祖國在世界列國之林取得了自己的地位，到那時，只有到那時，我才要人為我寫墓誌銘。我的話……

布盧姆

完了。普爾弗弗。

仙女

（高傲地）我們當神仙的，你今天自己看到了，身上是沒有那麼一個地方的，那裡也不長毛。我們冷如石頭而且純潔。我們吃的是電燈光。（她將身子彎成挑逗性的曲線，同時將一根食指塞進嘴裡）你對我說話了。聽見從背後來的。那你怎麼還能……？

布盧姆

（低聲下氣地摸著石南叢）嘿，我簡直是不折不扣的一頭豬。我還灌了腸呢。三分之一品脫的苦木水，加上一大湯匙的岩鹽。從肛門灌上去。漢密爾頓・朗氏公司的注射器，婦女之友。

仙女

就當著我的面。粉撲。（她脹紅了臉，行了一個屈膝禮）還有別的呢！

布盧姆

（沮喪）是的。Peccavi！[232]我在那活祭壇上，在那背脊改變名稱的地方，作了禮拜。（突然熱烈

232 拉丁文：「我有罪！」

起來）因為，那嬌美芳香佩戴寶石的手，那統治著世界的……憑什麼……

（人影幢幢，以緩慢的林地隊形繞著樹幹蜿蜒而行，同時在輕柔交談。）

基蒂的聲音

（在灌木叢中）把軟墊子給咱們一個。

弗洛的聲音

給你。

（林下茂密處有一隻松雞在笨拙地撲翅穿行。）

林奇的聲音

（在灌木叢中）嗬！滾燙的！

佐伊的聲音

（在灌木叢中）就是滾燙的地方來的。

費拉格的聲音

（披盔掛甲的鳥首領身上掛著藍布條，插著羽毛，手上拿著標槍，踩著滿地都是吱嗝作響的山毛櫸實和橡實的一片藤叢，大步走來）滾燙的！滾燙的！提防坐牛！[233]

布盧姆

我心亂了。她的暖烘烘的身子，留下一片暖烘烘的壓痕。甚至是坐在女人坐過的地方，尤其如果她是岔開兩腿彷彿準備給人最後甜頭似的，特別是如果她早已撩起她的白緞子的上衣後片的話。

多麼富有女性呀，豐滿的。使我滿滿的豐滿。

瀑布

菲拉富拉，波拉伏卡。

波拉伏卡，波拉伏卡。

紫杉林木

噓！妹妹，說話！

仙女

（無眼，穿修女白衣，戴修女帽加巨翼頭巾，目光幽幽，柔聲地）特蘭奎拉修道院。阿笳沙修女。卡爾梅勒山。諾克和盧爾德顯靈。已經沒有欲望。（她低頭嘆息）僅有虛無縹緲。那夢幻似的奶油般的海鷗，招手在波浪渾濁的橋頭。

（布盧姆爬起一半身子。他的褲子後面的紐釦綳掉了。）

紐釦

綳！

（兩個空街的邋遢女人披著披肩飄飄然舞蹈而過，同時以平舌音大聲喊叫。）

邋遢女人

233「坐牛」為十九世紀北美抗拒白人占地的著名印第安部落首領。

啊呀呀，利奧波爾德他褲衩上丟了別針呀
他沒有法子呀，
頂住它，
頂住它。

布盧姆

（冷冷地）你把氣氛破壞了。這是最後的一根稻草[234]。如果僅有虛無縹緲，你們候補的和見習的修女從何而來呢？半推半就的，像驢溺尿。

紫杉林木

（樹上銀箔葉子紛紛墜落，搖晃著瘦骨嶙峋的衰老胳臂）凋落了！

仙女

（面容變硬，手在衣褶中摸索）褻瀆！企圖破壞我的貞操！（她的袍子上出現一大片溼跡）玷汙我的清白身子！你不配碰到一個純潔女人的衣服。（她又在袍子裡抓了一下）等著，撒旦，你再也唱不了情歌了。阿們。阿們。阿們。阿們。（她抽出一把匕首，身穿九騎士團精選騎士的緊身鎖子甲[235]，刺向他的生殖器官）Nekum!

布盧姆

（驚起。攫住她的手）嗨！Nebrakada![236]九條命的貓！要公平合理，小姐。不能用修枝刀呀。狐狸嫌葡萄酸，是吧？你有了帶刺鐵絲網，還缺什麼呢？十字架像不夠粗嗎？（他一把抓住她的面紗）你是想要一個聖潔的修道院長，或是跛腳園丁布羅菲，或是運水神的無嘴雕像，或是好庵主阿方薩斯，是吧，列那？[237]

仙女

（發一聲驚呼，棄面紗而遁，她的石膏身子綳開裂子，從裂縫中放出大股臭氣）警……

布盧姆

（對著她的背影大聲喊）難道你們自己沒有跑步去找嗎？用不著渾身亂扭，就已經遍體各種黏液了。我試過。你們的長處，正是我們的短處。我們得到了什麼配種費？你們願意付多少現金？你們在里維埃拉海濱花錢找舞男，我在報上看見的。（逃遁的仙女發出號哭聲）嗯？我已經過了十六年奴隸勞動的黑日子。有沒有一個陪審團願意在明天判給我五先令的贍養費呢，嗯？去騙別人吧，我可騙不了。（他嗅）發情了。蔥頭。陳腐的。硫磺。油膩。

（貝拉・科恩的身影站在他面前）

貝拉

下次你就認識我了。

---

234 典出諺語：「最後一根稻草壓斷駱駝的背脊。」
235 九騎士團」即「聖殿騎士團」，係十字軍時期十二世紀初由九名騎士發起保護朝聖者的武裝組織。
236 西班牙阿拉伯語：「上帝保佑。」（參見第十章注81四八五頁）。
237 列那為法國十二、三世紀寓言敘事詩〈列那的故事〉中的狐狸。

布盧姆

（鎮定，審視她）Passée[238]。老羊肉冒充嫩羔羊。牙齒長，毛太多。晚上臨睡來一頭生蔥頭，對你的皮膚有好處。還要作一作雙下巴鍛鍊。你兩眼無神，和剝製狐狸的玻璃眼睛一樣。尺寸和你相貌其餘部分相當，如此而已。我不是一支三葉螺旋槳。

貝拉

（輕蔑地）你這人沒勁，事實是。（她的母豬陰戶發出一聲嚎叫）弗布頓赫特！

布盧姆

（輕蔑地）先把你的無指甲中指弄弄乾淨吧，你那打手的冰涼精液還在你的雞冠上滴著呢。拿一把乾草自己擦一擦吧。

貝拉

我知道你，兜銷員！死鱈魚一條！

布盧姆

我看見他了，窯子掌櫃的！梅毒、淋病販子！

貝拉

（轉向鋼琴）剛才你們誰在彈〈掃羅〉的死亡進行曲？

佐伊

我。小心你的雞眼花。（她奔向鋼琴，交叉著兩臂猛擊出一些和音）貓走爐渣。（回頭看一眼）嗯？誰在和我的甜心做愛了？（她奔回桌子邊）你的就是我的，我的更是我自己的。

（基蒂不知所措，把銀紙沾在牙齒上。布盧姆走近佐伊。）

布盧姆

（和氣地）把馬鈴薯還我，好嗎？

佐伊

沒收了，一樣好東西，一樣特好的東西。

布盧姆

（帶感情）根本不值錢，但是是可憐的媽媽的遺物。

佐伊

給了人東西又想要
天主要問你在哪兒找
你說你根本不知道
天主要你下地牢。

布盧姆

它有紀念意義。我希望能保存。

238 法文：「盛年已過。」

斯蒂汾

保存還是不保存，那就是問題所在。

佐伊

給。（她揭起一層襯裙，露出她的大腿肉，把長襪筒上端捲著的馬鈴薯取下）藏東西的人，才會找東西。

貝拉

（皺眉頭）瞧。這兒不是看西洋景的地方。你還別砸壞了鋼琴。這兒是誰付款呀？

（她走向自動鋼琴。斯蒂汾在口袋裡摸了一陣，掏出一張鈔票，挾住一角遞給她。）

斯蒂汾

（以誇張的禮貌）這個絲錢包，我是用公眾的母豬耳朵製成的[239]。夫人，請原諒。如果您允許的話。（他模糊地指指林奇和布盧姆）我們買的是同一檔子彩票，啃奇和林奇。Dans ce bordel où tenons nostrétat.[240]

林奇

（從壁爐邊喊叫）代達勒斯！請你為我給她祝福。

斯蒂汾

（給貝拉一枚硬幣）金的。她有了。

貝拉

（看看錢，看看斯蒂汾，然後看看佐伊、弗洛麗和基蒂）你們是要三位姑娘嗎？這兒可是十先令的。

斯蒂汾

（喜歡）十萬分抱歉。（他又摸索一陣，取出兩枚克朗交給她）請准許我，brevi manu[241]，我的眼力有些不濟。

（貝拉走到桌子邊去數錢，斯蒂汾繼續自言自語說一些單音節字眼。佐伊彎腰看桌面。基蒂側身越過佐伊的脖子望著。林奇爬起來，拉正帽子，摟著基蒂的腰肢，也把腦袋湊過去。）

弗洛麗

（動作笨重地掙扎著坐起身來）啊唷！我的腳麻了（她瘸著走向桌子。布盧姆也走過去。）

貝拉、佐伊、基蒂、林奇、布盧姆

（嘰嘰喳喳，互相插嘴）那位紳士……十先令……付三位的錢……對不起，等一下……這位紳士單付……誰動錢？……阿唷！……你看你擠著誰了……你們是過夜還是玩短的？……誰……你是瞎說，對不起……那位紳士付錢痛快，就是紳士派頭……喝酒……十一點早過了。

239 典出諺語：「母豬的耳朵做不成絲錢包。」
240 法文：「這窯子就是我們設朝廷的地方」，典出十五世紀法國詩人維永（F.Villon）詩〈胖瑪閣特之歌〉。
241 意大利語：「人手不足」或「少給錢」。

斯蒂汾

（站在自動鋼琴邊，作厭惡手勢）不給酒！什麼，十一點？有個謎語！

佐伊

（撩起襯裙，將一枚半鎊金幣捲進襪筒上端）靠我仰天幹活，好不容易掙的。

林奇

（把基蒂從桌上抱起來）來吧！

基蒂

等一下。（她伸手抓住那兩枚克朗）

弗洛麗

我的呢？

林奇

呼啦！

（他把她舉起來，抱到長沙發那兒，往沙發上一扔。）

斯蒂汾

狐狸打鳴兒，公雞飛上天，

天上有鐘兒

敲響了十一點兒。

她那可憐的靈魂兒
該出天堂了。

布盧姆

（安靜地將一枚半鎊金幣放在桌上貝拉和弗洛麗之間的地方）這樣，請允許我。（他拾起那張一鎊的鈔票）三乘十。咱們的帳目清了。

貝拉

（表示佩服）你真不含糊，老公雞。我簡直想吻你。

佐伊

（指了一指）他嗎？深得像一口井。

（林奇把基蒂拉過去仰在長沙發上吻她。布盧姆拿那張一鎊的鈔票走到斯蒂汾面前）

布盧姆

這是你的。

斯蒂汾

怎麼一回事？Le distrait[242]或是心不在焉的乞討者。（他又在口袋裡摸索，掏出一把錢幣。一件東西掉下。）那東西掉了。

242 Le distrait（苦惱的人）為法國演出莎劇《哈姆雷特》時廣告中詞語，即指哈姆雷特。（參見第九章注36三七三頁）。

布盧姆

（俯身拾起一盒火柴交給他）是這個。

斯蒂汾

路濟弗爾[243]。謝謝。

布盧姆

（安靜地）你最好把那些現款交給我保管。何必多付呢？

斯蒂汾

（把所有硬幣一股腦兒都交給他）先講公正，才能講慷慨。

布盧姆

可以，但是是否明智呢？**（他數錢）**一、七、十一，還有五。六。十一，你如果已經丟失一些，我就不能負責了。

斯蒂汾

為什麼敲響十一點呢？Proparoxyton[244]。萊辛說的到達另一片刻之前的片刻[245]。狐狸渴了。**（他縱聲大笑）**埋葬它的奶奶。也許就是他殺的。

布盧姆

共計一鎊六先令另十一。就說是一鎊七吧。

斯蒂汾

沒有一點兒胡扯的屁關係。

布盧姆

沒有，可是……

斯蒂汾

（走到桌子邊）香菸，請給一枝。（林奇從沙發上扔到桌子上一枝香菸）這麼說，喬治娜·約翰遜還是死了，嫁人了。（桌上出現一枝香菸。斯蒂汾看它。）奇蹟。客廳裡的戲法。嫁人了。嗯。（他擦了一根火柴，以令人不解的憂鬱情緒點菸）

林奇

（觀察著他）你要是把火柴拿近一點，點著的機會就會多一些。

斯蒂汾

（把火柴湊近眼睛）目光犀利。眼鏡非配不可。昨天打碎了。十六年前。距離。眼看著全是平的。（他把火柴移開。火柴熄滅。）頭腦在想。近：遠。可見現象的無可避免的形態。（他神祕地皺皺眉頭）嗯。斯芬克司[246]。半夜裡會長出兩個背脊的禽獸。出嫁了。

243「路濟弗爾」（Lucifer）在拉丁文中原義為帶來光明，因而指晨星與從天上墜落之魔鬼（見本書第三章注101一三七頁），也因同一原因可指火柴。

244 希臘語詞：「重音在倒數第三音節」。

245 萊辛（見第三章注3一〇九頁）論美學，曾以不同的「片刻」關係闡釋詩與繪畫等藝術的區別。

246 王爾德在其詩〈斯芬克司〉（一八九四）中，將此獅身人面物稱為「半女半獸」並說她是「罪孽的鬼魂」。

佐伊

是一個旅行推銷員和她結了婚，把她帶走了。

弗洛麗

（點頭）倫敦來的高楊先生。

斯蒂汾

倫敦的羔羊，帶走了我們世界上的罪孽[247]。

林奇

（抱著基蒂坐在沙發上，深沉地吟誦）Dona nobis Pacem[248]

（斯蒂汾的香菸從手指間滑下。布盧姆拾起投入壁爐。）

布盧姆

別抽菸。你應該吃東西。該死的狗。我遇見的那條。（對佐伊）你們什麼也沒有嗎？

佐伊

他餓了？

斯蒂汾

（微笑地對她伸手，按照「神之暮」中血盟插曲的調子唱起來。）

Hangende Hunger,

Fragende Frau,

Macht uns alle kaputt.[249]

佐伊

（用悲劇腔調）哈姆雷特，我是你父親的鑽頭！（她拿起他的一隻手）藍眼睛大美人兒，我來看看你的手相。（她指他的前額）沒有智慧，沒有皺紋。（她數著）二、三、瑪斯[250]，那是膽量。（斯蒂汾搖頭）不騙你。

林奇

片狀閃電的膽量。這是不會膽戰心驚不會發抖的青年[251]。（對佐伊）誰教你的手相術？

佐伊

（轉身）去問我那不存在的卵泡吧。（對斯蒂汾）我從你臉上看得出。眼神，這樣的。（她低頭皺起眉頭）

---

247 據《新約．約翰福音》第一章，約翰看見耶穌就說：「這是天主的羔羊，他帶走世上的罪孽。」按其中後半句中文《聖經》一般譯為「他除掉世人的罪。」

248 拉丁文：「給我們和平」，係彌撒中頌唱的〈天主的羔羊〉結尾。

249 德文：「未能滿足的飢餓（欲望），愛打聽的太太，將我們每個人都毀掉。」按〈神之暮〉為德國作曲家華格納（Richard Wagner, 1813-83）四幕歌劇《尼貝龍根的指環》最後一幕。

250 瑪斯為羅馬神話中戰神，西方即以此命名火星，手相術中亦以此命名掌丘之一，並認為此掌丘突出標誌此人勇敢堅決。

251 片狀閃電不傷人，因而「片狀閃電的膽量」即明知無危險方顯大膽。德國《格林童話》內有一個「不會膽戰心驚不會發抖的男孩」，結婚後妻子將一盆金魚砸在他身上，方使他嚇得發抖。

林奇

（哈哈笑著拍兩下基蒂的屁股）就像這樣，戒尺。

（兩聲響亮的戒尺擊掌聲，自動鋼琴的匣子突然飛起，多蘭神父[252]的彈簧玩偶式小小禿頂圓腦袋蹦了出來。）

多蘭神父

有孩子欠打嗎？眼鏡摔破了？游惰偷懶的小壞蛋。從你眼睛裡看得出。

（自動鋼琴匣子裡升出了唐約翰・康眉神父的頭，和藹、慈祥、認真負責、語帶譴責。）

唐約翰・康眉

行了，多蘭神父！行了。我肯定斯蒂汾是個很好的小孩子。

佐伊

（細看斯蒂汾的手掌）女人的手。

斯蒂汾

（喃喃而語）說下去。編吧。拉著我。撫摸我。我從來不能辨認主的手跡，除了他在黑線鱈身上留下的罪惡的拇指紋印[253]。

佐伊

你是星期幾生的？

斯蒂汾

星期四。今天。

佐伊

星期四的孩子前途遠大。（她順著他的手紋畫線）命運之線。有人撐腰。

弗洛麗

（指著）有想像力。

佐伊

月亮掌丘。你將要遇見一個……（突然細看他的雙手）對你不好的事，我不告訴你。不過也許你想知道？

布盧姆

（拉開她的手指，伸出自己的手掌）壞處多，好處少。喏，看我的。

貝拉

伸手。（她把布盧姆的手翻過來）不出所料。指關節突出，對女人好。

佐伊

252 多蘭神父為斯蒂汾幼年上學時受其責打的監學神父（參見第七章注38二八一頁）。

253 歐洲傳聞黑線鱈嘴邊黑線為耶穌的門徒彼得所留指紋，因據《新約・馬太福音》第十七章，他曾按耶穌命令去海邊釣魚，從魚口中取得錢幣納貢。

（細看布盧姆的手掌）網絡形。海外旅行，和有錢人結婚。

布盧姆

不對。

佐伊

（迅速地）唔，我明白了。小指短。怕老婆。不對嗎？

（巨大的公雞黑麗茲伏在一個粉筆圈內孵蛋，然後站起來伸展翅膀咯咯叫）

黑麗茲

嘎啦。咯打。咯打。咯打。（她側身離開她新下的蛋，搖搖擺擺地走了。）

布盧姆

（指自己的手）這個傷疤是一次事故留下的。二十二年前摔一跤摔破的。我那時十六歲。

佐伊

瞎子說看見了。談點新鮮事吧。

斯蒂汾

看見了嗎？都向著一個大目標。我是二十二。他在十六年前也是二十二。我十六年前翻滾二十二次。他二十二年前十六，坐旋轉木馬摔了下來。（他肌肉抽搐一下）手不知在什麼地方碰著了。非找牙醫看不可了。錢呢？

（佐伊對弗洛麗耳語。兩人格格地笑。布盧姆抽出手來，無聊地在桌上慢慢地用鉛筆畫著曲線寫反向字。）

弗洛麗

什麼？

（一輛出租馬車，牌照三百二十四號，由一匹顛著歡快屁股的母馬拉著，由唐尼布魯克的和睦路的詹姆斯．巴頓駕著輕疾地駛過。一把火鮑伊嵐和萊納漢躺在側座上晃著。奧蒙德飯店的擦皮鞋工人彎腰站在後面車軸上。悲哀地，莉迪亞．杜絲和米娜．肯尼迪在半截子窗簾上端張望。）

擦皮鞋的工人

（一邊顛著晃著，一邊伸出拇指和蟲子般蠕動的四指嘲笑她們）犄，犄，你們有犄角嗎？

（古銅伴金色，她們在悄聲耳語。）

佐伊

（對弗洛麗）悄悄地說。（她又耳語）

（一把火鮑伊嵐倚在馬車架子上，平頂硬草帽放在一邊，嘴裡叼著一朵紅花。戴著遊艇帽，穿著白皮鞋的萊納漢殷勤地從一把火鮑伊嵐的外衣肩上取下一根長頭髮。）

萊納漢

嘿！我在這裡見到的是什麼呀？你剛才是給幾個娘兒們的下邊打掃蜘蛛網嗎？

鮑伊嵐

（沾沾自喜地笑著）給一隻火雞摘毛。

萊納漢

幹了一夜的活吧。

鮑伊嵐

（舉起四根粗壯禿蹄的手指，眨著眼）一把火燒凱特！不符規格，保證退款。（他伸出食指）你聞一聞氣味。

萊納漢

（興高采烈地嗅）啊！龍蝦味、蛋黃醬味。啊！

佐伊和弗洛麗

（一起大笑）哈哈哈哈。

鮑伊嵐

（大模大樣地從車上一躍而下，提高聲音讓所有人都聽到）哈囉，布盧姆！布盧姆太太穿衣服了嗎？

布盧姆

（穿男僕人的深紫色長毛絨上衣和過膝短褲、米色長襪、灑粉的假髮）恐怕還沒有，您哪。還有幾件……

鮑伊嵐

（扔給他一枚六便士）喏，去買一杯杜松子酒加汽水。（他瀟脫地把帽子往布盧姆頭上的鹿角枝上一掛）領我進去。我和你的妻子有一點小小的私事要辦，懂嗎？

布盧姆

謝謝您，您哪。我懂，您哪。忒迪夫人在洗澡，您哪。

瑪莉恩

他應當感到非常榮幸才對。（她大聲濺潑著水出了澡盆）拉烏爾心肝，你來給我擦乾身子吧。我一身都光著呢。只戴著我的新帽子，還有一塊特別海綿。

鮑伊嵐

（眼中閃動歡樂的光芒）交配！

貝拉

什麼？是什麼事？

（佐伊對她耳語。）

瑪莉恩

讓他看去，遭巫術的！王八！讓他折磨他自己去！我要寫信給一個強壯有力的妓女，或是那個長鬍子的女人巴索羅蒙娜，叫她在他身上打出一條條的傷疤，要有一吋高的，然後讓他帶回簽字蓋章的收據交給我。

鮑伊嵐

（握住自己）瞧，我這小傢伙可是堅持不了多久了。（他挪著硬繃繃的騎兵式腿腳走了）

貝拉

（大笑）嗬嗬嗬嗬。

鮑伊嵐

（轉回頭來囑咐布盧姆）你可以把眼睛湊在鎖眼上，看我給她抽送幾下。這時間你可以自己玩玩自己。

布盧姆

謝謝您，您哪。我照辦，您哪。我是否可以找兩位知己朋友來作見證，並且拍一張快照？（他舉起一瓶油膏）要凡士林嗎，您哪？橙花……？溫水……？

基蒂

（從沙發那邊）告訴我們吧，弗洛麗。告訴我們。什麼事……

（弗洛麗對她耳語。唧唧喳喳，卿卿我我，嘖嘖讚嘆，咂嘴咂舌，吧嗒吧嗒。）

米娜·肯尼迪

（眼睛仰天）唷，一定是和天竺葵花和可愛的桃花一樣的香味！唷，他簡直把她身上的每一塊地方都當成了崇拜對象！黏在一起了！全身都吻遍了！

莉迪亞·杜絲

（張大了嘴）美呀美呀。唷，他抱著她在房間裡走著幹！騎馬馬。在巴黎，在紐約都能聽見他們倆的聲音。就像是一大口一大口的奶油拌草莓。

基蒂

（笑）嘻嘻。

鮑伊嵐的聲音

（甜蜜而嘶啞，發自腹腔）啊！天主一把火嘣魯克勃魯克大嘿砸開了它！

瑪莉恩的聲音

（嘶啞而甜蜜，上升至喉嚨）喔！微細洗洗親親奶鋪意思奶鋪喝克！

布盧姆

（眼睛狂睜，緊握自己）出來！進去！出來！給她！再給！射吧！

貝拉、佐伊、弗洛麗、基蒂

嗬嗬！哈哈！嘻嘻！

林奇

（指著）是反映自然的鏡子[254]。（笑）呼呼呼呼呼！

（斯蒂汾和布盧姆都凝視鏡子，鏡中出現威廉・莎士比亞的臉，臉上沒有鬍子，由於面部癱瘓而麻木僵硬，頭頂上是前廳鹿角帽架投入鏡中的映影。）

254 哈姆雷特在《哈》劇第三幕第二場中對優伶作指示時說，戲劇是「反映自然的鏡子」。

莎士比亞

（用莊嚴的腹語）響亮的笑聲，標誌著空蕩蕩的頭腦[255]。（對布盧姆）你尋思著你是隱身的人。細看吧。（他發出黑色閹雞啼叫似的笑聲）伊阿古古！我的老頭子掐死了他的星期四蒙嫩。依阿古古古[256]。

布盧姆

（怯怯地笑問三個妓女）什麼時候把笑話也說給我聽呀？

佐伊

不用等你兩次結婚一次喪妻。

布盧姆

缺點，人們是原諒的。甚至是偉人拿破崙，在他死後光身子量尺寸的時候[257]……

（寡婦狄格南太太身穿喪服匆匆走過，她的帽子已經不正，扁鼻頭和雙頰都因談死亡、流眼淚、喝滕尼公司的茶褐色雪利酒而弄得通紅，她一邊給自己的面頰、嘴唇和鼻子撲粉，一邊像母天鵝似地趕著自己的一窩小天鵝。她的裙子下邊，露出了她的亡夫家常穿的褲子和翻邊靴子，大八號的。她手中拿著一份蘇格蘭寡婦基金會保險單，撐著一把天篷似的大傘，她那一窩都跟她一起在傘下跑著：派齊用一隻穿鞋的腳蹦著，領子是敞開的，身邊懸盪著一串豬排，弗雷迪是抽抽搭搭的，蘇細張著鱈魚似的嘴在哭，阿麗思則是在費盡力氣對付嬰兒。母天鵝拍打著翅膀驅趕著他們，她帽上的飄帶飄得高高的。）

弗雷迪

媽呀，你都是拽著我走了。

蘇細

媽媽，牛肉汁溢出來了！

莎士比亞

（麻痺中一陣盛怒）殺了頭一個才嫁第二個[258]。

（莎士比亞的沒有鬍鬚的臉，變形為馬丁・坎寧安的大鬍子臉。天篷式大傘醉醺醺地搖晃，孩子們都跑開。傘下露出了戴風流寡婦帽[259]、穿和服的坎寧安太太。她側著身子一邊滑行一邊鞠躬，還作著日本式的扭身姿勢。）

坎寧安太太

（唱）他們管我叫亞洲的瑰寶[260]。

---

255 典出哥爾德史密斯長詩〈荒林〉（一七七〇），但哥詩中此語係讚美「空空蕩蕩的頭腦。」

256 由於伊阿古（莎劇《奧賽羅》中壞蛋，參見第二章注36九十五頁）的挑唆，奧賽羅掐死了心愛的妻子苔絲狄蒙娜。

257 拿破崙去世後，英國醫生詳細測量其身體後曾說其體型如女性，乳房異常發達。

258 典出莎劇《「哈姆雷特》（參見第九章注140四〇五頁）。

259 《風流寡婦》（一九〇五））為一著名匈牙利輕歌劇，其中女主人公戴一頂寬邊帽子。

260 出自歌劇《日本歌伎》（參見第六章注24二一三頁）。

馬丁・坎寧安

（凝視著她，無動於衷）了不得！不要臉的女人，完全不成體統！

斯蒂汾

Et exaltabuntur cornua iusti[261]。王后與大壯牛睡覺。你們要記著帕西淮，為了那位王后的淫欲，我的老祖宗老爺爺製造了第一個告解亭[262]。別忘了格里絲爾・斯蒂文斯夫人[263]，也別忘了蘭伯特家族的家性後代。諾亞喝醉了。他的方舟是敞著的[264]。

貝拉

這兒可不要這一套。你找錯了商號。

林奇

別理他。他是從巴黎回來的。

佐伊

（跑到斯蒂汾身邊，挽住他的臂膀）唷，說下去吧！給咱們來點兒法國調調吧。

（斯蒂汾把帽子拍上腦袋，一步跳到壁爐邊，縮起肩膀站著，伸出一雙魚鰭似的手，面帶畫上去的微笑。）

林奇

（用拳捶打沙發）倫倫倫如如如如恩恩恩恩。

斯蒂汾

（亂說一氣，手腳扯動如牽線木偶）上千個娛樂場所晚上隨便去玩找可心美女出售手套等等也許她的心啤酒排骨特別高級堂子非常古怪好多姑娘花枝招展談天說地公主派頭大跳其康康舞走來走去巴黎式小丑模樣加倍蠢相招待單身漢外國佬也是一樣說的英國話儘管蹩腳她們談情說愛多麼拿手放蕩痛快感。先生們非常精英因為享樂非要不可看點著殯儀蠟燭表演天堂地獄他們眼淚銀子每天晚上如此。宗教事情完全駭人聽聞全宇宙世界看笑話。所有的時髦婦女到時端莊穩重然後脫衣然後大喊大叫看吸血鬼男人誘姦修女非常年輕嬌嫩穿的**dessous troublants**[265]。（他大聲彈著舌頭說）啪，**LàLà! Ce pif guil a!**[266]

林奇

Vive le vampire![267]

妓女們

---

261 拉丁文：「義人的角必被高舉。」（《聖經・詩篇》第七十五篇）。按此語中「角」詞實係古《聖經》誤譯，現代譯本已改為「力量」。

262 帕西淮為希臘神話中克里特王妻子，因受海神施法而欲與白毛公牛相交（參見第十四章注91七六九頁），巧匠代達羅斯為她建造木母牛一頭，她方能喚起公牛性慾而達目的。

263 謠傳此人面容如豬（參見第十四章注89七六九頁）。

264 《聖經・創世紀》第九章，諾亞酒醉而臥，其子看見其赤裸身子，因而受詛咒。

265 法語：「內衣亂七八糟」。

266 法語：「瞧瞧，他做的鼻子（怪樣）！」

267 法語：「吸血鬼萬歲！」

好啊！法國調調！

斯蒂汾

（仰頭大笑，作著鬼臉自己鼓掌）笑得非常成功。天使很像妓女，聖潔的使徒大流氓大壞蛋。Demimondaines[268]漂漂亮亮珠光寶氣裝扮非常可親。要不你是否更喜歡他們現代人享樂老頭兒墮落？（他作出怪模怪樣的姿勢四面指著，林奇和娼妓們都隨著呼應）橡皮女人像可以翻出來或是真人大小偷看處女裸體同性戀非常親吻五次十次。請進來，先生，來看鏡子中各種姿勢的高空吊槓那兒那部機器而且還有如果慾望行動非常獸性屠夫徒工玷汙熱牛肝或是肚皮上煎蛋卷Pièce de Shakespeare[269]。

貝拉

（拍著自己的肚皮，坐在沙發上向後一倚，縱聲大笑）這兒煎蛋卷……嗬！嗬！嗬！嗬！……煎蛋卷……

斯蒂汾

（細聲細氣地）我愛你，先生寶貝兒。講你的英國話，好double entente cordiale[270]。真的，mon loup[271]。價錢多少？滑鐵盧[272]。滑進了大鐵爐。（他突然打住，豎起一根食指）

貝拉

（哈哈笑）煎蛋卷……

妓女們

（哈哈笑）再來一個！再來一個！

斯蒂汾

聽我說。我夢見一個西瓜。

佐伊

出國去愛洋女士吧。

林奇

走遍全世界，找一個老婆。

弗洛麗

夢都是相反的。

斯蒂汾

（伸出兩臂）就在這兒。娼妓的馬路。在盤陀道上，巴力西卜[273]把她指給我看了，是一個矮胖寡

268 法文：「曖昧世界女人」，指富人外室或暗娼。
269 法文：「莎士比亞戲劇」（參見第九章注36三七三頁）。
270 法語：「雙重真誠理解」。按法語中「雙重理解」即雙重語義（或雙關語），但「真誠理解」與「友好協定」詞語相同，而英法兩國正於一九〇四年訂立重新組合歐洲力量的友好協定。
271 法語：「我的狼。」
272 滑鐵盧為拿破崙最後戰敗之地。
273 巴力西卜為《聖經・列王記下》第一章中提到的魔鬼。

婦。什麼地方鋪著紅地毯呢？

布盧姆

（走近斯蒂汾）你看……

斯蒂汾

不，我飛了。我的對頭都在我腳底下。永將如此。無窮無盡。（他叫喊）Pater![274] 自由了！

布盧姆

我說，你看……

斯蒂汾

是要把我的精神制伏下去嗎，他？O merde alors![275]（他的鷲爪尖了；他呼叫）Hola![276] 咳哩嚾！

（呼應他的是賽門・代達勒斯的叫聲，帶一點睡意，卻有所準備。）

賽門

這樣行。（他鼓動著強大有力、嗡嗡作響的翅膀，變著方向在空中左右飛撲又盤旋飛翔，同時發出鼓勁的叫聲）嚾！孩子！你能勝利嗎？喃！喳！跟那些雜種拴在一個廄裡？離他們遠遠的，驢叫都聽不見才行。抬起頭來！把咱們的旗子打得高高的！銀地一頭展翅紅鷹[277]。厄爾斯特紋章長官！嗨嗬！（他發出獵兔小狗發現獵物的狂叫聲）叭兒叭兒！啵叭叭啵叭叭！嗨，孩子！

（牆紙上的大葉和林間空地迅速地順序越野移過。一頭剛埋了奶奶的強壯狐狸從隱蔽處被逼出，筆直地伸著大尾巴迅速奔向開闊地，眼睛放著亮光尋找樹葉下的獾洞。跟蹤而來的是獵鹿犬群，一邊把鼻頭湊近地面嗅著獵物蹤跡，一邊汪汪汪狂叫，叭叭叭地急著嚐血。沃德聯合會的男女獵人們和牠們氣息相通，迫不及待要見血。接著是從六哩岬、平房子、九哩石一帶來的徒步人群，手中拿著多節的大木棍、乾草叉子、大魚叉、套馬索，有執短把長鞭的牧群管理人、背手鼓的逗熊手、佩牛刀的鬥牛士、執火把的灰色黑人。在人群中叫嚷的有擺骰子攤的、擺皇冠錨攤的、擺扣碗攤的、耍牌局的。還有給扒手望風的、探聽馬情的、戴巫師高帽的賭注經紀人，都在震耳欲聾地大喊大叫，把嗓子都喊啞了。）

人群

賽馬節目單。賽馬單！

冷門票，一賠十！

這裡好，現金到手！現金到手！

除去一匹，統統一賠十！除去一匹，統統一賠十！

轉馬盤，來試試你的運氣！

---

274 拉丁文：「父親」，按神話中巧匠代達羅斯之子隨父飛行而墜海時曾喊叫Pater（參見第九章注199、200四一三頁）。

275 法語：「臭屎一堆！」

276 法語呼喚停止聲。

277 家族紋章圖案。據查喬伊斯家族曾擁有這一紋章，並在「厄爾斯特紋章長官處」備案。

除去一匹，統統一賠十！

賣猴子，伙計們！賣猴子！[278]

我這裡一賠十！

除去一匹，統統一賠十！

（一匹無人騎坐的黑馬，幽靈似地衝過終點，鬃毛在月光下噴著沫，眼珠子像星星。其餘的馬都跟在後邊，一群亂蹦亂跳的坐騎。是一些僅有骨骼的馬：權杖、最高極限第二、津凡德爾、威斯敏斯特公爵的飛越、禦敵、博福特公爵的錫蘭，巴黎大獎。騎馬的全是侏儒，披著生鏽的甲冑，騎著馬，縱馬，縱馬奔騰。最後，在霏霏細雨中，來了這場比賽中眾望所歸的那匹名叫北方雄雞的，一匹氣喘吁吁的灰黃色老馬，騎者是戴蜜色帽子、穿橙黃袖子綠上衣的加勒特．戴汐，他一手緊握纜繩，一手舉著曲棍球棒備用。他這匹老馬的腳上套著白色鞋罩，沿著崎嶇山路跌跌撞撞地慢步跑著。）

奧倫治協會會員們

（嘲笑）下馬推吧，先生。最後一圈了！晚上能到家的！

加勒特．戴汐

（直挺挺地騎著，指甲刮過的臉上貼滿了郵票，他不斷地揮舞著手中的曲棍球棒，而他的坐騎則以訓練中的奔跑速度跨著大步緩緩跑著，使他那雙藍眼睛不斷地在枝形吊燈的燈架稜柱中閃爍著光芒，）Per vias rectas![279]

（一擔子挑的兩桶羊肉湯，傾盆大雨似地扣在他和他那直立起來的老馬身上，濺了他們一身跳動的金幣，都是胡蘿蔔、大麥、洋蔥、蘿蔔、馬鈴薯。）

綠色協會會員們

有點小雨啊，約翰爵士！有點小雨啊，閣下！

（列兵卡爾、列兵康普頓和凱弗里妹子從窗下走過，唱著互不協調的歌子。）

斯蒂汾

聽著！我們的朋友：街上的叫喊聲。

佐伊

（舉起一隻手）停住！

列兵卡爾、列兵康普頓和凱弗里妹子

可是我偏有

我的約克郡心腸……

佐伊

那就是我。（她拍手）跳舞！跳舞！（她跑到自動鋼琴邊）誰有兩便士？

布盧姆

278「賣猴子」為賽馬術語，即接收高達五百鎊的賭注。

279拉丁文：「走直路」（參見第二章注50九十九頁）。

誰要……？

林奇

（遞給她銅板）給。

斯蒂汾

（不耐煩地用指頭打著響榧子）快！快！我的占卜杖在哪兒？（他跑到鋼琴邊，拿起他的白蠟手杖，同時開始用腳打起三拍子來）

佐伊

（轉搖把）來了。

（她往口子裡塞進兩枚便士。金色、粉色、紫色的燈亮了起來。音箱轉動起來，嗚嗚地發出了低沉而遲疑的華爾滋旋律。老邁不堪、弓腰駝背的古德溫教授頭戴有蝴蝶結的假髮，身穿宮廷服裝，披一件因弗內斯披風，撲動著兩手哆哆嗦嗦地從房間那頭走來。他的小小身子坐上鋼琴凳子，舉起無手棍棒似的雙臂敲打琴鍵，同時以優美的少女姿勢點著頭，頭上的蝴蝶結一上一下的。）

佐伊

（自己磕打著腳後跟旋轉）跳舞呀。這兒有人上那兒嗎？誰願意跳舞？把桌子搬開。

（自動鋼琴變換著燈光，奏起了〈我的姑娘是約克郡的姑娘〉前奏的華爾滋旋律。斯蒂汾把白蠟手杖扔在桌上，摟住了佐伊的腰肢。弗洛麗和貝拉把桌子推向壁爐邊。斯蒂汾以誇張的儀態擁扶著佐伊，開始和她在房內轉著圈跳起了華爾滋舞。布盧姆站在旁邊。她的衣袖從互示恩寵的手臂上滑下，露出了一朵白色的疫苗接種的肉花。馬金尼教授從帷幔之間伸出一條腿來，腳尖上飛轉著一頂絲質大禮帽。他巧妙地飛腳一踢，正好把旋轉著的帽子送到頭頂，然後俏皮地歪戴著帽子溜冰似地進了房間。他穿一件石板色的禮服大衣，暗紅色的絲質翻領，圍一條奶油色絹綢圍巾，裡面是一件領口開得很低的綠坎肩，配著護脖高領和白領巾、緊身的淡紫色褲子、漆皮舞鞋、淡黃色的手套。他的鈕眼裡插著一枝巨大的大麗花。他左右旋轉著一根雲斑手杖，然後將它緊夾在腋窩底下，輕輕地右手按胸，一鞠躬，撫弄著胸前的花朵和紐釦。）

馬金尼

人體動態的詩，健美體操的藝術。和萊格特・伯恩夫人或是萊文斯頓舞蹈學校均無瓜葛。操辦化裝舞會。姿態。凱蒂・蘭納的舞步。這樣。注意看我！我的舞姿造型。（他踩著輕快的蜜蜂腿腳，用小步舞法向前走出三步）Tout le monde en avant! Révérence! Tout le monde en place![280]

（前奏終止。古德溫教授揮舞著形象模糊的手臂，人漸漸縮小下沉，他的活動的披風墜落在琴凳周圍。更鮮明的華爾滋樂調響了起來。斯蒂汾和佐伊悠然旋轉。燈光變換著，金色玫瑰色紫色此明彼暗，交錯有致。）

280 法語：「人人向前！鞠躬！人人就位！」

自動鋼琴

兩個小夥子在談姑娘，
姑娘，姑娘，姑娘，
他們的心上人在自己家鄉……

（從一個屋角，晨時們奔跑著出來了，都是金色的頭髮、秀氣的涼鞋、藍色的少女舞服、蜂腰、天真無邪的手。她們揮動跳繩，踩著輕盈的舞步。隨後是穿琥珀黃的午時們。她們歡笑著，手挽著手舉起胳臂，頭髮上那些高高的梳子閃著光，她們用嘲笑的鏡子反射著太陽。）

馬金尼

（拍擊著因戴手套而沒有聲音的雙手）Carré! Avant deux![281]呼吸要勻！·Balancé![282]

（晨時們和午時們各在原地跳著華爾滋，然後轉身各自形成弧線，彼此走近，相對鞠躬。騎士們在她們背後彎腰展臂，手向她們的臂膀伸下去，接觸到，又抬起來。）

時辰們

你可以碰我的。

騎士們

我可以碰你的嗎？

時辰們

哎，可是要輕輕的！

騎士們

哎，一定是輕輕的！

自動鋼琴

我的羞答答的小妮子腰身好。

（佐伊和斯蒂汾轉得大膽起來，舞姿也隨便起來了。夕時們從長長的陸地陰影中跑出來，又慢慢分散，眼睛懶散無神，臉上淡淡地擦著指甲紅，一種暗淡的假花。她們穿的是灰色的紗衣，深色的蝙蝠袖在陸地微風中不斷地撲動。）

馬金尼

Avant huit! Traversé! Salut! Cours de mains! Croisé![283]

（夜時們一個接一個地潛行到最後位置。晨時、午時、夕時們從她們面前退去。她們戴著假面具，頭髮中插著匕首，手鐲上串著聲音沉濁的鈴子。她們疲憊地蒙著臉屈膝又屈膝。）

手鐲們

281 法語：「方隊！成對前進！」
282 法語：「左右搖擺！」
283 八位上前！錯開！致意！換手！換邊！

嘿喲！嘿喲！

佐伊

（一邊轉一邊用手扶額）唷！

馬金尼

Les tiroirs! Chaine de dames! La corbeille! Dos á dos![284]

（她們疲憊地用阿拉貝斯克芭蕾舞姿在地板上編織圖案，編了又拆，拆了又編，屈膝行禮，轉身又轉身的直打旋兒。）

佐伊

我頭暈了！

（她脫身出來，倒在一張椅子上。斯蒂汾抓住弗洛麗，又和她轉起來。）

馬金尼

Boulangére! Les ronds! Les ponts! Chevaux de bois! Escargots![285]

（交纏、後退、交換，手臂相聯形成拱形的夜時們，組成一幅幅動的圖案。斯蒂汾和弗洛麗笨重地轉動著。）

馬金尼

Dansez avec vos dames! Changez de dames! Dannez le petit bouquet á votre dame! Remerciez![286]

自動鋼琴

最好，最最好，

巴啦砰！

基蒂

（跳起來）哎，邁勒斯義市的旋轉木馬場上，也是吹奏這個曲子！

（她向斯蒂汾跑去。他不甘不願地放開弗洛麗，摟住了基蒂。一隻尖啼麻鳾鳥發出了刺耳的高聲嘯叫。托夫特的笨重的旋轉木馬，慢吞吞地轉動著，哼哼哈哈咕咕嚕嚕地就在房內旋轉，整個房間都在轉動。）

自動鋼琴

我的姑娘是約克郡的姑娘。

佐伊

徹頭徹尾的約克郡。大家都來吧！

（她摟住了弗洛麗，和她轉起了華爾滋。）

斯蒂汾

Pas seul![287]

284 法語：「抽屜形！女士們聯手！圍圈！背對背！」
285 法語：「揉麵！圓圈！橋梁！木馬！旋轉！」
286 法語：「和女伴共舞！換舞伴！向女伴獻小花束！互相致謝！」
287 法語：「單人舞！」

（他將旋轉著的基蒂送入林奇懷中，從桌上抓起白蠟手杖，又回到舞場內。屋子裡全都在旋轉，華爾滋式旋轉又旋轉，布盧姆貝拉、基蒂林奇、弗洛麗佐伊、糖錠女人們。斯蒂汾戴著帽子拿著手杖在中間作青蛙岔腿、大踢腿、朝天踢腿，嘴緊閉手握拳大腿分岔。哐啷啷叮鈴鈴哄隆隆獵狐號手藍綠黃燈光閃亮托夫特笨傢伙轉了又轉，騎木馬人們吊在金蛇下，內臟跳方丹戈舞，躍起踢泥腳又落下。）

姑娘只是個工廠女工

也沒有那花稍的披綠穿紅。

（他們緊摟著迅滑，瞪眼耀眼刺眼，越滑越快亂亂烘烘轉了過去。巴拉砰！）

全體

再來一個！重來一遍！好極了！再來一個！

賽門

想想你母親娘家的人！

斯蒂汾

死亡之舞[288]。

（嘭，又一聲巴唧嘭打雜的搖鈴，賽馬、駑馬、駿馬、小豬群、康眉騎基督驢[289]、瘸子水手獨腿加拐坐小船兩臂交疊背拉縴繩又踹又蹬角笛舞徹頭徹尾。巴拉砰！騎駑馬、豬玀、鈴馬、加大拉豬群[290]、康尼棺材鋼材沙魚石頭、獨把兒納爾遜兩妖婆Frouenzimmer[291]李汁兒斑斑從嬰兒車掉下放聲大哭。天，他真棒。導火索藍光、酒桶貴族、可敬的晚禱勒夫、出租馬車一把火、瞎子鱈魚躬身自行車騎手們、迪莉棒白雪蛋糕、沒有花稍的披綠穿紅。最後一程之字形來回折，亂亂烘烘麥芽漿桶轟隆轟隆撞擊過去，偏有總督夫婦心腸桶內亂烘撞擊郡玫瑰花。巴拉砰！）

（成對的舞伴散開。斯蒂汾暈頭轉向地急轉。房間反著旋轉。他閉上眼睛踉蹌了幾步。一根根紅色的楨楨直往太空飛竄，一團團的太陽，周圍群星亂轉。四面牆上有許多發亮的小蟲在飛舞。他一下子站住了。）

斯蒂汾

夠了！

（斯蒂汾的母親僵直地從地底下升起。她瘦骨嶙峋，身穿麻瘋病人的灰色衣裙，頭戴枯萎的橙花花環，蒙著一塊已經撕破的新娘面紗。她形容枯槁，臉上沒有鼻子，由於在墳墓內發黴而呈綠色，頭髮稀少而發直。她睜著邊緣發藍色的空眼窩，直勾勾地盯住斯蒂汾，張開

288 「死亡之舞」以骷髏帶領各種人走向墳墓的形象，表現人不分貴賤均不能免於死亡的主題，自十四世紀以來出現於歐洲各種藝術形式。

289 據《聖經・新約》，基督進耶路撒冷受人群夾道歡迎時騎一小驢。

290 據《新約・馬太福音》第八章，耶穌行至加大拉，見兩人被鬼附身，耶穌將鬼驅入豬群，豬群即狂奔入海淹死。

291 德文指「邋遢女人」等義（見第三章注6一一一頁）。

沒有牙齒的嘴喊了一下，但是沒有聲音。一個由童女和聖徒們組成的唱詩班，唱著無聲的頌歌。）

唱詩班

Liliata rutilantium te Confessorum……

Iubilantium te virginum……[292]

（壯鹿馬利根站在一個塔樓頂上，身穿一套紫褐淡黃相間的小丑服，頭戴一頂彎掛小鈴鐺的小丑帽，手裡拿著一個切開塗了黃油的甜麵包，熱氣騰騰的。他張著大嘴巴望著她。）

壯鹿馬利根

這女人是挺了狗腿兒啦。可憐蟲！馬利根會見這位受苦受難的母親。（他舉目望天）墨丘利式的瑪拉基。[293]

母親

（露出不可捉摸的笑容，使人想到死的瘋狂。）

我原是美貌的梅・古爾丁。現在我死了。

斯蒂汾

（大驚失色）遊魂！你是誰？不對！這是什麼唬人的把戲？

壯鹿馬利根

（搖晃著腦袋上彎掛的小鈴鐺）絕大的諷刺！狗崽子啃奇害死了老母狗。她挺了狗腿兒。（融

化了的黃油淚從他眼中流下，滴在麵包上）我們的偉大的好母親！Epi oinopa ponton.[294]

母親

（走近一些，她那帶有溼灰氣味的呼吸輕輕地吹拂到他臉上）人人難逃這一關呀，斯蒂汾。世界上的女人比男人多。你也一樣。這一天總要來到的。

斯蒂汾

（恐懼、悔恨、厭惡交集，語為之塞。）母親，他們說我害死了您。他侮辱了您的亡靈。害死您的是癌症，不是我。命運。

母親

（嘴邊流出一股綠色的膽汁）你還為我唱了那一支歌。愛的奧祕教人心酸。[295]

斯蒂汾

（熱切地）母親，那個字你現在知道了吧，請你告訴我。那個人人都認識的字。

母親

你和帕迪・李在道爾蓋跳上火車的那天晚上，是誰救了你的？你漂泊異鄉心情憂傷的時候，是誰

---

292 拉丁祈禱文片段：願光輝如百合花的聖徒們……願童女們高唱讚歌……。（參見第一章注24五十三頁）。

293 「瑪拉基」在希伯來文中意為「使者」，因此馬利根自比為希臘神話中的天神使者墨丘利（參見第一章注46・上卷一六九頁）。

294 古希臘文：「在葡萄酒般幽暗的海面上。」（參見第一章注7四十三頁）

295 歌詞出自〈誰與弗格斯同去〉（參見第一章注23五十一頁）。

同情你的？祈禱是萬能的。按照烏爾蘇拉修女會手冊為受苦受難的靈魂作的祈禱，赦罪四十天。懺悔吧，斯蒂汾。

斯蒂汾

食屍鬼！鬣狗！

母親

我在我們陰間為你祈禱呢。你用腦多，每天晚上讓迪莉給你煮那一種大米吃。我的兒子呀，你是我的頭胎，自從我肚子裡懷著你的時候起，多少年來我一直都疼著你。

佐伊

（用壁爐上的扇形擋子扇著自己）我簡直要化了！

弗洛麗

（指著斯蒂汾）瞧！他的臉色發白！

布盧姆

（走到窗前，把窗開大一些）頭暈了。

母親

（眼中冒煙）懺悔吧！想一想地獄裡的火吧！

斯蒂汾

（氣喘吁吁地）他的無腐蝕力的升汞！啃屍體的角色！骷髏加骸骨。

母親

（她的臉越湊越近，發出帶灰燼味的呼吸）小心！（她舉起枯萎發黑的右臂，伸出一根指頭，緩緩地逼近斯蒂汾的胸膛）小心天主的手！

（一隻綠色的螃蟹[296]瞪著惡狠狠的赤紅眼睛，張牙舞爪地伸出兩個大鉗插入斯蒂汾的心臟深處。）

斯蒂汾

（氣得說不出話來，面容扭曲，臉色灰白蒼老）屁！

布盧姆

（在窗邊）什麼？

斯蒂汾

Ah non, par example![297]出自頭腦的想像！我絕不半推半就折中妥協。Non serviam![298]

弗洛麗

給他點涼水。等著。（她急忙走出。）

母親

---

296 螃蟹為歐洲星占學中「巨蟹座」象徵，而「巨蟹座」名稱Cancer在英語中即表示癌症。
297 法語：「我不信有這等事！」
298 拉丁文：「我不伺候！」係《聖經》中魔鬼拒絕服從上帝用語。

（慢慢地搓擰雙手，發出苦惱絕望的呻吟）耶穌的聖心呀，請您對他大發慈悲吧！請您救救他，讓他別下地獄吧，神明的聖心呀！

斯蒂汾

不！不！不！你們全部上來吧，看你們能不能壓倒我的精神！我要把你們統統制伏！

母親

（發出痛苦的臨終呻吟）主呵，請您看我的面上，對斯蒂汾大發慈悲吧！我在髑髏崗斷氣，內心充滿憐愛、憂傷和焦慮，痛苦無以名狀。[299]

斯蒂汾

Nothung![300]（他雙手高舉白蠟手杖，打碎了枝形吊燈。時間的最後一道火焰，慘淡無光地撲閃了一下。隨之而來的是黑暗，一切空間歸於毀滅，玻璃稀哩嘩啦地砸碎，磚瓦紛紛倒塌。）

煤氣燈頭

撲落！

布盧姆

住手！

林奇

（奔向前去，抓住斯蒂汾的手）行了！穩住了，別胡鬧了！

貝拉

叫警察！

（斯蒂汾扔掉手杖，向後仰著頭，兩條手臂也直伸在後邊，蹬蹬蹬地衝過房門邊的妓女們，跑到外面去了。）

貝拉

（尖叫）追他！

（兩個妓女向前廳大門追去。林奇、基蒂、佐伊都亂烘烘地一擁而出，一邊走一邊激動地議論紛紛。布盧姆跟出，隨即又折回。）

妓女們

（擠在門口指指點點）在那邊兒呢。

佐伊

（指著）那兒呢。出事兒了。

貝拉

誰賠燈錢？（她抓住布盧姆上衣的後襬）你。你跟他是一事兒的。燈破了。

布盧姆

299 髑髏崗為耶穌被釘十字架處死地點。此語全部為宗教文學，但出處不詳。

300 德文神劍名，典出華格納歌劇《尼貝龍根的指環》（參見本章注249九八一頁）。

（跑到前廳又跑回來）婆娘，什麼燈？

一妓女

他的上衣撕破了。

貝拉

（眼裡冒出惱怒加貪婪的冷光，指著）誰賠這個？十先令。你親眼看見的。

布盧姆

（拾起斯蒂汾的手杖）我？十先令？你在他身上還沒有撈夠嗎？難道他沒有……？

貝拉

（大聲）行了，收起你的廢話吧。這可不是下等窯子，這是十先令的戶家。

布盧姆

（仰頭看燈，拉燈鏈。煤氣燈頭發出一陣吱吱聲，著了，火光下現出一個打壞了的紫紅色燈罩。他舉起手杖。）光打壞了燈罩。他不過是這樣……

貝拉

（縮回身子尖叫起來）耶穌呵！別！

布盧姆

（虛擊一下）讓你看看他是怎麼打的紙罩。頂多造成六便士的損失。十先令呢！

弗洛麗

（拿著一杯水進來）他在哪兒？

貝拉

你是想要我喊警察嗎？

布盧姆

哼，我知道。養著看家狗。可是他是三一學院的大學生。他們都是你這買賣的好主顧。付房租的少爺們。（他作了一個共濟會的手勢）明白我的意思嗎？是大學副校長的姪子呢。你可別把事兒鬧大了。

貝拉

（惱怒）三一學院！賽完了船到這兒瞎起鬨，一個錢也不給。我這兒難道是你當家還是怎麼的？他到哪兒去了？我要他付錢！我要他的好看！你等著瞧吧！（叫喊）佐伊！佐伊！

布盧姆

（急迫地）要是是你自己的那個在牛津上學的兒子呢？（警告口氣）我可知道。

貝拉

（幾乎說不出話）你是……隱瞞身分的！

佐伊

（在門道裡）打起來了。

布盧姆

什麼？在哪裡？（他往桌上扔了一個先令，拔腿就走）這是燈罩錢。在哪兒呢？我需要山上的空氣。

（他匆匆奔出前廳。妓女們指點著。弗洛麗跟在他後面，手中傾斜的玻璃杯還潑著水。在大門前的臺階上，所有的妓女都擠成一團，七嘴八舌地議論著，指點著右邊霧氣已經消散處。左邊鏘鏘鏘來了一輛出租馬車，駛到門前放慢速度站住了。走到前廳門口的布盧姆，看到康尼・凱萊赫陪著兩個沉默的色鬼正要下車。他轉開了臉。貝拉在前廳裡給她的妓女們鼓勁。妓女們咂嘴咂舌美不滋滋地飛吻。康尼・凱萊赫報以一副猙獰的淫笑。兩個沉默的色鬼回身付錢給車夫。佐伊和基蒂仍指著右方。布盧姆迅速地從她們兩人中間穿過。他蒙上哈里發的頭罩和斗篷，把臉轉向一邊，急匆匆地走下臺階。他是隱瞞身分的哈侖・阿爾・拉希德，快步在那兩個沉默的色鬼身後走過，迅速地順著欄杆往前走，腳步敏捷如豹，一路留下豹子的氣味，一些撕成了碎片的茴香浸過的信封。白蠟手杖給他的腳步打著拍子。遠處的一隊大獵犬嗅到了氣味，三一學院的霍恩布洛爾[301]頭戴獵狐帽，下邊穿一條灰色的舊褲子，揮舞著趕狗鞭子指揮狗群追來了，狗群越追越近，喘著氣圍著獵物汪汪亂叫，有的丟失了嗅跡，掉頭走開，伸出了舌頭，有的咬他的腳後跟，有的跳起來咬他的尾巴。他走著走著跑起來，左衝右突的，放倒耳朵奔騰開了，一路受到各種武器的投擊，碎石塊、白菜疙瘩、餅乾盒子、雞蛋、馬鈴薯、死鱈魚、女便鞋。緊追不放的，是跟著左衝右突飛奔而來的一大批，他們發現新目標，群起而攻之，一人帶頭人人照辦：夜班巡邏丙六十五號和丙六十六號，約翰・亨利・門頓、威士敦・希利、瓦・B・狄尤、市政委員南內蒂、亞歷山大・岳馳、拉里・奧魯爾克、約・卡夫、奧多德太太、尿伯克、無名氏、賴爾登太太、公民、加里歐文、叫什麼的、陌生臉、真有點兒像的、見過一面的、自作主張的、克里斯・卡里南、查爾斯・卡梅倫爵士、本杰明・多拉德、萊納漢、巴特爾・達西、約・哈因斯、紅臉默里、布雷登主編、蒂・邁・希利、菲茨吉本法官先生、約翰・霍華德・帕內爾、可敬的罐頭馬哈魚、喬利教授、布林太太、丹尼斯・布林、西奧多・皮尤福依、米娜・皮尤福依、韋斯特蘭橫街郵局女局長、查・P・麥考伊、萊昂斯的朋友、蹦躂漢霍洛漢、普通人、又一普通人、穿足球鞋的、扁鼻頭司機、闊綽的新教太太、戴維・伯恩、愛倫・麥吉尼斯太太、約・蓋萊赫太太、喬治・利德威爾、雞眼痛的吉米・亨利、拉臘西督導、考利神父、海關總署出來的克羅夫頓、丹・道森、手拿小鉗子的牙科大夫布盧姆、鮑勃・竇冉太太、肯尼菲克太太、懷斯・諾蘭太太、約翰・懷斯・諾蘭、克朗斯基電車裡大屁股擠過來的漂亮太太、出租《偷情的樂趣》的書攤老闆、杜必達而她也真的肚皮大了小姐、羅巴克的杰拉爾德・莫蘭太太和斯丹尼斯拉斯・莫蘭太太、德里密公司的辦公室主任、韋瑟勒普、海斯上校、馬司田斯基、項緣、彭羅斯、阿倫・菲加特納、摩西・赫佐格、邁克爾・E・杰拉蒂、特洛伊巡官、加爾布雷恩太太、埃克爾斯街角的警察、帶著聽診器的布雷迪老大夫、海濱的神祕人物、一條尋物獵

301 霍恩布洛爾（Hornblower）可以理解為「吹號角的人」。

犬、米麗亞姆・丹德雷德太太和她的所有的情人。）

追捕群眾

（紛紛亂亂，一窩蜂似的）他就是布盧姆！抓布盧姆！抓住他布盧姆！抓強盜！喂！喂！堵住那個街口，抓住他！

（在比弗街口的腳手架下，氣喘吁吁的布盧姆在一堆人的外圍站住了。那一群人正在亂亂烘烘七嘴八舌怎麼回事喂喂聽著誰也不知誰和誰幹鬧些什麼吵成一團。）

斯蒂汾

（作著繁縟的手勢，呼吸深沉而緩慢）你們是我的客人。不速之客。沾喬治五世和愛德華七世之光[302]。要怪歷史。是記憶的母親們編造的寓言。

列兵卡爾

（對凱弗里妹子）他侮辱你了嗎？

斯蒂汾

我招呼她用的是呼格，陰性。很可能是中性。非生格。

眾人聲音

沒有，他沒有。我瞅見他了。那一位姑娘。他是在科恩太太家的。怎麼回事？當兵的和老百姓。

凱弗里妹子

我陪著兩位老總，他們走開一忽兒去那個——明白嗎，這時候這個年輕人從後面追上來了。別看我不過是一個先令的窯姐兒，我可不是那種三心二意的人。

眾人聲音

這姑娘不三心二意。

斯蒂汾

（望見林奇和基蒂的頭）好啊，西緒福斯[303]。（他指自己和旁人）有詩意。小水的淫意。

凱弗里妹子

對啊，要我和他去。可是我陪著老總朋友呢。

列兵康普頓

他就是欠揍，這傢伙。給他一下子，哈里。

列兵卡爾

（對凱弗里妹子）剛才我和他去尿尿，他侮辱你了嗎？

丁尼生勳爵

（紳士風度十足的詩人，上身穿英國國旗上裝，下身是法蘭絨的板球褲，頭上沒有戴帽子，長鬍子隨風飄動）

他們的職責不是把道理講清。[304]

302 愛德華七世為當時（一九〇四）英王，喬治為太子，一九一〇年愛德華去世後接任為喬治五世。

303 西緒福斯為希臘神話中暴君，死後被罰在陰間推巨石上山，巨石至山頂又滾回山下，反覆勞動永無休止。

列兵康普頓

給他一下子，哈里。

斯蒂汾

（對列兵康普頓）我不知道你的尊姓大名，但是你的話很有道理。斯威夫特博士說過，一個身披鎧甲的人，可以戰勝十個只穿襯衣的人。襯衣是個舉隅法。以局部表整體。

凱弗里妹子

（對群眾）不是，我是跟老總一起的。

斯蒂汾

（和藹可親地）怎麼不行？餘勇可賈的武夫嘛。以我之見，每一位女士比方說……

列兵卡爾

（歪戴著帽子，向斯蒂汾逼近）你說說，老哥兒們，我把你的下巴一拳打爛怎麼樣？

斯蒂汾

（抬頭望天）怎麼樣？很不愉快唄。高尚的自欺之道[305]。以我個人而言，我討厭動手。（他搖搖手）手有一點疼。Enfin ce sont vos oignons.[306]（對凱弗里妹子）這裡是出了一點問題。究竟是什麼問題呢？

多麗・格雷[307]

（站在陽臺上揮動手帕，作耶利哥女俠記號）喇合[308]。廚師的兒子[309]，再見吧。祝你平安回家來找多麗。夢中別忘了你家鄉的姑娘，她也會夢見你。

（士兵們眼淚汪汪地望著她。）

布盧姆

斯蒂汾

（從人群中擠進去，使勁拉斯蒂汾的袖子）來吧，教授，車夫等著呢。

（轉身）嗯？（擺脫他的手）我為什麼不可以和他談談呢？不論是誰，只要是能在這個扁桔形圓球上直立走路的人類，都可以談。（用手指著）不論和誰談，我只要能看到他的眼睛，我就不怕。保持垂直的。（他踉蹌倒退一步。）

---

304 丁尼生〈輕騎兵旅衝鋒記〉（見本章注89八七九頁）。詩中名句有：

他們的任務不是回嘴爭論，
他們的職責不是把道理講清，
他們的本分就是流汗犧牲。

305 十九世紀中葉英國重新開始拳擊運動時，有人稱之為「高尚的自衛之道」。

306 法語：「歸根到底，是你的蔥頭」（不是我的事）。

307 多麗·格雷是一首英國歌曲中的人物，歌中軍人將去南非打殖民戰爭，向多麗告別。

308 喇合為《聖經·舊約·納書亞記》中妓女，於猶太人進攻耶利哥城時幫助猶太探子，因而獲得猶太人許諾，在窗口綁紅繩子為紀，城破時即可全家免遭殺害。

309 典出英國「帝國主義詩人」吉卜林為支援在南非作戰的英軍而寫的〈心不在焉的乞討者〉（見第九章注37三七三頁）詩句：

廚師的兒子、公爵的兒子……今天都一樣。

布盧姆

（扶他）保持你自己的垂直吧。

斯蒂汾

（發出空洞的笑聲）我的重心有所偏離。我已經忘了訣竅。咱們找個地方，坐下來討論吧。為生存而鬥爭，這本是存在的法則，但是但是人類中的和平愛好者，其中著名的是沙皇和英國國王[310]，他們卻發明了仲裁。（以手輕叩前額）但是我必須在這裡頭把祭司和國王一齊殺死[311]。

花柳碧蒂

你聽見教授說的話了嗎？他是大學出來的教授。

孔底凱特

聽見了，我聽見了。

花柳碧蒂

他說出話來是那麼文質彬彬，與眾不同。

孔底凱特

敢情是。可是同時又那麼詞語恰當，一針見血。

列兵卡爾

（掙脫身子，走上前來）你說我的國王什麼話來著？

（愛德華七世在一個牌樓下出現。他穿一件白色緊身上衣，胸前繡著聖心圖像，還有嘉德勛章、薊花勛章、金羊毛勛章、丹麥白象勛章、斯金納和普羅賓騎兵團徽、林肯法學會常務委員徽章，以及馬薩諸塞州榮譽老炮兵隊隊徽。他正在嚼一塊紅色的棗味糖錠。他披著共濟會遴選至高無上大師的長袍，拿著泥刀，圍著圍裙，上有「德國製」字樣。他的左手提著灰漿桶，桶上印有Défense d'uriner[312]的字樣。人們對他發出一片熱烈歡迎的呼聲。）

愛德華七世

（緩慢、莊嚴、然而含糊不清地）和平，完美的和平。我手提漿桶，作為標識。回頭見，孩兒們。（轉向臣民）朕來此觀戰，為雙方誠實無欺作見證，朕真誠祝願雙方都取得最大勝利。Mahak makar a bak.[313]（他和列兵卡爾、列兵康普頓、斯蒂汾、布盧姆、林奇一一握手。）

（群眾紛紛鼓掌。愛德華七世仁厚地舉桶致意。）

列兵卡爾

（對斯蒂汾）你再說一遍。

斯蒂汾

---

310 俄國沙皇尼古拉二世倡導「和平」，促成了一八九九年的海牙國際和平會議，國際仲裁制度從此開始。但從實際效果看，沙皇的行動為一九〇四年的日俄戰爭作了準備。英王愛德華七世也素以和平倡導者自居，（見第十二章注125六三九頁），並曾於一九〇八至一九〇九年同與尼古拉二世兩次會談和平，但其實際意義顯然是聯合俄國，加強英國與德國爭殖民地的力量。

311 英國詩人布萊克常把祭司和國王聯在一起代表壓迫。

312 法文：「禁止小便」。

313 此句可能是共濟會利用阿拉伯語編成的暗號，用以試驗有關人是否狡詐。

（精神緊張而態度友好，控制著自己）我理解你的觀點，雖然我本人目前並沒有國王。如今是成藥的時代。在這地方進行討論是不容易的，但是要點可以說一下。你為你的國家而死，這是假設。（他伸手摸列兵卡爾的衣袖）我並不希望你如此。但是我卻說：讓我的國家為我而死吧。這是它迄今為止的實際行動。我並不要它死。打倒死亡。生命萬歲！

愛德華七世

（在成堆的被殺者屍體上空冉冉升起，身上和頭上是逗樂兒的耶穌的裝束和光環，燐光閃閃的臉上有一塊白色棗味糖錠似的菱形）

我的手法是新穎而又驚人，

治瞎子我把沙土往他們眼裡頭扔。

斯蒂汾

國王們和獨角麒麟們！（他退後一步）咱們來找個地方，好……那位姑娘說什麼？

列兵康普頓

嗨，哈里，給他小肚子底下來一腳。照著小便那兒狠狠地踢。

布盧姆

（對那兩個兵，溫和地）他自己也不知道他說的是什麼。多喝了幾口。苦艾酒。綠眼魔鬼。我認識他。他是一位紳士，詩人。沒有問題的。

斯蒂汾

（點頭微笑，又哈哈大笑）紳士，愛國者，學者，審判騙子的法官。

列兵卡爾

他是誰關我的屁事！

列兵康普頓

他是誰關我們屁事！

斯蒂汾

看來，我叫他們不高興。綠布逗牛[314]。

（巴黎的凱文・伊根身穿帶有流蘇的西班牙黑襯衫，頭戴一頂破曉出擊帽，向斯蒂汾打招呼。）

凱文・伊根

阿囉！Bonjour! 那個dents jaunes的vieille ogresse.[315]

（帕特里斯・伊根從後面窺視，露出一張兔子臉，正在小口小口地咬一片溫桲葉子。）

帕特里斯

---

314 逗牛應該用紅布，綠布起不了作用。同時，綠色是愛爾蘭國色，牛又使人想起英國人，因為英國人常被稱為「約翰牛」。

315 句中夾雜法語：「阿囉」為法國式「啊囉」，bonjour「日安」，dentsjaunes即「黃牙」，vieille ogresse即「醜老婆子」，指維多利亞女王（見第三章一二二頁）。

Socialiste![316]

唐・埃米爾・帕特里齊奧・弗朗茲・魯珀特・波普・亨尼西[317]

（身穿中古鎖子甲，頭戴飾有兩隻飛雁的頭盔，伸出一隻披甲的手，義憤填膺地指著那兩個列兵）Werf those eykes to footboden, big grand porcos of johnyellows todos covered of gravy![318]

布盧姆

（對斯蒂汾）咱們回家吧。你會惹出麻煩來的。

斯蒂汾

（搖搖晃晃地）我不躲避麻煩。它能使我的思維活躍起來。

花柳碧蒂

一看就知道，他是名門之後。

魁偉女人

他說的是綠勝於紅。沃爾夫・托恩[319]。

鴇母

紅色不比綠色差。還更強。當兵的上！愛德華國王上！

魯夫

（笑）沒錯！上去向德威特[320]投降。

公民

（披一條巨大的翠綠圍巾，執櫟樹棍子，大聲叫喊）

願天上的天主

派來一隻飛鴿

牙齒鋒利如同剃刀

把那些英國惡狗

那些殺我們愛爾蘭首領的惡狗

統統咬斷喉嚨。

短髮的少年

（頸子上套著絞索套，雙手抓住湧出的肚腸往裡塞）

我與人從來是無冤無仇，

愛祖國不能怕國王殺頭。

---

316 法文：「社會主義者！」

317 波普·亨尼西為十九世紀愛爾蘭保守派政治家，但前四人名似可代表愛爾蘭流亡歐洲各地的「大雁」，因此開始用西班牙尊稱「唐」。

318 混雜德語、西班牙語、愛爾蘭語、英語的詞句，大意為「把這兩個可憎東西打倒在地，這兩頭滿身油湯的英國大肥豬！」

319 綠色象徵愛爾蘭，紅色象徵英國；〈綠勝於紅〉為一愛爾蘭歌曲，歌頌愛爾蘭奮起抵抗英國侵略者。托恩（見本書第十章注38·上卷五一九頁），為最能代表此精神的愛國志士之一。

320 德威特為南非戰爭中抗擊英軍的著名布爾將軍（參見第八章注24三三一九頁）。

剃頭鬼朗博爾德

（手提旅行提包，由兩個戴黑色面罩的助手陪同走上前來，打開提包）女士們，先生們。這是皮爾西太太買去殺莫格的菜刀。這是伏亞桑作案用的刀子，他把同鄉的老婆大卸八塊，用床單裹著藏在地下室裡，不幸的女人腦袋都搬了家。這一小瓶砒霜，是從巴倫小姐屍體上回收得來的，塞登就是為它上了斷頭臺[321]。

（他抽動絞索，兩個助手跳起來抓住受刑人的腿往下拽。短髮少年喉嚨裡發出哼哼聲，舌頭伸出老遠。）

短髮的少年

（他斷氣了。被絞死者忽有劇烈的勃起，射出一股股精液，透過屍衣落在大卵石路面上。貝林漢姆太太、耶爾弗頓・巴里太太、尊貴的默文・滔爾博伊斯夫人一擁而上，掏出手絹去汲取那精液。）

忘奧為喔因呃安咿而咦坳。[322]

朗博爾德

我自己也快了。

（他解下絞索套）

這是絞死叛賊的繩索。十先令一次。已向殿下登記。（他把腦袋伸進絞死者的洞開的肚子內，然後又抽出腦袋，上面纏滿一圈圈冒熱氣的肚腸）我的痛苦的任務已經完成。上帝保佑吾王！

愛德華七世

（緩慢而莊嚴地一邊敲擊灰桶，一邊以心滿意足的神色輕歌曼舞）

加冕日來加冕日，

普天同呀同慶祝，

白酒、啤酒、葡萄酒！

列兵卡爾

喂！你說我的國王怎麼來著？

斯蒂汾

（揚起雙手）唉，這可是太單調了！沒說什麼。他要我的錢，要我的命，雖然他也是不要不行，為了他的某種野蠻的帝國。錢我是沒有的。（茫然地搜索自己的口袋）給了個什麼人了。

列兵卡爾

誰要你的臭錢？

斯蒂汾

（企圖走開）誰能告訴我，到什麼地方能少遇見這類無法避免的倒楣事？Ça se voit aussi à

321 本段所提人物均為轟動一時的謀殺案中的凶手與被害者。

322 〈短髮的少年〉歌詞：「忘了為母親的安息而祈禱」，為少年向假牧師懺悔內容之一。

Paris.[323]……但是，聖派特里克在上……。

（婦女們都將頭聚在一起。沒牙老太坐在一株大蘑菇上出場，頭戴一頂寶塔糖帽子，胸口佩戴馬鈴薯枯萎症的死亡之花。[324]）

斯蒂汾

啊哈！我認識你，老婆子！哈姆雷特，報仇呀[325]！吃掉自己下的豬崽子的老母豬[326]！

沒牙老太

（前後搖晃著）是愛爾蘭的心上人，西班牙國王的女兒[327]，我的孩子。那些闖進家裡來的外人，沒有好下場！（發出報喪女妖的哀號聲）嗚呼！嗚呼！牛中魁首！（慟哭）你不是遇見了可憐的老愛爾蘭嗎，她怎麼樣啦[328]？

斯蒂汾

我看你怎麼樣？扣帽子的哄人把戲！神聖的三位一體中的第三位何在？Soggarth Aroon[329]何在？可敬的腐肉鴉[330]。

凱弗里妹子

（尖聲喊叫）拉住他們，讓他們別打。

一魯夫

咱們的人退了。

列兵卡爾

（扯自己的腰帶）哪個操蛋傢伙敢說我那操蛋國王半個不字，我就擰斷他的脖子。

布盧姆

（大驚）他什麼也沒有說。半句也沒有說。純粹是誤會。

列兵康普頓

動手，哈里。照著他的眼睛給他一拳。他是個親布爾分子。

斯蒂汾

我？什麼時候？

布盧姆

（對兩個英國兵）我們在南非是給你們打仗的。愛爾蘭飛彈部隊。這難道不是歷史嗎？皇家都

---

323 法文：巴黎也是如此。

324 窮老太婆象徵愛爾蘭（參見本書第一章注37六十一頁；與第九章注9三六七頁），而由馬鈴薯枯萎症造成的馬鈴薯普遍歉收，是愛爾蘭十九世紀大饑荒的直接起因。

325 典出莎士比亞《哈姆雷特》，為哈父陰魂顯靈要哈為其報仇用語。

326 斯蒂汾在《寫照》中曾以此語描述愛爾蘭。

327 典出童謠〈我有一棵小小的核果樹〉，其中提到西班牙國王女兒因為要看這小樹而來作客。

328 典出愛爾蘭民謠〈穿綠裝〉，民謠訴說愛爾蘭的國色綠色已經被禁，凡是穿綠裝的都要被絞死，愛爾蘭已成苦難最深的國家。

329 愛爾蘭語；「我敬愛的牧師」愛爾蘭小說家巴尼姆（Banim）曾以此為題寫農民對愛國牧師的感情。

330 腐肉鴉專吃動物死屍。法國小說家福樓拜所著《包法利夫人》中人物將牧師比作腐肉鴉，因人死他必到場。

柏林火槍團。還受了皇上的嘉獎呢。

壯工

（蹣跚而過）可不是嗎！天主呀，可不是嗎！嗨，讓得兒開得兒呀！嗨！呸！

（一隊穿戴盔甲的持戟手一齊舉起武器，天棚似的一大片，矛尖都挑著肚腸。忒迪少校亮相，他嘴上是恐怖大王特寇式的八字鬍，頭上戴著飾有羽毛等物的熊皮高帽子，肩章、金臂章、馬刀佩囊一應俱全，胸前亮晶晶的掛著好些軍功章。他作聖殿騎士[331]的朝聖戰鬥姿勢。）

忒迪少校

（粗聲吼叫）羅克渡口[332]！衛士們上，跟他們幹！Mahar shalal hashbaz.[333]

公民

Erin go bragh![334]

（忒迪少校和公民互相顯示軍功章、勛章、戰利品、傷疤。兩人惡狠狠地互致敬禮。）

列兵卡爾

我來收拾他！

列兵康普頓

讓一讓，公平合理打一場。（把群眾擋開）把這傢伙揍個皮開肉綻的！

（兩個軍樂隊分別大聲演奏〈加里歐文〉[335]和〈上帝保佑國王〉。）

凱弗里妹子

他們要打起來了。是為了我！

孔底・凱特

英雄與美人。

花柳碧蒂

據我看來，玄服騎士必將獲勝。

孔底・凱特

（滿臉脹紅）未必，夫人。我支持紅色緊身上衣和快活的聖喬治[336]。

斯蒂汾

婊子的滿街招呼，將織下老愛爾蘭的裹屍布。

列兵卡爾

331 聖殿騎士原是中古時期基督徒去中東朝聖的武裝組織，後被近代共濟會奉為祖先，共濟會高級大師即被稱為聖殿騎士。

332 羅克渡口是英國殖民軍一八七九年在南非侵略祖盧族時的一個據點，防守該據點的英軍曾在此以少勝多而立戰功。

333 希伯來語：「趕緊下手奪取戰利品」，典出《聖經・以賽亞書》第八章，在共濟會中用作聖殿騎士信號。

334 愛爾蘭語：「愛琳直至世界末日！」（愛爾蘭萬歲！）

335 加里歐文為愛爾蘭利默里克市一郊區，一愛爾蘭流行歌曲〈飲酒歌〉即以此為歌名。

336 紅色緊身上衣為英軍制服。聖喬治是英國在戰爭中的守護神。

（鬆開腰帶，大聲喊叫）哪個雜種敢說我那倒楣操蛋國王半個不字，我就擰斷他的脖子。

布盧姆

（抓住凱弗里妹子的肩膀搖晃）開口呀，你！你啞了嗎？你是不同民族之間的橋梁，也是上下兩代之間的聯繫。開口呀，女人，神聖的生命創造者！

凱弗里妹子

（驚恐，拉列兵卡爾的袖子）咱不是陪著你嗎？咱不是你的姑娘嗎？妹子是你的姑娘。（叫喊）警察！

斯蒂汾

（興奮異常，對凱弗里妹子）
白白的小手紅紅的嘴，
你那個身子真叫美。

眾人聲

警察！

遠處嘈雜人聲

都柏林著火了！都柏林著火了！起火了！起火了！

（硫磺烈火騰空而起。濃煙滾滾而過。機關炮頻頻轟鳴。天翻地覆。軍隊擺開陣勢。馬蹄疾馳聲。大炮聲。嘶啞的號令聲。噹噹的鐘聲。助威者高聲吶喊。醉漢們亂吵亂鬧。娼妓們發出刺耳的尖叫聲。有濃霧號角的嗚叫。有勇敢殺敵的吼聲。有被殺者的狂喊。長矛刺在胸甲上，發出鏗鏘的聲音。一些盜賊忙著搶被殺者的財物。大批的猛禽，有的從海面上翱翔而至，有的從沼澤地區展翅飛來，有的從高山巢穴猛撲而下，都嘯叫著在上空盤旋：塘鵝、鸕　、禿鷲、蒼鷹、山鷸、游隼、灰背隼、黑琴雞、白尾海鵰、海鷗、信天翁、北極黑雁。午夜的太陽成了一片昏暗。大地顫抖了。都柏林的死人都從前景公墓和杰羅姆山的墳墓裡鑽出來，有的穿白綿羊皮大衣，有的披黑山羊皮斗篷，向許多人顯了靈。地面無聲無息地裂開一個大口，露出了一個深淵。全國讓量跳欄冠軍湯姆・羅奇福特穿著運動員的背心褲裙，領先跑到深淵邊上，一縱而下。跟在他後面縱身下去的有一大串田徑運動員。他們作出各種各樣稀奇古怪的姿勢在深淵邊上凌空而起，然後一直墜落下去。工廠女工們穿著紅紅綠綠的花稍衣服，投擲著火紅的約克郡巴拉嘭炸彈。上流社會女士們撩起裙子保護腦袋。愛笑的妖女們穿著紅色短襖，騎著掃帚柄在空中飛過。貴格會友利斯特圖書館長管塗藥膏。天上下起了惡龍牙齒。從一條條壟溝裡，迸出了許多手持武器的勇士[337]。勇士們客客氣氣地交換了紅十字騎士信號，然後捉對兒用馬刀廝殺起來：沃爾夫・托恩對亨利・格拉頓，史密斯・奧布賴思對丹尼爾・奧康內爾・邁克爾・達維特對艾薩克・巴特，賈斯廷・麥卡錫對帕內爾，阿瑟・

337 典出希臘神話：英雄卡德摩斯殺死惡龍後將其牙齒種入地下，地下立即躍出大量武裝勇士，凶猛異常，卡德摩斯將石子投入群中，引其互相殘殺，方將其剩餘五人降伏。

格里菲斯對約翰・雷德蒙德，約翰・奧利里對利爾・奧約尼，愛德華・菲茨杰拉德勛爵對杰拉德・菲茨愛德華勛爵，格倫族的奧多諾休對奧多諾休族的格倫。在大地中央一塊高地上，升起了聖巴巴拉[338]的野地祭壇。祭壇兩側的獸角上，都插著黑色的蠟燭。兩道光從碉樓高處的兩個槍眼射下，落在煙霧瀰漫的祭壇石板上。石板上臥著裸體的非理女神米娜・皮尤福依太太，手腳拴住，大肚皮上放著一只聖餐杯。瑪拉基・奧弗林神父主持野營彌撒，他穿一條空花襯裙，外面反罩法衣，兩隻左腳都是腳後跟向前。可敬的休・C・海因斯・洛夫碩士先生身穿黑色教士袍，頭戴學位帽，腦袋和衣領都是後面向前，撐著一把傘罩住祭司的頭。）

瑪拉基・奧弗林神父

Introibo ad altare diaboli.[339]

可敬的海因斯・洛夫先生

走向使我年輕時過上快樂日子的魔鬼。

瑪拉基・奧弗林神父

（從聖餐杯中取出一塊滴血的聖餅，舉在空中）Corpus meum.[340]

可敬的海因斯・洛夫先生

（祭司的襯裙從後面高高撩起，露出毛烘烘的灰色光屁股，屁股裡插著一根胡蘿蔔。）我的身體。

全體被打入地獄者的聲音

切一著治統豬天的能全為因，亞路利哈！[341]

（天上傳來上主的呼喚聲）

上主

豬豬豬豬豬天！

全體升入天堂者的聲音

哈利路亞，因為全能的天主統治著一切！

（天上傳來上主的呼喚聲）

上主

天天天天天主！

（橙派[342]和綠派的農民和市民各唱各的歌，一方唱「踢教皇」，另一方唱「每天每天歌頌瑪利亞」，各不相讓，嘈雜刺耳。）

列兵卡爾

---

338 聖巴巴拉為戰火中人員的守護神。

339 拉丁文：「我登上魔鬼的祭壇。」按，正規彌撒主持人應說：「我登上天主的祭壇。」而離經叛道者舉行「黑色彌撒」則祭魔鬼，一切與正規相反。

340 拉丁文：「我的身體。」這是正規彌撒用語，引自《聖經》中耶穌最後晚餐分餅用語。

341 此語為《聖經・啟示錄》中對上帝讚詞的顛倒。原讚詞即下文「全體升入天堂者」所說。

342 「橙派」即「奧倫治協會」，因地名「奧倫治」Orange即橙。

（語氣凶狠）我來收拾他，操蛋基督助我！看我把這操蛋雜種的倒楣操蛋臭氣管擰斷了！

（尋物獵犬在人群外緣鑽來鑽去，大聲吠叫。）

布盧姆

（跑到林奇面前）你不能想法把他弄走嗎？

林奇

他喜歡辯證法，那是世界通用的語言。基蒂！（對布盧姆）你把他弄走吧。他不會聽我的。

（他把基蒂拽走了。）

斯蒂汾

（指著說）Exit Judas. Et laqueo se suspendit.[343]

布盧姆

（跑到斯蒂汾面前）快跟我一起走吧，免得事情鬧大了。這是你的手杖。

斯蒂汾

手杖不要。要理性。這是純理性的筵席。

沒牙老太

（拿一把匕首往斯蒂汾的手上塞去）除掉他，寶貝疙瘩。到早晨八點三十五分你就上天了[344]，愛爾蘭就自由了。（她祈禱）仁慈的天主呀，你收了他吧！

凱弗里妹子

（拉列兵卡爾）走吧，你灌多了。他侮辱了我，可是我原諒他。（湊近他的耳朵叫喊）我原諒他對我的侮辱。

布盧姆

（隔著斯蒂汾的肩膀說）對，走吧。你們看，他是不行了。

列兵卡爾

（掙脫身）我要侮辱他。

（他伸出拳頭衝向斯蒂汾，一拳打在他的臉上。斯蒂汾踉蹌幾步。站立不住，倒在地上暈了過去。他臉朝天躺著，帽子滾到牆邊。布盧姆跟過去，拾起帽子。）

忒迪少校

（大聲喊）馬槍入套！停火！敬禮！

尋物獵犬

（狂叫）沃沃沃沃沃沃沃沃沃。

群眾

讓他起來！人家倒在地上就別打了！要空氣！誰？當兵的打的。是個教授。受傷了嗎！別欺負

343 拉丁文：「猶大出去了。他上吊自盡了。」典出《聖經・馬太福音》第二十七章，其中敘述猶大出賣耶穌後悔恨無已，終於自殺。

344 英國當時處決犯人通常都在早晨八點。

人！他昏過去了。

老媼

紅制服有什麼理由打這位先生，人家又是喝了幾杯的！有本事去打布爾人去！

鴇母

聽這話說的！當兵的難道沒有權利玩姑娘嗎？他打他就看他敢不敢出頭。

（兩人互相揪頭髮，抓臉，啐唾沫。）

尋物獵犬

（吠叫）汪汪汪。

布盧姆

（把她們推開，大聲說）走開，站遠一些！

列兵康普頓

（拉他的伙伴）注意。開路吧，哈里。馬路條子來了！

（人群中站著兩個披雨披的巡邏，個子高高的。）

巡邏甲

這兒出了什麼事兒？

列兵康普頓

我們跟這位小姐在一起。他侮辱我們，還對我的伙伴動手動腳的。（尋物獵犬吠叫）這是誰的倒楣狗？

凱弗里妹子

（有所期待）他出血了嗎？

男人

（從跪著的姿勢站起來）沒有。暈過去了。會醒過來的，沒有問題。

布盧姆

（注意地睛了那人一眼）我來照應他。不難……

巡邏乙

你是誰？你認識他嗎？

列兵卡爾

（搖搖晃晃地走向巡邏）他侮辱了我的女朋友。

布盧姆

（忿怒地）你無緣無故地動手打了他。我是見證人。巡官，把他的團隊號碼記下來。

巡邏乙

我怎麼執行任務用不著你來發指示。

列兵康普頓

（拉他的伙伴）聽著，開路吧，哈里。要不貝內特要關你的禁閉了。

列兵卡爾

（踉踉蹌蹌地被拉走）上帝操他個老貝內特。他是個白屁股孬種。我才不在乎他呢。

巡邏甲

（取出記事冊）他叫什麼名字？

布盧姆

（向人群後面張望）我看那兒來了一輛車子。您能不能幫我一下子，巡長……

巡邏甲

姓名，住址。

（康尼・凱萊赫頭戴纏黑紗的帽子，手拿喪事花圈，在圍觀的人群中出現。）

布盧姆

（敏捷地）嗨，來得正好！（耳語）賽門・代達勒斯的兒子。喝多了一點兒。請你讓這兩位警察把這些閒人趕開一些。

巡邏乙

您好，凱萊赫先生。

康尼・凱萊赫

（眼睛慢吞吞地轉動著，對巡邏）沒有事兒。我認識他。賽馬贏了一票。金杯賽。扔扔（笑）一賠二十。明白我的意思嗎？

巡邏甲

（轉向人群）喂，你們都張著嘴看什麼？都走，走開！

（人群慢慢散開，嘟噥著進了小巷。）

康尼・凱萊赫

你們交給我吧，巡長。沒有問題。（他笑著搖頭）咱們自己不也是常出醜嗎，有時還更糟呢。怎麼樣？嗯？怎麼樣？

巡邏甲

（笑）敢情是。

康尼・凱萊赫

（用胳膊肘碰碰巡邏乙）算了，抹掉名字算了。（他晃著腦袋哼起曲調來）哼著我的土啦侖、土啦侖、土啦侖、土啦侖。怎麼樣？嗯？明白我的意思嗎？

巡邏乙

（和善地）是呀，我們也是過來人。

康尼・凱萊赫

（眨著眼睛）年輕人終歸是年輕人。我有一輛車子在那邊。

巡邏乙

好吧，凱萊赫先生。晚安。

康尼・凱萊赫

這兒我負責了。

布盧姆

（和兩個巡邏一一握手）非常感謝兩位。謝謝你們。（機密地低聲說）咱們不希望鬧成什麼醜聞，兩位明白。父親是一個挺受人尊敬的知名人物。不過是年輕人的小小荒唐事兒罷了，兩位明白。

巡邏甲

哎，我明白，先生。

巡邏乙

沒有問題，先生。

巡邏甲

只有出了人身受傷事故，我才必須向所裡報告呢。

布盧姆

（迅速點頭）那是自然。完全正確。你們的職責所在嘛，沒有別的。

巡邏乙

是我們的職責。

康尼・凱萊赫

晚安，兩位。

兩巡邏

（一齊敬禮）晚安，兩位先生。

（他們踏著緩慢、沉重的步伐走開了。）

布盧姆

（吹一口氣）有您來，真是老天保佑。您有車？

康尼・凱萊赫

（笑，翹起拇指指向右肩後方腳手架旁邊停著的車子）兩個旅行推銷員，在賈米特飯店請喝香檳。王侯般的，真的，其中有一個賭賽馬輸了兩鎊。藉酒澆愁。想找快活姑娘開開心。所以我把他們裝在貝漢的車上，送到夜市來了。

布盧姆

我是正從加德納街回家，碰巧遇見……

康尼・凱萊赫

（笑）他們自然想要我跟他們一起玩那些浪女人的。我可不奉陪了，天主在上，我說。像我這樣、你這樣的識途老馬，誰還幹那個？（又笑，同時斜著失去了光澤的眼睛作態）謝謝天主，咱們自己家裡就有，怎麼樣，嗯？你明白我的意思嗎？哈，哈，哈！

布盧姆

（也勉強笑）嘻，嘻，嘻！可不是嗎。實際上我是看望那兒的一個老朋友費拉格，您不認識他（可憐，他都病倒了一個星期了），我們在一起喝了一杯酒，我正要回家……

（馬嘶鳴。）

馬

吙兒吙兒吙兒吙兒！吙兒吙兒吙兒回兒家！

康尼・凱萊赫

把那兩個推銷員送到科恩太太家之後，是我們這車夫貝漢告訴我的，我就讓他站他一下，下車來瞅一瞅。（笑）靈車的車夫頭腦清醒，這是一種特長。要我送他回家嗎？他住哪兒！卡勃雷區的什麼地方吧，怎麼樣？

布盧姆

不對。從他的話裡，我聽著像是在沙灣。

（斯蒂汾趴著，對著天上的星星呼吸。康尼・凱萊赫慢吞吞地斜著眼睛瞅那匹馬。布盧姆滿臉布愁雲，不聲不響地俯視著。）

康尼・凱萊赫

（搔著後腦勺子）沙灣！（他彎下腰去叫斯蒂汾）喂！（又叫）喂！他不知怎麼的全身都是刨花。小心他們別偷了他的東西。

布盧姆

沒有，沒有，沒有。我拿著他的錢，他的這個帽子，還有手杖。

康尼・凱萊赫

嗯，行，他回頭就好了。沒有傷著骨頭。好吧，我得挪挪地兒了。（笑）早上我還有約會呢。埋死人。一路平安！

馬

（嘶鳴）咴兒咴兒咴兒回兒家。

布盧姆

晚安。我等他一下，一忽兒陪他去……

（康尼・凱萊赫回到那輛外座車邊，上了車。馬具發出一陣鏗鏘聲。）

康尼・凱萊赫

（站在車上）晚安。

布盧姆

晚安。

（車夫抖一下韁繩，揚起了鞭子給馬鼓勁。車和馬緩緩地、笨重地倒退出去，轉過了彎。康尼・凱萊赫坐在側座上，左右晃搖著腦袋表示對布盧姆的處境感到好玩。車夫坐在另一側的座位上，也一個勁兒地直顛腦袋，算是參加這一場啞劇式的無聲取樂。布盧姆搖搖頭，作為無言喜劇式的答覆。康尼・凱萊赫用大拇指和手掌作手勢。表示不管別的還有什麼事，睡是可以繼續睡下去的，兩個警察不會來干涉。布盧姆緩緩點頭表示感激，表示斯蒂汾正是需要睡一睡。馬車鏗鏗鏘鏘土啦侖地轉進了土啦侖巷子。康尼・凱萊赫又一次舉手妥啦妥侖致意。布盧姆作手勢妥啦妥侖，要康尼・凱萊赫妥啦妥侖妥啦放心。馬蹄得得，馬具鏗鏘，土啦土路，土啦路路轆轆越轆越遠。布盧姆站在那裡，手裡拿著斯蒂汾那頂纏著刨花的帽子和手杖，一時間有些猶豫不定。過了一忽兒，他彎下腰去搖晃他的肩膀。）

布盧姆

喂！嗨！（沒有回答。他又一次彎腰。）代達勒斯先生！（沒有回答）要喊名字。夢遊人[345]。（他又彎下腰去，遲疑片刻之後把嘴湊近臥地人的臉）斯蒂汾！（沒有回答。他又叫）斯蒂汾！

斯蒂汾

（蹙眉）誰？黑豹。吸血蝠。（他嘆一口氣，伸了伸手腳，然後拖長了聲音，口齒不清地喃喃吟誦起來）

誰願……弗格斯……駕車

深深……樹林……濃蔭……？[346]

（他嘆一口氣，翻向左側，把身子蜷縮起來。）

布盧姆

詩，受過高深教育的。可惜。（他又彎腰，給斯蒂汾解開坎肩鈕釦）呼吸。（輕輕地用手指拂掉斯蒂汾衣服上的刨花）一鎊七。總算沒有受傷。（細聽）什麼？

斯蒂汾

（喃喃吟誦）

……樹林……深處

……朦朧海洋……白色酥胸。

（他伸臂，又嘆一口氣，把身體蜷成一團。布盧姆拿著帽子和手杖直立在一邊。遠處有一隻狗叫了幾聲。布盧姆握手杖的手收緊了一下，又放鬆了。他低頭看著斯蒂汾的臉和身體。）

布盧姆

（與黑夜商議）臉像他那可憐的母親。在樹林的濃蔭裡。深處的白色酥胸。弗格森，我聽著他說的好像是。一位姑娘吧。不知哪兒的姑娘。對他是最大的好事。（低聲吟誦）……宣誓，我

345 西方有一種說法，對夢遊者要親切地喊他的名字或小名而不是姓，才能使他安全甦醒。

346 典出〈誰與弗格斯同去〉（見第一章注23五十一頁），有關詩句為：

誰願和弗格斯一同駕車，
深深地刺透樹林的濃蔭？
……
他統治著樹林的深處
統治著朦朧海洋的白色酥胸。

時時注意，永遠保密，絕不洩漏，任何內容，任何活動[347]……（低聲吟誦）……在海洋的狂暴沙漠上……離岸一錨鏈……潮汐落……又漲……[348]

（他陷入沉思，以祕密大師[349]的姿勢將手指按在嘴唇邊，默默地警惕地守衛著。在黑的牆前，徐徐出現了一個人影。這是一個十一歲的男孩子，被神仙偷換過的孩子[350]，身穿一套伊頓服，腳蹬一雙玻璃鞋，頭上戴一頂小小的青銅盔，手裡拿著一本書。他從右到左地看著書，用聽不清的聲音念著，微微笑著，還吻著書頁。）

布盧姆

（驚詫萬分，用聽不清的聲音喊叫起來。）茹迪！

茹迪

（直視布盧姆的眼睛而無所見，繼續念著書，吻著書頁，微笑著。他的臉呈現一種柔嫩的紫紅色，衣服上的鈕釦是鑽石和紅寶石做的。他的左手拿著一根細細的象牙棍子，上面繫著一個紫色的蝴蝶結。一隻白色的小羊羔從他的坎肩口袋裡探出頭來。）

347 典出共濟會入會保密宣言。
348 可能為水手歌曲片段。
349 蘇格蘭共濟會儀式中一種職務。

第二部

16

布盧姆先生在採取任何其他行動之前，第一步是把斯蒂汾身上的刨花大部分都拂掉，把他的帽子和白蠟手杖交給他，然後幫助他好好地振作一下精神，這是正統的助人為樂的作風，正符他的非常迫切的需要。他（斯蒂汾）的神志並不完全是一般所謂的恍惚狀態，而是稍微有一點不穩定。他表示要喝一點飲料，布盧姆先生考慮到當時的鐘點，近處又沒有自來水龍頭，想行洗禮都不行，更不必提喝水了，臨時想了一個應急的主意，在距離不及一箭之遙而靠近巴特橋處有一個人們稱之為車夫茶棚的地方，他們到那裡或許有希望找到牛奶摻蘇打或是礦泉水之類的飲料，倒還恰當。但是，如何去到那裡卻是一個問題。一時之間他頗為作難，但是此事既然責無旁貸須由他採取措施，他惟有搜索枯腸，琢磨各種可行辦法，其間斯蒂汾只是哈欠連連。據他看來，他的臉色相當蒼白，因此最好能找到某種形式的車具方適合他們此時此刻的情況，兩人都已筋疲力盡，尤其是斯蒂汾，這一切當然是以有車具出現為前提。據此認識，儘管他的手帕在為刮臉事業勤奮服務沾滿皂沫之後他忘了拾起，他還是把身上拭拭乾淨作為準備，然後兩人一起沿著比弗街走去，或者不如說是比弗胡同，走到蹄鐵店，走到蒙哥馬利街角那裡有明顯的馬車服務店的惡濁空氣處，然後轉向左邊，再轉過丹・伯金食品公司的街角，走上了埃明斯街。但是不出所料，一路不見一輛待僱的馬車，只有北星飯店外面停著一輛四輪馬車，大概是在裡頭尋歡作樂的人僱的，布盧姆先生試圖招呼牠，牠在那裡紋絲不動，毫無響應，布盧姆先生本來並非職業口哨家，將兩隻手臂彎在頭頂，發出一種也算類似口哨的聲音，連發兩次。

這是一個困境，然而加以常識的判斷，這一情況顯然沒有別的出路，惟有泰然處之，安步當車，他們也就這麼辦了。他們走過馬特立公司，到達標誌樓，就勉力向埃明斯街的鐵路終點站走去，布盧姆先生這時有一個不甚方便之處，是他褲子後邊的扣子中有一個，套用一句古老諺語稍加變動，已經走上一切扣子必走之道，然而他也情隨事遷，安之若素了。由於兩人這時都不著急時間，而天氣在朱庇特造雨大神的最後一次造訪之後已經放晴，氣溫已經趨於清涼，所以兩人溜溜達達，走過了那輛既無乘客又無車夫的空馬車仍在等待的地方。湊巧有一輛都柏林聯合電車公司的灑沙車回廠駛過，於是年長的一位就此事向同伴敘述了自己適才如何萬分僥倖得以脫險的險情。他們經過了大北線火車站的正門，這是往貝爾法斯特去的始發站，當然在這麼晚的鐘點一切來往車輛都已經暫停；然後經過陳屍所的後門（這不是一個吸引人的場所，即使不說它如何使人毛骨悚然吧，尤其在晚上），最後走到船塢酒店，旋即進入由於警察三署在此而遠近聞名的司多爾街。在這一地點到貝里斯福德小街那些高大而目前並無燈亮的倉庫之間，斯蒂汾觸景生情想起了易卜生，因為易卜生不知怎麼的在他的思想中和塔爾博特小街的貝亞德石匠作坊聯繫起來了，那是右手邊第一條路，而另外那一位現正扮演他的 fidus Achates[1] 腳色的人，卻正聞著詹姆斯・魯爾克麵包房的香味感到十分舒心，那麵包房離他們所在地很近，而那香噴噴的氣味也正來自我們我們每日所需的麵包，這是公眾所需的一切商品中最根本最不可缺的商品。麵包呀，生命的支柱，幹活才能吃麵包，要知麵包哪裡妙，請來魯爾克瞧一瞧。

En route[2]，布盧姆先生的同伴沉默不語，不必轉彎抹角實際上就是尚未充分蘇醒，而他自己則是神態完全清楚，頭腦空前清醒，實際上是令人厭惡地清醒，給他敲了一敲警鐘，談到夜市、壞名聲女人和拆白黨的危險性，偶爾有一次還勉強可以，習以為常是不行的，對於他這樣年齡的青年小夥子簡直是不折不扣的死路一條，特別是如果已經染上嗜酒的習慣，一旦有了醉意，除非你有一點柔道能對付各種緊急情況，因為如果你不加提防，已經臥倒在地的傢伙還可以狠狠地踢你一腳的。剛才斯蒂汾人事不知，不明白處境多險，有康尼•凱萊赫的出現真是萬幸，要不是這位正好在最後關頭出來的一夫當關，**finis**[3]很可能是他很可能有資格上事故病房，要不然就是上拘留所，第二天出庭見托拜厄斯先生，不，他是訴狀律師，他想說的是老沃爾或是馬奧尼[4]，這樣一來，事情傳出去就可以把人弄得身敗名裂的。他這麼提的原因，是這些警察——他可真不喜歡警察——有許多是人所共知不擇手段為皇上服務的，而且，按照布盧姆先生的說法，還舉出了

---

1 拉丁文：「忠實的阿卡忒斯」，羅馬史詩《埃涅阿斯記》中埃涅阿斯的友伴。
2 法文：「在途中」。
3 法文：「結尾」。
4 沃、馬二人均為警署治安官。

克蘭勃拉西爾街一署的一兩個案件為例，是可以隨口起大誓，把十加侖的大桶也能撕個口子的。需要他們的地方，從來找不到他們，可是在安靜的地區呢，比如說在彭布羅克路一帶吧，這些法律的護衛者倒是隨處可見的，顯然因為他們掙的就是保護上層階級的錢。他評論的另一件事，是給兵士配備火器或是其他任何種類隨時可以動用的隨身武器問題，這無異於縱容他們，稍有一點爭端就可以對平民動手。你糟蹋了你的時間，他十分明智地規勸道，也糟蹋了健康和名聲，除此之外，這中間形成一種揮霍狂，而demimonde[5]的放蕩女人則可以捲走大量現金現鈔，同時，最大的危險是，你和什麼人聚飲買醉，雖然，說到人們反覆討論過的刺激品問題，他倒是喜歡在恰當的時候喝一杯上等老葡萄酒的，既有營養能造血，又有輕瀉作用（尤其是好勃艮第，他對它最有信心），但也絕不超過某一點，他總是劃清這條線，絕無例外，因為那樣子無非是造成各方面的麻煩，還不用提實際上已經處於任人擺布的地位了。他以最為不齒的口氣評論的事，是斯蒂汾那些酒友，最後除了一位以外都丟下他走了，這是他那些醫科弟兄們在這一切情況下最不像話的卑劣行徑。

——而那一位卻是猶大，斯蒂汾說。他至此為止一直一言未發。

他們一邊談論這事那事，一邊取捷徑從海關大樓後邊穿過，走到環線橋下，有一個崗棚之類的東西前面燃著一盆炭火，吸引了他們的相當遲緩的腳步。斯蒂汾漫無目的地自己停住了腳，看了看那堆光禿禿的大卵石，憑藉火盆發出的光，勉強可以看出陰暗的崗棚內市府看守人的更為黝黑的人影。他開始想起，這事過去就發生過，或是有人提到發生過，可是他費了半天勁才想起來，他認識看守，是他父親往日的一個朋友格姆利。為了避免見面，他向鐵路橋墩那邊挪過去。

——有人招呼你，布盧姆先生說。

一個中等身材的人影，顯然是在橋洞下討生活的，又招呼他說：

——好！

斯蒂汾自然是暈暈乎乎地吃了一驚，隨即站住了還禮。布盧姆先生素來不喜歡干預別人的事，知趣地往一邊走了兩步，但仍保持著qui vive[6]，雖然毫無驚恐之意，卻是有些提心吊膽的。都柏林地區內雖不常見，但他知道，無以為生公然路劫的亡命之徒絕沒有絕跡，甚至在市區之外僻靜處用手槍指著腦袋威脅和平行人，這地方可能有類似泰晤士河堤岸群氓的餓漢遊蕩，或者乾脆是匪徒，冷不防撲上來，不給錢就要你的命，搶了就跑，讓你塞著嘴巴、勒著脖子留在那裡作一個教訓。

斯蒂汾雖然本人還不是十分清醒，但在那打招呼的人走近時也能聞到科利呼吸中有一大股陳腐難聞的玉米燒酒味。這人被某些人喊作約翰・科利爵爺，家庭出身是這樣算的。他是新近去世的七署巡官科利的長子，巡官娶的老婆是勞斯郡農人的女兒凱瑟琳・布羅菲。他祖父是新羅斯的派特里克・邁克爾・科利，娶了當地一位酒店老闆的遺孀，而她婚前的名字是凱瑟琳（同名）・塔爾博特。據說（並未證實）她的出身是馬拉海德的塔爾博特勛爵府。這一座府第，確實毫無疑

5　法文：「曖昧世界」，統指富人外室與暗娼等人。

6　法文：「警戒」。

問是同類住宅中的佼佼者，非常值得瞻仰一番，而她的母親或姑母或別的親戚，傳聞是一位絕世佳人，曾經有過在這府第的廚房洗滌間工作的光榮歷史。由於這個緣故，這一位和斯蒂汾說話的浪蕩子，年紀並不太老，卻被某些有詼諧傾向的人稱為約翰•科利爵爺。

他把斯蒂汾引到一邊之後，給他聽的是老一套的悲歌。沒有一個法尋[7]去買一夜的住宿。朋友全都拋棄了他。除此以外，他還和納萊漢吵了一架，他當著斯蒂汾把他叫作壞透了的卑鄙小人，還夾雜上若干平白無故的說法。他沒有工作，求斯蒂汾告訴他在天主的這個世界上，要到什麼地方才能找到事情做，什麼事情都行。不，是這樣的，洗滌廚房那一位母親的女兒是府上大少爺的義妹，或者這兩位通過那位母親而有某種關係，或者兩種情況兼而有之，要不然這事從頭到尾純屬子虛烏有。反正他是筋疲力盡了。

——我莊嚴起誓，他接著說，天主知道我是山窮水盡了，要不然我不會求你的。

——明後天道爾蓋有一個男學校會找人，斯蒂汾告訴他。要一個助理教員。加勒特•戴汐先生。去試試吧。你可以提我的名字。

——啊呀，天主，科利答道，我可教不了書，老兄。我從來就不是你們那種聰明學生，他勉強笑著說。我在公教弟兄會小學的初級班留了兩次級。

——我自己也沒有地方睡覺，斯蒂汾向他奉告。

起初科利傾向於懷疑，也許是斯蒂汾從街上帶一個倒楣蕩婦進了房間，所以才被房東趕出來的。馬爾伯勒街上有一家廉價客棧，馬洛尼太太開的，但是只有六便士的床位，而且有好多不三不四的人，但是麥康納基告訴他，在酒館街那邊有個銅頭旅館（這話使聽的人隱隱約約想到了培根修士[8]），住宿挺不錯，房價一先令。他的肚子也餓極了，雖然他完全沒有提到這一點。

儘管這類事三天兩頭都有，斯蒂汾的感情還是多少受到了觸動，雖然他也知道利科這一套全新的胡言亂語和別人的差不多，未必值得如何相信。然而正如拉丁詩人說的，**haud ignarus malorum miseris succurrere disco etcetera**[9]，尤其是他湊巧每月月中之後十六號發薪，正是這一天，雖然其中不少已經被消滅。但是最有趣的是科利竟認定他生活富裕，伸手就可以拿到需要的東西，毫不費事。實際上他倒是把手伸進了一只口袋，不是在那裡找吃的東西，而是以為也許可以借給他一個來先令，這麼的他至少可以想想辦法吃飽肚子，然而結果卻使他懊惱，他的現款沒有了，他拿不出錢來。搜索的唯一收穫是幾片碎餅乾。一時之間，他努力回想是否遺失了，很可能的，或是忘在哪裡了，因為如果真是那樣，前景可不是愉快的，實際恰恰相反。他已經疲勞透頂，無力進行徹底搜索，只能盡力回憶。餅乾的事他有一點模糊印象。不知道是誰給他的，什麼地方，要不然是他買的。可是他在另一個口袋裡摸到了東西，黑暗之中他以為是便士，結果並不是，他錯了。

——這些都是半克朗的呢，老兄，科利糾正了他。

仔細一看，果然是半克朗的。斯蒂汾仍然借了一枚給他。

---

7 法尋為舊時英國輔幣，值四分之一便士。

8 培根修士為英國十六世紀戲劇家格林所編劇本中的人物，煉成一顆神奇銅頭，因僕人反應錯誤而毀。

9 拉丁文：「我對苦難並不生疏，因而知道幫助受苦人等等。」典出維吉爾《埃涅阿斯記》，略有改動。

——謝謝，科利答道，你是一位正人君子。我將來會還你的。你那伴兒是誰？我見過他幾次，在坎登街的血馬酒店，和廣告商鮑伊嵐一起。你是不是幫咱們說句好話，幫我在那裡找一份工作。我想背夾心廣告牌，可是辦公室的姑娘告訴我，以後三個星期的人都滿了，老兄。天主，這還得訂座呢，老兄。倒好像是買卡爾·羅莎的歌劇戲票似的。可是我只要能找到工作，我什麼也不在乎，那怕是掃路口的馬糞也行。

他在兩先令六到手之後，不像原來那麼垂頭喪氣了，就和斯蒂汾說起一個名叫大袋子科米斯基的，他說是斯蒂汾熟識的人，從富拉姆船舶供應商店出來的，原是那兒記帳的，常常和奧馬拉和一個名叫泰伊的口吃的小個子一起光顧內格爾酒店後間。反正他前天晚上給逮了，罰款十先令，為的是醉酒擾亂治安還不服從巡官。

布盧姆先生這期間在市政看守人崗棚前的炭盆旁的大卵石堆附近轉悠，發現那一位顯然貪愛工作的人，趁著都柏林沉睡之際自己也已經安安靜靜打上了瞌睡。同時，他時不時向和斯蒂汾說話的人瞥去一眼，這位貴族的衣著可絕不是無可挑剔的，他覺得似乎在什麼地方見過，可是究竟在什麼地方，他可說不準確，也絲毫想不起來是什麼時候。他是一個頭腦清楚的人，說到銳敏觀察力他比不少人都略勝一籌，他注意到他的帽子也十分破舊，整個穿戴都很邋遢，說明貧困已非一時。可以看得出，他是那種依賴別人為生的人，但是說到那種人，不過是占隔壁鄰人的便宜，全面的，可以說是越陷越深，而且說到那種情況，假使街上的普通人自己上法庭，判個勞役刑不管是否可以改交罰金都完全是真正的rara avis[10]。不管怎麼說，他敢在半夜清晨這個時辰攔住人，真是絕頂的胸有成竹了。實在太過分了一點。

那兩人分了手，斯蒂汾又和布盧姆先生走在一起，布盧姆富有閱歷，一眼就看出他架不住那寄生蟲的花言巧語，已經屈服了。他笑著談到這一邂逅，說的是，斯蒂汾笑著說：

——他時運不佳。他請我請你請一位姓鮑伊嵐的廣告商，給他一份揩夾心廣告牌的工作。

布盧姆先生聽到這消息似乎興趣不大，心不在焉地朝一艘桶式挖泥船的方向凝視了半秒鐘光景，那船喜得赫赫有名的愛勃蘭納為其稱號，泊在海關碼頭旁邊，很可能早已失修。然後他支支吾吾地發表了他的看法：

——人人都有運氣好壞，人們說。經你一說，他的臉我是見過的。這話暫且不提，如果你不嫌我好打聽的話，你破費了多少？他問道。

——半個克朗，斯蒂汾回答。我敢說，他需要這點錢才能找個地方睡覺。

——需要！布盧姆先生脫口而出，同時表示這情況完全不出所料。我相信這話不假，我還保證他的需要是永遠不會改變的。人人各有所需，或是人人各有所為。但是談到一般情況的話，他又面帶笑容而言，你自己在什麼地方睡覺呢？步行去沙灣是不可能的。即使假定你能走到，經過了威斯特蘭橫街車站上發生的事情之後，你也進不去了。白受一趟累而已。我絲毫沒有干涉你的行動的意思，但是你離開你父親的家是為了什麼呢？

10　拉丁文：「罕見事物」。

——為了找罪受，斯蒂汾答道。

——我最近在一個場合遇見令尊大人了，布盧姆用上了外交詞令說。實際上就是今天，嚴格準確說是昨天。他現在住什麼地方？我從談話中體會，他已經搬家了。

——我相信他住在都柏林某地，斯蒂汾不甚在意地回答。怎麼？

——是一位有天賦的人物，布盧姆先生說的是老一輩的代達勒斯先生。不止一個方面的天賦，而且是天生的raconteur[11]，比誰都強。他為你感到驕傲，理所當然的。也許你可以回家吧，他試探著說。他仍在想威斯特蘭橫街終點站那一個很不愉快的場面，非常明顯，那兩位，就是馬利根和他那位英國來旅遊的朋友，終於合起來抬了第三位的轎子，他們公然為所欲為，彷彿整個倒楣車站都是屬於他們的，為的是混亂之中甩掉斯蒂汾，而他們也果然把他甩掉了。

然而，這一含含糊糊的建議並沒有引起什麼反應。斯蒂汾的思路正忙於重溫最後一次見到家中壁爐前生活的情景，他妹妹迪莉披著長髮坐在爐火前，等待那沾滿油汙的水壺裡的特立尼達帶皮可可煮好，她和他準備用燕麥麵沖水當牛奶就著喝，他們吃的一便士兩條的周五鯡魚，瑪吉、布棣和凱蒂每人一枚雞蛋，貓則在紅樹下啃那一方粗紙片上的一堆蛋殼和烤焦的魚頭和魚骨頭，那天是四時齋，要不然就是四季齋還是什麼的，是教會第三戒律規定齋戒的日期。

——不行，布盧姆先生又一次重複說。我要是處在你的地位上，是不會太信任你那位酒肉朋友的，那位馬利根大夫，他倒是能幽默助興，但是他的主意、思想、友情都是靠不住的。他雖然很可能從來沒有嘗過斷頓的滋味，卻很知道自己的麵包哪一邊是抹了黃油的。當然，你不會像我這樣注意到某些情況。但是，如果發現有人為了不可告人的目的，在你喝的酒裡放了一撮菸草或是什麼麻醉劑，我是一點也不會感到意外的。

可是他也理解，從他聽到的各種情況判斷，馬利根大夫是一位多才多藝的全面人物，絕不限於醫藥一個方面，現在已經在迅速地出人頭地，如果傳言屬實，勢必在不久的將來成為一位業務興隆、收入豐厚的名醫，除了他在業務方面的地位以外，他在小群島上，要不然是馬拉海德吧？救了那個本來準定要淹死無疑的人，人工呼吸，用了他們所謂的急救手段，他不能不承認是異常勇敢的行動，怎麼讚揚也不算過分，所以坦白地說，他簡直難於想像這事有可能出於什麼樣的動機，除非他歸之於單純的搗亂，或是嫉妒，直截了當就是嫉妒。

——不過，歸根到底就是一樣，他實際上是人們所說的竊取你的腦力勞動成果，他大膽提出了這樣一個設想。

他向斯蒂汾那陰鬱的神色，投去關懷與好奇各占一半，既友好又有所戒備的眼光，並未使疑團頓時消散，實際上完全不能弄清，他無精打采說出來的兩三句話是否說明他已經大上其當，或是他對其中的勾當已經心中有數，只是自有其不願說明的原因，聽之任之而已……極度的貧困往往會產生這種後果，他已經看出，他儘管擁有高等教育所賦的才能，維持生計卻是困難重重的。

在公用男便所附近，他們看到一輛冰淇淋車四周圍著一群人，看樣子都是意大利人，彼此

11　法語：「善講故事的人」。

之間有些小小意見，正在情緒激烈地七嘴八舌用他們那生動活潑的語言中的各種潑辣說法互相爭辯。

——Puttana madonna, che ci dia i quattrini! Ho ragione? Culo rotto!

——Intendiamoci. Mezzo sovrano più……

——Dice lui, però!

——Mezzo.

——Farabutto! Mortacci sui!

——Ma ascolta! Cinque la testa più……[12]

布盧姆先生和斯蒂汾走進了車夫茶棚。這是一間不起眼的木房子，過去他還很少來過，也許從來沒有來過，進去以前前者先向後者耳語幾句，告訴他開這茶棚的就是一度大名鼎鼎的剝羊皮，無敵會的菲茨哈里斯，不過他可不敢擔保事實究竟如何，也許完全是謠傳。片刻之後，我們這兩位夜行人已在茶棚內找到一個比較不招眼的角落安然坐下，茶棚內已有一些人在吃喝夾雜著談話，這裡頭有形形色色的流浪漢和無家可歸者，以及homo[13]屬內其他一些難於歸類的角色，都對新進來的兩人投以相當好奇的眼光。

——現在談談咖啡的事吧，布盧姆先生試著提個合情合理的建議作為開場白。我覺得你倒應該嚐一點固體的食物，譬如說一個麵包卷之類。

由此，他採取的第一個行動，便是以其習慣的沉著態度，鎮靜地要了這兩樣吃的。那些車夫、裝卸工或是不知幹什麼營生的hoi polloi[14]，在大致觀察一番之後也就轉過眼去了，顯然是不甚欣賞，僅有一個紅鬍子而頭髮已見花白的醉漢，大概是水手吧，還繼續盯住看了相當一段時間，才垂下眼去專心研究地板。布盧姆先生運用了言論自由權，雖然對爭論中的語言僅有一面之交，遇上個voglio還頗費躊躇，這時用勉強可聞的聲音，對他的protégé[15]議論了街上那一場至今還在激烈進行的混戰：

——一種美的語言。我說的是唱起歌來很美。你寫詩，何不用那種語言寫呢？Bella Poetria![16]多麼動聽，多麼豐滿。Belladonna. Voglio.[17]

斯蒂汾全身困乏無力，正在一個勁兒地想打一個哈欠，回答說：

---

12 意大利語：
——聖母婊子，他不給我們錢不行！對吧？爛屁股的！
——把話說清楚了。還要半鎊……
——這是他說的。可笑！
——半鎊。
——惡棍！他家的死人！
——聽我說！每人再來五塊……

13 拉丁文：「人」。

14 希臘文：「烏合之眾」。

15 法文：「受保護人」。

16 意文及仿意文：「美的詩」（按意文「詩」為poesia，英文為poetry）。

17 意文：「美女。要。」（參見第四章注16一五七頁）。

——夠把母象的耳朵塞滿的。他們是在吵錢的事情。

——原來是這樣呵？布盧姆先生問。他心想，語言本來就太多了，並非絕對必要，於是又沉吟著加上一句：當然，也許僅是它有一種南國的魅力圍繞著它吧。

在這場tête-à-tête[18]間，茶棚老闆已經給他們桌上送來一滿杯滾燙的上等飲料名叫咖啡，還有一個年代已經不少的小圓麵包，至少看來如此。他送完就退回他的櫃臺邊去了，布盧姆先生決定等一回再仔細看他，以免顯得……因此他用目光鼓勵斯蒂汾繼續談，而自己則略盡主人待客之道，悄悄地將那杯暫時定名為咖啡的東西逐漸向他那頭推去。

——聲音是騙人的，斯蒂汾稍停片刻之後說，和姓名一樣。西塞羅，豆莢多。拿破崙，好身子先生。耶穌，多油爾先生[19]。莎士比亞，就和墨菲一樣普通。名字，有什麼關係？

——是的，的確，布盧姆先生無所矯飾地表示同意。當然。我們的名字也是改變過的，他一邊把所謂的麵包卷推過去一邊補充說。

剛才把那善於觀察氣象的眼睛盯住新來客人的紅鬍子水手，這時選定斯蒂汾作為對象發話了，直截了當地問道：

——那麼你叫啥名字？

布盧姆先生不失時機，碰了碰同伴的靴子，但是斯蒂汾並未理會這出乎意外的熱壓，逕自回答道：

——代達勒斯。

水手沉重地瞪了他好一回，一雙瞌睡懵懂的浮腫眼睛，燒酒灌得太多，尤其喜歡荷蘭老杜松子酒摻水，都快睜不開了。

——你認識賽門・代達勒斯嗎？最後他問道。

——聽說過，斯蒂汾說。

一時之間，布盧姆先生頗為不知所措，他注意到別人顯然也在聽。

——他是愛爾蘭人，敢說敢當的海員一邊仍以同樣的神情瞪著他並且點著頭，一邊著重地說。不折不扣的愛爾蘭人。

——太愛爾蘭了，斯蒂汾答道。

至於布盧姆先生呢，他簡直不明白究竟是怎麼回事，他正在琢磨其中到底可能有什麼緣由，水手忽然自己轉過身去，對茶棚內其餘的人甩過去這樣一句話：

——咱見過他從五十碼外回頭射擊，打掉了兩只瓶子上的兩枚雞蛋。左撇子神槍手。

雖然他說話稍有一點口吃，作手勢也不大靈便，他還是盡力把事情說清楚了。

——兩只瓶子，就說在那地方吧。五十碼量好了。雞蛋立在瓶口上。回過頭去扣扳機。瞄準。

---

18 法文：「兩人密談」。

19 西塞羅」來自拉丁文cicera，義為「鷹嘴豆」；「拿破崙」之姓「波拿巴」法文Bonaparte可理解為「好部位」；「基督」希臘文Khristos原義為「受塗聖油（由神選定）者」。

他將身子轉過一半，緊閉了右眼。然後他歪皺起眼鼻，以一種不甚雅觀的面容惡狠狠地盯著外面黑處。

——嘭！他大喝了一聲。

全體聽眾都等著再聽一聲槍響，因為還有一枚雞蛋呢。

——嘭！他大喝二次。

二號雞蛋顯然已經消滅，他點點頭，眨眨眼，然後又殺氣騰騰地說：

——水牛比爾他開槍不饒人，
百發百中，槍下不留情。[20]

全場默然，直至布盧姆先生為了表示友好，感到可以問一問他，那一次是否為比士萊一類的射擊比賽。

——你說什麼？水手說。

——是很久以前的事嗎？布盧姆先生絲毫不畏縮，仍繼續問他。

——這個嗎，水手回答說，他在對方毫不示弱的魔力下倒是軟了一點。也許有十來年工夫了吧。他隨著亨格勒的皇家馬戲團周遊了全世界。咱是在斯德哥爾摩見到他那次表演的。

——奇怪的巧合，布盧姆先生不惹人注意地對斯蒂汾說了心裡的看法。

——咱姓墨菲，水手繼續說。D・B・墨菲，卡利蓋羅的。知道是啥地方嗎？

——女王鎮的港口，斯蒂汾回答他。

——不錯，水手說。坎姆登要塞和卡萊爾要塞。咱就是從那塊兒來的。咱是那塊兒的人。咱就是從那塊兒來的。咱的家小就在那塊兒呢。她在等待著咱，咱知道。為了英國，為了家園，也為了美。她是咱忠心的好媳婦，咱航海在外，已經七年不見了。

布盧姆先生很容易想像他到達目的地的場面，航海人好歹哄過了戴維．瓊斯，在一個月黑的雨夜，回到了路旁的小草棚。走遍全世界，來找媳婦兒。這個艾麗斯．本．博爾特主題[21]，有過許多故事：伊諾克．阿登[22]、瑞普．凡．溫克爾、還有這裡有人記得凱奧克．奧利里嗎[23]，順便說一下這是一首深受喜愛、特別叫人受不了的朗誦詩，是可憐的約翰．凱西寫的[24]，詩雖小而詩意十足。從來就不描寫出走又回頭的妻子，不管她對離家人是多麼忠心。窗口出現的人臉！想一想，當他終於跑到終點，卻明白了他老婆對他的感情已經翻船，多麼可怕，多麼不知所措。你沒有想到我還會回來，可是我已經回家了，要安定下來重新生活。她呢，一個活寡婦，安坐在家裡的壁爐邊。以為我已經死了，躺在大洋的搖籃裡搖晃著[25]。而脫掉外衣坐在那邊大吃臀部牛排

---

20 美國歌謠：〈水牛比爾〉為美國內戰後開發西部時的著名神槍手。

21 典出英國歌曲〈本．博爾特〉，曲中水手博爾特深愛艾麗斯，但航海二十年歸來艾已去世。

22 典出英國詩人丁尼生長詩《伊諾克．阿登》，阿長期航海歸來，其妻已改嫁，阿傷心而死。

23 典出十九世紀愛爾蘭詩人約翰．基根所作《風笛手凱奧克》，敘事者回憶初見凱奧克風華正茂，一別二十年再見時均已衰老。

24 約翰．基根．凱西為十九世紀另一愛爾蘭詩人，因抗英被囚至死。

25 〈躺在大洋的搖籃裡搖晃著〉（一八三二）為美國一首讚美上帝的歌曲，原意並非指死在海中，而是表示深信上帝保佑的神力。

加蔥頭的，是查布大叔或湯姆金大叔，看情形而定吧，王冠與船錨酒店的老闆。沒有父親坐的椅子。嗚呼呼！風呵！她膝上坐著她新添的一口，postmortem孩子[26]。嗨著嘍呀！熱熱鬧鬧的嘍呀！我的快馬加鞭狂奔猛闖的茶色娃呀！無法避免，只能低頭接受。帶著苦笑，忍氣吞聲吧。謹此奉達我仍愛你的心情，你的心碎的丈夫D·B·墨菲上。

水手看樣子不怎麼像是都柏林居民，他轉向車夫之一問道：

——你身上不會碰巧帶著一口富餘的口嚼菸草吧？

被問話的車夫身上不巧沒有，但是掌櫃的從他掛在釘子上的好上衣裡取出一小方塊壓製的菸草，於是這水手心想之物經過許多人的手傳了過去。

——謝謝你，水手說。

他將菸草放進嘴巴裡，一邊嚼著，一邊帶一點遲緩的結巴敘述起來：

——咱是今天上午十一點進港的。三桅船羅斯維恩號，從布里奇沃特運磚來。咱上船是為了渡海回來。今天下午結了帳。這是咱的離船證，見了嗎？D·B·墨菲。一等水手。

為了證明此言不假，他從裡面口袋掏出一張摺疊的文件，看樣子不甚乾淨的，遞給他旁邊的人。

——你見的世面準是不少咯，掌櫃的倚在櫃臺上說。

——可不嗎，水手回憶說。自從咱下海以來，可是繞了繞地球。咱到了紅海。咱到了中國、北美洲、南美洲。有一次航程中，咱們還遭到了海盜追擊呢。咱見的冰山可多了，殘碎的。咱到了斯德哥爾摩、黑海，到了達達尼爾海峽，那是在道爾頓船長手下，鑿船救貨，沒有一個有他這麼行的，好狠的傢伙。咱見了俄國。**Gospodi pomilyou.**[27]俄國人作祈禱就是這麼說的。

——你可見了一些希奇古怪景物了，沒有說的，有一名車夫說。

——可不嗎，他挪動著已部分嚼爛的菸草。咱可見了些希奇古怪景物了，前前後後的。咱看到一條鱷魚咬錨爪，就和咱嚼這菸草一樣。

他從嘴裡取出那塊已成糊狀的菸草，放在上下牙齒之間，狠狠地一咬：

——喀嚓！就這樣。咱在祕魯還見著了吃人生番，他們吃屍首，吃馬肝。瞧這。就在這塊兒呢。是咱的一個朋友寄給咱的。

他裡邊那口袋看來是一個庫，他從中又掏出一張帶畫的明信片，放在桌面上推了過來。明信片印著的字樣是：**Choza de Indios. Beni, Bolivia.**[28]

大家都盯著畫上的景物看：幾間原始的柳條棚屋，屋外蹲坐著一群生番婦女，圍著條紋腰布，有瞇著眼的，有餵奶的，有皺著眉頭的，有躺在一大堆孩子中間睡覺的（足有二十來個孩子）。

---

26 **Postmortem**為已經英語化的拉丁文，與**posthumons**（遺腹）不同，義為「死後」，即丈夫死後另外懷孕而生。

27 俄國東正教古教會斯拉夫語：「上帝慈悲」。

28 西班牙文：「印第安人茅舍。玻利維亞　貝尼」。

——整天地嚼古柯葉，健談的航海人說。肚皮像麵包磨碎機。到了生不了孩子的時候，就把奶頭割掉。看他們光著球坐在那裡，生吃死馬的肝。

有好幾分鐘，也許還不止，明信片成了眾傻眼人的注意中心。

——知道怎麼擋住他們嗎？他問大夥兒。

沒有人提出答案。於是他眨眨眼說：

——鏡子。那玩意兒能鎮住他們。鏡子。

布盧姆先生並不露出驚訝神色，而是不動聲色地翻轉明信片，去看已經有些模糊的地址和郵戳。上面的字樣是：**Tarjeta Postal, Señor A Boudin, Galeria Becche, Santiago, Chile.**[29]他特別注意到，明信片上顯然沒有文字內容。

雖然他對他講的聳人聽聞的故事並不絕對相信（說到這方面，打雞蛋的勾當也是如此，儘管有威廉・退爾[30]和「瑪麗塔娜」中描寫的拉扎利羅和唐西澤[31]，那是前者的子彈穿過後者的帽子），同時因為發現他的姓名（假定他確是他自己所說的人，而不是偷偷地在別處背完羅經之後又用假姓名航海）和郵件上虛構收件人並不一致，不禁使他對我們這位朋友的**bona fides**[32]產生一些懷疑，然而倒也起了某種作用，使他想起了一個琢磨已久的計畫，他總想有一天要實現的，找一個星期三或星期六，走一趟長海路玩一次倫敦，不是說他有過多少廣泛旅行經驗，但他從愛好而言是一個天生的冒險家，不過由於命運的作弄，他一直是一隻旱鴨子，除非你算上他到過霍利黑德[33]，那就是他最遠的旅行了。

馬丁・坎寧安說了幾次要通過伊根弄一張通行證，可是總有這樣那樣的鬼打牆的障礙出現，結果總是計畫成為泡影。但是即使要付現鈔叫博伊德心疼[34]，只要腰包裡有，也並不太貴，充其量幾個幾尼而已，譬如，他考慮去一趟的馬林加，來回才五先令六。這麼旅行一趟，吸吸新鮮空氣對身體有益，而且不論從哪方面講都是愉快的，尤其對於一個肝有問題的人，沿途還可以欣賞普利茅斯、福爾茅斯、南安普敦等等地方的各種不同風光，尤其是壓軸的遊覽大都會名勝，可以大開眼界，那是我們當代的巴比侖，肯定可以見到最大改觀的種種景象[35]，倫敦塔、大教堂、闊綽的花園路[36]，都要重新認識。除此以外，他還忽然想到一件事，他覺得也絕非無稽之談，他可以實地考察一番，看看是否可以聯繫聯繫，安排一次夏季巡迴演出的音樂會，把最精采的避暑勝

---

29 西班牙文：「明信片　智利　聖地亞哥　貝契陳列館　A・布定先生」。
30 威廉・退爾為瑞士傳說中十四世紀民族英雄，以箭法高超聞名，外國統治者強迫他以兒子頭頂蘋果為靶射箭，果然射中蘋果而兒子無恙。
31 《瑪麗塔娜》即第五章注34一九三頁所提歌劇，其中一場面為少年拉扎利羅被迫對其友唐西澤開槍，結果子彈射穿帽子而未傷人。
32 拉丁文：「誠意」。
33 霍利黑德在威爾士沿海，與都柏林隔海相望，距離七十英里。
34 博伊德（Walter J.Boyd）為十九世紀都柏林破產法庭法官，都柏林人在作大筆開支時常戲言「叫博伊德心疼」。
35 二十世紀初年英王愛德華七世登基前，倫敦曾大事宣傳各名勝已大加修繕，大大改觀。
36 花園路在倫敦西部富人居住區中心。

地都包括進去，例如有混合浴場、有頭等的水療、礦泉的馬蓋特，伊斯特本、斯卡伯勒、馬蓋特等等地方，風光旖旎的伯恩茅斯、海峽群島，以及類似的雅靜去處，也許獲利還頗為可觀呢。當然，絕不能弄一個撿破爛拼湊起來的班子，或是當地拉來應景充數的女士，如C・P・麥考伊太太之流，你借給我旅行包，我給你寄借據。不行，要第一流的，全明星的愛爾蘭班子，忒迪─弗臘爾大歌劇團，由他自己的合法配偶領銜，可以和埃爾斯特・格蘭姆斯和穆迪─曼納斯[37]相抗衡，問題非常簡單，他完全有把握成功，只要有那麼一個能耍幾下子的人，打通幾個必要的關節，在當地報紙上捧一捧場，那就連事業帶玩兒都有了。但是誰呢？這是個問題。

另外，他雖然並不太有把握，也意識到了開闢新路線以適應潮流是一個可以開闢的大方向，人們爭議的菲什加德─羅斯萊爾路線[38]，現在又一次上了那些專繞彎子的衙門裡的tapis[39]，照例要經過沒完沒了的官僚手續、拖拉推諉、因循保守，總之是遲鈍愚蠢。那裡頭肯定大有用武之地，只要有魄力有事業心去滿足社會上一般的旅行需要，就是普通人的需要，布朗、羅濱遜之流。

這是一件憾事，看起來也是一件荒謬的事，在很大的程度上得歸罪於我們這個自命不凡的社會，一個普通人在深感身心需要休整的時候，因為缺少那麼不值一提的兩鎊錢，就沒有機會多看一眼自己生活在其中的世界，只能永遠沒完沒了地扣在籠子裡，嫁了沒出息的老漢，永無出頭日子。不管怎麼說，他們已經庸庸碌碌十一個月以上，受夠了枯燥乏味的城市生活，理應痛痛快快換一下環境，最理想是夏天，大自然正是最顯得壯觀華麗的時節，不折不扣是享受一期新的生命。就是在本島，也有同樣優良的度假機會，可愛的林中勝地，可以恢復青春，就在都柏林市內和周圍也有足足有餘的去處，既引人入勝而又能振人精神，而其郊外則更風景如畫，波拉伕卡有小火車通往，而在遠離狂亂人群處還有威克洛，被稱為愛爾蘭的花園，確實不負盛名，只要不下雨確是老年騎車人的理想居住環境，而在多尼戈爾的曠野中，如果傳聞並不失實的話，那coup d'oeil[40]是極其壯觀的，不過這最後提到的地方不易到達，因此儘管風景不同凡響，遊人並未如潮，至於豪斯，既有歷史上又有其他方面的聯想，綢服托馬斯、格雷絲・奧馬利、喬治四世[41]，海拔數百呎高的杜鵑花叢是一受人喜愛的去處，形形色色的人，尤其在春天，年輕的心，不過那裡可要了一些人的性命，失足落崖而死，或是有意的，順便說吧，往往是一念之差，因為距紀念塔僅三刻鐘的路程。當然是因為現代化的旅遊事業可以說還剛剛起步，設備還遠遠不能滿足人們的要求。他感到，從單純好奇而並無其他意義的角度出發，究竟是旅客增多促成新路線出現還是反之，要不然實際上是相輔相成，倒似乎是一個有趣而值得研究的問題。他把明信片轉回圖片面，傳下去給了斯蒂汾。

---

37 兩個著名歌劇團，其中後者在一九〇四年為全世界最大的英語歌劇團。

38 羅斯萊爾在愛爾蘭南端，菲什加德在威爾士西南端，隔愛爾蘭海相望，當時兩地之間無經常性航班。

39 法文：「地毯」。

40 法文：「目光一瞥」。

41 豪斯在都柏林海灣北端，原為都柏林主要海口。綢服托馬斯（參見第三章注78一一二七頁）曾以此為抗英要塞；奧馬利（即十六世紀愛爾蘭女酋長格蘭婦兒（參見第十二章注86六二二頁）與喬治四世（十九世紀英國王）均曾訪此。

——咱有一回見過一個中國人，那位不屈不撓的敘述者講道。他有一些像油灰一樣的小丸子，放在水裡就會開出花來，每顆丸子開出一樣不同的東西。有一顆是一只船，有一顆是一所房子，有一顆是一朵花。還用老鼠煮湯，他津津有味地加上，中國佬真那樣。

這位全球旅行家可能是覺察人們臉上有將信將疑的神氣，所以又進一步談他的希奇見聞。

——咱在的里雅斯特見到一個人被一名意大利傢伙殺死。從背後捅了一刀。就是這樣的一把刀子。

他一邊說話，一邊掏出一把陰森可怕頗符合他身分的摺疊刀來，以即將刺人的姿勢拿在手中。

——是在一個窯子裡頭，都因為兩個走私犯的一場騙局。一個傢伙藏在門背後，從他身後上來。就這個樣子。**準備去見你的上帝吧**，他說。咔嚓！一下子就從他背上插了進去，一直插到刀柄。

他的沉重的目光瞌睡懵懂地四面轉悠，意思似乎是看看誰還敢提問題，誰敢提最好先想一想。

——這傢伙的鋼口不錯，他端詳著自己那把令人望而生畏的stiletto[42]又說。

經過了這一個足以把膽子最大的人鎮住的dénouement[43]，他才啪的一聲把刀合上，然後將這議論中的武器照舊收進他的恐怖窟亦即口袋。

——他們擅長刀劍，有一個顯然不知內幕的人為大夥提供一種解釋說。所以人們認為無敵會公園殺人案是外國人幹的，因為他們是用刀殺的。

說這話的精神明顯屬於無知正是幸福[44]，因此布先生和斯蒂汾各以不同方式，同時不由自主地交換了意味深長的眼色，處於一種嚴格的entre nous[45]類型的宗教式默契，並望向剝羊皮alias[46]掌櫃的，那人正從其煮開水設備放出一注注液體。他的神祕莫測的面容是一幅真正的藝術品，不折不扣的一幅無以名狀的表情研究畫，給人的印象是他對當前事情似乎毫無理解。有趣之至！

此後有一段較長的停歇。有一人在斷斷續續地念一張沾了咖啡斑跡的晚報，另一人在看那張土人choza de[47]明信片，另一人在看水手的離船證。布盧姆先生呢，以其本人而言，陷入了沉思情緒的默想。他還清楚地記得剛才有人談到的事情，宛如就在昨日，約莫二十來年前，正在鬧騰土地糾紛期間，事件突然發生，用形象的說法是將整個文明世界嚇了一跳，時在八十年代初期，準確地說是八一年，那時他剛滿十五歲。

——哎，老闆，水手打破沉寂說。把那些證件都還咱們吧。

他的要求被接受，於是他從桌子上一擼，都抓了起來。

42 意文：「匕首」。
43 法文：「結局」。
44 典出第六章注86二四三頁所引托馬斯·格雷詩。
45 法文：「你我之間」（心照不宣）。
46 半英語化拉丁文：「亦名」。
47 西班牙文殘句：「的茅舍」。

——你見過直布羅陀石山嗎？布盧姆先生問他。水手嚼著菸草作了一個鬼臉，那意思可以理解為見過，不錯，或者沒有見過。

——好啊，你也到過那兒，歐羅巴角[48]，布盧姆先生說。他想他是見過了，希望這漫遊家也許能回憶一番，但是他並未如此，而只是向鋸末中噴射一口口水，搖著頭顯出懶得理睬的神氣。

——那大概是哪一年呢？布先生還問。你還能記得那些船舶嗎？

我們的**soi-disant**[49]水手飢餓地用力嚼了一回才回答說：

——咱對海裡的那些石山呀，他說，船舶呀艦艇呀什麼的統統都厭倦了。沒完沒了的硬鹹肉。

他顯出厭倦的樣子住了嘴。提問題的人看出，從這位狡猾的老主顧身上是擠不出多少油水來了，於是開始走神兒，想到地球上有那麼多的水，只消這麼說吧，隨便看一眼地圖，水就占了足足四分之三的面積，因而他充分理解了統治海洋意味著什麼。他曾不止一次，至少有十來次吧，在多利山的北牛島附近看到一個退休老海員時常坐在堤岸上，顯然是孤苦伶仃，挨近那並不芬芳的海水，相當出神地和它面對面地互相盯著看，夢想著有個什麼人在什麼地方歌唱過的新鮮樹林和新闢牧草地吧[50]。他看了心裡直納悶。也許他曾經千方百計企圖自行發現其中的奧祕[51]，為此而在地球正反面折騰以及諸如此類的事，上天下地向命運挑戰，唔，不完全是下去。而實際上的可能性呢，可以賭個二十比零，根本沒有什麼奧祕可言。儘管如此，即使不深談這事的**minutiae**[52]，雄辯的事實仍是，海的壯麗究竟是不可抹殺的，按事物的自然發展規律，總有這個人或那個人要航海，要向天命挑戰，然而這不過表現了人們總是將這類苦事推到別人頭上，地獄概念就是如此，還有抽彩、保險，這兩種東西的原則完全一樣，毫無區別，所以正是因此，即使不提其他，救生艇星期日[53]是一個非常值得讚揚的制度，社會公眾對此，不論居住內地或海邊，儘管住地不同，對其重要性理解之後，還應擴大其感謝範圍，也應包括港務長和海岸警衛隊，一旦有事，**愛爾蘭指望人人**[54]等等，就要登船操縱帆索，冒著風浪開船出發，不論是什麼季節，在冬天有時候可是驚濤駭浪，別忘了那些愛爾蘭燈船，基什還有其他燈船都是隨時可以翻掉的，他就曾經帶女兒出海繞基什玩過一次，那回不說是風暴吧，也遇上了一點相當可觀的風浪。

——有一個和咱一起在漫遊者號上航海的傢伙已經上岸了，那位本身就是漫遊者的老水手又說。幹起了軟差事，當紳士的貼身僕人，每月六鎊。咱身上穿的就是他的褲子，他還給咱一件油布雨衣，還有那把大摺疊刀。咱也願意幹那差事，刮刮臉，刷刷衣服，咱恨到處流浪。瞧咱的兒子丹尼自己跑出去航海，他媽可給他在科克一家布店找了個可以掙省心錢的飯碗。

48 歐羅巴角為直布羅陀所在半島伸入海中的岬角。
49 法文：「自稱的」。
50 彌爾頓悼念同窗的〈萊西達斯〉（參見第二章八十五頁）結尾歌唱「明天去向新鮮的樹林和新闢牧草地」。
51 美國詩人朗費羅詩〈海的奧祕〉（一八四一）中說，「只有敢於冒險航海的人，才能懂得它的奧祕。」
52 半英語化拉丁文：「細枝末節」。
53 「救生艇」為一義務救生組織，每年一度舉行救生技術表演並募集捐款。
54 典出歌曲〈納爾遜之死〉（參見第十章注91四九五頁），曲中「英國」被改為「愛爾蘭」。

——他有多大年紀？聽者之一問。順便說一下，這人從側面看稍有一點像市祕書長亨利・坎貝爾，擺脫了磨人的煩心公務，當然是沒有洗過的，衣服也是破破爛爛的，鼻頭一帶一大片很像酒糟的東西。

——怎麼，水手以一種遲緩而迷惘的口氣說。咱的兒子丹尼嗎？他現在十八了吧，照咱的算法。

說到這裡，這位斯基勃林[55]老爺雙手撕開灰色的或者實際上是髒透了的襯衫，搔著胸口，人們可以見到那上面有一個算是代表船錨的紋身圖形，用藍色的中國藥水染的。

——布里奇沃特號那只鋪位上有虱子，他說。沒有才怪呢。咱明後天一定得洗一下了。咱就是反對那些小黑傢伙。咱恨那些討厭東西。把你的血都吸乾了，那些傢伙。

他見人們都盯著他的胸口看，索性把襯衫再敞開一些，在那自古以來象徵航海人的希望與休息的標誌上方，他們又看清了還有一個數字16，還有一張年輕男人的側臉，有一點像是皺著眉頭不高興的樣子。

——紋身，那展示者說明道。咱那時在道爾頓船長手下，到黑海內的敖德薩港口外邊遇上了無風可借，停泊在海上的時候刺的花。伙計名叫安東尼奧，他刺的。這就是他本人，希臘人。

——刺花的時候疼嗎？一人問水手。

可是那位傑出人物正用手在周圍抓捏。不知怎的他那。擠壓還是……

——你們瞧，他指著安東尼奧說。他這是在咒罵船上的大副。現在再看他，他又說，還是同一個伙計，他用手指拉著皮膚，顯然是一種特殊手法，現在他是聽人講故事笑了。

果然，那位名叫安東尼奧的年輕人的陰沉臉色，看起來真像勉強露出了笑容。這個稀奇的效果，博得每一個人的毫無保留的讚賞，其中包括剝羊皮，他這時也探身過來了。

——是呀，是呀，水手嘆了一口氣，低頭望著自己的壯實胸膛說。他也去了。後來被鯊魚吃了。是呀，是呀。

他放掉皮膚，那側臉又恢復了原來的正常表情。

——這活夠利索的，一個裝卸工人說。

——那數字是幹什麼的？閒人第二號問。

——活活吃掉的嗎？第三個人又問水手。

——是呀，是呀，後者又嘆了一口氣，這回比較愉快了一點，短暫間露出了一個似笑非笑的模樣，但只是對那提數字問題的人[56]。吃掉了。是個希臘人。

然後他又加上兩句。考慮到他所說的下場，這可有些像是絞刑架上人的幽默了：

——跟老安東尼奧沒有兩樣，
他把我扔下了孤身一人。[57]

---

55 斯基勃林為水手家鄉科克郡地名，而〈古老的斯基勃林〉為一敘述該地大饑荒時逃荒出走情況的歌謠。

56 數字16在此含義不明。有人提出「在歐洲俚語與數字命理學中，16象徵同性戀，」但此說未獲證實。另一說法認為16可能象徵藝術，亦須進一步考證。

57 歌詞（參見第六章注27二一五頁）中安東尼奧顯係拋棄歌者而外出者。

一名戴黑草帽的野雞，臉色呆滯而憔悴，斜著眼從茶棚門外往裡窺視，看樣子是獨自偵察，以求找補一點外食。布盧姆先生簡直不知道把眼光往哪裡送，立刻慌慌張張將臉轉向一邊，但是外表還是鎮靜的，從桌上撿起了剛才那車夫（如果他是車夫的話）放下的修道院街喉舌的粉紅報紙[58]，撿了起來看起那報紙的粉紅顏色來，不知為什麼粉紅。他這麼做的原因是，他立刻認出了門外那張臉，正是今天下午他在奧蒙德碼頭看到一下子的同一張臉，正是胡同裡那個有點痴呆的女人，認識和你一起那位穿棕色衣服女士（布太太）的，還請求有機會給他洗衣服。而且為什麼洗衣服呢，是不是傾向於含糊其詞？洗您的衣服。他要坦白，倒不能不承認，在霍利斯街那時他洗過他妻子的髒內衣，女人也會而且實際上就洗男人的相似衣服，用比利－德雷珀公司的標記墨水寫了首字母的（說的是她的內衣如此），只要她們真愛他，可以說是愛我，就愛我的髒襯衣。然而在當時他的心情是緊張的，實在情願要她空出場地來而不要她在場，所以掌櫃的對她作一個粗魯的手勢叫她走開，他可真鬆了一口氣。他從《電訊晚報》的紙邊溜過去一眼，勉強看到她在門邊勉強可見的臉上帶著一種精神錯亂的痴笑，現出她神志並不完全清楚，而顯得對一群人圍觀墨菲船長的海洋胸膛感到有趣，接著她就不見了。

——炮艇，掌櫃的說。

——我不明白，布盧姆先生向斯蒂汾吐露思想。我說的是從衛生的角度看，這麼一個從防治院出來的破鞋，一身都是病，怎麼能厚顏無恥公然來拉客，而任何頭腦沒有發昏的男人，只要他對自己的健康還有一點點重視，怎麼能……不幸的可憐蟲！當然，我設想她這種境地歸根到底是由一個男人造成的。可是不管根源是什麼……

斯蒂汾並沒有注意到她，只是聳聳肩膀說：

——在這個國家裡，人們出賣的東西比她出賣的多得多，還買賣興隆得很呢。不用害怕那些出賣肉體而沒有權力收買靈魂的人。她不是一個好商人。她貴買，賤賣。

年長的那一位雖然絕說不上是個老處女心理，也並非不苟言笑者流，卻仍說這絕對是一種不容忽視的醜事，應該instanter[59]加以制止，絕不能說那種類型的女人（完全不是用老處女式的古板拘謹態度談這問題）是難於避免的壞現象，沒有執照，沒有適當權威機構的衛生檢查，這事，他可以如實聲明，他作為一個paterfamilias[60]，是從頭就堅決支持的。無論是誰，他說，只要能推行這樣一種政策，並對此事作徹底公開的討論，將是一項對一切有關人士均長久有益的貢獻。

——你是一個好天主教徒，他評論說。你談到了身體和靈魂，相信有靈魂。也許你的意思是說靈性，腦力，區別於任何外界事物，譬如說桌子，那只杯子。我自己是信那個的，因為這事有能人解釋過，是灰質層的溝迴。要不然，我們絕不會有X光這樣的發明了，比方說吧。你信嗎？

斯蒂汾被迫無奈，只好作出超人的努力搜索枯腸，集中思想回憶一番，然後才有了話說：

——他們告訴我，據最可靠的權威性意見，它是一種單純的物質，因此是不可腐蝕的。據我

58 《電訊晚報》報館在修道院街，每晚最後一版均用粉色報紙印刷。

59 拉丁文法律用語：「立即」。

60 拉丁文：「一家之父」。

的理解，它本來是可以永生不朽的，可惜有可能被首造主消滅，按我所能了解的情況判斷，那一位是完全作得出的，不過是在corruptio per se和corruptio per accidens都被宮廷規範排除之後[61]，又在他所要的惡作劇中再加上一項罷了。

布盧姆先生完全同意這理論的要旨，雖然其中所運用的玄妙論法使他有些摸不著頭腦，然而他仍感到有必要就單純問題提出一點異議，因而隨即答道：

——單純嗎？我認為這說法不一定恰當。當然，我可以接受你一部分論點，承認靈魂單純的人難得也能遇上一個。可是我非常希望談的是，像倫琴發明X光，或是愛迪生發明望遠鏡，不過我相信是比他早，是伽利略，我的意思是，同樣適用於譬如說吧，影響深遠的自然規律，例如電那是一回事，而要是說你相信有一個超自然的天主，那就完全是另外一碼子事了。

——那呀，斯蒂汾分辯道，那是聖書中的幾段最著名的文字已經作了結論，證明屬實的，何況還有間接證據。

在這一個棘手的問題上，由於兩人在所受教育和其他一切上都截然不同，彼此年齡又有顯著的不同，兩人的觀點發生了衝突。

——已經？二人中的經驗較多者堅持原來的論點，提出了異議。我看未必。這個問題是需要每個人自己拿意見的，而我呢，還不用牽扯有關的宗派性糾紛，我要請你允許我和你採取in toto[62]不同的意見。我的看法是，不妨向你吐露真情，這些文字統統都是貨真價實的贗品，多半是修士們放進去的，也許是重演我國大詩人的大問題了，究竟是誰寫的《哈姆雷特》等等，和培根，你對你的莎士比亞比我熟悉得不知多少倍，當然不用我來告訴你。順便說一下，這咖啡你喝不了嗎？我來攪它一下。吃一塊小麵包吧。有一點像是我們的船長運來的磚頭改裝的。可是櫃裡沒有的東西，誰也沒有辦法供應的。吃一點試試吧。

——吃不了，斯蒂汾勉強說了出來，他的思維器官這時拒絕發出更多的指令了。

挑錯找岔子是常言說的討人嫌的事，所以布盧姆先生想不如好好攪攪，設法把底上結了塊的糖攪起來，同時想到咖啡宮和那無酒（而有利的）業務[63]，心情有一點近乎氣憤。沒有問題，目標是正當的，無可否認是大有好處的，如像他們目前坐在裡頭的茶棚就是採用不供酒原則的，晚上供應流浪漢，音樂會啦、戲劇晚會啦、有益的演講啦（免費入場），請有資格人士給下層社會講講。另一方面，他清清楚楚地痛苦地記得，他的妻子瑪莉恩‧忒迪夫人一度曾是他們所聯繫的一位傑出人物，而他們為她彈鋼琴所付的報酬卻非常菲薄。意思是既要做好事而同時又要賺錢，他十分傾向於這樣的認識，因為幾乎沒有值得一提的競爭者。他記得他曾經閱讀到，什麼地方的一家廉價飯店裡，乾豌豆裡有硫酸銅毒藥SO_4[64]還是什麼東西，可是他記不清是什麼時候或什麼地

---

61 阿奎那（參見第一章注51六十九頁）曾在其拉丁文「權威」神學著作中論述，事物的腐蝕有兩種可能的方式，一是**corruptio per se**（自行腐蝕），另一是**corruptio per accidens**（偶然腐蝕），但腐蝕以矛盾為條件，而靈魂係「單純」之物，因而不可能腐蝕。

62 拉丁文：「完全」。

63 布盧姆太太曾任鋼琴手的「咖啡宮」為都柏林禁酒協會所辦，宮內設有咖啡館和飯館。

64 硫酸銅的分子式為$CuSO_4$。

方了。不管怎麼說，對一切食物作檢查，衛生檢查，現在他感到比什麼時候都更有必要了，這可能就是蒂博爾大夫的維生可可流行的原因了，由於有醫學分析數據。

——現在嚐一口吧，他攪完後又將咖啡提上了日程。

斯蒂汾被說動，至少得嚐一下味道，於是拿起那沉甸甸的缸子來，缸子被他抓住把兒啪嗒一聲離開了那褐色的積水，他啜了一口那難以下嚥的飲料。

——到底是固體食物，他的好守護神說。我是堅信固體食物的。他的獨一無二的理由，完全不是貪嘴，而是因為正常飯食是一切正當工作的**sine qua non**[65]，不論是腦力還是體力。你應該多吃一點固體食物。你的自我感覺會大不相同的。

——我能吃液體食物，斯蒂汾說。但是啊，請你做件好事，把這把刀子拿開吧。我不能看它的刀尖。它使我想到羅馬史。

布盧姆先生立即照辦，將那受到指控的利器挪開了，其實是一把普通的角質柄的鈍刀，在外行人看來一點都沒什麼特別羅馬或是古董的意思，他還注意到它的刀尖是最不起眼的部位。

——我們這位共同的朋友，他說的故事就和他自己一樣，布盧姆先生由於刀子，向他的**confidante**[66] **sotto voce**[67]說。你認為是真事嗎？這些山海經，他能連扯幾個小時，一整夜，隨口亂編。你看他。

然而，雖然他的眼神已經灌足海風，昏沉欲睡，生活卻是充滿了各種各樣的事物和性質嚇人的巧合的，很有可能並非完全是瞎編，不過乍聽起來，要說他肚子掏出來的那些貨色全是分毫不差的福音書，恐怕缺少內在的概然性。

他在此期間已經把面前的人物作了一番估量，從開初注目這人，就已經在對他作一種福爾摩斯式的觀察。此人儘管稍有一點禿頂的傾向，人並不顯老，體力著實可以，可是他的神態中有一些不大可信的成分，有一種剛從獄中出來的味道，無需特別強烈的想像力，就可以把這樣一位神態詭譎的人物和拆麻絮踩踏車者流聯繫起來[68]。他甚至可能就是他自己說的那人，講的事情就是他自己的事情，有人就是這樣說別人的事的，也就是說，他自己殺了他，然後在監獄中度過了四、五個美好春秋，且不必提以上述傳奇戲劇方式抵償了自己罪行的人物安東尼奧（與我國大詩人妙筆創造的同名戲劇人物無關[69]）。另一方面，他也完全可能是胡吹，這是一種可以諒解的弱點，因為這些車夫之流的都柏林居民讓人一看就知道都是傻瓜，迫不及待要聽海外的新聞，任何曾經遠航海洋的古舟子遇上他們都會禁不住扯上一段山海經的，扯上個長庚星號縱帆船等等云云的[70]。而且，歸根到底，一個人不論說了自己多少假話，要是跟別人編造他的大批大批的無稽之

65 拉丁文：「必要條件。」
66 適用女性的外來語「知心人」。
67 意大利文：「壓低聲音」。
68 拆麻絮和踩踏車是當時英國監獄中常用的勞役。
69 莎劇《威尼斯商人》中商人亦名安東尼奧。
70 〈長庚星號縱帆船沉船記〉為十九世紀美國詩人朗費羅詩，而〈古舟子詠〉（參見第九章注237四三五頁）為十八世紀英國長詩。

談比，恐怕只能如俗語說的小巫見大巫了。

——請你注意，我並不是說全是憑空揑造，他接著又說。類似的情況即使不是常有，也是偶或可以遇見的。巨人也是偶然能見到的，當然那是扯得遠了，侏儒王后瑪賽拉。我在亨利街的蠟像陳列館見過幾個所謂的阿茲特克人盤腿坐著，他們的腿就是你給他們錢也伸不直的，因為這裡的肌肉，你瞧，他說著話在同伴的右膝後邊比畫，大略示意那肌腱還是叫什麼的部位，長時間地用那個姿勢坐著被人當作神道膜拜，都變了形。單純的靈魂嗎，這又算是一例吧。

不論如何，再回過頭去談辛巴德老兄[71]和他那些嚇死人的經歷吧（這有一點使他想起路德維希，alias萊德威奇[72]在邁克爾·岡恩主持歡樂廳期間占領舞臺，唱《漂泊的荷蘭人》大紅特紅，他的大批戲迷成群結隊來聽他唱，不過不論是什麼船，不管是幽靈船還是相反的，搬到臺上總是有一點差勁的，跟火車一樣），其實倒也沒有什麼內在的不合情理處，他承認。相反，背上一刀倒是挺符合那些意大利人作風的，不過他又同樣願意承認，那些賣冰淇淋的和炸魚的，更不必提空街附近的小意大利那些炸馬鈴薯片的等等，都是勤儉清醒的人，只是有一點過於熱心為了吃肉而打獵，晚上獵取別人的無害而有用的貓類動物，以便第二天悄悄地de rigueur[73]加上大蒜燉得汁多味濃地大吃一頓。大吃少花錢，他又補充說。

——西班牙人，比方說吧，他又接著說下去，他們的感情就那麼強烈，像老尼克[74]一樣衝動，他們喜歡自己動手武力解決，用他們帶在腰間的那種匕首，快步上來，一下子就叫你解脫了。這都是因為溫度高，總的氣候如此。我的妻子就可以說是西班牙人，有一半吧。就事論事，她如果願意的話真可以要求西班牙國籍哩，因為從技術上說她是在西班牙出生的，也就是直布羅陀[75]。她屬於西班牙的類型。顏色相當深，典型的深褐色，黑色。起碼我是肯定相信氣候是影響和性格的。正因為如此，我剛才才問你是不是用意大利文寫詩。

——剛才門口那些性格，斯蒂汾插嘴道，是在為十先令而異常熱烈。Roberto ruba roba sua[76].

——不錯，布盧姆先生表示同意。

——另外，斯蒂汾眼睛發直，繼續咕嚕咕嚕自言自語，或是說給不知什麼地方的某個不知什麼人聽。我們還有但丁的狂熱，有他愛上的等腰三角關係波蒂納里小姐[77]，有列奧納多[78]，有san Tommaso Mastino[79]。

---

71 辛巴德為《天方夜譚》中多次航海的傳奇式人物，都柏林曾在一八九二—三年間聖誕節日期間演出童話劇《水手辛巴德》。

72 萊德威奇（一八二七—一九二三）藝名路德維希，為都柏林著名男中音。

73 法文：「按照禮節時尚要求」。

74 「老尼克」為魔鬼俗稱。

75 直布羅陀地理上屬西班牙南端，但自十八世紀初年即由英國占為基地。

76 意大利語：「羅伯特偷了他的東西。」

77 波蒂納里為但丁（一二六五—一三二一）在《新生》與《神曲》中作為理想對象歌頌的美女貝雅特麗齊之姓，此女已嫁，因而為「三角關係」。

78 意大利藝術家列奧納多·達·芬奇（一四五二—一五一九）所作著名畫像「蒙娜·麗莎」，有人認為即《神曲》中之貝雅特麗齊。

79 意大利文：「聖托馬斯鬥牛狗」。聖托馬斯（被稱為「鬥牛狗」原因見第九章注179四一七頁）的哲學、宗教學觀點對但丁影響至深。

——是在血液裡面的，布盧姆先生立即贊同。都是用太陽的血洗過的。湊巧，我今天正好到基爾代爾街的博物館去了，在我們見面以前不久，如果那也可以算見面的話。我正好在那裡看些古代雕像。臀部、胸脯是多麼美妙地勻稱。那樣的女人，在這一帶根本就不是能隨便撞見的。這裡，那裡，偶然有那麼一個例外。俊俏，有的，某方面的漂亮是能見到的，可是我談的是女性體型。並且，她們對服裝的審美觀太差了，她們大多數如此，而那是可以大大提高女人的自然美的，不論你怎麼說。皺皺巴巴的長統襪子，也許是，可能是我的一個偏見，可我就是恨見那樣子。

然而，這時周圍的興趣都開始下降，別人都談起海上的事故來了，船舶在霧中失蹤啦、與冰山相撞啦，諸如此類。船老大自然有他的話要說。他曾經有那麼幾次繞過海角，曾經在中國海遭遇季風，那是一種大風，而在一切海洋風險之中，他宣稱，他始終依靠著一樣東西，或是大致如此的話語，他有一枚虔誠的聖牌，它救了他。

然後，在那之後，他們扯到了當特岩海面的沉船，那艘命運不佳的挪威船，一時誰也想不起它叫什麼，直到那名很有點像亨利・坎貝爾的車夫想起了是帕姆號，沉在布特斯敦的海灘上。那一年，全城談的都是它（艾伯特・威廉・奎爾就此事為《愛爾蘭時報》寫了一首與眾不同的新穎好詩[80]），船上只見浪花飛濺，岸上是大群大群的人，都嚇得目瞪口呆亂成一片。然後又有人提到斯旺西的凱恩斯夫人號汽輪被反向搶風的莫娜號撞沉的案件，天氣相當悶熱，沉船時全體水手都在甲板上。沒有營救[81]。船長，莫娜號的，說他擔心他的防撞艙壁要垮。船艙裡看樣子並未進水。

在這階段發生了一件事。水手因為有必要解解扣子，離開了他的座位。

——伙計，讓咱跨過你的船頭吧，他對鄰座正要安然入睡的人說。

他走路步子沉重，慢慢的，用彷彿蹲坐似的姿勢走到門邊，沉重地跨下茶棚門外那一級臺階，轉向了左邊。布盧姆先生在他站起身來的時候已經注意到，他有兩只小酒瓶，估計是海船甘蔗燒酒，一邊口袋裡採出一只，專為澆他自己那發燒的內臟的，現在看他一面辨認方向，一面取出一只瓶子，拔掉瓶塞或是擰開了蓋子，將瓶口對著自己的嘴痛痛快快地灌了一大口，發出咕咚咕咚的聲音。不屈不撓的布盧姆還有一個機靈的猜想，他疑心這老鬼出去還是一種花招，是受了以女性形態發出的反吸引力作用，但女性形態現在從一切實際效果而言已無蹤影，布盧姆先生伸長脖子只能勉強見到他在提取燒酒存貨精神振作成功之後，張著大嘴向環線橋的橋墩和橋梁張望，有些茫然失措的樣子，當然是因為從他上次來過之後，這裡已經完全不同，大為改觀了。有一個或幾個看不見的人告訴了他哪裡有男小便處，衛生委員會為此目的已到處建造這種設備，但是在短時間的萬籟無聲之後，水手顯然決定敬而遠之，就在近處方便了，有那麼一小段時間他放

---

80 一八九六年一月《愛爾蘭時報》載奎爾詩〈一八九五年聖誕夜風暴〉，記敘芬蘭（非挪威）船帕姆號於十二月二十四日在都柏林海灣南部布特斯敦海面遭遇風暴觸礁事故。當特岩在愛爾蘭南部科克港附近，與此事無關。

81 來自斯旺西（威爾士南岸）的凱恩斯夫人號帆船（非汽輪）於一九〇四年三月在愛爾蘭海岸被德國帆船莫娜號撞沉，海事法庭根據航海規則判莫娜號船長無罪，但批評他不及時營救失事船上人員。

出的倉底汙水打在地上嘩啦嘩啦的，顯然驚醒了出租馬車停車處的一匹馬。不論如何，有一隻馬蹄在地面掏了兩下子尋找睡眠之後的新立足點，馬具鏗鏘了一陣。在崗棚內躺在炭火盆旁的市府石料看守人稍稍受了一點驚動，這人現在雖已衰落並且正在迅速繼續衰敗，嚴峻的事實卻正是前已提及的格姆利，他現在實際上已經依賴堂區救濟生活，是派特·托賓給他找的這份臨時工作，按人情常理估計是因為原來認識他，出於人之常情，他在崗棚內動了動身子，挪了挪地方，又將四肢放好投入莫耳甫斯[82]的懷抱，這是最凶惡形式的厄運所造成的後果，確實驚人，這麼一個原來出身很好，生活一向優裕舒適的人，一度擁有每年整整一百鎊收入，這位雙料蠢傢伙當然全都打了水漂。現在，他已經多次一文不名而尋歡作樂之後，終於山窮水盡了。不用說他是嗜酒的，這不過是又一次說明了一條真諦，本來他可以輕而易舉地大有作為的，假定——不過這是一個大大的假定——他能設法把他的特殊癖好治好的話。

在這期間，人們都在大聲感嘆愛爾蘭航運的衰落，沿海的也好外洋的也好，反正是一回事。亞歷山德拉船塢有一艘帕爾格雷夫——墨菲公司的船下水，這就是這一年唯一下水的船舶了。目前，港口都在，只是沒有船進港。

有的是沉船，有的是，掌櫃的說。他顯然是au fait.[83]

他願意弄清的是，戈爾韋海灣中僅有一處礁石，為什麼偏偏在沃辛頓先生還是什麼頓先生的人提出建港計畫的時候，那條船正正地找著那塊礁石撞去了[84]，嗯？去找那條船的船長問問，他向他們出主意道，他幹那天的活得了英國政府多少好處，利弗航運公司的約翰·利弗船長[85]。

——我說得對嗎，船長？他問水手，這時水手在獨酌一番加其餘活動之後剛回進來。

那位人物撿到了歌尾巴或是說話餘音，自己也用冒充音樂的調子吼起來，倒是勁頭十足，用二度音或三度音吼著一種單調的號子。布盧姆先生的尖耳朵，接著聽見他好像吐出了口嚼菸（事實果然如此），他剛才喝酒和放水的時候想必是握在手中，在火辣的烈酒下肚之後發現它有一點酸味。不管怎麼說，他在奠酒兼飲酒成功之後，搖搖晃晃走了進來，給soirée[86]添上了一股酒味，鬧鬧烘烘地大唱起來，真是不折不扣的船上廚師的兒子[87]。

——餅乾硬得賽黃銅，
牛肉鹹過羅得老婆的屁股
呀，約尼・利弗！
約尼・利弗呀！[88]

---

82 「莫耳甫斯」為希臘神話中睡夢之神。
83 法文：「熟悉。」
84 十九世紀中葉的戈爾韋建港計畫由於一系列事故而失敗（參見第一章注55一〇一頁），其中最早一項為一八五八年印度帝國號在港內觸礁。
85 約翰・利弗為參與該項建港計畫試航船隻的英國船主。
86 法文：「晚會」。
87 「船上廚師的兒子」為海員罵人用語。
88 典出水手歌謠；羅得妻子化為鹽人傳說（參見第八章注11三二五頁）。

這位壯漢在如此抒發感情之後，便又入場並重新入座，不是坐下而是沉重地一屁股落到了為他準備的凳子上。剝羊皮，假定他就是他吧，顯然有他自己的目的，開始大發牢騷，以一篇強有力而又弱無力的檄文，談及愛爾蘭的自然資源或諸如此類的問題，他在這篇論述中說愛爾蘭是天主治下全地球上最最富有的國家，絕無例外，遠遠超過英國，擁有大量的煤炭，每年出口價值六百萬鎊的豬肉，價值一千萬鎊的牛油和雞蛋，而所有的財富都被英國搜刮一空，苛捐雜稅把窮苦老百姓壓得永遠喘不過氣來，把市面上最好的肉都吞到肚裡，還有好多其他同類的洩憤語言。人們的談話因而轉為普遍議論，人人同意這是事實。愛爾蘭的土地上不論什麼東西都長，他宣稱，納文那邊就有一位埃弗拉德上校在種菸草。你到什麼地方能找到像愛爾蘭這樣的鹹豬肉？但是總有一天，他以crescendo[89]而毫不含糊的聲音宣稱，這時他已徹底獨占了全場談話，要和強大的英國算清這筆帳，儘管它仗著它的罪惡行徑擁有強大的財勢。倒臺的一天會到來的，而且是有史以來最大的倒臺。德國人和日本人會占一點小便宜的，他斷言。布爾人就是結局的開始了。假寶石英國已經在垮下來了。而要它命的就是愛爾蘭，這是它的阿喀琉斯腳踝，他馬上向他們解釋，那就是希臘英雄阿喀琉斯的致命弱點[90]，而且指著自己的靴子，繪聲繪色地講那肌腱，使他的聽眾立即明白了是怎麼回事。他給每個愛爾蘭人的忠告是：不要離開你出生的國土，要為愛爾蘭工作，為愛爾蘭而活著。帕內爾說過，愛爾蘭需要她的每一個兒子，一個也不能少要。

全場的靜默成了他的finale[91]結束的標誌。不透水的航海家聽了這些驚人消息並不驚恐。

——還是要費一點手腳的，老闆，這位粗鑽石反駁道，顯然是對上述老生常談不大高興。這冷水潑在垮臺等等的話題上，掌櫃的倒也接受，但仍堅持他的主要論點。

——誰是軍隊裡最好的士兵？這位頭髮花白的老戰士忿忿地問道。誰是最好的跳高跳遠的和賽跑的運動員？我們的最好的海軍、陸軍將帥是誰？你們告訴我。

——要挑好的，就數愛爾蘭人，那位除了臉上那些疤以外都像坎貝爾的車夫答道。

——不錯，老海員也支持道。愛爾蘭的信天主教的農民。他是咱們的帝國的脊梁骨。你們知道傑姆・馬林斯吧[92]？

掌櫃的一方面承認他和人人一樣可以有他個人的意見，另一方面又說他可不要什麼帝國，不管是咱們的還是他的帝國，而且認為凡是為帝國服務的愛爾蘭人都不是玩意兒。這以後，兩人都說了一些帶火氣的話，火氣上升之後不用說兩人都向聽眾呼吁，而聽眾則饒有興趣地看他兩人交鋒，只要他兩人不發展到互相咒罵以至動拳頭就行。

布盧姆先生根據多年來的內部消息，比較傾向於把這種說法斥之為完全無稽的瞎說八道，因為，在人們真誠希望或是真誠不希望實現的結局尚未實現之前，他充分了解的事實卻是他們海峽

---

89 意大利音樂用語：「漸強」。
90 希臘神話：英雄阿喀硫斯出生後其母倒提在冥河中浸過，因此全身刀槍不入，僅有其母所握腳踝未浸到水而成為其致命弱點。蕭伯納曾說愛爾蘭是英國的阿喀硫斯腳踝。
91 意文音樂用語：「末樂章」。
92 馬林斯（一八四六—一九二〇）為窮苦農民出身的著名愛爾蘭醫生、愛國者。

對面的鄰人實際上是在隱藏其實力，而不是相反，除非他們比他所想像的還蠢得多。這和某些人的吉訶德式的空想如出一轍，那些人想的是姊妹島[93]上的煤層在一億年之後會開採殆盡，而如果隨著時間的推移事情果真如此發展，他對這事的個人看法是，在那以前還有許許多多同樣有關的事件可能發生，所以在這期間還是把兩個國家都充分利用起來為好，即使遠在兩極也罷。另一個有意思的小問題是，用通俗的話說吧，娼妓和幫閒的愛情使他想到，愛爾蘭軍人為英國打仗時候並不少於對英國打仗，事實上還更多些。這就要問，為什麼？同樣，這一對，一個是茶棚的有照經營者，據說就是或曾經是著名的無敵會分子菲茨哈里斯，一個是明顯的冒牌貨，他們上演的這一齣使他感到非常像騙人上當的把戲，那就是說，假定都是事先安排好的話，因為這旁觀者要說喜歡研究什麼的話，就是研究人的靈魂，而其他人對於其中的把戲則極少看到。至於那承租人或是掌櫃的（他大概根本不是另外那個人），他（布）不禁感到，而且這個感覺是很恰當的，對於這樣的人，除非你是一名蠢不可及的白痴，最好是少沾邊，拒絕和他們發生任何牽扯，把這當作個人生活中一條準則，得防著點他們的圈套，難得不出來個奸詐傢伙，像丹尼斯或是彼得•錯里那樣在法庭上出賣你[94]，那是他深惡痛絕的。除此以外，他從原則上就不喜歡那種作惡犯罪的生涯。然而，儘管他心中從未出現過任何形式的這一類犯罪傾向，他確實感到，而且不必否認（在內心始終不變的同時），如果一個人真有勇氣為了自己的政治信念拿起刀來，真刀真槍的，那還是值得欽佩的（雖然他本人絕不參與這樣的事情），和南方那些情殺案如出一轍，占不了她就為她而死，作丈夫的（事先派人監視了妻子和情夫）常是在和她說了幾句，盤問了她和另外那個幸運兒的關係之後，把刀子插進了自己酷愛的人身上，以她的致命傷結束一場婚後婚外的liaison[95]，然而這時他想起這一位費茲，外號剁某某的，僅僅是給那些實際犯案凶手趕了趕車，因此如果他所了解的情況靠得住的話，他並未實際參與伏擊，事實上這正是一位法律界傑出人士所提出的使他免於一死的理由。不管怎麼說，那事現在已經是陳年老帳，要說到我們這位擬稱剁某某的朋友，他顯而易見是把命拖得過長，已經不受歡迎了。他應該壽終正寢，或是把那高高的絞架上。像那些女演員一樣，總是告別演出，肯定的最後一場，然後又是笑吟吟登上臺來了。當然是過分熱心貢獻，天生的氣質決定的，沒有節制之類的念頭，總是見骨頭就張嘴咬影子[96]。同樣地，他腦子一轉，疑心約尼•利弗先生在船塢附近轉悠的時候，已經在老愛爾蘭酒館的宜人氣氛中散掉了一些鎊、先令、便士，回到愛琳來了呀等等。至於那另一位呢，他在不久以前就曾聽到過完全相同的論調，他告訴斯蒂汾他是如何簡單而有效地制止了向他進攻的人。

——我不小心說了一句什麼話，這位備受欺凌而總的說來還是性情平和的人宣告，他就大發脾氣了。他叫我猶太人，並且火氣很大，惡狠狠的。所以我就絲毫不偏離明明白白的事實告訴他，他的天主，我指的是基督，也是猶太人，而且他的一家子都和我一樣，雖然實際上我倒不

93 「姊妹島」為愛爾蘭愛國歌曲〈豎琴還是獅子〉中諷刺英國用語。
94 「鳳凰公園殺人案」中無敵會叛徒實為詹姆斯•錯里（參見第五章注22一八五頁）。
95 法語：「私通」。
96 《伊索寓言》：狗嘴叼骨頭立在水邊，見水中映影以為有骨頭而張口去咬。

是。那一下子對他正合適。軟話擋火氣。他無話可說，人人都看到的。我說得對不對？

他向斯蒂汾投去一種長長的你錯了眼光，以怯怯的卻又深沉的自尊心抵擋微妙的質疑，同時帶著一種請求的神色，因為他似乎有一點意識到並非完全……

——Ex quibus，斯蒂汾在兩人眼光或四眼相對時，以態度不明朗的語調，含含糊糊地說，**Christus**或是布盧姆吧，他的名字，或是任何名字，其實，**secundum carnem.**[97]

——當然，布先生又提出，看問題得從兩方面看。究竟孰是孰非，很難找出硬性的規則，但是改善的餘地肯定是到處都有的，雖然人們說每一個國家都擁有自己分內應得的政府，我們的憂患重重的國家也不例外。但是，如果大家都有一點善意。吹噓彼此的優越性當然很好，但是彼此的平等性呢？我厭惡任何形式、任何模樣的暴力和偏激。它從來就達不到任何目的，也阻止不了任何事情。革命必須用分期付款的方式實現。因為人家住在相鄰的街上而講另一種方言就恨人家，可以那麼說吧，一看就知道這是不折不扣的荒謬。

——難忘的血腥橋戰役，斯蒂汾同意道。還有斯金納胡同和奧蒙德市場之間的七分鐘戰爭[98]。

是的，布盧姆先生極其同意，完全支持這話，無可爭辯的正確。整個世界都是充滿了這類的事。

——你的話正是我想要說的，他說。一套欺騙糊弄，實情完全相反的，坦白說你簡直一點都不能……

所有這一些可厭的爭吵，挑起人們的惡感，好鬥性格或是某種腺體[99]，被人錯誤地認為維護尊嚴和一面旗幟，按他的淺薄意見大多是一個金錢問題，這是一切問題的根源，貪婪和嫉妒，人們總是不懂得適可而止。

——他們指責，他以人們聽得見的聲音說。

他把頭轉過一些，躲開其他那些人，他們大概……湊近一些說話，以免那些人……萬一他們……

——猶太人，他對著斯蒂汾的耳朵悄悄訴說道，他們指責猶太人起破壞作用。沒有一絲一毫的事實根據，我可以有把握地說。也許你會感到驚訝，歷史完完全全可以證明，西班牙是在宗教法庭把猶太人驅逐出境之後才衰敗下去的，而英國的興隆呢，是起源於克倫威爾引入了猶太人，那是一個能幹非凡的壞蛋，他在其他方面是造成了好多問題的[100]。為什麼原因呢？因為他們身上有正確的精神。他們講究實際，而且事實證明他們確是如此。我不想細談任何……因為你知道討

---

97 句中拉丁文：「出身那種族……基督……以肉體而言，」出自《新約・羅馬書》第九章，意謂基督肉體上為以色列人。

98 血腥橋（參見第十章注99四九九頁）等均為十七、八世紀都柏林發生學徒或工匠暴動、械鬥地點。

99 十八、九世紀的顱相學曾認為人的頭顱形狀與性格、才能有關。

100 克倫威爾政府軍曾鎮壓愛爾蘭人民（參見第十二章注130六四三頁），但克倫威爾在英國時執行的宗教自由政策，有利於猶太人進入英國，若干猶太銀行集團因而獲得特許以英國為基地，對英國十七世紀內戰後經濟恢復起重大作用。

論這個問題的權威著作，而且像你這樣正統的……但是，且不談宗教吧，以經濟領域而言，教士就意味著貧困。又是以西班牙為例吧，在戰爭中你見到了，和往前衝的美國比吧[101]。土耳其人。那是在教條中規定的[102]。因為如果他們不信死後可以直接上天，他們就會設法活得更好些，至少我是這樣想的。這也正是教區司鐸托詞斂款的花招。我是個道地的愛爾蘭人，他又以有力的戲劇語氣強調道，比我開始時告訴你的那個無禮傢伙一點也不差，而且我願意，他提出結論道，要每一個人，不論是什麼信仰和什麼階級，**pro rata**[103]都有一個舒適像樣的收入，還不是小裡小氣的，大約每年三百鎊左右吧。這才是要害，是問題的關鍵，而這是可以做到的，而且可以促使人與人之間產生更為友好的交往。至少這是我認為有價值的目標。我認為這就是愛國。**Ubi patria, vita bene**[104]，這是我們在**Alma Mater**[105]求學時期學到的一點皮毛。在你能生活得好的地方，意思是說只要你勞動。

斯蒂汾面對那一杯稱為咖啡而不堪入口的東西，耳聽這一套廣泛涉及各種事物的高談闊論，只是茫然瞪眼，視而不見。當然，他能聽到各式各樣的詞語在那裡變換顏色，正如早上陵森德附近那些螃蟹，匆匆忙忙地往同一片沙灘上各種各樣不同顏色的沙子中間鑽下去，它們在那下面的某個地方有一個家，或是彷彿有一個家似的。然後，他抬一下眼皮，看到了那一雙眼睛在說或是沒有說他聽那聲音說的那詞語，只要你勞動。

——別把我算進去，他插進去發表意見說，指的是勞動。

那雙眼睛對這意見表現出驚訝的神色，因為如他也就是這雙眼睛的臨時主人說的，或不如講是他的聲音說的，人人都必須勞動，非勞動不可，共同的。

——當然，對方趕緊聲明，我指的是意義盡可能廣泛的勞動。也包括文學工作，不僅是為了其中的榮譽。為報紙寫作，那是當今最方便的渠道。那也是勞動。重要的勞動。歸根到底，根據我了解你的那一點情況，因為你的教育已經花了那麼多錢，你有權利獲得補償，提出你要求的價格。你和農民享有完全相同的權利，可以用你的筆謀生，從事你的哲學研究。怎麼樣？你們都屬於愛爾蘭，腦力和體力。二者同樣重要。

——你大概認為，斯蒂汾似笑非笑地反駁道，我之所以重要，是因為我屬於這個簡稱愛爾蘭的faubourg Saint Patrice吧[106]。

——我還願意更進一步呢，布盧姆先生若有所指地說。

——可是我認為，斯蒂汾打斷他的話說道，愛爾蘭之所以重要，是因為它屬於我。

——什麼屬於呀，布盧姆先生以為自己聽錯了，彎下身子去問道。對不起。可惜後半句我沒

---

101 西班牙在一八九八年爭奪美洲殖民地的西美戰爭中大敗。

102 伊斯蘭教認為戰死疆場可立即入天堂。

103 拉丁文：「按比例」。

104 拉丁文：「國家所在地，生活得好」。按拉丁文有諺語云：Ubi bene, ibi patria（我過好生活的地方，就是我的國家）。

105 拉丁文（已英語化）：「母校」。

106 法文：「聖派特里克郊區」。

有聽清。你說的是……？

斯蒂汾顯然心煩了，重說一遍之後，不甚禮貌地把他那缸子咖啡還是什麼東西的往旁邊一推，又說：

——咱們沒有辦法換個國家。換個話題吧。

這個切中要害的建議一提出，布盧姆先生就低下頭去想改換話題，可是感到有些為難，因為他不很明白屬於是什麼意思，似乎有些文不對題。是一種反駁，這一點比其他的要清楚一些。不用說，由於他剛才的縱樂場面所造成的狂亂情緒，說話有些粗暴，一種奇怪的氣憤不平的情緒，這是他清醒時所沒有的。大概，布先生認為極端重要的家庭生活並不那麼特別符合需要，或者是他沒有熟悉恰當的人。他有一些為其身邊這位年輕人擔心，用一種提心吊膽的神情偷偷地觀察他，想起了他剛從巴黎回來，感到他的眼睛特別像父親和妹妹，可是也沒有看出什麼線索，倒記起了一些事例，一些有教養、很有輝煌前途的人，卻在含苞未放的時節就過早凋謝了，都只能怪他們自己。例如，奧卡拉漢就是一個，那個追求時裝的半瘋子，雖然並不富裕，卻是體面家庭出身，偏偏異想天開地，喝得爛醉地出好多洋相，弄得人人討厭，其中之一是常常公然當眾穿一身用包裝紙做的套服（事實如此）。然後，在昏天黑地熱鬧一陣之後，就來了照例的dénouement[107]，他倒楣了，在挨了下城堡場的約翰・馬倫[108]一頓教訓瞎馬用的手段之後，由幾個朋友偷偷送走，才算免掉了按刑法補充條例第二款治罪[109]，當時接到傳票的人中有一些名字是交了進去的，但是沒有透露，其中原因凡是有一點頭腦的人都會明白。簡而言之，綜合各種情況看來，六、十六他是突出地不予理睬的，安東尼奧等等、騎手們、唯美主義者們，還有那紋身，七十年代左右可是風行一時，甚至在上議院裡也是，都因為當今占王位的人早年，那時還是太子呢[110]，於是最高層的其他成員和其他高級人物都跟著國家元首亦步亦趨，他的思路轉到社會名流和戴王冠者違反道德的錯誤，例如若干年前的康沃爾案件[111]，表裡不一，與大自然的本意相去甚遠，這是善良的格倫迪太太[112]按照現行法律要狠狠說一頓的，雖然原因大概不是他們認為他們挨說的原因，不管他們以為是什麼，婦女們是主要的例外，她們總是互相撥撥弄弄的，大多是服裝之類的事。喜歡別致內衣的女士們應該，每一個講究衣著的男人都必須，一方面試圖用暗示方法擴大二者之間的距離，實際更刺激二者之間的不正當動作，她解開他的扣子，然後他鬆開她的帶子，小心大頭針，而生番島上的野人呢，譬如說吧，樹蔭下還達到九十度，誰還管那個？不過，回頭說原來的，也有另外一些人硬是拉著自己的靴襻子，從最底下一級一直爬到頂上的。純粹靠得天獨厚的天才，這，要有頭腦，您哪。

---

107 法文：「結局」。
108 下城堡場為都柏林警署所在地，馬倫為助理署長。
109 該款禁止勾引婦女私通。同一條例第十一款禁止同性戀，王爾德即按此款治罪。
110 十九世紀時歐洲貴族社會曾盛行紋身，其中包括英國國王。
111 一八七〇年，當時的康沃爾公爵（即後來的英王愛德華七世）曾因牽涉一離婚案件而被召出庭。
112 格倫迪太太為十八世紀英國劇作家莫克斯頓的**Speed the Plongh**（一七九八）中不出場人物，劇中人經常引用其名作為維護道德風化代表。

為了這方面以及其他原因，他感到應付和利用這意想不到的局面是符合他的利益的，甚至是他的義務，雖然他也說不清究竟為什麼，因為事實上他自己陷入其中以後，至今已經搭進去幾個先令。可是，結識一位才能出眾的人，他能給你提供值得思索的精神食糧，這可以充分補償任何小小不言的……。他感到，頭腦不時受一點刺激，活躍活躍思想，這是對它最好的滋補品。與此同時，還有許多伴隨發生的事情，會面、討論、跳舞、吵架、今天來明天走類型的老海員、夜遊人，這麼一大串事情，加在一起就是一個微型浮雕寶石似的現實生活世界大觀圖，特別是近來那沉淪的百分之十[113]即煤炭工人、潛水員、清道夫等等人的生活受到了十分細密的觀察。為了利用那光輝的時辰[114]，他琢磨會不會能遇上點兒什麼，寫下來也有接近菲利普·波福伊先生那麼好的運道，寫出一點不同凡響的東西（他完全有這意圖），稿費每欄一畿尼。譬如說吧，就叫作〈我在一個車夫茶棚中的經歷〉。

他正在又一次琢磨一個國家怎麼屬於他而仍莫名其妙，還有剛才那畫謎，船來自布里奇沃特，而明信片上收件人是A·布定，猜船長年齡，碰巧胳臂肘邊就擺著《電訊報》沒點兒真心報的粉紅色體育特訊版。他的目光漫無目標地溜過那些屬於他的特殊範圍的各項標題，也就是包羅萬象的今天賜給我們每天所需的報紙[115]。首先他吃了一驚，但原來只是一條關於名叫H·杜·鮑伊斯的東西，經銷打字機或是諸如此類的貨物。東京重大戰役。愛爾蘭語調情，賠償兩百鎊。戈登·貝內特大賽。移民騙局。大主教來函。威廉✠[116]。阿斯科特金杯賽。大冷門扔扔獲獎，類似九二年德比大賽馬歇爾上尉黑馬雨果爵士大勝獲藍緞獎。紐約慘案。一千人喪生。口蹄疫。已故派特里克・狄格南先生葬禮。

這樣的，為了換個題目，他看起狄格南R・I・P[117]的消息來了，他回想起來，那可是一個毫無歡樂可言的送別場面。

——今天上午（當然是哈因斯的稿子），已故派特里克・狄格南先生遺體自其沙丘新橋路九號住宅移往葛拉斯內文安葬。作古紳士生前為人和藹可親，在本市深得人心，其猝然病故對各階層市民均為重大噩耗，人人深感哀悼。葬禮有眾多死者親友參加，由（哈因斯寫此肯定受了康尼的暗示）北灘路一百六十四號H・J・奧尼爾父子公司安排。送葬人士包括：派特・狄格南（子）、伯納德・科里根（妻弟）、約・亨利・門頓律師、馬丁・坎寧安、約翰・帕爾、）依頓府八分之一阿多多拉多都拉多拉（這一定是他喊日班組長蒙克斯談岳馳廣告的地方）托馬斯・克南、賽門・代達勒斯、斯蒂汾・代達勒斯文學士、愛德・J・蘭伯特、康尼利厄斯・T・凱萊赫、約瑟夫・麥克・哈因斯、利・布姆、查・P・麥考伊、——于郭以及

113「沉淪的百分之十」為救世軍創始人布思（William Booth）在其著作《在最黑暗的英國》（一八九〇）中提出的說法，指當時有百分之十的人口生活在極端貧困之中。

114 典出艾薩克・沃茨（一六七四—一七四八）詩〈戒惰〉，詩中云：「看那勤奮的小蜜鋒/能利用每一個光輝的時辰……」。

115 典出基督教〈主禱文〉（天主經）中，「求祝今天賜給我們每天所需的麵包。」（《新約・馬太福音》第六章十一節）。

116 扁平十字架為天主教教皇與大主教署名專用標誌。

117 拉丁文簡寫為requiescat in pace（願靈安息）。

其他若干人。

對於利・布姆（按照錯誤報導寫法）和那一行排亂的字，利・布姆很有一點惱火，但同時卻又對查・Ｐ・麥考伊和斯蒂汾・代達勒斯感到好笑得要命，因為這二人的突出點無需贅言就是根本不在場（更不必提于郭）。利・布姆指給同伴文學士看，而文學士正在費勁忍住自己的另一個哈欠，有一點不自在，並沒有忘掉報上常出現莫名其妙的可笑排印錯誤。

——致希伯來人的第一封信[118]登上了嗎？他一獲得下巴的允許便問道。經文內容：張開口來，將自己的蹄子放入[119]。

——登了。真的，布盧姆先生說（雖然起初他以為他問的是大主教，但他又加上了蹄子和口就不可能有聯繫了）。他非常高興能使他放心，同時對於邁爾斯・克勞福德，有些驚訝他居然仍。在那兒呢。

那一位看第二版上那一篇的時候，布姆（姑且用他的新誤稱）隨意消遣，把登在他這邊的第三版上那篇關於阿斯科特第三屆大賽的報導，斷斷續續地瀏覽了幾段。獎值一千鎊，另加三千鎊硬幣。限未經閹割的公、母馬駒；第一名Ｆ・亞歷山大先生的扔扔，由快捷——思瑞爾所生，五歲，九斯通四磅（Ｗ・萊恩）；第二名，霍華德・德・沃爾登勳爵的津凡德爾（莫・坎農）；第三名Ｗ・巴斯先生的權仗。下注，津凡德爾五比四。扔扔二十比一（場外）。扔扔與津凡德爾相距甚近。勝負難定，然後大冷門馬逐漸跑前拉開距離，擊敗了霍華德・德・沃爾登勳爵的栗色小公馬和Ｗ・巴斯先生的棗紅色小牝馬權仗，賽程二又二分之一英里。獲勝馬馴馬師布雷姆，可見萊納漢所說的情況全是夸夸其談。巧獲勝券，占先一馬身，一千鎊加三千鎊硬幣。參賽馬匹尚有J・德・布熱芒的最高極限第二（班塔姆・萊昂斯急著探聽的法國馬，還沒有進來，但估計隨時可到）。取得成功，各有不同的途徑。調情賠償。雖然笨蛋萊昂斯急著去輸，抓住一點就急忙跑了。當然，賭博就很容易引起那一類的事，雖然從這一次事件的實際情況看，那可憐的傻瓜對於自己挑選的孤注一擲沒有多少可以自我慶祝的餘地。歸根到底，不過是瞎猜。

——一切跡象，都說明他們會得出那個結論來的，他布盧姆說。

——誰們？那一位（順便說一下，他的手疼）說。

有一天早上你會打開報紙，車夫振振有詞道，一看：帕內爾歸來。他願意和他們打賭，他們願賭什麼都行。一名都柏林火槍團的，有一天晚上就在這茶棚裡，說他在南非見到他了。是自尊心要了他的命。他在十五號會議室事件之後[120]，應該把自己除掉，或是沉默一個時期，直到他又恢復了老樣子，誰也不敢指他的鼻子。那時候，他的神志清醒了，他們都會服服貼貼跪在地上求他回來的。死他是絕沒有死。跑到什麼地方去了，沒有別的。他們運回來的棺材裡盡是石頭。他把名字改成了德威特，布爾人的將軍。他和教士們鬥是失策。等等云云。

---

118 〈希伯來書〉為《新約》中一章，主旨為勸導希伯來人堅信耶穌。

119 「張開口來便將自己的腳放入」為愛爾蘭諺語，謂此人說話常有荒唐謬誤。

120 一八九〇年帕內爾在議會黨團會議上受到指控，愛爾蘭黨自此開始分裂，此會會址在英國國會十五號會議室內。

儘管如此，布盧姆（用他的正確名字吧）對他們的記憶力相當驚訝，因為這事十成中有九成要動焦油桶[121]，而且不是一桶兩桶，而是成千的，然後就是完全的遺忘，因為已經有二十多年了。至於石頭，其中當然連一丁點兒的事實根據也不會有的，而且即使假定有，他也認為，全面考慮一下，回來是不明智的。他的死，顯然有一種使他們感到惱火的什麼因素。也許是那時候他的各種不同的政治上的安排正已經快完成，他卻得了急性肺炎垮了，他們嫌他太馴服了，要不然也許是他們是不是聽說了他的死是由於淋溼之後沒有換靴子換衣服，結果受涼又不去看專科大夫[122]，以致臥床將近兩周，終於死於此病，引起普遍的惋惜，要不然他們說不定是認為他們原來自己想幹的事現在不用他們動手了，不高興。當然，原來就根本沒有人了解他的行動，他的蹤跡絕對沒有露出任何線索，肯定在他使用福克斯、斯圖爾特之類的化名以前，就已經是屬於「艾麗斯，你在哪裡」類型了[123]，所以車夫老兄提出的說法，也可能不是完全不可能的。那樣的話，他心中自然會感到一種來自天生領袖人物的壓力，因為他無疑是這樣的人物，而且體格魁偉，身高六呎或至少五呎十吋或十一吋，穿襪不穿鞋子量，而那些在他之後當家的主兒某某先生們，跟他比起來連一塊補釘都算不上，絕少值得稱道之處。這確實說明了一條道理，偶像泥足，於是他的七十二心腹部下便群起而攻之並互相摔泥。殺人犯也完全一樣。必須回來。彷彿有一種擺脫不掉的感覺在拉著你。候補演員上臺挑大梁，需要你來指點指點。他有一次看到他，就是在他們搗毀報館裡排的版那個吉利的日子，是《不怕壓制報》還是《愛爾蘭統一報》[124]，他能有這機會十分榮幸，事實上他的絲質禮帽被打掉之後還是他送回給他的，他還說了一聲謝謝你，儘管他的心情無疑是非常激動的，當時他雖有那功敗垂成的小小事故，外表仍是冷冰冰的，這是他生成的本性了。然而，說到回來吧。他們沒有一見你回來馬上放狗咬你，你就是萬幸了。然後照例是一大套模稜兩可不好說的事情隨之而來，湯姆贊成，狄克和哈利反對等等。然後，首先第一條，你得面對當前的占有者，得拿出你的身分證明來，就像鐵奇伯恩案中的申訴人一樣，羅傑・查爾斯・鐵奇伯恩，那嗣子出事坐的船據他記憶所及是叫貝拉號，這是案情證據中有的，還有一個用印度墨汁染的紋身圖案，是貝柳勛爵吧[125]，他很容易從同船伙伴探聽到當時情節，然後在需要印證情況的時候，就說一聲：**對不起，我的名字就是某某**，或者諸如此類的普通話就算是自我介紹了。比較慎重的辦法，布盧姆對身邊這位不太熱情，實際上有些像談論中的著名人物的人說，是首先把形勢摸一摸清楚再說。

——是那條母狗，那個英國婊子害了他，黑店的老闆發表意見說。他棺材上的第一顆釘子是她釘的。

121 焦油桶用以舉火焚燒離經叛道者或其模擬像。
122 帕內爾病後拒絕請本來為他治病的專科大夫看病，曾引起議論。
123 帕內爾與情婦通信曾用若干假名，包括福克斯、斯圖爾特。〈艾麗斯，你在哪裡〉為流行的思念情人歌曲。
124 《愛爾蘭統一報》為帕內爾黨機關報，一八九〇年黨內分裂後兩派曾反覆搶奪報館，後造反一派另建《不怕壓制報》。
125 鐵奇伯恩案為英國十九世紀著名案件。羅傑為鐵奇伯恩準男爵嗣子，一八五四年乘貝拉號船失事後其母登報徵詢消息，十一年後澳州人奧頓自稱羅傑，並向法庭申訴要求繼承準男爵家產，因羅傑生前同學貝柳勛爵出庭作證曾親自為羅傑紋身，而奧頓無此紋身，方肯定奧頓為冒充。

——那女人可是夠味兒的一大個，那soi-disant[126]市祕書長亨利・坎貝爾說，而且不是一點兒半點兒。她可叫不少男人的大腿發軟了。我是在一家理髮店看到她的照片的。男人是一名船長或是軍官。

——不錯，剝羊皮逗樂說，是的，而且是棉花球做的。

這一點無償貢獻的幽默，在他的entourage[127]中引起了一陣不小的笑聲。至於布盧姆呢，他完全沒有一點兒笑模樣，眼睛發直地望著門的方向，回想當時引起那麼特大興趣的那一件公案，更糟的是真相大白時，他們之間那些照例充滿了甜蜜的空話的情書也公諸於眾了。起初是嚴格的柏拉圖式的，後來天性起了作用，二人之間發生了愛慕之情，一步一步發展下去，一直達到頂點，事情成了全城話題，以致最後來了那一下打得人站不穩的打擊，可是對於不少本無善意、一心只想把他拉下臺的人是個好消息，不過這事本來早已是公開祕密，只是沒有後來發展的那麼轟動一時而已。不過，既然他們兩人的名字已經聯在一起，既然他已經是她公開宣布的意中人，還有什麼必要跑到房頂上去當眾廣播他曾經和她同房的事實呢。這事是有人在法庭上宣誓作證時說出來的，頓時將座無虛席的法庭整個激動起來，人人都像過了電一樣，幾個證人宣誓親眼見他在某某日期身穿夜間服裝用梯子從樓上房間爬下，而原來爬上去也用的同一方式，這事由對色情有癮的周刊大為利用，賺了大堆大堆的錢。而這事的簡簡單單的事實，就是丈夫簡簡單單的不頂事，兩人除了同一個姓氏以外沒有共同處，這時出現了一個真正的男人，強得簡直過了頭，被她的賽壬魅力征服，忘掉了家裡的親人[128]，按照通常的發展，在情人的微笑中陶醉了。無庸贅言，這裡就出現了婚姻生活中的永恆的問題。假定這中間出現了另一個人，這一對夫妻之間還能有真正的愛情嗎？難題。不過，他如果一時荒唐，對她產生了愛慕之心，這絕對不是他們的事。他確實是一個儀表非凡的大丈夫，又加上明顯的才能出眾，這是說和另外那位編外軍人相比（那一位僅僅是那種日常可見的別了，**我的英勇的隊長**[129]型腳色，輕騎兵，準確說是第十八輕騎兵團[130]，而且性情無疑是特別奔放的（這是說遭難的領袖，而不是另外那位），也是與眾不同的，她當然，女人，很快就觀察到他是大有作為的，很可能要成為赫赫有名的人物，他也果然差不多已經做到，直到原來的堅定追隨者們都因他的婚姻問題拆了他的臺，這些追隨者既包括教士們和福音布道師們群起而攻之，也包括過去他們在農村的田地被奪時他仗義執言出了大力，使他們獲得了原來夢想不到的大好處的親愛的佃農們[131]，他們竟將炭火堆在他頭上[132]，很像寓言中的驢子反踢一腳[133]。

---

126 法文：「自稱的、冒充的」。

127 法文：「隨身人員。」

128 實際帕內爾一八八一年認識奧謝夫人時單身未婚，其後十年間與之成為實際上的夫婦，直至一八九〇年奧謝離婚後二人方正式結婚。

129 典出歌劇《瑪麗塔娜》，男主人公唐西澤向凶惡隊長挑戰要求決鬥時唱。

130 奧謝為該團退役上尉。

131 帕內爾支持愛爾蘭土地改革運動，並曾於一八八六年在英國國會內提出「佃農救濟法案」。

132 「炭火堆頭」為《新約・羅馬書》第十二章教導對待仇人應以德報怨時所說，現已發現為英文（從希臘文）誤譯，現代英文《聖經》中已改譯為「使他羞愧交加」。

133 典出《伊索寓言》：狼要吃驢，驢要牠先拔腳上刺，狼去拔刺挨了驢踢。

現在通過回顧性的編排，回頭一看統統像是一場夢。而回來將是你最差的一步棋，因為不言而喻你會感到格格不入的，因為事物總是時過境遷的。可不是嗎，他想到愛爾蘭鎮的海灘，自從他情況變化搬到北邊去住之後，有不少年頭兒沒有到這地方，模樣不知怎麼就不大相同了。不過北邊也好，南邊也好，總而言之是人所共知的，狂熱就會出事，就會大亂，就那麼簡單明瞭，正好證實了他說的話，因為她也是西班牙人，或是有一半西班牙血統，這種類型就是從不半半拉拉的，南方的熱情奔放，把一切規矩禮遇統統拋到九霄雲外去了。

——正好證實我剛才說血液和陽光的話，他以發熱的心情對斯蒂汾說道。而且，如果我沒有太弄錯的話，她也是西班牙人。

——西班牙國王的女兒[134]，斯蒂汾答道，又有點稀裡糊塗地東一句西一句添上了什麼別了再見吧你們西班牙蔥頭以及第一塊陸地叫作死人以及從公羊頭到錫利是多少多少[135]……

——她是嗎？布盧姆失聲問，他是感到意外而絕非驚訝。我還從來沒有聽到過這個說法。可能的，尤其是那裡，她原來就住在那裡[136]。好吧，西班牙。

他小心地躲開口袋裡那本《樂趣》（這同時也使他想起了卡佩爾大街圖書館那本已經過期的書），取出了皮夾子，迅速地翻了一下皮夾裡裝的各種東西，最後他……

——順便，你看這，他仔細地挑出一張已經褪色的照片，放在桌上說。你認為這是西班牙型嗎？

顯然被問的斯蒂汾低頭看照片，照片上是一位碩大的夫人，以一種開放的姿態顯示著豐腴的美，因為她正在女性之花盛開的年華，身上穿的晚禮服胸口開得惹人注目地低，將胸脯作了毫不吝嗇的展示，讓人見到的不僅是乳房的形象而已，她的豐滿的雙脣分開，露出一些完美的牙齒，以顯示莊重的姿態站在鋼琴邊，琴架上擺的是〈古老的馬德里〉，一首當時非常流行的情歌，自有一種優美的情調。她的（這位夫人的）深色的大眼睛望著斯蒂汾，似乎正要微笑，彷彿看到了什麼可以讚賞的東西，這美術攝影是都柏林首屈一指的攝影藝術家，威斯特摩蘭街的拉斐特的手法。

——布盧姆太太，我的妻子，也就是prima donna[137]瑪莉恩·忒迪夫人，布盧姆指點著說。幾年前照的。九六年或是前後差不多的時間。她那時候就是這樣子。

他陪在年輕人的旁邊，一起欣賞著如今是他髮妻的這位女士的照片。他透露，她是布賴恩·忒迪少校的才德兼備的女兒，幼年即已表現出不凡的歌唱才能，甚至二八芳齡未到[138]，已經登臺獻藝了。臉上表情是維妙維肖的，可惜體態風姿沒有照好，她這方面通常是最引人注意的，可是這裡的安排沒有把優點突出出來。她輕而易舉的就可以拍裸體藝術照，且不必多談某些豐盈

134 典出童謠〈我有一棵小小的核果樹〉，參見第十五章注327一〇三一頁。
135 典出航海歌謠〈西班牙的女士們〉，歌謠以「別了，再見吧，西班牙的女士們」開始，涉及航海所經「死人」、公羊頭、錫利等地點。
136 奧謝夫人為英國人，但一八六七年在英國結婚後曾與其夫在西班牙居住一年左右。
137 英語化意大利文：「首席女歌手」。
138 典出流行歌曲〈當你芳齡二八時〉（一八九八）。

的曲線……由於他在業餘時間也算有一點藝術家的意思，他談得多一些的倒是一般的女性體型的發展問題，因為湊巧他今天下午剛剛看過國立博物館裡那些希臘雕像，作為藝術品來說那就是發展到完美階段了。大理石可以表現原來的人，肩膀、背、一切對稱。其他的一切，是的，puritanisme，可還是，有聖約瑟夫的主權竊取行為alors（Bandez!）Figne toi trop[139]而照相就辦不到，因為它簡而言之不是藝術，一句話。

他的情緒上來了，很想學杰克・塔[140]的好榜樣，把照片在那裡稍稍放幾分鐘，讓它自己說話去，他可以推說自己……以便對方能自己充分體味她的美，坦白說來她的舞臺風姿本身就是一種享受，攝影機是無論如何不能充分表現出來的。但是這樣不大符合行業禮節。今晚雖說是一個暖和舒適的夜晚，然而在這季節要算是奇特的涼快天氣了，暴雨之後出了太陽……他確感到一種需要，似乎有一個內在的聲音在叫他仿效辦理，提議去滿足一種可能的需要。儘管如此，他仍靜坐不動，眼睛望著那稍稍有些弄髒了的照片，順著豐滿的曲線略有一些皺痕，可是仍然毫不減色，然後又周到地移開了目光，為的是對方可能在打量她那隆起的豐盈體態如何勻稱，不要進一步使他感到不好意思。實際上，稍稍弄髒一些更是增加了嫵媚，正如稍稍弄髒的亞麻製品，完全和新的一樣好，去了漿布的澱粉更好得多。假定他那時她已經不在了呢……？他腦中出現了我尋找那盞燈她告訴我的[141]，但僅是一閃而過的胡思亂想，因為他隨即想起了早晨那零亂的床鋪等等，還有那本有轉回來世的關於紅寶的書，那本書還掉得夠恰當的，在便盆旁邊，對不起林德利・默里[142]。

他很喜歡有這年輕人在身邊，他有文化，distingué[143]，還容易衝動，在那群人中是遠遠地出類拔萃的，雖然你不會認為他有那樣的……然而你會……。而且，他說了這張照片漂亮，本來不論你怎麼講就是漂亮，雖然那一下子她是明顯地發胖。又有什麼不好？那一類事情，總是有一大套的真真假假，弄成一輩子洗不清的汙點，不是老老實實地把整個情況攤在桌面上，而是照例在黃色報刊上將那千篇一律的婚姻糾紛來一個轟動性版面，渲染人家如何和職業高爾夫球手或是舞臺新星有曖昧關係。他們如何命中注定要相會，兩人如何心心相印，名字如何已在公眾心目中聯成一對，這些情況都在法庭上透露出來，還有信件，上面總有那些慣用的軟綿綿留下把柄的話語，沒有漏洞地證明他們每星期有兩三次在某海濱著名旅館公開雙飛雙宿，兩人已按通常規律發展了親密關係。然後是中間裁定，而王室訟監則設法找理由，但他未能撤銷裁定，於是中間裁定轉為絕對判決。但是兩位犯事人，卻因為兩人互相裹得緊緊的，卻還覺得沒有問題，可以不予理睬，而他們大多也這麼辦了，直到事情落到訴狀律師手中，到時候為受害一方提出訴狀。他（布）深感榮幸，在歷史性大打出手場面上發生那事的時候，正站在靠近愛琳無冕之王親臨現場處，當時

---

139 法語粗話：「清教主義……好吧（硬吧！）操你的去吧」。

140 即水手，參見第十二章注117六三五頁。

141 典出穆爾詩〈布雷夫尼王爺奧魯爾克之歌〉，涉及王爺歸來時發現妻子已被拐走（參見第二章注65一〇五頁），有關二行詩為：「我尋找那盞燈，她告訴我的，／朝聖者歸來時燈會亮的。」

142 默里（Lindley Murray, 1745-1826）為英國語法權威，其著作中常指出人們詞語中各種不恰當處。

143 法文：「與眾不同，高貴。」

這位淪落的領袖雖然已經蒙上通姦的陰影，仍然在眾目睽睽之下堅持立場寸步不讓，而他的（領袖的）心腹部下之中有十一、二人之多甚至數目還不止於此闖入報館印刷廠，是《不怕壓制報》或是，不對，是《愛爾蘭統一報》（順便說一下，這名稱可一點也不恰當），用棰子或是諸如此類的東西把鉛字盤都砸散了，都是因為奧布賴恩派那些耍弄筆桿的[144]，使用他們習以為常的造謠誹謗慣技，散布了某些中傷昔日保民官私人道德的汙言穢語。儘管人們可以感到他已經與前大不相同，但他的風度仍是令人肅然起敬的，雖然他照例是穿戴隨意，神態依然堅定果斷，這一神態對於猶豫不定者流曾起很大作用，但他們將心中偶像供上臺之後，大失所望地發現偶像竟是泥足，然而她還是第一個對此有所覺察的。當時一片混亂，十分激烈，布盧姆擠在自然形成的人群之中，胸窩被人以肘猛戳一下，所幸受傷不重。他的（帕內爾的）帽子被人碰掉，這時嚴格的歷史事實是布盧姆而並非別人擠在人群中目睹此事便拾起帽子，準備歸還本人（而且確是毫不耽誤地歸還了本人），而那位失去了帽子的氣喘吁吁但心思完全不在帽子上，然而他終究不失紳士風度，生來即與國家利害一致，投身其中主要是為了其中的榮譽而非其他，天生的品質自小在母親的膝前即已注入心中，因而深諳禮貌規矩，這時立即表現出來，因為他當即轉過身來面對送帽人，以完善的**aplomb**[145]表示了感謝，說：謝謝您，**先生**，語氣和那位法律界泰斗完全不同，那一位的帽子今天也曾經由布盧姆幫助整理，歷史重複而有所不同，那是在一位共同朋友的葬禮之後，他們完成了將遺體送入墓中的沉重事務，將他留在那裡獨享天國的榮耀[146]。

另一方面，更使他內心氣憤的是車夫等人的公然取笑，嘻嘻哈哈肆無忌憚，把這事說成笑料一件，作出什麼都知道的樣子，源源本本，而其實連他們自己的心思都不知道，事情原本是那兩人之間的事，除非合法的丈夫也參與其事，往往是由於照例出現的小夥子瓊斯[147]，湊巧在關鍵時刻闖見兩人摟在一起難捨難分，寫來一封匿名信揭發了他們的私通活動，從而引起一場家庭糾紛，走上歧路的美人跪在地上求她夫君的饒恕，答應切斷關係，再也不接見那人，只要受到損害的丈夫放過這次，既往不究，她眼睛裡是水汪汪的眼淚，不過小嘴裡說的可能是花言巧語，因為很可能還有幾個別的人呢[148]。他本人傾向於持懷疑態度，認為並且毫不含糊地說出來，一位女士總是有那麼一位或者幾位男士在排隊等待的，就說她是全世界最好的妻子，就說他們倆的日子過得相當不錯，姑且這樣說吧，她一旦玩忽職責，偏要倦於婚姻生活，願意活動活動，來一番文雅的縱慾享受，促使他們對她多一些心懷邪念的殷勤，其結果是她的感情落在另一個人的身上，這正是許多年將四十而風韻猶存的已婚婦女和年齡較輕的男人之間的Liaisons[149]的起因，無疑已有若

144 奧布賴恩（WilliamO'Brien）原為《愛爾蘭統一報》主編，黨內分裂後成為反帕主要人物之一。
145 半英語化法語：「鎮定自若」。
146 「將他留在那裡獨享天國的榮耀」句出於十九世紀初一首描繪將軍葬禮的詩。
147 埃米特起義（參見第六章注91二四五頁）時，據傳其同學之一實為暗探，並在特務系統中以「瓊斯」為名，因而此後常以此稱呼告密人。
148 奧謝上尉在一八八九—九〇年的離婚訴訟中宣稱他一八八一年發現妻子與帕內爾關係後曾從他妻子獲得此類保證，但實際上大概是達成和平相處協議，帕與奧妻為事實上夫婦，而奧則從政治上獲得帕的幫助。奧妻與帕關係始終如一，與奧離婚後即與帕結婚。
149 法語：「私通」。

干著名女性迷戀事件對此作出徹底清楚的證明。

萬分可惜的是，一位像他身旁這樣一位顯然得天獨厚頭腦出眾的青年，卻將寶貴的時間浪費在淫蕩女人身上，而這些蕩婦還可能會送給他一身一輩子受用不盡的花柳病呢。作為單身可享的洪福，他有一天將會遇到意中人而娶親成家，然而在此過渡時期，和女人的交往是一種conditio sine qua non[150]，不過他極其懷疑，倒完全不是想追問斯蒂汾關於弗格森小姐的事（她很有可能就是一清早就把他引到愛爾蘭鎮去的引路星斗吧），而是懷疑這麼兩、三星期一回的享受少年男女追求取悅的氣氛，和名下沒有一個便士的傻笑姑娘們廝混，按照傳統的路子來一套預備性的恭維討好，然後是外出散步，逐漸走上卿卿我我談情說愛送花送巧克力的階段，他能從中獲得多少滿足？想想，他這樣無房無家，受房東太太的壓榨賽過後娘，對這樣年齡的人實在是太糟了。他脫口而出的那些怪話，很吸引年齡大一點的他的注意，他比他年長幾歲，可以說有點像他父親，但是他無論如何應該吃一點實在的東西了，即使僅僅是來一杯蛋奶酒，用不摻水的母體養料調的，要不然，如果那個辦不到的話，家常的白煮漢普蒂・鄧普蒂[151]也行。

——你是幾點鐘吃的晚飯？他問這身材修長、臉上雖無皺紋卻有倦意的人。

——昨天的什麼時候，斯蒂汾說。

——昨天！布盧姆驚呼道，但接著他想起了現在已是明天星期五。噢，你的意思是現在已經過了十二點！

——前天，斯蒂汾修正自己的話說。

這一情況可是實實在在地使布盧姆大吃一驚了，他沉思起來。雖然他們並非事事觀點一致，可是不知怎麼的似乎有一種近似關係，彷彿兩人的頭腦可以說是同乘一趟思想列車旅行似的。他在他的年齡，也就是約莫二十來年以前大號鉛沙彈福斯特的時代[152]，他半心半意地嚮往著議會的榮譽，曾經摻和過一點政治活動，他回憶起來（回憶本身也是挺有滋味的事），還記得自己心中也曾暗自傾向於同樣的一些極端的思想。例如，當時佃農被奪佃問題剛剛出現，人們滿腦子都是它，那時不消說他並沒有出一個子兒，也沒有把信念絕對地釘死在它那些主張上，那些主張有一部分本來也不怎麼站得住腳，可是剛開始的時候他至少在原則上是同情耕者有其田的，認為它代表了現代思想的潮流（然而這裡頭實際上包含著一種偏愛，他後來認識自己弄錯之後已經局部偏正過來），甚至還曾受人嘲笑，說他一個時期反覆宣講的歸返土地論的驚人主張比邁克爾·達維特還進一步[153]，正是因為有這一類原因，所以在巴尼·基爾南酒店那幫子的宗族集會上，我們那位朋友用那種公然露骨的話對他含沙射影時，他才氣憤不過，雖然他常常受到相當嚴重的誤解，而且需要反覆說明，他是最不好鬥的人，這回卻一反常態，給他（用比喻的話說）來了一點噎脖

150 拉丁文：「不可缺少的條件」。
151 漢普蒂·鄧普蒂為十八世紀英國童謠中的蛋形矮胖子。
152 福斯特（Willian E. Foster）為一八八〇—一八八二年英國的愛爾蘭事務大臣，他主張愛爾蘭警察對付群眾時不用一般子彈而用大號鉛沙彈，以示人道。
153 達維特（Michael Davitt, 1846-1906）倡導的愛爾蘭土地改革，企圖以公款幫助佃農獲得土地所有權，而所謂「歸還土地論」則主張人人均應參加農業勞動。

子的話，不過談到政治本身，他可太清楚了，宣傳鼓動和彼此表示仇恨必然要造成損失，從而使一些優秀青年吃苦受罪是不可避免的後果，簡而言之就是適者遭殃。

不論怎麼的，因為時間已經快到一點，權衡一下利弊，早該上床休息了。問題的癥結是帶他回家可能有一點麻煩，因為事情的發展很難預料（家裡那一位有時候有一點脾氣），那就攪壞了一鍋菜了，例如有一晚上他糊裡糊塗帶回家一條狗（品種不明），一隻腳是瘸的（並非說兩種情況一致或相反，雖然他的手也疼），那是在安大略高臺街，他記得很清楚，可以說是親身經歷的吧。另一方面，要提沙丘或是沙灣又完全太遠太晚，所以究竟二者之間如何取捨，他感到有一些棘手……經過通盤考慮之後，他認為不論從哪一方面說都應該充分利用這一個機會。他的初步印象，是他有一點兒冷淡，或是說不十分熱情，可是不知怎麼的他越來越覺得這主意不錯。有一點是清楚的，如果問他，他可能不會所謂的欣然接受，而他覺得最傷腦筋的是不知道怎樣才能把話頭引上去，或是怎麼措辭才恰當，假定他最後確是想提這建議的話，因為如果他允許他幫助他得一些款項或是添一些服裝，假定合身的話，那是可以使他感到非常愉快的。不論怎麼說，他在左右考慮之後的結論是，暫且避開那褊狹小氣的先例不提，來一杯埃普斯牌可可，弄一副地鋪對付一夜，墊一兩條厚地毯，捲起大衣當枕頭，他至少可以高枕無憂，暖暖和和像保暖架上的熱吐司似的，他看不出那麼辦有什麼大害處，當然都得以不引起任何糾紛為條件。動是非動不可了，因為那位老快活，也就是議論所及的那位讓老婆守活寡的腳色，彷彿已經在這裡生了根，一點也不像急於回他那心嚮往之的親愛的女王鎮的樣子，很可能今後幾天之內要找這可疑人物的下落，最好的線索是下謝里夫街附近有打抽豐人逛的退休美女窯子，時不時刺激一下她們的（美人魚們的）感情，來兩段有意把人嚇得寒毛直豎的熱帶附近掏出六膛左輪手槍的事件，兩段故事之間還勁道十足亂翻亂滾地摸弄她們的大型迷魂物，夾雜著大口大口的白薯燒酒和照例的自我吹噓，至於他究竟是誰，則是 x 等於我的真實姓名地址，按照代數先生passim[154]的說法。同時，他想起自己對那位罵罵咧咧的衛道士的反駁，說他的天主是猶太人，忍不住心內好笑。人們挨狼咬沒有話說，可是真叫他們受不了的，是讓綿羊咬上一口。而且正咬在柔軟的阿喀琉斯致命弱點。你們的天主是猶太人。因為他們大多數似乎都想像他是香農河畔的卡里克或斯萊戈郡[155]什麼地方的人。

——我建議，我們的主人公經過深思熟慮，終於一邊小心地收起她的照片，一邊提出了自己的設想：這裡比較悶熱，你就跟我一起回家細談。我的住處就在這一帶，很近。這一杯東西你沒有辦法喝。你喜歡可可嗎？等著。我付一付帳。

最上策既顯然是走，其他就都順理成章的了。他一面謹慎地把照片裝進口袋，一面向小店店主招呼，可是店主似乎不……

——是的，那樣最好，他著重地對斯蒂汾說，而斯蒂汾對此，似乎是銅頭旅館也好，他也好，或是任何別的地方也好，多多少少全是……

他的（布的）頭腦裡卻正在忙碌，各種各樣的烏托邦式的設想正在紛紛閃過：教育（貨真價

---

154 拉丁文：「多處」（指典故在書中多處出現）。

155 均為愛爾蘭西部邊遠地區。

實的）、文學、新聞事業、獲獎小品、新式廣告、水療勝地和英國海濱名勝的巡迴音樂會，到處都是戲院，來錢都推掉，用發音完美自然的意大利語表演二重唱，還有好多別的，當然不必爬到屋頂上去向全世界及其妻子廣播，還得有一點兒時運。只要有個機會就行。因為他不僅是猜測而已，估摸他的嗓子準像他父親，這是可以寄託希望的基礎，很明顯是他的本錢，所以把談話衝著那個具體頭緒引去也不錯，反正是沒有害處，只不過是……

車夫拿到報紙，念了一條消息，說是前總督卡多根伯爵在倫敦某處主持了出租馬車車夫協會的宴會。伴隨這項激動人心的公告的，是一片沉默和一兩聲哈欠。然後，角落裡那位老先生似乎還有一點活力沒有用盡，大聲念了安東尼・麥克唐奈爵士[156]已離尤斯頓返回事務大臣官邸，或是諸如此類的話。這一引人入勝的新聞，回音是為什麼。

——老爺爺，把那文章給咱們瞅一眼吧，古舟子插嘴說，表現了某些天性的急躁。

——請便吧，被問的老者回答說。

水手從他帶著的一個包裡掏出一副顏色發綠的眼鏡，慢慢地鉤上兩隻耳朵，架在鼻子上。

——你的眼神兒不行嗎？像市祕書長的那位好心人問他。

——這個嗎，咱瞅字兒是要鏡子的，那位鬍子像蘇格蘭花呢似的航海人回答道。看來這一位還多少有一點文人雅士的意思呢，他的眼睛從那一對可以說是海綠色舷窗的東西後面定定地盯著。是紅海的沙子弄的。從前咱在黑處都能看書呢，不妨這麼說吧。《天方夜譚》是咱最愛看的，還有《紅似玫瑰的她》[157]。

他說完之後翻開報紙，瞪著眼睛看起報來，天知道他看的是什麼，發現溺水死者，或是柳板王戰績。艾爾芒格[158]為諾郡取得第二擊球時間一百多不出局紀錄，與此同時（與艾爾完全無關），掌櫃的正在全神貫注地脫下一隻顯然是新買或是二手貨靴子，那靴子必是夾腳，他嘟嘟囔囔地罵那賣給他這雙靴子的人，而所有還沒有睡死的人，就是說從他們臉上的表情還可以看出點意思來的人，都陰沉沉地看著他一言不發，或是隨便說一句不關重要的話。

長話短說，布盧姆抓住機會，首先從凳子上站了起來，以免待得太久不受歡迎，而在此以前已經言而有信，按照他說的由他付帳的諾言，已經採取明智的預備性措施，即向主人作出一個不大驚小怪的姿態作為告別，在別人不注意時以一種幾乎難以覺察的手勢，表示應付款項即將付清，其總金額為四便士（他以不大驚小怪的方式照付四枚銅子兒，不折不扣的最後幾個莫希干人[159]），他在此以前已經注意到對面有印好的價目單任人前去觀看，價格明確無誤，咖啡二便士，點心同上，正如韋瑟勒普常說的，偶然之間真能遇上上好貨色，能值貨價的兩倍以上。

——走吧，他提出了結束séance[160]的建議。

156 麥克唐奈為當時的英國愛爾蘭事務大臣，官邸在都柏林鳳凰公園。
157 英國女作家布勞頓（Rhoda Bronghton, 1840-1920）言情小說。
158 艾爾芒格為諾丁漢郡板球隊最佳擊球手，因球板用柳木製成而被稱為柳板王。消息涉及英國舉行諾丁漢郡與肯特郡板球賽戰況。
159 《最後的莫希干人》（一八二六）為美國小說家庫珀（一七八九—一八五一）著名小說，描寫美洲一印第安部族被消滅過程。
160 法文：「降神會」或「學會會議」。

眼見策略生效，途中無障礙，他們便一起離開了茶棚或小店，離開了水手等一伙人的elite[161]集會，這伙人看來除非有地震，是不會離開他們的dolce far niente[162]的。斯蒂汾承認仍感到不舒服，疲乏，走到門口的時候停了一下，要……

——有一件事我總是不明白，他為了有點獨出心裁的話，脫口而出地說道。咖啡館裡為什麼到晚上要把桌子翻過來，我的意思是說把椅子翻過來放在桌子上呢。

對於這個即興的問題，永不讓人失望的布盧姆毫不猶豫地作了回答，立即就說：

——早上好掃地。

他一面說，一面快步繞過去，應該說是夠輕捷的，同時坦率地表示歉意，說他的習慣是要到同伴的右邊，順便說到他的右邊用古典成語說是他的柔軟的阿喀琉斯。夜晚的空氣肯定是吸之有益的，雖然斯蒂汾的雙腿有些軟弱。

——這對你有好處的，布盧姆說，指空氣，可也指步行。一忽兒就好了。只有走路最好，你會感到大不一樣的。不遠。我扶著你。

於是，他將左臂伸進斯蒂汾的右臂彎，於是他扶著他走了。

——好吧，斯蒂汾猶豫不定地說，因為他覺得有一種異樣的感覺，另一個男人的肉體在接近他，有鬆軟無腱搖搖晃晃等類的感覺。

不管怎麼的，他們走過了有石頭、火盆等等的崗棚，原名格姆利的市政編外人員從一切跡象看來仍如諺語說的，在墨菲懷中夢新的田地[163]和鮮美的牧場哩。至於棺材裡裝石頭，這類比還挺得體，因為事實上就是眾人扔石頭砸死的，八十多個選區在分裂的時候有七十二個變節[164]，而且主要是那些受讚美的農民階級，大概正是被奪佃後由他幫助奪回田地的那些佃農吧。

這麼的，他們臂挽著臂走過貝里斯福德小街的時候，話頭轉到音樂上頭來了。布盧姆對於這種藝術形式純粹是業餘興趣，卻有極大的愛好。華格納的音樂雖然人們承認它有雄偉的一面，可是對於布盧姆有一點過於沉重，而且在開頭的時候不大好懂，但是墨卡但丁的〈胡格諾們〉、邁耶貝爾〈十字架上的最後七句話〉[165]、莫札特的〈第十二彌撒〉，他都欣賞得簡直著了迷，尤其是其中的Gloria[166]，他認為是達到了第一流音樂的頂峰，實事求是的，把其他一切都不折不扣地壓下去了。他認為天主教的聖樂和對面鋪子裡的任何同類貨色比，例如穆迪和桑基頌歌[167]，或是**只要你發話，我就當你的新教徒這一生**[168]都不知要強多少倍。他也特別喜愛羅西尼的〈聖母佇

161 法文：「精英」。
162 意大利文：「甜美的無所事事」。
163 上文提及的睡神「莫耳甫斯」（Morpheus），在英國俚語中可讀成常見姓氏「墨菲」，與水手自報姓氏巧合。「新的田地」由前引彌爾頓詩〈萊西達斯〉詩句中「新鮮樹林」改成。
164 一八九〇年帕內爾黨分裂前，在愛爾蘭的一〇三選區內擁有八十六選區，參加當年十五號會議室會議者為其中七十二區的議員，其中多數在分裂時採取反帕立場。
165 墨卡但丁與邁耶貝爾所作名曲顛倒（參見第五章注25一八七頁、第八章注44三三七頁）。
166 拉丁文：「光榮」莫樂曲中頌歌。
167 穆迪和桑基為十九世紀美國傳教師（新教），曾出版其傳教所用頌歌。
168 出於維多利亞時代流行情歌（非宗教頌曲）。

立〉[169]，絕不亞於任何人，這一作品簡直是充滿了不朽的樂曲，他的妻子瑪莉恩•忒迪夫人在上加德納街耶穌會神父們的教堂裡唱的時候大受歡迎，真正是轟動了，他可以毫不誇張地說，使她原有的桂冠之上更添桂冠，而使其餘一切人統統黯然失色，那神聖的殿堂裡直到門邊都擠滿了來聽她唱的鑑賞家們，或者應該說是virtuosi[170]，全場一致認為沒有人能趕得上她，只要說一點就夠了：在一個以神聖的音樂敬神的莊嚴殿堂中，竟出現了普遍要求再來一個的呼聲。整個說來，他雖然比較欣賞《唐•喬凡尼》類型的輕歌劇和《瑪莎》，那也是同類音樂中的佼佼者，可是他還有一個penchant[171]，儘管只有膚淺的知識，卻喜歡門德爾松這樣嚴格的古典派。他談到這裡，心想他理所當然地知道所有的老名曲，他par excellence[172]提到《瑪莎》中的萊昂內爾的歌，M'appari[173]，巧得很，他昨天剛聽，或是更準確說是無意間聽到斯蒂汾的令尊親口唱的，唱得十全十美，把那一段簡直唱活了，事實上把所有別人都比下去了，他能聽到是深感慶幸的。斯蒂汾回答他客客氣氣提出來的一個問題說，他是不唱的，卻隨即縱情讚美起莎士比亞的歌曲來，至少是那個時期之內或附近的吧，住在腳鐐巷內鄰近花卉專家杰勒德處的詩琴家道蘭amo ludendo hausi, Doulandus[174]彈的那種琴，他正考慮從阿諾德•多爾梅奇先生[175]那兒花六十五個畿尼買一把，布先生記不太清，但是這名字肯定像是聽說過的，還有法納比父子那些dux和comes奇作[176]，還有伯德（威廉）[177]，那是在女王教堂裡彈處女琴的，在別的地方找到也照彈不誤，還有一個譜寫小調或歌曲的湯姆金[178]，還有約翰•布爾[179]。

他們一面說話，一面走近一匹馬拖著掃地車，在懸掛鏈條的欄杆以外的馬路上一步步走著，刷起了一長幅的汙泥，聲音很大，所以布盧姆不十分有把握他聽到的六十五畿尼和約翰•布爾是不是聽對了。他問，是否即同名政治人物約翰牛，因為他覺得兩個名字完全一樣，是少見的巧合。

馬走到鏈條邊，慢慢轉過身來，布盧姆照例是警惕注意的，看到後輕拉一下另外那位的袖子，開玩笑地說：

——咱們今晚有生命危險。小心蒸氣壓路機。

於是他們站住了。布盧姆看看那馬的腦袋，一點也不像值六十五畿尼的樣子，牠突然之間

---

169 參見本書第五章注24一八七頁及一八六頁正文。

170 意大利文：「鑑賞家們」（用意大利詞形變化表示複數）。

171 法文：「偏愛」。

172 法文：「突出地」。

173 意大歌詞「我面前出現」（參見第十一章注16、17五三七頁）。

174 道蘭（John Douland, 1563-1626）為與莎同時期音樂家。拉丁文：「道蘭，我畢生都在演奏」，為時人讚美道蘭語。

175 多爾梅奇（Arnold Dolmetsch）為二十世紀初英國音樂家，善製古樂器。

176 法納比父子為莎士比亞時代音樂家，以譜寫多重唱牧歌式音樂著稱，拉丁文dux和comes即多重唱中的起唱與答唱。

177 伯德為莎士比亞時代音樂家，為伊利莎白女王（被稱為「處女女王」）所重用。

178 湯姆金父子五人均為莎士比亞時期與稍後的音樂家。

179 布爾（John Bull, 1561-1628）亦為英國著名音樂家，但此名與英國人綽號John Bull（約翰牛）完全相同。

從黑暗中出現，那麼近，彷彿是什麼新東西，一種特別的骨骼以至肌肉的組合，因為牠看得出是一頭四腳分走、大腿搖晃、臀部發黑、尾巴懸蕩、腦袋低垂的品種，正在使出吃奶的力氣幹活，而牠的造物主則靜踞高座忙於自己的思緒。這麼一頭善良的可憐牲口，他很遺憾身邊沒有一塊方糖，然而又明智地考慮到，要為一切可能出現的意外情況作準備是很難辦到的。他不過是一匹龐大而神經質、糊塗而又笨拙的馬，不知道世間有什麼事要操心。但是即使是一條狗，他又尋思，例如巴尼・基爾南酒店裡那一條雜種狗，就是那樣大小的，也就足以把你嚇得夠要命的了。但是一隻動物生成什麼樣子，其實牠自己並沒有什麼特殊的責任，譬如沙漠之舟駱駝吧，牠駝峰裡頭就能把葡萄蒸餾成白酒。牠們十九全是可以籠養或是訓練的，沒有什麼事情是超越人的能耐以外的，除了蜜蜂。鯨魚帶著魚叉鉤子，鱷魚搔牠背上細小處，牠就會懂得你的意思，對付公雞用粉筆畫一個圈，對老虎用我的鷹眼。這些涉及田野獸類而頗合時宜的思考在他的頭腦中出現，和斯蒂汾的話有一些相岔，而這時馬路之舟仍在挪動位置，斯蒂汾則繼續在談他那些饒有興趣的古老的……

——我剛才說什麼來著？噢，對了！我的妻子，他直接in medias res[180]提示說，她會非常喜歡認識你的，因為她對一切音樂都是極其熱中的。

他友好地側過臉去看斯蒂汾的側臉。和他母親一模一樣，這就不是那種對她們沒有問題通常有一種無可置疑的吸引力的流氓型長相，也許他生來就不是那樣的。

然而假定他確如他不僅是猜想而且估摸的那樣，擁有和他父親一樣的天賦，他心中可就已經展開了新的前景，例如芬戈爾夫人的愛爾蘭實業協會[181]本星期一舉行的音樂會，以至整個的貴族社會。

他現在說起了一支歌曲的優美變奏，阿姆斯特丹（那個出邋遢女人的城市）的荷蘭人揚·皮特爾宗·斯韋林克寫的歌曲〈此處青春有盡時〉[182]，他還更喜歡約翰·傑普的一支德國老曲子，歌唱明亮的海和那些塞壬們的甜美殺人的歌聲，布盧姆聽了有一點感到難堪：

Von der Sirenen Listigkeit
Tun die Poeten dichten.[183]

他唱了這兩句開端的歌詞，又作了即興的翻譯。布盧姆點頭說完全懂，請他務必接著唱下去，於是他接著又唱。

這麼一個驚人地優美動聽的男高音嗓子，這是最最難得的天賦，布盧姆聽到他唱出來的第一個音符就體會到了。只要有一位像巴勒克拉夫這樣公認的運嗓權威適當處理一下，再加上會讀譜，在這個男中音一便士十個的地方是可以賣好價錢的，並且可以在不久的將來就為它的幸運的

---

180 拉丁文：「直入本題」（古典著述用語）。
181 「愛爾蘭實業協會」為都柏林扶植民間實業慈善組織，由總督夫人和芬戈爾伯爵夫人等主辦，間或舉行慈善性音樂會，喬伊斯本人曾在當年（一九〇四）五月一次會上演唱。
182 斯韋林克（一五六二—一六二一）為荷蘭著名音樂家，其最著名變奏曲之一為〈我的青春有盡時〉。
183 德語歌詞：「從塞壬們的狡詐中／詩人們寫出了詩篇。」傑普（一五八二—一六五〇）為德國作曲家，此曲以希臘神話中海妖塞壬歌聲使航海者船毀人亡為題材。

主人獲得一個entrée[184]，使他能夠進入那些經營大事業的金融巨頭們和有爵位的人們居住的最高級住宅區，在那樣的環境中，他的大學畢業文學士的學位（這本身就是一大項有利條件）和紳士風度，更可以進一步影響人們的好印象，毫無問題可以取得卓越的成功，而且他得天獨厚還有可資利用的頭腦，還有一些別的條件，只要他的服裝能加以適當注意，以便更加有利於幫助他取得他們的恩寵，他對於社交場合講究衣服剪裁的細微末節還是一個年輕的新手，還不大懂得那樣的一個小節可以成為你的攔路虎。事實上，他認為不難想像，只要有幾個月的工夫，在聖誕期間的節慶活動中，他就會在他們的各種音樂性和藝術性的conversaziones[185]上出現，那樣最好，可以在仕女們的鴿子窩中引起一點騷動，追求刺激的女士們一定大為垂青，他碰巧知道這類情況是確有其事的——事實上，他雖然並不打算把底兒兜出來，可是他自己也曾經有過一個時期，只要他願意，也很容易……除此以外，當然還有錢財方面的收益也絕不可小看，將會和他的教課費聯手而來。這意思，他補加說明道，並不是說他必須為了幾個髒錢而在多長的時期內投身抒情舞臺作為生計。但是朝著應走的方向跨出一步，這是無須猶豫不決的，不論從金錢上或是精神上都絲毫不影響他的尊嚴，而在一個迫切需要的時刻，哪怕有一點點幫助也是好的，能收到一張支票常是特別痛快的事。而且，雖然近來人們的鑑賞力有相當程度的退化，像這樣的獨創一格不落俗套的音樂，很快就會大受歡迎而成為時尚的，對於都柏林的音樂界，在聽慣了伊凡・聖奧斯特爾和希爾頓・聖賈斯特及其genus omne[186]塞給軟耳朵聽眾的那種老一套的通俗男高音獨唱之後，肯定會使人們耳目一新的。的確，毫無疑問他能辦到的，他手中握著所有的牌，他有頭等的機會可以闖出名聲，成為市內眾望所歸的人物，從而可以獲得數目可觀的收入，而且再往前看，為光顧國王街音樂廳的行家舉行一次大型音樂會，只要有人支持，假如有人肯出頭來把他捧上高處，可以這麼說吧，然而這是一個大大的假如，得有一點敢闖不怕困難的衝勁，才能克服難於避免的因循拖延作風，這種作風常能把一個捧得很高的頂頂出色的人物絆倒在地。而且這也未必會分散那一位的一絲一毫力量，因為他是自己的主人，只要他願意，可以在業餘用大量的時間搞文學，不會和他的歌唱事業衝突，或是起任何貶低的作用，因為這完全是他個人的事。事實上，球就在他腳邊，而這也正是另外那一位之所以還守著他不撒手的原因，他的鼻子特別靈敏，不論有什麼樣的耗子他都能聞出來。

那匹馬這時正在……他（布盧姆）打算等一個恰當的時機給他出一個主意，根據**天使怕去蠢人到的原則**[187]完全不探問他的私事，只是勸他和某一位行將開業的新能人分手，他注意到那人常會損害他，甚至趁他不在場的時候以某種逗笑的藉口微微把他貶低一些，你以為該怎麼叫都行，總之依布盧姆的淺薄的看法，可以給一個人的名聲的某一個側面投上一種討厭的側光，這倒不是有意說雙關話。

那馬可以說已經忍耐到頭，停了腳步高高翹起一根像驕傲的羽毛一般顫動的尾巴，為即將用

---

184 法文：「入門權」。
185 意大利文：「（文化性）社交晚會」。
186 拉丁文：「諸如此類」。聖奧斯特爾和聖賈斯特為十九世紀末葉歌劇團演員藝名。
187 典出蒲柏詩〈論批評〉（一七一一）：「天使怕去的地方，蠢人蜂擁而至。」

刷子刷起擦淨的地面添上了牠的分額，落下了三團冒熱氣的糞球。緩緩地，一團接一團地，牠從滿滿的臀部排出了三團汙物。而牠的馭手則富有人情味兒地等他（或她）排完，耐心地坐在他那拖著長柄大鐮刀的車裡。

肩併著肩，布盧姆利用這contretemps[188]，和斯蒂汾從分隔鏈條的欄杆立柱空檔中通過，跨過一股汙泥，穿過馬路，向下加德納街的方向走去，這時斯蒂汾唱了那支歌謠的結尾，唱得更放開了一些，但聲音並不太大：

Und alle Schiffe brücken.[189]

馭手沒有說一句話，好的、壞的、不好不壞的，而僅是**坐在他那車身低低的馬車上望著那**兩個身影，都是黑色的，一個壯實，一個瘦削，向鐵路橋走去，**去找馬厄神父證婚去**。他們走走停停又走走，繼續著他們的tête à tête[190]（這當然是他不參與的），談到塞壬們，談到人的理性之敵，還摻雜著一些同類的其他問題，篡奪者們以及這種性質的歷史事件，而掃街車或不如叫它睡覺車中的人反正聽不見，因為他們太遠，就那麼坐在他的座位上，在靠近下加德納街口的地方，**目送他們那車身低低的馬車駛去**[191]。

188 法文：「窘境」。

189 德文：「而一切船舶均已聯接」。按傑普原歌詞結尾為Welches das Schiffin Ungluck bringt.（而使船舶陷入了災禍）。

190 法文：「兩人密談」。

191 本段異體字句均為愛爾蘭十九世紀民歌〈車身低低的馬車〉歌詞訛變。

17

布盧姆與斯蒂汾的歸程，採取何種平行路線？

自貝理斯福德里出發，二人挽臂同行，以正常步行速度，按下列順序，途經下加德納街、中加德納街、蒙喬伊廣場西路；然後降低速度，二人漫不經心均向左轉，沿加德納里直走至遠處的聖殿北街口，然後仍以慢速走走停停，向右拐入聖殿北街，直走至哈德威克里。抵此後二人不再挽臂，以輕鬆步行速度，同時取直徑越過喬治教堂前圓形廣場，因為任何圓圈內的弦，長度均小於其所對之弧。

二人政府在途中有何議題？

音樂、文學、愛爾蘭、都柏林、巴黎、友誼、女人、賣淫、飲食、煤氣照明或弧光燈、電光燈照明對附近的厭光性樹木生長之影響、緊急備用市府露天垃圾箱、天主教、神職獨身問題、愛爾蘭民族、耶穌會教育、事業、學醫問題、剛過去的這一天、安息日前夕不吉利問題[1]、斯蒂汾的暈倒。

布盧姆是否發現，二人對經驗的相似與不相似反應中，有某些共同的類似處？

二人對藝術均敏感，對音樂尤甚於雕塑與繪畫。二人均喜大陸生活方式甚於島國生活方式，願在大西洋此岸而不願在彼岸居住。二人均由於早年家庭教育的影響已根深柢固，並已繼承一種固執的非正統抗拒心理，因此對宗教、民族、社會、倫理等方面的許多正統觀念均表示懷疑。二人均承認異性相吸的力量具有交叉變化特點，時而富於刺激，時而遲鈍。

二人是否在某些問題上持有相左的觀點？

斯蒂汾明言不同意布盧姆關於飲食與市政自我管理的重要性的觀點，布盧姆默然不同意斯蒂汾關於文學對人的精神起永恆性肯定作用的觀點。布盧姆暗自同意斯蒂汾糾正愛爾蘭民族從德魯伊德教改奉基督教的年代的觀點，一般看法認為在李爾里在位期間的四百三十二年，由教皇切萊斯廷一世派遣奧德塞斯之子波提比斯之子卡爾波納斯之子派特里克至愛爾蘭方改教，實應為二六〇年左右科馬克・麥克阿特（死於西元二六六年）在位期間，科馬克在斯萊氐噍食不佳而窒息，葬於羅斯納里[2]。關於暈倒一事，布盧姆歸因於胃中空虛，以及某些具有不同程度的摻假與各種酒精烈度的化合物的作用，並在用腦之後又在鬆懈氣氛中作急劇圓周形動作而加劇，斯蒂汾則歸因於晨間烏雲之再現，此雲兩人曾在兩處不同觀察點觀得，一在沙灣一在都柏林，最初僅有婦人手掌大小。

二人之間是否有一問題觀點相同而均為否定？

煤氣燈光或電燈光對鄰近厭光性樹木生長的影響。

過去布盧姆是否亦曾在夜間漫步談論類似問題？

一八八四年，曾在夜間和歐文・戈德堡、塞西爾・特恩布爾在朗沃德大道與倫納德公司街角之間、倫納德公司街角與辛格街之間、辛格街與布盧姆菲爾德大道之間的馬路上。一八八五年在上十字區克倫林的直布羅陀別墅和布盧姆菲爾德大道之間，曾在晚上和珀西・阿普瓊倚在牆上談。一八八六年，有時在人家門前臺階上、在前客廳中、在郊區列車的三等車廂內，和偶然結識者、可能購貨者談。一八八八年，在圓鎮馬修・狄龍家起居室內，常和布賴恩・忒迪少校及其女兒瑪莉恩・忒迪小姐，時而共談，時而分談。一八九二年一次、一八九三年一次，和尤利烏斯（猶太）・馬司田斯基談，兩次均在他（布盧姆）龍巴德西街家中客廳。

---

1 當時已是午夜以後，因而已是星期五，即安息日（星期六）前夕。

2 據愛爾蘭傳聞，德魯伊德教祭司們因科馬克（參見第八章注46三三九頁）改信基督教，放出魔鬼使之吃飯時卡住魚骨致死。

在他們到達目的地以前，布盧姆對於一八八四、一八八五、一八八六、一八八八、一八九二、一八九三、一九〇四這一不規則年序有何思考？

他思考，伴隨個人發展與經歷範圍的逐漸擴大，同時有反方向的人際關係談話範圍的逐漸縮小。

例如在何方面？

自不存在至存在，他來到多人前而作為個人被接受；作為存在與存在，他和任何人的關係均如任何人與任何人；自存在至不存在，他將離此而去，將被所有人視為無人。

他們到達目的地後，布盧姆取何行動？

在埃克爾斯街第四個等差單數即七號門前臺階上，他習慣性地將手伸至後邊褲袋摸大門鑰匙。

鑰匙在袋中否？

在他前日所穿褲子的相同位置口袋中。

他為何感到雙重不快？

為他的忘記，又因為他記得自己曾兩次提醒自己不要忘記。

既然如此，則在一對事先（各自）想到而又疏忽大意以致沒有鑰匙的人面前，有何抉擇餘地？

進門，或是不進門。敲門，或是不敲門。

布盧姆如何決定？

用計。他雙足立在矮牆上，翻過採光井欄杆，將帽子緊扣在頭上，抓住欄杆與立柱下邊的連接處兩點，逐漸將身子往下垂去。直至將身高五英尺九英寸半全部放下，達到離採光井地面二英尺十英寸之內距離，然後兩手放掉欄杆，聽任身子自由通過空間，同時蜷曲身子為墜地的撞擊作好準備。

他是否墜地？

由他自身的已知重量常衡制十一斯通另四磅，用弗雷德里克北街十九號藥劑師弗朗西斯・弗羅德曼店內的定期自秤刻度計測定，日期為上一耶穌升天節，即基督紀元一千九百零四年閏年五月十二日（猶太曆紀元五千六百六十四年，伊斯蘭教曆紀元一千三百二十二年），金數五，日齡差數十三，太陽周九，主日字母CB，羅馬財政年度二，儒略週期六六一七[3]，一九〇四年）。

他經過碰撞，是否未曾受傷隨即起立？

他落地雖有碰撞並未受傷，隨即起立獲得新的穩定性平衡，採用施力於地下室房門門栓的活動凸緣辦法，並利用其支軸加以第一類槓桿作用而撬開門栓，終於克服阻礙而入室內，通過下層的炊具室進入廚房，擦亮一根火柴，轉動煤氣燈通氣口開關放出煤氣，點起一根高高的火焰柱，然後加以調節，將火柱降至靜止放光狀態，最後點燃一支可攜蠟燭。

在此期間斯蒂汾見何陸續出現的景象？

他倚在採光井欄杆上，通過廚房窗口的透明玻璃，見一男人調節一支十四燭光的煤氣燈焰、一男人點亮一支一燭光的蠟燭，一男人先後脫掉兩隻靴子，一男人手持蠟燭走出廚房。

這一男人是否在其他地方重新出現？

經過四分鐘的間斷後，透過前門上端扇形半圓窗的半透明玻璃，已可見到他的燭光閃爍。前門緩緩以絞鏈為支點而轉開。門道開處，這人重新出現，已不戴帽子而手執蠟燭。

斯蒂汾是否遵從他的手勢？

是。他輕手輕腳進入門內，幫助關門上鏈，輕手輕腳跟隨那人的背影、傾側的腳和點亮的蠟燭而向門廳內走去，路過左邊一處露出亮光的門道縫隙，小心翼翼地走下一道有五個以上梯級的轉向樓梯，進入布盧姆家的廚房。

布盧姆有何行動？

他對準蠟燭的火焰猛吹一口氣將它吹滅，拉過兩張匙形座的冷杉木椅子放在壁爐前，一張背向採光井窗給斯蒂汾坐，另一張準備自己需要時用，屈一膝跪下，在壁爐內交叉著蘸過樹脂的木棍架起一個柴堆，加上各種顏色的紙頭，以及以二十一先令一噸的價格購自道里爾街十四號弗朧爾—麥克唐納公司貨場的不規則多邊形最佳艾布拉姆牌煤塊，擦亮一根火柴，利用紙頭的三個突出點引著了這一堆燃料，從而使它的炭氫兩種成分能與空氣中的氧氣自由結合，開始釋放出它內在的潛能。

斯蒂汾想及何等類似景象？

3 「金數五，日齡差數十三，太陽周九，主日字母CB，羅馬財政年度二，儒略週期」均為基督教計算復活節日期所用數據，由此計得一九〇四年復活節為四月三日，因此耶穌升天節（復活節後四十天）為五月十二日。

想及其他時期其他地方其他人也曾屈一膝或雙膝跪地為他生火，想及耶穌會在基爾代爾郡薩林斯的克朗高士森林辦的學堂內，邁克爾修士在醫務室生火；想及他父親賽門・代達勒斯，在他搬到都柏林後的第一個住宅菲茨吉本街十三號內一間無家具房內；想及他的教母凱特・茅肯小姐，在厄舍島十五號她那臨危的姊姊朱麗婭・茅肯小姐家中；想及他的舅母賽拉，里奇（理查德）・古爾丁的妻子，在克蘭勃拉西爾街六十二號他們寓所的廚房內；想及他的母親瑪麗，賽門・代達勒斯的妻子，在一八九八年的聖方濟各・沙勿略節的早晨，在里奇蒙德北街十二號的廚房內；想及大學學院的教務長巴特神父，在斯蒂汾草地北路十六號學院內物理階梯教室中；想及他妹妹迪莉（迪莉亞），在卡勃雷他父親家中。

斯蒂汾將視線從爐火往上移動一碼並轉向對面牆上後，見何景象？

在一排五只螺旋形彈簧門鈴下，有一根曲線形繩子，用兩個銷子橫拉在煙筒墩子旁的空檔前，繩子上搭有四條方形小手帕，摺成長方形，並排相鄰而不相連接，另有灰色長統女襪一雙，萊爾線的吊襪帶統子和腳部按習慣位置相連，用直立木夾子三枚固定，兩端各一枚，第三枚在連結處。

布盧姆在爐灶上見到何物？

右邊（較小的）的爐口上，是一只藍色搪瓷深底鍋；左邊（較大）的爐口上，是一把黑色的鐵壺。

布盧姆在爐火邊有何行動？

他把深底鍋挪至左邊爐口上，起身將鐵壺提到水龍頭前，準備擰開水管放水。

水是否流出？

是。從威克洛郡容積二十四億加侖的圓林水庫，通過一個單管、雙管地下過濾輸水系統，每碼長度原始造價五鎊，流經達格爾峽谷、拉思當、丘陵地峽谷、卡洛山而至斯蒂爾奧根那二十六英畝的水庫，共長二十二法定英里，然後通過一整套分水、貯水系統，下降二百五十英尺，至上利森街尤斯塔斯橋的市區邊緣，雖然由於長夏乾旱與每日一千二百五十萬加侖供水，水量已降至溢流壩基石以下，因此市鎮監測員與供水系統工程處長土木工程師斯潘塞·哈蒂先生已經根據水政委員會指示，禁止使用自來水作飲用以外的用途（援一八九三年例，考慮大運河、皇家運河非飲用水可資利用），尤其因為南部都柏林濟貧會，雖有通過六英寸水表每日供應每一貧民十五加侖的配額，據市府法律代理人律師伊格內修斯·賴斯先生證實，已由其水表測定每晚確實浪費二萬加侖，從而對另一部分公眾即有償付能力、無債務、能自行維持的納稅人造成了損害。

愛水、取水、運水的布盧姆走回爐灶時，對水的何等特點感到欣賞？

它的普遍存在性；它的民主平等性，以及它矢志不渝保持本身水平的天性；它在墨卡托投影的海洋中的巨大性[4]；它在太平洋巽他海底溝超過八千潯的未經測定的深度；它的永不停歇性，其波浪與水面顆粒輪番造訪沿海一切地點；它的各部分之間的獨立性；海洋狀態的多變性；它在靜止狀態下的流體靜力學的寧靜；它在大小潮汐中的流體動力學的擴張；它在造成毀滅之後的消退；它在北極和南極的地極冰冠中的無菌狀態；它在氣象上和商業上的重要性；它在地球上對陸地的三比一優勢；它在赤道以南的南回歸線以下全部地區中占廣袤以平方里格計的絕對統治地位；它在原始海盆中延續若干世紀的穩定性；它的橙褐色海底；它能夠溶解一切可溶物質，包括千百萬噸的最貴重金屬，並能使之處於溶解狀態的特點；它緩緩侵蝕半島和島嶼，它不斷造成同位相似的島嶼、半島和走勢向下的岬角；它的沖積層；它的重量、容積和密度；它在瀉湖和高原冰斗湖中的沉靜性；它在熱帶、溫帶和寒帶的不同層次顏色；它在大陸上納入湖泊的河川、匯合流向海洋的大江及其支流、越洋潮流、赤道以南以北灣流等等中的錯綜複雜的聯絡網；它在海震、海龍捲、自流井、噴發、洪流、渦流、山洪、河水猛漲、海湧、分水線、分水嶺、噴泉、瀑布、漩渦、大漩渦、洪水泛濫、暴雨、傾盆大雨中的猛烈性；它那巨大的環繞地球的非水平曲線；它那隱藏在泉洞中與潛在溼度中的隱祕性，須用棍棒占卜或是溼度計方能顯示，例如阿什頓門牆洞邊的井、空氣的飽和、露水的餾出；它的成分的簡單明瞭，兩分氫和一分氧；它在死海海水中的浮力；它對小溪、溝壑、構築欠妥的堤壩、船板漏水處等等的不屈不撓的滲透性；它的去汙、止渴、滅火、滋養植物的性能；它的永為典範、楷模的絕對可靠性；它能化為汽、霧、雲、雨、霰、雪、雹等狀態的變化；它在堅挺的消防龍頭中的威力；它的變化多端的形狀，如湖泊、大小海灣、河灣、海峽、潟湖、環狀珊瑚島、群島、海峽湖、峽灣、島間水道、江河入海口、港灣；它在冰川、冰山、冰盤中的堅固性；它推動水車、渦輪、發電機、電力站、漂白車間、鞣皮廠、清棉車間時的馴順聽話；它在運河和通航河流上浮起和清洗乾船塢的作用；它在受控的潮汐或逐級下降的水流中潛藏的能量；它的水底動植物（無聽覺、忌光），它們即使準確說來並非全球居民，數目已經相當；它的無所不在性，因為人體的百分之九十由它組成；它在湖底的沼澤、滋生瘟疫的溼地、陳腐香精水、月虧期死水池中的難聞的惡臭。

他將半滿的水壺放在現已燃燒的煤火上之後，為何又回到仍在流水的水龍頭邊？

去洗弄髒了的手。他用一塊業已用過的巴林頓牌檸檬香皂，上面還沾著紙（十三小時前所購，價款四便士尚未付清），就著清涼永遠不變而永遠在變的水洗了洗，拉過掛在一根滾動木棍上的一條長形紅邊荷蘭亞麻布擦乾，連臉帶手。

斯蒂汾以何理由拒絕布盧姆的邀請？

---

4 墨卡托投影將圓形的地球用平面直線表示，因此兩極洋面在圖上的大小遠遠超過實際。

說他有恐水症，恨冷水，不論是局部浸溼或是全部浸沒，（他最近一次洗澡時間為上一年十月），不喜玻璃、水晶等水質物，不信任思想和語言文字中的水性。

布盧姆可以不向斯蒂汾提供衛生防疫方面的忠告，其中應包括一些建議，即如為海水浴或河水浴，首先應沾溼頭部，並往臉部、頸部、胸部、上腹部迅速潑水以便收縮肌肉，因人體對寒冷最為敏感的部分為後頸、胃部、手掌與足心？

水性與天才的古怪獨特性不相容。

他以類似原因壓抑的其他諍言為何？

飲食方面：關於鹹豬肉片、醃鱈魚，和黃油中蛋白質與卡路里熱量的相對比重，最後一項缺乏之前者而第一項富有後者。

主人感到客人有何突出的品質？

有自信；有相等而相反的自我放縱力和自我復原力。

由於火力作用，壺中液體產生何種伴隨現象？

沸騰現象。由於廚房與煙囪火道之間不斷上抽的流動空氣的煽動，引火燃料柴堆的燃燒作用被傳到多邊形煙煤塊堆上，煙煤塊中以壓縮的礦物形式保存著原始森林的葉狀脫落物化石，其植物生存能量來自太陽的原始熱源（輻射性），通過無所不在的透光傳熱的以太傳來。這一燃燒所產生的運動形式即熱能（對流型），不斷並且愈益增量地從熱源傳至壺內所容液體中，通過鐵金屬的未經磨光的不平整表面時部分被折射，部分被吸收，部分被傳導，逐漸將水溫由常溫升至沸點，這一升溫可表達為一定的熱量消耗後果，即將水一磅從華氏五十度升至二百一十二度需用七十二熱量單位。

這一升溫以何方式宣告成功？

壺蓋兩側同時噴出一柱雙鐮刀形水汽。

布盧姆煮沸這壺水，本可以作何個人用途？

可刮臉。

晚上刮臉有何好處？

鬍子較柔軟；刷子如在兩次刮臉之間有意浸在膠狀皂水中則較柔軟；皮膚較柔軟，如在不尋常時辰，在遠處地點邂逅女性熟人；安靜返思當日的過程；睡時較清爽，醒來感覺較乾淨，而早晨有嘈雜聲音，有預感，有心緒不寧，有奶壺磕碰，有郵差的雙聲叩門，有報紙看，塗皂沫時又看，塗過的地方又塗，一個驚嚇，一下疼痛，碰上他想到什麼要找什麼雖然並非憂慮什麼，都可能造成刮快一點刮破個口子，貼上創口貼，剪好潤好貼好，只能如此。

缺光對他的妨礙，為何不如嘈雜聲音的妨礙大？

因為他那堅定成熟的男性女性被動主動手上，有準確可靠的觸覺。

它（他的手）有何特點，又有何起相反作用的力量？

有外科手術式的特點，但他不願造成人體流血，即令目的有理可以證明手段正確也不願如此，而寧願按其自然的先後順序選擇日光療法、心理生理學治療術、整骨治療手術。

布盧姆打開廚房碗櫃時，其上、中、下三層擱板上有何物件顯露在他面前？

下層擱板上，直立早餐盤子五件、平置早餐茶托上倒扣早餐杯子六套、護鬚杯一只（未倒扣）及其德比王冠茶碟、金邊白色蛋杯四只、敞口麂皮錢包一只（露出硬幣若干，大多為銅幣）、口香片一小瓶（紫羅蘭型）。中層擱板上，裝胡椒的有缺口蛋杯一只、餐桌用鹽一瓶、用油質紙包成一團的黑棗四顆、李樹牌罐頭肉空罐頭一只、墊有襯裡的橢圓形柳條籃子一只（內有澤西梨子一只）、威廉・吉爾比公司病人用波爾多白葡萄酒半瓶（瓶身所裹淺珊瑚紅色薄紙已經撕去一半）、埃普斯牌可溶可可一袋、裝有每磅二先令的安妮・林奇牌高級茶葉五英兩的皺錫紙袋一只，裝有最佳結晶方糖的圓罐頭一只、蔥頭兩頭（其一較大為西班牙蔥頭，未切開，另一較小為愛爾蘭蔥頭，已切開，面積增大而氣味強烈）、愛爾蘭模範奶場奶油一瓶、褐色陶質奶壺一只（內盛摻水發酸牛奶四分之一品脫又四分之一，已因受熱化為水、酸性乳清與半固體凝塊，其量與布盧姆先生、弗萊明太太早餐所用相加正為原來所送總量一英制品脫）、乾丁香花苞兩朵、半便士一枚、小碟一個內盛新鮮牛排一片。上層放置果醬瓶（空）一批，大小各異，來源不一。

碗櫃前沿上有何散置物件引起他的注意？

多邊形碎片四片，由兩張大紅賽馬彩票撕成，彩票號碼八　八十七、八十八　六。

有何回憶使他暫時皺起了眉頭？

他想起某些偶然巧合，竟能預示金杯平地讓量賽的結果，真事比虛構更為離奇。他在巴特橋頭的車夫茶棚內，已在《電訊晚報》的粉紅色晚版上看到該賽事的正式權威性結果。

在此以前，他曾在何處獲得關於這一結果的消息，包括實際的和預測的？

在小不列顛街八、九、十號伯納德・基爾南的有照店堂內；在公爵路十四號戴維・伯恩的有照店堂內；在奧康內爾下街，在格雷厄姆・萊蒙公司門外，一名臉色發黑的男子塞給他一張順手扔的傳單（後果被扔），宣傳復興錫安教堂的以利亞；在林肯里，在Ｆ・Ｗ・斯威尼有限公司藥房店堂外，弗雷德里克・M（班塔姆），萊昂斯迅速地連續借、讀、還當天《自由人報與全國新聞》，而此報紙他正要扔掉（後果扔去），隨後他即移步萊因斯特街十一號土耳其熱池的東方大廈，臉上放射靈感的光芒，懷中擁有以預言式的文字銘刻的賽馬祕密。

他的心情不寧，由於何種新考慮而獲緩解？

解釋不易，因為任何事件發生後，其可能產生的影響之變化多端，正如放電之後的音響爆裂效果，而在起初作出正確解釋之後，如對其可能產生的各種損失未能加以全面解釋，勢必遭受實際損失，要正確估計、防止這一損失亦甚不易。

他的情緒如何？

他原來並未冒險，現在並無企盼；他並未失望，他感到滿意。

他因何滿意？

未遭實質性損失。幫別人取得了實質性收穫。非猶太人之光[5]。

布盧姆如何為一非猶太人準備小吃？

他用茶杯兩只，注入埃普斯牌可溶可可粉兩平匙，共四平匙，然後依照袋上所印用法說明，在浸泡足夠時間後，每杯按規定方法與規定分量加入規定配料。

主人對客人有何額外的特別殷勤表示？

他放棄主持人權利，未用獨生女米莉森特（米莉）獻給他的仿製品德比王冠牌護鬚杯，改用與客人所用完全相同的杯子，並特別為客人提供而自己則少量使用黏稠奶油，這奶油通常為其妻瑪莉恩（莫莉）早餐專用品。

客人是否體會這些殷勤姿態並為此致意？

主人以詼諧方式使客人明白其中含義，客人以莊重態度表示接受其中情意，主客二人在亦莊亦諧的沉默中飲用埃普斯牌大宗產品，可意的可可。

他是否另想到一些殷勤表示，但忍而未作，準備另待時機，以便另一人與他本人完成業已開始的行動？

客人上衣右側一道長一英寸半裂口可修補。四方女用手帕之一，如經查看確定尚可拿出手去，可贈予客人。

5 《舊約．以賽亞書》第四十九章中曾預言，以色列的救世主將成為「非猶太人之光」（新譯為「萬國之光」）。

何人飲用較快？

布盧姆，他開始早十秒鐘，手持匙柄不斷傳熱的小匙，從其勺面啜飲，與對方速度比為三下對一下，六下對兩下，九下對三下。

隨同這一頻頻反覆的動作，他腦中有何活動？

觀察後得出結論，然而是錯誤結論，認為對方默默無言是腦中在構思，並因而想到有所教益的作品比消遣作品更能使人獲得樂趣，他本人遇到虛構或真實生活中的難題，就曾不止一次從威廉·莎士比亞的作品中尋找答案。

他是否找到答案？

儘管他借助詞滙注釋表，仔細反覆閱讀某些經典性段落，他所找到的答案並非從各方面都切合，因而他不能從中獲得充分的信心。

一八七七年他十一歲時，《三葉草》周報舉行競賽，提供金額各為十先令、五先令、二先令六便士的三種獎金，他作為潛在的詩人創作詩一首，該詩如何結尾？

滿心希望我的詩
能在報上見蹤跡
但願貴報有篇幅。
如我有幸把願酬，
請勿忘記在詩後
印上賤名布盧姆。

他是否發現，他和今晚臨時客人之間有四種分隔力量？

姓氏、年齡、種族、信仰。

他年輕時曾將自己的姓名作何種重新排列？

利奧波爾德・布盧姆
奧爾波盧利布德姆
盧波布德姆爾奧利
布德爾波利奧盧姆
了布德的波利奧盧姆

一八八八年二月十四日，他（動態的詩人）用自己的名字編成離合詩一首贈予瑪莉恩（莫莉）．忒迪小姐，是何離合詩？

利用格律加韻腳
奧妙詩歌無盡了
波濤翻滾今勝昔
爾後唯有我詩好
得你就是獨占鰲。

大型聖誕童話劇《水手辛巴德》[6]（一八九二年十二月二十六日由R．謝爾頓演出，格林利夫．惠蒂爾編劇，喬治．A．杰克遜與塞西爾．希克斯置景，惠蘭夫人與惠蘭小姐在邁克爾．岡恩夫人親自指導下負責服裝，潔細．諾爾負責舞蹈，托馬斯．奧托演丑角，內莉．布弗里斯特唱主要女童）二期演出（一八九三年一月三十日）時，國王南街四十六、四十七、四十八、四十九號歡樂廳戲院承租人邁克爾．岡恩約編當地主題歌曲一首（R．G．約翰斯頓作曲），以「布賴恩．博魯[7]如能回來，見到今日的老都柏林」為題，描述往年大事或是當年節慶，以便插入第六場鑽石谷之中，他何以未能完成？

第一，在皇家大事與當地大事之間舉棋不定，因維多利亞女王（一八二〇年生，一八三七年登基）六十大慶在望，而新建市屬魚市場開張在前；第二，擔心極端勢力將在兩項訪問上大唱反調，即約克公爵與夫人殿下的訪問（實事）與布賴恩・博魯國王陛下的訪問（虛構）；第三，同行禮貌與同業競爭之間的衝突，由伯格碼頭上新建抒情大廳與霍金斯街上新建皇家劇院而引起；第四，同情心分散注意力，引起同情的是內莉・布弗里斯特露出白色非理智、非政治、非主題內衣，當時內衣還穿在她（內莉・布弗里斯特）身上，而內莉・布弗里斯特對此表現非理智、非政治、非主題的態度與情欲；第五，挑選音樂和從《人人笑話集》（共一千頁，每頁一笑）挑選幽默資料困難；第六，韻腳問題，同音的和並非諧音的，涉及新選市長大人丹尼爾・泰隆、新任行政長官托馬斯・派爾、新任檢察長鄧巴・普倫基特・巴頓這幾個姓名。

他們的年齡之間關係如何？

十六年前的一八八八年，在布盧姆為斯蒂汾現有年齡時，斯蒂汾為六歲。十六年後的一九二〇年，當斯蒂汾為布盧姆現有年齡時，布盧姆將為五十四歲。至一九三六年，當布盧姆為七十歲

6 聖誕童話劇往往根據某童話故事（例如《水手辛巴德》即取自《天方夜譚》故事），演出時任意增添符合觀眾興趣的內容，往往逐日變化，「二期」與「一期」更可有很大不同。

7 博魯（Brian Boru, 926-1014）為愛爾蘭國王，以抗擊外國入侵著稱。

而斯蒂汾為五十四歲時，他們二人起初的年齡比率十六比零將變成十七又二分之一比十三又二分之一，隨著任意性未來年數的增加，比例將增大而差距將縮小，因為如果一八八三年的比例一直保持不變，假定這是可能的話，則於一九〇四年斯蒂汾二十二歲，布盧姆應為三百七十四歲，至一九二〇年斯蒂汾達到布盧姆這時的年齡三十八歲時，布盧姆將為六百四十六歲，而至一九五二年斯蒂汾達到大洪水後最高年齡限度七十歲時[8]，布盧姆將已活一千一百九十年，出生於七一四年，比大洪水前最高年齡即瑪土撒拉的九百六十九歲還大二百二十一歲，而如果斯蒂汾繼續活下去，至公元三〇七二年達到那個年齡，則布盧姆應已活八萬三千三百年，出生年代不能不是公元前八萬一千三百九十六年了。

有何事件能使這些計算全部作廢？

二人或其中之一停止生存，歷史另闢新紀元或新曆法，世界毀滅以及隨之而不可避免但無法預言的人類消滅。

他們在此以前的交往中，曾相遇若干次？

兩次。第一次是一八八七年，在圓鎮基梅奇路梅狄納別墅，馬修•狄龍家的丁香花園內，斯蒂汾在母親身邊，他當時五歲，不很願意伸手致意。第二次是一八九二年一月，一個下雨的星期日，在布雷斯林飯店的咖啡室內，斯蒂汾在父親和舅公身邊，當時他已長了五歲。

布盧姆是否接受小斯蒂汾提出而後由他父親附議的用餐邀請？

非常感激地，深為領情地，以真誠領情感激的心情，以深為領情而真誠感激而又十分遺憾的心情，他謝絕了。

他們談及這些往事時，是否發現他們之間尚有第三個聯繫環節？

賴爾登太太（丹蒂），這是一位擁有獨立經濟地位的寡婦，她曾自一八八八年九月一日至一八九一年十二月二十九日住在斯蒂汾父母家，又曾在一八九二、一八九三、一八九四年之間住普魯士街五十四號伊麗莎白・奧多德所開的城標飯店，而在其中的一八九三年與一八九四年部分時間內，她經常為同住該飯店的布盧姆提供消息，當時布盧姆受僱於史密斯菲爾德五號的約瑟夫・卡夫為職員，管理毗鄰的北環路都柏林牛市的銷售業務。

他是否曾為她作一些特殊的體力善行？

遇上暖和的夏日傍晚，他有時陪這位年邁體弱而擁有雖不富裕卻能獨立的資產的寡婦，推著她那輪子緩緩轉動的康復病人輪椅，走到加文・樓氏先生經銷處對面的北環路街角，讓她在那裡

---

8 按《舊約・創世紀》記載，亞當及其後代年齡均為數百歲，但上帝不喜人類罪孽深重，因而發洪水並將人的壽命縮短。

坐一些時候，用他的單鏡片雙筒望遠鏡看那些從市內去鳳凰公園及從公園返回的電車、裝有充氣輪胎的馬路用腳踏車、出租馬車、前後雙駕馬車、私用及出租活頂四輪馬車、雙輪輕便馬車、小馬彈簧車、四輪大馬車，眺望車中那些無法辨認的市民。

他那時為何能比較安詳地擔任這一守護工作？

因為他在青年中期，時常坐在多色玻璃窗前，通過窗上凸起的玻璃球體，觀察窗外大街所造成的不斷變化的景象，有行人、有四足動物，有腳踏車、有車輛，緩慢地、迅速地、平穩地，繞著一個圓圓的直立的球體邊緣，轉了又轉，轉了又轉，轉了又轉。

對現已去世八年的她，二人有何截然不同的回憶？

年長者，她的伯齊克牌與籌碼、她那條斯凱㹴狗、她那人們設想的財富、她那時好時壞的反應遲鈍現象和卡他性耳聾；年輕人，她那盞點在無沾成胎雕像前的菜油燈、她那兩把為查爾斯・斯圖爾特・帕內爾和邁克爾・達維特準備的綠色和褐紫紅色刷子、她的薄紙[9]。

他向一位年輕伙伴透露這些往事，更使他希望能夠恢復青春，但他是否已經沒有達此目的的手段？

尤金・桑多的「體力鍛鍊法」專為常坐案頭工作的商務人員設計的一套室內運動，他在斷斷續續做過一陣之後已經荒疏，做這套運動需要對鏡集中思想，能將各組肌肉全部調動起來發揮作用，依次產生一種舒暢的堅硬感、一種更舒暢的舒放感、以至一種最舒暢的恢復青春的輕快靈活感。

他在青年早期，是否曾在任何方面有過特殊的輕快靈活？

雖然槓鈴舉重不在他的能力範圍之內，三百六十度旋轉不在他的膽量範圍之內，然而他在高中學生時期，由於他的腹肌異常發達，他在雙槓上作穩定而持久的雙腿平舉動作，能勝人一等。

二人中是否有一人公然提及二人之間的種族區別？

沒有。

以最為言簡意賅的方式，試說明布盧姆關於斯蒂汾關於布盧姆的想法的想法，以及布盧姆關於斯蒂汾關於布盧姆關於斯蒂汾的想法的想法的想法為何？

他想他想他是猶太人，而他知道他知道他知道他不是。

在去除緘默的外封之後，他們各自的父母為何人？

9 據《寫照》第一章，賴爾登太太的薄紙常由幼年斯蒂汾給她拿，每次她獎他一塊糖。

布盧姆為獨生男性變體嗣子，其父為松博特海伊、維也納、布達佩斯、米蘭、倫敦及都柏林的魯道夫・費拉格（後為魯道夫・布盧姆），其母為尤里烏斯・希金斯（出生姓氏卡羅利）與梵妮・希金斯（出生姓氏赫加蒂）次女愛倫・希金斯。斯蒂汾為最長存活男性同體嗣子，其父為科克與都柏林的賽門・代達勒斯，其母為理查德，古爾丁與克麗斯蒂娜・古爾丁（出生姓氏為格里爾）之女瑪麗。

布盧姆與斯蒂汾是否曾受洗禮，洗禮地點及施禮人（神職或非神職人員）為何？

布盧姆（三次），由可敬的吉爾默・約翰斯頓碩士先生一人，在空街的城外聖尼古拉斯新教教堂；由詹姆斯・奧康納、菲利普・吉利根、詹姆斯・菲茨派特里克三人共同，在掃茲村一個水龍頭下；由天主教的可敬的代理牧師查爾斯・馬隆，在拉思加的三聖教堂。斯蒂汾（一次），由天主教的可敬的代理牧師查爾斯・馬隆一人，在拉思加的三聖教堂。

二人是否發現二人的學歷相似？

如以斯蒂汾代替布盧姆，則斯都姆上的學校依次是幼兒學校與高中。如以布盧姆代替斯蒂汾，則布里汾上的學校依次是預備學校、中學的初、中、高班，然後是皇家大學的新生、第一文科、第二文科、文科學位課程。

布盧姆為何忍而不提自己上生活大學的經歷？

因他狐疑不決，記不清這話是否已由他向斯蒂汾說過，或是已由斯蒂汾向他說過。

他們各人代表一種氣質，兩種氣質為何？

科學氣質。藝術氣質。

布盧姆舉出何種證據，說明他的傾向性偏於應用而非理論科學？

他在飽食仰臥以助消化之際，曾經思考若干項可能的發明。他之所以有此思考，是由於他體會到某些現已普遍採用而一度曾是革命性的發明是何等重要，如空中降落傘、反射式望遠鏡、螺旋式瓶塞起子、安全別針、礦泉水虹吸瓶、用絞車起動閘門的運河船閘、真空水泵等，從中受到了啟發。

那些發明是否以改進幼兒園設備為主要目的？

是，將使玩具汽槍、橡皮氣球、骰子遊戲、彈弓等等均成為過時。包括展示自白羊宮至雙魚宮的黃道十二宮的天文萬花筒、微型機械太陽系儀、凝膠數字軟糖，與動物餅乾相當的幾何圖形餅乾、地球圖面皮球、歷史服飾玩偶。

除此以外，他的思考尚受何啟發？

伊弗雷姆・馬刻斯與查爾斯・奧・詹姆斯的財運亨通，前者靠他開設在喬治南街四十二號的一便士商場，後者靠他在亨利街三十號的六便士半商店和世界小精品市場和蠟像陳列館，門票二便士，兒童一便士；以及現代廣告藝術中迄今尚未開發的無窮無盡的可能性，如果能將內容濃縮為一些三字母單概念的符號，垂直面取最大能見度（帶猜度），水平面取最大易讀性（實際辨認），能有一種催眠效應，能抓住人無意之間的注意力，從而引起興趣，造成信念，下定決心。

例如？

基十一。基諾褲十一先令。

鑰匙府。亞力山大・J・岳馳。

反例如？

試看這支長蠟燭。請計算此燭燃燒需多長時間，即獲免費贈送本公司特製非合成品靴子一雙，保證亮度一支燭光。

地址：塔爾博特街十八號巴克利—庫克公司。

滅菌靈（殺蟲藥粉）。

頂頂妙（靴油）。

全有了（雙葉摺疊小刀帶瓶塞鑽、指甲銼、菸斗通條）。

絕對反例如？

家裡缺了李樹牌罐頭肉，還像個家麼？

不像家。有它才是安樂窩。

都柏林商賈碼頭二十三號李樹公司製，四英兩裝罐，由哈德威克街十九號的圓房子區國會議員市政委員約瑟夫・P・南內蒂植入訃告與忌辰欄下。商標名稱為李樹。註冊商標；肉罐頭中長李樹。謹防假冒。頭罐肉。樹李。頭子肉。木中李。

他用何實例，以便使斯蒂汾使用適當推理，明白創造性雖有創造樂趣，未必一定創造成果？

他本人設計而未獲採用的照明展覽車計畫，車由牲口牽引，車內有兩位衣著漂亮的女郎伏案書寫。

斯蒂汾隨即構思一幅場景提出，是何場景？

山口一孤獨旅店。秋。黃昏。爐火已點燃。屋角暗處坐一年輕男人。年輕女人入。忐忑不安。孤獨。她坐下。她走向窗口。她站立。她坐下。黃昏。她思索。她用孤獨旅店信箋寫。她思索。她寫。她嘆息。車輪馬蹄聲。她匆匆出去。他從黑暗屋角出來。他攫取孤紙。他執紙就爐火。黃昏。他看字。孤獨。

何字？

斜體、正體、反斜體的：王后飯店，王后飯店，王后飯店。王后飯……

布盧姆隨即回憶一場景提出，是何場景？

克萊爾郡恩尼斯，王后飯店，魯道夫・布盧姆（魯道夫・費拉格）死於一八八六年六月二十七日晚，鐘點不詳，死因為用藥過量，自服修士帽（烏頭）坐骨神經痛擦劑，由烏頭擦劑兩份兌氯仿擦劑一份合成（他於一八八六年六月二十七日上午十點二十分購自恩尼斯教堂街十七號弗朗西斯・鄧尼希藥堂），服藥之前曾經，並非因為，於一八八六年六月二十七日下午三點十五分自恩尼斯主街四號詹姆斯・卡倫服飾商店購置新草帽一頂，硬質平頂，特別漂亮（購帽前已經，但並非因為，於上述時間、地點購買上述毒藥。）

二者同名，他認為係由於信息，抑巧合，抑直覺？

巧合。

他是否為客人將當時場景作一口頭描述？

他寧願自己觀察對方臉部表情，傾聽對方言辭，從而使潛在的敘述得以實現，動態情緒獲得緩解。

對方為他敘述的第二場景，敘述者稱之為「登比斯迦山望巴勒斯坦」或是「李子的寓言」，他是否認為僅是又一巧合？

他認為，和前一場景一起，以及並未敘述然而可以推想其存在的其他場景，再加學生時代所作的各種題材的文章與箴言（如〈我最喜歡的英雄〉[10]或〈拖延為偷竊時間之賊〉），它本身似乎即已包含，將個人觀察誤差考慮在內亦仍包含若干在經濟、社交、個人前途、性生活諸方面取得成功的潛在可能性，無論是專門成集並選作模範教材（成績百分之百）以供預備學校或初級學生使用，或是仿照菲利普・波福依或是狄克博士[11]或是赫博龍的《藍色研究》[12]先例印刷成冊，向發行有定額而償債有力量的刊物投稿，或是用作口講材料，因再隔三日之後即六月二十一日星期二（聖阿洛伊修斯・貢扎加日）為夏至，日出晨三點三十三分，日落晚八點二十九分，此後夜晚日益增長，正可以為熱心聽眾促進腦力活動，他們能默不作聲地欣賞引人入勝的敘述，信心十

10 〈我最喜歡的英雄〉為喬伊斯本人中學時代一篇文章，讚希臘英雄尤利西斯。
11 狄克博士為一二十世紀初期都柏林作家筆名，時常發表以當地人時為題材的詩歌供雜劇演出使用。
12 赫博龍為一都柏林律師筆名，其《藍色研究》（一九〇三）揭露都柏林貧民窟陰暗面。

足地預示引入佳境的成就。

有一家庭生活難題經常縈繞在他心頭，如不比其他問題更嚴重至少也同等嚴重，此難題為何？

如何安排我們的妻子們。

他曾設想何等獨特解決辦法？

客廳遊戲（多米諾骨牌、跳棋、挑片、挑棒、杯中球、納普牌戲、廢五、伯齊克牌戲、二十五點、統統要、國際跳棋、國際象棋、十五子戲等）；為警察局支持的服裝協會作刺繡、織補、針織；音樂二重奏，曼陀林和吉他、鋼琴和笛子、吉他和鋼琴；法律文書謄寫或信封書寫；隔周看歌舞雜耍；商業活動，如以女主人身分在涼快的奶品店或溫暖的菸草店吸菸室出場，雍容大方地指揮一切並接受令人愜意的服從；私訪接受國家檢查與衛生監督的男妓院，尋找色情刺激的享受；與鄰近地區眾所周知的體面女性友人之間，在常規性、頻繁性、預防性的監視下，以常規性、非頻繁、受阻性的間斷，作社交訪問應酬；專門設計的輕鬆易學的文科夜校課程。

他的妻子智力發育有所欠缺，方使他傾向於贊成最後一項（第九項）解決辦法，有何事例？

她在無所事事時刻，曾不止一次在紙上塗寫符號與象形文字，聲稱為希臘文、愛爾蘭文、希伯來文。她曾以長短不等的間距，反覆多次提出疑問，加拿大城市魁北克這地名的第一個字母大寫應如何寫法方算正確。她對國內的複雜政治形勢與國際上的力量均勢很少理解。在計算帳目相加時，常常需要借助指頭。在完成簡短書信寫作後，她將書寫工具棄置蠟畫顏料中，使之遭受硫酸亞鐵、綠礬與沒食子的腐蝕作用。不常見的外來難詞，她隨口讀白字或是牽強附會，或是二者兼而有之，如輪迴轉牽（轉回來世），別名（別人瞎說的名字）。

她的這一些和類似的有關人、地、事判斷中的謬誤，形成智力上的虛假平衡，有何彌補因素？

一切天平的一切垂直臂均為虛假的表面平行，可由圖解求證明。她關於一個人的判斷十拿九穩可起彌補作用，依靠實踐求證明。

他曾試用何法補救這一相對無知狀態？

各種方法。將某一書本翻到某頁攤開，放置在顯目地方；在作解釋性引述時，以她有潛在知識為假定；在她面前公開嘲笑某一不在場旁人的無知謬誤。

他試用正面教育方法，曾取得多少成功？

她不聽全，片言隻語，有趣方聽，理解而驚，用心背誦，記憶較困難，忘卻倒容易，再記便擔心，再背又出錯。

何法實效較好？

牽涉個人興趣的間接啟發。

例？

她不喜歡下雨打傘，他喜歡女人打傘；她不喜歡下雨戴新帽子，他喜歡女人戴新帽子，他趁雨購置新帽，她戴新帽打雨傘。

依照客人所述寓言中所包含的類比喻意，他舉出何等實例說明流放後可以出類拔萃？

三位純粹真理探索者，即埃及的摩西、More Nebukim[13]（迷途指津）的作者摩西・邁蒙尼德、摩西・門德爾松[14]，他們都是真正的出類拔萃，可以說從摩西（埃及的）到摩西（門德爾松），無人能出摩西（邁蒙尼德）之右[15]。

斯蒂汾蒙允許而提出第四位純粹真理探索者，名喚亞里斯多德，布盧姆蒙糾正而就此作何發言？

所提探索者曾師從一位猶太教拉比哲學家，姓名不詳。

是否提及其他列在次經的杰出法律人物，一個被選或被棄民族的子孫？

費利克斯・巴托爾第・門德爾松（作曲家）[16]、巴魯克・斯賓諾沙（哲學家）、門多薩（拳擊家）[17]、費迪南德・拉薩爾（改革家、決鬥家）[18]。

客對主，主對客各以抑揚頓挫的聲調朗誦古希伯來語與古愛爾蘭語詩歌片段，並將詩意加以翻譯，是何片段？

斯蒂汾朗誦：**suil, suil, suil arun, suil go siocair agus suil go cuin**（走，走，走你的路，安全地走，小心地走）[19]。

布盧姆朗誦：**kifeloch, harimon rakatejch m'baad l'zamatejch**（你頭髮間露出的太陽穴，好像是一

---

13 希伯來文書名（即《迷途指津》），此書為邁蒙尼德（參見第二章注27九十一頁）主要宗教哲學著作，成於十二世紀後期。

14 摩西・門德爾松（一七二九—八六）為德國猶太人哲學家。

15 「從摩西到摩西，無人能出摩西之右」為猶太人對邁蒙尼德的格言式讚語。

16 費利克斯・門德爾松（一八〇九—四七），德國猶太人音樂家，為上述哲學家門德爾松之孫。

17 門多薩（一七六三—一八三六）英國猶太人拳擊冠軍，號稱「以色列之星」。

18 拉薩爾（一八二五—六四）德國猶太人，馬克思主義改革家，德國工人運動創始人之一，後因戀愛問題決鬥而身亡。

19 典出愛爾蘭歌謠〈走你的路〉。

片石榴）[20]。

兩種語言的語音符號，在經過口語對比之後，又如何以字形對比加以充實？

用並列法。在一本文體拙劣的書（書名《偷情的樂趣》），由布盧姆提供，並在放置桌上時有意將它的封面與桌面相合）的倒數第二頁空白頁上，使用一枝鉛筆（由斯蒂汾提供），斯蒂汾寫下愛爾蘭字母中相當於G、E、D、M的字符，簡體和變體兩種，而布盧姆則寫下希伯來文中的ghimel、aleph、daleth以及（在缺men的情況下）代用的qoph字符[21]，並解釋它們作為序數與基數使用的數值，即三、一、四、一〇〇。

這兩種語言一已消亡，一正復興，二人各知其中之一，這知識是理論的抑係實用的？

理論的，因為僅限於某些詞形變化與句法規則，幾乎完全沒有詞彙知識。

這兩種語言之間和說這兩種語言的人之間有何共同點？

兩種語言都有顎音、送氣變音、插音與曲折字母；都古老，都是大洪水後二百四十二年在西奈平原上，在諾亞的後代菲尼葉斯．法賽赫創建的學府中教過的語言，而法賽赫既是以色列的始祖，又是愛爾蘭始祖赫伯爾和赫里蒙的祖先；他們在考古、宗譜、聖徒傳記、解釋經典、講道、地名學、歷史、宗教方面的文獻，其中包括猶太教拉比們和愛爾蘭隱士們的著作《托拉》[22]、《塔木德》（密西拿和革馬拉）[23]、《馬所》[24]、《五經》[25]、《牛皮書》[26]、《包利莫特集》[27]、《豪斯文集》[28]、《凱爾斯書》[29]；他們的分散、受迫害、殘存、復興；他們在猶太聚居區（聖馬利亞修道院街）和彌撒房（亞當夏娃酒館）[30]中的會堂活動和宗教儀式受到隔離；他們的民族服裝受刑法和猶太服裝法令的禁絕；在漢娜・大衛重建錫安的企圖[31]，愛爾蘭獲得政治自治或權力下放的可能性。

---

20 典出《舊約・雅歌》第四章第三節（舊譯）。

21 ghimel等五個字代表希伯來文字母中第三、一、四、一三、一九個字母的讀音。

22 托拉（Torah）為猶太教名詞，狹義指《舊約》首五卷，傳說為摩西所著而稱「摩西五經」，或廣義指全部希伯來文聖經。

23 《塔木德》常指《聖經・舊約》以外全部猶太教口傳律法文獻，其中「密西拿」為正文，「革馬拉」為注釋與闡述。

24 《馬所》即《馬所拉本》，為中古時期猶太教學者編纂的《聖經》注音文本。

25 《五經》即「摩西五經」，與上述狹義《托拉》同義。

26 《牛皮書》（The Book of Dun Cow）為愛爾蘭文學中最古老的手抄本文集，包括千餘則由十二世紀修士收集的古老手稿和口傳故事。

27 《包利莫特集》為愛爾蘭古籍選集，見第十二章注128六四一頁。

28 《豪斯文集》為豪斯山以北小島上發現的手抄本拉丁文集，包括《新約》中的四福音書。

29 《凱爾斯書》為八、九世紀間凱爾斯隱修院繪製的手抄本拉丁文福音書，帶有精美飾畫。

30 十六、七世紀間，愛爾蘭天主教徒曾在「亞當夏娃酒館」附近建立「地下教堂」，借酒館掩護其宗教活動；「彌撒房」為英國新教徒對天主教堂的稱呼。

31 大衛為公元前十一至十世紀古以色列國王，耶路撒冷及其錫安山（參見第三章注68一二五頁）成為聖地主要歸功於他；「漢娜・大衛」人名來源不詳，可能象徵耶路撒冷一帶大衛故國地區（即今以色列所在地），近代猶太復國主義者的奮鬥目標就是在此重建錫安。

布盧姆吟唱一段頌歌，預祝這一人種不屈目標的全面實現，是何頌歌？

Kolod balejwaw pnimah
Nefesch, jehudi, homijah.[32]

吟唱為何在這起首兩行之後即告停止？

由於記憶術有缺陷。

吟唱者如何彌補這一欠缺？

以一種敘述詩句大意的文本代之。

兩人之間互相有些思路匯合於一共同課題，此課題為何？

自埃及碑文象形符號至希臘、羅馬字母，可以追蹤而見一個愈益簡化的演變過程，而在楔形文字銘文（閃米特語[33]）中與細條五肋形歐甘文字（凱爾特語[34]）中，已蘊有現代速記法與電報代碼的先兆。

客人是否接受主人的請求？

雙重地，他既用愛爾蘭文又用羅馬字留下了簽名。

斯蒂汾的聽覺感受如何？

他聽到一種深沉蒼老的男性生疏樂調，聽出其中積累著過去的歷史。

布盧姆的視覺感受如何？

他看到一個敏捷年輕的男性熟悉身影，看出其中預示著未來的命運。

斯蒂汾與布盧姆有何準同時的意願性的準感受，感到隱藏在後的人物形象？

視覺上，斯蒂汾的：傳統的三位一體神格實體，如約翰尼斯・達馬西努斯、倫托魯斯・羅馬努斯、埃比凡尼烏斯・莫納庫斯[35]均曾描繪，白膚，極高，葡萄酒般的深色頭髮。

---

32 希伯來文：「只要在心的深處／猶太的靈魂仍在奔騰」，出於猶太復國主義詩歌〈希望〉（一八七八）。此曲現已成為以色列國歌。

33 閃米特語為北非、近東一帶通行語族之一，包括希伯來語、阿拉伯語等。

34 凱爾特語包括愛爾蘭語、蘇格蘭蓋爾語等，「歐甘」文字為愛爾蘭所發現最早（約西元四世紀）碑刻文字材料。

35 達馬西努斯（約公元七〇〇—七五四）、羅馬努斯（傳聞中基督在世時羅馬總督）、莫納庫斯（約西元三一五—四〇〇）均曾以文字描述基督形象。

聽覺上，布盧姆的：傳統的遭難時極度悲痛之音。

布盧姆過去曾認為有可能的未來事業為何？以何人為榜樣？

在教會，羅馬天主教、英國聖公會，或是不從國教派：榜樣有耶穌會的十分可敬的約翰·康眉、三一學院院長可敬的T·馬哈神學博士、亞力山大·約·道伊博士。律師業，英國的或是愛爾蘭的，榜樣有王室法律顧問西莫·布希、王室法律顧問魯弗斯·艾薩克斯。舞臺上，現代的或是莎士比亞戲劇：榜樣有高雅喜劇演員查爾斯·溫德姆、莎士比亞戲劇表演家奧斯蒙德·特爾（一九〇一年去世）。

主人是否鼓勵客人以抑揚聲調吟唱一首主題與此有聯繫的奇特故事詩？

是，並且請他放心，因他們所在地點僻靜，說話無人能聽見，其時除去機械性混合物的次固體殘留沉澱外，水加糖加奶油加可可調製的飲料已經喝下，人已感到安心。

朗誦此故事詩的第一（大調）部分。

小哈里·休斯和同學一大幫
鬧烘烘玩皮球到了街上。
哈里他第一腳就把那皮球，

踢進猶太佬花園裡頭。
哈里他再踢他的第二腳
就把那猶太佬的窗子砸破了。

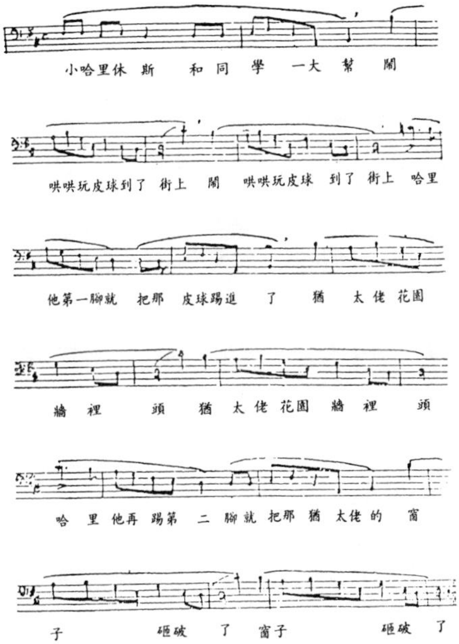

魯道夫子對第一部反應如何？
感情單純。他身為猶太人並無反感，面帶微笑而聽之，並見到廚房玻璃未破。

朗誦此故事詩的第二（小調）部分。

這時出來了猶太佬女兒
穿的是一身的綠衣兒。
「回來吧回來吧漂亮的小兒郎，
把皮球再踢踢給我欣賞。」

「我不來，我絕對的不能瞎跑。
沒有我同學的和我一道，
老師他知道了可不能饒，
我可得吃不了兜著走了。」

「她一把捉住了他雪白的手，
領著他就往那屋子裡頭走
直把他帶進了深處的房間，
在那裡他要喊誰也聽不見。」

「她從她口袋裡掏出折疊刀，
把他的小腦袋一刀割掉。
從此後他再不能玩他的皮球
因為他已經把他的小命丟。」36

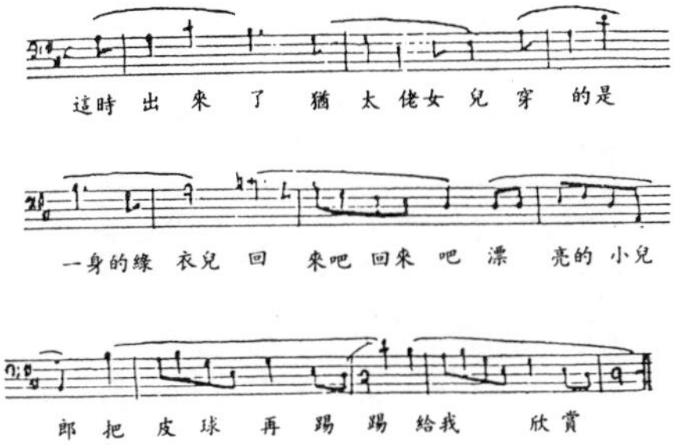
這時 出 來 了 猶 太 佬女 兒 穿 的是
一身的綠 衣兒 回 來吧 回來 吧 漂 亮的 小兒
郎 把 皮 球 再 踢 踢 給我 欣賞

36 歌謠出典為十三世紀關於英國一名兒童遭猶太人殺害的傳說：樂譜係喬伊斯友人為《尤利西斯》譜寫。

米莉森特的父親對此第二部分反應如何？

感情複雜。他聽之而不帶微笑，見那穿一身綠衣的猶太女兒而心感詫異。

試將斯蒂汾的評論作一簡要敘述。

各點之一，最小一點，是受害者係命中注定。一次是粗心大意，二次是有意向命運挑戰。它在他孤零零時來到，在他遲疑時引他，並以希望與青春的形象捉住了不抗拒的他。它領他去一偏僻住處，一間祕密的異教徒房間，無情地將順從的他作了犧牲。

主人（命中注定的受害者）為何悲哀？

他感到，一件事情做了是講出來好，一件並非由他所做的事情，他最好不講。

主人（遲疑而不抗拒）為何靜止不動？

遵照積蓄精力法則。

主人（祕密的異教徒）為何沉默？

他在權衡宗教儀式殺人行為是否事實的正反兩方面的跡象：僧侶統治集團的煽動、民眾的迷信心理、不斷剝蝕事實真相的流言蜚語、對富裕生活的妒羨、復仇心理的影響、返祖性缺陷的斷續再現，以及狂熱心理、催眠作用及夢遊現象等減輕罪責的情節。

此類心理與生理失常現象中，有何種現象（如有）是他也不能完全避免的？

催眠作用的影響：有一次，他醒來時不認識自己的臥室；不止一次，他醒來後，在一段不定時間中喪失活動或發聲音能力。夢遊現象：有一次他在睡眠中起身，伏地向無火壁爐方向爬行，而在爬到目的地之後，就地蜷縮在無火爐前，身穿睡衣而臥，繼續睡眠。

這後一現象或類似現象，是否曾在其家庭任一成員中有所表現？

有兩次，在霍利斯街和安大略高臺街，他的女兒米莉森特（米莉）六歲與八歲時，曾在睡夢中發出恐怖喊叫，而在兩位身穿睡衣的人前來詢問時卻神色茫然，啞口無言。

他對她的幼時情景，有何其他記憶？

一八八九年六月十五日。一名吵鬧的新生女嬰在啼哭，既造成而又減輕充血。易名派德尼短襪頭的小孩，抓住她的錢罐頭，搖了又搖，搖了又搖；數著他的三顆無事充錢幣的鈕扣，一、啊、參；她扔掉一個玩偶，一個男娃娃、一個水手；父母都是深色頭髮，而她卻是一頭金髮，她有金髮祖先，遠的，一次強姦，奧地利陸軍的海塔上尉先生，近的，一個幻象，英國海軍的馬爾維中尉。

有何民族特徵出現？

相反的，鼻子與額角的造型特徵，是由直線遺傳而來的，雖有間隔，仍將在長久間隔之後再現，以後間隔距離進一步加大，以至達於最大距離。

他對她的少女時期有何記憶？

她將她的鐵環與跳繩擱置不用。在公爵草坪上，她不接受一名英國遊客的請求，不許他拍攝和帶走她的人像（反對理由未說明）。在南環路上，她和埃爾莎・波特結伴而行時，被一模樣邪惡的人跟蹤，她轉進斯塔墨大街，走了一半突然轉回身去（轉身理由未說明）。在她出生十五周年的前夕，她從西米斯郡的馬林加寫來一封信，簡單提到當地的一名學生（系別和年級未說明）。

首次離別為二次離別的預兆，是否使他難受？

不如他原來想像的嚴重，比他原來希望的嚴重些。

與此同時，有何二次外出引起他不同而類似的注意？

他的貓暫時外出。

為何說類似，為何說不同？

類似，因為受一種祕密動機的驅使，即尋求一新的男性（馬林加學生），或是尋求藥草（纈草）。不同，因為回到居民處或居住處的可能方式不同。

在其他方面，她們的不同處是否類似？

在被動方面，在經濟方面，在接受傳統的本能方面，在出人意料方面。

例如？

考慮到她耐心地斜依金髮，請他給她紮緞帶（比較貓仰脖子）。再如，在斯蒂汾草地那空蕩蕩的湖面上，在樹叢的倒影之間，她的不加評論而啐去的唾液畫出了一層層同心圓的水圈，由一條平臥沉睡的魚的永久靜止作為標誌（比較貓守老鼠）。又如，她為了記住一次著名軍事行動的日期、作戰人員，結局與後果，拉自己的一根辮子（比較貓洗耳朵）。更有，傻閨女米莉呵，她夢見和一匹馬作了並未說話也記不住內容的交談，那馬名叫約瑟夫，她給他（牠）一杯檸檬汁，牠（他）好像接受了（比較貓在壁爐前作夢）。由此可見，在被動、經濟、接受傳統的本能、出人意料等方面，她們的不同處是類似的。

他如何利用作為婚禮吉慶送的禮物二件，一是貓頭鷹一隻，二是鐘一只，藉以提高她的興趣和教育她？

作為實物教育，藉以說明：一、卵生動物的天性與習慣、空中飛行的可能性、某些視覺不正常現象，以及非宗教的施用香料防腐過程；二、以擺錘、輪齒、調節器為實例的鐘擺原理，指針在固定刻度盤上作順時鐘方向移動的各種位置，如何轉化為人或社會活動的調節標誌，以及每小時長短指針必有一次指向同一角度的準確性，即每小時之後均在以每小時五又十一分之五分的等差級數遞增的角度。

她以何種方式回報？

她記得：在他出生的二十七週年時，她贈給他仿製的德比王冠瓷器早餐杯一只。她提供：在季度日或是前後日期，如他作採購而並非為她，她表現出關心他的需要，事先想到他的心願。她欣賞：在他向她解釋一個自然現象之後，她表示希望不通過逐步掌握立即獲得他的科學知識的一部分，一小半，四分之一，千分之一。

夢遊者米莉之父書遊者布盧姆，向夜遊者斯蒂汾提何建議？

在廚房之上而與男女主人臥房毗鄰的房內，設置臨時臥處一方，供其在星期四（理應是）與星期五（正常日）之間數小時休息之用。

這一臨時安排如能延長，將產生或可能產生何等不同方面的益處？

對客人：居住有定處，學習有靜處。對主人：智力可恢復青春，可獲替代性滿足。對女主人：迷戀可分散，意語發音可糾正。

客人與女主人之間這些可能發生的臨時性安排，並不一定妨礙一位同學與一位猶太人之女之間的一種調和性結合的永久性結果，也並不一定受它的妨礙，何以故？

因為通過母親可接近女兒，通過女兒可接近母親。

主人提一措辭囉嗦而離題萬里的問題，客人作一簡單明瞭而完全否定的回答，問題為何？

他是否認識於一九〇三年十月十四日悉尼廣場火車事故中身亡的埃米莉・辛尼柯太太？

主人開始作一項有所聯繫的聲明卻忍而不發，是何聲明？

一項解釋缺席原因的聲明，一九〇三年六月二十六日瑪麗・代達勒斯太太（出生時姓古爾丁）安葬，正是魯道夫・布盧姆（出生時姓費拉格）逝世週年前夕。

庇護所建議是否被接受？

它受到了毫不猶疑、並無解釋，彬彬有禮、深表感激的謝絕。

主客之間有何金錢過手事宜？

前者向後者無利息歸還後者交給前者的一筆款項（£一—七—〇），即英幣一鎊七先令。

有何等修正建議被交替提出、接受、修改、謝絕、另行措詞重新提出、重新接受、批准、再次確定？

開辦一門有計畫的意大利語言課程，地點在受教者住處。開辦一門聲樂課程，地點在授課者住處。開辦一系列靜態的、半靜態的和漫步走動的思想性對話，地點在對話雙方住處（如對話雙方同住一處）、下修道院街六號船艦飯店與酒店（店主W・E・康納里）、基爾代爾街十號愛爾蘭國立圖書館、霍利斯街二十九、三十、三十一號國立產科醫院、公園、教堂附近、兩條或更多條通衢的滙合處、雙方住處之間直線的等分點（如對話雙方各住一處）。

布盧姆為何感到實現這些互相排斥的方案有問題？

往事的不可挽回性：一次，在都柏林拉特蘭廣場的圓房子看艾伯特・亨格勒馬戲團表演，一位穿雜彩衣服的小丑靈機一動尋找父親，從表演場內出來，跑到觀眾席中布盧姆獨坐處，當眾宣布他（布盧姆）是他（小丑）的爸爸，引得全場觀眾開懷大笑。未來的不可預見性：一次，在一八九八年的夏天，他（布盧姆）在一枚二先令銀幣的軋文邊緣上刻了三個缺口，在向大運河沙蒙特商場一號的家庭食品雜貨供應商J和T·戴維付帳時，將這銀幣作為貨款付出並被接受了，希望它參與市民金融流通後有一朝一日能通過迂迴或是直接路線回到他手中。

該小丑是否為布盧姆之子？

否。

布盧姆的銀幣是否回來？

無影無蹤。

一種反覆出現的挫折何以使他特別懊喪？

因為人類生存處於關係重大的轉折點，他願意謀求許多社會條件的改進，改變一些由不平等、貪欲與國際敵對情緒所造成的情況。

這是否說明他相信人類生活可以由消除這些條件而無限改善？

在人類生活的總體中，有一些由自然法則而非人為法律所規定的一般條件，這些是不能改變的組成成分：為獲得食物營養而非要不可的殺生；個人生存的終極功能的痛苦性，生與死都要經歷的劇痛；猿猴以及（尤其是）人類的女性，從青春發育期直至絕經期，都要單調反覆經歷的月經；海上、礦上、工廠內難於避免的事故；某些十分痛苦的疾病及由此而引起的外科手術、天生的精神錯亂、與生俱來的犯罪傾向、毀滅性的流行病；災禍性的巨變，使恐懼感成為人的精神狀態中的基本因素；震央位於人口稠密地區的大地震；自嬰兒期通過成熟期以至衰老期，經由一系列劇烈變形而實現的生命發展實況。

他為何不願加以推斷？

因為要用另外一些比較理想的現象，去取代那些需要消除的不很理想的現象，這是一項須有更高的智能方能完成的任務。

斯蒂汾是否對他的沮喪情緒有同感？

他肯定了他作為一個自覺的有理性的動物的意義，就是要用演繹推理的辦法從已知推向未知，作為一個自覺的有理性的反應體，就要在微觀世界與宏觀世界之間活動，而這是無可避免地構築在虛無縹緲的空間之上的。

布盧姆是否理解這一肯定？

詞句未理解。實質有理解。

對自己的缺乏理解，他有何安慰？

作為一名無鑰匙而有能力的城市居民，他已經奮力通過虛無縹緲的空間，從未知進入了已知。

從奴役之府出去，進入人類居住的曠野，是按何順序，以何儀式實現的？

插在燭臺上點亮的
蠟燭
布盧姆舉著
頂在白蠟手杖上的助祭師用的
帽子
斯蒂汾舉著

以何種secreto[37]聲調，吟頌何首紀念性詩篇？

第一百一十三首，modus peregrinus: In exitu Israel de Egypto: domus Jacob de populo barbaro.[38]

在出口門邊，二人各取何行動？

布盧姆將燭臺置於地上。斯蒂汾將帽子戴在頭上。

有何物將出口之門用作進口之門？

有貓一隻。

二人默默走出房屋後門，主人在前客人在後雙重黑影，由門內幽暗處走入花園中朦朧處時，有何景象呈現在面前？

滿天星斗一棵天樹，墜著溼潤的夜藍色的纍纍果實。

布盧姆向同伴指點各處星座時，有何伴隨而來的思考？

思考內容涉及宇宙擴展越來越巨大；涉及朔望月之初的月亮接近近地點而不可見；涉及天然奶般的銀河，格狀體內有無數星星在閃爍，白晝可在由地面向地心垂直下挖五千英尺的圓筒底上觀察；涉及天狼星（大犬星座中主星），距我們的行星十個光年（五十七兆英里），體積為其九百倍[39]；涉及大角星；涉及歲差現象；涉及獵戶星座，其腰帶、其六太陽橢圓星雲，大小足以容我們這樣的太陽系一百個[40]；涉及垂死與新生的星辰，類似一九〇一年發現的新星；涉及我們的太陽系正在往武仙星座方向衝去；涉及視差，恆星之間的視差位移，所謂的恆星，實際上是不斷移動的漂泊者，從不可記數的遙遠的億萬年前飄向無窮無盡的遙遠的未來，人的壽命限度七十年與它相比，僅是無限短暫的一個小小插曲而已。

是否也有相反方面的思考，涉及宏大性質越來越少的演變？

涉及地球岩層層理中記錄的十億年計的地質時期；涉及隱藏在地穴中、可移動的石塊下、蜂窩蟻穴的千千萬萬昆蟲類有機存在體，以及微生物、細菌、病菌、桿菌、精子；涉及依靠分子親和力而凝聚在一個小小針尖中的不計其數的百千萬億個分子；涉及人血血清的宇宙，其中星羅棋布地排列著紅白血球，而這些血球又每一個都是一個擁有空蕩蕩的空間的宇宙，其中又排列著許

37 拉丁文：「分別」，為天主教彌撒書中在主祭應分別吟誦處的指示。

38 拉丁文：「外出方式：以色列人一離開埃及，雅各的子孫一離開異族的土地。」按此詩亦名〈逾越節之歌〉，在天主教拉丁文《聖經》中為〈詩篇〉第一一三首，在英文譯本及中文譯本中為一一四首。

39 根據《不列顛百科全書》，天狼星距太陽約八．六光年，體積略大於太陽，而太陽體積為地球之一百三十萬倍。

40 獵戶座大星雲實際大小，據十九世紀末年估計已超過布盧姆所說一千倍以上。

多可分裂的組成成分，這些成分又是每一個都可以分裂成可再分裂的組成成分，實際並不分裂的被分割體與分割成分都越來越小，以至最後，如果這一進程一直進行到底的話，一無所有的空空如也也絕不會達到。

他為何不將這些計算做得更細，求得更精確的結果？

因為若干前年，在一八八六年，他在解圓積求方問題過程中，了解到曾有人演算一個數字，例如九的九次方的九次方，在計算到比較精確的程度時竟是這樣的長，竟要占這麼多的地方，以至演算獲得答案之後，要完整地印出運算中的個、十、百、千、萬、十萬、百萬、千萬、億、十億等等整數，需要用三十三冊的書，每冊都有印得密密麻麻的一千頁，需要動用無數刀、無數令的聖經紙，每一個系列數字中的每一個單位數字的星雲體系中的內核，都存有一種壓縮的潛能，都可以淋漓盡致地發揮動態，開展其任何次乘方的任何次乘方。

他是否認為另外兩個難題還比較容易解決，即其他行星及其衛星是否可以由人類之內一特定種族居住，該種族是否可以由一救贖主獲得社會的和道德上的救贖？

困難的範疇不同。他知道人類機體在正常情況下可以承受十九噸的大氣壓，而在地球大氣層中上升到相當的高度之後，就要依照接近對流層與同溫層之間的分界線的程度，以按等差級數遞增的嚴重性出現鼻孔流血、呼吸困難和眩暈現象，因此他在提出這一問題求解時，曾設想一個無法證明為不可能存在的工作假說。即在火星、水星、金星、木星、土星、海王星、天王星上的足夠的相當條件下，如有一個適應性更強而結構不同的種族，是可以在不同條件下生存的。不過一個離地極遠的人種，其於外形雖有各種變化，其有限變化的結果終究還是與總體相似並且彼此相似，大概在那裡和在這裡一樣，始終難於變化，難於擺脫對空虛、空虛的空虛，以及一切空虛之物的追求[41]。

救贖的可能性問題如何？

小前提已由大前提證明。

對於各星座的諸多特徵，他逐一考慮的有幾許方面？

各不相同的色澤，標示著各種程度的活力（白、黃、緋紅、朱紅、辰砂）；各不相同的亮度；星座等級，能見範圍達七等，包括第七等[42]；星座位置；御夫星座；銀河；小熊星座；土星環系；螺旋狀星雲凝聚而成太陽；雙太陽的互相依賴的旋轉；伽利略、賽門・馬里烏斯、皮

41《舊約・傳道書》第一章第二節載「傳道者」感嘆，按詹姆斯王欽定本英譯為：「空虛的虛榮……空虛的虛榮。一切均為虛榮。」現代英語譯本已改為「一切無用，無用……生命無用，一切無用。」

42 星等依據其亮度而定，越亮等級越小，七等星為人眼能見的最低亮度。

亞齊、勒威耶、赫歇耳、伽勒等各自獨立取得的獨立發現[43]；波得與開普勒設法求得星間距離的立方與周轉時間的平方數字之間系統關係所作的努力[44]；毛髮蓬鬆的彗星的幾乎無限的可壓縮性質，它們自近日點至遠日點之間進出太陽系所循的巨大橢圓軌道；隕石來自恆星的理論；在較年輕的觀星者出生期間火星上出現的利比亞洪水[45]；每年在聖勞倫斯慶禮（八月十日殉道）前後都會出現的隕石雨；每月一現的所謂新月抱殘月現象；人們設想的天體對人體的影響；威廉・莎士比亞出生時期前後，在永不降落的臥姿仙后星座中的四等星上空，出現一顆晝夜照耀的超級亮星（一等星，由兩顆不發光的廢太陽相撞合併時熾熱發光形成的新太陽），而在利奧波爾德・布盧姆出生時期前後，也有一顆來源相似而亮度較低的星（二等星），在大熊星座中出現和消失，至斯蒂汾・代達勒斯出生前後，又有（據推測）來源相似的星，在仙女星座中（實際上或是據推測）出現或消失，在小魯道夫・布盧姆[46]出生和死亡之後數年內，御夫星座中有星出現和消失，在其他人出生和死亡之前或之後數年內，在其他星座中又有其他新星出現和消失；伴隨日食和月食而出現的現象，從掩始至復現，有風勢減弱、陰影移動、有翼動物噤聲、夜間或黃昏出沒的動物出現、幽光持續不散、地面水色發烏、人的臉色發白。

他（布盧姆）在全面考慮此事並對可能發生的差錯作了保留之後，邏輯性的結論為何？

結論為這並非天樹，並非天洞，並非天獸，並非天人。這是一種烏有之鄉，因為事實上沒有一種已知的方法可以從已知推測到未知；是一種無邊無際的存在，借助假想中的一個或更多個大小相同或不相同天體的相對定位，方能獲得同樣有邊際的存在；一些幻影形態，已在空間失去其動態而在空氣中再度活動起來而構成的動的事態；一種往事，在很可能觀看它的人進入實際的現實存在狀態之前可能早已終止其作為現實而存在的過程。

他對此景象的美學價值是否認為尚較可取？

無可置疑，原因在於曾有詩人再三吟詠，或是傾心至極而發瘋狂囈語，或因受拒而垂頭喪氣，呼吁熱情星座以求同情，或是詠嘆他們所在行星的衛星性寒冰冷。

既如此，他是否認為人間災禍受天象影響的理論尚可作為信條而接受？

他感到，將其證實的可能性與將其駁倒的可能性不相上下，同時感到其月面圖中所用術語，

43 意大利天文學家伽利略（一五六四—一六四二）與巴伐亞里天文學家馬里烏斯（一五七三—一六二四）均在一六一〇年前後發現土星的四顆衛星；皮亞齊（一七四六—一八二六）、勒威耶（一八一一—一八七七）、赫歇耳（一七三八—一八二二）、伽勒（一八一二—一九一〇）為意、法、英、德等國天文學家，均曾各有天文學發現。

44 波得（一七四七—一八二六）與開普勒（一五七一—一六三〇）均為德國天文學家，均對測定星間距離有貢獻。

45 「利比亞」為火星赤道地區，一八九四年（斯蒂汾出生後十二年）美國天文學家發現此區春季出現大片帶狀陰影，認為係火星南極冰塊融化形成的洪水。

46 「魯道夫」為茹迪的大名。

出於可加核實的直覺的成分，與出於謬誤類比的成分不相上下：夢湖、雨海、霧灣、多產海洋。

在他看來，月亮與女人之間有何特殊相近關係？

她的古老，比地球上連續相傳的世世代代出生在前而死亡在後；她在夜間的優勢；她作為衛星的依存地位；她的光輝反射作用；她在一切月相變化下的不變性，定時升落，定時盈缺；她那被迫不變的相對面相；她對含糊不清的提問善作模稜兩可的回答；她對漲落潮流的影響；她既能令人傾心，又能使人難堪，既能給人以美、又能使人發瘋，挑動和助長越軌行為；她的寧靜而深不可測的容貌；她如此接近而又傲然獨立，光彩照人而不容侵犯的可怕性；她能預示風暴起落的徵兆；她的光亮、她的動靜，她的出現對人的興奮作用；她的環形山，她的枯海，她的緘默所起的告誡作用；她在顯露可見時的光彩奪目；她在不顯露可見時的神祕吸引力。

有何光亮跡象這時顯露可見，吸引了布盧姆的視線，從而也吸引了斯蒂汾的視線？

在他的（布盧姆的）房子二樓（後部），一盞斜扣燈罩的煤油燈的映影，投射在滾軸窗簾的屏幕上，昂吉爾街十六號弗蘭克・奧哈拉窗簾、簾軸、滾動門板廠產品。

他如何闡明一個神祕現象，即一個顯露可見的光亮跡象，一盞燈，標示著一個不顯露可見而頗具吸引力的人，他的妻子瑪莉恩（莫莉）・布盧姆？

用間接、直接言詞的提示與認可；用表示恩愛與欣賞而有所克制的態度；用描述；用囁嚅；用暗示。

此後二人均沉默無言？

沉默無言，各人審視對方，他們的他的而不是他的面容互相形成肉鏡。

二人是否無限期地無行動？

由斯蒂汾倡議，由布盧姆慫恿，斯蒂汾在先，布盧姆後隨，二人均在幽暗處解溲，兩人側身相近，兩人的小便器官各自用手遮掩而不顯露於對方，而兩人的目光，布盧姆在先，斯蒂汾後隨，均仰視投射在屏幕上的半明半暗映影。

相似否？

兩人的小便，起始是一先一後，繼而是同時噴射，所描軌跡並不相似。布盧姆的較長而流勢較緩，形如分叉的倒數第二個字母而不完整，他在高中的倒數第一年（一八八〇，曾經有能力達到全學府當時合計二百二十名學生人數的最大高度；斯蒂汾的較高而　聲較大，他在前一日的倒數數小時內，已攝入大量利尿飲料而形成居高不下的膀胱壓力。

二人各對對方一側並不顯露可見但是可聞其聲的並排器官，產生何種疑問？

布盧姆的：有關其刺激感受性、充血腫脹、堅硬性、反應性、大小程度、衛生狀況、被毛情形等疑問。斯蒂汾的：有關耶穌受到割禮的聖職上的完整性（一月一日節日義務，須望彌撒而避免非必要的體力勞動）[47]，以及神體包皮，即神聖羅馬普世純正教會保存在卡爾喀塔的肉質婚禮指環[48]，究應享受簡單的超級崇敬，抑應與神體脫落物如頭髮、指甲之類相同地位，享受第四級的天主崇拜[49]？

這時二人同時見何天象？

一顆星以顯然極高的速度橫過天空，自天頂之上的天琴星座中的織女星方向，越過后髮星座的美髮星群，向黃道帶內的獅子宮飛去。

作向心運動的留住者，如何作為離心運動的遠去者提供出口？

將一把曾經銼過的陽性鑰匙，插入一個不甚穩定的陰性鎖穴內，在鑰匙柄上感到能使上勁後，將鑰匙齒口自右向左轉動，將門閂從門套中抽出，以痙攣似的動作向內拉開一扇老式無鉸鏈的門，露出一個可供自由出入的口子。

二人分手時如何彼此告別？

直立在同一門口，分立在門基的兩邊，兩條辭行送行手臂的線條相交於任何一點，形成任何小於兩個直角之和的角度。

正當兩臂切線相合，兩隻（各自）作離心、向心運動的手相離之際，有何音響出現？

聖喬治教堂的編鐘，敲響了鳴報夜時的一串鐘聲。

二人各自聽到鐘聲有何回音？

斯蒂汾聽到的是：

Liliata rutilantium. Turma circumdet.
Iubilantium te virginum. Chorus excipiat.[50]

---

47 耶穌出生後第八日（一月一日）受割禮，因而該日為天主教節日，但耶穌既為神，割其包皮是否有損其神體完整？

48 卡爾喀塔（Calcata）在羅馬附近，耶穌受割禮所割包皮在該地教堂內保存。天主教將教會視作耶穌的新娘。

49 「天主崇拜」僅適用於天主，而「超級崇敬」為天主教對聖母的崇敬，意為超過其他一切聖徒，但仍視之為人而非神。

50 拉丁文送終祈禱文，同本書第一章結尾等處（參見該章注24、74，上卷五十三、七十九頁）。

布盧姆聽到的是：

嘿唷！嘿唷！

嘿唷！嘿唷！[51]

當天，在相同鐘聲的召喚下，若干人物曾與布盧姆一同從南邊的沙丘，去往北邊的葛拉斯內文，如今均在何方？

馬丁·坎寧安（在床上）、杰克·帕爾（在床上）、賽門·代達勒斯（在床上）、內德·蘭伯特（在床上）、湯姆·克南（在床上）、約·哈因斯（在床上）、約翰·亨利·門頓（在床上）、伯納德·科里根（在床上）、派齊、狄格南（在床上）、派迪·狄格南（在墓中）。

獨自一人的布盧姆，耳聞何種音響？

天所生育的地上，有遠去腳步聲的雙重迴盪，在回音振盪的胡同內，有猶太人的豎琴弦音的雙重顫動。

獨自一人的布盧姆，這時有何感受？

星際的寒冷，冰點以下數千度，或是華氏、攝氏、列氏溫標的絕對零度：即將來臨的破曉給人的初步預示。

鐘聲、手觸、腳步、孤寒使他憶及何事？

憶及故友多人，如今已各在不同地區以各不相同方式去世：珀西・阿普窮（摩德河陣亡）、菲利普・吉利根（杰維斯街醫院癆病）、馬修・F・凱恩（都柏林海灣意外事故溺死）、菲利普・莫伊塞爾（海梯斯堡街膿毒症）、邁克爾・哈特（慈母醫院癆病）、派特里克・狄格南（沙丘中風）。

有何現象的何種前景使他傾向於滯留不動？

最後三顆星的消失、晨曦的開始弭散、一輪新日的露面。

他是否曾經觀看這些現象？

51 「嘿嗬」（同第四章結尾一六六頁）為英語中慣用的嘆息聲，一般表示厭倦、失望等情緒（據新版《牛津大字典》解釋）。

曾有一次，在一八八七年，他在基梅奇的盧克・多伊爾家參加一次持續時間較長的字謎遊戲後，曾坐在一垛牆上耐心等待白晝現象出現，兩眼直盯著米茲臘的方向即東方[52]。

他是否記得最初的從屬現象？

空氣增加動態，遠處一雞司晨，若干不同地點教堂響起鐘聲，鳥樂鳴奏，一個清早上路的人傳來踽踽獨行的腳步聲，一個並不顯露可見的發光體開始顯露弭散光芒，復活的太陽在天邊低低地露出一線金色的邊緣。

他是否滯留？

他深有感觸，回過頭來，回進花園，回入過道。回手關上屋門。他短嘆一聲，拾回蠟燭，回上樓梯，回上門廳，回向前房，回進房門。

他的回程為何突然受到阻擋？

他的頭顱的中空球體的右顳葉，突與一實體木角相撞，撞處在極其短促而仍可辨明的幾分之一秒之後，即由於先行感覺的傳導與接納而產生疼痛感。

試描述家具擺設變動情況。

一張深紫紅色長毛絨面的長沙發，已由房門對面搬到壁爐邊靠近捲緊的聯合王國國旗處（這是一項他已多次想作的移動）；鑲嵌藍白方格的意大利花瓷面的桌子，已挪至門對面深紫紅色長毛絨沙發騰出來的地方；胡桃木餐具櫃已由門邊原來的地方移至門前，這地位比較方便但也比較危險（剛才短暫地阻止他的回程的正是此櫃一突出櫃角）；兩把椅子已由壁爐的左右邊，挪至原來放鑲嵌藍白方格意大利花瓷面桌子的地方。

試描述這兩把椅子。

其一：一把低矮而填塞軟料的沙發椅，扶手堅固而前伸，靠背向後傾斜，在回彈而被推後時曾將一長方形地毯不規則形狀的緣飾翻起，椅上座處豐厚的面料已開始退色，中心最顯著而向四周逐漸擴散，逐漸減輕。其二：一張苗條的八字腳藤椅，藤條彎彎曲曲而發亮光，與前者相對而立，椅身從上端到座，從座到下端都塗有深褐色亮漆，椅座為鮮亮的白色蒲草編的圓片。

這兩把椅子有何意義？

有類比意義、姿態意義、象徵意義、間接證據意義、超常證物意義。

52 米茲臘（Muzrach）為希伯來語「東方」，西方猶太教人作祈禱時面向東方以示嚮往耶路撒冷。

原置餐具櫃處，現置何物？

一架立式鋼琴（卡德比牌），鍵盤敞著，關著的琴身上有一雙黃色的女用長手套，一只翠色的菸灰缸，缸內有四根燃過的火柴、一枝吸掉了一段的香菸、兩個染上顏色的菸頭，樂譜架上放著用適合歌喉和鋼琴的G調譜的〈愛情的古老頌歌〉（G・克利夫頓・賓厄姆編寫歌詞，J・L・莫洛伊譜曲，安樂妮蒂・斯特林夫人唱），翻開在最後一頁處，頁上的最終指示是**ad libitum**[53]，**forte**[54]，踏板，**animato**[55]，持續踏板，**ritirando**[56]，結束。

布盧姆逐一審視這些物件時心情如何？

舉燭臺時，心情緊張；摸右側鬢角上撞傷起包處，覺得疼痛；盯住一個大而色暗的被動體和一個苗條而鮮亮的主動體看時，十分注意；彎腰將翻起來的地毯飾邊翻回去時，認真關切；想起瑪拉基・馬利根大夫對於包括青色色調在內的色品分析，覺得好笑；重複那些話和先行行動，通過內部各種感覺的傳遞渠道而獲得由這行動引起的微溫感，一種有趣的逐漸褪色擴散的感覺，覺得愉快。

他的下一步行動？

從意大利花瓷面桌子上，他由一只敞著的盒子內取出一個黑色小圓錐形物，一吋高，圓底朝下立在一只馬口鐵小盤子內，將手中燭臺放在壁爐右角上，從坎肩口袋內取出一張摺疊著的開發計畫（帶插圖），題為Agendath Netaim，展開略看一下，將它捲成一根細長的圓棍，就著燭火點燃，燃起之後湊在錐尖上，直至將錐頭燃至發紅，方將小紙棍放在燭臺底盤內，並將其未燃部分略作安排，以利於全部燒盡。

這一行動有何後繼？

微形火山的截頭圓錐形火山口，噴出一股垂直上升而呈蛇形的煙，散發出東方焚香的濃郁香味。

壁爐架上，除燭臺之外，有何其他同位類似物品？

康尼馬拉條紋大理石座鐘一臺，停在一八九六年三月二十一日凌晨四點四十六分，是馬修・狄龍送的結婚禮物；透明鐘形罩下的矮小冰川樹一棵，是盧克與卡羅琳・多伊爾送的結婚禮物；經過防腐處理的貓頭鷹一隻，是市參議員約翰・胡珀送的結婚禮物。

---

53 拉丁文：「即興」。

54 意大利音樂術語：「強音」。

55 意大利音樂術語：「雄壯，有生氣」。

56 意大利文（杜撰詞）：「退隱」。

這三件物品與布盧姆之間，有何眼色交換？

在壁爐上的鑲有金邊的大鏡子中，矮樹的不加裝飾的後背，瞅著貓頭鷹的挺直的後背。在鏡子前方，市參議員約翰・胡珀送的結婚禮物，用一種明淨而憂鬱，智慧而透亮，靜止不動而深表同情的眼光瞅著布盧姆，而布盧姆則以並不明亮的，寧靜而深邃的，靜止不動而接受同情的眼光，瞅著盧克與卡羅琳・多伊爾送的結婚禮物。

此後，鏡中有何不勻稱的拼合形象吸引了他的注意力？

一名孤獨（自我關係）而變化（異己關係）的男人形象。

為何孤獨（自我關係）？

兄弟姊妹他一概全無，
他父親的父親是他的祖父。

為何變化（異己關係）？

自嬰兒期至成年期，他像他的母性生育者。自成年期至老年期，他將像越來越像他的父性生育者。

何為鏡子給他的最後視覺印象？

一個光學映像，顯出對面的兩層書架上，有幾冊書顛倒亂放，書名閃光但不符相同字母的次序。

試編書目。

《湯姆公司都柏林郵局一八八六年姓名住址一覽表》

丹尼斯・弗洛倫斯・麥卡錫《詩集》（第五頁處夾有紫銅色山毛櫸樹葉作為書籤）。

莎士比亞《作品集》（深紅摩洛哥皮面・燙金）。

《實用計算手冊》（棕色布面）。

《查爾斯二世宮廷祕史》（紅色布面壓印裝幀）。

《兒童指南》（藍色布面）。

《基拉尼美色》（帶護封）。

《少年往事》，國會議員威廉・奧布賴恩著（綠色布面，略見褪色，第二百一十七頁處夾有信封作為書簽）。

《斯賓諾莎思想》（褐紫紅色皮面）。

《天空的故事》，羅伯特・鮑爾爵士著（藍色布面）。

埃利斯《三訪馬達加斯加》（棕色布面，書名已磨去）。

《斯塔克・芒羅書信集》阿・柯南道爾著，卡佩爾大街一百零六號都柏林市立公共圖書館藏書，一九〇四年五月二十一日（聖靈降臨節前夕）借出，一九〇四年六月四日到期，逾期十三日（黑色布面裝幀，有白色書號標簽）。

《中國遊記》，「旅行者」著（包有牛皮紙書皮，紅墨水書名）。

《塔木德的哲學》（活頁裝訂成冊）。

洛克哈特《拿破崙傳》（缺封面，頁邊有評注，貶低主人翁各次勝利而誇大其敗績）。

"Soll und Haben"[57]，古斯塔夫・弗賴塔格著（黑色硬面，哥德式字體，第二十四頁處夾有香菸優惠券作為書簽）。

霍齊爾《俄土戰爭史》（棕色布面，兩卷集，封底有直布羅陀總督廣場駐軍圖書館膠黏標簽）。

《勞倫斯・布盧姆菲爾德在愛爾蘭》威廉・阿林厄姆著（第二版，綠色布面，金色三葉草圖案，扉頁正面的前書主名字已塗去）。

《天文學手冊》（棕色皮面，封面已脫落，整版插圖五頁，正文仿古式十點活字，作者注文六點活字，頁邊索引八點活字，小標題十一點活字）。

《基督的隱祕生活》（黑色硬面）。

《沿著太陽的路線》（黃色布面，書名頁已缺，憑重現書名為證）。

《健壯體格與鍛鍊方法》，尤金・桑多著（紅色封面）。

《簡而明幾何學原理》，F・伊格納・帕第斯著法文版，約翰・哈里斯（神學博士）譯為英文，倫敦主教頭為R・納普洛克印，一七一一，獻詞致益友薩瑟克市國會議員查爾斯・考克斯先生，扉頁有墨水書寫文字，聲明此書為邁克爾・蓋拉格爾藏書，書寫日期一八二二年五月十日，此書如有遺失或散失，請拾者歸還全球最佳勝地威克洛郡恩尼斯科西市杜塞里門木匠邁克爾・蓋拉格爾。

在將倒置書籍放正過程中，他有何思緒？

條理是必要的，一切東西都應各有其位，各就其位；婦女對文學欣賞不足；蘋果塞在玻璃杯內，雨傘斜插在便盆架內，都不協調；在書下、書後、書頁之間藏祕密文件均不穩妥。

何書體積最大？

霍齊爾的《俄土戰爭史》。

該著作第二卷所敘材料中包括何項史實？

57 德文書名：《借方與貸方》。

一場決定性戰鬥的名稱（已忘），一位決定性的軍官布賴恩·庫珀·忒迪少校（記得）時常想起的。

他不查該著作，首先為何理由，其次為何理由？

首先，為了鍛鍊記憶術；其次，在經過一段記憶缺失後，他坐到中央桌子邊準備查閱該著作時，已憑記憶術記起該軍事行動的名稱為普列福納。

他取此坐姿，因何感到舒心？

桌子中央一座直立雕像，購於單紳道九號P·A·雷恩拍賣行的那喀索斯[58]像，坦率、裸體、姿態、寧靜、青春、優美、性、知心話。

他取此坐姿，因何而感不舒暢？

衣領（十七號）和坎肩（鈕扣五個）束縛難受，這是成熟男性服裝中的兩件贅物，對於身體膨脹變化缺乏彈性。

這不舒暢感如何緩解？

他將頸子連同黑領帶與可卸領扣從脖子上取下，放在桌上左側。他將坎肩、褲子、襯衫、背心上的扣子，一一自下至上沿一條黑毛的中線解開，黑毛捲曲而作不規則的蜿蜒，自骨盆區作三角形展開，沿腹部與臍帶殘留物周緣至骨節隆起的中線匯合，至與第六胸椎相交處向兩邊作直角分叉，最後在右側、左側距離相等處，在乳腺隆起尖頂周圍形成兩個圓圈。他將褲子吊帶鈕扣逐一解開，鈕扣共六減一顆，成對安排，其中一對殘缺。

其後有何非意願性動作？

他用兩根指頭，捏住左肋下區隔膜以下處疤痕周圍一塊皮肉，疤痕由兩星期零三天前（一九〇四年五月二十三日）一隻蜜蜂叮螫留下。他雖無癢處，卻用右手漫無目標地在他那局部敞露而全部洗淨的皮膚各點各處搔了一回。他將左手伸入坎肩左下側口袋，摸出後又放回去一枚銀幣（一先令），是（據推測是）悉尼廣場埃米莉・辛尼柯太太安葬時（一九〇三年十月十七日）放在那裡的。

58 那喀索斯為希臘神話中美少年，只知自我欣賞，對水顧影自憐而變成水仙花。

試列一九〇四年六月十六日收支表。

借方	鎊	先令	便士
豬腰一只	0	0	3
《自由人報》一份	0	0	1
洗澡一次加小費	0	1	6
電車費	0	0	1
紀念派特里克・狄格南（一份）	0	5	0
班布里餅二塊	0	0	1
午餐一頓	0	0	7
書一冊續借費	0	1	0
信紙信封一包	0	0	2
晚餐一頓加小費	0	2	0
郵匯一筆加郵票	0	2	8
電車費	0	0	1
豬腳一隻	0	0	4

貸方	鎊	先令	便
手頭存款	0	4	9
收《自由人報》佣金	1	7	6
借貸（斯蒂汾・代達勒斯）	1	7	0

羊蹄一隻	0	0	3
弗賴牌純巧克力一塊	0	0	1
蘇打麵包一方	0	0	4
咖啡加小麵包1份	0	0	4
歸還貸款（斯蒂汾・代達勒斯）	1	7	0
結存	0	17	5
	2	19	3

2	19	3

脫衣過程是否繼續？

他感到腳底有良性而持久的疼痛，因而將腳伸向一邊，端詳由於腳部反覆向數個不同方向行走所加壓力而造成的摺皺、隆起、突出點。然後他俯身解開靴帶，將靴帶從鉤眼上鬆下散開，第二次脫下他的兩隻靴子，將右腳上有些潮溼的短襪鬆動一下，那襪子的尖端已又一次被大腳趾頭的趾甲頂破，抬起右腳，鬆開紫紅色鬆緊襪帶上的鉤眼，脫下那隻短襪，將光了的右腳擱在自己坐的椅子邊緣上，撥弄一下那大腳趾頭的趾甲並輕輕地扯下一小片，將那一小片碎趾甲舉到鼻孔前，聞了一下其中深處的氣味，然後滿意地將那趾甲碎片扔掉。

為何滿意？

因為他聞到的氣味，和當年埃利斯太太幼童學校的學童布盧姆小朋友撥弄和扯下來的其他趾甲碎片的其他氣味相當，那時他在小跪片刻作晚禱和遐想未來心願之際，必耐心撥弄腳趾。

他的種種同時和連續產生的心願，如今已匯合而成何種終極心願？

不想望依靠長嗣繼承權、無遺囑死者土地均分慣例、英區幼子繼承制等辦法繼承或永久擁有一大片領地，有足夠數目的英畝、路德、佩契的法定土地面積（估價四十二鎊）[59]，有可供放牧的泥炭地圍繞的豪華大宅，有自用車道，大門口有門房，另一方面也不想望被人描繪成**Rus in Urbe**[60]或是**Qui si sana**[61]的那種聯立房屋或是半獨立式的別墅房子，而是想以買賣雙方議定價格的契約購買一所產權不受限制的房子，兩層樓茅草頂的孟加拉式住宅，坐北朝南，屋頂裝有風向標和接地的避雷針，門廊上覆蓋著攀附植物（常春藤或是五葉地錦），前廳大門漆橄欖綠，車廂門一般的精緻，裝著漂亮的黃銅活，拉毛粉飾的正面，屋簷下和山牆上都有金色裝飾線條，房子最好建在一個緩坡的坡頂上，從裝有石柱石欄杆的陽臺上望出去是一片悅目景色，周圍隔著無人居住而且不可能有人居住的牧地，房子本身就有五、六英畝的地界，距最近處的公共道路應遠近適當，晚間在路上應能透過修剪成型的鵝耳櫪樹籬看到屋內燈光，坐落地點距都市邊緣不少於一法定英里，距電車或火車線路不超過十五分鐘（例如，南邊的鄧德拉姆，或是北邊的薩頓，這兩個地點都有試驗報告，認為氣候特別宜於身體衰弱者居住，可與地極相比），地基應以世襲地租農場許可證方式租用，租期九九九年，住宅應有一間裝有凸式窗戶（二桃尖拱並有溫度計）的客廳，一間起居室、四間臥室、兩間僕室，廚房鋪有瓷磚，有封閉式爐灶與洗滌間，休息廳內陳設壁龕式織物櫃、裝有《不列顛百科全書》與《新世紀大詞典》的組合式熏橡書櫃、橫陳的中古與東方的古舊武器、就餐鑼、條紋大理石燈、吊盆、硬質橡膠自動電話接受器附帶號碼簿、手工植絨的格子花邊奶油色的阿克斯明斯特地毯、帶爪柱墩式桌腿的盧牌桌、配備厚重黃銅爐具的壁爐，上有仿金的爐臺座鐘，計時保證精確並發大教堂排鐘齊鳴的鐘聲，有附帶溼度表的氣壓計，有紅寶石色長毛絨的長沙發和屋角沙發座，彈性好而座心下陷舒服，有三摺的日本屏風配備痰盂（俱樂部式，富麗的葡萄酒色皮革，革面光澤用亞麻籽油與醋略略一擦即可恢復），有金字塔式玻璃稜柱的中央大吊燈，有彎木棲架，架上鸚鵡不畏手指（語言淨化），有十先令一打的凸花牆紙，圖案是橫聯的胭脂紅垂懸花飾和上端的壁緣王冠，有分成三段而各段之間以直角相連的樓梯，其踏步板、豎板、欄杆、扶手、加料護牆板等全部為木紋清晰的橡木，上光並打樟腦蠟；洗

---

59 「路德」與「佩契」均為面積單位（見第十二章注156六五九頁）；愛爾蘭土地估價均以年租表示。

60 拉丁文：「城市中的鄉村」，古羅馬詩人馬提雅爾（Martial）以此描繪城市中有錢人所居安靜住宅。

61 意大利文：「健康人居此」，為都柏林郊區一房屋外題詞。

澡間有熱冷水供應，有盆浴有淋浴；夾層樓面廁所中有單扇的乳濁長窗、可翻起的座面、壁燈、黃銅拉桿與支架、扶手、腳凳，門內側有藝術性的石印油畫；同上，不加修飾；僕人住房另有衛生與保健設備，供廚師、女僕、打雜女工（工資每二年增長非勞力增值二鎊，全面的忠實保險，年獎一鎊，服務滿三十年後有退休金——按六五制）使用，備膳室、酒類儲藏室、肉類儲藏室、冷藏室、樓外工作間、煤炭木料地窖附設專為招待貴賓用餐（晚禮服）準備的葡萄酒庫（起泡與不起泡酒類），均有一氧化碳氣供應）。

庭院內尚可增添何等其他引人入勝的設備？

作為附加項目：網球兼牆手球場一個、灌木林一處、配置最佳植物園設備栽培熱帶植物的玻璃暖房一所、噴泉假山一座、按人道原則構築的蜂箱一套、長方形草地若干方，上有橢圓形花壇盛開奇花異草，如鮮紅色與鉻黃色的鬱金香、藍色的綿棗兒、藏紅花、多花水仙、美國石竹、香豌豆花、鈴蘭（鱗莖可由上薩克維爾街二十三號詹姆斯·W·麥基爵士股分有限公司購得，該公司零躉經銷種子鱗莖，經營苗圃並代銷化肥）、果園一片，並有菜園與葡萄園，周圍有玻璃頂圍牆防非法闖入，另有木材棚一處，門上有掛鎖，內存各種用具均列入清單。

如？

捕鰻籠、龍蝦罐、釣魚杆、短柄斧、提杆秤、磨刀石、碎土器、翻草機、馬車袋、縮疊梯、十齒耙、晾衣栓、晾草機、翻滾耙、修枝鉤、油漆罐、刷子、鋤頭等等。

隨後尚可引進何等新設施？

兔舍兼家禽棚一處、鴿棚一架、花房一所、吊床兩張（女用、男用各一）、用金鏈花或丁香樹遮擋陽光的日晷儀一座、安裝在大門左側門柱能發異國情調和音的日本門鈴一具、大雨水桶一只、側向出草並帶草箱的園圃割草機一臺、帶水龍的草地噴水器一架。

何種交通工具較為合意？

進城時，火車或電車可在其中途站或終點站上車，均有頻繁車次。返鄉時可用腳蹬車，一種無鏈條自由輪自行車，掛上車兜，或是乘坐牲口拉車，小驢拉的二輪輕便柳條車，或是漂亮的四輪輕便車，駕一匹結實肯幹的單蹄矮腳馬（沙毛騸馬、高十四掌）。

這所可建或已建之住宅，可取何名稱？

布盧姆茅廬。聖利奧波爾德[62]宅。弗臘爾莊。

埃克爾斯街七號之布盧姆，能否預見弗臘爾莊布盧姆的形象？

62 聖利奧波爾德（一〇七三—一一三五）為奧地利聖徒。出身皇族而拒絕接受皇位，獻身慈善事業。

身穿寬鬆的全羊毛服，頭戴海力斯粗花呢便帽，價八先令六，腳蹬實用的鬆緊襯片口的園林幹活靴子，手拿噴壺，栽植成排的小樅樹，注射，修剪，加樁，播種草籽，在新割的牧草芳香中推一輛滿載雜草的獨輪車，已日落西下而仍不過分疲勞，改良土壤，增進智慧，延年益壽。

有何智力活動項目可與此同時進行？

快照攝影，比較研究宗教、有關各種戀愛風俗與迷信習慣的民俗，琢磨天體星座。

有何較輕鬆的消遣？

戶外：園林與田間勞動，在碎石鋪設的長堤平路騎自行車，登平緩山坡，在僻靜的清水中游泳，在沒有攔河壩與湍水灘的河段划安全的單人雙槳小艇或是拉錨移動的小舟（消夏期）；夜晚漫步，或是騎馬繞圈，視察荒涼景色與相對宜人的村舍中冒煙的泥炭爐火（冬休期）。室內：在溫和的安全環境內討論未獲解決的歷史問題與犯罪問題；關於未加刪節的外國色情名著的學術演講；家庭木工，工具箱內備有榫子、錐子、釘子、螺絲釘、揿釘、手鑽、小鉗子、外圓角刨、改錐。

他是否有可能成為一名經營蔬菜水果與牲畜的鄉紳？

未始沒有可能，養一、二頭即將停奶的奶牛，備一堆山地乾草和必要的農場工具，如首尾攪乳器、蘿蔔攪泥機等等。

他在郡內居民與地主士紳間可擔任何項公民職務，有何社會地位？

按照等級制度中逐步上升次序排列：園丁、場地管理人、栽培人、飼養人，而在其生涯的頂點成為居民治安官或是地區治安官，擁有家族飾章和盾徽，並有恰當的古典銘詞（**Semper paratus**[63]，在宮廷人名地址簿上有恰當的紀錄（布盧姆，利奧波爾德・葆，國會議員、樞密院顧問、聖派特里克勛位爵士、法學博士**honoris causa**[64]，鄧德拉姆布盧姆莊），並在法院和社交界報導中提到（利奧波爾德・布盧姆先生已偕夫人自國王鎮啟程赴英格蘭）。

他擔任這一職務後，準備採取何種行動方針？

一種介乎過寬與過嚴之間的方針：在五方雜處的社會中，在不斷劃分階級又不斷變動而造成社會中不平等現象加劇或減輕的情況下，要執行不偏不倚、始終如一、無可爭辯的公正原則，既要考慮一切可以從寬的減緩條件，又要毫不留神地嚴格執行，以至將全部財產，動產與不動產直至最後一枚小錢，統統沒收歸國王。他一心忠於國內最高法定權力，生來喜愛剛正不阿，因此他

63 拉丁文：「隨時準備著」。

64 拉丁文：「作為榮譽」。

的目標將是嚴格維持治安、制止多種弊端（但不能齊頭並進，因每一種改革或緊縮措施，都是求得最終解決的流動過程中的一個預備性步驟）、維護法律（習慣法、制定法、商人法）條文內容而制裁一切共謀不軌者、一切觸犯地方法規與各種規定者、一切企圖（以闖入他人地界竊取柴火行為）恢復早已廢除的古老分維爾權的人[65]、一切公然煽動國際迫害行為者、一切企圖使民族仇視情緒永久化者、一切奴顏卑膝騷擾家庭歡樂氣氛者、一切不規不矩破壞家庭婚姻和諧者。

試證明他自小喜愛剛正不阿精神。

一八八〇年他在高中時曾向珀西・阿普瓊君透露，他父親魯道夫・費拉格（後名魯道夫・布盧姆）已於一八六五年接受猶太人改信基督教促進會影響，由猶太教信仰與教宗改奉愛爾蘭（新教）教會，但他（布盧姆）不信愛爾蘭教會的信條，後來他在一八八八年結婚時即為結婚而放棄愛爾蘭教會，改奉羅馬天主教。一八八二年，他在和丹尼爾・馬格雷恩和朗蘭西斯・韋德的少年交往（後因前者過早移民出國而中止）期間，曾在夜晚漫步時表示擁護殖民地（如加拿大）擴張的政治理論[66]，以及查爾斯・達爾文在《人類的由來》和《物種起源》中闡述的進化理論。在一八八五年，他公開表示擁護詹姆斯・芬頓・萊勒、約翰・費希爾・默里、約翰・米切爾、詹・弗・澤・奧布賴恩等等人所倡導的集體的民族經濟綱領、邁克爾・達維特的農業政策、查爾斯・斯圖爾特・帕內爾（科克市國會議員）的符合憲法的鼓動、威廉・尤爾特・格萊斯頓（北不列顛中洛錫安郡國會議員）的和平、緊縮、改革綱領，並且言行一致，於一八八八年二月二日兩萬名火炬手（組成一百二十個行業團體，持兩千支火炬）舉行火炬遊行示威陪送里彭侯爵與（誠實的）約翰・莫利進入首都時[67]，他攀登諾森伯蘭路上一棵樹木，選擇一個安全妥當的樹枝間位置觀看了遊行。

購買這一鄉村住宅，他準備付款多少，如何付法？

按照勤勞外國歸化入籍人士友好公助建築協會（一八七四年正式成立）計畫，最高限額為每年六十鎊，此數為一項有保證的年收入的六分之一，得自金邊證券，亦即資金一千二百鎊（二十年期購房估價）的百分之五單利，地價的三分之二在購置時付清，餘款即八百鎊加此數的百分之二又二分之一利息以年租方式交付，以二十年為期每年付等數年租六十四鎊，其中包括頭租，可分四季交款，直至購房貸款分期償還清帳為止，房地契由貸款人保留，契中保留條款規定，如應付款項拖延不交，即將強制售產，取消回贖抵押品權利，並執行互相補償辦法，如無此情況，該房產在合同規定年限滿期時即成為租貸住戶之絕對產業。

有何迅速而並不可靠的辦法可以致富，以利立即購房？

65 「分維爾權」為英國西南部達特穆爾地區特有的一種古習慣法，允許農民利用部分森林資源。

66 加拿大在十九世紀從鬆散的殖民地地位擴張而成為政治上比較獨立的國家，許多愛爾蘭人認為可以效法。

67 里彭侯爵（一八二七—一九〇九）與莫利（一八三八—一九二三）均為比較支持愛爾蘭自治的英國政治家。

一封私人無線電報，可用點畫電碼將阿斯科特舉行的全國讓量（平地或障礙）一英里或多英里零若干弗隆馬賽結果，下午三點零八分（格林威治時間）一匹等外黑馬以五十比一賠率獲勝消息傳來，都柏林下午二點五十九分（鄧辛克時間）收到尚可購進賭票[68]。意外發現價值連城物品（寶石、背面塗膠或已蓋郵戳的郵票——一八六六年漢堡淡紫無齒孔面值七先令、一八五五年大不列顛藍紙玫瑰紅有齒孔面值四便士、一八七八年盧森堡石青官方有騎縫線對角加蓋面值一法郎、古代王朝戒指、獨一無二的古物），發現地點或途徑異乎尋常，或從半空（由飛鷹擲下），或由火取（縱火燒燬大廈後所剩炭化餘燼中），或自海內（在漂浮殘骸、投棄物品、沉澱物資與遺棄物件中），或在地面（在可食家禽砂囊中）。一名西班牙囚徒贈送的遠地大批寶物或硬幣或金條銀塊[69]，累計價值£5,000,000英幣（五百萬英鎊），一百年前以複利百分之五存放在有償付能力的銀行集團。與一輕率的訂合同人訂立合同，送某種特定商品三十二批，貨到付款，起價四分之一便士，此後每批按幾何級數二加價（四分之一便士、二分之一便士、一便士、二便士、四便士、八便士、一先令四便士、二先令八便士，直至三十二項[70]）。根據概率論法則計算出一套賭法，將蒙特卡洛的銀行弄倒[71]。求得歷代未解決的將圓變方難題解決方法，獲政府獎金一百萬英鎊[72]。

通過勤勞途徑，是否可獲致巨大財富？

開墾砂礫荒地若干杜南[73]，按照柏林西十五區真誠街Agendath Netaim開發計畫，開辦柑桔種植場、瓜田、重植樹林。設法利用廢紙、陰溝齧齒動物皮毛、具有化學性質的人糞，鑑於第一項產量巨大，第二項數目巨大，而第三項更是數量驚人，因每一活動能量與食量均為中常水平的人，每年可產生（除去水類副產品以外）八十鎊的總數（動、植物混合食譜），乘以愛爾蘭人口（按一九〇一年人口普查）總數四百三十八萬六千零三十五。

是否有更大規模的設想？

一個設想，需要擬定細節提供港口管理委員會批准的，是開發白煤（水力），利用都柏林港口沙洲潮水高峰，或是波拉伕卡瀑布或是鮑爾斯考特瀑布水位差，或是主要河流的匯水盆作水力

---

68 阿斯科特即當天「金杯賽」所在地，在倫敦附近，用格林威治時間，比都柏林所用鄧辛克時間早二十五分鐘，因而賽馬結束時間如為三點零八分，相當於都柏林二點四十三分，而都柏林經紀人停止售票時間在下午三點三十分。「弗隆」為長度單位，合八分之一英里。

69 法國小說家大仲馬（一八〇二—七〇）名著《基度山伯爵》主人公鄧蒂斯打入死牢後，由同獄囚犯提供線索而獲荒島基度山上大批寶藏。

70 古巴倫人三千餘年前已發現幾何級數可產生意想不到的結果。四分之一便士按幾何級數二計算，第三二項價值將為二，二三六，九六二鎊二先令八便士。

71 蒙特卡洛為歐洲著名賭城，據傳一八九二年有一名為「蒙特卡洛・威爾士」者賭運亨通，曾使該地銀行六次破產。

72 「將圓變方」既已被證明為不可能（見第十五章注180・下卷九一七頁），「政府獎金」更是純屬謠傳。

73 「杜南」為近東土地丈量單位，見第四章注10一四九頁。

發電，可開發經濟電力五十萬匹水馬力。一個設想是在多利山圍起北公牛的三角洲半島，將現設高爾夫球場和步槍打靶場的島面，修建成為一個瀝青路面的遊覽區，有卡西諾賭場、售貨亭、射擊館、旅館、招待所、閱覽室、異性共浴設施。一個設想是利用狗拉車和山羊拉車清晨送奶。一個設想是發展愛爾蘭旅遊交通，都柏林市內及周圍的汽輪路線、島橋與陵森德之間河道路線、大型遊覽車、窄軌地方鐵路，以及沿岸航線上的遊樂汽輪（每人每天十先令，三語導遊費在內）。一個設想是在清除水草淤塞之後，復興愛爾蘭的內河客、貨運交通。一個設想是自牛市（北環路與普魯士街）鋪設電車道通向碼頭區（下謝里夫街與東堤），與鋪設在牛園、利菲樞紐站與北堤四十三至四十五號的中部西方大鐵路終點之間的連接線鐵路（與西南大鐵路接軌）相平行，接近以下各處的終點站或都柏林分支：中心大鐵路、英格蘭中部鐵路、都柏林市郵輪公司、蘭開夏與約克郡鐵路公司、都柏林與格拉斯哥郵輪公司、格拉斯哥—都柏林—倫敦德里郵輪公司（萊爾德線）、不列顛與愛爾蘭郵輪公司、都柏林與莫克姆汽輪公司、倫敦與西北鐵路公司、都柏林口岸港區管委會碼頭，以及帕爾格雷夫—墨菲輪船公司（輪船船主並代理地中海、西班牙、葡萄牙、法國、比利時、荷蘭等國輪船與利物浦保險業聯合會）的轉運碼頭，購置運輸牲口的車輛與都柏林聯合電車有限公司營運增添里程的經費由牧主費解決。

須有何種假定條件，著手進行此等設想方能成為自然以至必然的結論？

獲得與所需數額相等之保證，靠事業成功而已積累六位數字財富之傑出金融家（布魯姆・帕夏、羅斯柴爾德、古根海姆、赫希、蒙蒂菲奧里、摩根、洛克菲勒[74]）支持，由捐贈者生前簽署贈款證書和讓與單據，或是捐贈者無痛而逝之後的遺贈，並有資本與機遇二者的結合，事情方能成功。

出現何種情況，可使他不必依靠此類財產？

不依靠別人而發現礦源永不枯竭的金礦脈一處。

他為何琢磨如此難於實現之事？

他的信條之一，是此類沉思默想，或是無意識地將有關本人的敘述向本人訴說，或是安靜回憶往事，晚上睡前習以為常進行，可藉以解乏，因而有利獲得充分休息，恢復活力。

有何根據？

作為自然哲學學者，他曾學到人的一生七十年，至少有七分之二即二十年是在睡眠中度過的。作為哲學思想學者，他知道任何人在有生之年告終之時，僅有微不足道的一小部分願望能在生前獲得實現。作為生理學學者，他相信主要在睡眠之中發生作用的惡性力量，可以用人為方法

---

74 七人均為歐美大財主，其中四人為猶太人。

加以抑制。

他有何顧慮？

理性之光，即處於大腦溝迴之中的無可比擬的絕對智能，在睡眠過程中或有可能發生錯亂而造成殺人或自殺。

他習以為常的最後思索為何？

構思一種單獨出現、獨一無二的廣告，使路人為之駐足驚訝，獨出心裁的廣告招貼，上面排除一切額外添加物，只保留最簡單最有效的詞語，不超過偶然掠過的眼光能一目了然的幅度，適合現代生活的快速節奏。

打開鎖後，第一只抽屜中有何內容？

維爾•福斯特出版的書法練習簿，米莉（米莉森特）•布盧姆之財產，其中若干頁面有示意式線條畫，標有「阿爸」字樣，畫面可見圓球形腦袋一個，上有直立頭髮五根、側面眼睛兩隻，軀體全身正面，有大鈕扣三顆、三角形腳一只；退色照片兩張，英國的亞歷山德拉王后和女演員、職業美女茉德•布蘭斯科姆；聖誕卡片一張，上畫寄生植物一株[75]、節日祝福語Mizpah[76]、寄卡片時間一八九二年聖誕節、寄卡片人姓名M•科默福德夫婦、小詩：**祝你今年聖誕節，**

歡樂平安加喜悅；封蠟一截，已部分融化，來自貴婦街八十九、九十、九十一號希利公司售貨部；已用掉若干的J牌鍍金筆尖一籮，來自同一公司的同一部門；古老沙漏一個，滾動的玻璃瓶子裝著滾動的沙子；封口預言書一封（從未啟封），由利奧波爾德・布盧姆寫於一八八六年，內容有關一八八六年威廉・尤爾特・格萊斯頓的自治法案如成為法律將會有何後果（從未成為法律）；聖凱文慈善義賣會門票一張，號碼2004，價六便士，有獎品一百種；幼兒書信一件，日期小寫的星期一，內容：大寫阿爸、逗號、大寫你好嗎、問號、大寫我很好、句號、另起一行、花式簽名大寫米莉沒有標點；多彩浮雕寶石飾針一枚，屬於愛倫・布盧姆（原姓希金斯），已故；多彩浮雕寶石領帶夾針一枚，屬於魯道夫・布盧姆（原姓費拉格），已故；打字書信三封，收信人韋斯特蘭橫街郵局轉亨利・弗臘爾，發信人海豚倉郵局轉瑪莎・克利福德；調換體系、顛倒字母、牛耕式轉行、增添標點、斜打小道的四行密碼（元音隱去）發信人姓名地址鍥N. IGS./WI. UU. OX/W. OKS. MH/Y. IM[77]；剪自英國《現代社會》周刊剪報一份，內容關於一女子學校內的體罰；粉紅緞帶一條，原為一八九九年紮復活節彩蛋所用；帶備用袋的橡皮避孕套兩個，已展開一些，郵購自倫敦中西區查林十字路郵局信箱三十二號；一打裝的奶油色凸紋紙信封和隱格水印信

---

75 槲寄生依附橡樹而常綠，象徵人對神的依附。

76 希伯來文：「米示巴」，意為「瞭望塔」，原在《聖經》中表示監視之意，但已演變為猶太人表示懷念致意的習用語。

77 自編密碼，解開即為「海豚倉郵局轉瑪莎・克利福德」。

紙一盒，現已減少三套；奧匈帝國各種硬幣若干；匈牙利皇家特權彩票兩張；小比率放大鏡一個；色情照相卡片兩張，顯示甲：裸體西班牙女郎（背面，上位）和裸體鬥牛士（正面，下位）的口含性交，乙：男宗教人員（全身穿衣，眼下垂）對女宗教人員（半身穿衣，眼直視）作肛門汙辱，郵購自倫敦中西區查林十字路郵局三十二號信箱；棕黃色皮靴整舊如新辦法剪報一份；維多利亞女王在位期間一便士帶膠郵票一張，淡紫色；利奧波爾德·布盧姆身體尺寸表一份，記載連續兩個月使用桑多—懷特利滑車健身器（男用十五先令，運動員用二十先令）之前、之中、之後尺寸，計胸圍二十八吋和二十九又二分之一吋、上臂屈肌九吋和十吋、前臂八又二分之一吋和九吋、大腿十吋和十二吋、小腿十一吋和十二吋；「奇效」說明書一份，直腸通氣世界第一，由倫敦中東區南廣場考文垂大廈奇效公司直接寄來，收件人（誤寫）利·布盧姆太太，簡單附言抬頭（誤寫）為夫人。

試引述該說明書聲稱該奇效藥品優越性所用詞語。

氣脹困難，唯此有效，睡眠之中，疏通治療，襄助自然，妙力無比，排除穢氣，立獲舒暢，體內潔淨，運行自如，七先令六，費用無幾，煥然一新，生活改觀。女士對此，尤感奇效，渾身舒服，意想不到，如逢酷暑，清泉一杯。推薦貴友，無論男女，獲此奇藥，畢生受用。長頭圓頭，插入即可。奇效通氣。

是否有表揚信？

甚多。有牧師、英國海軍軍官、著名作家、金融界人士、醫院護士、女士、五個孩子的母親、心不在焉的乞討者[78]。

心不在焉的乞討者的表揚信結尾如何結束表揚？

可惜政府在南非戰役中未向我軍官兵供應奇效通氣！否則，何等輕鬆！

布盧姆在此屜存物之中，又增添何物？

由瑪莎・克利福德（找瑪・克）寫給亨利・弗臘爾（亨・弗按利・布歸檔）的第四封打字信件。

與此行動同時，他有何愉快回憶？

憶及除該信件以外，在剛過去的一天內，他的富有吸引力的面貌、體態、言談舉止獲得了一位人婦（宙瑟芬・布林太太，原名宙細・鮑威爾）、一位護士卡倫小姐（教名不詳）、一位姑娘格特魯德（格蒂，姓氏不詳）的好感。

---

78 指英國在南非戰爭中的軍人，參見第九章注37三七三頁。

有何可能性呈現在他面前？

在不太接近的將來，或能找一位文雅而姿色美妙、不甚貪財而多才多藝、出身上等人家的高級妓女陪同，首先在一家私人住所享受一頓昂貴的美餐，然後施展強壯的男性魅力。

第二只抽屜中有何物？

單據：利奧波爾德・葆拉・布盧姆的出生證；蘇格蘭寡婦人壽保險金五百鎊人壽保險單，無遺囑歸米莉森特（米莉）・布盧姆，作為二十五年後開始生效的分利保險，分別按照六十歲或死亡、六十五歲或死亡、以及死亡情況獲四百三十鎊、四百六十二鎊十先令、五百鎊，或作為分利保險（付清）獲二百九十九鎊十先令，另有現金付款一百三十三鎊十先令、二者任選其一；厄爾斯特銀行學院草地分行存摺一本，內有一九〇三年十二月三十一日為止的半年活期結算單，存款餘額£18—14—6（十八鎊十四先令六便士英幣）淨動產；持有加拿大百分之四（記名）政府公債（免印花稅）九百鎊證書；天主教公墓（葛拉斯內文）委員會有關購置一塊墓地的單據；有關以單務契約改變姓氏的當地報紙剪報一張。

複述這一啟事的文字內容。

我，魯道夫・費拉格，現居都柏林克蘭勃拉西爾街五十二號，原居匈牙利王國松博特海伊，今已更名為魯道夫・布盧姆，並決定從今以後在一切場合與一切時期均用此姓名，特此啟事。

第二只抽屜中尚有何其他有關魯道夫・布盧姆（原姓費拉格）的物件？

一張模糊的達蓋爾銀版法拍攝照片，是魯道夫・費拉格與其父利奧波爾德・費拉格合影，由他們分別稱呼為堂叔與堂弟的匈牙利塞什白堡的斯蒂凡・費拉格一八五二年攝於其攝影室。一本古老的哈加達書，書中有一副角質框架的凸片眼鏡，夾在Pessach[79]（逾越節）禮儀祈禱詞語中表示感恩處；一張圖片明信片，圖上照片是恩尼斯王后飯店，店主魯道夫・布盧姆；一封信，信封上寫：**致親愛的兒子利奧波爾德**。

他看到這一完整詞句，腦中便出現何等片段詞語？

自從我接到……到明天便是一個星期了……沒有用處，利奧波爾德，我……對你的親愛的母親……不能再忍受……對她……我的一切都完……利奧波爾德……好好照料阿索斯……我的親愛的兒子……永遠……我的……das Herz……Gott……dein……[80]

79 Pessach即希伯來文「逾越節」；「哈加達書」（參見第七章注5二五九頁）主要內容即敘述此節日所紀念的出埃及事跡。
80 德文：「……心……上帝……你的……」。

這些物件，使布盧姆回想起一位患有進行性憂鬱症的病人的何種情景？

一位老人，鰥夫，頭髮凌亂，蒙頭嘆息；一頭衰弱的狗，阿索斯；烏頭，作為複發性神經痛的緩解藥使用的顆粒或滴劑，逐漸增加劑量；一位七旬老人的遺容，服毒自殺。

布盧姆為何感到一種後悔情緒？

因為他曾經由於幼稚急躁，對某些信念和習俗表現不尊重。

例如？

禁止在同一頓飯中用肉食和奶類；七天一次的酒會，淨是抽象時髦不協調、具體時熱烈過分的商人，同是前教徒而又曾是同國人；男性嬰兒的割禮；猶太教經典的超自然性質；四字母詞的不容說清性質[81]；安息日的神聖性。

這些信念和習俗，他現在認為如何？

並不比那時更合理，並不比現在某些其他信念和習俗更不合理。

他對魯道夫・布盧姆（已故）的最早回憶為何？

魯道夫・布盧姆（已故）對他的兒子利奧波爾德・布盧姆（六歲）敘述一種回顧性安排，涉及都柏林、倫敦、佛羅倫薩、米蘭、維也納、布達佩斯、松博特海伊各地之中與之間的遷徙與定居，其中夾雜一些得意的陳述（他祖父曾見過奧地利女皇、匈亞利女王瑪麗亞・特里西亞），一些商業上的忠言（管好小錢，大錢自己會來）。利奧波爾德・布盧姆（六歲）在聽這些敘述的同時，不斷地看一張歐洲地圖（政治的），並建議在提到的各地設立聯營商號。

時間是否已經從敘述者與聽講者的記憶中同樣而各不相同地抹去這些遷徙往事？

從敘述者的記憶中，由於年事增長並由於使用麻醉性毒品；從聽講者的記憶中，由於年事增長並由於其他興趣影響了對於他人經驗的間接感受。

敘述者有何特點隨同記憶缺失而產生？

他有時吃飯不先脫帽。有時傾側盤子，狼吞虎嚥似的吞食醋栗奶油糖漿。有時嘴上有食物渣子，順手就用撕破了的信封或是隨便什麼紙片擦。

兩種比較頻繁出現的衰老現象為何？

81　「四字母詞」即猶太教用以代表上帝的四個輔音字母（中文中，常稱為「耶和華」），有數種寫法，最常見者為YHWH，不寫母音用意在於避免直呼其名，但因而無法準確讀出。

瞇著近視眼用指頭數硬幣；吃飽打嗝。

何物使他能在回憶往事之中獲得部分安慰？

人壽保險單、銀行存摺、公債持有證書。

試用厄運交叉相乘辦法，使布盧姆失去現在使他免遭厄運的這些支柱，並將一切正面價值逐一消除，只剩下一個微不足道的、負面的、不合情理的、不真實的數量。

按照逐步下降的奴隸等級：貧困、沿街叫賣假珠寶的小販、催還倒帳、荒帳的索債人、濟貧捐和總督捐[82]徵收人。乞討：資產微不足道而每鎊債務僅還四分之一便士的詐騙破產者、掛夾心板的活動廣告人、散發傳單人、夜晚流浪人、諂媚占便宜人、殘肢水手、瞎眼青年、衰老無用的法警跑腿、宴會上掃人興致的、舔盤子的、搗亂的、拍馬屁的、撐著人家扔掉的破傘坐在公園長凳上供眾人恥笑的怪人。赤貧：進基爾曼漢的老人院（皇家醫院），進專收貧寒而痛風致殘或失去視力的正派人的辛普森醫院。苦難的極點：喪失公權而依賴救濟[83]，老邁衰弱而奄奄一息，神經失常而赤貧如洗。

有何傷害尊嚴情況將隨同出現？

原先和藹可親的女性，冷冰冰漠不關心；身強力壯的男性，鄙視；人給麵包碎片，接受；交往不多的熟人，假裝不認識；非法無照野狗，吠叫；兒童們，擲來腐敗蔬菜，幾乎或完全沒有價值的東西，沒有正面或是只有反面價值的東西。

如何方能防止這一情況出現？

一死了之（轉變狀態）；一走之了（轉換地方）。

孰者較為可取？

後者，避難就易。

基於何種考慮，他認為後者並非完全不可取？

持久的同居，妨礙彼此對個人缺點的容忍。獨自購物習慣，日益成為常規。永久性的居留，有必要以短暫性的旅居作為調劑。

基於何種考慮，他認為出走並非不符理性？

82　「總督捐」為英國在愛爾蘭以供總督府與駐軍日常生活費名義徵收的捐稅。

83　當時都柏林選舉制度規定，凡依靠社會救濟生活者均失去選舉權。

有關雙方結合之後已經添口增殖，此後後代已產生並已培養成人，雙方如不分離，勢將不能不再結合而添口增殖，則甚荒謬，將通過再結合而形成原來結合的一對，則為不可能之事。

基於何種考慮，他認為出走是可取的？

愛爾蘭與海外某些地點令人嚮往，或從一般彩色地圖，或從使用比例尺數字與地貌暈線的地形測量局特殊地圖均可看出。

愛爾蘭地點？

穆黑山崖、康尼馬拉的多風原野、尼阿湖及湖下已成化石的城市、巨人堤、坎姆登堡和卡萊爾堡、蒂伯雷里的金色山谷、阿倫群島、王郡米斯的牧場、基爾代爾郡的聖布里奇德榆樹、貝爾法斯特的女王島船塢、鮭跳門、基拉尼湖泊。

海外地點？

錫蘭（或香料園，所產茶葉供應倫敦中東區明興巷二號普爾布魯克——羅伯遜公司經銷店都柏林貴婦街的托馬斯·克南）、聖城耶路撒冷（有奧馬爾清真寺、有心嚮往之的大馬士革門[84]、有直布羅陀海峽（獨一無二的瑪莉恩·忒迪的出生地）、帕臺農神廟[85]（內有裸體希臘神像）、華爾街金融市場（控制國際金融）、西班牙拉利內阿的托羅斯廣場（金馬倫團隊的奧哈拉在此鬥牛殺死了公牛）、尼亞加拉（從無一人能安然越過[86]）、愛斯基摩人（吃肥皂的人）的地方、禁土西藏（從無旅人從該地生還[87]）、那不勒斯海灣（見過就可死的[88]）、死海。

有何引導，看何標誌？

海上，靠北斗，晚間北極星，位於大熊星座天璇星至天樞星之間直線延長至星座之外——在奧米伽[89]分割處，這延長線與大熊星座中天樞與天權間直線形成的直角三角形之弦相交處。在陸地，子午線上，一輪雙球面月亮，透過一位肉臌臌而大咧咧走動的女性那半遮半露的裙子後邊的縫隙，露出半隱半現的各種月相，白晝一雲柱[90]。

出走者的失蹤，將以何廣告向公眾透露？

---

84 「大馬士革門」為古耶路撒冷的主要城門，因而成為其象徵。

85 帕臺農為希臘雅典著名建築，原供奉亞典娜女神，神廟中原有許多雕像已大部毀損，少數雕像現存英國博物館。

86 尼亞加拉為美國與加拿大之間大瀑布，一九〇一年已有人坐桶漂流成功。

87 「從無旅人從該地生還」為莎劇《哈姆雷特》第三幕哈獨白中語，其中「該地」指死後「神祕之國」；西藏在二十世紀初英國武裝入侵前一直保持對外封閉政策，因而有「神祕之國」名聲。

88 意大利諺語曰：「見過那不勒斯灣，雖死無憾。」

89 「奧米伽」為希臘文最後一個字母，大熊星座周圍並無奧米伽星，據推測即指北極星。

90 「雲柱」為《聖經》中上帝引以色列人出埃及時所用白晝指路標誌。（參見第七章注57二九五頁）。

懸賞一鎊，尋找失蹤男士一名，自其埃克爾斯街七號住所丟失、被竊或走失，年約四十，自知姓名布盧姆，利奧波爾德（波爾迪），身高五呎九又二分之一吋，體格壯實，膚色草黃，可能已滿臉鬍鬚，失蹤前穿一身黑衣。凡提供消息導致尋獲者，當即奉贈上述賞金。

作為實體與非實體，可獲得何種通用雙名名稱？

人皆可用或無人可知。每人[91]或無人[92]。

他可獲何獻禮？

榮譽，陌生人的禮物，他們是每人之友。一位永保青春的仙女、美女，無人之新娘。

出走者是否將永遠無時、無處、無法重新出現？

他將為自己所迫而永遠漂泊，直至自己的彗星軌道的頂端，超過各種恆星和各個多變的太陽和用望遠鏡方能見到的行星，那些天文學上的流浪兒和走失者，直至空間的盡頭，經過一片又一片的國土、一個又一個的民族、一件又一件的大事。在某一個地方，在不知不覺之間，他將會聽到召喚他回家的呼聲，將為太陽所迫而不情不願地應聲歸來。他將從那地方的北冕星座[93]中消失，而不知通過何種途徑將在仙后星座中的四等星上空重新出生，重新出現，然後經過無數億年的漫遊，方回歸至此，將是一個感情疏遠了的復仇者，一個向惡人施行正義者，一個顏色黝黑的十字軍戰士，一個從睡夢中甦醒過來的人，擁有（設想）超過羅思柴爾德或是銀王[94]的資產。

有何情況出現，可使此種回歸成為無理性行動？

通過可以逆轉的空間而進行時間中的出走與回歸，通過不可逆轉的時間而進行空間中的出走與回歸，將此二者混為一談。

何等力量可以交錯起作用，從而引發惰性，使出走成為不可取？

時間之晚，使人趨於拖延；夜色之黑，使人難於看清；道路情況不明，使人感到危險；需要休息，排除了活動的可能性；一張有人在睡的床就在近處，排除了探索的必要性；預期到溫暖（人體的）中有涼爽（床單的），排除了欲望而使人感到可取；那喀索斯雕像，沒有回聲的聲

91 「每人」為十五世紀英國道德劇《每人》（Everyman，或譯《普通人》）中主人公，劇中描寫其人生歷程，其旅伴中如「友情」、「親屬」、「知識」、「美」等等均先後棄之，唯有「善行」陪同入墓。

92 「無人」為奧德修斯遭遇獨目巨人時自報的名字，後來刺傷其獨目逃出山洞後，巨人狂呼『遭「無人」攻擊』，其他巨人聞聲以為無人攻擊而均不來救助，奧德修斯方能脫險。

93 北冕星座即大熊星座，上文說布盧姆出生時此星座中出現新星。

94 《銀王》為英國戲劇（一八八二），主人公丹佛遭難出走至美國西部內華達州當苦工，發現銀礦礦脈而成為巨富。

音[95]，人所欲望的欲望。

有人在睡的床，與無人在睡的床相比，有何優越之處？

夜晚孤獨感可消除；人體（成熟女性）的加暖作用，優於非人體（湯壺）的加暖作用；晨間接觸的興奮作用；在家壓平褲子可節約，摺疊整齊後置於彈簧褥墊（條紋布面）與羊毛褥墊（硬墊部分）之間。

布盧姆起身之前，默默總結起身之前想及過去連續發生以致積累疲勞的事項，共有若干？

準備早餐（燒祭[96]）；腸道擁塞與沉思性排泄（至聖所[97]）；洗澡（約翰儀式[98]）；葬禮（撒母耳典禮[99]）；亞歷山大・岳馳的廣告（烏陵和土明[100]）；不豐盛的午餐（麥基洗德儀式[101]）；訪博物館與國立圖書館（聖殿[102]）；惠靈頓碼頭商賈拱廊貝德福德橫街覓書（慶法節[103]）；奧蒙德飯店內的音樂欣賞（Shira Shirim[104]）；伯納德・基爾南酒店內與一名凶狠的穴居人爭吵（燔祭[105]）；一段空白時間，包括坐一段馬車、訪問一家喪事人家、一次告別（曠野[106]）；由女性露陰癖引起的性衝動（俄南儀式[107]）；米娜・皮尤福伊的難產（舉祭[108]）；訪問下蒂隆街八十二號貝拉・科恩太太妓院以及隨後在比弗街上的打架和一場街頭混亂（阿瑪吉頓[109]）；夜晚漫步去巴特橋車夫茶棚並漫步歸來（贖罪[110]）。

布盧姆正待起身以便前去結束以免不事結束，不由自主地注意到一個自行出現的疑團，是何疑團？

---

95 據希臘神話，因美少年那喀索斯不接受任何人的愛情，仙女厄科（Echo）失戀而憔悴致死，只剩下她的聲音，此為「回聲（Echo）」的起源。

96 「燒祭」為古猶太教晨禱儀式。

97 「至聖所」為古猶太教聖殿中最神聖地點，唯有祭司長可以進入，藏有象徵上帝與以色列人關係的約櫃。

98 聖約翰為為耶穌施行洗禮的先知。

99 撒母耳為《舊約．撒母耳記》中記載人物，為以色列在伽南建國初期民族英雄之一，該書上部第二十八章中提及他死後全體以色列人為他舉哀。

100 「烏陵和土明」為《舊約．出埃及記》第二十八章第三十節規定祭司服裝中所佩神器，象徵「光榮和完善」。

101 「麥基洗德」為《舊約．創世紀》第十四章中提及的國王和祭司，以餅和酒款待凱旋的亞伯蘭。《新約．希伯來書》第六章中說耶穌「按照麥基洗德的祭司制度，永遠作大祭司。」

102 「聖殿」為猶太教會堂內殿，「至聖所」即在其中。

103 「慶法節」為猶太教節日，以一年為週期的誦經活動自此日開始。

104 希伯來文：「雅歌」，即《舊約》中的〈所羅門之歌〉，猶太教在「住棚節」期間誦讀之。

105 「燔祭」為猶太教紀念耶路撒冷聖殿被羅馬軍隊毀滅的典禮。

106 「曠野」在《聖經》中多次提及，包括以色列人出埃及及後的長期流浪與種種民族災變。

107 「俄南」為《舊約．創世紀》第三十八章中人物，奉父命與寡嫂結婚，但同床時洩精在地避免生子，因而遭上帝所殺。

108 「舉祭」為《舊約．利末記》第七章三十二節等處規定「平安祭」中應給祭司的獻牲右肩，新譯已改為「特殊的禮物」。

109 「阿瑪吉頓」為巴勒斯坦一山的希伯來文名稱，猶太教視為善與惡將在此進行大決戰。

110 「贖罪日」為猶太教一年一度大節，放「替罪羊」贖免一年罪衍，祭司於此日進入「至聖所」。

一張緊紋木料的桌子，那無知無覺的材料竟發出一聲意料之外而聽覺之內的尖銳高亢而短暫孤獨的開裂聲，應有其原因。

布盧姆已經起身，已經斂起多種多樣五顏六色的衣服而去，其可以自主的注意力，注意到一個捲成一團而無法解開的疑團為何？

于郭是誰？

有一個不言而喻的疑問，布盧姆三十年來曾斷斷續續不時納悶，這時熄滅人工光源達致自然幽暗後突然默默領悟，是何疑問？

蠟燭熄滅時摩西何在？111

布盧姆滿載適才脫下的各項男裝衣物而行，默然連續列舉這一已完成日子中的未完成事項為何？

暫時未辦成一項廣告的續登；未從托馬斯・克南（都柏林貴婦街五號和倫敦中東區明興巷二號普爾布魯克—羅伯遜公司經銷點）獲得若干茶葉；未弄清希臘女神後邊究竟有無直腸孔；未獲得國王南街四十六、四十七、四十八、四十九號歡樂戲院班德曼・帕默夫人演出的《李婭》門票

（免費或付款）。

站住了的布盧姆，默然回憶起何人的不在眼前的面容？

她的父親，直布羅陀和海豚倉雷霍博特的已故皇家都柏林火槍團布賴恩・庫珀・忒迪少校的面容。

依靠假設，這一面容有可能造成何種反覆再現的印象？

在埃明斯街的大北線鐵路終點站，沿平行而延伸出去可在無限遠處相交的兩線，以恆等遞加速度後退而去；沿著自無限遠處延伸回來的平行線，以恆等遞減的速度回至埃明斯街大北線鐵路終點站。

有何各色女性個人衣著什物呈現在他眼前？

新的無氣味黑色半絲長統女襪一雙；新的紫色吊襪帶一副；剪裁鬆寬的超大號印度薄絲綢女襯褲一條，帶有奧帕草、茉莉花和穆拉蒂牌土耳其香菸的氣味，上面別著一根亮晶晶的鋼別針，疊成彎彎曲曲的；鑲有薄薄花邊的高級細亞麻女背心一件；藍色仿雲紋綢百摺襯裙一條：這些衣

111 〈燈光熄滅時摩西何在？〉為二十世紀初年童謠，其中僅向兒童提此問題而不作回答，由兒童自找答案。

物全部隨便放置在一只長方形大衣箱上，箱子四周有板條加固，箱角上有包角，箱面有各種顏色的標簽，前面有白色的簡寫姓名布・庫・忒（布萊恩・庫珀・忒迪）。

有何非個人衣著什物？

一條腿已折壞的便盆架一具，架上蒙一塊方形大花裝飾布，蘋果圖案，布上有一頂黑色女用草帽。橘黃色圖案的瓷器若干，購自穆爾街二十一、二十二、二十三號的亨利・普賴斯藤、雜瓷、鐵器製造商，隨便放置在洗臉臺和地板上，包括洗臉盆、肥皂碟、刷子盤（一同放在洗臉臺上），水壺和夜用盆（分開放在地板上）。

布盧姆有何行動？

他將衣服放在一張椅子上，脫掉身上其餘衣服，從床頭的大枕頭下抽出一件摺疊著的白色長襯衫式睡衣，對著睡衣中的三個口子套進腦袋和雙臂，將床頭的一個枕頭挪到床腳，整理一下被單，進了被窩。

如何進法？

謹慎地，這是進入一個住所（自己的或並非自己的）的必然狀態，絕無例外；小心地，因為床墊下面的蛇形螺旋彈簧已老，銅圈和懸掛的蛇弓已鬆，受力受壓就發顫；審慎地，如進獸穴，須提防淫欲或蝦蛇的伏擊；輕輕地，盡量避免驚醒人；虔敬地，這是受孕與生育之床，是完婚與毀婚之床，是睡眠與死亡之床。

他的肢體逐漸伸開時接觸何物？

新的乾淨的床單，另有一些氣味，有一個人體，女性，她的，有一個人體壓痕，男性，不是他的，有一些餅渣、一些罐頭肉碎片，重新燒過的，他抹掉了。

他如微笑，則是為何而微笑？

想到每一人進入時，都認為自己是頭一個進入者，而事實上即使他是後續系列的第一名，總只是先行系列的最末一名；每人都認為自己是頭一個、末一個、唯一的、獨一無二的，而實際上他既非第一，亦非最後，既非唯一，亦非獨一無二，而是從無限處開始，重複至無限處的系列之中的一個。

先行系列為何？

假定馬爾維為系列之首，有彭羅斯、巴特爾·達西、古德溫教授、尤里烏斯·馬司田斯基、約翰·亨利·門頓、伯納德·科里根神父、皇家都柏林協會馬展上一名農人、馬格特·奧賴利、馬修·狄龍、瓦倫丁·布萊克·狄龍（都柏林市長大人）、克里斯托弗·卡利南、萊納漢、一名搖手風琴的意大利佬、歡樂戲院內一位陌生紳士、本傑明・多拉德、塞門・代達勒斯、安德魯・（尿）伯克、約瑟夫・卡夫、威士敦・希利、市參議員約翰・胡珀、弗朗西斯・布雷迪大夫、阿爾格斯山的塞巴斯蒂安神父、郵政總局一名擦鞋工人、休・E（一把火）鮑伊嵐、如此等等一個又一個直至並非最後的一個。

他對這一系列的末一名即最近上床者，有何思緒？

思及他的旺盛精力（闖客）、肉體大小（貼招貼的）、商業能力（招搖撞騙的）、敏感性（自吹自擂的）。

觀察者為何在旺盛精力、肉體大小、商業能力之外又加上敏感性？

因為他以越來越高的頻率觀察到，這同一系列的前列成員中，都有相同的聲色之欲，一觸即發而傳向對方，先是驚愕，繼而領悟，繼而有慾，終於疲憊，兩性之間則既有理解又有猜疑，兩種跡象交替呈現。

他隨後而來的思緒，受到何種互不相容心情的影響？

羨慕、忌妒、忍讓、泰然處之。

羨慕？

羨慕一樣肉體上和精神上的男性肌體，其設計性能特別適合採取上覆臥姿，從事強烈的人類性交活動中的強烈的活塞和汽缸動作，方能使女性肉體上和精神上那被動而並不遲鈍的肌體中經常存在而並不尖銳的性欲得到完全滿足。

忌妒？

因為一個成熟而其揮發性不受約束的個體，在吸引作用中是交替起主動與被動作用的。因為主動者與被動者之間的吸引作用，隨著連續不停的環形擴張和經向回返動作，是不斷地以反比例增長或降低的。因為對於吸引作用的起伏變化作有控制的沉思默想，如果願意的話，是可以產生起伏變化的快感的。

忍讓？

由於（甲）一九〇三年九月間在伊登碼頭五號喬治・梅夏士成衣及服裝商店店堂內開始結識；（乙）已有實物款待實物享受，已作親身報答親身接受；（丙）相對年輕，易於一時野心衝動，一時寬宏大量，同事間的利他主義和情欲上的利己主義；（丁）異族相吸，同族相抑，超族特權；（戊）即將舉行外省巡迴音樂演出，共負活動開支，分享淨得收益。

泰然處之？

因為這是自然想像，凡是自然的動物，都要按照他、她、他們的不同的相同天性，在自然的大自然中採取自然的行動，其性質是人所共知或不言自明的。因為它並非如像地球和一個黑太陽相撞以至造成天地毀滅那樣的巨災。因為其惡劣程度不如偷竊、路劫、虐待兒童或動物、弄虛作假騙取錢財、偽造錢幣、貪汙、挪用公款、假公濟私、裝病曠職、重傷致殘、腐蝕未成年人、誹謗、敲詐勒索、蔑視法庭、縱火、叛國、其他重罪、海上譁變、非法侵入、破門盜竊、越獄、獸姦、臨陣逃脫、作偽證、偷獵、放高利貸、為國王之敵提供情報、冒名頂替、刑事暴行、殺人、蓄意謀殺。因為其不正常程度，並不超過依其他一切由於生存條件發生變化而產生的類似調整過程，人身機體通過這類過程方能和周圍環境、食物、飲料、新獲習慣、新起愛好、重大疾病等形成相互之間的平衡。因為它不僅是不可避免，不可挽回的。

為何忍讓多於忌妒，而羨慕少於泰然心情？

自粗暴（婚姻）至粗暴（通姦），其間惟有粗暴（性交），然而以婚姻向受暴者施暴者，並未感受以通姦向受暴者施暴者的粗暴。

有何對策可以考慮？

暗殺，絕不，因兩錯相加並不等於對。決鬥一場，否。離婚，目前不考慮。以機械裝置（自動床）或人證（隱藏見證人）揭露，暫且不用。依靠法律力量或是模擬毆打提供受傷證據（自傷造成）提出訴訟索賠，並非不可能。依靠道義力量獲得緘口錢，有可能。如要積極對策，默許、引入競爭（物質方面，找一個業務發達可以匹敵的公關人；精神方面，找一個善於接近可以匹敵的私交人）、貶低、疏遠、羞辱、分隔，而在分隔過程中既保護被分隔的一方不受其他一方之傷害，又保護分隔者不受被分隔兩方之傷害。

他既是有意識地小心對待虛無縹緲的空間之人，思想中如何說明自己的心情並非沒有根據？

處女膜的預先注定的脆弱易破性；自在之物[112]預先假定的不可捉摸性；擬作之事趨於自行延長其緊張性，已作之事趨於自行縮短其鬆弛性，二者之間的不協調與不均衡；人們錯誤推斷的女性之纖弱；男性之肌肉發達；道德規範之變動；一句不定過去時陳述句（語法分析為陽性主語、單音節擬聲及動物詞、陰性直接賓語），顛倒次序而從主動語態變成其關聯的被動語態不定過去時陳述句（語法分析為陰性主語、助動詞、單音節擬聲過去分詞、陽性施事補語[113]）為符合自然

112 「自在之物」為康德哲學中與「現象」對立的事物本身，超越人的觀察而存在。

113 「單音節」、「擬聲」、「及物動詞」等均為英語語法術語，英語中符合這三項條件的動詞中包括fuck，此詞通常認為粗俗不可隨便使用，其詞義相當於中文北方方言中「操」或南方方言中「觸」，習慣指男性在性交中的行動，因此一般以陽性詞為主語，轉為被動語態時，原主語即成為「陽性施事補語」。

的語法轉換，並不改變內容；撒精者由於生殖過程而繼續產生；精子由於提煉作用而不斷生產；勝利、抗議、復仇的無聊性；歌頌貞操的空洞性；無知物的呆滯性；星辰的冷漠性。

這些互不相容的心情和思緒，在歸納為最簡約的形式之後，如何終於匯合而形成最終的快意？

快意的是無論東半球還是西半球，無論已經探察的還是尚未探察的，在一切可供居住的土地與島嶼（午夜見太陽之地、神佑之島、希臘諸島、神許的國土114），無處不有脂肪豐富的前後女性半球體，散發著奶和蜜的芳香，分泌、流血與精液的溫暖，令人想到標示長期波動幅度類型的曲線，既不受心情變化的影響，又不理對立表情的出現，表現出一種無聲息、無變化的成熟的動物本能。

有何明顯的先兆快意跡象？

一次近似勃起；一個關注轉向；一下緩慢抬身；一點試探掀開；一陣默然審視。

然後？

他吻了她那胖冬冬、圓墩墩、黃兮兮、香噴噴的熟瓜似的臀部，在帶著熟透了的黃色深溝的胖瓜似的兩個半球體上，一邊一下子意義模糊、時間不短、具有挑動性而瓜味十足的大吻。

有何明顯的事後快意跡象？

一陣默然審視；一點試探掩蓋；一下緩慢放平；一個關注轉身；一次不遠勃起。

這一默然行動之後發生何事？

瞌睡懵懂的叫喚，略醒一些的認清，微現一點興奮，提出一串盤問。

敘述者回答盤問時作何修改？

負面的：他不提瑪莎・克利福德和亨利・弗臘爾之間的祕密通信、在小不列顛街八、九、十號伯納德・基爾南有限公司有照店堂內外的當眾爭吵、由格特魯特（格蒂，姓氏不詳）的露陰行為所引起的色情挑逗與反應。正面的：他提到的包括國王南街四十六、四十七、四十八、四十九號歡樂戲院班德曼・帕默夫人演出的《李婭》；有人邀請在下修道院三十五、三十六、三十七號的溫氏（默菲）飯店晚餐；一部罪孽深重具有誨淫傾向的作品《偷情的樂趣》，作者為一位社交界匿名紳士；一次由於晚餐後體操表演動作失誤而造成的短暫性腦震盪，受傷者（現已完全恢

114 「午夜見太陽」為地球南北極地帶現象；「神佑之島」為古典神話中受神保佑者死後去處；「希臘諸島」為拜倫長詩《唐璜》第三章〈哀希臘〉中讚美的擁有燦爛古文化之地；「神許的國土」在《聖經》中上帝指引摩西帶領以色列人民出埃及後許諾的國土，現常指理想樂土。

復）為斯蒂汾・代達勒斯，教授兼作家，為無固定職業的賽門・代達勒斯的存活長子；一次由他（敘述者）本人演出的特技，動作機敏果斷，富有體操運動的彈性，當場目擊者為前述教授兼作家。

敘述中再無其他修飾改動？

絕無其他。

敘述中有何事件或人物成為突出點？

教授兼作家斯蒂汾・代達勒斯。

在斷斷續續而愈來愈簡短的敘述過程中，聽者與述者意識到二人婚姻狀況有何活動不足與受抑處？

聽者意識到繁殖不足，因婚禮舉行在她出生（一八七〇年九月八日）十八週年之後一整月，即十月八日，同日同房完婚，而女性後嗣出生於一八八九年六月十五日，因同年九月十日已先期同房，而最後一次在天然女性器官內排精的完全性交，發生在第二名（同時為唯一男性）後嗣於一八九三年十二月二十九日出生前五星期，即一八九三年十一月二十七日。該男性後代已於一八九四年一月九日去世，成活十一日。因此已有一個長達十年五個月十八天的時期性交不完全，沒有在天然女性器官內的排精。敘述者意識到精神與肉體兩方面的不足，因為他本人和聽者之間已有一個時期缺乏完全的精神交流，這時期起於述者與聽者雙方的女性後嗣於一九〇三年九月十五日以經血出現為標誌的青春發育完成，此後九個月零一天期間，由於兩位成熟女性（聽者與後嗣）間的互不理解中有一種已成定規的天然理解，完全的身體活動的自由受到了限制。

如何受限制？

每逢男方短暫外出，在將行或已成行之時，必受女方各式各樣反反覆覆的盤問，所去何地，何時到達，停留多久，有何目的。

在聽者與述者的無形思緒上空，有何有形活動形象？

一盞燈與其燈罩自下而上的投影，一圈圈距離無定而濃淡層次多變的光線與陰影的同心圓圈。

聽者與述者臥床方向如何？

聽者東南偏東；述者西北偏西；北緯五十三度，西經六度；與地球赤道成四十五度角。

取何靜態或動態？

相對於各人本身及二人彼此，均為靜態。由於地球自身在永遠不變的空間順著永變不停的軌跡作永遠不停的運動，二人均處於被運向西的動態，一人頭向前，一人腳向前。

取何姿勢？

聽者向左平側身而臥，左手墊在頭下，右腿伸直在上，左腿屈曲在下，取該亞——忒路斯姿勢[115]，身子充實而躺臥，孕育著種子。述者向左側臥，左、右腿均屈曲，右手的食指和大拇指放在鼻梁上，正是珀西•阿普瓊所攝快照中描繪的姿勢，疲憊的童漢，子宮內的漢童。

子宮？疲憊？

他休息了。他旅行過了。

與何人？

水手辛巴德、裁縫欽巴德、監守人簡巴德、會捕鯨魚的惠巴德、擰螺絲的寧巴德、廢物蛋費巴德、秉公保釋的賓巴德、拼合木桶的品巴德、天明送信的明巴德、哼唱頌歌的亨巴德、領頭嘲笑的林巴德、光吃蔬菜的丁巴德、膽怯退縮的溫巴德、啤酒灌飽的藺巴德、鄰苯二甲酸的柯辛巴德。

何時？

正去幽暗床上有一枚方圓水手辛巴德大鵬鳥的海雀蛋[116]，晚上床上所有大鵬海雀鳥，白晝亮亮的黑床巴德。

何往？

115 該亞為希臘神話中大地女神，為渾沌初開後第一女神，最早的天神和許多魔怪均由她生出。忒路斯為羅馬神話中大地女神，往往被視為與該亞同。該亞在藝術中常被表現為側臥抱二子女。

116 「大鵬」為《天方夜譚》中巨鳥，能叼起大象作食物，水手辛巴德曾依附著大鵬鳥的腿飛離孤島。大海雀為一八四四年已經滅絕的鳥類，一次僅能下大蛋一枚。

18

真的因為他自從離開城標飯店以後還從來沒有這樣過要在床上吃早飯還要兩只雞蛋那陣子他常躺在床上裝病說起話來都是病懨懨的貴人腔調都是為了哄那個一捆乾柴似的賴爾登老太太他自以為已經把她籠絡住了誰知她一文小錢也沒有留給我們把她的錢統統交給人家為她自己和她的靈魂作了彌撒了天下最摳門兒的守財奴連自己喝的攙甲醇假酒都捨不得花那四便士老跟我叨叨她的各種各樣的病她太喜歡翻騰她的那套政治什麼地震啦世界末日啦還是讓我們先痛快痛快吧要是所有的女人都像她一樣這個世界可就沒救了老數落泳裝和袒胸衣當然沒有人會去要她穿那種衣服的我想她那麼虔誠就是因為沒有男人願意多看她一眼我希望我永遠不會變成她那種模樣萬幸她還沒有要求我們把臉蒙上不過她到底還是有教養的人就是沒完沒了地嘮叨賴爾登先生這個賴爾登先生那個的我想他擺脫了她是他求之不得的還有她那條狗老來嗅我的裘皮衣服還老想往我襯裙底下鑽尤其碰上那種時候不過我倒是喜歡他這樣對老太太彬彬有禮的甚至對跑堂的和要飯的都不端架子並不總是那樣要是他真有什麼要緊的病痛不如住進醫院裡去好得多什麼都是乾乾淨淨的可是我想得磨破了嘴皮子才行真的可要是真那樣的話又會跑出一個醫院護士的問題來了他會賴著不出院直

到人家轟他走要不然是個修女也許像他那張色情照片上的她要是也算修女那我也可以算了真的因為他們一生病就嬌氣了哼哼唧唧的他們要有個女人才能好起來他要是流點鼻血你準得以為出了悲劇那回參加唱詩班在塔糖山的野餐會他在南環路附近扭傷了腳那一副快要斷氣了的神氣就是我穿那一套衣服那天斯塔克小姐還給他送花最次的發蔫的那種花她從筐底上翻出來的她只要能進男人臥室的門幹什麼都願意老處女嗓音願意想像他是為了她才快死的今後再也見不著你的面啦不過他躺在床上長出了一點鬍子來倒是更多了一點男子漢氣父親也是那樣的而且我討厭給人纏繃帶餵藥那回他用剃刀修雞眼把腳趾修破了直擔心會得敗血症可是假定我病了咱們等著瞧有什麼照料吧不過當然女人有病總是瞞著的不會像他們那樣給人添那麼多的麻煩真的他肯定是到什麼地方去過了從他吃飯的胃口看反正不像是戀愛要不然心裡想著她他會吃不下飯的要是他真到了那一帶也許那種晚上活動的女人他編的那一套飯店什麼的全是胡說八道全是鬼話什麼哈因斯把我留住了啦我碰見誰來著啊對了我碰見了你還記得嗎門頓還有誰呢誰呢我想一想那個娃娃臉的大個子我見著他了他結婚還沒有多久呢今天卻在普爾斯的萬景畫展覽會上和一個年輕姑娘調情我看他要溜走的樣子怪不自在的我就掉轉身把背衝著他這有什麼可是他有一回膽敢打起我的主意來了他是活該嘴巴比誰都饗眼睛發死像煮過的一樣我見過的大笨蛋也算多了這也叫作律師呢要不是我不願在床上沒完沒了地爭辯的話要不然他在什麼地方勾搭了一條小母狗偷偷地弄上了手她們要是也和我一樣了解他的話真的因為前天我拿報紙給他看狄格南去世的消息時好像神差鬼使一樣我走進前屋他正在塗寫什麼東西是封信我一進去他就用吸墨紙把它蓋住了假裝在考慮什麼正經事很可能就是那麼一檔

子事兒寫給一個女人的那女人自以抓住了他這個軟骨頭因為所有的男人到了他這年紀都有一點這樣的尤其是他這樣接近四十歲的時候可以隨心所欲地哄他掏錢天下傻瓜儘管多誰也比不上老傻瓜接著就是照例來吻我的屁股那是掩蓋那檔子事兒的他究竟是勾上了誰或是原來就有那種關係我才不在乎呢雖然也想知道底細只要不是他們兩人都成天在我鼻子底下像我們在安大略高臺街那時僱的那個賤貨瑪麗把假屁股墊得老高地刺激他我從他身上聞出那些塗脂抹粉的女人氣味就已經夠糟的了有一回兩回我起了疑心叫他靠近過來發現他上衣上有根長頭髮再加上那一個我走進廚房他假裝喝水他們只有一個女人是不夠的當然全怪他把佣人都慣壞了居然建議聖誕日可以讓她上咱們的桌子吃飯您哪嘿謝謝你那可不行在我家裡辦不到偷我的馬鈴薯還有那些牡蠣兩先令六便士一打的她要去看她姑媽您哪這簡直是不折不扣的搶劫了一點也不錯可是我敢肯定他跟那娘們兒有事兒這樣的事只有我才能發現他說你沒有證據就是她的證據哼我就有她姑媽最饞牡蠣可是我把我對她的想法告訴了她居然建議我出去一下好單獨和她談談我才不會降低身分去偷偷監視他們呢那一回她星期五休息不在家我在她房裡找到那副吊襪帶就足夠了真有點兒太不像話了我辭退了她給她一星期的期限她氣得臉都腫起來了我不能手軟情願乾脆不要人伺候自己收拾房間還更快當些就是倒楣的做飯扔垃圾討厭反正我給他撂下了話她不走我走我只要想到他和這麼一個睜著眼睛說瞎話的不要臉的邋遢女人摽在一起我就連碰都不願意碰他了公然當面抵賴還在家裡唱歌在廁所裡也唱因為她心裡明白自己的日子過得太美了真的因為他不可能那麼長久沒有那事兒他非得在什麼地方來一下不可的他最近一次在我屁股上來勁是什麼時候來著是在托爾卡河畔散步那一晚鮑伊嵐使勁捏了

捏我的手有一隻手哪悄悄地伸進了我的手裡我唱著五月的年輕的月亮熠熠生輝愛人哪[1]只用大拇指按了一下他的手背因為他心裡對他和我有一點數他並不傻他說了我要在外邊吃晚飯還要去歡樂所不過我是反正不會和他去爭辯的天主知道他也算換換口味省得一頂舊帽子戴到老除非我花錢找個好看的少年來辦這事我自己是辦不了的年輕小夥子會喜歡我的單獨相處我會把他弄得有些迷迷糊糊的只要沒有旁人我可以露出我的吊襪帶給他看那副新的弄得他滿臉通紅我的眼睛望著他引誘他我知道那些臉上長細絨毛的男孩子心裡是怎麼回事把那玩意兒拽出來整小時地摩弄問答式的你願意這樣那樣另一樣嗎和送煤工人嗎願意的和主教嗎願意的我願意因為我告訴過他我在猶太廟堂花園裡織那件毛活的時候有一個教長或是主教坐在我旁邊從外地來都柏林的淨問那些紀念性建築物這是什麼地方呀等等的他問雕像都把我問煩了越是搭理他他越起勁你心裡有個什麼人呀你告訴我你心裡在想誰呀是誰呀你告訴我他叫什麼名字吧是誰你告訴我是誰吧是德國皇帝嗎是的你就想像我就是他吧你想他吧你能感到就是他嗎他想把我變成個婊子這是他永遠辦不到的他現在已經活到這年紀就應該放棄了簡直是叫任何女人都受不了的而且一點痛快勁兒也沒有的假裝喜歡直到他來過我才好歹自己對付過去弄得你嘴唇都發白了現在反正是幹下了幹了也就完了人們愛怎麼說就怎麼說吧就是第一腳難踢這以後成了家常便飯也就無所謂了為什麼你非得先莫名其妙和一個男人結了婚才能和他親嘴呢因為你有時候就是想要想得發狂全身有那麼一種美滋滋的感覺不由自主的我希望有一天有那麼一個男人當著他的面就摟住我親嘴什麼也比不上一次又長又熱的親吻一直熱到你靈魂深處簡直能使你麻醉過去我恨那次懺悔那時我是找科里根神父告罪的他摸我了神父他摸

了我一下有什麼害處呢在什麼地方我就傻乎乎地說在運河河岸上可是在你身上的什麼地方我的孩子在腿後邊是在靠近上身的地方嗎是的是挺靠近的是你坐座的地方嗎是的主啊他怎麼就不能痛痛快快說一聲屁股不就完了嗎那有什麼關係呢那麼你有沒有怎麼怎麼的我忘了他用的詞兒我沒有呀神父我總是想到真的父親我已經向天主懺悔過了他還要問這問那有什麼用呢他的手胖乎乎的挺好掌心總是溼潤的我倒願意摸他的手我敢說他也會願意的從他那套著馬頸圈的公牛脖子可以看得出來我納悶他是不是認識我我在告解亭裡能看見他的臉他當然是看不見我的他絕不會轉頭或是露出感情的然而他父親去世的時候他的眼睛還是紅了他們對女人是有渴難解當然男人哭鼻子必是傷心透了的他們就更甭提了我倒願意有一個像他這樣穿法衣的人來擁抱我他身上帶著一股祭祀焚香的味道和教皇一樣而且如果你是有夫之婦和祭司最安全他對自己特別小心不會出事兒的然後給教皇聖座獻上些什麼贖罪我納悶他和我之後是不是感到滿足他有一件事我不喜歡臨走在門廊裡那麼隨隨便便地拍了一下我的屁股雖然我笑了一聲我可不是一匹馬一頭驢呀是不是我琢磨他是想到他父親了我納悶他是不是還醒著是在想我嗎還是在作夢呢夢見我了嗎是誰給他的花呢他說是買的他帶著一種什麼酒的氣味不是威士忌或是黑啤酒或是也許是他們貼招貼用的那種漿糊的甜味吧是一種利口甜酒我願意品一品那些戴著歌劇帽上後臺捧女演員的人愛喝的名貴的酒顏色是綠的和黃的看上去味道很濃我有一次用指頭沾了一點嚐過是那個和父親談郵票的有松鼠的美國人的他在最後一

1 歌詞參見第八章注41三三五頁。

次之後是睏得連眼睛都睜不開了我們喝了波爾奋葡萄酒吃了罐頭肉那肉鹹淡正合適真的因為我感覺挺美也疲倦了立刻上床馬上就睡得人事不知直到那陣響雷把我吵醒天主慈悲我們吧我還以為是天要塌下來來懲罰我們了趕緊畫十字念聖母經真像直布羅陀那些可怕的雷電就彷彿世界馬上就要毀滅一樣於是人們又來告訴你說是根本沒有天主那你碰上嘩嘩直流到處翻滾有什麼辦法呢什麼辦法也沒有只好念悔罪經吧我那天晚上在白托缽修士街小教堂點了一支五月分的蠟燭瞧它就帶來了好運道不過他要是聽到準會譏笑因為他從來不到教堂去望彌撒或是參加聚會他說你的靈魂嗎你就沒有靈魂裡頭只有灰色物質因為他不知道怎麼樣才算有靈魂真的我把燈點著了因為他來了恐怕有三回或是四回他那玩意兒大得嚇人發紅色的我還怕那血管還是叫作什麼鬼名堂的東西快脹破了呢他的鼻子倒並不怎麼大[2]我把窗簾放下之後把衣服全脫了花了幾個小時打扮哪灑香水哪梳理的老那麼直挺挺的好像是一根鐵的或是什麼粗撬棍似的他準是吃了牡蠣我想他吃了幾打吧他唱歌的嗓門兒也上勁真的我這一輩子還沒想到過有人會有這麼大的玩意兒讓你感到都塞得滿滿的他後來吃了足足一隻整羊也不知道是什麼意思把我們造成這個樣子身子中間有個大窟窿像一匹種馬似的直捅進你的身子裡面來因為這就是他們希望從你得到的一切他眼睛裡是那種惡狠狠拚命的神色我都不能不把眼睛閉上一些可是他東西雖然那麼大精液並不特別多我讓他抽出去弄在我身上這樣更好免得留下一點沖不乾淨最後一次我讓他在我那裡面來了他們給女人發明的太巧妙了使他可以玩個痛快但是如果有人讓他們自己也體味一下他們就明白了我生米莉受了多少罪呀沒有人能相信的她出牙的時候也是可還有米娜·皮尤福依她丈夫那樣的說出來叫人難以相信每年一回像鐘一樣準確

準往她肚子裡塞進去一個或是一對雙生的娃娃她身上老帶著一股娃娃氣味那一個他們叫作小咕啾還是什麼的像個黑人那一大蓬頭髮耶穌杰克的那孩子是黑的[3]上次我去的時候只見那一大幫子打架打成一團吼聲震天把你的耳朵都震聾了據說是健康的他們不把我們弄得身子腫得像大象或是什麼我說不上來的東西是不肯罷休的假定我冒個險再生一個怎麼樣呢可不要他的不過假如他結了婚肯定會有個健壯好看的孩子可是也難說波爾迪的精液更多真的那可就好玩兒極了我捉摸他是因為遇見宙細・鮑威爾和參加葬禮還有想著我和鮑伊嵐的事才興奮起來的好吧他願意怎麼想就怎麼想吧只要對他有點好處就行我知道我開始的時候他們已經有一點談戀愛的意思了在喬治娜・辛普森慶祝遷入新居那天晚上他就陪她跳舞陪她在外面坐他還楞要我相信只是因為不好意思看她冷冷清清當牆上花朵沒有別的意思我們那一場政治大頂嘴是他挑起來的不是我都是他說我們的主是個木匠最後把我弄哭了當然女人對什麼都是敏感的我後來還生自己的氣為什麼饒了他呢不過我明白他對我是傾心的他還說主是頭一個社會主義者[4]他真叫我惱火可是我怎麼說他也不發火不過他倒是知道好多雜七雜八東西的尤其是關於身體和內部的知識我自己也常想看看那本家庭醫生[5]明白明白我們身體裡頭到底是怎麼一回事兒房間裡人多的時候我總能聽出他說話的聲音觀察他的自從那

2 西方一種說法認為鼻子大標誌陰莖大。

3 「耶穌杰克的，那孩子是黑的」大概是都柏林歌謠詞句。

4 十九世紀西歐社會主義者常說耶穌是第一個社會主義者，理由是據《馬太福音》第十九章二十一節，他曾要求一個希望信教的富人先把財產散給窮人。

5 《家庭醫生：倫敦各大醫院內外科醫生合編家庭醫藥手冊》，倫敦一八七九年初版，後曾多次修訂再版。

回之後我假裝為了他的緣故和她冷淡了因為他那時候有一點愛猜忌每次他問我你去找誰我說去找芙洛伊然後他送給我拜倫勛爵的詩集和那三副手套這麼的那一段算是過去了我要叫他跟我和好很容易辦到什麼時候都行我有辦法甚至假定他又和她好了到什麼地方去會她了我也有法兒要是他不肯吃蔥頭我就明白了我有很多辦法叫他幫我把襯衫領子弄挺啦戴上面紗手套要出去的時候貼一下臉啦那時親一下嘴會把他們全都弄得暈頭轉向的可是好吧咱們試著瞧吧讓他去找她吧她當然是求之不得正好假裝愛他愛得發瘋我可不在乎那個我很簡單就去找她問她你是愛他嗎同時盯住她的眼睛看著她她瞞不過我的可是他倒可能自以為有了愛情真用他那種蔫蔫呼呼的模樣表白起愛情來像他對我那樣不過我從他口中掏出那句話來可是費了九牛二虎之力不過我倒是喜歡他這一點的這說明他沉得住氣不是那種隨便可以弄到手的人其實那天晚上在廚房裡他已經要開口了我在　馬鈴薯餅子我有件事要和你談一談我沒有讓他說下去裝作兩手兩臂都沾滿麵糊所以發火其實我頭天晚上說夢說得太露骨我不願意他知道得太多了對他沒有好處她呀這宙細每逢他在場她都要擁抱我想的當然是他把我的全身都摸到了我說我上上下下盡可能都洗到了她就問我你把可能都洗了嗎女人們在他面前總喜歡把話頭兒往那上面引過去說得特別起勁她們知道每逢她們說出點什麼他就露出狡黠的神色微微眨著眼裝作不感興趣的樣子他就是這樣的人這才慣壞了他我一點也不感到奇怪因為他那時候是很英俊的我說他是想學拜倫勛爵的風度[6]我說我喜歡雖然他的模樣對一個男人來說是太俊了一點兒在我們訂婚之前他真是有一點那樣後來她可不大高興了那天我說到我那一頭頭髮那些髮夾一個接一個地掉下來我笑個不停咯咯咯咯不由自主的她就說你倒總是興高采烈的真的因為

她眼饞因為她明白這是怎麼一回事兒因為我那時候常把我們兩人之間的許多事情都告訴她不是全部但是夠叫她淌口水的但是那不能怪我呀我們結婚之後她很少登門我納悶她現在的日子過得怎麼樣了她跟她那位瘋瘋癲癲的丈夫一起生活之後她的臉色就憔悴了疲憊了我最近一次看見她的時候她一定剛和他吵過一架因為我看出來她就是想把話頭往議論丈夫的方向拉過去好說他的事兒出他的醜她告訴我什麼來著對了說他有時候鬼迷心竅穿著他那雙泥靴子就上床了嗨想一想吧跟這麼一個腳色同床睡覺說不定什麼時候就把你殺了這麼一個男人幸好不是人人都是這麼樣瘋法的波爾迪反正不管他幹什麼進屋的時候總是先在門口墊子上擦腳的不論天晴下雨也總是自己擦靴子的他在街上遇見人也總是像那時候一樣脫帽的現在他又穿著拖鞋到處跑了想憑一張卜一上的明信片弄它個一萬鎊哎唷我的心上人梅啊[7]這樣的事可不太膩味人了嗎誰受得了呀居然蠢到連靴子都不知道脫你要是遇上這麼一個男人可怎麼辦呢我是情願死二十回也不願再嫁一個男人的當然他也絕對找不到另一個女人能像我這樣就合著他的若要了解我就得和我睡覺真的而且他內心深處也明白譬如說那個毒死丈夫的梅布里克太太吧[8]我納悶她是為了什麼是愛上了另一個男人吧是的查出來了她

---

6 拜倫（一七八八—一八二四）雖早已去世，但他的英俊瀟灑，他的深獲婦女歡心的羅曼蒂克風度仍為人們津津樂道。

7 〈心上人梅〉為一雜耍場歌曲（一八九五），說八歲小姑娘梅要求歌者答應將來娶她，但歌者回來找她時她已另與人訂婚。

8 梅布里克為英國利物浦商人，一八八九年因砒霜中毒而死，其妻被控因有外遇而殺夫，當年即被判死刑，後改判無期徒刑。

居然能做出這樣一件事來她的心是黑透了當然有的男人確是非常惹人生氣的逼得你發瘋而且總是用世界上最壞的字眼兒如果我們竟糟到這種地步那他們為什麼還要求我們和他們結婚呢真的因為他們沒有我們就活不下去她是在他的菜裡放了從捕蠅紙上刮下來的白砒霜對不對我納悶為什麼叫作砒霜要是問他他會說是從希臘文來的等於白問她對另外那個傢伙一定是愛得發狂了所以才甘心冒著被絞死的危險是她的天性如此也就不在乎了她有什麼辦法呢而且他們總不至於狠到把一個女人絞死吧是不是

他們全都各有一套鮑伊嵐喜歡談我的腳的形狀他還沒有結識我的時候就已經立刻注意到了那天我和波爾迪在都糕點裡我又是笑又是要聽他說的話不斷地扭動著我的腳我們倆要了兩份茶和白麵包加黃油我站起來問那姑娘那地方在哪兒我看見他在看了和他那兩個老處女姊妹在一起我才不管呢都已經在滴出來了他要我買的那條黑色的不開口的齊膝褲子要花上半個小時才能褪得下來把我弄得一身都溼了總是來什麼全新花樣每隔兩個星期就來一個我弄了好長時間把我的仿鹿皮手套忘在後面座上了後來始終沒有找回來有女賊他要我在《愛爾蘭時報》登一條遺失在貴婦街都糕點女廁所拾者請交瑪莉恩・布盧姆太太我從旋轉門出來的時候看見他的眼睛還盯著我的腳我回頭看時他還在看我兩天後又去喝茶想著說不定可是他沒有在我不明白那怎麼會使他感到興奮的因為我們起初在那間房裡的時候我是架著腿的他說的是那雙穿著走路太緊的鞋子我的手挺不錯像這樣子要是有一枚鑲著漂亮的海藍寶石的戒指多好呀是我的月份寶石[9]我得慫恿他給我買一枚還要一只金手鐲我並不太喜歡我的腳不過有一次我用腳引得他射精了那天晚上古德溫那場胡亂拼湊的音

樂會之後天是那麼冷風是那麼大幸好家裡有糖蜜酒可以調製點熱飲料壁爐裡的火也沒有全滅他要我躺在壁爐前的地毯上給我脫長襪那是在隆巴德西街另一次是我的泥靴子他要我找馬糞堆去踩當然他不是正常人和世界上其他人不一樣他說是怎麼說的來著他說我可以在十分之中讓給凱蒂·蘭納九分而仍舊勝過她[10]我問他這是什麼意思我忘記他說什麼了因為那時街上正好有叫賣最後消息版的跑過而且盧肯奶品店裡那個鬈髮的男人是那麼禮貌周到我覺得以前在什麼地方見過這人我在嚐黃油的時候就注意到了他所以我不急著走還有他常取笑的巴特爾·達西那天我唱古諾的〈聖母頌〉之後他開始在唱詩班後面的樓梯上吻我了我們在等待什麼呀我的心呀吻我的前額分手吧[11]和你的錢額分手吧他的嗓音雖細小他的吻倒是火熱的他總是瞎吹捧我唱的低音符要是他的話能相信的話我喜歡他唱歌運用的口型他說在這樣一個地方幹這事兒是不是不像話我看不出有什麼不像話的將來有一天我得告訴他這事現在還不到時候得給他一個意外真的我要帶他到那兒把我們當時幹這事的具體地點也指給他看好啦就是這麼一回事兒你滿意也好不滿意也好他自以為不論什麼事情都瞞不過他可是他在我們訂婚以前對我的母親就一無所知要不然他不會那麼輕易得到我的反正他自己更要糟十倍央求我從襯褲上剪一點點給他那天晚上從凱尼爾沃恩廣場走過他湊在我手套的開

9 西方傳統（自十六世紀開始）指定不同寶石代表不同月分；莫莉的生日在九月份，而據《不列顛百科全書》，該月代表為藍寶石。

10 凱蒂·蘭納（一八三一—一九一五）為倫敦著名舞蹈家和巴蕾舞藝術家。

11 「我們在等待……分手吧」為歌曲〈告別〉中歌詞。

口處吻我我不能不把它脫下他問起問題來了是不是可以問問你的臥室是什麼樣的形狀所以我就讓他拿著彷彿我忘了似的好想著我我看見他把手套塞進他自己的口袋裡去了當然他對襯褲是如痴如狂的誰都看得出的總是斜眼瞅著那些不要臉的騎自行車的丫頭們裙子都被風颳到肚臍眼上邊去了甚至那次米莉和我跟他一起參加露天遊樂會遇上那個穿奶油色麥斯林紗的正好戧著陽光站著她身上穿的什麼他都能看得一絲不漏那回下著雨他看見我就跟過來了其實是我在他見我之前就先看到他了站在哈羅茲十字路的路口身上穿一件新雨衣圍著那條襯托他膚色的吉卜賽色的圍巾戴著那頂棕色帽子還是他平時那種不露聲色的模樣那一帶沒有他的事兒他來幹嗎呢他們可以到處跑碰上什麼亂七八糟穿裙子的都能隨心所欲地要她們的而我們還不許問一問可是他們卻要知道你剛才到哪兒去了你準備到哪兒去呢我都能感覺到他在偷偷地跟著我走眼睛老盯住我的脖子那陣子他覺得我家的氣氛越來越不友好所以總躲著這麼的我站住了側過身去然後他纏著我要我答應直到我一面望著他一面慢慢地把手套脫下他說我的空花袖子下雨天太冷千方百計找藉口把他的手湊過來襯褲襯褲沒完沒了的直到我答應把我那玩偶穿的襯褲扒給他讓他放在坎肩口袋裡隨身帶著才算了結O Maria Santisima[12]他那淫淋淋一身雨水的大傻瓜模樣真有意思他那一口牙特別好叫我看著盡想吃東西他苦苦地求我撩起我穿的那條橘黃色帶日光褶的襯裙他說周圍沒有人要是我不答應他就在雨地裡下跪他是那麼胡攪蠻纏他真做得出來的那就把他的新雨衣也給毀了他們和你單獨相處的時候真不知道他們會做出什麼希奇古怪的事情來的他們為了那個是那麼野蠻萬一有人路過所以我撩起了一點點隔著他的褲子從外面碰了一下和我後來對加德納一樣用我的戴戒指的手以免他大庭廣眾

的做出更醜的事兒來我心裡直好奇想知道他是不是割過包皮的他渾身都在顫抖抖得厲害極了他們幹什麼都只圖快弄得一點意思都沒有了父親還一直在等著吃飯呢他教我說是錢包忘在肉店裡不能不回去取真是個撒謊專家然後他給我寫了那一封信信上盡是那些話他敢對一個女人這麼樣沒規沒矩的怎麼還有臉見她這是多彆扭啊我們見面的時候他問我你生我的氣了嗎我當然是垂下了眼瞼他可看出了我沒有生氣他還是有點頭腦的不像另外那個傻瓜亨尼・多伊爾那回猜字謎遊戲他就是不斷地碰壞這個扯破那個的我討厭笨手笨腳的男人還問我是不是明白什麼意思當然我得說不明白才像樣我不懂你說什麼我說這不是自然的嗎當然是這樣的直布羅陀那堵牆上就公然寫著呢還畫著女人的那個呢還有那個我在哪本字典上都找不到的字不過讓小孩子看見年紀太小然後每天早晨寫一封信有時候一天兩封我喜歡他求愛的方式他懂得怎樣才能得到一個女人的心我的生日是八號他就送給我八朵大罌粟花那回我給他寫信了那天晚上在海豚倉他吻了我的胸口我簡直沒法形容那種感覺簡直是人間沒有的但是他從來不會像加德納那樣好的擁抱我希望他星期一按他自己說的來還是四點鐘我討厭人們不管什麼時候就找上門來你以為是送蔬菜的結果卻是某某人可是你還什麼衣裳都沒有穿呢要不然就是又亂又髒的廚房的門被風颳開了那天滿臉霜雪的老古德溫來商議音樂會的事在隆巴德街我剛吃過晚飯滿臉通紅滿身濺的燉肉汁子我只好說教授您別拿眼瞧我我這樣簡直要嚇死人真的可是他倒是位地道的老紳士自有他的路數誰也比不上他對人的恭敬沒有人可以代你說

12 西班牙文：「最神聖的瑪利亞呀」。

不在家你只好從窗簾後面窺看就像今天那個送東西的起初我還以為要改日子結果是先派人送波爾圖葡萄酒和桃子我正開始打呵欠心裡忐忑起來尋思也許他要耍弄我這時候聽到門上他的嗒嗒啦嗒我一聽就知道是他叩門他準是來晚了一些因為我看到代達勒斯家兩個姑娘放學回家是三點一刻我總也不知道鐘點連他給我的那塊錶似乎也從來都走不好我得讓人修一修我扔那枚便士給那個缺腿水手為了英國家園美也是那時候我正在吹口哨吹有一位迷人的姑娘我愛她[13]我還連乾淨內衣都還沒有穿上也還沒有擦粉什麼都沒有呢那麼下星期今天我們就該去貝爾法斯特了他得去恩尼斯倒也不錯他父親的忌日二十七號要不然可能會不愉快的假定我們在旅館裡的房間是連在一起的他在新床上萬一要胡鬧我沒法阻止他叫他別和我糾纏他就在隔壁房間裡呢也說不定有個新教牧師咳嗽一聲敲敲牆壁這樣的話他第二天絕不相信我們並沒有那事兒丈夫好說情人可不容易糊弄原先我告訴過他我們從來就沒有什麼事兒他當然是不信我的話算了吧還是由他去他的比較好再說他總是出事兒那回我們去參加馬洛的音樂會在馬里伯勒我們兩個人都要了熱湯然後鈴響了他端著湯就上了月臺一邊用勺喝著一邊到處灑他就做得出這樣的事兒那侍者追著他來了弄得我們大出洋相尖聲叫喊火車要開一片忙亂可是他不喝完就是不付錢三等車廂裡那兩位先生還說他做得很對這也有理他有時候想定了一個主意真是擰得要命還算不錯他能用小刀把車廂門弄開要不然他們就把我們送到科克去了我想他們是有意報復他的啊我愛乘火車或是馬車出去玩車裡有逗人喜歡的軟墊我納悶他會不會給我買頭等車票說不定他會願意在火車上那個的多給列車員一點小費就行我想免不了又會有白痴男人張著大嘴瞪著大眼望我們的那些眼光蠢得不能再蠢了那天我們到豪斯山去那位普通工人

倒是難得他在車廂裡一點也不打攪我們我願意知道一些他的情況過一兩個隧道之後你就一定得往車窗外眺望眺望更加好看了然後是回來假定我永遠不回來了人們會說什麼呢說跟他私奔了吧那樣在舞臺上倒是會叫座的我上次唱歌的音樂會是在哪兒來著一年多了是哪陣兒來著是克拉倫登街的聖特雷薩協會禮堂他們現在弄了一幫子黃毛丫頭在那兒唱了像凱瑟琳・卡尼之類的角色都因為父親在陸軍而且我唱了心不在焉的乞討者還佩戴羅伯茨勛爵的飾針[14]當然我的模樣一看就知道是愛爾蘭人波爾迪倒是愛爾蘭味不夠這一回是他鼓搗的吧我想他是辦得到的譬如我唱〈聖母佇立〉就是他弄成的他到處說他正在給〈仁慈的光引導〉譜曲是我攛掇他的直到那些耶穌會教士發現他是共濟會員捶打鋼琴的祢引導我走[15]是從一齣老歌劇裡抄來的真的最近他跟一些新黨還是什麼黨的混在一起還是他那一套胡說八道他指給我看一個沒有脖子的小個子男人說他非常有頭腦是新出的人傑叫作格里菲斯吧是不是哎他這模樣兒可看不出我只能這麼說了然而看來準定是他了他知道有一場抵制運動我不愛聽他們談戰後的政治什麼比勒陀利亞啦萊迪史密斯啦布隆方丹啦[16]就是在那裡東蘭開夏郡二團八營的斯坦利・G・加德納中尉得了傷寒他穿一身卡幾制服真漂亮身材比我

---

13 「有一位……我愛她」為歌劇《基拉尼的百合花》中插曲。

14 羅伯茨勛爵（一八三二—一九一四）即第十四章注119七八一頁的「鮑勃斯」，英國在南非殖民戰爭中的總司令，因而受愛爾蘭民族主義者痛恨。

15 〈仁慈的光引導〉為十九世紀著名教士紐曼（一八〇一—九〇）所撰讚美詩，「祢引導我走」為其中詩句。

16 比勒陀利亞、萊迪史密斯、布隆方丹均為南非城市，前者為抵抗英國殖民政策的布爾共和國首府，一九〇〇年被英軍占領。後二者亦為一九〇〇年重要戰役所在。

高正合適而且我肯定打仗也是勇敢的他說我真可愛那晚上我們倆在運河船閘邊吻別我的愛爾蘭美人兒呀他是因為馬上要開拔或是怕路上的人看到我們激動得臉色發白他都站不直了我也是從來沒有過的那麼火辣辣的他們本來可以一開始就講和拉倒要不然保爾老大爺和克留格爾家另外那些老傢伙們自己可以去拚個你死我活[17]省得拖上幾年用他們的高燒病把人家英俊人物都害死了他要是正經炮火打死的也還好一點呀我愛看整團的軍隊通過檢閱臺我的第一回是在拉羅克鎮看西班牙騎兵真美過後從阿爾赫西拉斯隔著海灣眺望石山上燈火點點像螢火蟲似的[18]還有十五英畝上的模擬戰[19]穿蘇格蘭褶襉短裙的黑警衛團齊步合著拍子通過威爾士親王直屬的第十輕騎兵或是長矛騎兵啊那些長矛騎兵是多麼威武啊或是曾經攻占圖蓋拉的都柏林火槍團[20]他父親就是賣那批馬給騎兵發的財他占了我的便宜到了貝爾法斯特可以給我買些精美禮物那兒有精采的亞麻織品要不然來一件那種漂亮的日本和服式女晨衣我一定得買一點過去用過的那種樟腦丸放在抽屜裡好保存那些東西和他一起到一個新的城市去逛街買東西多好玩呀最好把這枚戒指留在家裡得轉了又轉才能過這個關節要不然他們也許會登在報上鬧得滿城風雨的或是去警察局告我去可是他們會以為我們是結了婚的唉讓他們統統把自己悶死吧我才在乎得緊呢他有的是錢又不是那種打算結婚的男人正該有個人給他消一消我願弄弄清楚他是不是喜歡我當然我用小鏡子撲粉的時候仔細看了一下覺得我的臉色有一點發蔫鏡子裡的神色總是看不準的而且他那麼長時間始終趴在我身上他的坐骨那麼大人又那麼重胸脯上全是毛天氣又這麼熱我們還老得躺著就他們他要是從我後面進還好些馬司田斯基太太告訴我她丈夫就要她那樣的像狗那樣還把她的舌頭伸出老遠老遠的而他卻是那麼安靜柔和的

人彈著他那把玎玲玎玲的齊特爾琴這些男人們的事兒你什麼時候能琢磨透呀他穿的藍色套服料子多精緻配著時式的領帶他的短襪上還有天藍色的絲玩意兒呢他肯定是有錢的我從他那些衣服的剪裁和他那沉甸甸的掛錶就能看出來的但是他買了最後消息版回來之後那幾分鐘他卻十足的像個惡魔又是撕彩票又是大罵挨火燒的因為他輸了二十鎊他說都是因為那匹冷門馬跑贏了他的注有一半是代我下的全怪萊納漢的消息他詛咒他該打下地獄最底層去原來是那個吃白食的傢伙那回格倫克里宴會之後從羽床山上那條顛個沒完的路回來他就對我動手動腳的先還有市長大人也用他的色鬼眼睛瞅著我了瓦爾·狄龍這個大異教徒我在甜食上來之後就已經注意到他了我正在用牙咬核果呢我恨不得把手裡的雞啃得乾乾淨淨的真好吃又黃又嫩從沒有這麼恰到好處的只不過我不願把盤子裡的東西吃得一點都不剩那些餐叉和切魚刀也都是正牌純銀的我要是也有幾把就好了其實我那時拿在手裡玩兒的時候很可以順手塞兩把在我的手籠裡頭的而且在飯館裡不論你吃一點點什麼他們都眼巴巴地望著你的錢我們就是喝一杯破茶也得感恩的能被請到就是很大的榮幸了這世界就是這

17 保爾·克留格爾（一八二五—一九〇四）為南非荷裔布爾人領袖，除抗英外亦曾平定國內動亂（並非家族內爭鬥）。

18 「石山」即直布羅陀（莫莉父親所屬英軍要塞，因而為莫莉幼年家鄉），與西班牙城市阿爾赫西拉斯相距六英里，隔阿爾赫西拉斯海灣相望。

19 「十五英畝」為都柏林鳳凰公園內一片空地，常作軍事表演用。

20 南非圖蓋拉河曾為布爾戰爭中一九〇〇年一次激戰地，英軍（包括都柏林火槍團一個營）渡河占領敵陣地後遭受慘重損失而退。

麼劃分的不管怎麼的如果要這樣下去我不說別的起碼還得要兩件好襯衫而且我還不知道他喜歡什麼樣的襯褲呢我想他是喜歡根本不穿的他不是說了嗎對的直布羅陀的姑娘們有一半就從來不穿的光著屁股還是天主造她們時候的模樣那個唱曼諾拉的安達盧西亞女人[21]根本就不隱瞞她少穿什麼的事兒真的我那第二雙絲棉混紡的長襪才穿一天就抽絲了本來今天上午可以拿回到盧爾斯時裝店吵一架讓那人給換一雙的只是不願破壞自己的情緒而且也怕湊巧碰見他那就整個兒的砸了鍋我還想買一件《仕女雜誌》上的廣告說是價格便宜的那種巧妙緊身胸衣有鬆緊的三角接頭蒙住髖部的我那件舊的他給留著但是不中用了他們是怎麼說的來著這種胸衣能顯出優美曲線花上十一先令六即可消除後腰下部一大堆的難看模樣可以收緊肥肉我的肚皮是大了一點晚飯那杯黑啤酒看來不能不免了我是不是已經喝慣捨不得了呢他們上回從奧魯爾克送來的已經完全走氣和水差不多了他賺錢也太容易了他們都叫他拉里他在聖誕節送的老破包禮物裡面是一塊家常蛋糕一瓶餵豬的泔腳是他找不到人喝的玩意兒也充紅葡萄酒送來了讓天主保佑他連口水都不吐一口吧省得乾死要不我下決心做點氣功吧我納悶那種減肥辦法有沒有用處也還可能做過頭了呢瘦的現在並不行時哩吊襪帶我不缺今天我用的這副紫色的是他在一號拿到那張支票之後買的唯一的一件東西了不對不對還有那瓶美容劑昨天用完的我的皮膚擦上它就好像新皮膚一樣我對他說了一遍又一遍要在同一個地方配千萬別忘了可是天主知道我說了那麼多他究竟照辦了沒有反正看了瓶子就知道了萬一沒有看來我只好用自己的尿洗了像牛肉汁或是雞湯還帶點那種奧帕草和紫羅蘭我覺得皮膚開始有一點顯得粗糙或是老化了我這指頭燙傷脫皮之後底下那層就細嫩得多可惜不能都像那樣還有那四塊不值一

提的手帕總共大約六先令真的你在這世界上要是不講究一點兒派頭是混不下去的全都花在伙食和房租上頭了等我有了我可要撒手花個痛快的告訴你說吧大大方方的有個派頭我總想抓一把茶葉就往茶壺裡扔又是量分量又是細掰細分的即使我買一雙老牛皮粗靴子你喜歡這雙新鞋嗎喜歡花了多少錢呀我什麼衣服也沒有那套棕色的表演服那套裙子和上衣還有洗衣店裡那一套才三套對任何一個女人說來這夠什麼剪這一頂舊帽子補那一頂男人們都不願意看你一眼女人們都要把你踩倒因為她們知道你沒有男人再加上物價一天比一天高如今我到三十五為止的生命只有四年了不對我今年咦我今年究竟多大了到九月份就三十三歲了吧對不對是嗎唉瞧瞧那位加爾布雷思太太吧她比我大多了我上星期上街碰見她了她的容貌就不如以前了那時節她是多好看呀一頭好極了的頭髮長可齊腰那樣地往後一甩跟格蘭瑟姆街的基蒂・奧謝一樣我每天早晨一起床頭一件事就是往街對過瞧欣賞她梳頭她那模樣真是愛它是充滿了感情的可惜我到搬走前一天才和她結識還有那位澤西島的百合花蘭特里太太[22]威爾士親王愛上了的我看他也和路上遇到的任何一個男人一樣就是名字裡多了個王字他們都是一個模子脫出來的只有黑人的我倒願意試試她這美女當了多久呢她那時多大了呢四十五了人們傳說的笑話說那位年老的妒夫怎麼來著他用一把撬牡蠣殼的小刀不對他要她圍上一件鐵皮的東西而威爾士親王對了是他用牡蠣刀不可能是真的這樣一件事情就像他帶回來給我看的

21　安達盧西亞為西班牙南部地區名稱，包括鄰接直布羅陀地區。〈曼諾拉〉為西班牙通俗歌曲。

22　蘭特里太太（一八五三—一九二九）為英國著名美女，因出身於英吉利海峽中的澤西島而有「澤西島的百合花」之稱，威爾士親王即英國皇太子和她交往甚密。

某些書那位弗朗索瓦什麼先生的著作[23]據說還是位教士哩寫一個孩子是從女人的耳朵裡生出來的因為她的屁股腸脫出來了一位教士寫出這樣的話來真是夠雅的可是寫臀部二字哪個傻瓜不懂它的意思呀我最恨的就是這種繃著老惡棍的臉說瞎話誰都能看出來不是真事還有那本《紅寶與美暴君》[24]那本書他給我借了兩次我記得看到五十頁那兒有一段講她把他用繩子捆住吊在鉤子上肯定的那裡頭根本沒有女人的事全是胡編亂造的說什麼舞會之後他用她的軟鞋當杯子喝香檳酒就像印契科的馬槽誕生塑像中聖母懷抱的嬰兒耶穌一樣肯定的沒有一個女人能從肚子裡生出這麼大的一個孩子來的我起初還以為是從側面生出來的因為要不然她上廁所的時候都沒有辦法上了當然她是一位闊太太她感到很榮幸殿下嘛我出生那年他到直布羅陀來了我可以打賭他在那兒也找到了一些百合花的也種了樹他這一輩子種的樹還不止那一些呢要是他到得早一點兒說不定我也是他種下的呢那樣的話我就不會像現在這樣待在這裡了他應該把《自由人》辭了才對掙那麼可憐巴巴的幾個先令該找個坐辦公室或是什麼的工作掙一份固定工資要不然到一家銀行去讓他們給他一個寶座整天坐著數錢當然他是情願在家裡東摸摸西碰碰的弄得你到哪兒也有他礙手礙腳的你今天是什麼節目呀那怕像父親那樣抽一根菸斗也好一些可以有點男子漢的氣味要不然到處磨磨蹭蹭假裝忙著廣告的事本來要不是他那一回闖的禍他到現在還可以在卡夫先生那兒工作呢他還叫我去設法挽回我本來可以想法讓他在那裡提升經理的他對我著實來了一兩個mirida[25]起初他僵硬得不得了確是如此一點不假布盧姆太太不過我心裡彆扭就是嫌那條蹩腳的舊連衣裙裙邊的鉛墜子丟了沒有衩口的不過這一種現在又流行起來了我當時買它僅僅是順了他的意思我從它的細活看就知道它不行我原說

要去托德—伯恩斯公司不去李氏公司的可惜改了主意這衣服就和賣它的鋪子一個意思清倉甩賣一大堆廉價貨色我恨那些闊氣的商店弄得你心神不安我倒是不論怎麼樣也不至於完全沒有主意的就是他自以為很懂婦女服裝烹飪什麼的我要是聽他的他能把擱板上找到的什麼亂七八糟的東西都攙和進去不論我戴上哪一頂糟糕帽子這一頂我戴著合適嗎行啊要那一頂吧那一頂不錯那頂像結婚蛋糕似的在我頭頂上豎起好幾哩高他還說我戴著合適還有那頂菜盤罩子似的壓到我背脊上的那天我倒楣帶著他進了格拉夫頓街上那一家去了對那女店員可不知怎麼好了她是一臉假笑甭提多傲慢無禮了說什麼我們恐怕是太麻煩您了她是幹嘛吃的我瞪了她一眼她才老實了真的他僵硬極了也不奇怪但是第二次他就變了他對波爾迪仍是照樣蠻不講理的樣子但是他站起來為我開門的時候我看見他的眼睛使勁兒地盯住了我的胸脯反正他送我出來挺殷勤的我非常遺憾布盧姆太太請相信我吧他不能說得太露骨了因為他剛受了侮辱而我又是以他妻子的身分去的我只是似笑非笑的我知道我站在門口他說我非常遺憾的時候我的胸脯是那種鼓鼓的樣子我可以肯定你是非常遺憾的

真的我覺得他那麼樣的嘬奶把奶頭都嘬得硬一些了他嘬了那麼老半天弄得我都口渴了他把它叫作奶子我忍不住要笑真的至少這一邊的硬些這奶頭有一點什麼就發硬我得讓他接著嘬下去我

---

23 弗朗索瓦．拉伯雷（一四九三或九四—一五五三）為著名法國諷刺作家，曾任神職，其名著《巨人傳》中云巨人卡岡都亞出生時，因其母「屁股腸」（直腸）脫落而從她左耳生出。

24 《紅寶》與《美暴君》實為二書，分別在第四、十章提及，均描寫虐待狂現象。

25 西班牙語：「（看人的）眼光、凝視」。

要喝用馬沙拉白葡萄酒調的雞蛋把乳房為他養得肥肥的這上面有這許多血管什麼的是怎麼一回事造型真有意思兩個完全一樣的有雙胞胎正好人們認為它是美的象徵擺得高高的像博物館裡那些雕像其中有一個還假裝用手遮著真是那麼美嗎當然囉和男人的模樣比起來他是兩滿袋[26]加上另外那一件玩意兒耷拉在下邊要不然就像掛帽子的木栓似的直挺挺地衝著你立著怪不得他們要用一張菜葉子擋住它肉市場後面那個討厭的金馬倫高原兵還有在原來立魚雕像的地方[27]那個紅頭壞傢伙躲在樹背後等我走過的時候假裝尿尿拉開他的尿布挺立出來給我看這幫子女王直屬的真是出色的傢伙[28]後來由薩里兵替換了還好些他們總是想方設法要露出來給你看每次我路過哈考特街車站附近的男綠房子我試一下差不多總有人設法吸引我的目光彷彿那是世界七大奇蹟之一似的哎唷那些爛地方的臭氣更甭提了那天晚上參加科默福德家的聚會之後和波爾迪回家的路上又是橙子又是檸檬水吃的喝的痛快一肚子水我跑進一個那種地方去了天氣冷得刺骨我憋不住了那是哪一年呀九三年運河都凍冰了對了那以後幾個月的事兒可惜金馬倫團隊的人沒有來兩個看看我蹲在男人meadero[29]內的模樣我還試畫過它的樣子哩馬上撕了像根香腸之類的東西我納悶他們怎麼到處跑也不怕人家給那地方踢一腳或是撞一下或是怎麼的女人當然就是美這是大家承認的那陣子他丟了希利公司的工作我賣衣服還在咖啡宮彈琴他說我可以裸體給霍利斯街一個有錢人當畫畫的模特兒我就會放下頭髮像那幅仙女出浴圖那樣了吧是的不過她比我年輕要不然我的模樣有一點像他那張西班牙照片上那個淫蕩的母狗仙女們就是那麼亂跑嗎我問他那個女人是怎麼回事還問他那個什麼轉回來去什麼的詞兒他就來了一套講化身的繞嘴話兒他不論講什麼都沒法把話說簡單了讓人聽明白的接著他

又弄得把鍋底都燒掉就為他的腰子這一隻不那麼硬還留著他的牙印兒呢那是他要咬奶頭的地方我都忍不住叫起來了他們有多可怕喲你說說總想要傷害你我生了米莉之後奶水真好夠餵兩個的不知是什麼原因他說我要是當奶媽每星期可以掙一鎊每天早上脹得那麼大住在二十八號項緣家的那個模樣挺文弱的學生彭羅斯隔著窗子差一點兒看見我洗了幸虧我趕緊抓住毛巾舉到臉邊那就是他作的功課了給她斷奶的時候奶疼得慌後來他找布雷迪大夫開了顛茄藥方才好些我只好要他嘬掉奶頭硬得很他說比牛奶還甜還稠他要把我的奶擠進茶水裡頭去嘿他這人可真是沒比我說應該有人把他的事兒寫出來登到報上去我要是能記住一半就好了可以把它寫成一部書波爾迪先生集真的現在光滑多了這皮膚他弄了差不多有一個小時我敢說有那麼長的時間我就好像在奶一個大娃娃似的他們什麼都要用嘴這些男人從一個女人身上所獲得的全部快樂我到現在都能感到他的嘴巴呢主啊我必須伸展一下身子了我恨不得他在這兒才好呢或是別的什麼人也行好讓我痛快一場再像那樣的來一次我感到身子裡面淨是火要不然能夢見也行那是他使我第二次來的時候他一面還用手指把我背後

26　「兩滿袋」典出英國童謠「哈哈叫的黑綿羊，你有多少毛？我有毛，我有毛，整整三滿袋」，莫莉用以指男人陰囊。

27　直布羅陀阿拉梅達花園中原有一座人執魚叉叉魚的雕像，象徵英國海軍一八〇五年海戰中俘獲西班牙船艦，於一八八四年因嚴重損毀而拆除。

28　「金馬倫高原兵」全名「第七九女王直屬金馬倫高原兵（團隊）」，一八七九年起駐防直布羅陀，一八八二年由薩里團隊替換。

29　西班牙語：「小便處」。

弄得癢癢的我把腿盤在他身上來了差不多有五分鐘光景完了之後我不能不緊摟著他主啊我只想喊出各種各樣的話來觸啊巴巴啊什麼都行只要不露醜相就行要不那些用力過度的紋路誰知道他會有什麼看法你對一個男人得找對路子才行他們並不是人人都像他一樣的謝謝天主他們有的人要你在這中間斯斯文文的我注意到了多麼不同他就是只幹不說話我讓我的眼睛放出了那種神情我的頭髮已經翻滾得有些散亂我的舌頭含在兩唇中間向他伸過去這匹野蠻的野獸星期四星期五一天星期六兩天星期日三天唷主啊我等那星期一都等不及了

佛爾西依依依依依依依依依弗隆嗡嗡嗡什麼地方有火車鳴笛了那些火車頭真是力大無窮像大巨人一樣渾身都是嘩嘩的水上上下下流個不停和〈愛情的古老頌歌〉結尾一樣嘶依依頌嗡嗡嗡歌那些可憐的男人不能不整夜整夜地回不了家見不著老婆孩子悶在那些烤人的車頭裡面真是悶死人了今天我把那些舊的《自由人報》和《攝影集錦》燒了一半很痛快他這樣到處亂放東西越來越隨便了另外一半我都塞在廁所裡了明天我得叫他全給我剪了免得堆在那裡堆到明年賣幾個便士他還老問一月份的報紙在哪兒還有門廊裡那些舊大衣我也一股腦兒抱走了掛在那裡怪熱的那一場雨可真是美真下得痛快我正好剛睡過我的美容覺[30]我還以為要和直布羅陀一樣了我的天哪那兒在累范特風[31]的風頭颳過來的時候可真是熱啊黑沉沉的和晚上一樣只有那石山閃著光站在中間像一個大巨人似的跟他們自以為了不起的三岩山[32]比吧紅色的崗樓星星點點白楊樹都是白熱的雨水槽裡的雨水都有氣味成天曬太陽那麼毒把父親的朋友斯坦諾普太太從巴黎好馬歇商場寄給我的那條漂亮的連衣裙都曬得褪了色了多可惜呵她在明信片上叫我最親愛的朵格琳娜她真好她的名字叫什麼來著

我簡單寫個明信片告訴你我給你寄了一件小小禮物我剛洗了一個痛快的熱水澡現在身上感到特別乾淨真舒服阿拉伯佬她喊他阿拉伯佬頂頂希望回直布聽你唱〈古老的馬德里〉或是〈等待〉他給我買了一本聲樂練習叫作康功的[33]還有一件那種新式的有一個字我不認識的披肩挺有意思就是一碰就破可是真可愛我覺得你覺得怎麼樣我忘不了咱們一起吃的那些茶點美味的葡萄乾鬆餅還有我最愛吃的紫莓酥餅好吧最親愛的朵格琳娜希望你一定不久就寫回信問她沒有寫候你的父親也向格羅夫上尉致意愛你的荷絲特XXXX[34]她一點也不像結了婚的樣子就像個姑娘他比她大了好幾歲她那個阿拉伯佬特別喜歡我那回他用腳踩低鐵絲讓我跨過去到拉利內阿去看戈梅士得牛耳[35]的那場鬥牛我們穿的這些衣服呀也不知道是誰發明的還指望你走上基林尼山呢例如那一回野餐身上都箍得緊緊的你穿著這種衣服在人群中間簡直什麼也甭想幹跑呀跳呀都沒你的分兒所以另外那一回那頭凶猛的老公牛開始衝擊對著那些腰紮寬帶子帽上插兩根玩意兒的鬥牛士助手猛衝過去我可害怕了那些野獸似的男人還大喊好傢伙toro[36]真的那些披著精緻的白披肩頭紗的婦女也同樣狠把那

---

30 「美容覺」為半夜以前能睡好的覺。

31 累范特風為地中海季節風，因其方向來自東部黎范特地區而得名，一般在春秋季，溼潤多雨，風勢在地中海西部的直布羅陀海峽最為強烈。

32 三岩山在都柏林附近，比直布羅陀山略高，但缺乏直布羅陀的奇峰氣勢。

33 康功（G. Concone, 1801-61）為著名意大利聲樂教師，曾編聲樂練習樂曲集。

34 英文書信末尾，慣例以字母「X」代表吻，每「X」一吻。

35 獎牛耳為西班牙鬥牛中獎勵表現突出的鬥牛士方式。

36 西班牙語：「公牛」。

些可憐的馬挑破肚子整個兒內臟都露出來了我這一輩子也沒有聽說過這樣的事真的我學鈴子巷那條狗叫他常笑斷肚腸那狗病了他們倆後來到底怎麼樣了恐怕兩個人都早就死了吧一切都像是隔著一層霧似的叫你感到自己也很老了那些鬆餅是我做的當然我做了全是我自己的那陣子是小姑娘荷絲特我們常比頭髮我的比她的粗些我把頭髮盤在頭上的時候是她教我怎麼攏後邊頭髮的另外還有一樣什麼來著她還教我怎麼用一隻手打錢結我們兩人就像表姊妹一樣我那時候是多大呢那晚上狂風暴雨我睡在她床上她就摟著我後來早上還用枕頭打仗呢多好玩啊他一有機會就盯住我看那回阿拉梅達廣場上樂隊演奏我跟父親和格羅夫上尉一起去的我先是抬頭望著教堂後來看那些窗戶然後眼光往下一落正碰上了他的眼光我一下子感到身上就像過電一樣眼睛都花了我還記得後來照鏡子都變了樣兒差點兒不認識自己了他雖然有一點兒禿對姑娘倒是挺有吸引力的顯得是個有頭腦的人那模樣是既有些失意而又挺快活他像《阿希利迪亞特的陰影》[37]中的托馬斯我的皮膚好看極了又是太陽曬的又是心情激動就像一朵玫瑰花一樣那晚上我一夜沒有合眼這事兒本來因為她的關係不是好事兒可是我本來也能防止的她借那本《月亮寶石》給我看是我看的第一部威爾基·科林斯[38]的書我還看了《伊斯特·林恩》[39]和《阿希利迪亞特的陰影》亨利·伍德夫人後來我借給他另一個女人寫的《亨利·鄧巴》[40]裡面夾著馬爾維的照片好讓他明白我不是沒有的還有利頓勛爵的《尤金·阿拉姆》[41]她還給我亨格福德夫人的《美女莫莉》[42]就是因為那個名字我可不喜歡書裡頭有個莫莉例如他帶回來的那一部裡寫的那個從佛蘭德斯來的[43]是個婊子不斷地偷商店裡的貨物什麼都偷布啦毛料啦多少碼的偷啊唷我這條毯子太厚了這樣還好一些我連一件像樣的睡衣都沒有

這一件東西睡睡都團到下面去了他在旁邊又瞎胡鬧這樣還好一些我那時候一熱就泡在汗裡我的內衣溼透了都貼在屁股上我從椅子上站起來的時候都塞進兩股之間去了我站在沙發墊子上撩起衣服看看只見那麼肥厚那麼結實到晚上有成噸的蟲子放下蚊帳我一行書都看不了主啊這是多久以前的事了啊好像有幾個世紀了似的他們當然再也沒有回去而且她在明信片上也沒有把她自己的地址寫對她也許注意到了她那阿拉伯佬人們總是往外走可是我們卻從來不動我還記得那天風浪很大那些船船都不斷地晃著它們那些高聳的腦袋亂顛海船的氣味那些軍官都穿著制服上岸休假我看著頭都暈了他一句話都不說樣子很嚴肅我穿的是那雙用扣子的高腰靴子我的裙子被風颳得直飄她吻了我六七次我有沒有哭呢我相信是哭了就是沒有哭也差不多了我和她說再見的時候嘴脣直哆嗦她披著

---

37 《阿希利迪亞特的陰影》（一八六三）為英國女作家亨利．伍德夫人所著小說，主人公托馬斯為殷實銀行家，但遭不幸而破產以後中年早逝。

38 科林斯（一八二四—八九）為英國著名神祕小說作家，其《月亮寶石》（一八六八）曾被讚為「最完美的偵探小說」。

39 《伊斯特．林恩》（一八六一）為伍德夫人成名作。

40 《亨利．鄧巴》（一八六四）為英國女作家布雷登（一八三七—一九一五）所著小說，寫一人假冒已故富豪被揭穿的故事。

41 利頓男爵（一八〇三—七三）為英國外交家兼作家，其小說《尤金．阿拉姆的案件與經歷》（一八三二）寫一貧窮教師參與謀財害命而受審判的故事。

42 《美女莫莉》（一八七八）為愛爾蘭女作家亨格福德夫人以筆名「公爵夫人」所寫戀愛小說。

43 佛蘭德斯為歐洲大陸西部地區，但亦為英國小說家笛福名著《摩爾．弗蘭德斯》（一七二二）女主人公摩爾（與「莫莉」實為同名）之姓氏，摩爾出生監獄，曾為娼妓十二年又行竊十二年。

一條華美的披肩是一種特殊的藍顏色專為這次海上旅行訂做的有一邊非常別致真是漂亮極了他們走了之後我的日子可乏味得要死我幾乎要打瘋主意出走了找個什麼地方我們不論住在什麼地方都不是舒暢的父親啦姑媽啦婚姻啦等待啦永遠地等待啦引引引導著他啊啊回到我的身嗯嗯邊等待啊還不加啊啊啊快他那飛行的腳呵呵[44]他們那些該咒的大砲四面八方都轟隆轟隆轟隆響起來尤其是女王生日[45]你得趕緊把窗子打開要不然什麼東西都震得七歪八倒的還有那個尤利西斯・格蘭特將軍誰知道他是誰到底是幹什麼的據說是個大人物[46]坐輪船來了那個自從大洪水時期以來就一直在那兒當領事的老斯普拉格[47]還穿上了禮服可憐他還為他兒子穿著喪服呢每天早上都是老一套的起床號還敲鼓那些可憐的當兵的倒楣鬼拿著飯盒來回走一大股氣味到處都是比那些披著帶兜子長袍的長鬍子猶太佬和守神殿的利未人還難聞還有集合號音清炮號音還有催士兵回要塞的炮聲還有寨門衛兵掛著他那串鑰匙大步去鎖寨門還有風笛只有格羅夫斯上尉和父親談羅克渡口和普列符納和加尼特・沃爾斯利爵士和喀土穆的戈登[48]每次他們出去都給他們點菸斗老醉鬼捧著他的兌水烈酒坐在窗臺上他喝的酒杯裡你休想見到一滴剩的坐在屋角裡摳鼻子琢磨總想編個新的骯髒故事講講不過他倒是從來不至於忘形看到我在場總要隨便找個藉口把我支到房間外面去還說些恭維話當然都是帶著布什米爾鎮威士忌酒味的話但是再來一個女人他還會照樣來一遍我估計他那樣越灌越多早就送命了度日如年沒有一個活人給我寫信只有我自己塞一些紙頭寄給我自己的那幾封乏味透了有時候我真想用指甲打一架聽著那個獨眼的阿拉伯人彈他那公驢似的樂器唱他的他呀他呀啊他呀我總算是領教你那一鍋粥的公驢音樂了跟現在一樣的糟糕垂手望著窗外要是街對面房子裡有個好

看的男人也好啊霍利斯街那個護士追的醫科生我故意站在窗口戴手套戴帽子表示我要出去他卻一點也不明白我的用意他們真遲鈍從來就不懂得你話裡的意思你都恨不得把你要說的話寫成大字貼起來了即使你用左手跟他握兩次手他也不會領悟的我在韋斯特蘭橫街教堂外面對他微微地皺一皺眉頭他也沒有認出我來他們的偉大智力到底有什麼用呢我倒要問一問他的灰色物質難道全都長到尾巴裡頭去了嗎你要是問我的看法我說城標飯店裡那些拿刀子挖肉的鄉紳們哪他們的智力還遠遠比不上他們宰了賣肉的公牛和母牛呢那個搖鈴送煤的鬧烘烘的傢伙從帽子裡取出一張別人的帳單想騙我他那雙爪子可夠瞧的今天是鍋盆壺罐拿來修破瓶破碗窮人收從來就沒有個客人收不到信件除了他的支票還有廣告例如人家寄給他的奇效通氣收信人還寫了夫人只有今天上午收到了他的信和米莉的明信片瞧吧她給他就寫了一封信我收到的上一封信是誰寫來的呢對了德溫太太她不知是中了什麼邪隔了那麼多年從加拿大寫封信來問我那道用西紅柿和紅辣椒的西班牙菜的烹飪方法芙

44「等待啊……飛行的腳呵呵」為莫莉曾經演唱的歌曲〈等待〉中歌詞。

45 直布羅陀英軍要塞慣例每日傍晚封寨之前鳴炮，每年女王誕辰慣例全山各炮臺均開炮誌慶。

46 尤利西斯・格蘭特（一八二二—一八八五）為美國南北戰爭中北軍將領，戰後當選為總統並獲連任，一八七七年卸任後曾周遊世界，包括一九七八年乘船訪問直布羅陀。

47 斯普拉格曾任美國駐直市羅陀領事數十年，直至一九〇二年去世，其子則曾任副領事，死於一八八六年。

48 羅克渡口為英國南非殖民戰爭中一八七九年一次戰役所在地；普列符納為俄土戰爭中一八七七年一戰役所在地（見第十五章注90八七三頁）；沃爾斯利（一八三三—一九一三）與戈登（一八三三—一八八五）均為英殖民軍中著名將領，喀土穆為蘇丹首都，戈登曾在一八八四—八五戰役中指揮該地英軍。

洛伊・狄龍最後那封信說她嫁了個非常有錢的建築師誰知道那些話有多少水分說是有一棟別墅有八間房間呢她父親為人可好了那時候都快七十歲了脾氣總是那麼隨和好呀忒迪小姐或是吉萊斯皮小姐小鋼琴在那兒呢他還有一套純銀的咖啡用具放在桃花心木的餐具櫃上可是死在那麼遠的地方我恨那種不斷地訴說自己的倒楣經歷的人每個人都有自己的苦惱嘿那個可憐的南希・布萊克一個月前得了急性肺炎死了其實我和她並不太熟她是芙洛伊的朋友算不上是我的朋友可憐的南希要寫回信是個麻煩他教我怎麼寫總是教錯也沒有個標點像在發表演講一樣您痛失親人我深表哀悼我總把悼寫成掉姪子的姪也總寫成至字我希望他下次寫信寫長一些要是他真喜歡我的話啊感謝偉大的天主我總算有了一個人能解一解我的渴讓我多少能提起一點精神來你在這地方已經沒有你老早以前有過的那麼多機會了我恨不得有人給我寫一封情書才美呢他的信可沒勁兒我還對他說了他愛寫什麼都行呢順致親切問候休・鮑伊嵐「古老的馬德里」那一套一些傻女人才信愛情就是長吁短嘆我活不成了但是他若真寫出來我想其中多少有一點真情真也好假也好反正把你的日子你的生活都塞滿了每時每刻都有可想的你看著周圍好像處處都有那意思就好像改了一個世界一樣我可以躺在床上寫回信讓他去想像我的模樣短短的幾個字就行不要阿蒂・狄龍常給四法院大樓裡那個有點名堂的傢伙寫的那種帶上叉叉的長信都是從女用尺牘範本上抄來的結果他還是把她甩掉了我就告訴她只要簡簡單單寫幾個字就行隨便他願怎麼解釋就怎麼解釋去不要輕什麼的輕率彷彿聽到男人求婚一樣毫無保留天大喜歡的就答應了我的天哪別的什麼辦法都沒有對於他們怎麼都行可是你生而為一個女人只要年紀一老他們簡直就可以把你扔到灰坑裡去了

馬爾維的信是第一封那天早上我還在床上呢魯維歐太太送咖啡來的時候帶了進來我叫她遞給我她就那麼站在那兒我要用一個髮夾開信封一時想不起那個字來只好用手指著它們對了horquilla[49]那個不通人情的老東西它明明就在她面前囉她戴著一頭假長髮還自以為相貌不一般呢其實難看死了都快八十了要不然快一百了滿臉的皺紋一腦子的宗教老想管著人因為她怎麼也受不了擁有全世界半數軍艦的大西洋艦隊飄著英國國旗開進來有那麼多carabineros[50]因為四名喝醉酒的英國水手就把整座石山都抱走了[51]還因為她不喜歡我到聖瑪利亞教堂去望彌撒太少除了遇上婚禮以外她身上老披著披肩她有那麼多的聖徒奇蹟還有她那個穿銀衣的黑色聖母像還有復活節星期日太陽跳三跳[52]還有神父給臨終的人送梵蒂岡[53]搖著鈴走過時她要在自己身上畫十字敬他的Majestad[54]他在信上署名為愛慕者我興奮得差點兒跳了起來本來我在卡爾賴亞爾街上的商店櫥窗裡看到他在跟我我就想招呼他可是他對我瞇一下眼就走了我絕沒有料到他會寫信來約會的我把信放在襯裙上面的緊身胸衣裡藏了一整天趁父親到練兵場去練兵的時候躲在角落裡反覆看信研究字跡和郵票的語言[55]

---

49 西班牙語：「髮夾」。
50 西班牙語：「掛卡賓槍的兵」。
51 四名水手搶走直布羅陀的說法來源不明；英占直布羅陀起自一七〇四年英荷聯軍一八〇〇人攻占該地。
52 愛爾蘭民間傳統說復活節太陽出山時要舞蹈三次，以表示歡慶耶穌復活。
53 梵蒂岡（Vatican——教皇宮廷）音近拉丁文Viaticum即「臨終聖體」，西班牙習俗在神父送臨終聖體時有助手搖鈴，以便路人向聖體致敬。
54 西班牙文：「（天主的）偉大神聖」。
55 歐美曾有以郵票的不同貼法表示心意的習俗，如將郵票倒貼在信封左上角表示好感等。

找其中隱藏的意思我還記得我唱我要不要戴一朵白玫瑰[56]我還想把那只老笨鐘撥快一些好縮短一點時間他是第一個吻我的人在摩爾牆下[57]我少年時的心上人[58]我從來都沒有想到過接吻是這麼一回事他把舌頭伸到我嘴裡我才嚐到了滋味他的嘴是甜絲絲的年輕人我用我的膝蓋頂了他幾次試探試探我為什麼告訴他我已經訂婚了呢就是為了好玩兒我說未婚夫是一位西班牙貴族的兒子名字叫唐·米圭爾·德·拉·佛洛拉他也相信我還說婚期訂在三年之後戲言中常有真情一朵鮮花盛開了[59]我也對他說了一些我自己的真實情況好讓他動動腦筋他不喜歡西班牙姑娘我推想他遇上過一個姑娘人家不願和他往來我把他引得興奮起來把我胸前他送我的花全都壓壞了他不會數比塞塔和比拉高達[60]我教了他他才明白他說他是黑水邊上卡普奎恩的人[61]可是太短促了在他走前一天是五月吧對的是五月是西班牙的嬰兒國王出世的那個月[62]我在春天總是那樣的我願意每年都有一個新的人爬到山頂在奧哈拉塔附近的石山炮底下我告訴他那塔是雷電擊毀的還告訴他那些沒有尾巴的老叟猴的許多事情他們運到克拉珀姆去在展覽會上互相馱在背上到處跑[63]魯維歐太太說那母猴是一隻地道的老石巇子[64]老偷英斯家農場的小雞你是要走近了牠還拿石頭砸你他老看著我我穿的白襯衫是敞胸的好盡量吸引他又不至於太露骨我那時胸脯正開始鼓起來我說我累了我們就在冷杉凹上邊躺了下來那裡可荒野我想這是天下最高的山岩了暗藏著坑道和炮臺有那麼險峻可怕的岩石還有聖米迦勒山洞[65]洞裡懸掛著好多冰柱還是叫作什麼的東西還有梯子好泥濘把我的靴子弄得盡是泥我想猴子死的時候一定是從這條路通過海底到非洲去的遠處那些海輪就像小木片一樣那一艘是馬爾他班輪開過去了真的海闊天空你愛幹什麼都行可以永遠躺在那兒他隔著衣服摸我那兒他們就

愛那樣就因為那兒是圓鼓鼓的我側身就著他我戴著白稻草帽太新不舒服我的臉左邊最好看我的襯衫敞著這是他的最後一天他穿的是那種透明襯衫我能看見他的胸膛微微發紅他要用他那個碰一下我那個我可不答應起初他非常惱火害怕說不定會得結核病要不然落下一個孩子embarazada[66]老女僕伊內茲告訴過我只要有一滴進入到你身子裡就夠後來我用香蕉試過可是又怕它斷在裡頭的什麼地方找不著了因為他們有一回從一個女人身上取出了一樣東西在裡頭已經好多年了都蒙上了鈣鹽他們都發瘋似地要進那裡頭可是他們本來都是從那裡出來的你會覺得他們總嫌進去不夠深可是接著他們又湊湊合合完事大吉下回再來了真的因為這裡頭本來是有一種奇妙的感覺的始終都是柔情蜜意的我們那回最後是怎麼結束的呢是啊真的啊我讓他弄在我的手帕裡頭了我裝作自己並不激動可

56　〈我要不要戴一朵白玫瑰〉為一首英國歌曲，以少女口吻訴說會見情人前的心情。

57　直布羅陀在西元八至十五世紀間為非洲摩爾人占領，山上橫貫東西的摩爾牆為其遺址。

58　〈我少年時的心上人〉為愛爾蘭作曲家莫洛伊所作歌曲，描述初戀的熱烈心情。

59　〈一朵鮮花盛開〉為愛爾蘭歌劇《瑪麗塔娜》中插曲；按西班牙姓氏「弗洛拉」詞意為「花」，而「布盧姆」詞意亦為「花」或「盛開」。

60　比塞塔為西班牙銀幣，為基本貨幣單位，相當於法郎；比拉高達為輔幣。

61　黑水河為愛爾蘭南部河流。

62　阿方索十三世（一八八六—一九四一）為其父王遺腹子，出生後立即接位。

63　克拉珀姆為倫敦郊區，曾為展覽會會址，叟猴亦名無尾獼猴，為北非與直布羅陀兩地特產野猴。

64　「石蠍子」為直布羅陀英國駐軍對當地土生人民的俚語稱呼。

65　聖米迦勒山洞為直布羅陀最大山洞，人們猜測此洞從海底通海峽南岸北非地區。

66　西班牙文：「懷孕」。

是兩腿都岔開了我不讓他碰我襯裙裡頭因為我外邊穿的裙子是側邊開口的我先逗引了他最後把他折磨得死去活來我喜歡逗飯店裡那條狗勒勒勒嘶特汪汪啊汪汪他的眼睛閉上了有一隻鳥在我們下邊飛過然而他究竟還是不好意思的我喜歡他發出呻吟的那種模樣在我那麼折騰他的時候他的臉有一些紅了我解開他的鈕扣把他那個拉到外面把那層皮推開裡面有一個眼兒似的東西他們那中間一溜兒的都是鈕扣就是方向不對他喊我莫莉我的心肝兒[67]他叫什麼名字來著杰克……約……哈里．馬爾維對不對我想是對的一名中尉他的膚色挺白說話總像帶著笑音似的所以我就到那個叫什麼的地方去了一切都是那個叫什麼的小鬍子他是蓄了吧他說他會回來的主啊就像是昨天的事兒一樣還說我要是已經結了婚他要那個我我也答應他真的忠實的我會讓他和我來的現在飛快的也許他已經死了或是打死了或是上尉或是艦隊司令了已經快二十年了如果我說冷杉凹他會的如果他從背後過來用手蒙住我的眼睛讓我猜他是誰我也許能認出他來他的年齡並不大四十光景說不定他已經和一位黑水邊的姑娘結了婚大不一樣了他們都是那樣的他們的性格沒有女人的一半堅強她很難想到我和她那心愛的丈夫曾經有過什麼樣的事兒那時候他連作夢都還沒有想到她呢而且是光天化日的可以說是當著全世界的面幹下來的《紀事報》上很可以來一篇文章描寫一番的後來我就有一點狂野了我把貝納第兄弟麵包房裝餅乾的紙袋吹足了氣拍裂了主啊好大的爆裂聲所有的山鷸和鴿子都尖叫起來我們順著上去的原路下來走中山區繞過老營房和猶太人墓地還不懂裝懂讀那些希伯來碑文我要放他的手槍他說他沒有手槍我都把他弄懵了不知道我是怎麼一回事我戴上了他的帶舌軍帽他自己戴那帽子總是歪的我剛幫他拉正他又歪了皇家海軍卡呂普索號我手裡提著自己的帽子晃呀晃的老主教在祭壇下發表了長篇說教大談女人的高尚職責大談姑娘們騎自行車戴帶舌帽子穿新的布盧默式女裝[68]願天主讓他頭頭是道讓我多多發財我推想這種衣服的名稱是從他的姓氏來的我絕沒有想到我也會成了姓布盧姆的人我那時反覆試用印刷體寫出來看看它印在名片上是什麼樣子還練習給肉鋪寫條子請供應莫・布盧姆宙細在我結婚之後常說你現在可真是鮮花盛開了哩總比叫布林強些要不然叫布里格斯扒里狗屎要不然那些帶屁股蹲兒的姓氏拉姆斯皮或是什麼皮頓的我也不特別喜歡馬爾維這個姓要不然假定我和他離了婚就成了鮑伊嵐太太我的母親我不管她是什麼人天主知道她本來可以給我取一個更好聽的名字的她自己的名字多美啊露妮塔・拉雷多我們多好玩哪沿著威利斯路跑到歐羅巴角在澤西的另一頭那些曲里拐彎的山路上跑我那一對兒在襯衫裡又跳又晃的和米莉現在這一對小小的一模一樣我喜歡在她跑著上樓梯的時候從樓上低頭看她那一對兒我在胡椒樹和白楊樹下跳起身去摘樹葉扔在他身上他到印度去了他打算寫遊記這些男人們不得不天涯海角地來回奔波趁著還沒有在不知什麼地方淹死或是遭炮轟的時候找個女人摟在懷裡也是合情合理的呀那一個星期天上午我跟後來死了的魯維歐斯上尉爬到風車山上的平地上去[69]他的望遠鏡和哨兵的一樣他說可以從艦上拿一兩副來我穿著好馬歇商場來的那條連衣裙掛著珊瑚項鏈海峽閃閃

---

67 〈莫莉我的心肝兒〉為美國作曲家威・莎・海斯（一八三七—一九〇七）所作流行歌曲。

68 「布盧默女裝」為美國女改革家布盧默（A.J.Bloomer, 1818-94）提倡的「合理服裝」，其中包括不符傳統女服而穿著舒適的女式燈籠褲等。

69 風車山在直布羅陀山南端，其上平地被美國駐軍用作練兵場。

發光我可以看到對面的摩洛哥幾乎可以看到丹吉爾海灣發白的還有積著白雪的阿特拉斯山那海峽就像是一條河那麼清哈里莫莉我的心肝兒我後來不斷地想著他在海上在望彌撒舉揚時我的襯裙往下掉的時候也想有好多好多個星期我把那條手帕留在枕頭底下就因為它帶著他的氣味在直布羅陀買不著像樣的香水只有那種廉價的peau dEspagne[70]味淡下去的時候反而會在你身上留下一股難聞的氣味我想要送給他一樣紀念品他送給我那枚笨重的克拉達赫戒指[71]作為吉祥物我在加德納出發去南非的時候給了他那邊那些布爾人又是打仗又是發燒病的把他弄死了可是他們到底還是吃了敗仗可見它帶來的是凶多吉少和蛋白石或是珍珠一樣它倒準是十八開羅的純金因為它沉得很可是在那樣一個地方還有什麼可講究的呢從非洲過來的沙蛙陣雨還有那艘漂進港內的棄船瑪麗那艘瑪麗什麼的[72]不過他沒有小鬍子那是加德納真的我想得起他那臉上沒有鬍鬚的樣子弗爾西依依依依依依依依依依依弗隆嗡嗡火車又來了是哭泣的音調從前那日子多麼的可心呀如今一去不復返我閉上眼睛呼吸我的嘴唇伸向前吻悲傷的神色眼睛睜開輕輕地不等世界上有霧障降我討厭這障降傳來了愛情的頌嗡嗡嗡歌[73]我下回再登臺就這麼全唱出來凱瑟琳・卡尼那一群尖著嗓子叫的腳色這小姐那小姐又一小姐的全是麻雀放屁嘰嘰喳喳到處亂轉滿口是她們一竅不通的政治什麼亂七八糟的事兒都要插嘴為的是使人對自己發生興趣都是愛爾蘭土產美人兒我是軍人的女兒你們是什麼人的女兒呢造皮靴的開酒館的請您原諒您是大馬車嗎我還把您當作是手推獨輪車呢她們要是也有機會像我那樣在樂隊演奏的晚上挽著軍官的胳膊在阿拉梅達廣場上散步的話她們非得倒在地上斷氣兒不行我的眼睛閃著光我的胸脯哼她們沒有熱情求天主幫助她們的頭腦吧我在十五歲的時候就已經比她

們所有人在五十歲的時候更了解男人和生活了她們不會那種唱法加德納說過任何一個男人看到我的嘴形和牙齒和那樣的微笑模樣都不由自主要想到那個的我最初還擔心他也許會不喜歡我的口音他的英國味兒真足我父親可就是給了我這個儘管他有郵票我的眼睛和身材可像我母親他總說那些傢伙有一些特別自以為了不起他可一點也不像那樣他對我的嘴唇簡直是著了迷讓她們先找一個中看的丈夫再來說話吧還得生一個像我女兒這樣的女兒要不然看看她們能不能打動一個像鮑伊嵐這樣又有錢又時髦可以隨意挑揀女人的頭面人物引得他來緊緊摟抱著幹個四五回還有嗓子也是呀我本來是可以掛頭牌的就是嫁了他來了那愛情的古老[74]要運丹田氣收進下顎但不能過分了免得出現雙下巴〈夫人的閨房〉太長不宜作為應觀眾要求加唱的項目唱那周圍有壕溝的大花園黃昏時分那些豪華的房間[75]對了我可以唱他那回在唱詩班後樓梯上的表演之後給我的〈風從南方來〉我要換一換我那條黑禮服裙上的花邊好突出我的奶子找還要真的天主啊我要讓人把那把大摺扇修理好了饞死她們我一想到他我的窟窿就總發癢我覺得需要我覺得肚子裡脹氣可得放慢點兒免得吵醒了他

70 法文：「西班牙皮膚」。

71 克拉達赫金戒指帶有雙手托心圖案，為愛爾蘭西岸戈爾韋市一帶的傳統結婚戒指。

72 「瑪麗·萊斯特號」為一八七二—七三年間扣在直布羅陀的一艘棄船。該船原由紐約啟程，在赴歐洲航程中被棄，數日後被發現時船仍完好無損，棄船原因及船員下落均始終不明，形成海上疑案之一。

73 「從前那日子……頌嗡嗡嗡歌」為莫莉演唱的〈愛情的古老頌歌〉歌詞片段，其中夾雜歌詞以外詞語「閉上眼睛」、「嘴唇」、「吻」、「我討厭這障降」等。

74 「來了那愛情的古老……」為〈愛情的古老頌歌〉中片段歌詞。

75 「那周圍……房間」為情歌〈夫人的閨房〉中片段歌詞，但原歌詞中「房間」修飾詞為「空空的」。

又來他那一套口水哩啦的我好容易前前後後都洗乾淨了我們要是有個洗澡盆就好了要不有我自己的一間房至少他能另睡一張床也好些省得我挨著他的冰冷的腳天主啊給我們一點空檔吧起碼放一個屁得有地方呀稍微動一動也容易些真的把它側過去一些輕聲地悄悄地嘶依依遠處那火車又響了非常輕聲地依依依依又一次頌嗡嗡歌

這才鬆快了不論你在哪有屁總得放誰知道我完事之後就著茶水吃的那塊豬排是不是很新鮮的天氣那麼熱我聞不出什麼怪味來我敢說豬肉鋪裡那個怪模怪樣的傢伙不是個好東西我希望這盞燈現在不冒煙了弄得我鼻孔裡盡是煤煙這比他整夜點著煤氣燈強一些我在直布羅陀的時候晚上總睡不安穩有時候甚至半夜爬起床來看我不知道為什麼老是這麼不放心可是到了冬天我就喜歡它了多少是個伴兒主啊那年的冬天可是冷透了我才十歲左右吧是不是真的我有個大洋娃娃穿一身好玩的衣服我給她打扮好了又給她脫掉刺骨的寒風從那些山上颳過來的叫什麼的Nevada來著sierra nevada[76]我身上只穿那一點點的小內衣站在壁爐前烤火我喜歡只穿這點衣服在房內來回舞蹈然後急忙鑽進被窩裡去我肯定對面那人一定常常從頭到尾在那裡看著到夏天把燈都滅了看我光著身子來回蹦躂我那時候也愛看自己脫光了衣服站在臉盆架前抹著身上擦乳霜的樣子只是使用便盆的時候我也把燈滅了這就成了兩個人我這一夜的覺就算是到頭了可是我反正不希望他和那些醫學生混在一起引得他胡思亂想忘了自己有多大年紀了早晨四點鐘才回家起碼有四點了也許還不止不過他還是挺周到不把我吵醒他們有什麼舌頭可以嚼個整夜的呢亂花錢越喝越醉怎麼就不能喝水呢然後來向咱們開起口來要雞蛋要茶要燻製黑斑鱈魚要現烘熱塗黃油的麵包看樣子他快要像一國之主那樣坐在床

上用調羹把兒挖雞蛋吃了誰知道他是從哪兒學來的這一套我樂意聽他早上端著托盤跌跌撞撞爬上樓梯來的那種杯盤叮噹的聲音還有逗貓玩兒那貓喜歡往你身上蹭那是牠本身的需要我納悶牠是不是長跳蚤了牠就和女人一樣要命不斷地舔不斷地尿可是我討厭牠們的爪子我納悶牠們是不是能看見一些我們看不見的東西那麼長時間地坐在樓梯上定定地坐著聽著總和我等待時一樣而且多麼會搶東西我買的那條多好的新鮮鰈魚我想明天買一點魚吃或是今天今天是星期五了吧真的我要像很久以前那樣配一點奶凍加黑茶藨子果醬不要倫敦和紐卡斯爾威廉—伍茲糖果公司那種兩磅裝李子蘋果醬罐頭經吃一倍只是魚刺不好我討厭鰻魚要鱈魚吧對了我要買一段好鱈魚我老是買夠三個人吃的老忘不管怎麼說我已經吃厭了巴克利肉鋪那些老一套的肘條肉啦牛腿肉啦牛排啦羊頸肉啦小牛上水啦光是這名稱就夠受了要不來一回野餐吧假定我們每人出五先令然後要不然讓他出錢得了另外為他請一個女的吧誰呢弗萊明太太吧坐馬車去荊豆幽谷或是草莓園他準會先要查看所有的馬腳上的趾甲和他查看信件一樣不行不那地方不能和鮑伊嵐去真的帶一些冷的小牛肉火腿片混合三明治山坡下有一些供野餐用的小房子但是他說熱得像火燒一樣反正不要銀行休假日我討厭那一幫子一幫子的瑪麗・安式的合唱隊郊遊娘們兒聖靈降臨節後星期一[77]也是一個不吉利的日子難怪蜜蜂螫他還是海邊好一些但是我這一輩子再也不願和他划一條船了那回在布萊他就告訴那管船的他

---

76 Sierra Nevada為西班牙文「內華達山脈」，為西班牙境內最高山脈，在直布羅陀東北方向。

77 「聖靈降臨節後星期一」（Whit Monday）在英國為銀行休假日，一九〇四年該日在五月二十三日，即布盧姆受蜜蜂叮螫日（參見第十七章一二〇七頁）。

會划假定有人問他能不能騎馬參加金杯越野賽他也會答能行的然後風浪起來了那破船滴溜溜的亂轉直往我這邊傾斜喊我拉右邊的舵繩 一忽兒又喊拉左邊的而那潮水全都嘩嘩地湧進船底上來了他那把槳又從槳叉裡滑出來了還算天主慈悲我們沒有統統淹死當然他會游泳我可不行一點危險也沒有你要鎮靜穿著他那條法蘭絨長褲我真想當場把它撕成碎條條叫他光著屁股給他一頓那人說的鞭刑打得他又青又紫的那才能叫他明白過來呢都怪那個長鼻頭傢伙我不知道他是什麼人還有城標飯店那個醜八怪伯克也在那兒照例的在碼頭上到處窺探不論什麼地方打架他總是不請自到你要是嘔吐一大灘也比他的尊容好看些我和他誰也不喜歡誰都不吃虧這算是唯一值得欣慰的事我納悶他給我帶回來的是一本什麼書《偷情的樂趣》作者是一位社交界紳士又一位德・科克先生吧我琢磨人們給他起這個綽號是因為他憑著他的雞雞到處找女人[78]我都沒法換衣服了我那雙新的白皮鞋全被海水泡毀了我戴的那頂裝飾著羽毛的帽子也被風颳得亂翻亂飄真是惱人氣死人因為海的氣味是使我興奮的當然的在石山後面的卡塔蘭小海灣[79]裡那些沙丁魚和歐鯿魚多好啊在打魚人的魚籠裡頭銀光閃閃的老魯伊吉都快一百歲了他們說他是從熱那亞來的還有那個戴耳環的大高個子老傢伙我可不喜歡那種需要你爬樹一般爬上去才搆得著的男人我琢磨他們都早就死掉爛掉了而且我也不喜歡晚上獨自待在這所大兵營似的房子裡頭我琢磨我也只好對付下去了我在搬家的忙亂之中竟完全忘了帶一點鹽進來的事[80]他計畫在二樓客廳裡辦音樂學校還要掛上一塊銅牌他還建議開布盧姆家庭旅館自找絕路重蹈他父親在恩尼斯的覆轍他對父親說的那許多他要做的事情對我說的都是那樣的我是看透他了跟我說了那麼許多我們可以去度蜜月的好地方威尼斯月下泛舟啦他從什麼報紙上

剪下了一張圖片來的科莫湖啦曼陀林琴啦燈籠啦啊唷我說那有多美啊凡是我喜歡的他都立刻要去辦恨不得比立刻更快些才好呢你願作我的人嗎你願捧我的罐頭嗎[81]他想出了那麼多主意真該得一枚油灰鑲邊的皮獎章了結果可是把咱們整天兒地晾在這兒誰知道門口會來個什麼樣的老乞丐哩編出一長套故事來要一片麵包皮也許是個流浪漢伸進一隻腳來不讓我關門就像《勞埃德新聞周刊》的圖片上那樣說是慣犯坐了二十年的牢出來又殺了一位老太太搶她的錢試想想他的可憐的妻子或是母親或是不論什麼關係的女人吧他的長相讓你只想躲開幾哩路才放心我總是提心吊膽要把所有的門窗都關緊上栓才行但是這更糟鎖在裡頭像關監牢或是瘋人院一樣那些人應該統統槍斃或是用九尾鞭這麼一個龐然大物的傢伙居然對一位可憐的老太太下手把她殺死在床上要是我我就把他身上的東西割掉真的他在也沒有多大用處可總比沒有強些那天晚上我肯定是聽到廚房裡進了賊他就穿上襯衫下樓去一手拿蠟燭一手拿撥火棍倒像是找耗子似的臉色刷白都嚇糊塗了盡量地弄出聲音來給賊聽其實沒有什麼東西可偷天主知道可就是有那種感覺尤其是現在米莉不在家裡他這主意可真叫絕因為他祖父的關係把姑娘送到外地去學照相而不讓她上斯凱利職業學校學本領不像我在學

---

78 德・科克（Charles Paulde Kock, 1793-1871）為法國流行小說作家，其作品僅有輕微色情傾向，但其姓氏「科克」與英cock（公雞）同音，而此詞在英語俚語中常指男性生殖器，早上莫莉說「這名字好聽」（參見第四章一五八頁）可能即與此有關。

79 卡塔蘭為直布羅陀東岸小漁村。

80 古羅馬等地區神話以鹽為神聖之物，遷入新居時對神獻鹽可保平安。

81 「你願作……嗎」為愛爾蘭兒童遊戲中互相提問用語。

校裡盡得一分只有他才會辦這樣一件事兒的可是他其實是為了我和鮑伊嵐的緣故那才是他這麼辦的原因我肯定這一點他總是這樣一切都有計畫有目的的近來她在家的時候我都不能轉個身了除非先把門栓上總是不敲門就進來弄得我心驚肉跳的那回我正拿椅子頂著門戴上手套洗下身叫人心煩然後又是整天像木頭人兒似地把她裝進玻璃盒子兩個人同時看著她吧他還不知道呢她走以前粗心大意把那個小擺設雕像的手弄斷了還是我找那個意大利小夥子修好的花了兩先令你都看不出接頭的地方連你煮好的馬鈴薯幫你空一空水也不願意當然她小心不把手弄粗糙是對的最近我注意到他在飯桌上總是和她說話給她講報紙上的事情她也假裝都聽得懂的樣子狡猾當然這是他傳給她的他總不能說我這個人狡猾吧對不對我事實上是過分誠實了還幫她穿外衣但是她要是有什麼不對頭的卻都是告訴我而不是他我琢磨他以為我已經完事兒了沒用了哼哼我才不是呢不是絕沒有那意思咱們等著瞧吧咱們等著瞧吧現在她已經開始跟人調情了和湯姆・德萬的兩個兒子學我吹口哨還有默里家那一幫鬧烘烘的女孩子們來叫她請問米莉可以出來嗎要她一起玩的人可不少各人都能從她這裡找到自己要的東西晚上在納爾遜街那一帶騎哈里・德萬的自行車真的他把她送走了也好她已經有些管不住了要上溜冰場還抽他們的香菸鼻子裡冒菸我給她釘上衣下邊的鈕扣之後咬斷線頭的時候就聞到了她衣服上的氣味她想要瞞我什麼事情可不那麼容易我告訴你吧不過我不該在她穿在身上的時候縫它這會造成離別的[82]而且最後那次烤李子布丁也裂成了兩半兒[83]可見不管人們怎麼說還是靈驗的她的舌頭太長了一點我不太喜歡她對我說你的襯衫領口開得太低了這是五十步笑一百步我可不能不教她別那樣地蹺腿坐在窗臺上向過往行人展覽人們都看她就和我在她這年齡的時候

看我一樣當然在那年齡身上穿什麼破舊衣服都是好看的然後在皇家劇院看《唯一道路》那回她也擺出了一種誰也碰不得的高貴架式把你的腳挪開躲遠一些我討厭人來碰我她怕得要命唯恐我擠壞了她的百褶裙在戲院裡黑咕隆咚人擠人的地方磕磕碰碰是少不了的那些人總是想方設法擠到你身邊來那回在歡樂廳買池座後邊站票看比爾博姆·特里演《特麗爾貝》[84]那個傢伙老擠過來我可再也不去那兒挨擠了管它是特麗爾貝也好特里爾屁兒也好每隔兩分鐘就要往我這地方碰一下子還故意轉過頭去看別處我想他是有一點兒痴狂後來我看到他在斯威策公司櫥窗外面對兩位打扮得很講究的女士又在耍同樣的花招擠到她們身邊去我立刻就認出了他他那臉相等等一切但是他不記得我了真的她甚至在布羅德斯通車站啟程的時候都不要我吻她唉呀我希望她將來能找到一個像我那樣盡心地伺候她的人那回她得流行性腮腺炎病倒了腮幫子腫得老高這在哪兒那在哪兒的當然她現在還不可能有什麼深刻的感受的我自己就一直沒有能充分地來過直到多大呀二十二歲左右吧總是碰不到地方不過是通常的姑娘式胡鬧吱吱咯咯而已那個康妮·康諾利給她寫黑紙白字的信還用火漆封好不過落幕的時候她是鼓掌了因為他是那麼英俊然後我們就是早中晚餐都是馬丁·哈維了我後來自己尋思如果一個男人能夠為了她這樣不顧一切捨棄自己的生命這可一定是真正的愛情了[85]我

82　這是一種迷信，起因在於替人縫補穿在身上的衣服往往發生在即將分別之際。

83　烤蛋糕出爐時開裂預示分離，這是又一愛爾蘭傳統迷信。

84　比爾博姆·特里（一八五三—一九一七）為著名英國演員，曾在一八九五年都柏林歡樂廳演出的《特麗爾貝》（參見第十五章注214九三五頁）中擔任男主角斯旺加利。

85　馬丁·哈維為著名英國演員，曾在都柏林主演《唯一道路》，此劇係根據狄更斯《雙城記》改編，男主角卡頓甘心為所愛貴婦而代其丈夫上斷頭臺。

琢磨如今這樣的男人還會有幾個的可是除非我自己遇上這事很難信以為真他們大多數是生性沒有一點兒愛情的現在要找兩個人這樣的捨命相戀感情完全相同他們的頭腦常有一些發傻他的父親就一定是有一點不正常所以在她之後居然就服毒了老頭兒可也是可憐我琢磨他是有一種失落感她還老和我的東西套近乎要用我那幾根舊布頭紮她的頭髮才十五歲就要用我的粉會把她的皮膚毀了的她這一輩子今後還有的是機會呢當然她知道自己漂亮而心裡浮動嘴唇那麼紅可惜不會老這麼紅我那時也是這樣的可是這種事鬧騰一番也是沒有用處的我叫她去買半斯通的馬鈴薯她就跟我回嘴像賣魚婆似的那天我們在看小馬賽的時候遇見約・蓋萊赫太太她和律師弗頓爾利坐著她那輛雙輪輕便馬車假裝沒有看見我們嫌我們的氣派不夠大我氣得給了她兩記響亮的耳光叫你這樣跟我回嘴叫你這樣頂撞當然那都是她那麼和我作對惹得我實在惱火也怪我脾氣不好是怎麼一回事呢茶裡頭有一根草要不然是我頭天晚上沒有睡好是不是我吃的乾酪而且我已經再三告訴過她餐刀不能那樣交叉放的照她自己的說法是因為沒有人指揮她好吧假如他不管她我可真得管一管那是她最後一次擰開她的淚水管子我自己那時也是這樣的他們也不敢派我這個那個的當然這都是他的過錯讓我們兩個人在這裡當牛作馬他早就應該僱一個女人在家裡了我究竟要等到什麼時候才能再有一個像樣的僕人呢當然那時候她就會看見他來了我得讓她知道否則她會報復的你說這些人麻煩不麻煩吧這位弗萊明老太太你得跟在她後面打轉把東西遞到她手上才行又打噴嚏又坐在盆上放屁唉當然她是年紀大了沒有辦法幸虧我在碗櫥後面找到了那條丟失了的破洗碗布都發臭了我知道那裡頭有東西才打開採光井窗子放放臭氣還把他的朋友帶回家來招待像那天晚上他還帶了一條狗回來呢想一想吧

說不定還是條瘋的呢尤其是賽門・代達勒斯的兒子他父親最愛說三道四看板球賽戴著大禮帽舉著望遠鏡可是他穿的短襪上有一個老麼大的窟窿這樣的人還笑別人可是他的兒子在中級考試得了那麼多的獎也不知是什麼科目的想想吧居然爬欄杆進來要是有認識我們的人看見他呢不知道他那條葬禮穿的禮服褲子是不是撕了一個窟窿彷彿人人天生的一個窟窿還不夠用似的把他引進了那個破舊齷齪的廚房裡去我倒要問問他是不是腦瓜子裡有毛病了可惜不是洗衣服的日子我那條舊襯褲可能還晾在繩子上展覽呢他是根本不在乎的上面還有那個笨老婆子烙糊了留下的鐵印他也許會以為是什麼別的東西呢甚至我叫她煉的油也沒有煉現在就她這德性也要走了因為她那癱瘓丈夫越來越嚴重了她們總是不斷地出事兒生病啦開刀啦要不然就是酗酒啦他打她啦我又不能不到處跑設法找一個人了每天我爬起床來總是有什麼新的事兒發生好天主呀好天主呀唉呀我琢磨哪天我死了在墳墓裡躺倒才能不用操心了我想要起來一下行不行啊等一下唷耶穌啊等一下真的我那玩意兒來了真的這不是折磨人嗎當然啦都是他那麼的在我身子裡亂捅亂翻亂耕鬧騰的現在可怎麼辦呢星期五六日那不是叫人心煩透了嗎除非他正好喜歡那樣兒的有些男人就是喜歡的天主知道我們總是不斷地出問題每隔三四個星期就要來五天每月一次的例行大拍賣這不簡直是煩死人嗎那天晚上我們好容易坐上包廂絕無僅有的一回是邁克爾・岡恩因為他在德里密公司保險的事兒上幫了他的忙才給我們在歡樂廳買的票看肯德爾夫人和她丈夫的演出偏偏我那事兒就來了我簡直氣暈了可是我不願放棄這時樓上那位時髦紳士正用望遠鏡盯住了我看而他呢還在我的另一邊大談斯賓諾莎和他的靈魂我琢磨他那靈魂早就死了幾百萬年了我一身都是水淋淋的了還盡量微微笑著往前傾著身子作出很

有興趣的樣子不能不硬坐下去一直坐到最後一句臺詞那個斯卡利的妻子[86]我可一時半時忘不了的那齣戲是被人看作描寫通姦的淫蕩戲的吧頂層樓座裡那個白痴對女角大發噓聲大喊淫婦我琢磨他散戲之後準上旁邊小巷走遍所有的背靜小道找女人解饞去了要是那時我能把我身上的東西給他就好了讓他噓去吧我敢說連那貓還比我們強些我們身上是不是血太多了還是怎麼的啊呀天上的耐心呀它就像海一樣的從我身子裡往外冒呀不過他反正是沒有讓我懷上孕儘管他有那麼大我不希望把我剛鋪上的乾淨床單毀了我琢磨也是我穿的乾淨內衣褲引起來的討厭討厭他們還總要在床上看到血跡好知道他們的女人是個處女他們就關心這個可他們都是些傻瓜你即使是個寡婦或者離了四十次婚的只消塗點紅墨水就行了要不然用黑刺莓果不行那顏色太紫了啊詹姆西啊把我從這糟心的偷情樂趣中放出去了吧不知是誰出的主意給女人派了這麼個買賣怎麼又是衣服又是烹飪又是孩子的這張該死的老床也是的叮叮噹噹像有鬼似的我琢磨人們隔著公園都能聽見我們了後來我出主意把被子鋪在地板上把枕頭墊在我的屁股底下我納悶白天是不是比晚上強些我想是的悠著點兒我想要把我這些毛都剪掉了燒得慌我那模樣可能會像一個小姑娘下次他撩起我的衣服來的時候可讓他大吃一驚了我可真願意見到他那時臉上是什麼模樣兒便盆哪兒去了呢悠著點兒自從那個老便盆架壞了以後我直提心吊膽怕把它也坐壞了我擔心我坐在他腿上是不是太重了我故意讓他坐在那張沙發椅上我才去隔壁房裡先脫掉外面襯衫和裙子他太著急不該這麼急的他根本沒有摸我我含過那些口香片希望呼吸是好聞的悠著點兒天主啊我記得從前有一個時期我能嗖嗖地直射出去幾乎像男人一樣悠著點兒啊主啊聲音多大呀我希望它起泡會有人送一大疊鈔票來[87]明天早上得給它噴一點香水

可別忘了我敢打賭他從來沒有見過比這更好看的一雙大腿瞧有多白最光滑的地方是在這兒在這一塊中間多嫩軟呀像桃子一樣好悠著點兒天主啊我想做個男人爬在一個可愛的女人身上主啊你怎麼弄出這麼大的聲音來啊像澤西百合一樣悠著點兒悠著點兒啊拉合爾的波濤這樣滔滔而降[88]

誰知道我的身子裡頭是不是有什麼毛病了要不然是不是我裡面長什麼東西了每個星期都來那玩意兒我上一次是什麼時候來著是聖靈降臨節後的星期一吧真的才三個來星期呢我應該去找一找醫生可又會像我和他結婚以前那樣了那回我流那白玩意兒弗洛伊教我去看彭布羅克路那個專看婦女病的乾癟老頭子科林斯大夫你的陰道呀他說我琢磨他就是用這樣的詞兒糊弄斯蒂芬草地一帶的闊太太們才弄到他那些金框鏡子和地毯的有一點雞毛蒜皮就去找他她的陰道啦她的交趾雞啦她們反正有錢不在乎我可不願嫁給他這樣的人呢即使他是全世界最後一個男人我也不要他而且她們的孩子們也有一點古怪老是在那些髒母狗身上各處聞來聞去的問我我的那個是不是有惡臭他想要我的哪個呀不就一樣東西嗎也許是黃金吧虧他問得出來我琢磨要是把它都抹在他那張布滿皺紋的老臉皮上算是對他的敬意他大概就明白了還說你通過容易嗎我心想他在說什麼呀照他的說法是通

86 《斯卡利的妻子》為一八九七年都柏林上演的英國戲劇，由意大利劇本改編，表現律師斯卡利夫妻不諧調，妻子與斯卡利一位同事相好，但最終放棄愛情仍與丈夫和好。

87 一種迷信認為斟茶或沖咖啡（一般不涉及解溲）起泡多預兆發財。

88 拉合爾（Lahore）為當時印度西部（今巴基斯坦）大都市；英國有一瀑布所在地名為洛多爾（Lodore），英國詩人騷塞（Rober Southey, 1774-1843）曾有一童謠式詩歌讚洛多爾的瀑布，其最後一行為「洛多爾的水就是這樣滔滔而降」。

過直布羅陀海峽還差不多那倒是一項很妙的發明我喜歡事後深深地坐進盆兒裡頭[89]盡量將身子擠下去然後拉鏈條沖乾淨清爽涼快酥酥的話說回來我琢磨其中還是有點名堂的我在米莉小時候總能從她拉的看出她有沒有蟲子可是無論如何得給他錢呀大夫該多少錢哪請付一個幾尼吧還問我是不是常常有遺失這些老傢伙們從哪裡弄來這麼些詞兒的他們才遺失呢拿他的那雙近視眼斜斜地瞅著我我可不太敢信任他對我施用氯仿麻醉或是天主知道的別的什麼可是他坐下來寫那玩意兒的樣子我倒是喜歡的皺著眉頭那麼嚴厲鼻子那神氣顯得什麼都知道的樣子你這壞蛋你這個不老實的輕佻妞兒唉呀什麼都行不論是誰只要不是白痴他還是夠聰明的能看出來當然那都是想他想的還有他那些瘋狂發痴的信我的心愛的人哪你那光彩照人的身體上的一切都是一切加了著重記號它的一切都是一種美的事物一種永恆的歡樂[90]那是他從一本胡謅的書上抄來的他鬧得我總弄我自己有時候一天四五回可我說我沒有過你肯定嗎真的我說我完全肯定我的口氣說的他閉起了嘴我知道接著來的必然是什麼這不過是天然的弱點罷了我也不知道我們第一次見面那晚上他怎麼的會使我激動起來的那時候我們住在雷霍博特我們兩人都站住了互相看著都楞住了足有十分鐘光景好像曾經在什麼地方見過面似的我琢磨是因為我的長相隨我母親有些像猶太人他帶著他那黏黏糊糊的笑容說的那些話也使我覺得好玩而且多伊爾家的人都說他要競選國會議員的唉呀我怎麼那麼傻不楞登的把他哄人的那些什麼自治啦什麼土地同盟啦都信以為真呢他還給我那首從《胡格諾們》[91]選來的歌子長而無當的還要用法語唱顯得有氣派O beau pays de la Touraine[92]我可連一回也沒有唱囉哩囉嗦地大講宗教啦迫害啦反正他是不讓你自自然然地享受什麼的那樣他就可以好像是賜給你一個大恩惠似

的了他在布賴頓廣場找到了第一個機會跑進我的臥室裡去假裝手上染了墨水要用我那時常用的阿爾比恩乳劑和琉璜肥皂洗手可是那上頭還蒙著明膠呢那天他可把我笑痛了肚皮我可不能整夜坐在這勞什子上頭了他們做便盆應該做合適的尺寸讓女人能坐好才行呀他跪下去辦事我琢磨天主創造的所有男人中間沒有第二個人有他這些習慣的瞧瞧他躺在床腳頭的這副睡相也不用個硬墊枕幸好他還不踢要不然他會把我的牙齒都踢掉了手蒙著鼻子呼吸跟他在那個下雨的星期天陪我去基爾代爾街博物館看的印度神道一樣全身披一條黃圍裙側身枕著自己的手臥著十根腳趾頭都挺立著他說那是一個大宗教比猶太人的和我們主的兩個加在一起還大整個亞洲都模仿他而他總是在模仿每一個人我琢磨他也總是睡床腳頭的吧把他的方形的大腳丫子伸在他老婆的嘴裡頭這倒楣的臭玩意兒不管怎麼說這個那些帶子在哪兒呢喔對了我知道了我希望這個舊衣櫃不要吱嗝響喔我就知道它會響的他倒是睡熟了他是在什麼地方痛痛快快玩了一場她準是收了他的錢給了他不少好處當然他得花錢才能買她的唷這討厭的玩意兒我希望到了那另一個世界裡他們能讓我們舒服一點兒吧把我們自己捆綁起來天主幫助我們吧今晚就這麼行了這張叮噹亂響的老破床總讓我想起老科恩來我琢磨他沒少在這床上撓癢癢可他以為是父親從內皮爾勛爵[93]那兒買來的這都是我告訴他的我小時候就

89 估計指法國式抽水坐浴盆。
90 「一個美的事物，是一種永恆的歡樂」為英國詩人濟慈詩句，見第十五章注165九一一頁。
91 《胡格諾們》為描述法國新教派受迫害的歌劇，參見第八章注44三三七頁。
92 法語歌詞：「啊，美麗的都蘭田野」。
93 內皮爾勛爵（一八一〇—九〇）在一八七六—八三期間任直布羅陀總督。

是崇拜他悠著點兒輕輕的啊呀我還是喜歡我這張床的天主啊我們都過了十六年了還是這德性我們搬了多少回家呀雷蒙德高臺街然後安大略高臺街然後隆巴德街然後霍利斯街每次搬家他來來往往的都吹著口哨不是他的胡格諾們就是青蛙進行曲裝作幫那些工人搬我們那四件破家具然後就是城標飯店了越來越糟管理人戴利說的樓梯口那個迷人的地方老有人在裡頭作祈禱作完之後總留下他們那一身臭味你總能知道前一個進那裡頭的人是誰我們每次剛弄得順當一些就要出事兒要不然就是他自己去闖個禍湯姆公司啦希利公司啦卡夫先生啦德里密公司啦要不是他去鼓搗他那些餿彩票說是可以使我們從此一步登天的結果他倒差點兒蹲了監獄便是他態度惡劣得罪人不用多久《自由人報》也快跟其他地方一樣要叫他捲鋪蓋回家了都因為鬧騰那個新糞黨或是共濟會到時候咱們倒要看一看他在科迪斯巷那邊指給我看的那位蔫不唧唧獨自在雨中走路的小個子能對他有什麼安慰吧他說他能幹得很呢是個真誠的愛爾蘭人我看他真是這麼回事從他身上那條褲子的真誠勁兒就看得出的等一下喬治教堂的鐘響了等一下是三刻嗎是正點了一點等一下兩點了[94]好哇半夜這鐘點他才回家來誰也受不了呀爬下採光井萬一有人看見他呢明天我可得敲打他一下別又成了他的小毛病首先我得看一看他的襯衫是不是要不然我可以看看他皮夾裡那個避孕套還在不在我琢磨他以為我不知道他那些勾當男人就是不老實他們的二十個口袋都不夠裝他們編的那些瞎話既然這樣我們又何必把實情告訴他們呢即使說真話他們也不信你然後就蜷起身子睡在床上好像他那回帶來的那本鴨梨士多德性《傑作》[95]裡的那些嬰兒似的彷彿他嫌我們的真實生活裡頭見的還不夠多還要加上個老多德性還是少德性的弄出那麼些糟糕圖片來噁心人什麼兩個腦袋沒有腿的娃娃啦他們就淨胡

思亂想這一類亂七八糟的事兒他們的空殼子腦袋裡除了這些別的什麼也沒有他們該服慢性毒藥才對哩他們中的半數吧然後要給他準備茶和烘好的麵包片兩面塗上黃油還要新下的雞蛋我琢磨我已經不值一提了那晚上在霍利斯街我不讓他舔我男人啊男人永遠是暴君就為這一件事他在地板上睡了半夜光著身子以前猶太人有親人死的時候就是那樣的[96]不吃早飯不說話就是要人家捧著他所以我想我這次已經頂夠了就讓他幹吧他可幹得滿擰他光想著他自己的享樂他的舌頭太死板要不然是我也不知道的什麼原因他忘掉了那事兒我可忘不了假如他自己願意我要叫他再來一遍然後把他鎖到下邊煤窖裡去和蟑螂一起睡覺去我納悶是不是她呢宙細和我扔下的瘋上了嗎他可是個天生的瞎話簍子不對他絕不會有膽量和有夫之婦搞的所以他才要我和鮑伊嵐搞不過要說她那個可憐巴巴的腳色她還叫他丹尼斯呢他可算不上一個丈夫真的他是勾搭上一條什麼小母狗了那回我還跟他在一起呢帶著米莉看學院運動會是腦袋瓜子上扣一頂小孩兒帽子的霍恩布洛爾放我們從後門進去的他就公然和兩名來回賣弄裙子的眉來眼去了我對他使眼色起初當然也是白費事他的錢就是這麼花掉的這回是沾了派迪．狄格南先生的光真的他們在鮑伊嵐帶來的那份報紙上登的那場大葬禮上的派頭不小呢他們要是能見到一場真正的軍官葬禮那才開眼呢倒掛著槍蒙著軍鼓那匹可憐的馬披著黑

94　喬治教堂報時鐘聲與英國倫敦威斯敏斯特「大本鐘」相似，每個四樂音短句表示一刻，四短句表示正點，其後每一下低沉鐘聲代表一小時。

95　《傑作》係假古希臘哲學家托亞里斯多德之名出版的偽科學書籍，參見第十章注50四六九頁。

96　按猶太風俗，親屬逝世下葬後最初七日期間應摒除裝飾（無須脫光衣服）睡地以示悼念。

紗跟在後邊利・布姆還有湯姆・克南那是個酒桶般的小個子酒鬼有一回喝醉了摔倒在什麼地方的男廁所裡咬斷了自己的舌頭還有馬丁・坎寧安還有代達勒斯家那兩位還有范妮・麥考伊的丈夫圓白菜似的白腦瓜子斜眼睛皮包骨的還想唱我的歌子呢除非重新投生才行還有她那條綠色舊連衣裙領口開得低低的因為她沒有別的辦法吸引他們像下雨天劈劈啪啪踩水一樣我現在看得可清楚了這就是他們所謂的友情先是互相幫著把命送掉然後是互相幫著送進墳墓他們各人家裡都還有老婆和家屬的呢尤其是杰克・帕爾他還養著那個酒吧女招待當然他的妻子老是生病不是快病倒便是剛好一些而他還是長得挺好看的不過兩鬢有些花白了他們這一幫子全都是好樣兒的好吧只要我有辦法他們就休想再把我的丈夫抓過去在他背後還取笑他辦的蠢事我清楚得很都是因為他還有點打算不願把他掙的每一枚便士都灌黃湯浪費掉還知道照顧家小這一幫子不辦好事的傢伙可是話說回來我還是有一點可憐派迪・狄格南他的老婆和五個孩子可怎麼辦呢除非他有保險還好些模樣滑稽的小陀螺似的小個子成天賴在酒店角落裡不走老婆或是兒子等著他比爾・貝利請你回家來吧[97]她穿上寡婦喪服並不能增加她的姿色你得自己好看穿上才特別顯得俊俏呢什麼樣的男人他去了嗎去了他參加格倫克里的宴會了還有本・多拉德那個低音大桶那晚上他到霍利斯街來借燕尾服作演出用拚了命地硬塞才塞進去他那張大娃娃臉咧著大嘴笑活像打得通紅的娃娃屁屁他那天是不是出足了蠢球怪相一點也不錯他那臺上的形象才好看呢想一想吧你花上五個先令預定座位結果就是看他穿了那撈魚褲子狼狽地跑下臺去的模樣還有賽門・代達勒斯也是他出場總是灌得半醉的先唱第二段歌詞他愛唱舊戀新歡還有山楂樹枝上那姑娘的歌聲真甜美還總短不了調一點兒情那回我和他在弗雷

迪．邁耶斯的私人歌劇音樂會上唱《瑪麗塔娜》他的嗓子真好聽真響亮菲比我最親愛的再見吧心上的人他總是唱心上的不像巴特爾．達西唱心傷的再見當然他是天生的好嗓子一點也不拿腔拿調就像是熱水淋浴一樣將你全身都籠罩在裡頭了瑪麗塔娜呀山林鮮花呀我們唱得很精采可惜對我的音區來說太高了一點就是變調也還是高那時節他已經和梅．古爾丁結婚了可是他言語之間或是行動之中總是有些喪氣的意思現今他成了鰥夫我納悶他的兒子是什麼樣的一個人他說他是作家將要當大學教授教意大利文還讓他教我哩他打的是什麼主意呀還把我的照片拿給他看呢那一張可沒有照好我應該穿那種什麼時候看也不過時的服裝照才好不過我在那張照片上還是顯得年輕我納悶他是不是乾脆把照片送給他了連我也饒上了那也行啊那年我見到他跟他父母坐馬車到國王大橋車站去那是十一年前的事了我穿著喪服真的他現在該十一歲了不過為一個還沒有長成一定形狀的小不點兒服喪不知有什麼用照我說哭完一場就夠了當然囉我也聽到了報死甲蟲在牆壁裡的嗒嗒聲[98]可是他偏堅持他呀連貓死了也會服喪的我琢磨他這時已經長成一條漢子那時候他還是個天真的兒童可是個逗人喜歡的小傢伙穿一套方特勒羅伊小爵爺式的套服[99]一頭的鬈髮我在馬特．狄龍家見到他的時候像個舞臺上小王子的模樣我記得他也喜歡我的他們都喜歡我的等一下天主喲真的等一下

97 〈比爾……家來吧〉為一美國通俗歌曲，內容為丈夫出走後妻子自責而望丈夫回家。

98 西方一種迷信，認為甲蟲在牆內發出類似時鐘的滴答聲預兆死亡。

99 《方特勒羅伊小爵爺》為英國出生的美國女作家伯內特所著小說與同名劇本，劇中小主人公為美國兒童而在英國繼承爵位。

真的別忙今天早晨我擺出來的那一副牌上有他哩和一個年輕的陌生人結合[100]膚色不深不淺過去見過的我當時以為是他但是他不是小雛雞兒也不是陌生人而且我的臉還轉向了另一邊呢在那以後的第七張牌是什麼呢黑桃十那是陸地旅行另外有一封信要來而且有一些醜聞那三張皇后和那張方塊八表示社會地位上升真的等一下全都應驗了還有兩張紅八要有新衣服你瞧瞧我不是還作了一個夢嗎真的夢裡出現了一點詩的情節我希望他不是那種油乎乎的長頭髮一直披到眼睛上要不然像紅印第安人那麼直立著[101]他們那麼樣的到處跑有什麼好處呢不過是落個連人帶詩都遭人譏笑罷了我小時候一直是喜歡詩的起初我還以為他是一位拜倫勛爵那樣的詩人呢可他寫出來的東西沒有一丁點兒詩的味道我認為他完全不是那樣的我納悶他是不是太年輕了一些他現在大約是等一下八八年我是八八年結的婚米莉昨天滿十五歲八九年狄龍家那回他多大呢大約五六歲八八年我琢磨他該有二十或是出頭了如果他有二十三四歲我配他不算太老我希望他不是那種自命不凡的大學生類型他不是那樣的否則他不會和他一起坐在破廚房裡喝埃普斯牌可可聊天兒的當然囉他是裝作什麼都懂的樣子大概還會自稱是三一學院出來的吧他要是個教授可太年輕了我希望他不是像古德溫那樣的教授一名教約翰·詹姆森的專利教授[102]他們寫詩全都要寫女人的這個麼我琢磨他要找我這樣的女人可還不容易呢那裡有愛的輕嘆和吉他悠揚[103]那裡的空氣中都洋溢著詩意藍色的海洋月亮的清輝是那樣的美坐晚班輪船從塔里法[104]回來那歐羅巴角的燈塔那人彈的吉他是多麼情意綿綿我還會不會再回去呢都是新的面孔了兩隻窺視的眼睛在格子窗後隱匿我就為他唱這一首那對眼睛就是我的眼睛只要他有一點詩人氣質兩顆烏黑的眸子明亮如愛神的星星這些詞兒多美啊如愛神的年輕的星

可以換一換樣子天主知道可以和一個有靈性的人談談你自己而不是老聽他那一套比利・普雷斯科特的廣告啦岳馳的廣告啦魔鬼湯姆的廣告啦然後他們的買賣出一點事我們就要倒楣我想他一定是個出類拔萃的人物我願意結識這樣一個男人天主啊不是其他那種庸庸碌碌的人而且他是這麼年紀輕輕的我在馬蓋特海灘[105]的岩石後面可以看到那些討人喜歡的後生赤條條地站在太陽光下像天神還是什麼的然後縱身跳下海去帶著那個為什麼不能叫所有的男人都像那樣呢那才讓女人舒心呢像他買來的那個可愛的小雕像我可以整天地看他也看不厭的一頭鬈髮還有他的肩膀還舉著一根指頭叫你聽呢那才真叫美真叫詩意呢我常感到自己想吻他的全身也吻一吻他那兒那根逗人愛的小雞兒是那麼的純潔要是沒有人看見我真願把它含在嘴裡它那樣子彷彿就是在等你去吮它似的那麼乾淨那麼白他的模樣兒他的臉還帶著孩子氣呢我真願意馬上就那樣即使嚥下一點兒也可以怎麼呢和稀粥或是露水差不多沒有什麼危險的而且他一定很乾淨和那些豬男人大不一樣我琢磨他們大多數人

---

100 「和一個年輕的陌生人結合」等等直至下文「兩張紅八要有新衣服」，均為用紙牌占卜時對紙牌出現的排列方式所作解釋。

101 某些印第安人（如莫霍克部落）喜蓄直立式頭髮。

102 約翰・詹姆森父子公司為都柏林一家釀酒廠。

103 「那裡有愛的輕嘆和吉他悠揚」以及下文「兩隻窺視的（原歌詞為「放光的」）眼睛在格子窗後隱匿」、「兩隻烏黑的眸子明亮如愛神的星星」均為〈在古老的馬德里〉中歌詞。

104 塔里法在西班牙半島最南端，距直布羅陀二十八英里，在晴朗的夜晚來自塔里法的輪船半途即可見到直布羅陀的燈塔。

105 馬蓋特海灘在直布羅陀與西班牙聯接處，上有男人專用海濱浴場。

一年到頭都從來想不到洗一洗的所以才害得女人們嘴脣上長小鬍子我敢說我這年齡要是能交上一個英俊的青年詩人那一定是妙極了明天早晨我第一件事就是要擺一副牌看看那張吉利牌出來不出來要不然我設法給王后配對看看他是不是出來我要盡量多找一些詩來看一看學一學還要背一些才行不知道他喜歡誰免得他認為我沒有腦子假定他以為所有的女人都是一樣的我還要教教他另外那一門我要讓他全身都發酥把他弄得神魂顛倒他將會寫詩寫我的情人情婦而且是公開地等他出了名之後所有的報紙都會登我們兩人的照片嘿可有一件那時候我對他怎麼才好呢

不行對他可絕不能那樣他是怎麼回事呢不懂規矩沒有教養他的天生稟性就是什麼也沒有因為我不喊他休[106]就那樣伸手到後面打咱們的屁股什麼都不懂的連詩和白菜都分不清的腳色這都怨你自己沒有端著點兒他們才這樣放肆的居然當著我的面就坐在那只椅子上脫襪扒褲子了連問一聲可不可以的客氣話都沒有真不要臉皮脫剩半件他們那種襯衣那麼庸俗地挺在那裡讓人欣賞像個教士或是屠宰手或是尤利烏斯・凱撒時期的那些老偽君子們當然按照他的看法他自有他的道理反正什麼都是開玩笑一樣的隨隨便便真的你跟他睡覺就和什麼差不多就和跟獅子睡覺差不多天主哪我敢說那傢伙還比他強一點呢一頭老傢伙的獅子唉呀我琢磨都是因為我穿著短襯裙鼓鼓的那麼豐滿那麼誘惑人他實在按捺不住了我有時候自己看著都動心難怪男人們從女人的身體上獲得那麼多的享受我們永遠是這麼圓這麼白等著他們我曾經希望自己也換一換花樣變成一個男人嘗一嘗他們那玩意兒脹大起來往你身上戳過來的滋味那麼硬可是你摸它一摸又那麼柔軟我走過髓骨巷巷口的時候聽見那些街頭小子們在說我叔叔約翰有根玩意兒長又長我嬸子瑪麗有個玩意兒毛烘烘都因為天已

經黑了他們知道有個姑娘走過我聽了可沒有臉紅有什麼可臉紅的呢不就是自然的事嗎接下去他把他的長玩意兒塞進我媾子瑪麗那毛烘烘的等等原來是將把兒插進擦地的板刷又是十足的男人事兒他們可以挑挑揀揀隨他們的興致有夫之婦咧風流寡婦咧黃花閨女咧都按他們各自的不同口味找就像愛爾蘭街後面那些房子一樣不行可是我們卻讓人永遠用鏈條拴住不能動彈他們可休想把我拴住了沒有那個門兒一旦我開了頭之後我告訴你吧他們那種愚蠢的吃醋丈夫派頭哼為什麼我們對這件事不能大家都和和氣氣非要吵架不可呢她的丈夫發現了他們倆在一起幹了什麼勾當唉呀自然而然的可是他發現生米已成熟飯還能再把它變成生米嗎不管他怎麼辦反正他已經是coronado[107]定了還有一種是《美貌的暴君》裡的丈夫又走到另一個瘋狂的極端當然那個男人根本沒有為當丈夫的想一想甚至也沒有為那妻子著想他要的是女人把女人弄到手就算達到目的了我倒要問問要不然為什麼要讓我們生出來就這麼旺盛的情慾呢我還年輕這是情不由己的事我有什麼辦法呢我沒有未老先衰變成一個乾癟老太婆算是一個奇蹟和他一起生活這麼冷冰冰的從來不擁抱我只有他睡覺了倒有時候抱我的另外那一頭我琢磨他是不知道自己抱的是誰天下有吻女人屁股的男人嗎我算是服了他了他既然能吻那地方就什麼亂七八糟的東西都可以吻了那是我們一丁點兒什麼表情也沒有的地方我們人人都一樣的兩大團脂肪若要我對一個男人那樣呸那些骯髒的畜生們我光是想到那事兒就夠了

106 「休」為鮑伊嵐教名。
107 西班牙語：「（修道士式）削髮」。學者認為莫莉可能指cornudo（妻子與人私通）。

senorita我吻你的腳[108]那裡頭還有一點意思他有沒有吻我們家廳堂的門呢吻了他吻了[109]簡直是個瘋子他那些稀奇古怪的主意除了我以外誰也不理解的可是當然囉一個女人每天差不多需要人擁抱她二十次才能保持青春容貌不論是誰的擁抱只要是你愛的人或是他愛你就行如果你想要的人不在有時候我的天主呀我都想是不是哪個晚上趁著天黑繞到碼頭上那兒碰不到認識我的人我可以找個剛從海上回來的水手那種人迫不及待根本不管我是誰的人只要有門可入就進去發洩掉完事要不然在拉思梵漢那些野性模樣的吉卜賽人中找一個他們把帳篷紮在布盧姆菲爾德洗衣房附近為的是找機會設法偷我們的東西我看它名字叫模範洗衣房就送去過幾回老是送回來一些舊衣服單隻的襪子那個模樣像惡棍似的眼睛倒不難看正在剝一根嫩枝的樹皮在黑地裡向我撲過來一句話也不說就把我按在牆上幹要不然來個殺人犯什麼人都行他們自己幹的又是什麼勾當呢那些神氣活現戴著絲質大禮帽的紳士們那名住在這一帶什麼地方的王室法律顧問我那天晚上就看見從哈德威克巷出來那天晚上他為慶祝拳擊賽勝利[110]請我們吃魚當然是為了我才請的我是從他的鞋罩和走路姿勢認出他來的過了一分鐘我回頭看一眼就發現有一個女人也從巷子裡出來了是一個髒婊子他是完事之後才回家去找他老婆的不過我琢磨那些水手恐怕有一半都是一身的病吧哎呀看邁克的面上把你的臭皮囊往那邊挪一挪吧聽聽他這聲音風呵把我的嘆息往你耳邊送[111]這位偉大的主意專家唐・德・拉・弗洛拉[112]你看他倒睡得香嘆息嘆得痛快吶要是他知道今天早上他在我那副牌上出現是什麼情形那才真有他嘆息的呢一個黑色的男人夾在兩張七的中間不知所措坐了監牢天主知道他是犯了什麼事我可不知道而我倒要下樓在廚房裡忙活為大老爺準備早餐他卻像木乃伊似的弓著身子我幹不幹呢真

的你有沒有看見過我跑來跑去的我倒是願意看看我怎麼乖乖地伺候他們而他們卻根本不把你當一回事我不管別人怎麼說這個世界要是能由女人統治一定會好得多女人們絕對不會平白無故互相殘殺的絕不會擴大屠殺的你什麼時候見過女人像他們那樣灌得爛醉滿地打滾的要不然傾家蕩產地賭博把錢都輸在賽馬場上真的因為一個女人不論幹什麼都知道適可而止實在的要不是有我們他們根本來不了這個世界上他們不懂得作一個女人作一個母親是怎麼一回事他們怎麼懂得了呢他們全都是靠母親養育大的就是我沒有他們要是沒有母親養育的話統統都不知道會在那兒呢我琢磨他現在在外面瞎跑就是這個緣故晚上也不看書不作功課在外邊遊蕩而且不住在家裡我琢磨是因為家裡照例是不斷地吵架唉呀事情就是那麼不如意他們有這樣一個好兒子還不知足而我卻一個也沒有是不是怨他沒有本事呢反正不是我的過失我們那次的交合是我看到光禿禿的街上有兩條狗一條爬在另一條背上從後面進去唉我真是傷透了心我琢磨我不該用我流著眼淚織的那件小毛衣給他下葬的應該送給一個窮孩子但是我很明白自己以後不會再生了那也是我們家裡第一次死人我們從那以後就不一樣了哎呀我可不願再想那件事把自己弄得灰心喪氣的了我納悶他為什麼不願意過夜呢我一直覺得他是帶了一個生人到家裡來了幹嗎要去滿城流浪呢天主知道會遇上什麼樣的人野雞啦扒手啦

---

108 西班牙男人對小姐表示敬意的套語，但senorita為西班牙語senorita（小姐）訛讀。

109 猶太教信徒進出門時吻或摸門上的「經文楣銘」（見第十三章注33七二五頁），而非吻門。

110 鮑伊嵐曾組織基奧—貝內特拳賽並用計提高賠率，事見第十二章六一六—七頁。

111 〈風呵……耳邊送〉為一首情歌。

112 莫莉在直布羅陀時戲言與「西班牙貴族的兒子唐・米圭爾・德・拉・佛洛拉」訂婚，參見本章一二八四頁。

他的可憐的母親要是活著絕不會高興的也許會把他自己這一輩子都毀了可是這個鐘點可真是可愛這麼安靜我總是喜歡舞會之後回家的時刻夜晚的空氣他們有朋友可以談天我們可沒有那樣的朋友要不是他想要他得不著的東西便是有個女人要來捅你一刀子這是女人們最叫我恨的地方難怪他們會這樣對待我們我們簡直是一窩子不成話的母狗我琢磨這都是因為我們煩心的事兒太多所以那麼沒有好氣兒我可不是那樣的他完全可以睡在另外那間房裡那張長沙發上我琢磨他還這麼年輕還不到二十吧對我準會像個小男孩兒似的害羞我坐便盆他在隔壁房裡都會聽得見的算了吧有什麼關係呢代達勒斯我納悶這姓有點像直布羅陀那些姓氏什麼代拉帕茲啦什麼代拉格拉西亞啦他們那裡就是有這些莫名其妙的怪姓聖瑪利亞教堂那位給了我一串念珠的是維拉普拉納神父還有Calle las Siete Revueltas[113]的羅薩利斯·伊·奧賴利還有皮辛姆波還有總督街的奧皮索太太哎唷這樣一個姓[114]我要是也有她這樣的姓呀我見到第一條河就往下跳我的天哪還有那各種各樣的小小街道什麼天堂坡啦瘋人坡啦羅傑斯坡啦克羅徹茲坡啦還有魔鬼豁口臺階哩怪不得我這麼冒冒失失的我知道我是有一點兒我當著天主的面宣布我自己並不覺得現在比那時候老了一天我納悶我的舌頭還能不能轉那些西班牙調調como esta usted muy bien gracias y usted[115]瞧瞧我還沒有完全忘掉我還以為我忘了呢只剩點語法了名詞就是任何人地方或事物的名稱可惜我沒有讀一讀倔脾氣的魯維歐太太借給我的那本巴萊拉[116]的小說書裡的問號兩頭寫都是顛倒的[117]我一直都知道我們最後會離開的我可以教他西班牙語他可以教我意大利語這樣他就明白了我不是那麼無知的人真可惜他不肯留下來這可憐的人肯定是疲乏已極了特別需要睡一個好覺我可以把早餐送到他床上要一點烘麵包只要我不用刀子帶來壞

運氣就行要不然假如那個送貨上門的女人有水田芥和什麼清甜可口的東西也好廚房裡還有一些橄欖他也許會喜歡我可受不了阿布林家鋪子裡擺的那些我不愛看那樣子我可以當criada[118]那房間經我挪動了之後現在的樣子還是過得去的你瞧瞧我一直就有一種預感的呢我可不得不自我介紹了他根本不知道我是老幾好玩得很呢對吧我是他的妻子要不然假裝我們是在西班牙他還半睡不醒的迷迷糊糊不知道自己在什麼地方dos huevos estrellados senor[119]主啊我腦子裡的念頭有時候真是希奇古怪有趣得很假定他住在我們家裡吧沒有什麼不可以嘛樓上那間房本來就空著的後房還有米莉那張床呢他可以用那裡頭那張桌子寫字作功課儘管他老用那張桌子瞎寫些東西要是他早上也像我一樣想躺在床上看些什麼那麼他反正要給一個人做早飯就給兩個人做得了只要他租的房子是這麼個格局我是肯定不願意給他從街上隨便招房客來住的我很希望和一位有頭腦受過很好教育的人長談一番我得買一雙漂亮的紅拖鞋就是那些戴圓筒非斯帽的土耳其人賣的那一種要不然黃的還要一件半透明的漂亮晨袍那是非常需要的要不然來一件桃紅色的梳妝衣就是沃波爾公司老早以前賣過那種才八

113 西班牙文：「轉七道彎的街」，為直布羅陀一街的西班牙語稱呼。
114 「奧皮索」音似英語「噢，尿吧」。
115 西班牙語：「你好嗎?很好，謝謝你，你好嗎?」
116 巴萊拉（Juan Valera Y Alcala Galiano, 1824-1905）為西班牙作家、政治家。
117 按西班牙文格式，問句前加顛倒問號，句後另有問號。
118 西班牙文：「女僕」。
119 西班牙語：「兩只煎蛋，先生。」

先令六或是十八先令六我要再給他一次機會我要早早地起床反正我已經膩味這張科恩的老床了我也許要到市場上去看看各種各樣的蔬菜那些圓白菜西紅柿胡蘿蔔形形色色的水果都進來了鮮靈靈多可愛誰知道我第一個遇見的男人會是誰呢他們在早上都是存心找這個的梅米・狄龍常說他們是那樣的晚上也是那是她望彌撒的時候我希望現在能有一個水靈靈入口就化的大梨子像我鬧喜害口那陣子吃的那種然後我去弄他的雞蛋用她送給他的護鬚杯沏茶叫他把嘴張大些我琢磨他也會喜歡我的好奶油吧我知道該怎麼辦我要高高興興的可不能太過分了有時候唱一兩句**mi fa pieta Masetto**然後開始換衣服準備出去**presto non son piu forte**[120]我要換上最好的內衣內褲讓他飽一飽眼福叫他的小麻雀挺立起來我要讓他知道假如他想知道的話他的老婆讓人操過了而且是狠狠地操了快頂到脖子這兒了這人可不是他足有五六回之多一回接一回的這乾淨床單上還留著他的精液痕跡呢我也懶得弄掉它這一下他應該有數了要是你還不信你摸摸我的肚皮吧除非我使他立了起來自己伸進我那裡頭去我真想把每一個小動作都告訴他叫他當我的面照樣做一做這是他活該假如我成了頂層樓座裡那傢伙說的那種淫婦的話這完全得怪他自己哎呀我們在這個眼淚之谷裡幹下了這一點壞事可沒有少大驚小怪的天主知道也不過如此而已還不是人人都一樣不過他們隱瞞著罷了我琢磨這就是女人本來的用處要不然天主不會把我們造成這樣對男人有這麼大的吸引力的好吧要是他要吻我的屁股我就拉開我的內褲沒遮沒攔地凸出在他的鼻子跟前他可以把他的舌頭伸進我那窟窿裡頭去伸它個七哩深吧那他就占領了我的褐色部了然後我就告訴他我要一鎊要不也許三十先令我告訴他我要買內衣然後如果他照給的話他還不算太糟我並不要像別的女人那樣把他榨乾了我本來常常可以自己

動手開張好支票的把他的名字寫上就弄上兩鎊的有幾次他就忘了鎖起來反正他不會花掉的我就允許他從後面在我身上發洩只要他不把我的好內褲都弄髒了就行哎呀我琢磨那是無法避免的事兒我會裝作滿不在意的樣子隨便問一兩個問題從他的回答就能知道他什麼時候到那分兒上了他什麼都瞞不過我無論他有什麼動靜我都一清二楚我要夾緊我的屁股甩兩句髒話聞我的屁股吧舔我的巴巴吧不論想到什麼瘋話都行然後我就要出主意了真的哩等一下小夥子現在輪到我來勁兒了我要做得很高興很隨和哎呀我可忘了我這血淋淋的倒楣事兒了呸你簡直不知道是哭好還是笑好了我們就是李子蘋果一鍋攪的不行我只能穿那些舊的了這樣更好還更突出些他決計弄不清究竟是不是他搞的行了反正對你也就夠好的了什麼舊衣服都行然後我把他擦掉完事就跟擦掉一項帳目一樣他的遺漏吧然後我就走我的讓他去望著天花板她又去哪兒了喲使他找我這是唯一的辦法一刻了什麼缺德鐘點喲我琢磨中國那邊人們現在正起床梳辮子準備開始一天的生活了吧我們這裡修女們快敲晨禱鐘了她們睡覺倒沒有人進去打擾除非偶然有一兩個教士去作夜課要不雞叫的時候隔壁的鬧鐘當啷啷啷的簡直要把它自己的腦袋都震破了我來試一試看是不是還能睡一會兒一二三四五他們發明的這些像星星的東西算是什麼花喲隆巴德街的壁紙好看多了他給我的圍裙也是那種花樣只是我不過我只用了兩次最好把燈弄低一些再試一試好早點起床我要到芬勒特食品店旁邊的蘭姆花店去一下叫他們送些花來好把屋子布置布置要是他明天帶他來呢不是明天是今天不好不好星期五不吉利首先

120 意大利語（莫札特歌劇《唐．喬凡尼》歌詞）：「我為馬塞扎難過……快，我支持不了了。」

我要把屋子收拾好灰塵不知道怎麼回事自己就長出來了大約是在我睡覺的時候長的吧然後我們可以來點音樂抽抽香菸我可以給他伴奏先得用牛奶擦洗鋼琴的鍵盤我穿什麼衣服好呢要不要佩戴一朵白玫瑰不然的話來點兒利普頓公司那種神仙蛋糕吧我喜歡貨色齊全的大商店裡那種香味七個半便士一磅的要不然另外那種帶櫻桃和粉色糖層的十一便士的來兩磅桌子中央得來一盆好花哪兒的盆花便宜些呢別著急我不久前在哪兒看見來著我愛花恨不得這屋子整個兒都漂在玫瑰花海裡才痛快呢天上的天主呀大自然真是沒有比的崇山峻嶺還有海洋白浪翻滾還有田野真美一片片的燕麥小麥各種各樣的東西一群群肥牛悠閒自得你看著只覺得心裡舒暢河流呀湖泊呀鮮花呀各種各樣的形狀香味顏色連小溝裡也冒出了報春花和紫羅蘭這就是大自然要說那些人說什麼天主不存在別看他們學問大我說還不值我兩個手指打的一個響榧子呢他們為什麼不自己試試創造出點什麼東西來呢我常和他說那些無神論者還是什麼論者的還是先把自己身上那些疙疙瘩瘩的洗淨了再說吧再說他們臨死他們鬼哭神嚎地找牧師又是為什麼呢為什麼呢因為他們怕地獄他們做了虧心事可不是嗎我可知道這號人誰是宇宙中間比別人都早的第一個人呢誰是開天闢地的人呢究竟是誰呢他們可說不上來我也說不上來這不就結了嗎他們還不如去試試擋住太陽讓它明天別升起來呢他說太陽是為你放光的那是我們在豪思山頭上躺在杜鵑花叢中的那一天他穿的是灰色花呢套服戴著那頂草帽我就是那天弄到他求婚的真的我先還嘴對嘴給了他一點兒茴香籽蛋糕那是一個閏年和今年一樣真是的十六年過去了天主呀那一吻可真是長差點兒把我憋死過去真的他說我是一朵山花真的我們就是花朵女人的身體全都是花朵真的他這輩子總算說出了一個真理還有太陽今天是為你放光真的我就是

因為這個才喜歡他的因為我看得出他理解或是感覺到女人是怎麼一回事兒而且我知道我總能讓他聽我的那天我盡給他甜頭引他開口求我答應可是我先還不馬上回答一個勁兒地眺望海面仰望天空心裡想到許許多多他不知道的事情想到馬爾維想到斯坦厄普先生想到荷絲特想到父親想到老格羅夫斯上尉想到那些水手在碼頭上玩鳥兒飛我說彎腰還有他們叫作洗碟子的遊戲總督府門前站崗的頭上戴個白色頭盔有一道箍可憐的傢伙曬得半死不活的還有西班牙姑娘們披著披肩頭上插著高高的梳子嘻嘻哈哈的還有清早趕集拍賣什麼人都來了有希臘人有猶太人有阿拉伯人整個歐洲還加一條公爵大街什麼犄角旮旯兒裡的希奇古怪的人都來了還有家禽市場在拉比沙倫外面一片嘈雜雞鴨亂叫驢子可憐瞌睡懵懂的盡打滑陰暗處影影綽綽常有人裹著斗篷躺在臺階上睡覺還有運公牛的大車輪子真大還有幾千年的古堡真的還有英俊的摩爾人穿一身白衣服腦袋上纏著頭巾國王似的氣派小不點兒的鋪子還請你坐下還有朗達[121]西班牙客棧古老的窗戶兩隻窺視的眼睛在格子窗後隱匿情人只好吻鐵條[122]夜間酒店都是半開門的還有響板那天晚上我們在阿爾赫西拉斯沒有趕上渡輪打更的提著燈籠轉悠平安無事哎唷深處的潛流可怕哎唷還有海洋深紅的海洋有時候真像火一樣的紅夕陽西下太壯觀了還有阿拉梅達那些花園裡的無花果樹真的那些別致的小街還有一幢幢桃紅的藍的黃的房子還有一座座玫瑰花園還有茉莉花天竺葵仙人掌少女時代的直布羅陀我在那兒確是一朵山

121 朗達為西班牙城市，在直布羅陀東北方向四十餘英里處。

122 「兩隻窺視的眼睛在格子窗後隱匿」為上文（見本章注103一三〇七頁）所提歌詞，而西班牙房屋格子窗外往往另有鐵柵。

花真的我常像安達盧西亞姑娘們那樣在頭上插一朵玫瑰花要不我佩戴一朵紅的吧好的還想到他在摩爾牆下吻我的情形我想好吧他比別人也不差呀於是我用眼神叫他再求一次真的於是他又問我願意不願意真的你就說願意吧我的山花我呢先伸出兩手摟住了他真的然後拉他俯身下來讓他的胸膛貼住我的乳房芳香撲鼻真的他的心在狂跳然後真的我才開口答應願意我願意真的

的里雅斯特——蘇黎世——巴黎

一九一四——一九二一

冷、熱風及其他
——《尤利西斯》譯後記

(一)冷鋒和熱風

《尤利西斯》從它在全書出版前一年的一九二一年二月在紐約專案法庭受到「誨淫」判決和禁令起，到一九三三年十二月在紐約的美國地區法院獲得伍爾西法官宣告此書並非誨淫可以進口的著名判決為止，以十二年又十個月的時間，經歷並且促成了西方社會文化思潮的一次重大變革。同樣值得深思的是，這部如今已確立為二十世紀最重要的英語文學著作的小說，從它一九二二年二月在巴黎正式出版起，到一九八六年二月在北京第一次發表包括較多完整篇章的中文選譯為止，用了整整的六十四年，這過程反映了一個更複雜、更有重大意義的社會文化變革。

中國人並非不能欣賞這一名著。早在出書的一九二二年，詩人徐志摩在英國讀到此書，立即就讚它是一部獨一無二的不朽貢獻，並以詩人特有的熱情奔放的語言，歌頌《尤》書最後一整章無標點的文字「那真是純粹的'prose'，像牛酪一樣潤滑，像教堂裡石壇一樣光澄……一大股清麗浩瀚的文章排傲而前，像一大匹白羅披瀉，一大卷瀑布倒掛，絲毫不露痕跡，真大手筆！」[1]

然而，詩人枉自熱情，中西文化交流的氣候遠遠沒有成熟到引進這樣一部著作的程度。原文文字艱深是一個原因，但現在看來並非唯一的——甚至並非首要的原因。最主要的原因是這部書在中國似乎尚未出現已被打入冷宮，正如王家湘教授在歡迎《世界文學》一九八六年初發表拙譯時談及過去情況所說的：「不知何處吹來的『頹廢』、『虛無』、『色情』、『毒草』等冷風，使人望而卻步。」[2]

我在〈《尤利西斯》來到中國〉一文[3]中，列舉了周立波一九三五年全面否定（一九八四年重新發表）和一九六四年袁可嘉批判否定《尤》書的情況。其實這類反面意見本身不足為奇，在《尤》書發表之初的西方也曾經有過。特別值得注意的是在長達半個多世紀的歷史時期中，儘管喬伊斯這部小說已成舉世公認的名著，占世界人口五分之一的中國語文使用者（以我們的絕大多數而言）始終不能親眼看一看這書，能看到的只有一條條將書禁斥在門外的「理由」，實質上和一九二一年西方的英語使用者聽到紐約專案法庭的判決一樣。其實就是發出這種禁斥聲的人自己，也絕非冷風之源，而是冷風的受害者，否則很難想像像周立波這樣一位很有才華的作家，何以會連《尤》書都沒有看到（因為他在提到主人公姓氏原文寫法時，不寫正確的Bloom，而把它寫作Blum，這是原書中沒有的寫法，大概是從俄文寫法轉來的，而我們知道當時此書並沒有俄文譯本，他的根據很可能是蘇聯的評論文章），就能如此深惡痛絕，將它說得一無是處，根本沒有任何文學價值可言呢？

所以，現在的中文譯本的出現，絕不是一本書的問題。這一從無到有過程中的許多事，從七十年代以前的打入冷宮狀態，其中包括五、六十年代中國有計畫地大規模翻譯世界各國名著而唯獨將它排除在外，到七十年代之後的逐漸改觀：多年不見的老同學袁可嘉來天津竭力勸我譯書、八十年代中期《世界文學》積極刊載譯文、八十年代後期天津百花出版社出單行本、同時中國大陸文學出版界首屈一指的人民文學出版社決定出內容更多的選譯，凡此種種都說明中國的氣氛已經發生一個根本的變化，它的重要性遠遠超過任何法官的判決。這是一個大氣候的變化，正因為有了它，才能有海峽兩岸文化界共同關心這一名著的中文譯本的盛事，才能使廣大中文讀者親眼看一看這部包括「像一大匹白羅披瀉，一大卷瀑布倒掛」的「清麗浩瀚」文字在內的奇書，究竟是怎麼一回事。

我從事這一譯事前後十六年，前十年以研究為主，具體發表三整章加兩個片段的譯文和若干論文，其中包括榮獲天津社會科學優秀研究成果一等獎的論文〈西方文學的一部奇書〉，後六年全力以赴，現在雖稱殺青，仍覺並未達到十分滿意的程度，恨不能再有一、兩年時間作一次全面而又細緻的整理工作，可惜出版業務強調時機，尤其在最近兩年來出現了競爭的情況下，不允許

1 徐志摩〈康橋西野暮色〉前言，發表於一九二三年七月六日上海《時事新報》，見廣西人民出版社《徐志摩全集》（一九九一）第一卷三五八頁。
2 王家湘：〈喜讀《尤利西斯》的選譯及論文〉，《外國文學》（北京）一九八六年第八期。
3 載《光明日報》一九九四年十二月十七日。

慢慢地精雕細琢。

不同譯文的出現，正是上述文化交流新氣象成熟的一個標誌，對於讀者和翻譯界是一件大好事。特別有意義的是，讀者將會發現，同一著作的兩種譯本，竟能有這麼大的差異。這差異在上卷中雖由於出版時間關係（拙譯選譯各章陸續出於八十年代初、中期，全譯本上卷十二章九歌版出於一九九三年，人民文學版出於一九九四年，此後另一譯本方出上卷八章）而有所沖淡，仍在不少地方有充分的表現。到了下卷，後來者更快，去年年底已經出全，我看到與我的譯稿的差別更是顯著。不但面貌迥異，有的地方甚至連實質內容也大不相同。這就為讀者提供了更廣闊的視界。

對於一個以翻譯藝術為畢生事業的人來說，這更是考驗、提高的難得機會。我在前言中提出，我的目標是「盡可能忠實、盡可能全面地在中文中重視原著，要使中文讀者獲得盡可能接近英文讀者所獲得的效果。」我願意再次強調，我認為這是文藝翻譯者應有的目標。

我的話實際上是我在翻譯理論研究中獲得的結論，在拙著《論翻譯》[4]和《等效翻譯探索》[5]中都作過詳細的論述。我承認這是一個難以實現的目標，甚至是一個永遠不能完全實現的目標，但是有這個目標和沒有這個目標是大不相同的。文藝翻譯本是一項既有趣而又艱苦的事業，投入其中是既需要有濃厚強烈的興趣而又必須有苦苦追求的決心的，我願和一切有這樣的興趣和決心的人一起，共同向這個方向努力。現在有幸在這樣春風化雨的大好氣氛中，讓體現我的主張的作品和體現另一種主張的作品擺在一起供人比較，我認為這是一個從理論到實踐都獲得提高的極好機會，熱烈歡迎讀者和各方面專家批評指導。

(二)版本問題種種

《尤利西斯》原著版本問題的錯綜複雜，是現代名著中少見的。我在拙文〈《尤利西斯》的真面目〉[6]中介紹了一九二二年初版以來種種曲折，並重點介紹了一九八四年的加蘭版（the Garland Edition）如何受到喬學界普遍讚揚而轟動一時的情況，似乎曲折終於告一段落。不料一波未平，一波又起：我雖然提到新版出後不久又受到挑戰，未能預見喬學界在拙文寫作的一九八六年之後，還要深入展開一場《尤》書版本的大論戰。

某些爭論激烈的焦點，跟咱們基本上沒有牽扯。例如，焦點之一是小說中提到一次的一個姓氏，其中的字母究竟是Sh還是Th，人們為此爭得不亦樂乎，可是咱們的漢字語音中根本沒有th這個音，可以隔岸看火。然而有的問題就關係重大了。

最突出的是拙文中提到的一段文字。如果加蘭版是正確的，這段文字應在第九章，緊接在貝斯特引述法文書名片段L'art d'être grandp……（《作（外）祖父的藝術》）之後[7]，原文共五行，

4 金隄、奈達《論翻譯》（*On Translation*），英文論著，中國對外翻譯出版公司，北京，一九八四。
5 金隄，《等效翻譯探索》，中國對外翻譯出版公司，北京，一九八九。
6 《「尤利西斯」選譯》，天津百花文藝出版社，一九八七，第一九八—二〇六頁。
7 拙譯《尤利西斯》（九歌出版）三九二頁。

其中主要內容是回答了斯蒂汾在第三章內自問之後又在第十五章內問母親亡靈的一個問題：「那個人人都認識的字」是什麼字？8

在一九八四年以前，所有的版本都沒有這一段文字，因此斯蒂汾提的問題就成了一個謎，學者紛紛根據個人的分析提出答案，誰也不服誰。加蘭版根據一九七五年費城羅森巴赫基金會出版的《「尤利西斯」手稿影印集》補充了這五行，其中以斯蒂汾本人的意識流正面回答了他自己的問題：「那個人人都認識的字」是「愛」。這正是艾爾曼提出的分析，他當然很高興，在他發表在報紙上的文章和為加蘭版寫的序中都重點提到這一校勘成果。

一九八六年以後的論戰中逐漸占上風的意見，認為喬伊斯手稿中的寫法，未必是他最後的定稿，需要根據他在各階段的修改材料判斷。艾爾曼也同意，喬伊斯很可能是自己決定刪除這一段的。試想：這裡涉及的三段文字都是斯蒂汾的意識流，他在第三章內作為內心深處的痛苦問題自問之後，在第九章內已經自己作出明確答覆，可是到了第十五章又去問母親的亡靈（實際仍在他的意識流中），好像仍是壓在胸中的鬱結，豈非有失喬伊斯伏筆的巧妙？

這一些深入開展的爭論使我認識到，在當前沒有一個一致公認的標準版本的情況下，最好的辦法是幾種公認為比較好的版本都看，在有分歧的地方根據自己的研究，選擇其中之一作為依據。這也是我一九九二年在都柏林參加國際喬學大會的版本討論會所得的結論。

我相信，這樣綜合確定的文本，是目前情況下能獲得的最好文本。

（三）加注的原則

《尤》書儘管難懂，仍是小說而不是學術著作。艾爾曼在《利菲河上的尤利西斯》（一九七二）中說它是「所有有趣味的小說中最難懂的一部，同時也是難懂的小說中最有趣味的一部。」他所說的難懂，相當大的一部分和喬伊斯的寫作方法有關，如果加注很可能是我下面第二、三、五條提到的那幾種，加注不僅未必解決問題，還有可能大大損害小說的藝術性和趣味性。有些難處，主要是有關背景知識的，加注可以對讀者有幫助，但是也會使人產生學術著作的印象，有損讀者的期待。我在國外見到的數十種《尤》書譯本都沒有注釋，大概就是這個原因。

但是對於中文讀者而言，由於中西文化背景迥異，這第二種難處必然要多得多，所以我認為我在七十年代末開始這一譯事採用的適當加注的辦法還是對的，只是必須克制。我在初步摸索之後已經發現，《尤利西斯》研究在西方既已成為最大的熱門，要找注釋並不太難，例如下面提到的《「尤利西斯」注釋》這部書裡頭就有九千條，難的是恰到好處，要既解決問題而又盡可能減少讀者的負擔。根據這個想法，我加注大體上遵循以下幾條原則：

（一）盡可能作到少而精，並且堅持用腳注形式，即將注文排在正文同頁之末，以便讀者一眼就能看到，避免閱讀學術著作式的來回翻找。對出版社來說，編排腳注比尾注麻煩得多，一千多頁的折騰不是小事，這種方便的頁面內，蘊藏著出版者的認真負責精神和許多人任勞任怨的細

8 本書一三三三頁。

心工作。

（二）注釋內容盡可能限於必要的背景知識，盡可能避免對理解小說內容和欣賞其藝術無關的考證。例如，喬伊斯寫人物大多有生活中的原型，研究者早已一一找來對號入座，包括偶然提到而從未露面的人物。但是我認為小說不是傳記，對於一般讀者來說，只要有基本的時代背景就夠，人物對號反而會擾亂小說的人物形象欣賞。所以，除了在小說中出現的歷史人物姓名外，我不注這種對號資料，只有直接影響對上下文理解的才作為例外加注。

（三）盡量避免主觀闡釋性的注釋。《尤》書的寫法在許多地方和傳統小說完全不同，不是直截了當說清楚，而是若隱若現，需要讀者自己去體會的。這也正是喬伊斯高明處之一，使讀者感到後味無窮，加上闡釋性的注釋顯然就會破壞這種藝術效果。

如果要加這種注釋，材料幾乎是取之不盡的，因為這類文字正是最吸引研究者注意的地方；這些研究工作本身當然是有意義的，但作為小說本文的注釋卻很可能掛一漏萬，甚至誤導讀者。例如第一章的最後一段在原文是一個單詞：Usurper（篡奪者）。這顯然是斯蒂汾的意識流，但他心目中的「篡奪」究竟指什麼呢？由於這個詞的突出地位，研究者早就把它當作重點研究的對象了。

早期的研究者提出，「篡奪」指的是馬利根從斯蒂汾手中奪走鑰匙，因為鑰匙是斯蒂汾的；證明這一點的是前面斯蒂汾意識流中的兩句話：「鑰匙是我的。我付的房租。」[9]

但是八十年代中已有其他學者分析，斯蒂汾意識流中的這兩句話，實際上是對上一句話「他想要鑰匙」的解釋。也就是說，這兩句是他估計馬利根即將索取鑰匙之後，琢磨馬利根心裡有這活動：這是斯蒂汾意識流中的馬利根意識流。也有人提出一九〇四年喬本人住的碉樓就是他朋友出房租，以史實為佐證說明斯蒂汾不可能把馬利根要鑰匙看作篡奪。但是最主要的是小說內部的文字：意識流中的意識流是《尤》書中的常見手法，這分析很有說服力，把再下面一句「他的眼神已經說了」的內涵也帶活了。

可是，如果並非指奪取鑰匙，「篡奪」究意指什麼呢？我認為，讀者這一問正符合喬伊斯的寫作目的。我們知道，他對每一章的結尾都是匠心獨運、特別巧妙的，往往是寓意深遠的畫龍點睛一筆。這第一章結尾更是徐志摩所說的「大手筆」：一個單詞，可是發自斯蒂汾的內心深處，那麼大的力量，像是一記重錘，既總結了第一章內一系列性格鮮明、生動活潑的精采場面，又預示了以後斯蒂汾精神生活的發展趨勢，讀者如果體會了這一章文字的力量，這時必然會產生內容豐富的想像活動。任何片面的闡釋都會破壞這種藝術效果，更不必說主觀猜測了。

（四）關於小說文字中的非英語片段，我在八十年代發表選譯時都譯成中文，以注說明原文是何種文字，但是喬伊斯使用外文都有其藝術目的，絕大多數是表現人物性格的手段，當時我就感到那種處理方法有損藝術效果，只能是權宜之計。現在統統改為在本文內保留原文，加注提供翻譯，希望這樣能多傳達原著的風采。

---

9 本書七十三頁。

（五）八十年代的選譯中，往往對於某些人物或情節加注說明上下文關係。那是因為有關篇章並未譯出，需要依靠這些注提供線索。現在全文譯出後，讀者自會發現前後聯繫，這一類的注釋多數已無必要，大多已取消。喬伊斯寫書就是有意將線索散在各處，讓讀者自己注意，他認為這才符合生活的本色。讀者自己發現這些線索，正是讀這小說的樂趣之一，我盡可能取消這一類注釋，也是避免越俎代庖，保持原著藝術特點的一種手段。

這些加注的原則是在翻譯過程中形成的，由於這是一個十多年的漫長過程，有些注釋可能不完全符合逐漸明確起來的原則，如果有一個全面複核的機會，我想注釋還可以更精練一些。歡迎讀者和各方面的專家就這些原則發表意見，以期再版時有所改進。

注釋往往需要通過獨立的研究方能寫成，根據的資料來源是多種多樣的。我最近幾年所在的美國弗吉尼亞大學和美國全國人文學科研究中心兩處的圖書資料服務處都幫了極大的忙，尤其是後者，常通過它遍及全美國的資料網為我找有關各種細節的準確材料。用得最多的參考書是《不列顛百科全書》（*The Encyclopaedia Britannica*，尤其是其中前十卷簡明部已有中國大百科全書出版社在一九八六年出版的中文譯本，特別方便）和《天主教百科全書》（*The Catholic Encyclopedia*）。參考的喬學書籍、論文無法計數，其中提供背景知識最多的有兩部：一部是《「尤利西斯」中的典故》（*Weldon Thornton, Allusions in Ulysses*），作者就是為拙譯寫序的桑頓教授，這書是這類書中的第一部，一九六八年已正式出版，但至今仍是最可靠的。另一部是《「尤利西斯」注釋》（*Don Gifford with Robert J. Seidman, Ulysses Annotated*），內容比上面一部廣，一九七四年初版問題較多，一九八八年易今名增補再版有很大改進，但喬學界仍意見紛紛，儘管如此，由於它注釋的範圍廣而內容細緻，仍是最重要的參考書，我承蒙作者兩次贈書，獲得很大幫助。在字典類中，一九八九年出的二十卷的《牛津大字典》（*The Oxford Dictionary, 2nd Edition*）提供了最靠得住的解釋，往往需要靠它糾正其他材料中的不妥處。

由於小說的性質，注釋一般不標出處，僅有個別例外。例如，第四章末尾布盧姆聽見的報時鐘聲（一種樂音短句）是一連串的「嘿嗬」，原文的**heigho**是一種感嘆語，它的意義和第一章末尾的拉丁祈禱文有聯繫，但這時不明顯，可是到了第十七章，布盧姆和斯蒂汾面對面站著同時聽見同一鐘聲，還是一個聽見「嘿嗬」，而另一個聽見拉丁祈禱文[10]。這時的文字強調他們聽見的是回音，也就是說，是同一鐘聲引起不同的情緒。這樣一來，「嘿嗬」這種感嘆究竟表示什麼情緒就成了一個突出的問題，因為它既涉及小說前後如何呼應，又涉及布盧姆和斯蒂汾的情緒之間是否有呼應。可是「嘿嗬」在當代英語中並不是一個常用的感嘆語，我和幾位喬學家研究，發現人們的理解不但模糊而且很不一致，可是《牛津大字典》的定義卻非常明確，並無模稜兩可的餘地，而這定義恰好能顯示小說需要刻劃的靈魂深處的潛流。顯然，這定義的權威性很有關係，它的出處就必須交代了。

10 本書一一九六頁。

（四）衷心的感謝

從我個人說，我深感今天終於能將這鉅著以其不加刪節的全貌奉獻在中文讀者的面前，沒有許多熱心中外文化交流的朋友和機構的支持是不可想像的。除了我在上卷譯者序中已經提名致謝的許多朋友和機構以外，一九九三年之後我繼續受到弗吉尼亞大學和美國全國人文學科研究中心的大力支持，又蒙瑞士的蘇黎世喬伊斯基金會（The Zürich James Joyce Foundation）的盛情邀請和費白石先生（Mr. Peter Fritz）的熱情支持，得以在喬伊斯的第二故鄉蘇黎世進行比較深入的研究，尤其是基金會主席弗里茨．森先生（Mr. Fritz Senn）對我當時正在翻譯的第十六章特別有心得，我和他細緻地討論了這一章表面平淡而暗礁累累的文字。

第十四章是喬伊斯文體變化最突出的一章，他運用英文文體從古至今的變化象徵胎兒在腹中逐漸成形的過程，我在譯文中相應使用逐漸演變的中文文體，其中自古文逐漸變為白話的數十頁，幸獲通曉古文的張充和女士和何文禎先生逐句推敲，並有兼通中英文的夏志清教授核對原文閱讀，都提了寶貴意見。

最後，還有一位我不能提名的重要支持者。我這部龐大的譯稿，其內容一眼看去往往真是「喋喋不休、扯天扯地」讓人摸不著頭腦，我的筆跡又是那麼拙劣凌亂，更甭提那些繞來繞去找不到頭的塗改；總字數從原稿開始的幾次反覆，少說也有一百多萬字吧，沒有一個字不是通過她的手的，可是一九九三年我寫序鳴謝的時候，她竟運用她掌握的這個過程把她自己的名字刪除了。我當時對這個似乎有些越權的行動無可奈何，但這回我不提名字了，「名字有什麼關係呢？」不論如何，沒有她從頭到尾的支持，而且是遠遠超過本身已經是非常繁重的謄寫、校對並擔任第一讀者的支持，我這譯事恐怕不是這一輩子能夠完成的了。

值此全書出版之際，我謹向上卷序中已經提到和這裡提及的所有人和機構，以及在各種情況下給我熱情幫助而我在此無法一一提名的朋友們致以衷心的感謝。

金隄

一九九五年十月

於美國弗吉尼亞大學高級研究中心

詹姆斯・喬伊斯年譜

一八八二　二月二日，出生於都柏林南郊。

一八八八　在天主教耶穌會於都柏林以西二十英里處所辦寄宿學校克朗高士森林學堂入學。

一八九一　因家道衰落而輟學；喬父所擁護之愛爾蘭民族領袖帕內爾去世，喬寫詩譴責背叛帕者，由喬父自費印發。

一八九三　家境繼續惡化，喬獲得原森林學堂校長幫助而入市內耶穌會所辦貝爾弗迪爾學校繼續學習。

一八九七　獲全愛爾蘭全年級最佳英文作文獎（自一八九四年開始多次獲學習獎）。

一八九八　貝爾弗迪爾畢業，入都柏林大學學院。

一九〇〇　開始發表學術論文，在學院「文史學會」宣讀〈戲劇與人生〉，在英國重要刊物《雙周評論》發表〈易卜生的新劇〉。

一九〇二　大學學院畢業，獲現代語學位，企圖入醫學院因經濟困難而未成，去巴黎。

一九〇三　四月因母病而返都柏林，八月母故。

一九〇四　離家在外生活，一段時間住《尤》書第一章所描寫的沙灣海灘「馬泰樓」碉樓，並曾在第二章所寫道爾蓋郊區學校教書。寫作若干詩歌與短篇小說，部分在雜誌發表（後收入《室內音樂》詩集與《都柏林人》短篇小說集）。寫以本人經歷為題材的文章〈藝術家寫照〉，投稿被退後即以同一題材改寫長篇小說《英雄斯蒂汾》，六月結識娜拉・巴納克爾，六月十六日和她約會（十餘年後寫《尤》書即以一九〇四年六月十六日為故事發生日，現文學界每年以此日為「布盧姆日」）。十月偕娜拉離愛爾蘭赴歐洲大陸，在當時屬於奧地利統治的泊拉市外語學校找到教英語工作。

一九〇五　在意大利的里雅斯特外語學校教英語。兒子出生。向倫敦出版商投《室內音樂》與《都柏林人》。

一九〇六　遷羅馬，任銀行職員。

一九〇七　返的里雅斯特。女兒出生。《室內音樂》在倫敦出版。為《都柏林人》增寫短篇小說完成。教英語（家庭教師）、作演講、寫文章。放棄已寫二十六章的《英雄斯蒂汾》（殘稿在喬逝世後一九四四年出版），開始以其題材改寫為《藝術家青年時期寫照》。

一九〇九　返都柏林小住，接洽《都柏林人》出版事宜無結果，籌建電影院（開業後不久即失敗）。

一九一二　最後一次返愛爾蘭小住，接洽《都柏林人》出版事宜，出版商與印刷廠要求修改其中文字，喬拒絕，印刷廠銷毀此書樣張。

一九一三　詩人龐德（Ezra Pound）開始為喬伊斯的生活與發表作品出力。

一九一四　《寫照》在倫敦刊物《唯我主義者》連載。《都柏林人》在倫敦出版。喬開始創作《尤利西斯》。第一次世界大戰爆發。

一九一五　劇本《流亡者》寫成。喬全家遷瑞士蘇黎世。

一九一六　《寫照》在紐約出版。

一九一七　寫完《尤》書前三章。喬因青光眼而動手術（此後反覆動手術共十一次）。英國韋弗小姐（Harriet Shaw Weaver）開始匿名資助喬伊斯。

一九一八　《流亡者》在倫敦出版。《尤利西斯》開始在美國刊物《小評論》連載。

一九一九　遷返的里雅斯特（戰爭於一九一八年結束）。

一九二〇　全家遷巴黎。美國《小評論》連載《尤利西斯》受控「有傷風化」，被迫停止連載。

一九二二　《尤利西斯》在巴黎由莎士比亞書店出版。

一九二三　開始寫《芬尼根後事》，當時暫稱「進行中作品」。

一九二七　詩集Pomes Pennyeach在巴黎出版。「進行中作品」片段開始在刊物發表（此後在全書出版前繼續發表片段，共十七次）。

一九三〇 喬伊斯與娜拉於倫敦正式結婚。

一九三三 美國法庭判定《尤利西斯》並非淫誨，可以在美國出版。

一九三四 紐約蘭登書屋出版《尤利西斯》。

一九三九 倫敦、紐約兩地同時出版《芬尼根後事》。第二次大戰爆發，喬全家遷法國南部。

一九四〇 遷瑞士蘇黎世。

一九四一 一月十三日胃穿孔治療無效去世。安葬於蘇黎世公墓。

附錄：普洛透斯的饗宴
——「中國首屆國際喬伊斯學術研討會」側記

李奭學

一九九六年九歌出版社社長蔡文甫先生與學者、作家莊信正、李奭學、曾麗玲等人參加「中國首屆國際喬伊斯學術研討會」。現任職中研院文哲所的李奭學先生貼近現場寫下夾敘夾議的豐富報導。

——編者

過去三年來，中文譯壇的盛事之一是連續出現了兩種喬伊斯（James Joyce）著《尤利西斯》（Ulysses）的全譯本。首先問世的是臺北九歌版的金隄譯本上卷，時為一九九三年秋。緊隨其後的則為文壇耆宿蕭乾、文潔若夫婦的譯本，分由南京譯林與臺北時報公司印行。九六年春，金譯本殺青，下卷繼續在臺灣梓行，而不旋踵北京人民文學出版社又推出簡體字版。據悉，北京中國社會科學院外文所另有第三種譯本在進行中。

迄今為止這一波波的翻譯浪濤，最高潮應該是月前在北京和天津外語學院召開的「中國首屆國際喬伊斯學術研討會」。與會人士俱一時之選，分別來自愛爾蘭、美國、北京、天津、香港和臺北。中國雖然遲至一九七八年以後才「重新發現」喬伊斯，但對臺、港讀者而言，這個名字其實一點也不陌生。臺北尤得風氣之先，六十年代初期《現代文學》月刊就詳細介紹過喬氏的作品，《都柏林人》（*Dubliners*）的譯本和白先勇的《臺北人》互相輝映滲透。三十年後金譯本「登臺」，其實已是第三波的攻堅行動了。話說回來，金隄和蕭乾等人之加入這一群譯者和作家的行列，造成的震撼還是最大。原因有二：首先，《尤利西斯》是喬伊斯最重要的作品，譯事不易，而雙雙所譯又是足本，讓人再度感受到六十年代現代主義對中文世界的衝擊。其次，金、蕭本彼此競爭，引發過一場筆墨官司，風波由中文世界蔓延到《大西洋月刊》（*Atlantic Monthy*）等西方主流雜誌去。

金隄先生《尤利西斯》中譯本是與會學者共同話題

天津外院所主辦的這場會議經過長時的籌備，計劃周詳。大會首先於七月五日假北京外語大學舉行開幕式，隨即由社科院外文所的袁可嘉教授主講現代主義在中國的發展歷程，金隄先生則專題報告《尤利西斯》的人物刻劃。當晚愛爾蘭大使館舉行慶祝酒會，招待賓主雙方。第二天一早，全體人員驅車赴主辦單位的所在地。四天的會程裡，中間一度移師天津近郊的薊縣長城，在黃崖關賓館舉行了一場別開生面的「長城腳下論壇」。

由於金隄先生是天津外院的退休教授，他的譯本當然變成與會學者的共同話題，雖然各人其實都有其強烈的自主性。西方人士則受語言所限，大多針對喬伊斯原著的內涵發言，如維珍尼亞大學柯羅格（Robert Kellogg）教授縱論喬伊斯「翻轉」（translating）都柏林的手法，又如教堂山北卡州大的喬學大家桑頓（Weldon Thornton）教授暢談《尤利西斯》和啟蒙時代以還的哲學思潮間的扞格齟齬等等。華人學者中，牛津大學的博士候選人張京洪和天津外院于洪英教授所提論文也都關乎《尤》書思想，分別研究其中的愛爾蘭民族性與解放主題。

七月六日下午的議程由社科院外文所吳元邁所長主持，第一場發言特別請九歌出版社的蔡文甫社長報告金譯本的出版始末。演講中提到的「催生」功臣莊信正博士繼之登場，所談便是泛論性的《漢譯〈尤利西斯〉所涉及的種種問題》。莊博士開宗明義地指出，《尤利西斯》是集文字遊戲之大成的小說，所用的技巧如擬聲詞和頭韻詞在方塊字中根本表達不出來，造成不少翻譯上的盲點。莊博士也是文章方家，寫過《尤利西斯評介》，更曾譯過《尤》書部分，於金譯的感受特別深，數語便把譯事癥結概括出來。

臺大外文系的曾麗玲教授論題是《霧中看花花自媚——評金譯本〈尤利西斯〉》曾教授特別指出她無可避免要從臺灣本地的觀點著手評論。即使如此，她也肯定金譯本要角名姓的彈性譯法比蕭譯好。諧音遊戲更是煞費思量，金譯盡量以適當的中文重現之。但在方言俚語方面，由於金譯多半以中國北方土語入譯，不時對習慣「國語」或「臺語」的臺灣讀者造成困擾，因此建議臺灣版的《尤》書不妨視當地語情略作調整。曾教授的論文耗時半年寫成，與會人士無不肯定她用功深刻，心細如髮。我的論文雖然調整到最後一天（七月九日）發表，某些觀點倒和曾文雷同。

例如我們都認為喬伊斯原作中夾雜大量拉丁與德、法等非屬英文的「外文」，而金譯往往直引，僅於邊注中權予說明，即非上策。曾教授建議盡量譯出，「只保留文中有明確提到外文使用情境者」，我則從劉若愚教授的觀點立論，以為歐洲各國語言其實「略似」中國「古今」各國或各地的國語或方言，所以認為金譯大可用江浙話、粵語或閩南語來對譯德文與法文等。至於古典拉丁文於現代西人來說不啻「文言文」，或可用先秦古文來因應。

喬伊斯原著第十四章〈太陽神牛〉（Oxen of Sun）諧仿千餘年來英國文學各種體調，上起「前英語」（pre-English）時代的拉丁體（the Latinate），下至本世紀初的黑人英語與醫學行話，演進的層次分明，和章旨所在的生命孕育及中心人物之一史蒂芬・迪德拉斯（Stephen Dedalus）的文學養成又互相呼應。拙論另一重點即金譯在這方面的處理，而且僅限於文藝復興以前的四、五種古體。

比起蕭譯本的「一體到底」，我覺得金譯本這一章極盡變化之能事，擬仿《尤利西斯》的企圖一眼可辨，而五言詩句的使用功力尤深。稍可疵議的是，對照於喬伊斯所關注的文體沿革，金譯缺乏明顯的史變，而近體文言難以表現薩魯斯特（Sallust）與塔基土士（Tacitus）的拉丁文不說，五言詩的氣勢也稍遜於亞佛雷（Aelfric）古英文體的凝重感。隨後所仿效的中古劇風，金譯的處理和仿拉丁體者差異有限，更屬憾事。金隄講究匠心，自不待言，本章前數頁的譯事若能顧及目的語自《尚書》、《詩經》與《九歌》以來的文體演變，成就必然遠勝目前。儘管如此，我自知這種要求陳義過高，連臺灣代表團的同仁莊信正博士私下也講了一句公道話：「這一章，恐怕只有錢鍾書先生的中外文造詣才勝任得了！」

有關翻譯這個課題還有兩篇論文應該一提。一是香港城市大學語文學部講師方淑箴的金譯與蕭譯的比較研究，一為明尼蘇達大學劉君若教授的《從信達雅談金隄〈尤利西斯〉》一文。

與會方家個個有如普洛透斯（Proteus）翻譯之神

方教授的博士論文研究的就是目前可見的這兩種譯本，所以觀察起其中的轉喻性語言（trope）來特別細膩，尤在雙關語、諧擬、隱喻和代諭上下工夫。她的基本信念是：「理想的譯者不僅可以譯出『意義』，而且可以傳達出轉喻語的曖昧性（ambiguity）與形式特色。」因此，她往往提出一些比兩種譯作更令人信服的建議。例如第五章瑪莎（Martha）在某句話中第二次提到「world」（世界）這個字時，誤說成「word」（字），造成一個足以令譯者傷透腦筋的文字遊戲。面對這種來源語才玩得成的譯事難題，蕭譯本束手無策，按字義硬譯，再用尾注權予說明。但金譯就用心多了，不僅用聯想義「詞」來譯「word」這個字，而且以去掉「言」字旁的「司」字對應其實反多了英人字母的「world」，造成另一類型的文字遊戲。按說金譯已是高招，然而天外有天，方教授倡言還可改進，從而建議以「宇」字代「world」，因為「宇內」一詞其實就是「世界」的意思，而這個字與瑪莎錯講的「字」（word），在中文裡真的就只有那麼一「拐」的筆勢差距，無論形、義都和喬伊斯的英文遊戲若合符節。方教授的建議真如神來之筆，莊信正博士聽罷叫絕不已，特地起身向她致敬。劉君若教授謙稱不懂《尤利西斯》，可是她的論文牽涉最廣，把金譯本放在佛典漢譯外來的中國譯史中觀看，又藉趙元任所期待於譯家的語言與文化雙重觸媒的身分來提示此一譯本對「改革開放」下的當代中國所可能帶動的影響。

劉教授的論文，倒讓我想起研討會移師薊縣長城時，北外大王冀湘教授講演四九年後政治對中國喬伊斯和英美現代文學研究的干擾。如果金譯本——甚至包括蕭譯本——確實可以活絡文革以後中國躋身世界主流文化的渴望，可以像天津作協趙玫女士所謂的帶動創作思潮，那麼天津外院這場喬伊斯研討會的功能就彷彿六十年代《現代文學・喬哀思專號》在臺灣對白先勇、王文興與蔡文甫等小說家的啟發，將來於文學文化的發展必然功不可沒。

不過拙文提到，文藝復興時代的歐洲人士視希臘神話裡的普洛透斯（Proteus）為翻譯之神，這不僅因海神的這位助手有如《西遊記》裡的孫悟空會千變萬化的神通，更因他的神性也含納了自然之神潘恩（Pan）在內。易言之，譯家得以多姿巧筆「增麗」自然，化「原作」為層樓更上的「神奇」。我所謂的「奇」另有望而「驚懼」之意，就像「潘恩」之名在英裡導生出來的「Panic」的字義。上文雖嚐鼎一臠，相信讀者也可以從舉出來的例子裡想見天津外語學院這場會議的盛況。而金譯《尤利西斯》的成就不僅讓人「望而生畏」，與會方家個個更像普洛透斯，所提出來的建言有如一道道豐富的饌餚，一場場聽下來，聽眾「敬」與「驚」絕對是兼而有之。

——原載一九九六年八月《明報月刊》

《尤利西斯》第一部中文全譯本誕生前後

蔡文甫

一九九〇年夏季，在台北市一個文友餐敘中，主客莊信正先生突地拿出一本金隄先生譯的《尤利西斯》選譯本，問九歌可否排印正體字版在台灣發行？

當時接過來翻閱一下隨即表示，我們願意出版，但不能印行選譯本，請金先生翻譯全文出版才有意義。

這次宴會就是為了接待由美國回台北的莊信正先生，還邀請了幾位文友和文教記者作陪。我毫不猶豫的答應出版《尤利西斯》全譯本，不但莊先生感到意外，尤其是一位台大外文系畢業、美國紐澤西州立大學文學碩士的記者黃美惠，對中外文學名著涉獵頗廣，對我貿然應允出版《尤利西斯》全譯本，也大為驚訝。她認為這部世界文學經典名著，難懂難譯，能譯完全書的人非常之少；而且，不了解譯者及譯文，怎能冒這麼大的風險出版全譯本。

但我決定出版全譯本，有下列三個因素：

一、全世界有各種譯本，很多國家甚至有數種版本，獨缺中文本，忝為一個文學出版社的負責人，有責任和義務把這二十世紀偉大著作，介紹給中文讀者。

二、我是一個小說創作者，技巧和形式早年曾直接、間接或多或少受過《尤》書的影響。早知道有這部書，卻無法讀原文，怎能放棄一窺堂奧的機會？

三、不知道台灣有沒有人能翻譯這部奇書；即使有人能譯，也忙得無法執筆；而莊先生寫過一本《尤利西斯評介》的書，既了解原著，也懂得原文，由他推薦的譯者定能勝任愉快，不負眾望。

經過數度連繫，一九九〇年七月即和金先生簽定翻譯契約，約定分四次交稿，一九九五年七月譯畢。

由於這是中文出版界大事，台灣和中國大陸以及海外各種媒體，爭相報導；而金先生也如期分批交稿。但在簽約兩年後，即傳出北京有作家蕭乾、文潔若夫婦合譯《尤利西斯》，預定在一九九四年底出版。但為了尊重合約及金先生一字不苟的態度，我們仍按進度編印，只是為了應付很多急於「先睹為快」的讀友，在一九九三年十月出版《尤利西斯》上卷。

九歌出版公司的關係企業九歌文教基金會，為了全世界第一部《尤利西斯》中文譯本問世，特邀請旅居美國的譯者金隄先生及其夫人朱玉若女士，到台灣舉行一系列活動，鄭重向中文讀者推薦這部文學經典名著：

一、新書發表會——由九歌文教基金會董事長朱炎博士（當時他剛於七月底交卸台大文學院院長職務）主持，到場有評論家、翻譯家、作家、記者近百人。大家對第一部《尤利西斯》中文本之誕生，均感振奮，並向花費十六年時間鑽研、翻譯之金隄先生致敬。

二、國立中央大學外文系主辦之研討會——由系主任陳東榮博士主持，到場有外文系教授、學生以及喬伊斯學者譚德義等二十餘人。

三、國立成功大學文學院院長閻振瀛博士主持之研討會，到場有該校教授及研究生五十餘人。

四、國立中山大學外文研究所所長鍾玲博士主持之研討會，有研究喬伊斯的林玉珍教授（後來請她翻譯《喬伊斯傳》），甫在中山大學任客座的香港中文大學王建原教授等及研究生二十餘人。

每場金隄先生均發表演講，並答覆所提的各種問題，因此發現台灣的專家學者以及讀友對《尤利西斯》有研究者不在少數。

台灣由北到南一系列《尤利西斯》研討會在著名大學展開後，有人質疑為何獨缺位於台北市的國立台灣大學？

經洽商後，台大外文系主任彭鏡禧教授，立刻在台大文學院會議室加辦一場；很多教授、研究生趕到會場，連窗戶、走廊都站滿了《尤利西斯》的愛好者；尤其是朱炎教授，在授課中途趕到，以山東鄉音朗誦了「尤」書第十二章描寫都柏林市井人物一段文字，更令人感動。

在出版期間，台灣發行量最大的聯合報副刊，選刊了《尤利西斯》第一章，並用千字短文介紹了《尤利西斯》全書的內容摘要；中華日報副刊則選刊了《尤》書的第四章；專業讀書雜誌《誠品閱讀》選刊第三章。而其他報紙、刊物，對金隄先生譯文之精確和注釋之完備，認為是

「二十年前梁實秋翻譯莎士比亞全集以來最大盛舉」。各方交相讚譽，讀友口碑載道，初版不到一月即售罄，立刻再版。

一九九二年五月，台灣大學外文系教授齊邦媛到柏林訪問，曾與當時仍在修建的James Joyce文化中心負責人Ken Monaghan先生有三小時晤談。Monaghan先生是喬伊斯的外甥，保有許多信件及照片，曾詳談喬氏創作《尤利西斯》之家庭因素，且帶齊教授徒步走訪喬氏生長入學等原址，當時Monaghan先生告知已搜集各種語文《尤利西斯》版本，獨無中文譯本。一九九三年金隄先生中譯上卷由九歌出版社出版，即寄一本至都柏林喬氏文化中心。一九九四年秋，齊教授再訪都柏林，見喬氏文化中心已改建落成開放，在它高雅華麗的正廳中央最顯著的書櫥中，九歌版的《尤利西斯》很耀眼地站在正中位置，可見該館（中心）對我中文譯本之重視，令齊教授甚感欣慰，今後中文將不再缺席。

一九九六年四月香港中文大學翻譯學系特舉辦跨越中、港、台及海外的「翻譯學術會議」，金隄與海內外名家余光中、齊邦媛、林文月、馮亦代共同與會。現場並特別展示全套《尤利西斯》精裝本。

金隄先生曾將「尤」書譯本的上下二卷先後寄給愛爾蘭總統。（本書書名頁之後有愛爾蘭總統寫給金隄先生的信函譯文）

九歌為了使「尤」書讀者，了解喬伊斯創作「尤」書時的時空背景及感情生活，特請中山大學教授研究喬伊斯的學者林玉珍博士，翻譯《喬伊斯傳》（*James Joyce, the years of growth*, 1882-

1915）。印行後，同樣受到中文讀者的歡迎。

金隄先生從一九七九年開始進行翻譯《尤利西斯》的艱鉅工程，先在北京中國社科院外文所《西方現代派作品選》及《世界文學》雜誌登載，繼由天津百花文藝出版社出版選譯單行本；直到一九九三年由本社出版全譯本上冊共十二章，一九九六年二月，《尤利西斯》中文全譯本正式出齊；今天才能在天津外語學院主辦的大會上報告出版經過，可以說明金隄先生研究、翻譯《尤利西斯》之精神十六年如一日；而全世界的中文讀者才能讀到完美精確的世界文學名著《尤利西斯》。九歌為了出版好書，只是略盡催請、推動的棉薄之力；而金隄先生對《尤利西斯》長期專注的精神，才是這部巨著誕生的偉大功臣。

我們可以說，如果沒有金隄先生長年研究、譯介，可能仍沒有《尤利西斯》中文全譯本；所以我們要向金先生致敬！如果沒有莊信正先生推薦；中文全譯本還要遲幾年誕生；所以我們要向莊先生致謝！

——一九九六年「中國首屆國際喬伊斯學術研討會」發表報告

九　歌　譯　叢　6　2

尤利西斯（下卷）

國家圖書館出版品預行編目（CIP）資料

尤利西斯 / 詹姆斯．喬伊斯 (James Joyce) 著 ; 金隄譯 .
-- 四版 . -- 臺北市：九歌出版社有限公司 , 2023.01
冊； 公分 . -- (九歌譯叢 ; 61-62)
譯自：Ulysses
ISBN 978-986-450-517-3(上卷：平裝). --
ISBN 978-986-450-518-0(下卷：平裝). --
ISBN 978-986-450-519-7(全套：平裝)

873.57　　111020222

著　　者——詹姆斯 ‧ 喬伊斯 James Joyce
譯　　者——金隄
創 辦 人——蔡文甫
發 行 人——蔡澤玉
出版發行——九歌出版社有限公司
臺北市八德路 3 段 12 巷 57 弄 40 號
電話 / 25776564 傳真 / 25789205
郵政劃撥 / 0112295-1

九歌文學網　www.chiuko.com.tw

印　　刷——晨捷印製股份有限公司
法律顧問——龍躍天律師 ‧ 蕭雄淋律師 ‧ 董安丹律師
初　　版——1993 年 10 月 20 日
四　　版——2023 年 1 月
定　　價——650 元
書　　號——0103062
I S B N——978-986-450-518-0
9789864505258（PDF）